BASTEI LÜBBE

Hedwig Courths-Mahler

Eine ungeliebte Frau

Die Bettelprinzess

Griseldis

BASTEI LÜBBE

BASTEI-LÜBBE-TASCHENBUCH
Band 10 768

1. Auflage 1986
2. Auflage 1987
3.–4. Auflage 1990

Printed in Germany
Einbandgestaltung: Roland Winkler
Titelbild: Roger Pearson, Elly Arnstein
Satz: Fotosatz Froitzheim, Bonn
Druck und Bindung: Ebner Ulm
ISBN 3-404-10768-3

Der Preis dieses Bandes versteht sich einschließlich
der gesetzlichen Mehrwertsteuer

Eine ungeliebte Frau

Der Geheime Baurat Matern trat in das Zimmer seiner Gattin. Mit der ihm eigenen, raschen und energischen Art schloß er die Tür hinter sich und begrüßte seine Frau mit einem etwas unsicheren Blick.

»Hast du eine halbe Stunde Zeit für mich, Malwine?«

Frau Malwine Matern, eine stattliche Erscheinung in der Mitte der Vierzig, mit noch immer schönem, aber etwas unbeweglichem Gesicht, blickte von einem Buch auf, in dem sie gelesen hatte. In ihren grauen Augen leuchtete aber kein wärmeres Licht auf, als sie ihren Gatten ansah.

»Hast du etwas von Wichtigkeit, Rolf?« fragte sie ruhig.

»Allerdings.«

»Dann, bitte, nimm Platz. Ich wollte zwar ausfahren, um Besorgungen zu machen, aber selbstverständlich verschiebe ich das.«

Rolf Matern zog sich einen Sessel heran und ließ sich nieder. Seine große, sehnige Gestalt vornüberneigend, wandte er das scharfgeschnittene, kluge Gesicht seiner Frau zu und sagte, mit einer an ihm befremdenden Hast und Unsicherheit: »Frau Ilse Rottmann ist heute morgen gestorben – ich komme soeben von ihrem Sterbelager.«

Malwine Materns Gesicht rötetete sich ein wenig,

sonst verriet aber nichts, daß diese Nachricht sie erregte.

»Das ist ja sehr bedauerlich«, sagte sie kühl, »ist aber sicher nicht die Sache von Wichtigkeit, die du mit mir besprechen willst. Frau Ilse Rottmann ist zwar dein besonderer Schützling gewesen – aber ich stehe der Dame völlig fern.«

Es klang eine fast eisige Abweisung aus ihren Worten.

»Du vergißt, Malwine, daß Ilse Rottmann die Witwe meines früh verstorbenen Jugendfreundes war, dem ich mancherlei Dank schuldete«, sagte Rolf Matern, nervös mit der Hand durch das dichte, graue Haar fahrend.

»Nein – das vergesse ich nicht. Du hast es mir immer wiederholt, sobald ich meinem Befremden Ausdruck gab, daß du dieser Frau Rottmann so unendlich viele Wohltaten erwiesest.«

Rolf Materns Gesicht rötete sich – und sein Blick irrte zur Seite.

»Ist es zu verwerfen, wenn man bedürftige Menschen von seinem Überfluß unterstützt?« fragte er hastig.

»Allerdings nicht. Aber sonst hast du derartige Pflichten mir übertragen und dich nicht persönlich darum gekümmert. Ich muß gestehen, daß mir die Art, in der du dich dieser Frau Rottmann annahmst, immer auffiel. Daß du sie so reichlich mit Geldmitteln versorgtest, hätte ich deiner vornehmen Gesinnung zugeschrieben, aber daß du – der du dich deiner Familie fast gänzlich entzogst, um deinen rastlosen Ehrgeiz zu befriedigen – Zeit hattest, dich fast jeden Tag persönlich von dem Wohlergehen der Frau Rottmannn zu überzeugen – das hat mir zu denken gegeben.«

Sie hatte auch jetzt mit beherrschter, ruhiger Stimme gesprochen, aber auf ihren Wangen brannten rote Flecken, ein Zeichen großer, innerer Erregung, und ihre Augen hatten einen gespannten Ausdruck angenommen.

Rolf Matern blickte eine Weile stumm auf seine schlanken, wohlgebildeten Hände hinab, die ein sehr charakteristisches Gepräge hatten. Endlich sagte er, den Blick langsam zu ihr hebend:

»Malwine – was hast du dir für Gedanken darüber gemacht?«

Sie blickte ihn groß an. Ein tiefer Atemzug hob ihre Brust. Nur einen Augenblick zögerte sie, dann sagte sie, ohne den Blick von ihm zu wenden: »Jetzt, da diese Frau nicht mehr am Leben ist, kann ich es dir sagen, ohne in den Verdacht kleinlicher Eifersüchtelei zu kommen: ich habe geglaubt, daß du Frau Rottmann – geliebt hast.«

»Malwine!« rief er erschrocken, und sein Gesicht verfärbte sich. »Das hast du also geglaubt?«

»Ja«, sagte sie tief und schwer, »das habe ich geglaubt. Und das ist begreiflich – nicht wahr? Seit dem Tod Fritz Rottmanns tratest du seiner Witwe näher. Vorher waren wir nie mit ihr zusammengekommen. Überhaupt, ich hatte nie gemerkt, daß dir Rottmann besonders befreundet war. Du trafst nur im Büro mit ihm zusammen. Ihr hattet gemeinsam studiert – nun ja –, aber nachher schien es, als ginge jeder seine eigenen Wege. Dann ließ er dich freilich am Tag vor seinem Tod zu sich rufen. Und da hat er dich, wie du mir später sagtest, gebeten, dich seiner Frau und seiner kleinen Tochter anzunehmen. Im Grunde konnten wir in unseren damaligen, mehr als bescheidenen Verhältnissen kaum etwas für andere tun. Bald darauf wurde das allerdings anders. Aber auch du wurdest ein anderer, seit du in persönliche Beziehungen zu Rottmanns Witwe tratest. Du warst seitdem nichts als ein ruheloser Gast am heimischen Herd.«

Er lehnte sich mit einem Seufzer zurück und blickte sie schmerzlich an. »Und da hast du gedacht, eine andere Liebe sei in mein Herz gezogen?«

»Mußte ich das nicht?«

Sein Gesicht verzog sich qualvoll.

»Malwine, warum hast du mir nie etwas von diesem Verdacht gesagt?«

»Sollte ich dir in kleinlicher Eifersucht Szenen machen? Sollte ich um deine Liebe betteln, die mir doch verloren war? Ich kannte dich genug, um zu wissen, daß du dich nicht in frivolem Leichtsinn von mir abgewendet hattest. Ein Herz aber, das in einer großen anderen Liebe aufgeht, ist nicht zurückzugewinnen.«

Es lag eine schlichte Größe in ihren Worten und ein Stolz, der sich mit tausend Schmerzen behauptet hat. Er strich sich über die Stirn, als sei ihm zu heiß geworden.

»Also darum – darum sind wir uns fremd geworden«, murmelte er erschüttert.

Sie hielt die erzwungene Ruhe in ihren Zügen fest.

»Wußtest du das nicht?«

Er faßte plötzlich mit jähem, festem Druck ihre Hand und sah ihr mit brennenden Blicken in die Augen.

»Malwine – du hast einen ganz falschen, grundlosen Verdacht genährt. Nie – ich gebe dir mein Wort –, nie ist mir Ilse Rottmann etwas anderes gewesen als die Witwe meines Freundes, als eine schutzbedürftige Frau.«

Sie blickte ihn an. In ihren Augen glomm ein unruhiges Forschen.

»Und doch hat sie dich mir entfremdet. Du kannst nicht leugnen, daß du ein anderer geworden bist, seit du sie kennengelernt hast.«

Er sah zu Boden, und sein Gesicht zuckte in stummer Qual. Aber schnell gewann er seine äußere Ruhe wieder.

»Mit dieser Umwandlung meines Wesens hatte Ilse Rottmann nichts zu tun, Malwine. Weißt du nicht, daß gerade in jene Zeit die große Änderung in mein – in unser Leben trat?«

Sie seufzte tief auf.

»Ja, du wurdest plötzlich ein berühmter Mann. Aus dem einfachen Ingenieur, der bei einem Brückenbau so ziemlich an letzter Stelle beschäftigt, der in dem Büro einer großen Firma mit einem kleinen Gehalt angestellt war, wurde fast über Nacht eine Größe. Jene aufsehenerregende Erfindung, heimlich in jahrelanger Arbeit gemacht, stellte dich mit einem Schlag in die erste Reihe. Große Auszeichnungen wurden dir zuteil – und jene Erfindung brachte dir in kurzer Zeit ein Vermögen ein, läßt noch heute Unsummen in deine Kasse strömen. Glanz und Fülle umgaben uns. Das sogenannte Glück hielt seinen Einzug bei uns – aber das wahre Glück entfloh.«

Eine tiefe Bitterkeit klang durch ihre Worte. Er stützte den Kopf in die Hand und sah düster vor sich hin.

»Ja – das Glück entfloh«, sagte er dumpf, »das Glück – und die Ruhe.«

Sie sah schmerzlich auf sein gesenktes Haupt.

»Und in all der Hast und Unruhe jener Zeit verlor ich dich – an eine andere«, sagte sie herb.

Er fuhr auf.

»Nein, Malwine – nein –, bei Gott, du irrst dich. Ich gebe zu, daß ich ein anderer wurde. Der Ehrgeiz erfaßte mich und trieb mich vorwärts. Alle meine Kräfte setzte ich an meine Arbeit. Ich wollte zeigen, daß ich etwas leisten konnte, daß ich allen Ruhm, alle Auszeichnungen wirklich verdiente, nicht nur durch den Zufall einer Erfindung, die – nun ja –, die auch ein anderer an meiner Stelle hätte machen können, wenn ihm eben der Zufall günstig gewesen wäre.«

Er war aufgesprungen und lief im Zimmer hin und her. Sie sah ihn mit einem wärmeren Ausdruck an als bisher.

»Warum willst du dich selbst verkleinern? Gewiß, du hast auch sonst Anerkennenswertes geschaffen, hast gezeigt, was ein Mann mit Ausdauer und Energie erreichen kann. Aber daß du ein Genie bist, das über vielen anderen steht, das hat hauptsächlich deine Erfindung bewiesen. Und ohne sie wärst du heute noch der arme, abhängige Ingenieur, könntest nicht jede Konkurrenz siegreich aus dem Feld schlagen, wärst nie berühmt und reich geworden. Der Erfindung dankst du alles.«

Er schlug wie in nervöser Überreizung die Hände vor die Stirn, und sein Gesicht zuckte in qualvoller Erregung.

»So schweig endlich von dieser Erfindung, Malwine – ich kann es nicht mehr mit anhören, was für ein Wesen darum gemacht wird! All mein ehrliches Schaffen und Arbeiten soll ein Nichts sein? Einzig diesen blöden Zufall findet man rühmenswert – das ertrage ich nicht.«

»Warum bist du nur gerade in bezug auf dein bestes Werk so bescheiden, Rolf? Nie magst du davon sprechen.«

»Nein – auch jetzt nicht, schweig, ich bitte dich, sprich mir nicht mehr davon. Ich habe anderes mit dir zu reden.«

Und ruhiger werdend, nahm er wieder Platz und faßte von neuem ihre Hand.

»Malwine, willst du mir nicht glauben, daß mir Ilse Rottmann nichts gewesen ist als die schutzbedürftige Witwe meines Freundes?«

Ihr Gesicht rötete sich.

»Ich glaube dir, daß du nichts Unrechtes getan hast, aber geliebt mußt du sie haben, teuer muß sie dir gewesen sein, anders kann ich mir dein Verhalten ihr gegenüber nicht erklären.«

Er wollte heftig auffahren, aber dann preßte er die Lippen fest aufeinander. Was nützte es, mit Worten gegen diesen Verdacht anzukämpfen, der sich seit langen Jahren in der Seele seiner Frau festgesetzt hatte? Den wahren Grund, der ihn immer wieder zu Ilse Rottmann zog, konnte er ihr nicht sagen.

Viel hatte ihm dieser Verdacht genommen, das erkannte er jetzt. In diesem Augenblick erst wurde ihm so recht bewußt, welch tiefe Entfremdung zwischen ihn und seine Gattin getreten war. Sie war so langsam gekommen, daß er sie, in seinem vollbeschäftigen Leben, in der starken Inanspruchnahme durch gesellige Pflichten im Anfang kaum wahrgenommen hatte. Sein ganzes Sein und Denken war zudem zu sehr von dem einen in Anspruch genommen worden, das er als düsteres Geheimnis in seiner Brust barg, das ihm Ruhe und Frieden geraubt und für das er nur in der angestrengtesten Tätigkeit Vergessen finden konnte.

Er seufzte tief auf.

»Ich kann nichts tun, Malwine, als dir mein Wort geben, daß es nicht wahr ist. Ich habe Ilse Rottmann nicht geliebt, das muß ich dir immer wieder sagen. Hättest du sie nur einmal gesehen, dann hättest du nimmer glauben können, daß sie mir begehrenswerter erscheinen könne als du selbst.«

»Ich habe sie gesehen – einmal«, sagte sie langsam und schwer.

Überrascht sah er auf.

»Du hast sie gesehen? Wann?«

»In jener Zeit, da ich mich noch wehrte gegen den Gedanken, daß ich deine Liebe ganz verloren haben könnte, als ich noch kämpfen wollte um mein Glück.

Da bin ich eines Tages zu ihr gegangen – unter einem Vorwand – unter falschem Namen. Ich glaubte eine glänzende Schönheit, eine kokette, sinnbetörende Zauberin zu sehen. Mit der hätte ich den Kampf aufgenommen. Beirrte Sinne lassen sich auf den rechten Weg zurückführen – wenn das Herz nicht mitspricht. Aber ich fand eine rührend zarte, anmutige Erscheinung, ohne blendende Reize. Diese Frau konnte nur mit dem Herzen, nicht mit den Sinnen geliebt werden. Die Erkenntnis machte mich wehrlos. Und seit jenem Tage habe ich versucht, mich in mein Los zu finden.«

Rolf Matern zog seine Frau erregt an beiden Händen zu sich heran. Mit einem warmen Blick der Bewunderung sah er in ihr Gesicht.

»Törin – liebe Törin – wieviel Größe liegt in deinem Irrtum! Und ich, der ich dich, nur dich geliebt habe, sollte mein Herz an ein anderes Weib hängen? Nein, Malwine – mein Wort darauf –, du hast nie eine andere Nebenbuhlerin gehabt als meine Arbeit. Was ich an Ilse Rottmann tat, was mich zu ihr führte – ich kann es dir nicht erklären, nicht in Worte fassen. Glaube mir, Malwine, daß ich nie eine andere liebte als dich — dich allein, und daß ich unter unserer Entfremdung auch gelitten habe, wenn mich auch meine Arbeit immer wieder abgelenkt hat.«

Malwines Gesicht überzog sich mit dunkler Glut. Einen Augenblick wallte es in ihr auf wie überquellendes Glück. Aber eine jahrelang aufgehäufte Bitterkeit löscht nicht eine Minute wieder aus.

»Ich will versuchen, zu glauben, was du mir sagst,

Rolf. Aber laß mir Zeit, ich kann mich so schnell nicht bekehren. – Nun sage mir vor allem, was du mir Wichtiges mitteilen wolltest.«

Er gab ihre Hände frei und lehnte sich zurück.

»Ich kam mit einer großen Bitte zu dir, Malwine. Ilse Rottmann hat, wie du wohl weißt, eine junge Tochter hinterlassen. Ria Rottmann steht allein und schutzlos in der Welt. Sie ist etwas über siebzehn Jahre alt und ein scheues, stilles, sanftes Geschöpf. Würdest du dich des armen Kindes annehmen?«

Frau Malwine sah unbehaglich zu ihm hinüber.

»Wie meinst du das? Soll ich mich für sie verwenden – sie in einer Familie oder in einer Pension unterbringen? Hat sie etwas gelernt?«

»Sie hat gelernt, was andere junge Mädchen aus guter Familie auch lernen, hat die Töchterschule besucht und in letzter Zeit, da ihre Mutter leidend war, den Haushalt ganz allein geführt. – Du hast mich aber falsch verstanden, wenn du annimmst, daß du dich anderweitig für sie verwenden sollst. Ich meine, du sollst dich ihrer persönlich annehmen, sollst ihr hier eine Heimat bieten.«

Sie fuhr erregt empor.

»Nein – nein! Die Tochter jener Frau, die mich so leiden ließ? Nein, das kann ich nicht«, rief sie, all ihre Beherrschung völlig verlierend.

»Ohne Grund, Malwine, bedenke das«, sagte er begütigend. »Ilse Rottmann wäre außer sich gewesen, hätte sie ahnen können, mit welchem Verdacht du dich gequält hast. Nie würde sie mich dann gebeten haben, ihrem Kind in meinem Haus eine Heimat zu geben. Ich habe ihr in ihre erkaltende Hand gelobt, daß ich es tun werde.«

Malwine erhob sich mit einem jähen Ruck. Ihr Gesicht war wieder kalt und unbewegt. Und mit dieser eisigen Ruhe sagte sie: »Wenn du das fest versprochen hast, so ist mir jede Bestimmung vorweg genommen – und ich habe mich zu fügen.«

Auch er stand auf und trat zu ihr.

»Nicht so, Malwine – nicht so. Bedenke, das arme Kind besitzt keinen Menschen mehr, dem es angehört. Und sie ist ganz still und anspruchslos. Du wirst wenig Mühe mit ihr haben.«

Seine Worte klangen bittend und eindringlich. Sie sah aber an ihm vorbei.

»Spare dir alle weiteren Worte, Rolf. Ich sagte dir ja, daß ich mich füge. Aber nun verlange auch nie mehr, daß ich glauben soll, Ilse Rottmann sei dir nichts gewesen. Solche Opfer bringt man nur, wenn man liebt.«

Er fuhr sich wild und erregt durchs Haar und stöhnte auf. Wie sollte er sie von diesem unseligen Verdacht befreien?

Ohne die geheime Schuld seines Lebens preiszugeben, konnte er ihr nicht erklären, was ihn zu seinem Verhalten gegen Ilse Rottmann bestimmt hatte. Und diese Schuld konnte und wollte er nicht beichten. Die lag für alle Zeit begraben in seinem Herzen.

Freilich – die kleine Ria würde nicht gerade auf einen sehr freundlichen Empfang zu rechnen haben. Aber kleinlich war Malwine nicht. Sie würde sich zusammennehmen. Mit einem ernsten Blick sah er sie an.

»Es ist kein Opfer, wenn wir das junge Mädchen bei uns aufnehmen. Hast du nicht oft gewünscht, daß wir statt unseres Sohnes eine Tochter hätten? Und jetzt, da Heinz erwachsen und wenig daheim ist, sollte dir eine jugendliche Gesellschaft guttun für einsame Stunden. Ria wird dir gefallen, davon bin ich fest überzeugt. Sie ist sehr lieb und bescheiden. Gönne ihr doch das warme Plätzchen in unserem Haus.«

Malwine hob mit einer müden Bewegung die Hand. »Ich sagte dir schon – ich füge mich. Sage mir, was du verlangst, das ich in dieser Angelegenheit tun soll.«

»Vorläufig sollst du nur gestatten, daß ich dir Ria bringe.«

»Es ist gut, ich werde sie erwarten und für ihre Aufnahme Sorge tragen. Was wünschest du in bezug auf die Zimmer, die sie bewohnen soll?«

»Das überlasse ich dir. Vielleicht läßt du zwei der Gastzimmer für sie herrichten. Sie ist durchaus nicht verwöhnt.«

»Und hast du auch bedacht, wie sich Heinz nach seiner Rückkehr zu diesem jungen Mädchen stellen soll?«

»Ich hoffe – wie ein Bruder. Sie ist ja noch das reine Kind. Und Heinz ist nicht ein Mensch, der in jedem weiblichen Wesen einen Gegenstand zum Flirten sieht.«

»Das gewiß nicht. Aber die neue Hausgenossin könnte ihm auch unsympathisch sein.«

»Hoffentlich ist das nicht der Fall, er wird ihr, wie

ich ihn kenne, sehr wenig Beachtung schenken. Jedenfalls aber wird er sich meinen Bestimmungen fügen.«

»Dann wäre dies Thema erledigt«, sagte sie kühl.

Er küßte ihr die Hand. »Ich danke dir, Malwine, und ich bitte dich, laß das arme Kind nicht entgelten, daß es dir ungelegen kommt.«

Ein bitteres Lächeln umspielte ihren Mund.

»Für taktlos wirst du mich nicht halten«, sagte sie kurz.

Als er dann gegangen war, stand sie eine Weile in tiefes Sinnen verloren.

»Wie besorgt er ist um das Kind jener Frau! Und ich soll glauben, daß sie seinem Herzen nichts war. Ach, ich weiß es. Und weil ich es weiß, wird mir dieses Mädchen verhaßt sein. Ich habe zu viel gelitten in all den Jahren. Mein Herz ist kalt und leer geworden, mein Stolz gebrochen. Ich weiß, daß ich dem Mädchen gegenüber ungerecht bin.«

So dachte sie voll Bitterkeit.

*

Maria Rottmann saß mit verweinten Augen neben dem letzten Lager ihrer toten Mutter und blickte in das stille, weiße Gesicht, das so starr wie ein Marmorbild auf dem weißen Kissen aussah. Nie mehr würde ihr die Mutter liebevoll und gütig zulächeln, nie mehr würde der blasse, stumme Mund sich öffnen, um liebe Worte zu ihr zu sprechen.

Verwaist!

Welch ein herbes, bitteres Wort! Niemand lebte ihr

nun mehr, den sie lieben durfte, der ihr Liebe entgegenbrachte, niemand, auf den sie ein Anrecht hatte.

Sie legte den schmalen, feinen Kopf ermüdet zurück. So viele Nächte hatte sie in letzter Zeit bei der kranken Mutter gewacht, und immer mit der heimlichen, schrecklichen Gewißheit, daß sie die Teure verlieren würde. Onkel Rolf hatte ihr schonend mitgeteilt, daß die Mutter sterben müsse.

Das alles hatte ihre Kräfte erschöpft. Sie war sogar zu matt und zu müde, noch Tränen zu vergießen. Was getan werden mußte, war geschehen. Nun lag die Mutter im Brautkleid, das sie immer verwahrt hatte und als Sterbekleid hatte tragen wollen, feierlich aufgebahrt. In wenigen Stunden würde man den Sargdeckel über sie breiten, sie hinaustragen und in die kalte, dunkle Erde einbetten.

Und die liebe Stimme der Mutter konnte nicht mehr tröstend sagen:

»Sei ruhig und vernünftig, Ria – der Tod ist nichts als ein langer, friedlicher Schlaf, ein Ausruhen von allem Leid.«

Trüb sah sie um sich. Wie seltsam verwandelt dieses sonst so trauliche Zimmer war. Ach, wie friedlich und behaglich sie in der hübschen kleinen Wohnung mit der Mutter gelebt hatte! Und dieses sonnige, freundliche Heim hatte ihnen Onkel Rolf bereitet, Onkel Rolf, den das kleine Dienstmädchen immer so respektvoll »Herr Geheimrat« genannt hatte.

Solange sie denken konnte, war Onkel Rolf der für sie gewesen, von dem ihr im Leben kam, was licht und schön war. Als Kind hatte sie das so hingenommen, als wenn es sein müßte, und nicht weiter darüber nachgedacht. Aber dann, als sie älter wurde, kam das Nachdenken von selbst.

Ihr eigener Stolz hatte begonnen, sich gegen die Wohltaten dieses ihr und der Mutter im Grunde fremden Mannes zur Wehr zu setzen. Sie hatte danach verlangt, etwas Tüchtiges zu lernen, etwas zu werden, selbst Geld zu verdienen, damit sie nicht mehr auf Onkel Rolfs Wohltaten angewiesen sein würde. Eines Tages – wenige Wochen vor der schlimmen Erkrankung der Mutter – hatte sie ihrem Gefühl in erregten Worten Ausdruck gegeben.

Die Mutter hatte ihr darauf mit ihrer weichen, zarten Hand über den Kopf gestrichen und ihr mit einem klaren Blick in die Augen geschaut.

»Ich dachte es mir, daß du mich eines Tages danach fragen würdest, kleine Ria. Du sollst eine befreiende Antwort darauf haben. Laß dich durch diese Wohltaten nicht demütigen – denn wir haben ein Recht daran. *Wir* sind es, die Onkel Rolf Wohltaten erweisen.«

»Wie soll ich das verstehen, liebe Mutter?« hatte Ria gefragt.

Da hatte ihr die Mutter ein Geheimnis anvertraut, das bisher in ihrer Brust verschlossen geblieben war. Ria hatte mit klopfendem Herzen gelauscht und mit großen Augen auf die Papiere gesehen, die ihr die Mutter zum Beweis ihrer Eröffnungen vorgelegt hatte.

Seit jenem Tag empfand Ria Rottmann die Wohltaten Rolf Materns nicht mehr als eine drückende Last.

Sie wußte nun gleich der Mutter, daß Rolf Matern

ihnen nur so viel Gutes tat, um eine geheime Schuld abzutragen. Sie wußte, daß sie noch viel mehr von ihm zu fordern berechtigt war.

Aber gleich der Mutter verzichtete sie freiwillig, diese Rechte geltend zu machen.

»Wir haben, was wir brauchen, Kind«, hatte die Mutter gesagt, »und Onkel Rolf wird, auch wenn ich einst nicht mehr bin, für dich sorgen, daß weiß ich gewiß. Sollte er es aber vergessen, so nimm diese Papiere und lege sie ihm vor. Er ahnt nicht, daß sie existieren, aber er wird sich dann keinen Augenblick besinnen, alle deine Forderungen zu erfüllen. Dazu wird es, wie ich hoffe, nie kommen. Solange es nicht nötig ist, soll er nicht wissen, daß wir seine Schuld kennen, und du wirst es ihn so wenig fühlen lassen, wie ich es getan habe. Nicht wahr – nun bist du ruhig darüber, daß deine Mutter Wohltaten von einem fremden Mann annahm?«

Die Papiere, die ihr die Mutter vorgelegt hatte, lagen gut verwahrt in dem kleinen Schreibtisch, den Ria nun mit sich in Rolf Materns Haus nehmen wollte.

Diese Papiere waren nicht so vollständig, daß sie als geschlossener Beweis hätten dienen können, falls sie ihre Ansprüche hätte geltend machen wollen. Einige Zeichnungen und kleinere Berechnungen fehlten. Sie waren wohl verlorengegangen.

Es lag auch nicht in Rias Absicht, je von diesen Papieren Gebrauch zu machen. Onkel Rolf wollte sie heute in sein Haus führen wie eine liebe Tochter. Aber trotzdem war es ihr ein beruhigendes Gefühl, daß sie diese Beweisstücke hatte. Sie gaben ihr das Gefühl, als besäße sie damit ein verbrieftes Recht auf eine Heimat in Rolf Materns Haus. Früher, ehe ihr die Mutter dies Geheimnis verriet, hatte Ria zu Onkel Rolf in ehrfürchtiger, schrankenloser Bewunderung aufgesehen. Seine Güte, seinen Edelmut erschienen ihr so groß, daß sie sich gegen ihn unsagbar klein fühlte. Das hatte ihr ganzes Wesen beeinflußt, und sie hatte darunter gelitten, ihm nicht freudig danken zu können in ihrem Herzen. So war sie scheu und zurückhaltend geworden, gegen ihn – und gegen andere Menschen. Denn sie glaubte, die anderen müßten verächtlich über sie denken, weil sie Almosen annahm und mit der Mutter von Onkel Rolfs Güte lebte. Sie hatte sich kaum frei und ungezwungen zu bewegen gewagt.

Auch jetzt war diese Scheu noch nicht ganz von ihr gewichen. Obwohl sie nun wußte, daß Onkel Rolf ihr noch mehr schuldig war, als er gab, konnte sie sich nicht ganz von dem Druck befreien, der so lange auf ihr gelegen hatte.

Aber es war ganz sonderbar – lieber war er ihr geworden, seit sie wußte, daß er nicht der untadelige Mensch war, für den sie ihn immer gehalten hatte. Er erschien ihr nun menschlicher. Ihr weiches Herz litt mit ihm unter der Schuld, die er so edel zu sühnen suchte, obwohl er glaubte, daß kein Mensch darum wisse. Sie vermochte es nicht, verächtlich von ihm zu denken oder ihn zu verurteilen. Das lag wohl daran, daß ihr die Mutter sein Vergehen in so mildem Licht gezeigt hatte: »Kind, es ist so leicht, schuldig zu werden, und so schwer, schuldlos zu bleiben. Man soll niemand verdammen, der menschlich gefehlt hat.«

Seinem fast täglichen Kommen sah sie mit immer größerer Freude entgegen. Welch ein treuer Freund, welch eine Stütze war er ihr gewesen in den letzten, schlimmen Wochen! Die besten Ärzte hatte er an das Krankenbett der Mutter berufen, an nichts hatte er es fehlen lassen.

Leider hatte die geliebte Mutter trotzdem sterben müssen, und in Onkel Rolfs Hände hatte sie das Geschick ihres Kindes gelegt. Noch klangen Ria die Worte in den Ohren, die er mit der Mutter gewechselt hatte.

»Sie werden Ria nicht verlassen, Rolf Matern. Ich weiß, daß Sie ihr ein treuer Schutz und Hort sein werden, wenn ich nicht mehr bin«, hatte sie zu ihm gesagt.

Und Onkel Rolf hatte ihre Hand ergriffen und in ernstem, feierlichem Ton geantwortet:

»Ria soll mir wie eine Tochter sein, liebe Frau Rottmann, ich werde sie in mein Haus aufnehmen und sie wie mein eigenes Kind halten, das gelobe ich Ihnen.«

»Das will ich meinem Fritz sagen – wenn ich da oben mit ihm vereint bin –, er soll wissen, daß Rolf Matern für sein Kind sorgt wie ein Vater.«

Überwältigt von seinem Gefühl, hatte sich da Onkel Rolf über die Hand der Mutter gebeugt und sie geküßt.

»Ja – ja, sagen Sie es ihm – und – und –«

Es war gewesen, als wollte sich noch etwas aus seiner Brust losringen. Aber seine Lippen schienen wie im Krampf aufeinandergepreßt.

Mit einem gütigen, lieben Lächeln hatte die Mutter

ihre Hand auf Onkel Rolfs gesenktes Haupt gelegt und feierlich gesagt:

»Für das, was Sie an mir und meinem Kind tun – soll Ihnen der Vater im Himmel alle Schuld vergeben, die je Ihre Seele bedrückt hat und bedrücken wird. Ich flehe seinen Segen auf Sie herab.«

Bleich und erschüttert hatte sich Onkel Rolf über die segnende Hand gebeugt.

Und von dieser Stunde an wurde Onkel Rolf ihr teuer wie ein Vater, obwohl sie wußte, daß er eine schwere Schuld auf dem Gewissen hatte.

Ria hatte von Vater und Mutter die edle, vornehme Denkungsart geerbt, und das Gute und Rechte war ihr das Selbstverständliche.

Nun saß sie allein und hielt die letzte Totenwacht bei der geliebten Mutter. Gleich nach der Beerdigung sollte sie mit Onkel Rolf in dessen Haus gehen. Sie würde nie wieder in diese trauten Räume zurückkehren. Mit Ausnahme der wenigen Sachen, von denen sich Ria nicht trennen mochte, sollte alles verkauft werden. Das kleine Dienstmädchen wurde entlassen, und fremde Menschen würden hier wohnen, Unbekannte, die ein anderes Schicksal in dieses Haus führte. Ria seufzte tief auf und legte ihre Stirn auf die erkalteten Mutterhände.

*

Die Beerdigung war vorüber. Rolf Matern hob Rias schlanke, noch knospenhafte Gestalt in seinen Wagen, in dem er mit ihr zum Kirchhof gefahren war.

Die Tränen liefen ihr über die Wangen. Es war ein lautloses, schmerzliches Weinen, das ihren jungen Körper schüttelte. Rolf Matern war, wie seine Frau sehr richtig bemerkt hatte, kein Freund von Rührseligkeit. Aber dieser stille, ergreifende Schmerz des jungen Wesens an seiner Seite ging ihm nahe.

Er faßte Rias Hand und streichelte sie stumm, weil er keine Worte fand, die hier hätten trösten können.

Ruhig ließ sie ihre Hand in der seinen und lehnte wie ein müdes Kind ihr Haupt an seine Schulter. Da wurde ihm ganz eigen zumute.

Wohl sah er der kommenden Stunde mit einigem Bangen entgegen. Er wußte nicht, wie Malwine das verwaiste Kind aufnehmen, wie sie sich zu ihm stellen würde.

Aber daß seine Frau äußerlich alle seine Wünsche in bezug auf Ria berücksichtigen und erfüllen würde, davon war er überzeugt. Wie sich die beiden Frauen innerlich zueinander stellen würden, war ungewiß. Er hatte schon bei sich erwogen, ob er Ria vorbereiten und ihr einige Winke geben solle. Aber er verwarf diesen Gedanken wieder. Das würde nur Rias Unbefangenheit stören, sie ängstlich und unsicher machen und am Ende vielleicht mehr schaden als nützen.

Er konnte nichts tun, als, wenn es nötig war, zu große Härten ausgleichen, und im übrigen hoffte er, daß Rias Hilflosigkeit und ihr liebliches, sanftes Wesen mit der Zeit Malwines Herz gewinnen würden, zumal, wenn es ihm gelang, sie zu überzeugen, daß Rias Mutter seinem Herzen wirklich nichts gewesen war.

Wie sie gelitten haben mußte in all den Jahren, seine arme Frau! Heiß stieg es in seinem Herzen auf:

»Durch meine Schuld – durch meine Schuld.«

Er schrak empor aus seinem Sinnen. Hatte er diese Worte zu laut ausgesprochen?

Er seufzte tief auf. Nie – ach, nie verließ ihn der Gedanke an seine Schuld. Reich und berühmt hatte sie ihn gemacht – aber das Glück hatte sie ihm gestohlen. Und auch sein Weib hatte darunter leiden müssen, das ganz schuldlos war.

Arme Malwine – könnt' ich gutmachen – auch an dir, dachte er gequält.

Gewaltsam riß er sich zusammen und wehrte die freudlosen Gedanken von sich ab.

Mit gütigem Lächeln wandte er sich Ria wieder zu. Ihre Tränen waren versiegt. Still und gefaßt saß sie neben ihm.

Bald darauf hielt der Wagen vor dem Portal der Villa Matern. Ein Diener in schlichter, aber vornehmer Livree öffnete den Wagenverschlag. Rolf Matern sprang in der ihm eigenen, noch jugendlich elastischen Art aus dem Wagen und half Ria beim Aussteigen. An dem verdutzt dastehenden Diener vorüber führte er sie ins Haus.

»Onkel Rolf – das ist wie in einer Kirche«, flüsterte sie beklommen und staunte die wundervollen, gemalten Glasfenster an, durch die das Licht in warmen Tönen eindrang. Mit einem Lächeln sah er in ihr blasses Gesicht. Fest schlossen sich seine Finger um die zitternde Mädchenhand. Und mit bewegter Stimme sagte er, sich zu ihr niederbeugend:

»Willkommen in deiner neuen Heimat, Ria. Mögest du dich heimisch und glücklich bei uns fühlen.«

Sie blickte ihn dankbar und innig an, und sein Herz wurde wieder warm unter diesem Blick.

So betraten sie Hand in Hand Frau Malwines kleinen Salon.

Diese erhob sich sofort aus ihrem Sessel am Fenster und kam ihnen entgegen, wie es die Pflicht der Hausfrau dem Gast gegenüber verlangt. Ein leises Zucken lief über ihr Gesicht, als sie sah, wie fest sich die beiden an den Händen hielten. So liebevoll führte er dies Mädchen bei ihr ein.

Das ist die Tochter der Frau, die mir meines Gatten Herz entfremdet hat, dachte sie voll Bitterkeit. Aber sie hatte sich in der Gewalt. Ihr Stolz hatte in all den Jahren gegen ein geheimes Leid gekämpft. Daß sie in einem Irrtum befangen war, ahnte sie nicht. Wie glücklich wäre sie gewesen, hätte sie gewußt, daß ihre Eifersucht auf Ilse Rottmann grundlos war.

Rolf Matern führte Ria seiner Frau vor. Mit einem bittenden Blick sah er sie an und sagte, Rias Hand loslassend, mit warmer Eindringlichkeit: »Hier bringe ich dir unsere neue Hausgenossin, Ria Rottmann, liebe Malwine.«

Und zu Ria gewendet, fuhr er lächelnd fort:

»Dies ist meine liebe Frau, Ria, die nun Mutterstelle an dir vertreten will.«

Die beiden Frauen sahen einander an. Scheu und

bittend war der Ausdruck in Rias Augen. Malwine Matern fühlte, wie ihr Herz unter dem Blick dieser traurigen, scheuen Mädchenaugen ein paar raschere Schläge tat. Eine Stimme in ihrem Innern bat für dieses schutzlose, verwaiste Kind. Aber sie wehrte sich gegen diese Stimme. So rührend zart und anmutig hatte damals auch Rias Mutter vor ihr gestanden, als sie den schwersten Weg ihres Lebens gegangen war. Mit denselben dunklen, großen Augen hatte sie zu ihr aufgesehen. Nur zu gut hatte sich Malwine dieses Gesicht eingeprägt, vor dem sie in tiefer Qual die Waffen gestreckt hatte, ohne sie zu gebrauchen.

Nein – nein – nie würde sie diesem Mädchen ein warmes Gefühl entgegenbringen können. Was ihr Mann von ihr verlangte, wollte, mußte sie tun. Sie würde sich des jungen Mädchens annehmen, ihm den Platz in ihrem Haus gönnen, für die äußerlichen Bedürfnisse gewissenhaft sorgen. Aber innerlich würde ihr Ria Rottmann immer eine Fremde sein.

Höflich reichte sie ihr die Hand.

»Ich heiße Sie willkommen, Fräulein Rottmann«, sagte sie förmlich.

Ria spürte die Kälte im Wesen dieser Frau und fühlte sich dadurch sehr eingeschüchtert. Instinktiv begriff sie, daß sie Frau Malwine Matern nicht gelegen kam, daß diese sie vielleicht als unberechtigten Eindringling betrachtete. Bisher hatte sie kaum daran gedacht, daß Onkel Rolf auch eine Frau hatte und daß sie auch von dieser abhängig sein würde. Fassungslos sah sie zu ihr empor. Und dann bäumte sich plötzlich all ihr Stolz gegen die herablassende Behandlung dieser Frau auf. Ihre Gestalt reckte sich, und ihre Augen irrten, wie einen Weg zur Flucht suchend, umher. Nur nicht hierbleiben, nur fort, fort, das war ihr einziger Gedanke. Laut hinausrufen hätte sie es mögen, wenn sie nur ein Wort hätte hervorbringen können.

Rolf Matern sah seine Frau beschwörend an. Rias erschrecktes Wesen, der Ausdruck stummer Qual in ihrem Gesicht und der Blick ihres Gatten übten einen seltsamen Einfluß auf Malwine aus, so daß sie unwillkürlich Rias Hand festhielt.

»Sie haben einen schweren Verlust erlitten und werden Zeit brauchen, sich bei uns einzuleben. Auch sind wir uns noch fremd. Aber Sie dürfen versichert sein, daß von meiner Seite alles geschehen wird, um Ihnen das Leben in unserem Haus so angenehm wie möglich zu machen«, sagte sie, sich unter dem Druck eines eigenen Gefühls zur Freundlichkeit zwingend. Ria hob halb zaghaft fragend, halb verwundert die Augen zu ihr auf und schämte sich ihrer schnellen Regung.

»Man muß nie von einem Menschen Liebe verlangen, dem man nicht sein Herz entgegenbringt«, hatte die Mutter oft zu ihr gesagt.

Und sie schalt sich aus, daß sie Frau Materns kühle Höflichkeit so mißverstanden hatte.

War es nicht schon sehr viel, daß sie ihr so entgegenkam, wie sie es getan? Wie töricht war sie gewesen, wie unbedacht! Weil Onkel Rolf sie mit Güte verwöhnt hatte, wollte sie nun wohl auch von seiner Frau das gleiche verlangen. Wie konnte sie das aber? Frau Matern ahnte gewiß nicht, weshalb ihr Gatte sie bei sich aufnehmen wollte. Ihn trieb das Bestreben, gutzumachen, aber seine Frau hatte keinerlei Verpflichtungen ihr gegenüber. Und da mußte sie sehr dankbar sein, daß sie ihr gestattete, zu bleiben. Ihrem Impuls folgend, beugte sich Ria über die schöne, weiße Frauenhand und küßte sie. Dann sah sie mit den dunklen Augen Frau Malwine flehend an.

»Ich danke Ihnen sehr, gnädige Frau – und ich bitte sie, mir nicht zu zürnen, daß ich so ohne weiteres zu Ihnen kam. Ich habe keinen Menschen auf der Welt, zu dem ich gehöre, und Onkel Rolf versicherte mir, daß ich nicht störe. Das will ich auch ganz gewiß nicht. Aber wenn sie mir erlauben, will ich mich nützlich machen.«

Die weiche, junge Stimme schlich sich in Malwines Herz. Ehe sie antworten konnte, sagte ihr Gatte lebhaft: »Du störst uns gewiß in keiner Weise, Ria, im Gegenteil, es wird uns guttun, so ein junges Wesen um uns zu haben, nicht wahr, Malwine?«

»Gewiß«, bestätigte diese freundlich.

»Und damit sich Ria gleich zu Anfang heimisch fühlt und die Scheu vor dir verliert, gestattest du wohl, daß sie dich nicht so förmlich anredet, sondern dich ›Tante Malwine‹ nennt, wie sie schon lange gewöhnt ist, mich Onkel Rolf zu nennen«, fuhr Matern fort.

»Gewiß ist es so das beste«, sagte sie ruhig. »Da Sie in unserem Haus leben werden, geht es schon der Dienerschaft wegen nicht an, daß sie mich ›gnädige Frau‹ und meinen Mann ›Onkel Rolf‹ nennen.«

Ria ließ sich durch den leisen, bitteren Beigeschmack dieser Worte nicht wieder beirren, nur Rolf Matern empfand ihn schwer und seufzte verstohlen auf. Aber immerhin küßte er seiner Frau dankbar die Hand.

Ria verneigte sich artig und blickte lieblich und schüchtern zu Frau Malwine auf.

»Wenn Sie es mir gestatten, will ich gern ›Tante Malwine‹ zu Ihnen sagen.« Malwine nickte ihr zu.

»Und jetzt will ich Ihnen Ihre Zimmer zeigen, Ria, bittte folgen Sie mir. Ihre Sachen sind bereits angekommen. Sie müssen nun selbst bestimmen, wie Sie alles aufgestellt haben wollen. Sie brauchen nur der Dienerschaft die nötigen Anweisungen zu geben.«

Rolf Matern verabschiedete sich von den Damen, da er noch Geschäfte zu erledigen hatte. Den Wagen hatte er gleich warten lassen.

»Bei Tisch sehen wir uns wieder, Ria«, sagte er, dem jungen Mädchen die Hand reichend.

*

Ria richtete sich in ihrem neuen Heim wohnlich ein. Überrascht hatte sie sich in den beiden Zimmern umgesehen, die ihr von Frau Malwine angewiesen wurden. In diesem vornehmen Haus schien jedes Winkelchen schön und gediegen ausgestattet zu sein.

Beim Auspacken wurde Ria ein wenig leichter ums Herz. Da waren vor allem all die Bücher, die sie mit der Mutter zusammen gelesen hatte. Hurtig stellte sie diese in den hübschen Bücherschrank. Dann trug sie Kleider und Wäsche hinüber in ihr helles, lichtes Schlafzimmer. Weißlackierte Möbel und zartgeblümte Bezüge und Behänge, ein reizender kleiner Toilettentisch und weiße Mullgardinen bildeten seine Ausstattung.

Eifrig räumte Ria alles an seinen Platz, und darüber vergaß sie ein wenig den Schmerz um die verlorene Mutter. Mitten in ihrer Beschäftigung lief sie immer wieder in den zierlichen Erkerausbau des Wohnzimmers. Die Zimmer lagen im zweiten Stock, und vom Fenster aus blickte man in den großen, sehr gepflegten Garten, der zur Villa gehörte. Vom Erker aus aber hatte man eine wunderschöne Aussicht über einen der großen Grunewaldseen. Ach – hier war es freilich noch viel, viel schöner als in der kleinen Mietwohnung, in der sie bisher mit der Mutter gelebt hatte.

Frau Malwine hatte Ria ein Stubenmädchen zur Hilfe geschickt, das sollte ihr beim Auspacken helfen. Schnell und gewandt ging die Dienerin ihr zur Hand. Dabei behielt sie aber immer noch Zeit, neugierig forschende Blicke auf Ria zu werfen. Dieses junge, schlanke Geschöpf im Trauerkleid schien ihr sehr interessant zu sein. Bei der Dienerschaft bildete die Ankunft dieser Fremden den Gesprächsstoff. Man wunderte sich nicht wenig über die neue Hausgenossin, die zuvor niemand gesehen hatte und die doch, wie man in Erfahrung gebracht hatte, bisher in Berlin gewohnt hatte, also nicht etwa von auswärts kam.

Natürlich konnte man sich bald davon überzeugen, daß die junge Dame die Herrschaft mit »Onkel« und »Tante« anredete. Aber es fiel auf, daß Sie den Herrn Baurat »Du« und die gnädige Frau »Sie« nannte.

Auch fand der Spürsinn der Leute bald heraus, daß

die gnädige Frau viel förmlicher und zurückhaltender zu der jungen Dame war, als der Herr Baurat.

Alles in allem war man sich aber in dem Gesindezimmer einig darüber, daß man Fräulein Ria zur Herrschaft zu rechnen habe und sich ihr gegenüber nicht nachlässig benehmen dürfe.

Da Ria in Trauer war, verbot es sich vorläufig von selbst, daß sie in Gesellschaft eingeführt wurde. Nur den intimen Freunden des Hauses wurde sie vorgestellt, und wenn Frau Malwine ihren Jour hatte, dann sah man auch das schlanke, schwarzgekleidete Mädchen in ihrem Salon.

Malwine Matern war eine viel zu ehrenhafte und korrekte Persönlichkeit, als daß sie irgendeine Pflicht gegen Ria versäumt hätte.

Aber trotzdem geschah alles, was sie für Ria tat, in einer Art, die keine Wärme zwischen den beiden Frauen aufkommen ließ. Rolf Matern suchte auszugleichen soviel er konnte, und er war doppelt gütig und freundlich zu Ria, damit sie sich nicht gekränkt fühlen sollte.

Ria schloß sich daher naturgemäß immer inniger an Onkel Rolf an und ahnte in ihrer Unbefangenheit nicht, daß gerade dadurch die Scheidewand zwischen ihr und Tante Malwine noch höher aufgerichtet wurde.

Rolf Matern fühlte das nur zu gut heraus. Und er suchte unermüdlich, seiner Frau wieder näherzukommen und ihr seine Liebe zu beweisen. Er umgab sie mit zarten Aufmerksamkeiten. Fast wie ein Bräutigam suchte er von neuem um sie zu werben, und geduldig ertrug der sonst so ungestüme Mann die immer wieder hervorquellenden Bitterkeiten.

Vielleicht hätten sich die beiden Gatten jetzt zusammengefunden, denn sie liebten einander trotz allem. Aber Rias Anwesenheit verhinderte eine volle Aussöhnung. Ihre Erscheinung rief von neuem in Malwines Seele wach, was sie gelitten hatte, und erinnerte sie an jahrelange Schmerzen. Manchmal wünschte Malwine brennend, dieses fremde Mädchen wäre wieder fort. Die größten Opfer hätte sie gebracht, um sie zu entfernen. Aber sie sprach nie diesen Wunsch aus, weil sie wußte, daß ihn Rolf nicht erfüllen würde.

Wenn Tante Malwine mit Ria plauderte und dann immer wieder vorsichtig tastend auf Rias früheres Leben zu sprechen kam, fühlte sie mit feinem Instinkt die brennende Unruhe aus den scheinbar gleichgültigen Worten heraus. Sie dachte darüber nach und erging sich in Vermutungen. Da verriet einmal eine kurze, unbedachte Bemerkung Onkel Rolfs mehr, als er hatte sagen wollen. Und mit einemmal hatte Ria den Schlüssel zu Tante Malwines Wesen gefunden, und sie fing an zu begreifen, warum die beiden Gatten einander so fremd gegenüberstanden.

Rias Herz schlug von nun an in Zuneigung und Mitgefühl für Tante Malwine, und sie sann darüber nach, wie sie ihr und Onkel Rolf wohl helfen könnte.

Mit Bedacht wählte sie nun ihre Worte, wenn sie von zu Haus erzählte. Sie konnte unbekümmert bei der Wahrheit bleiben und brauchte nur manche Kleinigkeit hervorzuheben und zu betonen.

So wußte Malwine bald, daß Onkel Rolf wohl sehr

oft, aber meist nur auf Minuten gekommen war, daß er Rias Mutter »verehrte Frau Rottmann« genannt hatte und daß Ria stets bei seinen Besuchen zugegen gewesen war. Auch daß Ilse Rottmann ihren verstorbenen Gatten bis zu ihrem Tode innig geliebt und daß sie darüber mit Onkel Rolf gesprochen hatte. Dieser hatte auch immer viel Gutes von Rias Vater gesprochen und gesagt, daß er die treue Liebe seiner Gattin verdient habe. Und Onkel Rolf hatte dann immer von seiner lieben Frau und seinem Sohn erzählt, und dabei hatten seine Augen in zärtlichem Stolz gestrahlt.

Malwine hätte diesem kindlichen Geplauder stundenlang zuhören können, und je mehr sie sich erzählen ließ, desto weicher wurde der Ausdruck in ihrem Gesicht.

*

Monatelang war Ria nun schon in der Villa Matern. Eines Tages saßen die beiden Damen wieder in Frau Malwines lauschigem kleinem Salon. Ria hielt die feine Stickerei in den Händen, und Malwine blickte untätig zum Fenster hinaus.

Draußen hatte inzwischen der Winter sein weißes Kleid über die Welt gebreitet. Der erste feste Schnee lag in fleckenloser Reinheit auf Weg und Steg.

Die Dämmerung senkte sich schon früh hernieder. Malwine blicke zu Ria hinüber.

»Wenn Sie jetzt die Arbeit nicht niederlegen, werden Sie sich die Augen verderben, Ria«, sagte sie.

Diese blickte lächelnd auf.

»Ach – ich kann noch sehr gut sehen, Tante Malwine.«

»Es eilt nicht mit dieser Arbeit.«

»Doch, ich muß bis Weihnachten fertig werden.«

»Wer soll denn damit beschenkt werden?«

»Onkel Rolf natürlich. Glauben Sie, Tante Malwine, daß ihm diese Stickerei gefallen wird? Es ist ein echt byzantinisches Muster.«

»Da es von Ihnen kommt, wird es ihm schon gefallen«, antwortete Malwine.

Ria lächelte. »Ach – er ist so gut, Onkel Rolf, und ein wenig hat er mich auch lieb.«

»Ein wenig nur?« fragte Malwine mit einem leisen, bitteren Beiklang.

Ria kannte diesen Ton nun schon, und er tat ihr weh, weil sie wußte, daß Tante Malwine selbst darunter litt. Sie richtete sich auf und strich das Haar aus der Stirn.

»Ja, gewiß, ein wenig nur, aber genug für mich. Ich darf nicht unbescheiden sein. Ist es nicht zum Verwundern, daß er noch ein wenig Liebe für mich übrig hat, wo sein Herz ausgefüllt ist von seiner Liebe zu Ihnen und zu seinem Sohn?«

»Zu mir?« entfuhr es Malwines Lippen gegen ihren Willen.

Ria nickte ernsthaft.

»Ja, natürlich. Erst kommen Sie, dann kommt sein Sohn Heinz, dann seine Arbeit und dann – ja – dann sind wohl erst noch andere Menschen da, ehe ich an der Reihe bin.«

»Sie scheinen sehr genau in Onkels Rolfs Herzen Bescheid zu wissen, Ria.«

Das junge Mädchen lächelte. »Ach – bei Menschen, die ich liebe, muß ich das immer wissen. Mein Mütterchen habe ich so oft gefragt: ›Wen liebst du am meisten?‹ Da hieß es immer: ›Dich und deinen verstorbenen Vater – sonst niemand mehr.‹ Und Onkel Rolf habe ich auch einmal gefragt – es ist noch gar nicht lange her.«

»Und – da hat er es Ihnen auch gesagt?« forschte Malwine mit gepreßter Stimme.

Ria lachte leise. »Ja, erst sagte er, das sei neugierig von mir. Aber ich ließ nicht nach mit Bitten. Und da hat er mir es denn gesagt.«

»Und genauso wie Sie eben erzählten?« fragte Malwine unruhig weiter.

Ria schüttelte den Kopf. »Ein wenig habe ich es durcheinandergebracht.«

»Wieso?«

Diese Frage sollte klingen, als sei sie leicht hingesprochen, aber Malwines Herz schlug dabei in banger Unruhe.

Ria legte ihr Stickerei zusammen. Dann stützte sie den Kopf in die Hand und sprach in leisem Ton:

»Um das zu erklären, muß ich Ihnen Onkel Rolfs Worte genau wiederholen. Sie dürfen mich aber nicht für unbescheiden halten. Onkel Rolf sagte mir: ›Denk dir mal, kleine Ria, mein Herz wäre ein richtiges Haus und in allerlei Zimmer eingeteilt. Da ist zunächst der größte und schönste Raum, der viel größer ist als all die anderen zusammen – darin wohnt nun schon seit vielen Jahren meine liebe Frau. Gleich daneben ist ein zweites, sehr großes Zimmer, das meinem Heinz gehört. Diese beiden Menschen brauchen sehr viel Platz, das kannst du mir glauben. Aber mein Herz ist so groß, daß ich noch mancherlei darin unterbringe. Ein lichtes, helles Zimmerchen ist auch für dich darin bereit. Dann sind noch ein paar Gastzimmer, die vorübergehend von allerlei liebenswerten Menschen besetzt sind. All den anderen Raum, die Korridore, Treppen, die Wirtschaftsräume und die Rumpelkammern, kurz, alles, was noch frei ist, füllt die Liebe zu meinem Beruf.‹ Ist das nicht ein hübsches Gleichnis? Onkel Rolf weiß immer alles in eine besondere Art zu kleiden.«

Malwine antwortete nicht. Es summte und sang in ihren Ohren: »Der größte und schönste Raum – darin wohnt nun schon seit vielen Jahren meine liebe Frau.« Wie Glockengeläute tönten ihr diese Worte. Und es schien ihr, als sei ein Reif gesprungen, der bisher ihr Herz zusammengepreßt hatte. Immer wieder hörte sie die junge, weiche Stimme dieselben Worte wiederholen mit dem wahrhaftigen, ungekünstelten Ausdruck. Malwine schloß, wie von einem Licht geblendet, die Augen und lehnte den Kopf zurück.

Leise erhob sich Ria und wollte das Zimmer verlassen. Malwine hörte das leichte Rauschen ihres Kleides und schrak zusammen.

»Was ist – wo wollen Sie hin, Ria?«

Das junge Mädchen blieb stehen. »Oh – ich glaubte, Sie seien müde und wollten ein wenig ruhen – da wollte ich nicht stören.«

»Nein, nein, Sie stören mich nicht, ich bin nicht müde, bleiben Sie nur«, sagte Malwine hastig.

Und dann richtete sie sich plötzlich empor und streckte Ria schnell die Hand entgegen.

»Wir wollen ›du‹ zueinander sagen, Ria. Es klingt so seltsam, wenn sie Onkel Rolf ›Du‹ und mich ›Sie‹ anreden.«

Ria ergriff die ihr gereichte Hand und küßte sie. Das war das erste Zeichen wärmeren Entgegenkommens von seiten Tante Malwines.

»Wenn Sie es mir erlauben, will ich es so gern – ach so gern tun – denn – ja ich habe dich lieb, sehr lieb, Tante Malwine.«

Diese wurde rot wie ein junges Mädchen.

»Du hast mich lieb? – Oh – ich tat nichts, mir deine Liebe zu verdienen.«

»Doch«, erwiderte Ria freudig, »du hast mich in dein Haus aufgenommen und mir immer Gutes erwiesen, obwohl ich dir ganz fremd und gewiß oft lästig war.«

»Das kann wohl deine Dankbarkeit erwecken – aber Liebe nicht.«

»Ich habe dich aber lieb, weil ich fühle, daß du trotz deines stolzen, unnahbaren Wesens ein guter edler Mensch bist. Und Onkel Rolf, dem ich das neulich sagte, hat mir geantwortet: ›Es freut mich, Ria, daß du es selbst herausgefunden hast, was für eine großdenkende Frau Tante Malwine ist. Sie verschenkt ihre Liebe nicht leicht, aber wen sie einmal ins Herz geschlossen hat, den hält sie drinnen fest und warm für alle Zeit. Werde nie müde, um diese Liebe zu werben, und verliere nie die Geduld, bis du sie dir erobert hast.‹ Danach will ich gewiß handeln, Tante Malwine. Weißt du – erst hatte ich eine schreckliche Angst vor dir. Als ich das erstemal vor dir stand, wollte ich gleich wieder fortlaufen, obwohl ich nicht wußte, wohin. Du sahst so kalt und streng aus. Aber jetzt fürchte ich mich gar nicht mehr, ich weiß, daß du ganz anders bist, als du manchmal scheinst. Selbst hätte ich das vielleicht gar nicht herausgefunden, aber Onkel Rolf hat gleich zu Anfang zu mir gesagt: ›Siehst du, Ria, es gibt Menschen, die so weich und warm empfinden, daß sie immer einen harten Panzer nach außen tragen müssen, um sich vor ihrer Empfindsamkeit zu schützen. So ein Mensch ist Tante Malwine.‹«

Malwine hat mit unbeschreiblichem Gefühl diesen Worten gelauscht. Wie spielend zog dieses Kind in seiner lieblichen Unschuld alle Schleier von ihrer Seele. Bis ins Innerste getroffen, erhob sie sich. Sie streichelte hastig, ein wenig verlegen über Rias Köpfchen.

»Kind – Kind!« murmelte sie – und dann verließ sie schnell das Zimmer wie auf der Flucht vor sich selbst.

*

Eine Stunde später saß Ria mit Tante Malwine und Onkel Rolf beim Tee. Es kam selten vor, daß der Hausherr um diese Zeit daheim war, und in den letzten Jahren war das überhaupt nie der Fall gewesen.

Er hatte seiner Frau einen Strauß wundervoller

Rosen mitgebracht, die um diese Jahreszeit selten genug waren.

Als Rolf Matern hörte, daß Malwine und Ria einander »Du« nannten, sah er aufleuchtenden Auges zu seiner Frau hinüber. Dieser Blick, aus dem unverhüllte Liebe strahlte, brachte Malwine ganz aus der Fassung.

Ria fühlte instinktiv, daß zwischen den beiden Menschen unsichtbare Fäden herüber und hinüber spannen. Sie erhob sich und faßte nach den Rosen.

»Erlaubst du, daß ich sie in frisches Wasser stelle, Tante Malwine? Ich will auch die Stiele ein wenig kürzen, damit die Blüten recht lange frisch bleiben.«

Malwine nickte nur, und Ria verließ schnell das Zimmer.

Als die beiden Gatten allein waren, faßte Rolf Matern die Hand seiner Frau und sagte erregt:

»Malwine, in deinen Augen liegt heute etwas, das mich hoffen läßt, daß du deinen Irrtum endlich erkannt hast. Soll es wieder wie einst zwischen uns werden? Glaubst du mir endlich?«

Sie atmete tief auf. »Ich glaube dir, Rolf – aber laß mir noch ein wenig Zeit, ich muß mich erst selbst wiederfinden.«

Da zog er sie schnell in seine Arme.

»Liebes Weib – laß die Sonne nicht mehr oft untergehen, ehe du all deine Zweifel begräbst. Wir werden alt – unsere Sonne ist im Sinken, wenn auch mein Herz noch warm und jung nach dir schlägt und nichts vom Alter wissen will. Malwine – denkst du noch daran, wie glücklich wir einst waren – damals –

in der kleinen Wohnung in der Vorstadt – als wir so arm waren und doch so reich?«

Sie lag zitternd an seinem Herzen und sah nun gramvoll zu ihm auf.

»Rolf – Rolf – bin ich wirklich schuld gewesen – nur ich – daß wir uns verloren?« fragte sie gequält.

»Nein, nein, Malwine – nicht du allein – auch ich. Aber nicht so, wie du gedacht hast. Der Ehrgeiz hatte mich gepackt, dem opferte ich viel – zuviel. Darüber vergaß ich lange Zeit alles, was mir sonst das Leben schön gemacht hatte. Als ich dann langsam wieder zu mir kam – da sah ich, daß du mir fremd geworden warst, und ich glaubte, bei all dem Glanz und der Fülle sei in deinem Herzen die Liebe gestorben. Da ließ ich's gehen wie es ging und vergrub mich weiter in meine Arbeit. Aber jetzt, wo mein Ehrgeiz befriedigt ist, da dünkt mich schal und leer, was ich erreicht habe. Viel Köstlicheres habe ich um äußeren Glanz dahingegeben. Ich möchte fast wünschen, wir wären arm geblieben – arm – glücklich – und schuldlos.«

Seine letzten Worte klangen düster und gepreßt. Sie sah zu ihm auf.

»Schuldlos? Du warst es, Rolf, ich sehe es jetzt ein. Ich hätte dich besser verstehen, dir mehr vertrauen sollen. In kleinlicher Eifersucht habe ich mich verzehrt, mich in einen Irrtum verrannt, mich selbst abseits gestellt, weil ich glaubte, es meinem Stolz schuldig zu sein. Ich, nur ich allein bin schuld – du bist ganz schuldlos.«

Er schloß erblassend sekundenlang die Augen.

Dann brannte ein Kuß auf ihren Lippen. Wenn sie wüßte . . ., dachte er dabei.

»Schuldlos sein – ach Malwine – wer das könnte«, stieß er heiser hervor.

Sie sah ihn erschrocken an. »Rolf – was ist dir?«

»Nichts, Malwine – nichts – erschrick nicht. Ich bin ein wenig nervös, überarbeitet. Es wird Zeit, daß unser Sohn heimkommt. Er soll mich entlasten. Die Spannkraft läßt nach bei mir.«

Besorgt hingen ihre Augen an ihm.

»Du mußt dir Ruhe gönnen, wenn Heinz zurückgekehrt ist. Hättest ihn gar nicht ein volles Jahr auf Reisen gehen lassen sollen.«

»Doch, Malwine, jetzt ging es noch an. Ist er erst mit seinem Beruf verwachsen, dann kann er sich nicht mehr so leicht freimachen. Und ich gönne ihm diese schöne Reise, auf der er viel gelernt haben wird.«

»Nun soll er aber mit seinen jungen Kräften in die Bresche springen. Wie gut, daß du dir Heinz zu deinem Nachfolger erzogen hast.«

Er setzte sich wieder zu ihr und legte den Arm um ihre Schulter.

»Ja, Malwine – das ist gut. Und ein tüchtiger Mensch ist er gottlob geworden, unser Heinz. Der wird mein Werk weiterführen, daß ich meine Freude daran haben werde – so weiß ich doch, für wen ich – das alles – getan habe. – Wenn Heinz sich erst gut eingearbeitet hat, dann spannen wir einmal ein paar Monate aus, meine liebe Frau, dann reisen wir zusammen, so recht in Ruhe und Behaglichkeit. Wo es uns gefällt, bleiben wir. Und dann holen wir nach, was wir in der Hast des Lebens versäumt haben. Willst du?«

Sie nickte glücklich lächelnd, und er küßte sie andächtig auf Mund und Augen.

»Du bist so schön, Malwine. Wie Jugendzauber liegt es über deinem Wesen.«

Sie seufzte leise.

»Ich habe schon graue Fäden in meinem Haar gefunden«, sagte sie voll Wehmut.

»Bei mir mußt du die braunen zählen, Malwine. Schnee liegt auf meinem Haupt.«

»Oh – du wirst immer jung sein – auch als Greis«, sagte sie mit aufleuchtendem Blick.

Er streckte seine Arme von sich. »Solange ich schaffen kann – ja. Und wenn mich die Kraft verläßt, dann wünsche ich mir ein schnelles Ende. Nur nicht tatenlos dahinwelken – das wäre mir furchtbar.«

Jetzt kam Ria zurück. In einer schönen schlanken Vase trug sie die Rosen vor sich her und stellte sie auf den Tisch.

Onkel Rolf neckte sie. Ganz übermütig war er heute. Und in Tante Malwines Augen schimmerte es feucht. Ein weicher, glücklicher Ausdruck lag auf ihrem Gesicht.

Ria atmete wie von einem heimlichen Druck befreit auf.

Malwine war sehr gütig zu ihr, und Rolf freute sich darüber.

*

Die Heimkehr Heinz Materns stand nahe bevor. Er hatte mit einem Freund eine große Reise durch aller Herren Länder gemacht, und nun wurden zu seinem Empfang festliche Vorbereitungen getroffen.

Ria war sehr gespannt, Heinz Matern kennenzulernen. Fotografien von ihm hatte sie schon gesehen. Entschieden mußte er seinem Vater sehr ähnlich sein. Ob er ihm auch im Wesen glich? Und ob er wohl freundlich zu ihr sein würde – oder ob sie ihm lästig war? Sie dachte sehr viel an ihn und sah erwartungsvoll dem Tag entgegen, wo er eintreffen mußte.

Die Stimmung im Maternschen Hause war jetzt immer heiter, das erstreckte sich bis auf die Dienstboten herab. Diese glaubten natürlich, nur die Freude über die Heimkehr des Sohnes verursache die frohe Erregung der Herrschaft.

Sonderbarerweise hatten weder Vater noch Mutter Heinz etwas von der neuen, jungen Hausgenossin geschrieben. Erstens beschränkte sich der Briefwechsel, da Heinz von Ort zu Ort gezogen war, nur auf das Nötigste. Außerdem hatte Rolf angenommen, seine Frau hätte Heinz darüber geschrieben, während Malwine wieder ihrem Gatten nicht vorgreifen wollte.

Kurz vor Weihnachten kam dann Heinz Matern an.

Ria hatte sich auf ihr Zimmer zurückgezogen, um das erste Wiedersehen von Eltern und Sohn nicht zu stören. Vom Fenster aus sah sie ihn aus dem Wagen steigen. Die Röte der Erregung überflutete ihre Wangen. Wahrhaftig, Heinz Matern war das verjüngte Ebenbild seines Vaters. Groß und schlank wie er, hatte dieselben breiten Schultern und die gleichen raschen, elastischen Bewegungen. Das Antlitz zeigte dieselben charakteristischen, energischen Linien, und über den tiefliegenden Augen sprang die Stirn ebenso kantig und wuchtig vor. Sogar das Haar trug er in derselben Art, nur war es tiefbraun.

Ria hörte Heinz Materns Lachen heraufklingen. Versonnen blieb sie stehen und sah auf den winterlichen Garten hinab. Und ein Gefühl großer Einsamkeit und Verlassenheit überkam sie. Ihr war zumute, als müsse sie nun von neuem um ihr warmes Plätzchen in diesem Hause ringen. War es doch nur natürlich, daß Onkel und Tante jetzt wieder ganz in ihrem Sohn aufgingen. Und wie würde er sich selbst zu ihr stellen? –

Bei der Mittagstafel begegnete sie ihm dann zum erstenmal. In der Wiedersehensfreude hatten die Eltern auch jetzt ganz vergessen, ihrem Sohn etwas von der neuen Hausgenossin zu sagen.

Heinz Matern hatte die schönsten Frauen aller Länder kennengelernt. Daher machte die feine, stille Anmut, das schlichte Wesen Ria Rottmanns keinen Eindruck auf ihn. Sie war nicht das, was man ein schönes Mädchen nennt, ihre Reize fielen nicht gleich blendend ins Auge. Man mußte die großen, dunklen Augen aufleuchten und die Schönheit der reichen Seele darin widerstrahlen sehen.

Jetzt stand Ria scheu, fast steif und hölzern vor ihm. Sie las die Verwunderung in seinem Gesicht und fühlte mit einem jähen, brennenden Schmerz, daß ihre Anwesenheit ihm unangenehm war. Und wie damals,

als Tante Malwine sie so kühl und fremd begrüßte, wäre sie auch jetzt am liebsten aus dem Bereich der erstaunten, kühlblickenden Männeraugen geflohen. Nun machten die Eltern Heinz mit Ria bekannt und sagten ihm, daß er sie in Zukunft immer im Vaterhaus finden würde. Da beschlich den jungen Mann zunächst ein Gefühl großen Unbehagens. Wie hatte er sich auf dies erste Mittagsmahl daheim gefreut, ganz allein mit den Eltern, denen er von seinen Reisen berichten wollte! Und nun saß da dies fremde Mädchen zwischen ihnen. Was sollte sie ihm? Mit solch »halbflüggen Backfischen« hatte er nie etwas anzufangen gewußt, zumal, wenn sie so linkisch und verlegen waren. Er war keiner von denen, die die Gesellschaft von Frauen gern suchen. Darin glich er seinem Vater.

Selbstverständlich war er zu gut erzogen, um seine Verstimmung über Rias Anwesenheit zu zeigen. Während der Tafel richtete er auch einige Male höflich das Wort an sie. Sie gab ihm aber nur hastige, scheue Antworten und wagte ihn kaum anzusehen.

Daraufhin gab er es auf, sie ins Gespräch zu ziehen, und als er erst begann, von seinen Reiseerlebnissen zu berichten, vergaß er sie vollständig.

Ria aber lauschte atemlos den fesselnden Erzählungen, und ihre Augen hingen selbstvergessen, wie gebannt, an seinem lebensprühenden Gesicht. Vergessen waren jetzt, da er sie nicht mehr beachtete, ihre Angst und Scheu. Es kam ein Gefühl über sie, als sei ihr etwas Wundersames, Herrliches widerfahren, als strahle die Welt in einem neuen Licht.

Sie war zu jung und unerfahren mit ihren kaum

achtzehn Jahren und ihrem weltfremden Wesen, um sich schon in dieser Stunde darüber klarzuwerden, daß Heinz Matern im Sturm ihr junges, unberührtes Herz erobert hatte. Sie fühlte nur instinktiv, daß das Heute dem Gestern nicht mehr glich, daß etwas in ihr ganz anders geworden war, daß etwas Neues von ihrer Seele Besitz ergriffen hatte – und alles, was bisher gewesen, in den Schatten stellte.

Während sie eifrig wie sonst im Haus schaffte, weilten ihre Gedanken bei Heinz Matern. Ihre Phantasie umkleidete ihn mit allem Zauber eines Märchenprinzen. Saß sie ihm bei Tisch gegenüber oder reichte sie ihm die gefüllte Teetasse, wenn er zuweilen zur Teestunde im Salon seiner Mutter war, dann wagte sie nicht, zu ihm aufzusehen. Denn wenn sein Blick den ihren traf, war ihr zumute, als verliere sie den Boden unter den Füßen.

Bald aber lernte sie es, ruhig zu erscheinen, wenn ihr auch das Blut noch so wild zum Herzen drang. Sie brachte es fertig, äußerlich ganz kühl und gelassen mit Heinz Matern flüchtige Worte zu tauschen. Nur ansehen konnte sie ihn nicht dabei, weil sie stets in Angst war, ihre Augen möchten zu Verrätern werden.

Eines Tages kam Heinz mit seinem Vater auf Ria zu sprechen.

»Wie bist du auf die Idee gekommen, Papa, dies kleine Mädchen ins Haus zu nehmen? Wenn du wirklich ideelle Verpflichtungen gegen deinen Jugendfreund hattest und seine Witwe und Tochter unterstützen wolltest, so hättest du das tun können, ohne dir eine solche Plage aufzuladen. Es gibt schließlich eine Menge Pensionen, wo man derartige hilflose Backfische unterbringen kann, ohne daß sie einem direkt im Wege sind«, sagte er unmutig.

Rolf Matern sah seinen Sohn eine Weile an und strich sich dann über die Augen. Endlich sagte er langsam: »Mein lieber Heinz, du vergißt dabei die Hauptsache.«

»Was denn, Papa?«

»Daß wir das Kind liebgewonnen haben und sie nicht fremden, lieblosen Menschen überlassen wollten. Auch habe ich ihrer sterbenden Mutter gelobt, sie in mein Haus zu nehmen.«

Heinz zuckte die Achseln.

»Solche Gelöbnisse können oft zu einer unerträglichen Fessel werden. Ich verstehe nicht, daß du dich dazu verleiten lassen konntest. Überhaupt, ich habe dich bezüglich dieser Frau Rottmann nie verstanden. Mama hat es, glaube ich, auch nicht gekonnt, obwohl sie mir gegenüber immer deinen Wohltätigkeitsbestrebungen für die Frau das Wort redete. Im Grunde ist sie wohl auch meiner Ansicht, daß du darin zu weit gingst.«

Rolf Matern erhob sich und trat an seinen Sohn heran. Mit einem ernsten, fast düsteren Blick sah er ihm in die Augen, dann sagte er mit schwerer Betonung: »Fast jeder Mensch hat einen Punkt, in dem er anderen unverständlich erscheint. Laß dir daran genügen, mein Sohn, daß ich triftige Gründe zu meiner Handlungsweise hatte.«

Heinz blickte betroffen auf.

»Du mußt nicht denken, Papa, daß ich Kritik üben

wollte an dir. Deine Gründe in Ehren – wenn ich sie auch nicht kenne. Dein Bild steht so klar und festgefügt vor meinen Augen, daß die leiseste Unsicherheit deines Wesens mich stört. Nun bin ich darüber beruhigt. Du hast deine Gründe, und das Mädchen ist euch lieb geworden – wiewohl ich das nicht verstehen kann –, das ist mir Erklärung genug. Was denkst du aber nun später über dies Mädchen zu bestimmen? Soll sie bei uns bleiben?«

Rolf Matern legte seine Hand auf die Schulter seines Sohnes.

»Immer – so lange sie bleiben will. Und auch wenn sie einmal selbst fort verlangt, werde ich ihre Zukunft sicherstellen. Du wirst es leicht verschmerzen können, Heinz, wenn ich ihr später in meinem Testament eine Summe aussetze, die sie vor pekuniären Sorgen schützt. Hoffentlich hat das noch gute Weile. Da wir aber nun einmal von Ria sprechen, so möchte ich dich bitten, daß du dich zu ihr etwas freundlicher, brüderlicher stellst.«

Heinz fuhr lachend mit den Fingern durch das Haar – eine Bewegung, die er mit dem Vater gemeinsam hatte. »Um Gottes willen, Papa, es gibt zwei Dinge auf der Welt, gegen die ich eine große Abneigung habe – das sind Backfische und Katzen – man weiß nie, wie man sie anfassen soll. Ich kann nicht dafür.«

Rolf Matern lächelte nun auch. »Ein Backfisch in deinem Sinne ist Ria nie gewesen. Und auch dem Alter nach ist sie über diese Stufe hinaus. Sie ist achtzehn Jahre alt. Wenn du dir nur etwas mehr Mühe mit ihr geben wolltest, so würdest du bald merken, daß sie nicht zu der von dir gefürchteten Klasse der Backfische gehört, sondern ein ganz beachtenswertes Menschenkind ist.«

Heinz schüttelte ungläubig den Kopf. »Davon habe ich freilich noch nichts bemerkt. Ich halte sie für beschränkt und langweilig. Außerdem kann sie einen nicht ansehen, das mag ich schon gar nicht leiden.«

»Sie ist scheu und verschüchtert, Heinz, aber durchaus nicht beschränkt. Im Gegenteil, sie ist klug und gereift über ihre Jahre. Wer ihr Vertrauen gewonnen hat, den blickt sie ehrlich und offen an. Sie stand auch deiner Mutter erst ebenso wie dir gegenüber. Aber jetzt herrscht zwischen beiden ein sehr vertraulicher Ton. Du solltest sie nur einmal beobachten können, wie sie sich gibt, wenn sie mit deiner Mutter und mir allein ist, dann würdest du sie kaum wiedererkennen. Sobald du ins Zimmer trittst, ist sie wie ausgewechselt, weil sie noch kein Vertrauen zu dir fassen konnte.«

Heinz lachte wieder.

»Also bin ich ihr so eine Art Popanz und Kinderschreck. Na – ich will mich also gelegentlich mal um die Gunst der kleinen Dame bemühen. Vielleicht kriege ich dann mit der Zeit heraus, was sie für Augen hat. Aber nun genug von ihr. Wir haben Wichtigeres zu besprechen, Papa.«

Die beiden Herren vertieften sich in geschäftliche Besprechungen. Vater und Sohn arbeiteten jetzt fast immer gemeinsam, denn Heinz sollte bald soweit kommen, daß er seinen Vater vertreten konnte.

*

Der Heilige Abend war herangekommen. In Villa Matern wurde nur ein einziger Gast erwartet, Heinz Materns Freund, Walter Meister, mit dem zusammen er seine Reise gemacht hatte.

Walter Meister hatte schon mit Heinz gemeinsam die Schule besucht. Seine Eltern waren gestorben und hatten ihm ein großes Vermögen und eine schöne Villa hinterlassen. Diese lag am Grunewaldsee, aber entgegengesetzt zu der Villa Matern. Schon als Knaben waren die beiden Freunde unzertrennlich gewesen. Walter Meister war ein lustiges Blut, zu allerlei losen Streichen immer aufgelegt, stets sorglos und vergnügt, im innersten Wesen ein tüchtiger, zuverlässiger Mensch.

Er war Architekt und hatte sich diesem Studium mit Liebe ergeben.

Sein großes Vermögen erlaubte ihm, ganz nach Wunsch zu leben. Zum Nichtstuer fehlte ihm Talent – denn auch dazu muß der Mensch veranlagt sein.

Er war nun gewissermaßen in einem Zwiespalt mit sich selbst. Mit Heinz hatte er oft darüber gesprochen. Einmal, als sie schon von der Reise zurückgekeht waren, sagte er zu ihm:

»Weißt du, Heinz, ich bin in einer scheußlichen Zwickmühle. Arbeite ich, so versündige ich mich an anderen, denn ich bin so reich, daß ich gar kein Geld mehr gebrauchen kann, und andere haben es so nötig. Arbeite ich nicht, so versündige ich mich an mir selbst. Sieh mal – da habe ich wieder allerlei Entwürfe gemacht – sind doch ganz nett – was?«

Heinz betrachtete die Zeichnungen. Sie befanden sich in Walter Meisters Atelier, das er sich im Oberstock seiner Villa hatte einrichten lassen. Es war ein sehr schöner und zweckmäßiger Raum, und man sah, daß darin wirklich gearbeitet wurde.

»Die Entwürfe sind nicht nur ganz nett, Walter, sondern schön und originell. Es wäre unerhört, wenn du dein Talent nicht ausnützen wolltest. Wozu hast du denn studiert?«

»Nun – zunächst zu meinem Vergnügen, damit mich die Langeweile nicht umbringt. Dann aber, um nicht zu weit hinter dir zurückstehen zu müssen, denn du bist ein hervorragender Mensch, und ich muß mich deiner Freundschaft würdig zeigen.«

»Öde mich nur nicht mit solchen Phrasen an«, schalt Heinz lachend.

»Nein, das ist mein völliger Ernst.«

»Dann mache auch Ernst und übe deinen Beruf aus, wie es sich gehört.«

»Leicht gesagt! Aber das ist's ja eben, es würde mir so unverschämt leicht gemacht. Ein anderer armer, tüchtiger Kerl dagegen müht sich ab und kann nicht vorwärtskommen, weil es ihm an Geld und Verbindungen fehlt.«

»Deshalb kannst du dein Wissen aber nicht brachliegen lassen. Deine Ansicht über diesen Punkt ist entschieden zu ideal. Aber – ich will dir mal einen Vorschlag machen, der dich aus dieser Klemme befreien kann.«

»Heraus damit, Heinz. Und wenn dieser Vorschlag annehmbar ist, lasse ich dich aushauen – in Marmor natürlich.«

Sie lachten beide. Dann sagte Heinz, sich eine Zigarette ansteckend:

»Also, wenn du deinen armen Kollegen das Brot nicht wegnehmen willst durch die Ausübung deines Berufes – so hilf einem von ihnen mit deiner Kunst, mit deinem Können, deinem Geld und deinen Verbindungen.«

»Bravo, Heinz! Natürlich – so geht es famos. Siehst du – du bist der Klügere von uns beiden, auf diesen einfachen Ausweg bin ich nicht gekommen. Bon – wird gemacht! Ich suche mir einen Mitarbeiter, ein ganz armer Kerl muß es sein – aber tüchtig. Und dann bauen wir miteinander darauflos. Den Hauptanteil am Gewinn bekommt er, ich sorge nur, daß mein eingeschossenes Geld sich gut verzinst. Das war eine famose Idee! Gleich morgen fange ich an zu suchen. Du kannst auch ein bißchen mit Umschau halten, ihr habt ja viel mit Architekten zu tun.«

Diese Unterredung hatte wenige Tage vor dem Fest stattgefunden. Und nun war Walter Meister, wie schon immer seit dem Tod seiner Eltern, am Weihnachtsabend in Villa Matern zu Gast.

Er hatte Ria Rottmann schon einige Male gesehen. Auch auf ihn hatte sie zunächst keinen besonderen Eindruck gemacht. Aber gutherzig wie er war, erbarmte er sich ihrer Schüchternheit und zog sie immer wieder in die Unterhaltung.

Zu ihm faßte sie auch Vertrauen und plauderte bald ganz ungezwungen mit ihm.

Als er sie nun heute bei der Bescherung beobachtete, wie ihr die Freude aus den Augen strahlte, wie sie Onkel und Tante voll Erregung umarmte und ihnen für die reichen Gaben dankte und wie sie ihm dann strahlend und lächelnd all den mädchenhaften Tand zeigte, den man für sie aufgebaut hatte, da dachte er erstaunt:

Donnerwetter – die Kleine ist ja bildhübsch, wenn sie Farbe hat und lebhaft wird!

Bei Tisch saß er neben ihr und unterhielt sich ausgezeichnet. Nun ihr die Zunge gelöst war, plauderte sie klug und gut. Zuweilen gab sie wohl etwas weltfremden Gedanken Ausdruck, aber die erschienen ihm so originell und amüsant, daß sie ihn durchaus nicht langweilten.

Heinz beobachtete die beiden ganz erstaunt. Einen Teil ihrer Unterhaltung hörte er, und unwillkürlich lauschte er aufmerksam weiter. Wie die Kleine auftaute! Sie schien wirklich nicht beschränkt zu sein – im Gegenteil. Vor Walter schlug sie auch die Augen nicht ängstlich nieder. Einige Male lachte sie ihn ganz fröhlich an. Dies Lachen klang so klar und warm, so ungezwungen und natürlich, wie man es sonst nur bei Kindern hört.

Sie müßte öfter lachen, das steht ihr viel besser, als der ängstliche, verschüchterte Ausdruck, dachte er.

Und er versuchte, an dem Gespräch der beiden teilzunehmen. Da aber wurde Ria gleich wieder befangen.

Was hat sie nur gegen mich, das dumme, kleine Ding? dachte er. Nach Tisch verlangte Walter stürmisch, daß Weihnachtslieder gesungen werden müßten.

»Sonst ist ja kein Weihnachtsfest«, sagte er.

Er fühlte sich in der Familie seines Freundes ganz zu Hause und konnte sich diesen Ton erlauben. Auf Tante Malwines Aufforderung setzte sich Ria bereitwillig an den Flügel, und gleich darauf erklang ihre frische, klare Stimme. Feierlich und rührend wie aus gläubigem Kinderherzen klangen die Worte des alten schönen Liedes durch den Raum: »Vom Himmel hoch, da komm ich her«.

Ganz andächtig hörten die anderen zu. Beim zweiten Vers fiel Walter Meister ein, und schließlich sangen sie alle mit.

Aber dann mußte Ria auf allgemeinen Wunsch noch einige Lieder allein singen. Sie tat es ohne Ziererei und sagte nur zu Onkel Rolf und Tante Malwine: »Wenn ich aufhören soll, müßt ihr es mir sagen.«

Onkel Rolf lachte. »Fange nur erst an. Wahrscheinlich wirst du des Singens eher müde, als wir des Zuhörens.«

Da sang Ria allerlei schlichte, schöne Lieder, und ihre Zuhörer ließen sich so recht vom Behagen einspinnen.

Als sie zu Ende war, trat Heinz zu ihr an den Flügel. »Sie singen wunderhübsch, Ria. Das habe ich gar nicht gewußt, sonst hätte ich Sie schon öfter um ein Lied gebeten.«

Sie wurde dunkelrot und sah scheu auf die Tasten des Flügels nieder.

»Herrgott«, rief er ungeduldig, »so sehen Sie mich doch einmal herzhaft an, Ria! Mögen Sie mich denn so wenig leiden, daß Sie immer von mir fortsehen, wenn ich mit Ihnen spreche?«

Ganz erschrocken sah sie mit großen, ängstlichen Augen zu ihm auf. »Ach – wie mögen Sie so etwas glauben, Heinz«, stammelte sie.

Er lachte. »Na – nun kann ich wenigstens mit Gewißheit behaupten, daß Sie braune Augen haben, Ria. Bis jetzt habe ich das noch nicht feststellen können. Ist es denn ein Wunder, wenn ich annehme, daß Sie mich unausstehlich finden? Mit meinem Freund Walter sind Sie gleich ein Herz und eine Seele gewesen, mit mir sprechen Sie kaum ein Wort. Und niemals sehen Sie mich dabei an. Das tut man höchstens bei Menschen, die man nicht leiden mag.«

Sie hatte sich erst wie hilfesuchend umgesehen, aber die anderen waren wieder ins Nebenzimmer unter den Tannenbaum gegangen. So waren sie allein.

All ihren Mut zusammenfassend, sah sie wieder zu ihm auf. »Das ist eine sehr schlechte Angewohnheit von mir – ich bitte um Verzeihung, Heinz. Sie dürfen ganz gewiß nicht glauben, daß – daß ich Sie nicht leiden mag.«

»Wenn ich das nicht glauben soll, müssen Sie mir Besserung geloben.«

»Ich will mir Mühe geben, ganz gewiß.«

»Hand darauf!« forderte er lächelnd und hielt ihr die seine entgegen.

Ria legte zögernd ihre kleine, schmale Hand hinein. Er fühlte, wie sie leise zitterte.

So ein kleines, dummes Mädel! Sie hat wirklich Furcht vor mir. Das ist ja gerade, als hielte ich ein gefangenes Vögelchen in der Hand, dachte er.

»Also auf gute Kameradschaft, Ria. Eigentlich könnte ich die Rechte eines Vetters in Anspruch nehmen, da meine Eltern für Sie Onkel und Tante geworden sind.«

»Das kannst du gewiß, Heinz«, sagte in diesem Augenblick Rolf Matern, der wieder eingetreten war und nun hinter ihnen stand. »Es ist wirklich das klügste, ihr nennt euch ›Du‹ und betrachtet euch als Vetter und Base. Das ist gemütlicher.«

Heinz nickte. »Mir ist es recht – dir auch, Ria?«

»Ja, Heinz«, sagte sie leise – und ihre Augen flüchteten schon wieder vor ihm.

Er wollte sie unbedingt zutraulich machen und legte den Arm um ihre Schulter.

»Das ›Du‹ muß mit einem Kuß besiegelt werden«, sagte er übermütig.

»Nein – nein!« rief sie wie außer sich.

Da gab er sie ein wenig ärgerlich frei.

Rolf Matern aber zog lachend Rias Arm durch den seinen. »Recht so, Ria – ein Mädchen muß geizen mit solch einer Gunst.«

Und er führte sie ins Nebenzimmer. Heinz folgte ihnen im Bewußtsein, alles getan zu haben, was in seiner Macht stand, um diesen scheuen Vogel zutraulich zu machen. Er ahnte nicht, was in Rias Seele vorgegangen war bei seinen Bemühungen. Im Verlaufe des Abends neckte er sie noch ab und zu in vetterlicher Weise. Sie antwortete schlagfertig darauf, aber ihre Befangenheit konnte sie noch immer nicht überwinden. Und er dachte amüsiert:

Ich habe eben kein Talent, mit Backfischen umzugehen.

Der Abend verlief friedlich und schön, wie er begonnen hatte. Heinz verlangte es dann noch, einen Spaziergang zu machen, und er begleitete den Freund nach Hause. Ria aber stand im Dunkeln am Fenster ihres Zimmers und wartete, bis er heimkehrte.

Als sie seine hohe Gestalt durch den Garten auf das Haus zuschreiten sah, preßte sie die Hände fest aufs Herz und schauerte zusammen.

Eilig kleidete sie sich aus und ging zu Bett. Und wie ein Seufzer stieg es aus ihrer Brust empor:

»Laß ihn recht glücklich werden, lieber Gott.«

*

Von diesem Tage an bemühte sich Heinz, den vetterlichen Ton gegen Ria festzuhalten. Eigentlich benahm er sich eher wie ein guter Onkel. Er brachte Ria Konfekt mit, neckte sie mit ihrer schlechten Angewohnheit, an ihm vorbeizusehen, und fragte sie, ob sie noch mit Puppen spiele.

Sie wurde rot, wenn er sich mit ihr beschäftigte, und kam nie aus einer gewissen Befangenheit heraus. Sie fühlte seine Überlegenheit und wußte, daß sie ihm nicht mehr galt als ein unbeholfenes Kind, dem er mitleidig helfen wollte, die Scheu vor ihm abzulegen.

Im ganzen war aber das Verhältnis zwischen ihnen etwas vertraulicher geworden, und es wurde von Tag zu Tag besser.

Abends mußte Ria jetzt oft auf Heinz' besonderen Wunsch ein Lied singen, wenn keine Gäste geladen waren. Er hörte ihr gern zu, so schlicht auch ihre Vortragsweise war. Vielleicht gerade deshalb.

Rolf Matern teilte die Vorliebe seines Sohnes, und Frau Malwine fand diese behaglich stillen Familienabende sehr reizvoll und schön. Auch Walter Meister fand sich dazu ein. Er wurde ja zur Familie gerechnet.

Eines Tages sagte er zu Heinz: »Weißt du was, seit die kleine Ria bei euch im Haus ist, erscheint es mir in Villa Matern noch viel gemütlicher als zuvor.«

Heinz widersprach nicht mit einem Wort, obwohl er noch vor kurzer Zeit Rias Anwesenheit als sehr lästig empfunden hatte.

Im Januar fanden einige größere Festlichkeiten im Maternschen Haus statt. Sogar ein Ball wurde Heinz zu Ehren gegeben.

Dieser behauptete zwar, an der ganzen Tanzerei sei ihm wenig gelegen, aber seine Mutter sagte lächelnd: »Wenn man dich nicht zuweilen ein bißchen zur Geselligkeit zwingt, vergißt du im Arbeitseifer ganz, daß du noch jung bist, mein lieber Heinz. Als alter Mann brauchst du nicht mehr zu tanzen. Aber jetzt hast du Pflichten gegen die jungen Damen, die sonst nicht zu ihrem Recht kommen könnten.«

Und als dann davon die Rede war, daß Ria der Trauer wegen nicht am Ball teilnehmen durfte, hatte er neckend zu dem jungen Mädchen gesagt: »Schade,

Ria – wir hätten sonst den Reigen miteinander eröffnet. Wird es dir nicht schwer ankommen, in deinem Zimmer stillzusitzen, wenn hier unten getanzt wird?«

»Ich weiß es nicht, Heinz«, hatte Ria geantwortet.

Als aber dann am Ballabend der lustige Lärm von unten zu ihr heraufschallte und die lockenden Walzerklänge ertönten, da hielt sie es im Zimmer nicht mehr aus. Nur einen einzigen Blick wollte sie in den Saal auf die festliche Menge werfen – und auf Heinz, der in dem eleganten Frack so stattlich ausgesehen hatte. Schnell huschte sie die Treppe hinunter und barg sich hinter einer Pflanzengruppe. Von hier aus konnte sie einen Teil des Saales durch die offenstehende Flügeltür überblicken.

Und wie in dem Rahmen eines Bildes sah sie, vom hellen Licht bestrahlt, Heinz Matern vor einer wunderschönen jungen Dame stehen, die sich in einer herrlichen, glitzernden Toilette graziös in einen Sessel schmiegte und mit verführerischem Lächeln zu ihm aufsah. Sie sah auch, wie sich Heinz ritterlich zu ihr herabneigte und ihr die Hand küßte.

Das Herz stand ihr dabei fast still in unverstandenem Schrecken. Wie gebannt starrte sie hinüber und prägte sich das schöne Frauengesicht ein. Sie sah leuchtende, fesselnde Augen, einen roten, schöngezeichneten Mund mit prächtigen Zähnen und wundervolles Haar, das wie flüssiges Gold glänzte und sehr kunstvoll frisiert war. Glänzende Steine blitzten darinnen, und um den blendend schönen Hals schlang sich eine mattschimmernde Perlenreihe.

Wie schön sie war – wie wunderschön! Jetzt richtete sich Heinz empor und wandte sich um.

Wie gejagt flog Ria die Treppe wieder empor.

Klopfenden Herzens fiel sie oben in ihrem Zimmer in einen Sessel. Sie preßte die Hände vor die Augen, als könne sie damit das Bild verscheuchen, das immer wieder vor ihr stand: Heinz Matern ritterlich und elegant über die schöne Frauenhand gebeugt. Wer mochte sie wohl sein? Sie kannte sie nicht, hatte sie noch nie im Salon Tante Malwines gesehen.

Diese Frau, die Rias Herz in solch große Unruhe versetzt hatte, hieß Sibylle Jansen und war die Gattin des schon ziemlich bejahrten, aber sehr reichen Bankiers Jansen. Erst vor kurzem war das Ehepaar von einer Rivierareise zurückgekommen und zufällig unterwegs auch mit Heinz Matern und Walter Meister zusammengetroffen. Die schöne Frau hatte schon vorher eine große Vorliebe für Heinz Matern an den Tag gelegt und suchte ihn unentwegt in ihre Netze zu ziehen.

Er bewunderte ihre Schönheit und plauderte auch gern mit ihr, da sie geistvoll und witzig war. Das alles war für ihn nichts als harmloser Flirt. In dem Moment, da ihn Ria mit Sibylle Jansen zusammen gesehen, hatte er sie gerade erst begrüßt und war gleich darauf wieder weitergegangen, denn seine Pflichten als Haussohn nahmen ihn in Anspruch.

Heinz Matern wurde von den anwesenden jungen Mädchen umschwärmt. Die Bemühungen um seine Person waren ihm unangenehm. Auch heute war er bald von einer Anzahl mehr oder minder reizender junger Damen umringt, und er mußte ihnen einige Artigkeiten sagen. Aber seine Augen suchten nach einem Ausweg zur Flucht.

Unweit dieser Gruppe stand eine sehr hübsche junge Dame in einem schlichten, weißen Kleidchen. Es war Lotte Werner. In ihren Augen blitzten Spott und Unwillen über die Frauen um Heinz. Sie umdrängten ihn, wie die Fliegen ein Stück Zucker. Ob sie sich nicht vor sich selbst schämen? dachte sie.

Auch Sibylle Jansen beobachtete diese Zudringlichkeit, und als Heinz nervös geworden war inmitten der auf ihn einschwatzenden Damenschar, erhob sie sich und kam langsam an ihn heran.

Lächelnd legte sie ihren Fächer auf seinen Arm und blickte mit den von schwarzen Wimpern umsäumten, graugrün schillernden Nixenaugen zu ihm auf.

»Sie wollten mir doch die Fotografien zeigen, die Sie von Ihrer Reise mitgebracht haben, Herr Matern«, sagte sie lässig, die jungen Damen spöttisch fixierend.

Heinz atmete auf und reichte ihr mit einer Verbeugung gegen die anderen Damen den Arm. »Ich stehe gern zur Verfügung, gnädige Frau.«

Als sie außer Hörweite waren, sagte Sibylle mit einem leisen, girrenden Lachen: »Wenn ich Sie nicht gewaltsam Ihren Peinigerinnen entführt hätte, wäre es sicher zu einem Unfall gekommen. Sie sahen aus, als wollten Sie explodieren.«

Heinz seufzte mit komischer Übertreibung.

»Ich danke Ihnen tausendmal, daß Sie sich meiner erbarmt haben, gnädige Frau. Explodiert wäre ich zwar nicht – dazu bin ich zu wohlerzogen –, aber wenn Sie mir zu einem ruhigen Plauderstündchen mit Ihnen verhelfen wollen, dann setzen Sie Ihrer Güte und Liebenswürdigkeit die Krone auf.«

»Gleich ein Stündchen?« fragte sie neckend.

»Ich bin auch mit einer halben Stunde zufrieden.«

»Einigen wir uns auf die Hälfte davon. Länger wage ich es nicht, Sie der Gesellschaft zu entziehen. Bitte führen Sie mich in ein ruhiges Nebenzimmer, wo wir uns ungestört ein wenig über unsere lieben Mitmenschen lustig machen wollen. Sie können so liebenswürdig boshaft sein.«

Er sah verwundert auf sie herab. »Boshaft – ich? Das ist Verleumdung, gnädige Frau.«

»Also sagen wir sarkastisch, das klingt vielleicht besser.«

Sie fühlte sehr wohl, daß er ihr immer wieder entglitt. Aber das reizte sie erst recht. Anbeter und Verehrer konnte sie in Menge haben, aber sie hatte es gerade auf Heinz Matern abgesehen.

Als sie nun an seiner Seite durch den Saal schritt, folgten ihr viele Blicke, in denen ein nicht eben wohlwollender Ausdruck lag.

Man verargte es ihr, daß sie diesen begehrenswerten jungen Mann ganz allein mit Beschlag belegte. Einige der anwesenden jungen Damen waren sehr hübsch. Als sie nun so verärgert mitten im Saal standen, trat Albert Jansen, Sibylles Gatte, zu ihnen heran. Seine lüsternen Augen weideten sich an der blühenden Jugend. Er machte seine Scherzchen mit ihnen.

Da faßte sich eine von ihnen ein Herz und machte

ihn darauf aufmerksam, daß seine Gattin mit Herrn Matern junior im Nebenzimmer Fotografien betrachten wollte.

Er lachte spöttisch auf. »Nun, wenn schon, sie soll sich amüsieren – ich tue es ja auch«, sagte er.

Auch Walter Meister sah Heinz mit Frau Jansen im Nebenzimmer verschwinden.

Frau Venus und Tannhäuser – ich glaube, die schöne Frau Sibylle hat kein Glück, Heinz ist unempfänglich, dachte er.

Als ihn eben das gleiche Schicksal bedrohen wollte, wie vorhin Heinz, und die jungen Damen sich ihm zuwandten, trat er schnell, wie auf der Flucht, an Fräulein Lotte Werner heran, die noch immer allein abseits stand und ihm keineswegs liebenswürdig entgegensah.

Mit Vergnügen betrachtete er das hübsche, zierliche Geschöpf mit dem blonden Wuschelhaar, dem prachtvollen Teint, den gesunden, weißen Zähnen und den klugen, blitzenden Blauaugen. Er war ihr schon früher in Gesellschaft begegnet und sie hatte ihm immer gefallen, obwohl sie ihm wenig liebenswürdig entgegenkam.

»Sie stehen hier mitten im Gewühl so allein wie auf einer einsamen Insel, gnädiges Fräulein. Darf ich mir erlauben, Ihnen ein wenig Gesellschaft zu leisten?« fragte er lächelnd.

Sie blitzte ihn mit ihren klugen Augen spöttisch an.

»Es ist nicht nötig, daß Sie sich meinetwegen bemühen, Herr Meister. Ich liebe die Einsamkeit und langweile mich nicht in meiner eigenen Gesellschaft.«

Amüsiert blickte er sie an. Sie hatte ihn schon oft genug in ähnlicher Weise abgewiesen.

»Warum behandeln Sie mich eigentlich so schlecht?« fragte er in gemütlichem Ton.

»Weil Sie so eingebildet sind, zu glauben, jede junge Dame müsse tief beglückt sein, wenn Sie sich herbeilassen, einige Worte mit ihr zu sprechen.«

Walter Meister verbeugte sich mit komischem Entsetzen. »Duck' dich, Seele, es kommt ein Platzregen! Alle Wetter, mein Fräulein, das war eine kalte Dusche. Womit habe ich das verdient? Kennen Sie mich so genau, daß Sie mit so sicheren Strichen eine Charakteristik von mir entwerfen können?«

Sie zuckte die Achseln. »Ach – die jungen Herren sind alle im großen und ganzen gleich«, behauptete sie, »es lohnt sich nicht, Unterschiede zu machen. Sie sind alle anmaßend und eingebildet, und da Sie, wie ich weiß, sehr reich sind, besitzen Sie diesen Fehler jedenfalls in noch verstärktem Maße.«

»Warum ist das so natürlich?« fragte er, ohne seine gemütliche Ruhe zu verlieren.

»Weil reiche Männer leider von jungen Damen noch mehr verwöhnt werden als arme. Und da bilden sie sich dann ein, daß sie noch viel begehrenswerter sind.«

»Es ist wirklich sehr freundlich von Ihnen, daß Sie sich bemühen, mir meine Nichtsnutzigkeit so vor Augen zu führen.«

»Jedenfalls werde ich Ihnen zeigen, daß es auch noch Frauen gibt, die sich ihrer Würde bewußt sind.«

Er betrachtete sie eine Weile schweigend, so daß ihr

die Zornesröte ins Gesicht stieg und sie den Kopf kampfbereit in den Nacken warf. Dann sagte er, ernster als zuvor: »Reizend sehen Sie aus in dieser kriegerischen Haltung, mein gnädiges Fräulein.«

»Sparen Sie Ihre Komplimente, sie sind bei mir nicht angebracht.«

»Darf ich fragen, wie alt Sie sind, gnädiges Fräulein? Bei Ihrer großen Jugend darf man das, ohne ungalant zu sein.«

»Ich bin zwanzig Jahre alt, verstehe aber nicht, wozu Sie das wissen wollen.«

»Oh – ich wollte nur bestätigt haben, daß Sie für das Amt eines Richters noch sehr jung sind.«

Sie sah ihn einen Augenblick forschend an.

»Ich richte nicht – sondern ich wehre mich nur meiner Haut«, sagte sie schnell.

»Also ist es Ihnen gar nicht so ernst mit Ihrem vernichtenden Urteil.«

»Doch, die Männer sind alle zusammen nicht wert, daß sich eine Frau nur im geringsten um sie bemüht.«

Er seufzte tief auf.

»Ach – es ist wirklich schade, daß Sie so feindlich gegen uns arme Männer gesonnen sind. Ich unterhalte mich immer gern mit Ihnen. Und nun ergießen Sie gerade über mich so ausgiebig die Schale Ihres Zornes. Warum nur? Ich habe Ihnen ganz gewiß niemals etwas zuleide getan.«

»Ich mache keinen Unterschied und behandle alle Männer so schlecht ich kann.«

Er biß sich auf die Lippen, um nicht laut aufzulachen. Aber sie sah bei alledem so überaus hübsch und reizend aus, und außerdem mochte ihr ehrlicher Zorn wohl auch manchem dünkelhaften Menschen gegenüber Berechtigung haben.

»Das ist ja immerhin noch ein Trost, gnädiges Fräulein. Ich dachte, es erginge mir allein so schlecht. Aber – wo soll das nun eigentlich hinführen, wenn Sie sich so weiter in Ihren Zorn gegen die Männerwelt hineinreden? Da wagt es ja kein Mann, sich um Ihre reizende, kleine Hand zu bewerben.«

Sie warf den Kopf zurück.

»Das will ich auch keinem geraten haben – ich bleibe ledig«, sagte sie mit Nachdruck.

Die kleine, hübsche Lotte Werner hatte ihm schon immer sehr gut gefallen. Aber erst in diesem Augenblick stieg zum erstenmal der Gedanke in ihm auf, daß sie eigentlich eine ganz reizende, kleine Frau werden könnte, wenn man sie zähmte und von ihrem Männerhaß heilte. Er malte sich aus, daß es sehr verlockend sein müßte, diesen wilden Vogel einzufangen, diesen trotzigen Mund zu küssen und in ihren Augen ein anderes als kriegerisches Feuer aufstrahlen zu sehen.

Walter Meister richtete sich plötzlich entschlossen auf, und seine Augen blitzten. »Ist das wirklich Ihr Ernst, gnädiges Fräulein – Sie wollen ledig bleiben?«

Sie blickte ihn ruhig, mit wahrhaftigem Ausdruck, an. »Ja – mein voller Ernst.«

»Wie schade«, sagte er leise und mit einem wärmeren Tonfall.

»Ich wüßte nicht, was Sie dabei zu bedauern hätten«, erwiderte sie spöttisch.

»Oh – sehr viel. Ich bin des Alleinseins herzlich

müde und möchte mir ein junges Weib in mein vereinsamtes Haus holen. Gerade Sie wären eine Frau, wie ich sie mir wünsche. Und ich möchte so gern mein Heil bei Ihnen versuchen. Wollen Sie nicht meine Frau werden?«

Sie stutzte einen Augenblick, und eine leichte Blässe breitete sich über ihr Gesicht. Ohne es sich eingestehen zu wollen, hatte sie Walter Meister sehr gern und ärgerte sich nur über sein überlegen spöttisches Wesen, wenn er mit ihr sprach. Daß er seine Worte ernsthaft meinte, bezweifelte sie. Gewiß dachte er nur, daß sie dadurch sofort ihr Wesen ihm gegenüber ändern würde. Also, es war nichts als ein neuer Spott.

»Mit solchen Dingen treibt man keinen Scherz«, fuhr sie ihn zornig an.

»Aber ich meine es ganz ernsthaft«, erwiderte er, und sah sie, erwartungsvoll, was sie nun tun würde, an.

»Darf ich nicht versuchen, Sie zu bekehren? Wir Männer sind wirklich gar nicht so schlimm wie Sie meinen.«

Da reckte sie ihre zierliche Gestalt und blickte ihn von oben bis unten an. »Diese Bekehrung würde Ihnen schwerlich gelingen. Ich habe schon unglaubliche Beweise von männlicher Dünkelhaftigkeit. Ihr Verhalten ist ein neuer. Sie glauben nur ein Wort sprechen zu brauchen, um mich anderer Meinung zu machen. Aber Sie irren sich, mein Herr – ich habe meine Grundsätze –, und ich hasse die Männer – alle zusammen.«

Damit wandte sie sich schnell ab und ließ ihn stehen. Sie wollte sich nun so recht befriedigt fühlen, aber – etwas in ihrem Herzen lehnte sich dagegen auf. Da wurde sie über sich selbst ärgerlich und setzte sich in zorniger Erregung hinter den Sessel ihrer Mutter, die mit einigen älteren Damen sprach.

»Nun Lotte – willst du nicht tanzen?« fragte diese, zärtlich in ihr Gesicht blickend. Unter dem warmen Blick der Mutteraugen schmolz aller Groll. Sie blickte weich und liebevoll in das schmale, verkümmerte Gesicht der Mutter und streichelte ihre Hand.

»Nur ein Weilchen will ich bei dir sitzen, Muttchen«, sagte sie so leise und zärtlich, wie man es vorhin der trotzigen Stimme gar nicht zugetraut hätte. –

Walter Meister hatte der jungen Dame lange nachgesehen. »Nun gerade, du kleiner Trotzkopf – nun gerade«, sagte er halblaut vor sich hin.

Anscheinend gleichmütig widmete er sich den anderen jungen Damen. Dabei sah er zuweilen verstohlen zu Lotte hinüber. Meist begegnete er ihrem Blick – aber stets wandte sie schnell den Kopf nach einer anderen Richtung. Da schmunzelte er sehr befriedigt. »Warte nur, du sollst mir schon noch zahm werden.«

Inzwischen saß Heinz Matern im Nebenzimmer Frau Sibylle Jansen gegenüber, wehrlos dem Feuer ihrer bestrickenden Augen und ihrem verführerischen Lächeln preisgegeben. Sie wollte ihn unbedingt bezaubern. Obwohl er nur zwei Jahre älter war als sie, imponierte er ihr durch sein ruhiges, zurückhaltendes Wesen. Erst hatte es sie nur gereizt, mit ihm zu spielen wie mit anderen Männern auch. Nun hatte sie aber bei diesem Spiel selbst Feuer gefangen, und es war ihr ernst geworden.

An der Seite ihres Gatten, den sie nur des Geldes wegen geheiratet hatte, führte sie ein unbefriedigtes Leben und verzettelte bisher ihr Gefühl in allerlei Flirts. Jetzt zum erstenmal ging es ihr tiefer, und im stillen bezeichnete sie Heinz Matern als die *grande passion* ihres Lebens.

»Weshalb haben sie mich noch nicht besucht, Herr Matern?« fragte sie plötzlich mit verhaltener Erregung.

Er saß einen Augenblick wie gelähmt. Fast körperlich fühlte er die sprühende Leidenschaft ihres Wesens, spürte ihre verführerische Nähe, und wie ein Rausch stieg es ihm zu Kopf.

»Ich habe überhaupt noch keine Besuche gemacht, gnädige Frau. Es fehlte mir an Zeit. Mein Vater möchte bald einige Monate ausspannen, und da muß ich mich schnell einarbeiten.«

Ihr roter, schwellender Mund zuckte unruhig.

»Fiele auch für mich nicht eine Stunde ab? Sie wissen, daß ich Sie täglich fünf Uhr erwarte.«

Er atmete tief auf. »Ich hatte wirklich keine Minute Zeit.«

»Also gleich mit Volldampf in Ihren Beruf?«

Er riß sich zusammen, er wollte ihrem Zauber nicht verfallen, der ihm mit einemmal gefährlich schien.

»Ja – und es ist mir lieb so. Ich habe mich schon lange auf die Arbeit gefreut.«

»Sie werden doch nicht solch ein leidenschaftlicher Pflichtenmensch werden wie Ihr Herr Vater?«

»Er ist in allem mein Vorbild, dem nachzueifern ich mich bestrebe.«

»Dann werden Sie sich auch in der Gesellschaft so rar machen wie Ihr Herr Vater?«

»Er lebt keineswegs zurückgezogen.«

»Aber viel mehr, als er es sollte. Man trifft ihn nur höchst selten. Und wenn Sie es ihm nachtun wollen – wird es mit Ihnen auch so gehen.«

»Wäre das so schlimm?« suchte er zu scherzen.

Ihre Augen glühten ihn an. »Sehr schlimm – für mich.« –

Es lag echtes Gefühl in diesen Worten.

Er küßte ihr die Hand.

»Meine teure, gnädige Frau!«

Sie streichelte, von Leidenschaft übermannt, kurz sein Haar. Unwillkürlich zuckte er zurück und sah nach dem Saal hinüber. Diese entgegenkommende Zärtlichkeit war ihm unangenehm.

Sie biß sich auf die Lippen, lehnte sich zurück und bewegte nervös ihren Fächer. Es war ihr klar, daß sie unklug gehandelt hatte, sich fortreißen zu lassen, und sie suchte den Fehler wiedergutzumachen.

»Sie wissen ja gar nicht, was es mir ist, mich mit einem Mann, wie Sie es sind, unterhalten zu können. Aber – jetzt nichts mehr von mir. Ich wollte Sie fragen, ob es wahr ist, was man sich erzählt – daß Ihre Eltern eine junge Pflegetochter ins Haus genommen haben?«

Er war froh, daß die schwüle Stimmung vorüberging. »Es ist wahr, gnädige Frau.«

»Und wo halten Sie diese versteckt? Oder ist sie hier in der Gesellschaft, ohne daß ich sie bemerkt habe?«

»Nein, sie befindet sich auf ihrem Zimmer. Da sie in Trauer ist um ihre verstorbene Mutter, wird sie diesen Winter noch keine Geselligkeit besuchen.«

»Ist sie noch sehr jung?«

»Achtzehn Jahre.«

»Schön?«

Er lächelte. »Nein, durchaus nicht.«

»Mir wurde aber gesagt, sie sei eine sehr eigenartige Erscheinung.«

Nun lachte er. »Sie ist mir nicht als solche aufgefallen. Ich weiß nur, daß sie ein recht unscheinbares Mädchen ist.«

Sie schien befriedigt zu sein.

»Es scheint, als seien Sie nicht sehr erfreut über die Anwesenheit dieser Pflegeschwester.«

Er strich sich durchs Haar. »Offen gesagt – im Anfang war sie mir lästig, jetzt habe ich mich an sie gewöhnt. Aber mir scheint, man beschäftigt sich recht eindringlich mit der kleinen Ria.«

Sibylle Jansens Gesicht verlor die heimliche Spannung. Sie hatte in Ria Rottmann eine Rivalin gefürchtet. Nun fühlte sie sich beruhigt. Seine Gleichgültigkeit war echt, darauf verstand sie sich.

»Sie können sich denken, daß man sich einen solchen Gesprächsstoff nicht entgehen läßt. Ist denn der Schützling Ihrer Eltern irgendwie verwandt mit Ihnen?«

»Nein, sie ist die Tochter eines Jugendfreundes meines Vaters.«

»Ist sie vermögend?«

»O nein – das Gegenteil.«

»Also ein Akt der Wohltätigkeit! Es ist sehr edel von Ihren Eltern, aber ich finde es etwas gewagt – da ein erwachsener Sohn im Haus ist.«

Heinz zuckte lächelnd die Achseln.

»Ich bitte Sie, gnädige Frau – die kleine Ria kann mir ganz sicher niemals gefährlich werden.«

»Aber Sie vielleicht der kleinen Ria, lieber Freund«, sagte sie, ihn wieder mit ihren Nixenaugen bannend. »Ich kann mir nicht denken, daß es ein junges weibliches Wesen gibt – dem Sie nicht gefährlich werden können.«

Seine Stirn rötete sich. In schnellem Wechsel zog diese schöne Frau ihn an und stieß ihn ab. Ihr Benehmen erhöhte keineswegs die ohnedies nicht sehr gute Meinung, die er von den Frauen hatte. Und doch wußte sie seine Sinne immer wieder zu fesseln, wenn auch sein Herz ihr gegenüber kalt blieb.

Welche Antwort er ihr geben sollte, wuße er noch nicht. Als jetzt Walter Meister in das Zimmer trat, atmete er unwillkürlich auf.

Dieser merkte sofort, daß er seinem Freund gelegen kam, und so bat er liebenswürdig, Platz nehmen zu dürfen.

»Ich möchte auch ein wenig von Ihrer geistvollen Unterhaltung profitieren, gnädige Frau«, sagte er, Sibylle die Hand küssend.

Diese ärgerte sich über sein Erscheinen, aber sie ließ es sich nicht anmerken und sagte lächelnd:

»Da kommen Sie zu spät, Herr Meister. Erstens habe ich allen Geist an Ihren Freund verschwendet, und zweitens muß ich mich nun wieder in den Saal zurückbegeben. Ich lasse ja die Herren in guter Gesellschaft.«

Sie erhob sich und schritt mit einem lächelnden Gruß davon.

Walter sah Heinz forschend an.

»Kam ich dir auch so ungelegen wie der schönen Frau Sibylle?«

Heinz schüttelte den Kopf. »Im Gegenteil.«

»Hm – ich dachte schon, Tannhäuser sei in den Hörselberg getaumelt.«

»Unsinn. So schnell geht das bei mir nicht.«

»Aber sie ist bezaubernd – die schöne Frau Venus –, und du hast keine Elisabeth.«

»Ich bitte dich, Walter, ich bin kein dummer Junge.«

»Nein – aber ein junger Mann, der nicht von Holz oder Stein ist. Obwohl Frau Sibylle nicht mein Geschmack ist, wüßte ich nicht, ob ich nicht ihrem Zauber verfiele, wenn sie mich mit ihren Nixenaugen so anstrahlte wie dich.«

»Ach, Unsinn, Walter – wir zwei behalten auch solcher Versuchung gegenüber klare Köpfe. Solch ein kleines Zwischenspiel ist ganz angenehm und durchaus nicht gefährlich.«

»Schön – gehen wir also zur Tagesordnung über. Gefällt es dir hier?«

»Mäßig, wie immer auf solchen Festen.«

»Ich amüsiere mich großartig.«

»Das tust du stets und unter allen Umständen.«

»Heute besonders. Mir ist so recht zum Purzelbaumschlagen. Sag mal – kennst du die kleine Lotte Werner?«

Heinz lachte. »Die Männerfeindin – natürlich. Sie ist mir längst angenehm aufgefallen. Da bekommt man mal kräftigere Kost als Zuckerbrot.«

»Findest du sie hübsch?«

»Ich finde sie reizend – entzückend.«

»Na also. Und ich werde sie heiraten.«

Heinz fuhr mit einem Ruck empor. »Unsinn!«

»Wieso denn?«

»Daß du heiraten willst – jetzt schon –, und ausgerechnet die kleine Kratzbürste.«

»Eben! Das reizt mich. Und weißt du, ich sitze so verteufelt allein drüben in meinem Haus. Bei dir ist das was anderes. Du hast deine Eltern und die kleine Ria. Da brauchst du nicht Trübsal zu blasen, wenn du zu Hause bist.«

»Aber Mensch – du bist ja vollständig ehereif –, davon hatte ich keine Ahnung.«

»Ich, offen gestanden, auch nicht, bis ich's heute abend plötzlich gemerkt habe. Jetzt gleich kann es ja leider nicht sein, ich muß diesen Wildvogel erst zähmen.«

»Bah – mache ihr einen Heiratsantrag, und du wirst staunen, wie zahm sie wird.«

»Fehlgeschossen. Den Antrag habe ich bereits gemacht.«

»Nun – und?«

»Sie hat mir mit der niederschmetternden Bemerkung, daß sie alle Männer haßt, den Rücken gekehrt und hat mich stehenlassen.«

»Donnerwetter! Das arme, aussichtslose Mädel, das in den bescheidensten Verhältnissen lebt, schlägt ohne weiteres solch eine glänzende Partie aus! Du – die Kleine imponiert mir.«

»Mir auch – mächtig. Und nun hab' ich's mir erst recht in den Kopf gesetzt, sie zu heiraten. Deinen Segen habe ich, was?«

»Wenn du durchaus der goldenen Freiheit müde bist – immerzu.«

»Du bist wohl Ehefeind, Heinz?«

»Nein, gewiß nicht. Die Ehe gehört zu den Pflichten des Staatsbürgers, und kein gesunder Mensch soll sich ihr entziehen. Aber es eilt mir durchaus nicht damit. Ich werde mich noch lange meiner Freiheit freuen, und erst dann heiraten, wenn es sein muß.«

»Für einen Menschen von achtundzwanzig Jahren bist du unglaublich abgeklärt.«

»Ich dächte, vor kurzem hättest du meine Ansichten geteilt.«

»Ach du – da war ich von dir angesteckt. Augenblicklich braust es mir gottlob wieder recht erfrischend durch die Adern. Ich bin mit Inbrunst verliebt und freue mich, daß ich's bin. Auch deine Stunde wird noch kommen, Heinz. Und wenn es Naturen wie dich packt, dann sitzt es tiefer als bei anderen.«

Heinz dehnte sich behaglich in seinem Sessel.

»Mache mir nicht bange, ich sehe dem Kommenden mit Ruhe entgegen. Aber, um auf ein vernünftiges Thema zu kommen – es ist sonderbar, daß ich gerade heute mit dir über ein anderes Mitglied der Familie Werner sprechen wollte. Wie steht es mit deinen Plänen bezüglich eines Mitarbeiters?«

Walter zuckte die Achseln. »Leider habe ich den

gewünschten armen, aber tüchtigen Kerl noch nicht gefunden. Aber was wolltest du mit der Familie Werner?«

»Gleich sollst du das hören. Weißt du, daß Lotte Werner einen Bruder hat?«

»Nee – keine Ahnung. Ich kenne nur sie und ihre Eltern.«

»Sie hat aber einen Bruder, und der ist Architekt.«

»Du – das ist mir aber sehr interessant. Kennst du ihn?«

»Ich habe ihn dieser Tage kennengelernt. Nicht in Gesellschaft, denn Hans Werner geht in seiner Arbeit auf und besucht keine Gesellschaften, und überdies ist er im Augenblick in Berufsangelegenheiten außerhalb. Ich bin geschäftlich mit ihm in Berührung gekommen. Er ist im Büro des Baumeisters Höffert angestellt und ein sehr tüchtiger, strebsamer Mensch. Mein Vater hält große Stücke auf ihn. Er wohnt, soviel ich weiß, bei seinen Eltern und scheint samt ihnen nicht gerade auf Rosen gebettet zu sein. Sein Vater hat krankheitshalber seinen Abschied nehmen müssen, und da kein Vermögen vorhanden ist, können sie mit der schmalen Pension keine großen Sprünge machen. Ein bedeutendes Einkommen hat der junge Mann auch noch nicht, und da du ein gutes Werk tun willst, hast du hier eine vorzügliche Gelegenheit.«

»Wird gemacht, wird gemacht!« rief Walter erregt. »Herrgott – die kleine Lotte wird Augen machen, wenn sie erfährt, was für ein edler Mensch ich bin. Du – eine Meinung hat sie von mir – na, ich danke.

Meinen Schuhputzer behandle ich achtungsvoller. Und dabei fühle ich mich noch wohl. So eine Dusche ist für mich so erfrischend, nachdem mir hundert junge Damen versichert haben, daß ich ein reizender Mensch sei! Puh! Aber jetzt entschuldige mich – ich muß mal eben nach meinem kleinen Wildvogel Ausschau halten. Der entdeckte Bruder ist ja ein famoser Anknüpfungspunkt. Und du kannst dich nun auch wieder in den Saal verfügen und das Tanzbein schwingen.«

Beide schritten in den Saal zurück. Unweit der Tür sahen sie Lotte Werner neben Frau Malwine stehen. Die beiden Damen unterhielten sich. Lottes Haltung war ungezwungen, aber bescheiden.

»Sieh nur, Heinz – ist sie nicht entzückend mit ihrem blonden Wuschelhaar? Wie ein Heiligenschein umgibt es ihr Gesichtchen.«

»Mensch, dein Fall ist hoffnungslos. Du brennst vor Liebe.«

»Stimmt. Ein herrlicher Zustand, sage ich dir. Und nun tu mir den Gefallen und entführe deine alte Dame ein bißchen, damit ich freie Bahn habe.«

»Soll geschehen – und Glück auf!«

»Danke.«

Heinz trat zu seiner Mutter heran. Unter einem Vorwande lockte er sie von der jungen Dame fort.

Schnell war Walter an deren Seite.

»Mein gnädiges Fräulein, darf ich mich nochmals vor Ihr erzürntes Angesicht wagen?«

Sie warf den Kopf zurück, aber ihre Augen blickten weniger sicher als vorhin.

»Ich wüßte nicht, was wir uns noch zu sagen hätten.«

»Oh – ich wollte Sie nur um eine Auskunft bitten. Wann wird Ihr Herr Bruder von seiner Reise zurückkommen?«

»Mein Bruder? Kennen Sie ihn?«

»Nein – aber ich habe geschäftlich mit ihm zu verhandeln – in meinem Beruf.«

»Ich denke, Sie haben gar keinen Beruf«, entfuhr es ihr.

»Bitte sehr – ich bin Architekt.«

»Ach – aber wohl nur dem Namen nach – Sie üben Ihren Beruf natürlich nicht aus.«

»So sehr natürlich ist das nicht. Ich bin jedenfalls sehr stark gewillt, ihn auszuüben. Und eben davon wollte ich mit Ihrem Bruder sprechen, sobald er zurückkommt.«

Sie sah ihn mit einigem Mißtrauen an, als wisse sie nicht so recht, ob sie seine Worte ernst nehmen sollte.

»Mein Bruder ist übermorgen abend wieder hier«, sagte sie kurz. Und dann wollte sie sich zum Gehen wenden.

»Darf ich um diesen Walzer bitten, gnädiges Fräulein?«

Das ist auch so eine Sklaverei, dachte sie. Jetzt darf ich nicht einmal sagen, daß ich nicht mit ihm tanzen mag.

Ihr Trotz bäumte sich auf gegen den Zwang. Lieber tanzte sie heute gar nicht.

»Ich bedauere – ich habe Kopfweh – und werde heute nicht tanzen.«

»Ach – das ist famos, ich habe auch keine Lust zum Tanzen. Da könnten wir ein wenig miteinander plaudern.«

Sie zuckte die Achseln.

»Ich sage nochmals, ich wüßte nicht, was wir uns noch zu sagen hätten.«

»Aber ich wüßte eine ganze Menge.«

»Nichtigkeiten!« sagte sie spöttisch.

Er blitzte sie übermütig an. »Für mich sind es Wichtigkeiten.«

»Aber nicht für mich.«

»Muß man denn im Ballsaal nur wichtige Sachen besprechen?«

»Für Phrasen habe ich keinen Sinn.«

»Sie sind eine überaus ernsthafte junge Dame.«

Halb widerwillig und doch gefesselt ließ sie sich von ihm zu einem Sessel geleiten. Dort führten sie ihre Unterhaltung im gleichen Ton fort. Er war voll heiterer Gelassenheit, sie kratzbürstig und immer kriegsbereit. Und dabei verliebte er sich immer rettungsloser in das niedliche Schelmengrübchen, das zuweilen vorwitzig in der weichen Rundung der Wange erschien, und dabei in das ganze reizende, trotzige Persönchen.

Wenige Tage später hatte Walter Meister mit Hans Werner einen Vertrag abgeschlossen. Und kurze Zeit darauf etablierten sie sich beide unter der Firma »Meister & Werner«.

Walter Meister hatte das nötige Kapital vorgeschossen, und der Vertrag war für Hans Werner so günstig, daß er sich zuerst sträubte, darauf einzugehen. Um ihn nicht zu verletzen, mußte Walter schließlich einen bescheidenen Gewinnanteil für sich einsetzen. Außerdem gab er vor, daß er durchaus nicht viel Zeit auf die Geschäfte verwenden wolle und könne.

»Wenn ich nur halb soviel arbeite wie Sie, kann ich nicht denselben Gewinn beanspruchen«, sagte er.

Hans Werner antwortete ruhig:

»Dafür geben Sie das Kapital – das muß für Sie arbeiten, und es ist nur recht und billig, wenn ich als Ersatz den Löwenanteil an der Arbeit liefere.«

Hans Werners Glück wurde von der ganzen Familie geteilt. Seine Eltern waren besonders dankbar. Nun stand ihrem Sohn eine bessere Zukunft bevor, als in einer mäßig bezahlten, abhängigen Stellung. Vielleicht konnte er dann später auch etwas für Lotte tun.

Hans berichtete nun täglich mit immer wärmer werdender Anerkennung von Walter Meisters Tüchtigkeit, seinem Fleiß, seiner Begabung. Hans lebte förmlich auf. Walters warmherziger Frohsinn blieb nicht ohne guten Einfluß auf den ernsten, stillen Menschen, der frühzeitig die Sorge kennengelernt hatte.

Lotte saß dann still mit sinnenden Augen über eine Handarbeit gebeugt und hörte sehr aufmerksam mit einer leisen, heimlichen Beschämung zu.

Die Eltern verlangten immer dringender danach, Walter Meister ihren Dank auszusprechen. Als Hans Werner seinem Kompagnon diesen Wunsch kundgab, sagte Walter mit einem Aufleuchten der Augen:

»Wissen Sie, lieber Werner – solche Dankbarkeitsbezeigungen sind mir schauderhaft peinlich. Aber wenn mir Ihre Eltern durchaus dankbar sein wollen – wofür, ist mir unerklärlich –, dann bitten Sie diese, mir zu gestatten, daß ich zuweilen abends ein Stündchen in ihrem Familienkreis verbringe. Bei mir zu Hause ist es sträflich langweilig und öde, da ich einschichtiger Junggeselle bin. In große Gesellschaft mag ich auch nicht immer gehen, und Materns kann ich nicht fortwährend mit meiner holden Gegenwart beehren. Also tun sie mir den Gefallen und legen Sie ein gutes Wort für mich ein.«

Als Hans Werner am Abend zu Haus von dieser Unterredung berichtete, stieg in Lottes Gesicht dunkle Röte. Sie wandte sich hastig ab, damit es niemand bemerkte. Kein Wort sagte sie dazu. Ihre Eltern aber freuten sich sehr.

Und am nächsten Abend brachte Hans Walter mit.

Er wurde von den alten Herrschaften sehr herzlich aufgenommen, und seine muntere Laune machte sogleich frohe Stimmung.

Lotte begrüßte ihn förmlich, aber ohne feindliche Ausfälle. Als Gast ihrer Eltern war er davor sicher. Er schien zunächst wenig Notiz von ihr zu nehmen, sondern plauderte angeregt mit Lottes stiller, sanfter Mutter, deren sonst so sorgenvolles Gesicht jetzt strahlte, und mit dem etwas schwerhörigen Vater.

Dabei sah er oft zu Lotte hinüber, deren blonder Wuschelkopf sich über eine Handarbeit beugte. Sie sah in demselben Moment flüchtig zu ihm auf, so daß ihre Augen einander trafen.

Da wurde sie sehr rot und stichelte eifrig weiter. Zwischen Hans und Walter herrschte ein sehr freundschaftlicher, kollegialer Ton. Sie verstanden sich vorzüglich...

Walter kam nun jede Woche einigemal zu Werners, immer erst des Abends. Zuweilen besprachen die beiden Teilhaber noch allerlei Geschäftliches. Lotte mußte sich dann beschämt eingestehen, daß sie Walter sehr unrecht getan hatte, wenn sie ihn stets für einen Nichtstuer und Windbeutel gehalten hatte.

Aber sie behielt trotzdem ihm gegenüber ihre frostige Miene bei. Und wenn zuweilen Walters Blick übermütig funkelnd den ihren suchte, dann machte sie ein trotziges Gesicht. Aber daß sie dabei rot wurde, konnte sie zu ihrem eigenen Ärger nicht verhindern.

Wenn Walter sie in ihrer schlichten, natürlichen Art Eltern und Bruder gegenüber beobachtete, wenn er sie wie ein junges Hausmütterchen schalten und walten sah, so anspruchslos und willig, ohne Mühe zu scheuen, immer zufrieden mit ihrem schlichten Los, dann schlich eine tiefe Rührung in sein Herz. Der verwöhnte junge Mann bewunderte die kleine, tapfere Lotte, die alle Entbehrungen so heiter und ruhig trug. Und seine Liebe zu ihr wurde wärmer und tiefer.

Mit jedem Tag wurde sein Entschluß, sie zu seiner Frau zu machen und ihre Liebe und Hochachtung zu erringen, fester. Gleichgültig war er ihr nicht, obwohl sie ihn abgewiesen hatte, das merkte er nur zu gut an ihrem unsicheren Wesen. Wenn er unvermutet kam, wurde sie sehr verlegen, und die Hand, die sie ihm nur flüchtig reichte, bebte dann in er seinen.

»Wenn ich nur wüßte«, sagte Hans Werner eines Tages, »warum Meister bei der Abfassung des Vertrages so selbstlos gehandelt hat. Wenn ich geahnt hätte, wie fleißig und tüchtig er ist, wäre ich nicht darauf eingegangen.«

Lotte hob die Augen nicht von ihrem Teller, als sie mit gemachtem Gleichmut erwiderte:

»Mein Gott – das Geld spielte bei ihm keine Rolle. Außerdem wird er gewußt haben, was er an dir haben wird.«

»Aber ich gebe dir diese Versicherung, Lotte, daß er mehr kann als ich, daß er viel talentvoller ist und daß ich nicht fleißiger sein kann als er.«

»Das wird nur so lange der Fall sein, als es den Reiz der Neuheit für ihn hat. Eine Laune ist's – nichts weiter«, sagte sie hastig.

»Du tust ihm sicher unrecht, Lotte«, warf die Mutter ein. »Überhaupt, Kind, ich muß dir sagen, daß du recht wenig liebenswürdig zu Herrn Meister bist.«

Lottes Gesicht rötete sich. »Aber Muttchen, du weißt doch, es ist mein Grundsatz, junge Herren nicht noch mehr in ihrem Dünkel zu bestärken.«

»Bei Meister habe ich noch keine Spur von Anmaßung gefunden, Lotte. Der gehört nicht zu der Sorte junger Herren, denen du Fehde geschworen hast. Im Gegenteil, ich finde ihn bei all seinem Reichtum und seinen sonstigen hervorragenden Eigenschaften sehr bescheiden.«

»Ach – damit will er nur imponieren!« rief Lotte ärgerlich, gerade weil sie fühlte, daß die Mutter recht hatte.

»Kind, sei nicht so schroff. Bedenke, wieviel Dank

wir ihm schulden. Du könntest wirklich etwas freundlicher zu ihm sein.«

Lotte fuhr gereizt auf: »Damit er denkt, ich mache es wie die anderen Mädchen, die ihm schöne Augen machen, bloß weil er der reiche Meister ist. Nein – ich danke. Mit Absicht erweise ich ihm nur die notwendigsten Höflichkeiten.«

Die Mutter seufzte. »Liebes Kind, deine Abneigung gegen die Männer nimmt jetzt beinahe bedenkliche Formen an«, sagte sie und rückte unbehaglich an ihrem Spitzenkragen.

Lotte schwieg. Ihr Bruder aber legte lächelnd seine Hand auf ihren Arm.

»Schwesterchen, ich freue mich immer, wenn du zeigst, daß du Rückgrat hast. Aber Meister kannst du wirklich ohne Mißtrauen begegnen. Er ist tatsächlich eine rühmliche Ausnahme – und – für dich hegt er eine unbegrenzte Hochachtung, obwohl du nicht liebenswürdig zu ihm bist. Du solltest nur hören, wie er von dir spricht.«

»So? Was spricht er denn von mir?« fragte sie hastig.

»So allerlei. Heute sagte er zum Beispiel: ›Wissen Sie, lieber Werner, Ihr Fräulein Schwester ist ein ganz prachtvoller Mensch. So eine junge Dame ist mir noch nie begegnet. Sie ist von einer Frische und Natürlichkeit, die einen immer anmutet wie ein Trunk frischen Quellwassers nach langer Wanderung auf staubiger Straße.‹«

Lotte stand plötzlich auf und ging mit rotem Kopf unter einem Vorwand hinaus.

Hans und seine Mutter sahen sich an. Da lächelte

der junge Mann. »Ja, ja, Mutter – ich glaube, unserer lieben Lotte Schicksalsstunde hat nun wohl auch geschlagen.«

Die alte Dame machte erschrockene Augen.

»Um Gottes willen – du meinst –«

»Ja, Mutter, ich ahne es schon lange. Und Meister hat die Lotte furchtbar gern, das fühle ich aus allem heraus. Ich glaube jetzt sogar, daß ich Lotte den günstigen Vertrag zu danken habe.«

Die Mutter preßte die Hände fest zusammen.

»Lieber Gott – lieber Gott«, konnte sie nur sagen zwischen Furcht und Hoffen.

»Was ist denn los, was habt ihr denn?« rief der Hausherr nach Art der Schwerhörigen sehr laut. Er hatte nichts von der Unterhaltung verstanden.

»Nichts von Bedeutung, Vater. Wir sprechen von Meister!« rief ihm Hans laut zu.

Der alte Herr nickte lächelnd.

»Prächtiger junger Mann, ein ganz prächtiger junger Mann«, sagte er anerkennend. Das hatte er Walter Meister schon einmal persönlich in Lottes Beisein gesagt. Dabei hatten Walters Augen lustig blitzend die ihren gesucht, und er hatte leise gesagt: »Was sagen Sie dazu, Fräulein Lotte?«

Sie hatte gar nicht geantwortet, und gleich darauf waren Hans und die Mutter dazugekommen.

Daran mußte Lotte jetzt denken, als sie eintrat und die Worte des Vaters hörte. Und ein Lächeln huschte plötzlich über ihr Gesicht, so daß das Schelmengrübchen deutlich sichtbar war.

*

Über ein Jahr war Ria nun schon im Haus des Baurats. Und ihre Anwesenheit war allen so lieb geworden, daß sie niemand mehr hätte missen mögen.

Ihre anspruchslose Bescheidenheit, ihr emsiges Wirken und Schaffen, ihre stille Fröhlichkeit erwarben ihr aller Herzen. Selbst Heinz konnte sich das Elternhaus ohne das stille Mädchen mit den großen, dunklen Augen nicht mehr denken.

Eines Tages bei Tisch sagte Frau Malwine:

»Du mußt mehr Umgang mit jungen Menschen haben, Ria, damit du ein wenig Aufmunterung hast.«

Ria blickte lächelnd auf.

»Ach, Tante Malwine, ich brauche wirklich nicht mehr Menschen, als ich habe. Meinetwegen brauchst du nicht in Sorge zu sein, ich habe niemals Langweile.«

Heinz sah zu ihr hinüber. Zwischen ihm und Ria herrschte noch immer ein etwas gezwungenes Verhältnis. Er ärgerte sich, daß sie gerade ihm gegenüber ihre Scheu nie ganz ablegte, und er nahm im allgemeinen wenig Notiz von ihr. Nur manchmal interessierte ihn flüchtig irgendeine ihrer Äußerungen.

Und jetzt fiel ihm auf, daß sie ihr Haar anders trug als sonst. Es war kleidsamer und gefälliger geordnet. Sein Reichtum und seine Schönheit kamen besser zur Geltung.

Aha – Evastochter macht sich bemerkbar, sie versteht es jetzt besser, ihre Vorzüge zu zeigen, dachte er.

Obwohl er sich eingestehen mußte, daß Ria jetzt viel hübscher aussah, kümmerte er sich im ganzen immer noch wenig um sie. Die schöne Sibylle Jansen hatte es trotz Heinz' Gegenwehr verstanden, ihn immer enger an sich zu fesseln. Mit allen Künsten der Koketterie war sie gegen ihn ins Feld gezogen, und wenn sein Herz auch jetzt noch nicht wärmer für sie empfand, so hatte er sich doch, ohne es eigentlich zu wollen, in einen ziemlich ernsten Flirt mit der schönen Frau eingelassen.

Aber auch ohne diesen hätte er für Ria nichts als ein vetterliches Interesse gehabt. Nur, wenn sie einmal auf ihrem Platz bei Tisch oder im Salon seiner Mutter fehlte, sah er immer erwartungsvoll nach der Tür, ob sie noch nicht eintreten würde. Sie gehörte gewissermaßen jetzt zu seiner Behaglichkeit daheim.

Rolf Matern hatte indessen mit seiner Gattin feste Reisepläne gemacht. Er konnte jetzt unbesorgt einige Monate abkommen, da Heinz sich vorzüglich eingearbeitet hatte.

Einiges Kopfzerbrechen hatte es ihnen gemacht, was während ihrer Abwesenheit mit Ria geschehen sollte. Es ging nicht gut an, daß sie mit Heinz allein im Haus zurückblieb. Diese Frage war auch einmal in Walter Meisters Gegenwart erörtert worden. Da hatte dieser gesagt:

»Das ist sehr einfach. Heinz siedelt eben für die Dauer Ihrer Abwesenheit zu mir über, dann kann Fräulein Ria ungestört in ihren gewohnten Verhältnissen bleiben.«

Heinz hatte dies Anerbieten sofort angenommen,

und es war nun bestimmt, daß Ria allein zu Haus blieb und den verwaisten Haushalt unter ihre Obhut nahm.

Ria war inzwischen durch Tante Malwine mit einigen jungen Damen bekannt gemacht worden, mit denen sie Tennis spielen und plaudern konnte. Unter diesen jungen Damen befand sich auch Lotte Werner. An sie schloß sich Ria ganz besonders an. Sie wurden gute Freundinnen, und Lotte brachte Ria auch zu ihren Eltern, die das junge Mädchen sehr herzlich aufnahmen.

Die bescheidene, behagliche Wohnung der Familie Werner erinnerte Ria an das hübsche, kleine Heim, das sie mit ihrer Mutter bewohnt hatte, und Frau Werner ähnelte in ihrer sanften, stillen Art ihrer verstorbenen Mutter. Das machte sie schnell heimisch in der Familie der Freundin.

In den ersten Junitagen reiste Frau Malwine mit ihrem Gatten ab.

Lotte fand sich nun oft bei Ria ein, und die beiden jungen Damen schlossen innige Freundschaft miteinander. Durch den Verkehr mit Lotte und deren Eltern kam Ria auch zu Hans Werner in freundschaftliche Beziehungen. Sie unterhielt sich sehr gern mit ihm. Da auch Walter Meister sehr oft bei Werners war und zuweilen auch Heinz mitbrachte, saßen in Werners traulichem Wohnzimmer die Jungen oft recht vergnügt beisammen. Heinz benahm sich in diesem kleinen Kreis Ria gegenüber ganz als der gute, große Bruder. Wie ein solcher bestimmte er immer über sie, ohne ihr jedoch mehr Aufmerksamkeit als nötig zu erweisen. Gewöhnlich begleitete er sie an solchen

Abenden getreulich nach Haus. Manchmal ging auch Walter Meister mit ihnen, und Heinz wunderte sich dann immer, wie fröhlich und zutraulich Ria diesem gegenüber war. Ging sie mit ihm allein, sprach sie fast gar nicht und antwortete nur auf seine direkten Fragen. Das ärgerte ihn stets von neuem, obwohl sie ihm immer herzlich unbedeutend erschien. Und er gab es auf, ihr die Zunge zu lösen.

Eines Sonntags war Ria mit der Familie Werner bei Walter Meister zu Gast.

Bei dem Mittagsmahl herrschte eine äußerst angeregte Stimmung. Man verplauderte nach Tisch noch ein Stündchen in dem schönen Garten, der zur Villa Meister gehörte. Dann rüstete man sich zum Heimweg.

Werners Wohnung lag in der entgegengesetzten Richtung, sonst hätte sich Ria ihnen angeschlossen. So gab ihr Heinz wieder das Geleit.

Sie behauptete zwar, ganz gut allein nach Haus gehen zu können, da es noch heller Tag sei, aber Heinz litt das nicht. Sonntags waren so viele Menschen im Grunewald, und er wollte Ria nicht ohne Schutz gehen lassen.

Sobald sie beide auf dem Waldweg dahinschritten, verstummte Rias Geplauder. Heinz sah sie kopfschüttelnd an.

»Nun schweigst du dich wieder in allen Sprachen aus, Ria. Eben warst du noch fröhlich und lebhaft, und nun sprichst du kein Wort mehr.« Sie errötete und blickte scheu zu ihm auf.

»Ach – dir falle ich nur lästig mit meinem Geschwätz.«

Er lachte. »Wer sagt dir denn das?«

»Niemand, das weiß ich selbst. Es kann ja auch nicht anders sein. Du bist viel klüger als alle anderen. Da erscheint mir alles, was ich sage, töricht.«

»So, und wenn du mit den anderen sprichst, hast du dieses Gefühl nicht?«

»Nein – nur bei dir«, sagte sie leise.

»Du bist wirklich ein sonderbares Mädchen, Ria. Was du dir für törichte Gedanken machst. Warum soll ich klüger sein als die anderen, warum sollte ich an deinem fröhlichen Geplauder nicht auch Gefallen finden?«

»Ach nein – das tust du nicht.«

»Weißt du das so genau?«

»Ich fühle es«, sagte sie, und eine tiefe Traurigkeit lag auf ihren Zügen. Ehe er antworten konnte, kam ihnen ein Automobil entgegengefahren. Eine Dame saß neben dem Chauffeur. Heinz erkannte Frau Sibylle Jansen.

Auch sie hatte Heinz erblickt und ließ sofort halten.

Ria stockte der Herzschlag. Instinktiv ahnte sie, daß Heinz diese schöne Frau liebte, und daß Sibylle Heinz liebte, war ihr eine Gewißheit. Mit blassem Gesicht stand sie nun dabei, wie Sibylle mit Heinz plauderte und ihn mit ihren sprühenden Augen anstrahlte. Sie sah, daß Heinz' Blick voll Bewunderung aufleuchtete, und daß er Sibylles Hand mit Inbrunst an die Lippen führte.

Aber sie vermochte es trotz dieser Erregung, ruhig

einige Worte mit Frau Jansen zu sprechen. Sibylle widmete dem anmutigen Mädchen einige Worte, um der Form zu genügen. Damit war Ria für sie abgetan. Nur einen schnell prüfenden Blick hatte Sibylle über Rias Erscheinung gleiten lassen.

Die Kleine könnte mehr aus sich machen mit dem schönen Haar, den feinen Zügen und der hübschen schlanken Gestalt. Sie versteht es nicht, sich zur Geltung zu bringen. Ein Glück, daß sie nicht Heinz Materns Geschmack ist, dachte sie dabei.

Nach einer Weile verabschiedete sie sich. Verführerisch blickte sie Heinz an, als sie sagte: »Auf morgen also – ich erwarte Sie bestimmt.«

Und Heinz küßte ihr wieder die Hand und antwortete: »Auf Wiedersehen morgen.« Diese Worte waren von einem Blick begleitet, der in Ria einen scharfen, schneidenden Schmerz erweckte.

Er liebt sie – obgleich sie die Frau eines anderen ist, dachte sie voller Qual. Ganz verstört und bedrückt ging sie neben ihm weiter, ohne ein Wort zu sprechen. Und auch er blieb diesmal stumm. Anscheinend hatte er das junge Geschöpf an seiner Seite völlig vergessen.

Als er das Haus wieder verließ, sah er Ria nicht mehr. Er ahnte nicht, daß sie oben in ihrem Zimmer von Schmerz überwältigt herzbrechend weinte.

Ihr reiner Sinn wandte sich instinktiv voll Abscheu gegen diese Frau, die, an einen anderen gefesselt, so schamlos mit Heinz kokettierte. Konnte ihn, den sie so hoch über alle stellte, eine solche Liebe beglücken? Sie vermochte es nicht zu glauben und sah nur Leid und Schuld für ihn im Gefolge dieser Liebe. Endlich beruhigte sie sich wieder und schalt sich aus. War es nicht töricht, so zu denken? Sie hatte wohl in ihrer Eifersucht mehr gesehen, als Wirklichkeit war. Heinz Matern würde nichts Unehrenhaftes tun.

Sie setzte sich ans Fenster und sah über den See in die grüne Pracht des Waldes. Das friedliche Bild beruhigte ihre Nerven.

Und da dachte sie darüber nach, wie es gekommen war, daß sie in diesem Haus Aufnahme gefunden hatte, und an alles, was ihr die Mutter über Onkel Rolfs Schuld gesagt hatte. Die Worte klangen ihr ganz deutlich in den Ohren.

»Alles, meine liebe Ria, was Rolf Matern besitzt, seine Stellung, sein Vermögen, seinen Ruhm – das alles ist im Grunde Eigentum deines Vaters. Er ahnt nicht, daß ich das weiß, ahnt nicht, daß ich Papiere besitze, die das beweisen können. Nur einige Zeichnungen und Berechnungen fehlen mir, um jederzeit auch vor Gericht meine Ansprüche an dies alles geltend zu machen. Aber auch ohne diese verlorenen Zeichnungen habe ich Beweise genug, Rolf Matern zu überführen, daß er deinen Vater bestohlen hat. Ja, Kind – bestohlen. Und doch werde ich ihn nie anklagen – ich fürchte mich, einen Menschen in Schmach und Schande zu stürzen, weil er einmal vom rechten Weg abirrte. Und in diesem Mann ist bei alledem so viel Größe, so viel Rechtlichkeit, daß wir das auch nicht nötig haben werden. Dein Vater ist es gewesen, der die Erfindungen gemacht hat, durch die Rolf Matern berühmt und reich wurde. Am Tag vor seinem Tod hatte er eine lange Unterredung unter vier Augen mit Rolf Matern, und ich sah dann diesen mit Papieren fortgehen.

Dein Vater hatte mich nicht eingeweiht, wohl aus dem Grund, um mir eine eventuelle Enttäuschung zu ersparen.

In derselben Nacht starb er – und vielleicht machte ihn die Sorge um uns in letzter Stunde hellsehend. Mit seiner letzten Kraft wies er mich auf die Papiere hin, die ich noch besitze und die er in seinem Schreibtisch verborgen hielt. ›Gut verwahren – Duplikate – Rolf Matern – wird alles ordnen – habe keine Angst – keine Sorge.‹ So sagte dein Vater zu mir, ehe er starb.

Lange wußte ich nicht, was er damit hatte sagen wollen. Und ich achtete kaum darauf, daß Rolf Matern mich ausforschte, ob mir etwas von seiner letzten Unterredung mit deinem Vater bekannt sei. Ich wußte nichts darüber und sagte ihm das.

Als aber dann Rolf Materns Erfindung so viel von sich reden machte – da gedachte ich der Worte des Vaters und suchte die Zeichnungen hervor. Und ich erkannte mit unumstößlicher Gewißheit, daß ich die Duplikate jener Papiere vor mir hatte, die dein Vater Rolf Matern am Tag vor seinem Tod übergeben hatte. Rolf Matern hatte, da dein Vater für ihn so günstig starb, der Versuchung nicht entgehen können, die Erfindung für seine eigene auszugeben. Wer will den ersten Stein auf ihn werfen? Der ehrgeizige Mann war gestrauchelt in seiner glühenden Sehnsucht, aufwärts zu steigen.

Ich schwankte, ob ich ihm sagen sollte, was ich wußte. Sicher hatte er keine Ahnung von den Duplikaten. Aber er war schon vorher voll heimlicher Angst und Unruhe bei mir gewesen und hatte mir seine Hilfe beinahe aufgezwungen. Dann sah ich ihn wieder und fühlte, wie er litt unter seiner heimlichen Schuld.

Dann nahm ich seine Wohltaten an und ließ ihn für uns sorgen – soviel er wollte. Ich stellte mich weiter unwissend und verwahrte die Papiere nur für den Fall, daß du später einmal deine Rechte geltend machen wolltest, oder doch, daß du ihn damit mahnen könntest, wenn er seine Pflicht dir gegenüber nicht erfüllte. Die wenigen Zeichnungen, die noch fehlen, hat dein Vater wohl im Pult des Büros aufbewahrt, in dem er mit Rolf Matern zusammen angestellt war. Dieser hat sie nach dem Tod deines Vaters sicher an sich genommen und vernichtet. Jedenfalls brachte mir Heinrich Krause, ein anderer Kollege deines Vaters, am Tag nach dessen Tod allerlei Kleinigkeiten, die deinem Vater gehört hatten, und er sagte mir, das sei alles, was er in seinem Pult gefunden habe. Jener Heinrich Krause bot mir damals an, er wolle den Nachlaß deines Vaters ordnen und mir beim Durchsehen seiner Papiere behilflich sein. Ich schlug das Anerbieten aber ab. Dieser Krause war mir unsympathisch – und ich wollte auch nicht, daß er etwa irgendeine Spur fände von Rolf Materns Vergehen. Und es war gut so, denn Heinrich Krause sollte zwei Tage später wegen Betrügereien verhaftet werden, war aber schon spurlos verschwunden. Es hieß, er sei nach Amerika geflüchtet. Ich war sehr froh, daß ich ihn nicht an den Schreibtisch deines Vaters gelassen hatte. Vielleicht hatte er nur Böses im Sinn. Das erwähne ich nur, mein Kind, um dir zu beweisen, wie sehr ich besorgt war, Onkel Rolfs Vergehen nicht an den Tag kommen zu lassen. Wie gut er für uns sorgt, weißt du selbst, und wir wollen ihn nicht in Schmach und Schande bringen. Und er würde zwei Schuldlose mit sich reißen, seine Frau – und seinen Sohn.«

Was wohl Heinz Matern sagen würde, wenn er ahnte, daß seines Vaters Ruhm und Reichtum auf einem Vergehen aufgebaut waren?

Sie schauerte zusammen und sah starr vor sich hin. Nie, niemals durfte er es erfahren.

Ach – wie gut, daß sie etwas tun konnte durch ihr Schweigen, um seine Herzensruhe zu erhalten. Welch ein köstlicher Gedanke, daß seine Ehre, sein Wohlergehen wie das seines Vaters in ihren Händen ruhte, in ihren Händen allein.

*

Rolf Matern und seine Gattin hatten drei herrliche Monate hinter sich. Aber nun verlangte es sie wieder nach Haus.

Diese drei Monate hatte er gewissermaßen als eine Entschädigung seiner Frau für lange, einsame Jahre betrachtet. Jede Minute dieser Zeit hatte er ihr gewidmet, und Malwine war restlos glücklich gewesen.

Aber nun wünschte Rolf Matern ungeduldig, sich wieder zu betätigen. Sein Ehrgeiz war noch immer nicht befriedigt, wohl, weil er fühlte, daß der größte Teil des von ihm Erreichten nur auf der Erfindung seines Freundes beruhte. Von Ehrgeiz verblendet hatte er die schwere Schuld auf sich genommen. Als ihm Fritz Rottmann am Tag vor seinem Tod alle auf seine Erfindung bezüglichen Papiere und Aufzeichnungen ausgehändigt hatte mit der Bitte, für ihn die nötigen Schritte zu tun, um diese Erfindung auszunützen, da hatte er es ohne jeden Nebengedanken versprochen. Daheim hatte er sich dann in die Erfindung hineingearbeitet. Heimlicher Neid auf die Genialität des Freundes hatte ihn erfüllt.

Da war er nun im Besitz eines Mittels, das ihm mit einemmal den Weg zur Höhe freimachen konnte. Fritz Rottman war tot, niemand wußte um seine geheimgehaltene Erfindung. In den Händen seiner Witwe würde sie dieser nur wenig Vorteile bringen, da sie geschäftsunkundig war und sicher von anderen ausgenutzt wurde. Warum sollte er nicht nutzen, was ihm das Schicksal bot?

Als er sich nach allen Seiten versichert hatte, daß sein Betrug unentdeckt bleiben würde, erlag er der Versuchung – und gab Fritz Rottmanns Werk für sein eigenes aus.

Seit jener Stunde hatte sein Leben nach außen Erfolge gehabt, aber seine innere Ruhe, seinen Frieden hatte er verloren.

Ria hatte das ganze Haus festlich schmücken lassen zum Empfang des Hausherrn und der Hausfrau. Nun stand sie, mit einem großen Strauß herrlicher Rosen für Tante Malwine auf den Wagen wartend, unter dem Portal. Neben ihr Heinz Matern, der lächelnd auf sie niederschaute.

»Freust du dich so sehr auf das Wiedersehen mit meinen Eltern, Ria?« fragte er.

Sie atmete tief auf und sah mit einem so strahlenden Blick zu ihm empor, daß er fast betroffen war von der Schönheit dieser Augen.

»Ja«, sagte sie, »ich bin so froh, daß sie wiederkommen und – und daß auch du nun wieder nach Hause kommst. Mir war, als hätte ich dich durch meine Anwesenheit vertrieben. Das hat mich gequält.«

»Törichtes, kleines Mädel!« rief er lachend und strich ihr brüderlich über das Haar.

Sie zuckte zusammen und wurde blaß. Und er hatte ein sonderbar wohliges Gefühl, als seine Hand über das weiche Haar glitt.

»Du hast prachtvolles Haar, Ria.«

Nun schoß ihr das Blut jäh ins Gesicht.

»Du trägst es jetzt hübscher geordnet als früher. Bist wohl eitel geworden?«

»Tante Malwine wollte es so haben«, stammelte sie in hilfloser Verwirrung.

»Nur meiner Mutter zu Gefallen machst du dich so hübsch?« neckte er.

Sie blickte wieder scheu zu Boden.

Ein kleines dummes Ding, sie wird sich erst noch an Schmeicheleien gewöhnen müssen, dachte er.

In demselben Augenblick fuhr der Wagen vor. Rolf Matern sprang heraus, und seine Gattin folgte ihm. Herzlich war die Begrüßung zwischen den vier Menschen. Dann nahm Frau Malwine von Ria die Rosen in Empfang.

»Hast du gut hausgehalten, Kleine?« fragte sie lächelnd.

Ria hing sich zärtlich an ihren Arm. »So gut ich

konnte, Tante Malwine, hoffentlich bist du mit mir zufrieden.«

»Du wirst deine Sache schon brav gemacht haben«, sagte Onkel Rolf, der mit Heinz folgte.

Sie sah zu ihm zurück und nickte ihm zu.

»Wie gut, daß ihr wieder da sei«, sagte sie innig.

»Hast du Sehnsucht nach uns gehabt?«

»Ach, so oft.« –

Eine Stunde später saßen sie alle in Frau Malwines kleinem Salon beim Tee. Ria bereitete ihn in der ihr eigenen, stillen Weise und reichte ihn dann herum.

Rolf Matern sah ihr lächelnd zu. Wie hübsch Ria geworden war! Wie sich ihre schlanke Gestalt so anmutig gerundet hatte.

Seltsamerweise stellte Heinz im stillen ähnliche Betrachtungen an. Jedenfalls fand er, daß es ein schöner Anblick war, das junge Mädchen am Teetisch schalten und walten zu sehen.

Rias liebevoll forschende Augen fiel es auf, daß Tante Malwine nicht so wohl aussah, wie sie gehofft hatte. Und einmal schauerte sie zusammen, obgleich es fast heiß im Zimmer war.

»Ist dir kalt, Tante Malwine – soll ich dir ein Tuch geben?« fragte sie zärtlich.

»Ja, Kind, gib mir ein Tuch. Es ist sonderbar, ich fror schon auf der ganzen Heimreise trotz des warmen Wetters.«

»Du wirst dich neulich, als wir über den Bodensee fuhren, erkältet haben, Malwine«, sagte Rolf Matern besorgt, während Ria die Tante in ein warmes Tuch hüllte.

»Ach, es war aber so schön, Rolf«, erwiderte Malwine lächelnd. »Schlimmstenfalls werde ich die Fahrt mit einem Schnupfen büßen müssen. Diesen Preis zahle ich gern für den wunderschönen Abend auf dem Bodensee.«

Nachdem der Tee eingenommen war, zogen sich Vater und Sohn zu geschäftlichen Besprechungen zurück. Ria gab indessen Tante Malwine Auskunft über ihr Tun und Lassen während ihrer Abwesenheit. Dabei merkte sie, daß Tante Malwine immer wieder zusammenschauerte.

»Du solltest dich ein wenig niederlegen, liebe Tante«, sagte sie beunruhigt.

Malwine schloß einen Moment die Augen und biß die Zähne zusammen.

»Mir ist wirklich gar nicht gut, Ria. Aber man muß sich von einer leichten Unpäßlichkeit nicht unterkriegen lassen. Morgen wird es wohl wieder vorüber sein.«

Die Fahrt über den Bodensee sollte aber viel teurer als mit einem Schnupfen bezahlt werden.

Noch in derselben Nacht erkrankte Frau Malwine ernstlich, und der herbeigerufene Arzt stellte Lungenentzündung fest.

Nun kamen schwere, sorgenvolle Tage. Malwine Matern schwebte in Lebensgefahr. Das Fieber stieg beängstigend. Und Malwine besaß von einer früheren schweren Krankheit einen Herzfehler, der sich bisher zwar wenig bemerkbar gemacht hatte, aber jetzt bei der fieberhaften Herztätigkeit zu schweren Besorgnissen Anlaß gab.

Angst und Sorge gingen um im Hause. Es sollten aber noch viel schlimmere Tage kommen für Villa Matern.

Am fünften Tag nach Malwines Erkrankung war es. Rolf Matern mußte mit seinem Sohn nur auf kurze Zeit in Geschäften ausfahren. Beim Bau einer Ausstellungshalle war die Anwesenheit der beiden Herren unbedingt nötig. – Noch waren keine zwei Stunden seit ihrer Abfahrt vergangen – da brachte man Rolf Matern bleich und stumm mit einer schweren Wunde am Kopf nach Haus. Als er neben Heinz in der halbfertigen Ausstellungshalle gestanden hatte, war auf unerklärliche Weise ein Stück Eisen von einem Gerüst herabgestürzt und hatte ihn getroffen. Heinz war unverletzt geblieben.

Ria war fassungslos, als sie von dem entsetzlichen Unglück hörte.

»Mutter darf um Gottes willen nichts erfahren, Ria. Hilf mir!« hatte Heinz zu ihr gesagt.

Sein Ruf nach Hilfe löste Ria aus ihrer Erstarrung. Ungeahnte Kräfte regten sich in ihr.

Leichenblaß, aber ruhig und bestimmt, ordnete sie die Unterbringung des Verwundeten an. Damit Tante Malwine in keiner Weise gestört werden konnte, wurde Rolf Matern in ein Parterrezimmer gebettet. Die Ärzte waren gleich mitgekommen und gaben allerlei Anweisungen.

Rolf Matern war noch immer bewußtlos. Die Ärzte hatten sich zur Beratung ins Nebenzimmer zurückgezogen, und Heinz war zu seiner Mutter hinaufgegangen.

Ria saß allein an Onkel Rolfs Bett und blickte voll Angst und Schmerz in sein blasses Gesicht.

Plötzlich schlug er die Augen auf und sah sie an – und sagte leise und mühsam, aber bei voller Besinnung:

»Nun zahle ich die Schuld, Ria – die Strafe hat mich ereilt.«

Sie küßte seine Hand.

»Onkel Rolf – lieber Onkel Rolf, nicht sprechen – du darfst nicht – ich will den Arzt rufen.«

»Nein – bleib!« hauchte er und sah sie dabei mit einem Blick an, daß sie gehorchen mußte.

»Keinen Arzt! Es hilft nichts – ich fühle es – der Tod kommt. So mitten im Schaffen – es ist gut so. Aber – eines muß ich mir von der Seele wälzen, höre mich an. Ria.«

Sie legte ihre Hand auf seinen Mund.

»Schweig doch – schweig«, bat sie mit erstickter Stimme.

»Laß mich – ich muß. Eine Schuld – eine große Schuld, Ria – du sollst mich hören.«

Sie schüttelte heftig den Kopf.

»Lieber, lieber Onkel Rolf – sage mir nichts – ich weiß alles – alles – lange schon. Das mit der Erfindung meines Vaters, nicht wahr, das ist es, was dich drückt? Sei ruhig, das ist alles gesühnt, alles vergeben. Du hast ja gutgemacht. Mutter hat es auch gewußt. Deshalb nahmen wir alles, alles von dir an. So, nun bist du doch ruhig, ja, ganz ruhig? Nicht wahr?«

Rolf Materns Augen leuchteten in überirdischem Glanz.

»Ihr Guten – Edlen – ihr habt's gewußt und mir verziehen? Daß ich's euch danken könnte! Aber nun – rufe Heinz – schnell, er soll's auch wissen – alles – er soll gutmachen an dir.«

Da richtete sie sich auf und streckte abwehrend und angstvoll die Hände aus.

»Nein – nein – nicht ihm – sage ihm nichts. Er darf nicht leiden – sein Leben soll rein sein – keine Schmach soll ihn drücken. Nie darf er es wissen – er soll nicht leiden.«

Fest und groß sah Rolf Matern sie an.

»Du liebst ihn – Ria – du – ach –, dann kann alles – alles gut werden.«

»Aber du sagst ihm nichts?« flüsterte sie, angstvoll hinauslauschend.

Er lächelte. »Nein – nun nicht – nun brauche ich mich nicht zu schämen vor meinem Sohn. Ich nehme das Geheimnis mit mir. Rufe Heinz.«

Ria hörte aber bereits draußen seine Schritte.

»Er kommt, Onkel Rolf. Ich hab' dein Wort – du schweigst«, flehte sie noch einmal angstvoll.

»Mein Wort – und innigsten Dank, meine liebe, kleine Ria.«

Heinz trat ein. Ria winkte ihm zu. Mit kummervollem Gesicht trat er an seines Vaters Bett.

»Vater – lieber Vater«, sagte er, und ein heißes Bangen durchzitterte seine Stimme. Rolf Matern nahm seine Hand.

»Heinz, du weißt. Ria – ich habe noch kein Testament gemacht. Rias Geschick lege ich – in deine Hände. Hüte sie – wie ein Kleinod – sie ist es wert –

nimm sie an dein Herz – wenn ich nicht mehr – bin. Vergiß nicht – ich habe sie lieb – ich – in deine Hände – Heinz – in –«

Er lallte unverständlich und schloß erschöpft die Augen. Ria stürzte ins Nebenzimmer und rief die Ärzte.

Unwillkürlich hatten sich Heinz und Ria wie trauernde Geschwister bei den Händen gefaßt, eins am anderen Trost und Stütze suchend.

»Ist keine Hoffnung mehr?« rang es sich heiser über des jungen Mannes Lippen. Die Ärzte schüttelten stumm die Köpfe.

Heinz biß die Zähne fest aufeinander, und ein qualvolles Stöhnen rang sich aus seiner Brust.

Da schlug Rolf Matern noch einmal die Augen auf. Er sah Heinz und Ria Hand in Hand vor sich stehen. Ein Leuchten flog über sein Gesicht.

»So – gut – grüßt die Mutter«, sagte er leise. Und dann rief er klar und deutlich: »Vorwärts – an die Arbeit!« Noch ein Ruck ging durch seinen Körper – aber gleich löste sich die Spannung wieder. Noch ein letzter, kurzer Atemzug – Rolf Matern war verschieden.

Während man unten den Toten aufbahrte, lag Malwine bewußtlos in hohem Fieber. Und an dem Tag, da man ihn hinaustrug zu seiner letzten Ruhestätte, nahm ihr Befinden die bedenklichste Wendung. Ganz plötzlich fiel das Fieber – und das kranke Herz versagte seine Tätigkeit. Vergeblich machten die Ärzte Einspritzungen, um die Herztätigkeit zu heben, erfolglos wurde der Kranken Sekt zur Belebung eingeflößt. Als Heinz von der Beerdigung seines Vaters heimkehrte, rief man ihn an das Sterbelager seiner Mutter.

Ria war bei ihr geblieben und sah Heinz mit Bangen entgegen. Sollte er nun auch noch die geliebte Mutter verlieren?

Frau Malwine wußte noch nichts von ihres Gatten Tod. Aber sie kam wieder zu klarem Bewußtsein und verlangte fortgesetzt nach ihm. Ria hatte allerlei Ausflüchte, aber die Kranke wurde von Minute zu Minute unruhiger.

Auch Heinz suchte ihr das Schreckliche zu verbergen. Die Ärzte hatten ihm gesagt, daß es mit der Mutter zu Ende gehe. Auch Ria wußte es. Sie sahen sich beide in banger Frage an. Durfte man der Kranken jetzt noch verhehlen, was geschehen war?

»Heinz – der Vater«, jammerte die Kranke wieder.

Gebrochen sank er in einen Stuhl, der an ihrem Bett stand, und schlug die Hände vors Gesicht. Er konnte den angstvollen Blick der Mutter nicht ertragen.

»Er weiß doch, daß ich sterben muß – und läßt mich allein«, jammerte sie wieder verstört.

Mit vor Jammer zerrissenem Herzen kniete Ria an ihrer Seite nieder.

»Tante Malwine – liebe Tante Malwine – er kann ja nicht kommen. Er – er läßt dich grüßen, liebste Tante.«

Malwine sah sie mit großen Augen an.

»Warum kommt er nicht selbst?«

Da stürzten Heinz unaufhaltsam die Tränen aus den Augen. Aber er brachte kein Wort hervor.

Malwines Augen flogen von einem zum anderen.

Ria preßte die Hände aufs Herz. Daß Heinz so fassungslos war, konnte sie fast nicht ertragen. Sie hob den Kopf und sah mit einem Blick voller Qual zu der Kranken auf.

Diese tastete mit zitternder Hand über ihren Kopf.

»Ria – sag du mir – die Wahrheit – die Wahrheit«, flüsterte sie.

Ria erzitterte. Aber dann faßte sie fest die Hand der Kranken und entschlossen, mit leiser, aber fester Stimme sagte sie:

»Tante Malwine – Onkel Rolf – hat einen Unfall gehabt – und – und du sollst nicht allein gehen – er läßt dich grüßen – und – wird mit dir gehen. Du sollst es wissen – er wäre doch sonst hier, liebe, liebe Tante – er liebte dich so sehr.«

Da richtete sich die Kranke mit wachsbleichem Antlitz auf und hob die Arme wie in unendlicher Sehnsucht empor.

»Rolf – Rolf!« Dann fiel sie zurück. –

Und wie ein müdes Kind legte sie den Kopf zur Seite und fragte ganz leise:

»Heinz – hat er leiden müssen – der Vater?«

Stumm schüttelte er den Kopf, denn er konnte nicht sprechen.

Da wandte sich die Kranke mit fragendem Blick zu Ria.

»Rolf – Rolf!« Dann fiel sie zurück.

»In der Ausstellungshalle, liebste Tante, ein Stück Eisen traf ihn an den Kopf.«

Malwine krampfte die Hände zusammen.

»Mitten aus der Arbeit – so hat er's gewollt«, flüsterte sie mit einem stillen, verklärten Ausdruck in den Zügen.

»Es ist gut so – nun – nach diesen glücklichen Tagen – wir beide – –«

Sie schloß die Augen.

Ria flößte ihr einen Löffel Sekt ein. Da blickte sie noch einmal lächelnd auf.

»Kleine Ria! Heinz – gib mir – deine Hand.«

Er sank auf die Knie, faßte ihre Hand und legte seine Stirn darauf. Ihre andere Hand glitt liebkosend über seinen Kopf.

»Sei gesegnet, mein Sohn.«

Wieder verstummte sie ermattet.

Und dann plötzlich bäumte sie sich empor.

»Rolf – halte mich!« rief sie aus, und griff mit den Händen in die Luft, als fasse sie nach einer Erscheinung. Dann fiel sie schwer zurück.

Heinz Matern hatte auch die Mutter verloren.

*

Als Heinz das Sterbelager seiner Mutter verlassen hatte, war er in sein Zimmer gegangen. Erst nach einigen Stunden kam er mit bleichem Gesicht wieder zum Vorschein. Ria schlich mit verweinten Augen im Haus umher und suchte den Pflichten gerecht zu werden, die auf sie einstürmten. Instinktiv wandte sich die Dienerschaft mit allen Anfragen an sie.

Kein Wort des Trostes vermochte sie Heinz zu sagen. Worte sind so arm in solchen Fällen. Aber ihre Augen folgten ihm in heißer Angst und Sorge.

Als dann die Mutter an der Seite des Vaters beerdigt war, sagte er Ria, daß er vorläufig wieder nach Villa Meister übersiedeln wollte.

»Wir müssen erst beide wieder ruhiger werden, Ria, ehe wir darüber sprechen können, was in Zukunft geschehen soll«, sagte er.

Sie nickte stumm und dachte wehen Herzens an das Kommende.

Alle Bekannten und Freunde des Hauses hatten sich in Beileidsbezeugungen kaum genug tun können. Hauptsächlich war Frau Sibylle Jansen Heinz immer wieder trostspendend in den Weg getreten und hatte versucht, aus seiner Stimmung für sich Gewinn zu ziehen.

Heinz erkannte ihr heimliches Bestreben, und plötzlich stiegen Widerwillen und Abscheu in ihm auf gegen diese Frau und ihr niedriges Beginnen. Es schien ihm eine Entweihung, wenn sie von seinen Eltern sprach. Die Bande, die ihn an sie gefesselt hatten, fielen von ihm ab. Er erkannte, daß er sich verirrt hatte, daß diese Beziehungen seiner unwert waren. Und ganz plötzlich fühlte er sich innerlich so frei, als sei ihm diese Frau nie etwas gewesen.

Ria saß nun zum zweitenmal allein in Villa Matern. Aber diesmal lastete die Einsamkeit schwer und drükkend auf ihr, denn Onkel und Tante kehrten ja nicht mehr heim. Lotte Werner kam täglich auf ein Stündchen zu ihr und wollte sie auch mit sich nehmen. Aber Ria war jetzt kaum zu bewegen, das Haus zu verlassen.

An die Zukunft vermochte sie nicht ohne innere

Angst zu denken. Sie wußte nicht, was Heinz über sie beschließen würde. Onkel Rolf hatte ihr Geschick in seine Hände gelegt, also wollte sie still warten, bis er über sie bestimmte.

Es war etwa vierzehn Tage nach Malwine Materns Tod, als Ria eines Morgens ein Brief übergeben wurde.

Die Handschrift war ihr unbekannt, und verwundert öffnete sie ihn. Er enthielt nur wenige Worte:

»Mein verehrtes, gnädiges Fräulein!

Als alter Freund und Kollege Ihres früh verstorbenen Vaters bitte ich Sie dringend um eine Unterredung unter vier Augen. Ich habe Ihnen eine Mitteilung von größter Wichtigkeit zu machen. Es wäre mir sehr erwünscht, wenn Sie mir umgehend Nachricht zukommen lassen würden, wo und wann ich Sie allein und ungestört sprechen kann.

Hochachtungsvoll
Heinrich Krause, Ingenieur.
Postlagernd Berlin, Postamt VII.«

Seltsam berührt sah Ria auf den Brief herab. Ihr Blick blieb auf dem Namen haften.

Heinrich Krause?

Ein Freund und Kollege ihres Vaters?

Diesen Namen hatte sie schon gehört! Ja – natürlich, die Mutter hatte damals jenen Kollegen des Vaters so genannt, der dessen Nachlaß hatte ordnen wollen und dann wegen Betrugs verhaftet werden sollte. Er war aber nach Amerika entkommen, hatte die Mutter gesagt. War das dieser Heinrich Krause, der sie sprechen wollte? Und was wollte er? Ihr eine Mitteilung von größter Wichtigkeit machen?

Am liebsten hätte sie ihn abgewiesen, denn sie fühlte ein Unbehagen, das sie sich nicht erklären konnte.

Nach langem Zögern entschloß sie sich aber doch, den Mann zu empfangen und anzuhören. Vielleicht handelte es sich nur um eine Bettelei.

So schrieb sie kurz entschlossen an die aufgegebene Adresse:

»Sehr geehrter Herr!

Ich werde morgen und übermorgen vormittag von elf Uhr an für Sie zu sprechen sein.

Hochachtend
Maria Rottmann.«

Einem unklaren Gefühl folgend, sagte sie Heinz nichts von diesem Brief. Er holte sie gegen Abend ab, um mit ihr auf ein Stündchen zu Werners zu gehen. Brüderlich sorgte er immer dafür, daß ihr die einsamen Abende nicht zu lang wurden.

Heinz fühlte sich von dem Schweren, das ihn betroffen hatte, noch ganz betäubt. Zudem mußte er seine Kraft den Geschäften widmen. Auch da stürmte so vieles auf ihn ein, und es hieß tüchtig arbeiten, um alle Schwierigkeiten zu überwinden. Das war ihm lieb, weil es ihn von seinem Schmerz ablenkte und ihm langsam sein Gleichgewicht wiedergab. In allem Leid zog es ihn zu Ria wie zu einer schutzbedürftigen Schwester. Das Verantwortlichkeitsgefühl für sie gab ihm selbst einen inneren Halt, und außerdem kam sie ihm seelisch unmerklich näher.

Oft grübelte er jetzt darüber nach, wie seltsam doch sein Vater sich zu Ria gestellt hatte. Bis über das Grab hinaus hatte er für sie gesorgt, und es hatte ihn in seiner letzten Stunde sichtlich gequält, nicht testamentarisch über Rias Zukunft bestimmt zu haben.

Nun – er würde seines Vaters letzten Willen genauso ehren, als wenn er verbrieft und versiegelt den Gerichten vorgelegen hätte.

Nur mußte er erst Ruhe haben, ihr ferneres Wohl zu bedenken. Er kam damit zu keinem klaren Entschluß. – Nun schritten sie wie Geschwister in den sinkenden Spätsommertag hinein. Die Sonne ging hinter den Bäumen unter. Ihre letzten Strahlen vergoldeten das Laub, das schon leise herbstliche Farbentöne anzunehmen begann.

Sie sprachen nur wenig miteinander. Ihre Gedanken weilten bei den teuren Verstorbenen.

»Ist dir der Tag lang geworden, Ria?« unterbrach endlich Heinz das Schweigen.

»Es gibt über Tag gottlob viel zu tun. Nur die Abende erscheinen mir recht lang.«

»Möchtest du nicht Lotte Werner bitten, daß sie auf einige Zeit zu dir kommt? Sie würde dir sicher gern diesen Freundschaftsdienst erweisen. Es wäre nur für so lange, bis wir über die Zunkunft im klaren sind«, sagte er, auf ihr gesenktes Köpfchen herabblickend.

Sie schaute ihn in ihrer alten, scheuen Art flüchtig an. Dann sagte sie bedrückt.

»Wenn du meinst, so kann ich sie darum bitten.«

»Ich denke, es wird gut für dich sein. Du magst doch Lotte Werner gern leiden, nicht wahr?«

Sie nickte. »Sehr gern – sie ist ja meine einzige Freundin. Ich habe sie lieb«, sagte sie mit Wärme.

Das Herz schlug ihr hart und laut in der Brust. Wie süß wäre es für sie gewesen, wenn er sich aus eigenem Antrieb um sie gesorgt hätte. Aber er tat es, weil es seines Vaters letzter Wunsch war.

»Um mich brauchst du dich wirklich nicht zu beunruhigen, Heinz. Ich wünschte nur – ich brauchte dich endlich nicht länger aus deinem Haus zu verdrängen.«

»Kind, tue mir den Gefallen und sprich nicht davon. Denke gar nicht daran. Es ist nun mal eine Forderung des guten Tons, daß wir nicht zusammen hausen, obwohl es in dem Fall das beste und einfachste wäre.«

Er sagte es so ruhig, als wäre es wirklich das natürlichste, wenn sie wie Bruder und Schwester zusammen leben würden. –

Bei Werners wurden sie wie immer warm und herzlich begrüßt. Sie fanden dort Walter Meister, der jetzt fast täglicher Gast bei Werners war.

Noch stand er mit Lotte auf dem Kriegsfuß, oder besser – sie mit ihm. Aber in ihrem Benehmen machte sich immer mehr eine leichte Unsicherheit bemerkbar.

Zu ihrem eigenen Ärger ertappte sie sich oft dabei,

daß sie, ehe Walter Meister kam, vor dem Spiegel stand und an ihrer Kleidung herumzupfte, als sei sie nicht schön genug. Mit keinem Wort war er auf seinen Heiratsantrag zurückgekommen. Im geheimsten Winkel ihres Herzens regte sich ganz leise der Wunsch, daß er ihn noch einmal ernsthaft wiederholen möchte.

Noch schien ihm aber die rechte Zeit nicht gekommen.

»Der Trotzkopf ist imstande, mich noch einmal abzuweisen«, sagte er zu Heinz.

»Aber wenn du das befürchtest, verstehe ich nicht, daß du sie nicht aufgibst. Sie kann dich dann schwerlich lieben«, hatte dieser geantwortet.

Da hatte Walter gelacht.

»Ach du – sie sehnt sich genausosehr nach dem ersten Kuß, den wir uns geben werden, wie ich. Sie liebt mich trotz ihrer heimlichen Gegenwehr. Im stillen hat sie mir längst jedes schlimme Wort abgebeten, das sie mir sagte. Aber sie ist noch nicht soweit, das einzugestehen. Und deshalb warte ich, bis der letzte Trotzfunke aus ihren Augen verschwunden ist.«

Die Familie Werner und Walter Meister taten ihr Bestes, um Heinz und Ria von ihrer Trauer abzulenken und zu zerstreuen. Heinz sprach Lotte Werner seine Bitte aus, einige Zeit zu Ria überzusiedeln.

Lotte erklärte sich sofort bereit.

»Das hättest du mir längst sagen sollen, Ria, dann wäre ich schon früher zu dir gekommen«, meinte sie, ihren Arm um Rias Schulter legend. Und zärtlich deren Wange streichelnd, fuhr sie fort: »Arme, kleine

Ria, du bist jetzt im Grunde zum zweitenmal verwaist.«

Ihre Stimme klang dabei so warm und weich, wie sie Walter Meister noch nie gehört hatte.

Wie konnte diese spröde Stimme sich ins Herz schmeicheln. Wenn sie erst mit ihm in diesem Ton reden würde – dann würde er Wachs in ihren Händen sein. Eifersüchtig sah er zu, wie Ria von Lotte gestreichelt und liebkost wurde.

Das kann ja ein normaler Mann gar nicht ruhig mit ansehen, dachte er verliebt. Was hat diese kleine Ria vor mir voraus? Ich bin auch verwaist, hause Jahr und Tag schon allein in meinen vier Wänden, und mit mir hat sie kein Mitleid.«

Während er seinen Gedanken nachhing, sah er Lotte mit sehnsüchtigen Augen an, daß sie plötzlich dunkelrot wurde und hinauslief, um für die Gäste eine Erfrischung zu holen. Die Mutter hatte draußen in der Küche schon einen Imbiß bereitet. Sie gewährte die Gastfreundschaft immer in dem bescheidenen Rahmen ihrer Verhältnisse. Aber gerade das machte den Aufenthalt in der kleinen, trauten Wohnung so behaglich.

Bis zehn Uhr blieb man beisammen. Die beiden jungen Mädchen hatten besprochen, daß Lotte am Nachmittag des nächsten Tages von Ria mit dem Wagen abgeholt werden sollte.

Ria trat mit Heinz und Walter den Heimweg an. Walter plauderte unterwegs in seiner lebhaften Art munter drauflos, während die beiden anderen nur hier und da einige Worte sprachen.

Am Portal der Villa Matern verabschiedeten sich die Herren von Ria, und diese schlüpfte ins Haus.

Heinz und Walter schlenderten langsam, Zigaretten rauchend, am See entlang nach Walters Villa. Eine Weile schwiegen sie. Dann sagte Heinz plötzlich:

»Was fange ich nur mit Ria an, Walter? Kannst du mir nicht einen guten Rat geben?«

Walter tat noch einen Zug aus seiner Zigarette, dann antwortete er kurz:

»Doch – einen sehr guten sogar.«

»Nun?«

»Heirate sie.«

Heinz fuhr auf. »Bist du verrückt?«

»Nein – im Gegenteil, ich habe selten einen vernünftigeren Einfall gehabt. Diesen Rat gebe ich dir allerdings nur, weil ich deine nüchterne, ruhige Gemütsart kenne. Für ideale Schwärmer wäre das nichts. Zwar spieltest du noch vor kurzem den Tannhäuser, aber wenn ich mich nicht irre, hat Frau Venus nun die Macht über dich verloren.«

»Dieser – Irrtum ist abgetan«, entgegnete Heinz finster.

»Na also. Und bei deinen vernünftigen Ansichten über die Ehe kann es keine einfachere Lösung dieser Frage geben, als daß du Ria Rottmann heiratest. Ihre Sanftmut und Schmiegsamkeit paßt vortrefflich zu deinem etwas herrischen Charakter, und durch eine Heirat wärst du auch der Sorge um ihre Zukunft völlig enthoben. Wie könntest du sonst den Wunsch deines Vaters voll und ganz erfüllen? Offen gesagt, ich bin der Ansicht, daß dein Vater überhaupt diese Lösung im Auge hatte, als er dir sagte: ›Nimm sie an dein Herz.‹ Der schnelle Tod hinderte ihn wohl, sich noch deutlicher auszudrücken. Ich habe von Anfang an, als du mir davon sprachst, das Gefühl gehabt, es sei deines Vaters Wunsch gewesen, daß Ria deine Frau wird. Er hat sie wie eine Tochter geliebt, kannte ihr liebenswertes Wesen, und wünschte die Verbindung der beiden Menschen, die seinem Herzen nahestanden. Das ist meine Ansicht. Unaufgefordert hätte ich sie dir nicht aufgedrängt. Aber du wolltest meinen Rat – hier ist er.«

Heinz hatte ruhig zugehört und wurde um so nachdenklicher, je länger Walter sprach. Der Rat, der ihm erst unsinnig erschien, war doch nicht ohne weiteres zu verwerfen. Was er von der Ehe forderte, das konnte ihm Ria ebensogut geben wie eine andere. Eine große Leidenschaft verlangte er nicht, denn sie wäre ihm nur lästig gewesen. Ria würde ihm eine gute Hausfrau sein und ihn nicht mit Ansprüchen an seine Persönlichkeit quälen. Ohne Störung würde sie sich in sein Leben einfügen. Unsympathisch war sie ihm nicht, er hatte sich im Gegenteil in letzter Zeit zu ihr hingezogen gefühlt. Auch hübsch war sie und gesund, wie Walter ganz richtig gesagt hatte. Und außerdem konnte er so des Vaters Wunsch in umfassender Weise erfüllen, mochte dieser nun wirklich an eine Heirat gedacht haben oder nicht.

Ruhig und leidenschaftslos, nüchtern und sachlich erwog er alles. Und je mehr er darüber nachdachte, um so einfacher schien damit die schwierige Zukunftsfrage gelöst zu sein.

Schweigend hatten die beiden Freunde den übrigen Weg bis zur Villa Meister zurückgelegt. Nun rauchten sie, auf der Terrasse hin und her gehend, noch eine Zigarette.

Als sie sich eine halbe Stunde später trennten, um ihre Zimmer aufzusuchen, sagte Heinz ruhig:

»Ich werde mir die Sache überlegen, Walter, dein Rat ist nicht schlecht.«

*

Ria saß am nächsten Morgen in unruhiger, erwartungsvoller Stimmung in ihrem Zimmer. Ob dieser Heinrich Krause wohl heute schon kommen würde? Und was würde er ihr zu sagen haben?

Sie sollte darüber nicht lange im unklaren bleiben. Punkt elf wurde er ihr gemeldet.

Der Diener hatte den Fremden etwas mißtrauisch angesehen. Er machte den Eindruck eines Bittstellers, ließ sich jedoch nicht abfertigen und behauptete, von dem gnädigen Fräulein erwartet zu werden.

Zum Erstaunen des Dieners befahl Ria, den Fremden in den Salon zu führen.

Bei ihrem Eintritt erhob sich mit kriechend höflicher und unangenehm vertraulicher Miene ein etwa fünfzigjähriger Mann. Er trug einen abgeschabten, grauen Anzug und sehr fragwürdiges Schuhwerk. Sein Gesicht war rot und gedunsen, wie das eines Trinkers, und der struppige Bart ungepflegt.

Ria wich bei seinem Anblick unwillkürlich zurück und nahm eine merklich kühle Haltung an.

»Was haben Sie mir mitzuteilen, mein Herr?« fragte sie nach kurzer Begrüßung.

Krause sah sich wichtig und geheimnisvoll um.

»Sind wir auch unbelauscht, mein gnädiges Fräulein?« flüsterte er und trat ihr etwas näher.

»Gewiß, Sie können ganz unbesorgt sprechen. Bitte, behalten Sie Platz«, erwiderte sie ruhig und ließ sich auf einen Sessel nieder. »Haben Sie mir denn so Geheimnisvolles mitzuteilen?«

Er nickte und sah sie immerwährend forschend, wie abschätzend, an. In dem schlichten Trauerkleid, das sie trug, sah sie recht einfach aus.

»Das will ich meinen, mein liebes Fräulein Rottmann. Ein großes Vermögen steht für Sie auf dem Spiel.«

Ria wurde aufmerksam.

»Bitte, sprechen Sie deutlicher.«

Er verbeugte sich und drückte dann wie in Rührung das Taschentuch an die Augen.

»Wenn ich Sie so vor mir sehe – das Kind meines unvergeßlichen teuren Freundes –, Sie ahnen nicht, mein liebes Fäulein, wie ergriffen ich bin.«

»Zur Sache, wenn ich bitten darf, ich habe nicht viel Zeit.«

Es blitzte tückisch in seinen Augen auf.

»Die Jugend ist immer ungeduldig. So schnell geht das nicht, denn die Sache ist nicht einfach. Es geht, wie gesagt, um ein großes Vermögen. Ich muß ein wenig weit ausholen. Ihr Herr Vater und ich, wir waren die besten, treuesten Freunde. Gleich ihm bin ich Ingenieur, und wir waren zusammen in einem

Büro angestellt. Als Ihr Vater gestorben war, bat mich Ihre Mutter dringend, seinen Nachlaß zu ordnen, denn sie hielt sehr große Stücke auf mich. Leider mußte ich damals eine große Reise antreten und konnte mich dieser ehrenvollen Aufgabe nicht unterziehen. Hat Ihnen Ihre Frau Mutter vielleicht von mir erzählt?«

Ria wußte, daß er log, und sagte sich, daß sie vor diesem Menschen auf der Hut sein müsse. Einem inneren Zwang gehorchend, antwortete sie: »Nein – ich kann mich nicht erinnern, von Ihnen gehört zu haben.«

Das schien Krause angenehm zu sein, obwohl er wehmütig zu lächeln versuchte.

»Ja, ja. Sie waren noch so klein, und später – ja, später hat wohl Ihre Frau Mutter den alten guten Freund vergessen. Die Zeit, mein liebes Fräulein, die lange Zeit. Also, wie gesagt, ich mußte Ihrer Frau Mutter die Bitte abschlagen. Um ihr gefällig zu sein, hatte ich wenigstens das Pult Ihres Herrn Vaters im Büro nachgesehen, um allerlei Kleinigkeiten daraus an Ihre Frau Mutter abzuliefern. Ich fand auch einige Zeichnungen und Berechnungen darin.«

Ria zuckte leicht zusammen. Krause bemerkte es jedoch nicht und fuhr fort:

»Diese Zeichnungen, die ich nicht für wichtig hielt, gerieten irrtümlich unter meine eigenen Papiere, da ich, wie gesagt, eine Reise vorhatte und beim Packen war. Erst viel später fielen mir die Skizzen wieder in die Hände, und da erkannte ich, daß sie sehr wichtig waren. Ich befand mich aber zu jener Zeit auf einer brasilianischen Farm und bekam kaum eine Zeitung in die Hände, am wenigsten eine deutsche. So erfuhr ich nicht, was sich inzwischen zugetragen hatte.«

Ria sprach noch immer nicht. In angstvoller Unruhe wartete sie auf die Fortsetzung seiner Rede. Sie ahnte, was nun kommen würde, und erwog bereits bei sich, was sie tun sollte, wenn ihre Befürchtung eintraf.

Krause begann wieder:

»Ja, ja – es war hier inzwischen etwas Sonderbares geschehen. Bevor ich Ihnen aber auch das noch enthülle, möchte ich Sie bitten, mir mitzuteilen, wie es kam, daß Sie in Rolf Materns Haus Aufnahme fanden.«

Ria zögerte überlegend. Dann aber sagte sie ruhig:

»Der Herr Geheime Baurat Matern hat sich als Freund meines verstorbenen Vaters meiner Mutter und meiner in großmütiger Weise angenommen. Nach dem Tod meiner Mutter nahm er mich in seinem Haus auf.«

In höhnischem Ton erwiderte Krause:

»Wird wohl seine besonderen Beweggründe gehabt haben zu seiner edlen Handlungsweise, der Herr Geheime Baurat. Schade, daß ich ihn nicht noch lebend antraf, ich hätte wohl ein Wörtchen mit ihm zu reden gehabt. Daß er vorher starb, war sehr gut für ihn.«

Ria erblaßte. Nun war es ihr völlig klar, daß Krause um Onkel Rolfs Geheimnis wußte. Wahrscheinlich wollte er diese Kenntnis und die in seinem Besitz befindlichen Zeichnungen zu Erpressungen benutzen. Sie mußte ihn jedenfalls vollends anhören, um genau zu erfahren, was er plante. Ihr Herz klopfte in wilder Angst um Heinz Matern. Der Gedanke, daß er etwas erfahren könnte, drohte ihr die Überlegenheit zu rauben. Aber zugleich gab ihr ihre Liebe Kraft, sich zu beherrschen. Sie mußte die Zeichnungen, die Krause widerrechtlich besaß, um jeden Preis zurückerlangen und diesen Menschen zugleich daran hindern, mit Heinz zusammenzukommen.

Während sie fieberhaft allerlei Pläne erwog, sagte sie scheinbar ganz gelassen und beherrscht:

»Was wollen Sie damit sagen, mein Herr?«

Er zog seinen Sessel näher heran.

»Sie leben hier im Haus von der Gnade der Erben Rolf Materns, nicht wahr?«

»In gewissem Sinn! Rolf Matern hat es in seiner letzten Stunde so bestimmt.«

Krause beugte sich ganz nahe zu ihr und sagte halblaut:

»Wenn Sie wollen, so können Sie das ganze Vermögen Rolf Materns an sich bringen.«

»Sie scherzen wohl, mein Herr?«

»Ich spreche in vollem Ernst, Fräulein Rottmann. Bitte, hören Sie mich an. Jene Zeichnungen, die ich im Pult Ihres Vaters fand, beweisen, daß die Erfindung, die Rolf Matern für die seine ausgab und durch die er reich und berühmt wurde, von Ihrem Herrn Vater stammte. Ich habe leider erst vor kurzer Zeit drüben in Amerika von dieser Erfindung gehört und fand sogleich, daß es sich um die Ihres Vaters handelte. Zum Glück habe ich die Zeichnungen noch. Vielleicht findet sich auch in Ihrem Besitz noch irgendein darauf bezügliches Dokument. Jedenfalls wird es möglich sein, den Beweis zu erbringen, daß Rolf Matern Ihren Vater bestohlen hat und daß Ihnen allein das ganze Vermögen gehört, das er durch diese Erfindung erwarb. Ich habe das Opfer einer Reise nicht gescheut, um Ihnen zu Ihrem Recht zu verhelfen, und erbiete mich, Ihre Sache zu führen. Sie brauchen mir nur die Vollmacht dazu zu geben. Binnen kurzer Zeit können Sie dann die Herrin dieses Hauses sein.«

Ria hatte alle Kraft nötig, um ihre Fassung zu bewahren. Aber sie brachte es fertig, ruhig und kühl in Krauses vor Erregung und Erwartung funkelnden Augen zu sehen. Ohne ihre Stimme zu erheben, fragte sie kalt:

»Und aus welchem Grund wollen Sie sich in diese Angelegenheit mischen?«

»Aber, mein Fräulein, ist das alles, was Sie mir auf diese Eröffnung zu sagen haben? Begreifen Sie doch, wie wichtig sie ist.«

Ria erhob sich.

»Wissen Sie denn, ob Ihre Mitteilung etwas Neues für mich ist?«

Er funkelte sie höhnisch an.

»Ach – siehe da, das kleine Fräulein ist sehr klug. Sie möchte, nun ich Sie aufgeklärt habe, Ihre Sache allein führen. Aber ganz offen – ich bin momentan in ziemlich bedrängter Lage. Meine letzten Ersparnisse hat die Reise aufgezehrt, die ich in Ihrem Interesse machte. Natürlich will ich an diesem Geschäft auch eine runde Summe verdienen.«

»Da muß ich Ihnen eine Enttäuschung bereiten,

Herr Krause. Meine Mutter und ich – haben um diese Erfindung meines Vaters gewußt, die Rolf Matern ausgenutzt hat. Es geschah in unserem Einverständnis. Sie haben sich also umsonst bemüht – und ich muß Sie bitten, mir die Zeichnungen, die ja nicht Ihr Eigentum sind, zurückzugeben.«

Krause sprang auf. Sein Gesicht verzerrte sich.

»Alle Teufel – das ist – das ist –«

Seine Augen richteten sich durchdringend auf Rias Gesicht. Und da bemerkte er die Unruhe in ihrem Blick, die nicht zu dem blassen, entschlossenen Gesicht passen wollte.

Nach einer Weile sagte er kühn:

»Ich bedaure – die Zeichnungen gebe ich nicht umsonst heraus. Wenn ich mit Ihnen kein Geschäft machen kann – dann wende ich mich an Herrn Heinz Matern. Ihm wird ja der gute Name seines Vaters schon etwas wert sein.«

Ria sprang entsetzt auf und streckte abwehrend die Hände aus.

»Um Gottes willen – tun Sie das nicht!«

Dieser erschrockene Ausruf gab Krause sofort wieder das Übergewicht.

»Wer will mich daran hindern, mein Fräulein? Falls Sie nicht selbst mich zu entschädigen gedenken, gehe ich ganz sicher zu Heinz Matern.«

Ria krampfte die Hände zusammen.

»Wieviel fordern Sie?« stieß sie hervor.

Krause überlegte, während er Ria lauernd betrachtete. Viel war anscheinend aus diesem Geschäft, das er für so glänzend gehalten hatte, nicht zu holen. Wenn die Sache so lag, war es auch zweifelhaft, ob Heinz Matern ihm etwas zahlen würde. Ohne Ria Rottmanns Vollmacht konnte er nichts Ernstliches gegen Rolf Materns Erben unternehmen. Geld aber mußte er haben, so oder so. Das Messer stand ihm an der Kehle. Hastig bedachte er, was er wohl fordern könnte. So viel, daß er, wie er gehofft hatte, aller Not und Sorge enthoben sein würde, konnte er nun nicht mehr erwarten. Aber bezahlt mußte er sich machen, so gut wie möglich. Noch einmal sah er sie scharf an, dann sagte er, so kurz, wie sie gefragt hatte:

»Zwanzigtausend Mark.«

Ria erschrak. Wo sollte sie eine so große Summe hernehmen? Sie besaß etwa sechstausend Mark. Das war der Erlös aus der Hinterlassenschaft ihrer Mutter. Onkel Rolf hatte das Geld für sie in Verwahrung genommen. Sie hätte es ohne Besinnen geopfert, um damit Heinz ein Leid zu ersparen. Aber zwanzigtausend Mark – die konnte sie unmöglich schaffen.

»Das ist zuviel – zuviel«, stieß sie hervor.

»Heinz Matern wird mir sicher gern das Doppelte geben, wenn ich zu ihm gehe.«

»Das dürfen Sie nicht!« rief sie angstvoll.

»Ich werde es dennoch tun, wenn Sie mir meine Forderung nicht bewilligen wollen oder können.«

Sie stützte sich schwer auf ihren Sessel.

»Ich kann ja nicht – ich besitze sechstausend Mark. Die will ich Ihnen geben. Von Heinz Matern würden Sie gar nichts bekommen – er würde Sie höchstens anzeigen – wegen – ja – wegen Erpressung. Aber ich will nicht, daß Sie zu ihm gehen. Nehmen Sie die sechstausend Mark.«

Krause überlegte. Es war nicht unwahrscheinlich, daß ihn Heinz Matern wegen Erpressung anzeigte. Aber sechstausend Mark für das Geheimnis, von dem er so viel erhofft hatte – nein, das war zuwenig. Lag der Kleinen so viel daran, daß er nicht zu Heinz Matern ging, so mochte sie eben mehr Geld schaffen.

»Nun – so geben Sie mir diese sechstausend Mark als Abschlagsumme. Die übrigen vierzehntausend Mark können Sie mir dann später zahlen, vielleicht nach und nach. Aber auf meiner Forderung muß ich bestehen.«

Ria zitterte am ganzen Körper. Nur um Gottes willen Heinz diesen Schlag ersparen. Stolz und rechtlich wie er war, würde es ihn zu Boden drücken, wenn er erfahren mußte, was sein Vater getan hatte. Er würde keinen Pfennig mehr anrühren von dem unrechtmäßig erworbenen Gut, das wußte sie. Dann war er arm, mußte von neuem beginnen und würde unter dem Bewußtsein der Schmach seine Spannkraft, die Heiterkeit seiner Seele verlieren.

Nein – sie mußte ihn vor dieser Erkenntnis bewahren, koste es, was es wolle. Wie sie das fehlende Geld schaffen sollte, wußte sie nicht. Aber wenn sie Zeit zum Nachdenken erhielt, fiel ihr vielleicht ein Ausweg ein. Es war ja für ihn, den sie liebte mit aller Kraft und Innigkeit ihres Herzens. Nur Zeit gewinnen, nur diesen widerwärtigen Menschen zum Schweigen bringen! Gott würde ihr helfen in ihrer

Not. Auf irgendeine Weise mußte sie das Geld schaffen. Sie atmete tief und richtete sich empor.

»Gut – ich werde Ihnen morgen die sechstausend Mark auszahlen. Kommen Sie um dieselbe Zeit herher. Und – bringen Sie mir die Zeichnungen mit.«

Krause lächelte verschmitzt.

»Bei der letzten Rate werden Sie die Zeichnungen erhalten, mein Fräulein, bei der letzten Rate – nicht eine Minute früher. Ich muß eine Sicherheit in den Händen haben.«

»Aber die Papiere gehören Ihnen nicht.«

»Oh, vorläufig doch, und ich werde nicht so leichtsinnig sein, sie gleich auszuliefern.«

»Wer bürgt mir dafür, daß Sie, nachdem ich Ihnen sechstausend Mark ausgezahlt habe, die Zeichnungen nicht anderweitig ausnutzen?«

Krause warf sich in die Brust. »Mein Ehrenwort.«

Ria hatte ihre eigenen Ansichten über dies Ehrenwort, sagte aber:

»Nun gut – ich will glauben, daß Sie es ehrlich meinen. Wenn nicht – so wäre es Ihr eigener Schaden. Denn ich gebe Ihnen mein Wort, daß ich Sie sofort verhaften lasse, wenn Sie Ihr Schweigen brechen.«

Er verbeugte sich tief.

»Wir machen ein Geschäft miteinander, mein Fräulein, erfüllen Sie Ihre Bedingungen, so erfülle ich die meinen«, sagte er förmlich. Und dabei dachte er: Sie soll die Zeichnungen bekommen, wenn sie mir das Geld bezahlt hat. Bin ich später wieder in Not, kann ich das Geheimnis trotzdem noch an Heinz Matern verkaufen. Vorläufig will ich mich begnügen.

Ria sah sehr blaß aus. Krause betrachtete sie ohne Mitleid. Das einzige Gefühl, das ihn beherrschte, war die Sucht, Geld in die Hände zu bekommen.

Ria bedachte inzwischen, daß sie die sechstausend Mark, die ihr gehörten, von Heinz fordern mußte.

Er würde gewiß fragen, wozu sie das Geld brauche, und sie mußte Ausflüchte machen. Ach – wie schwer erschien ihr plötzlich das Leben. Dieser widerwärtige, verkommene Mensch war wie ein drohendes Unheil vor ihr aufgetaucht.

»Also, bitte – kommen Sie morgen um diese Zeit und holen Sie sich das Geld ab«, sagte sie matt.

»Schön, mein gnädiges Fräulein. Und wie werden wir es mit dem übrigen halten?«

»Das sage ich Ihnen morgen, ich muß es mir erst überlegen, Sie müssen mir damit etwas Zeit lassen.«

»Natürlich – solange mich die sechstausend Mark über Wasser halten, warte ich gern. Aber – wenn ich heute schon um eine Kleinigkeit bitten dürfte –, wie gesagt – meine letzten Ersparnisse hat die Reise aufgezehrt –, ich besitze nicht einen Pfennig mehr. Wenn sie mir mit einer Kleinigkeit aushelfen könnten, wäre ich Ihnen sehr verbunden.«

Ria schüttelte den Inhalt ihres Geldtäschchens auf den Tisch. Ungefähr dreißig Mark enthielt es.

»Nehmen Sie«, stieß sie hastig hervor.

Er verbeugte sich und steckte das Geld zu sich.

»Nichts für ungut«, sagte er im Bestreben, sich zu entschuldigen.

Ria winkte abwehrend.

»Gehen Sie bitte jetzt, es ist nicht nötig, daß die Dienerschaft sich über Ihr langes Bleiben wundert.«

»Gut, gut, ich gehe schon. Also morgen um dieselbe Zeit. Ich werde pünktlich sein. Adieu, mein verehrtes Fräulein.«

Als die Tür hinter ihm ins Schloß fiel, sank Ria in ihrem Sessel zusammen.

»Lieber Gott, hilf mir, hilf mir, laß ihn nicht büßen für die Sünde seines Vaters.«

*

Verzagten Herzens fuhr Ria eine halbe Stunde später zur Stadt, um Heinz in seinem Büro aufzusuchen und ihn um das Geld zu bitten. Um diese Zeit war sie gewiß, ihn anzutreffen.

Ria ließ sich bei Heinz melden. Und sie wurde in dasselbe Zimmer geführt, in dem Onkel Rolf sie einmal empfangen hatte. Seit dem Tod seines Vaters hatte Heinz es für sich in Anspruch genommen.

Er empfing Ria sehr erstaunt, aber doch entschieden erfreut. Schon den ganzen Morgen war ihm Walter Meisters Rat im Kopf herumgegangen und immer einleuchtender erschienen. Rias unerwartetes Kommen war ihm eine gute Vorbedeutung.

»Du hier, Ria? Ist etwas geschehen?« fragte er, ihre Hand erfassend.

Und zum erstenmal sah er sie an, wie ein Mann die Frau betrachtet, in der er seine künftige Gattin erblickt. Erst heute sah er mit Bewußtsein in ihr das junge Weib, nicht den halbflüggen, kindlichen Backfisch, der sie immer für ihn gewesen war. Sie konnte wirklich für sehr hübsch gelten. Ihr Haar und ihre Augen mußten sogar als schön bezeichnet werden. Er wurde ein wenig aus seiner Ruhe gerissen durch diese Betrachtung. Sie würde seinem Haus eine sehr anmutige Herrin sein, wenn sie erst noch etwas reifer und sicherer wurde.

Freilich, die scheuen Gazellenaugen hatten gar nichts Herrisches. Aber im Verkehr mit anderen Menschen und vor allen Dingen mit der Dienerschaft hatte er Ria gewandt und sicher auftreten sehen. Warum sie nur gerade ihm gegenüber so schüchtern und scheu war? Fühlte sie, daß er sie bisher für recht unbedeutend gehalten hatte?

Ria ahnte nicht das geringste von seinen Betrachtungen. Sie kämpfte gegen die peinliche Verlegenheit, die sich ihrer bemächtigt hatte.

»Geschehen ist nichts, Heinz. Ich – es ist nur – hätte eine große Bitte an dich.«

Er schob ihr einen Sessel hin.

»Mußt du dabei so ängstlich aussehen, Ria? Bin ich dir nicht wie ein Bruder? Warum bist du so unsicher mir gegenüber?«

Es lag ein wärmerer Ton als sonst in seiner Stimme, und sie wurde glühend rot.

»Ach – ich weiß nicht – es ist mir so peinlich, dich zu stören – überhaupt – mir ist zumute, als wäre mein Dasein eine einzige große Störung für dich.«

Er faßte ihre Hand.

»Aber Ria, wann wirst du diese törichte Sorge endlich von dir werfen? Du bist mir gewiß keine Störung – viel eher ein Herzenstrost. Was hätte ich wohl in dieser schrecklichen Zeit begonnen – ohne dich.«

Sie sah ihn mit einem so jähen, leuchtenden Aufstrahlen an, daß er betroffen seinen Blick auf ihr ruhen ließ. Wie sich ihr Gesicht veränderte durch diesen frohen Ausdruck in den Augen. Wie schön sie war in dieser heißen Freude!

»Wirklich – war ich dir ein Trost? Oh! Dann bin ich – ja – dann bin ich sehr froh«, sagte sie hastig, löste aber dann ihre Hand schnell wieder aus der seinen und sah zur Seite.

»Und was hattest du für ein Anliegen an mich?« fragte er ein wenig unruhig.

Sie holte tief Atem. Dann sagte sie rasch:

»Ich wollte dich bitten, mir sogleich die sechstausend Mark zu geben, die Onkel Rolf für mich in Verwahrung nahm, du weißt, das kleine Erbteil von meiner Mutter.«

Er lächelte. »Du brauchst Geld?«

»Ja.«

»Darf ich wissen, wozu? Hat es dir an etwas gefehlt?«

»Nein, nein – ich – ich brauche es für einen ganz besonderen, persönlichen Zweck. Ich möchte dich bitten, mich nicht weiter danach zu fragen.«

Er schüttelte, noch immer lächelnd, den Kopf.

»Also nein, ich frage nicht. Aber dein Erbteil, das sollst du, wie mein Vater einmal gesagt hat, erst ausgezahlt bekommen, wenn du dich verheiratest oder unser Haus verläßt.«

Sie erschrak. »Ach – ich brauche es aber sofort.«

Forschend blickte er sie an. Sollte sie heimlich Schulden gemacht haben? Aber gleich verwarf er diesen Gedanken. Sie war stets anspruchslos und behielt, wie er wußte, immer noch übrig von ihrem Taschengeld. Der Vater hatte sie oft damit geneckt, daß sie nie Geld brauche. Aber sie sollte die Summe jedenfalls haben.

»Es ist selbstverständlich, Ria, daß du das Geld, das du nötig hast, von mir bekommst, ohne daß dein kleines Erbteil angegriffen wird. Hast du auch genug mit sechstausend Mark, oder möchtest du mehr haben?«

Sie dachte einen Augenblick daran, ihn gleich um die zwanzigtausend Mark zu bitten. Aber sie sagte sich, daß er dann unbedingt nachforschen würde, was mit solch einer Summe geschehen sollte.

»Ich habe genug – und ich möchte dich bitten, mein Erbteil damit zu belasten.«

Er entnahm dem Geldschrank sechs Tausendmarkscheine und legte sie ihr lächelnd hin.

»Das geht nicht, dein Erbe bekommst du an deinem Hochzeitstag und nicht früher!«

Mit zitternden Händen barg sie die Scheine in ihrem Geldtäschchen. Es war ihr peinlich, das Geld von Heinz annehmen zu müssen. Sie würde es auf keinen Fall getan haben, wenn es nicht seinem eigenen Wohl gegolten hätte.

»Es beschämt mich sehr – deine Güte in Anspruch nehmen zu müssen«, sagte sie verwirrt.

Dabei sah sie so reizend aus, daß es ihn drängte, gleich jetzt die wichtige Frage an sie zu stellen. Und doch wollte er sich nicht eingestehen, daß er sich danach sehnte, ihr Jawort zu erhalten. Ganz ruhig und gelassen sagte er:

»Hast du ein wenig Zeit, Ria? Ich möchte wohl noch etwas mit dir besprechen, da du einmal hier bist. Über die Zukunft möchte ich gern mir dir reden.«

Sie erblaßte jäh. Sicher wollte er sie nun fortschicken aus seinem Haus, irgendwohin, wo er nicht sein würde. Sie fürchtete sich vor dieser Entscheidung. Angstvoll schloß sie einen Moment die Augen, als wolle sie nicht sehen, was drohend näher kam.

»Ich habe Zeit«, stammelte sie.

Eine Weile stand er schweigend vor ihr und sah auf sie herab. Und er war erregter, als er es für möglich gehalten hätte.

»Ria – erinnerst du dich der letzten Worte, die mein Vater zu mir sprach?«

Sie preßte die Handflächen zusammen und nickte.

»Ja, Heinz.«

»Du weißt, daß mein Vater mir dein Wohl, deine Zukunft ans Herz legte, daß er gewissermaßen dein Schicksal in meine Hände gab?«

»Ja«, sagte sie wieder leise.

Er atmete tief auf und zwang sich zur Ruhe.

»Hast du nun irgendeinen Wunsch in bezug auf deine Zukunft?«

Sie schüttelte schweigend den Kopf.

»Was wäre dir lieber, Ria, möchtest du bei mir bleiben – oder möchtest du fern von mir ein neues Leben beginnen? Ich würde natürlich auf jeden Fall für dich sorgen wie für meine Schwester.«

Ihr einziger Gedanke war: Tu mit mir, was du willst und für richtig hältst – nur verbanne mich nicht aus deiner Nähe. Sie sprach ihn aber nicht aus. Nach einer Weile sagte sie leise:

»Ich möchte, daß du es bestimmst.«

Da faßte er ihre Hand mit festem Griff.

»Ria – ist dein Herz noch frei?«

»Mein Herz – ist frei«, sagte sie gepreßt, ohne ihn anzusehen.

Er beugte sich zu ihr herab.

»Dann will ich es dir sagen: Bleibe bei mir, Ria. Du bist mir lieb wie eine Schwester, und ich betrachte dich als ein teures Vermächtnis meines Vaters. Als Bruder und Schwester können wir nicht zusammenleben, des Geredes wegen. Mein Vater sagte: ›Nimm sie an dein Herz.‹ Möchtest du meine Frau werden, Ria?«

Sie sprang auf und starrte ihn an. Dunkle Röte stieg in ihr Gesicht, sie schwankte und fiel dann kraftlos in ihren Sessel zurück.

Ria wußte nicht, wie ihr geschehen war. Es brauste vor ihren Ohren – das Zimmer drehte sich in tollem Wirbel vor ihren Augen. Heiße Freude war in ihr und ein tiefer Schmerz. Wie herbeigezaubert stand das Bild der schönen Sibylle Jansen vor ihr. Die war es, die Heinz liebte. Wollte er seine Hand ohne sein Herz verschenken an sie, die ihm nichts war – als eine Schwester? Um des Vaters Vermächtnis zu erfüllen, um der Sorge für ihre Zukunft enthoben zu sein, wollte er sie zu seiner Frau machen . . .

Schon öffnete sie den Mund, um das Nein auszusprechen. Aber in demselben Augenblick durchzuckte sie ein Gedanke, der das Wort auf ihren Lippen bannte:

Wenn ich seine Frau würde, könnte ihm niemand etwas anhaben, auch dieser Heinrich Krause nicht. Ich könnte dessen Forderungen erfüllen, und Heinz würde von allem nichts erfahren. Niemand dürfte ihm dann sein Vermögen streitig machen. Und ich könnte immer bei ihm bleiben.

Heinz beobachtete sie unruhig. Er sah den Kampf, der sich in ihren Zügen spiegelte, sah die Farbe in ihrem Gesicht kommen und gehen. Ungeduldig wartete er auf ihre Antwort.

»Du bist durch meinen Antrag erschreckt worden, Ria. Ich hätte dich vorbereiten oder noch warten sollen. Die Zeit ist schlecht gewählt, da wir noch in Trauer sind. Aber der jetzige Zustand ist haltlos, nicht wahr, das siehst du ein? Und es wäre wirklich das beste, wir brauchten uns nicht erst zu trennen. Glaube mir, eine Ehe, die sich auf gegenseitige Hochachtung gründet, hat mehr Anwartschaft auf ein glückliches Gedeihen, als eine, die im Rausch der Leidenschaft geschlossen wird. Ich kann mir unser Haus gar nicht mehr ohne dich vorstellen. Kannst du dich nicht entschließen, mir deine Zukunft anzuvertrauen?«

Ria hörte mit schmerzlichem Gefühl diese ruhige, leidenschaftlose Auseinandersetzung an. Wie jubelnd würde sie eingewilligt haben, wenn nur ein Funke von Liebe aus seinen Worten geleuchtet hätte. Aber das wäre zuviel, zuviel des Glückes gewesen. Sie mußte froh sein, bei ihm bleiben, ihn vor einem Verhängnis schützen zu dürfen. Wie ein guter Kamerad würde sie wenigstens neben ihm schreiten auf dem Lebensweg. Seine Liebe gehörte der schönen Sibylle Jansen. Ihr blieb nichts – als seine Achtung – seine brüderliche Neigung, ihr – der ungeliebten Frau.

Das Wort setzte sich fest in ihrem Herzen.

Sie faßte sich gewaltsam. Still und ergeben sah sie zu ihm auf. Es lag ein Ausdruck in ihren Augen, der ihn bis in die tiefste Seele traf und seltsam ergriff, obwohl er ihn nicht deuten konnte. Er erkannte nicht, welch reine, tiefe Liebe aus diesen Augen leuchtete.

Aber er erkannte, daß hinter diesen großen, dunklen Mädchenaugen eine Seele lag, deren Tiefen er bisher nicht erforscht, nicht einmal geahnt hatte. Nun reichte Ria ihm mit einer entschlossenen Bewegung die Hand hin.

»Ich will, Heinz«, sagte sie leise, aber fest.

Sie sah, daß seine Augen freudig aufstrahlten. Er nahm aber nur ihre Hand und küßte sie zart und ritterlich. Seinen Arm legte er nicht um sie, seine Lippen suchten nicht die ihren. Es war zarte Schonung von ihm. Er wollte sie nicht bedrängen. Sie aber hielt es für ein Zeichen eines kühlen Empfindens für sie.

Und doch dankte sie es ihm, daß er sich nicht zu einer Zärtlichkeit zwang, die ihm nicht von Herzen kam.

Hand in Hand standen sie eine Weile und sahen sich voll ehrlichen Wollens an. Tief im Innern gelobte sich jedes, das Wohl des anderen stets im Auge zu haben.

Nach einer kleinen Weile sagte Heinz mit leisem Lächeln:

»Ich habe einen recht nüchternen Ort gewählt, um meine Werbung vorzubringen. Aber als ich dich hier eintreten sah, sagte ich mir, das sei ein gutes Zeichen für das, was ich seit gestern abend mit mir herumtrug. Und die Umstände gestatten ohnedies kein langes Zaudern. Wenn es dir recht ist, sollst du sobald als möglich meine Frau werden – ohne Rücksicht auf unsere Trauer. Ich weiß, es läge nicht im Sinne meiner Eltern, daß wir das Trauerjahr abwarten. Ich komme heute zur Teestunde nach Hause, damit wir alles Weitere besprechen können.«

»Ich werde dich erwarten, Heinz – aber du wirst Lotte Werner bei mir finden.«

»Ach richtig! Nun – ich werde dafür sorgen, daß wir trotzdem ungestört sein können. Ich werde Walter mitbringen – der kann Lotte inzwischen unterhalten. Ein Stündchen werden sie schon allein miteinander auskommen.«

Dann küßte er ihr nochmals die Hand.

»Ich muß dich jetzt fortschicken. In wenigen Minuten erwarte ich einen geschäftlichen Besuch, den ich nicht abweisen lassen kann.«

Sie atmete auf, als würde sie aus einer quälenden Haft entlassen.

»Dann lebe wohl, Heinz!«

»Adieu, Ria. Auf Wiedersehen heute nachmittag. Gegen fünf Uhr bin ich draußen.«

Er geleitete sie selbst zum Wagen, der unten wartete, und verabschiedete sich mit einem warmen Händedruck von ihr.

Unbeweglich saß Ria in den Wagenpolstern. Wie ein

Traum zog alles noch einmal an ihr vorüber, was sie eben erlebt hatte. Sie – Heinz Materns Braut – bald seine Frau – seine ungeliebte Frau!

»An mich will ich nicht denken, nur an ihn«, flüsterte sie und preßte die Hände fest aufs Herz, als könnte sie es so zur Ruhe bringen.

*

Nach Tisch fuhr Ria zu Lotte und holte sie ab. Mit fröhlichem Eifer richtete sich diese in einem der Gästezimmer neben Rias Salon häuslich ein.

»Eigentlich ist es sehr nett von dir, daß du nach meiner Gesellschaft verlangst, Ria. So komme ich zu einem reizenden Ferienaufenthalt und kann mir mal ein paar Tage einbilden, daß ich in diese vornehme Umgebung gehöre. Weißt du, es muß recht hübsch sein, wenn man reich ist. So – nun habe ich meine Siebensachen verstaut und fühle mich hier schon ganz heimisch. Aber was ist denn mit dir, Ria? Ich glaube, du hast kein Wort von dem gehört, was ich gesagt habe. Du schaust in weite, unbegrenzte Fernen und läßt mich schwatzen.«

Ria hatte am Fenster gesessen und Lotte zugesehen. Ihre Gedanken waren freilich abwesend. Sie errötete und legte ihren Arm um Lottes Schulter.

»Sei mir nicht böse. Du hast recht, ich habe dir nicht so recht zugehört. Das kommt davon – daß ich heute etwas aus dem Gleichgewicht bin.«

»Ist dir etwas Besonderes widerfahren?« fragte Lotte, sie auf die Wange küssend.

Ria lächelte. »Wenn es etwas Besonderes ist, daß man sich verlobt – dann ja.«

Lotte schlug die Hände zusammen. »Du hast dich verlobt?«

Ria nickte nur.

»Natürlich mit Heinz Matern.«

Ria sah sie betroffen an. »Das findest du so natürlich? Wie kommst du gerade auf Heinz?«

»Das ist einfach – du liebst ihn, das weiß ich längst. Und ein Mädchen wie du heiratet nur den Mann, den es liebt.«

Ria war blaß geworden und hielt die Hand vor Lottes Mund.

»Schweig – um Gottes willen –, wenn das jemand hört«, stammelte sie erschrocken.

Lotte lachte herzlich auf.

»Aber Ria – ist es denn ein Verbrechen, seinen Verlobten zu lieben?«

Ria hatte sich schon wieder gefaßt. Sie richtete sich auf und sah die Freundin ernst und bittend an.

»Versprich mir, Lotte – daß du nie wieder davon sprichst – zu keinem Menschen.«

»Daß du Heinz liebst?«

»Ja.«

»Na, weißt du – das ist mir unverständlich. Aber es gibt noch viele Rätsel auf der Welt, die ich nicht ergründen kann, auf eins mehr kommt es nicht an. Ich verspreche dir also feierlichst, dies zarte Geheimnis zu hüten.«

»Ich danke dir, Lotte.«

»Ach, du Närrchen, was gibt es da zu danken.

Weißt du, eigentlich finde ich es gar nicht nett von dir, daß du fahnenflüchtig geworden bist. Noch vor wenigen Tagen haben wir ausgemacht, daß wir einen Altjungferbund mit Mops, Kanarienvogel, einem halben Dutzend Katzen und dergleichen mehr gründen wollten. Und nun verläßt du mich.«

Ria zog Lotte zärtlich an sich.

»Daraus wird nun wohl nichts werden, Lotte. Ist es dir wirklich so ernst mit deiner Feindschaft gegen Walter Meister?«

Jetzt hielt Lotte Ria den Mund zu.

«Schweig, ich bitte dich. Du weißt, daß ich alle Männer hasse und verabscheue.«

»Nicht alle, Lotte.«

»Aber die meisten«, sagte Lotte kleinlaut.

»Walter Meister solltest du ausnehmen. Er ist ein prächtiger Mensch. Und ich glaube, er hat dich sehr gern.«

»Und wenn es so wäre, und wenn auch ich ihn – gern hätte, deshalb werden wir doch nie ein Paar.«

»Warum denn nicht?«

»Weil er schon einmal um mich angehalten hat, und – ich gab ihm einen Korb.«

»Ach – das hast du getan?«

»Ja – weil ich ihn damals für einen eingebildeten, unausstehlichen Nichtstuer hielt, der auf seinen Geldsack trumpft. Von dem wahren Kern seines Wesens hatte ich keine Ahnung.«

»Aber jetzt kennst du ihn besser, Lotte, nicht wahr?«

»Ja – aber das ändert nichts an der Sache. Er wird

sich natürlich hüten, mich noch ein zweites Mal zu fragen, und ich – nun – ich kann ihm nicht sagen: ›Ich habe mich in Ihnen geirrt, Herr Meister, und mir die Sache anders überlegt – jetzt will ich Ihre Frau werden.‹«

»Das brauchst du nicht. Aber du könntest ihm vielleicht sagen: ›Es tut mir leid, daß ich damals eine so schlechte Meinung von Ihnen hatte, jetzt kenne ich Sie besser.‹ Das würde schon genügen.«

»Ach – das hätte er längst merken können, wenn er nur wollte. Er wird wohl nichts mehr von mir wissen wollen. Und das kann ich ihm gar nicht verdenken. Ich war ihm gegenüber unausstehlich.«

»Zuweilen bist du das jetzt noch – ich habe lange geglaubt, du magst ihn gar nicht leiden.«

Lotte sah vor sich hin. Dann warf sie den Kopf zurück.

»Lassen wir das jetzt. Ich greuliche Egoistin habe ganz vergessen, dir Glück zu wünschen. Hier – hast du einen herzhaften Kuß, liebste Ria – und viel, viel Glück sei dir beschieden. Dir gönne ich es von Herzen, du verdienst es, du lieber, prächtiger Mensch. Heinz Matern kann sich freuen, solch eine Frau zu bekommen.«

Ria lachte leise. »Ist Heinz auch einer von den Männern, die du mit deiner Feindschaft beehrst?«

»Nein, der ist ein ganzer Mann. Ich hasse nur solche, die sich spreizen und wichtig tun, und nichts sind als dumme Jungen.«

»Sind die denn eines so ehrlichen Hasses wert, Lotte?« fragte Ria ernst.

Lotte seufzte.

»Ach, Ria, laß das Thema – es ist unerfreulich. Und wenn ich jetzt nicht eine Tasse Tee und etwas Eßbares bekomme, dann falle ich vor Durst und Hunger um.«

»So komm schnell hinunter!« rief Ria lächelnd und zog Lotte hinaus.

Unten gab sie Befehl, daß der Tee auf die Veranda gebracht werden sollte.

*

Heinz war zu Walter Meister gefahren und hatte ihm mitgeteilt, daß er sich mit Ria verlobt habe. Dieser war sehr erstaunt – fast betroffen.

»Aber Heinz – so schnell –, das hatte ich nicht erwartet! Hast du dir das auch gut überlegt?«

Heinz lachte. »Nun ist es dir wohl nicht recht, daß ich deinen Rat befolgt habe?«

Walter lief aufgeregt im Zimmer hin und her.

Endlich blieb er vor Heinz stehen.

»Mir ist ganz schwül geworden, Heinz – Herrgott, wenn das nur gut ausgeht! Sonst mache ich mir die bittersten Vorwürfe.«

»Sehr unnötigerweise. Du hast den Anstoß gegeben zu einem Schritt, den ich wahrscheinlich auch so getan hätte. Also, verliere dich nicht nachträglich in Sophistereien.«

Walter faßte Heinz am Rockknopf.

»Mensch – wenn nun aber später bei einem von euch – oder bei beiden, eine wirkliche große Liebe erwacht? Was dann?«

Heinz schüttelte den Kopf.

»Für mich kann ich einstehen – ich neige nicht zu solch einer überschwenglichen Liebe. Und Rias Herz ist frei, sie hat es mir gesagt. Auch sie ist keine leidenschaftliche Natur. Wir sind uns klar, daß wir uns sympathisch sind und die größte Hochachtung voreinander hegen. Unsere Ehe wird ruhig, ohne Stürme verlaufen, die mich nur in meinem Beruf stören würden. Auch Ria hält diese Lösung unserer Zukunftsfrage für die beste. Sie ist vernünftig genug, mich zu verstehen und entschieden die passendste Frau für mich.«

»Na – wenn ihr beide gleicher Ansicht seid und euch damit zufrieden gebt – dann ist es ja gut. Ich wünsche dir von Herzen Glück. Vielleicht hast du recht, vielleicht ist eine solche Verbindung wirklich das beste. Aber wenn man so rettungslos verliebt ist wie ich, dann ist man eben für vernünftige Gefühle nicht zu haben.«

Sie schüttelten sich freundschaftlich die Hände. Dann fragte Heinz:

»Willst du denn noch nicht ein Ende machen mit deiner Belagerung, Walter? Ich wette, Lotte Werner weist dich jetzt nicht wieder ab.«

Walter lachte. »Lange halt ich's nicht mehr aus. Sie ist zu reizend in ihrer hilflosen Unsicherheit, die sie jetzt nur noch selten hinter kriegerischen Ausfällen verbirgt. Aber ich treffe sie nie allein.«

»Dann komme jetzt mit mir hinüber. Lotte ist bei Ria. Da ich noch allerlei mit Ria zu besprechen habe, könntest du inzwischen Lotte Gesellschaft leisten.«

Wenige Minuten später waren sie auf dem Weg zur Villa Matern.

Ria und Lotte saßen auf der Veranda, die mit modernen Korbmöbeln und japanischen Matten sehr hübsch und behaglich ausgestattet war.

Sie sahen die Herren durch den Garten kommen und wurden beide sehr rot.

Um ihre Verlegenheit zu verbergen, begrüßten sie diese sehr lebhaft. Walter erklärte scherzhaft, er sei ein müder, halbverschmachteter Wanderer und bitte um eine Tasse Tee. Lotte beschäftigte sich mit Heinz und schien wenig auf ihn zu achten.

Die Unterhaltung schleppte sich langsam hin, denn sie waren alle vier innerlich stark beschäftigt.

Als sie den Tee eingenommen hatten, erhob sich Heinz. »Lieber Walter, ich habe mit Ria einiges zu besprechen. Du wirst inzwischen Fräulein Werner die Langeweile vertreiben, damit sie uns entschuldigt.«

»Wenn das gnädige Fräulein mit meiner Gesellschaft fürlieb nehmen will – sehr gern.«

Lotte nickte nur stumm. Heinz wandte sich zu Ria. »Willst du mich in Vaters Zimmer begleiten, Ria?«

Sie erhob sich sofort mit glühendem Gesicht, und nach einigen entschuldigenden Worten gegen Lotte und Meister ging sie neben Heinz über die Veranda ins Haus.

In seines Vaters Zimmer besprach er in ruhiger Weise mit ihr, wie sie ihre Zukunft gestalten wollten.

Heinz bat, daß die Hochzeit sehr bald in aller Stille stattfinden sollte. Bis dahin wolle er noch in Villa Meister bleiben. Zu einer langen Hochzeitsreise habe er jetzt nicht die Zeit. Sie wollten auf vierzehn Tage nach Paris gehen. Große Vorbereitungen brauchten nicht getroffen zu werden. Heinz wollte Ria eine Summe anweisen, damit sie sofort an die Zusammenstellung ihrer Ausstattung gehen konnte. Frau Werner und Lotte würden ihr bei den Einkäufen gewiß gern behilflich sein.

Ria sprach nur wenige Worte. Sie fügte sich wunschlos in alles, was er bestimmte. Auch damit, daß die Verlobung sofort veröffentlicht und das Aufgebot bestellt werden sollte, war sie einverstanden.

Sie gab nur zu bedenken, daß die Gesellschaft eine Hochzeit während der Trauer mißbilligen könnte. Heinz erwiderte jedoch, er sei überzeugt, daß die Gesellschaft seine Gründe anerkennen würde. Eine laute Feier sei ohnedies ausgeschlossen, und die Verhältnisse machten ein langes Zaudern unmöglich.

Heinz hatte sich im Eifer warmgeredet, und es berührte ihn gar nicht angenehm, daß Ria so ruhig und gleichmütig in alles einwilligte und keinerlei eigene Wünsche äußerte. Er hätte sich so gern von ihr um dies und das bitten lassen. Was sie diese Ruhe kostete, ahnte er nicht. Ihr Herz schlug in stummer Qual bei diesen nüchternen, geschäftsmäßigen Erörterungen.

Beunruhigt sah er zu ihr hinüber, und es wollte ihm nicht gefallen, daß sie mit so ruhiger Miene dasaß und ihm zuhörte. Die Blässe ihres Gesichts bemerkte er nicht.

Freilich sagte er sich, daß er es eigentlich nicht anders von ihr erwarten könne. Sie nahm ihn, um das sichere Heim nicht verlassen zu müssen, um aller Not und Sorge zu entgehen. Dabei war sie ehrlich genug, ihm keine heißeren Gefühle vorzutäuschen, wie es wohl manche andere im gleichen Fall getan hätte, und auch von ihm nicht dergleichen zu verlangen. Also – konnte er zufrieden sein, daß er eine so bequeme Frau bekam.

Trotzdem fühlte er sich nicht recht behaglich. Es drängte ihn, das Rätsel zu lösen, das sich hinter Rias dunklen Augen barg und ihn seit heute morgen sehr beschäftigte.

Als er nun alles mit ihr besprochen hatte, trat er plötzlich zu ihr und legte seinen Arm um sie. Es verlangte ihn, ihren roten Mund zu küssen und die fest zusammengepreßten Lippen in Weichheit aufzulösen.

Sie aber zuckte unter seiner Berührung zusammen und sah mit hilflosem Schrecken zu ihm auf. Da berührten seine Lippen nur ihre Stirn.

»Du bist nun meine liebe Braut, Ria«, sagte er freundlich, »und bald meine Frau. Jetzt mußt du deine Scheu vor mir ablegen und immer daran denken, daß ich es herzlich gut mit dir meine. Du darfst volles Vertrauen zu mir haben, willst du?«

Sie nickte tapfer und zwang sich, ruhig zu sein. »Ja, Heinz, wir werden – wie gute Kameraden unseren gemeinsamen Weg gehen«, sagte sie ernst und klar.

Er faßte ihre beiden Hände: »Möge es dich nie gereuen, daß du dich mir fürs Leben anvertraut hast«, erwiderte er mit warmer Herzlichkeit.

»Das wird nie der Fall sein, Heinz, ich wünsche nur,

daß auch du nie bereuen wirst, mich zu deiner Frau gemacht zu haben. Ich bin nur ein schlichtes, unbedeutendes Ding.«

Er sah sie lächelnd an.

»Ich glaube, du unterschätzest dich, kleine Ria. – Wollen wir uns nach den beiden anderen umsehen und ihnen sagen, daß wir Brautleute sind?«

»Lotte weiß es – ich sagte es ihr schon«, rief sie errötend.

»Und Walter weiß es von mir«, antwortete er lächelnd.

»So werden sie beide nicht eben erstaunt sein.«

Walter Meister und Lotte Werner waren eine Weile schweigend am Teetisch sitzengeblieben. Lotte schaute mit verträumten Augen in die sinkende Sonne.

Walter sah sie unverwandt an. Noch nie war sie ihm so reizend erschienen wie jetzt mit den großen träumerischen Augen und den in Weichheit aufgelösten Zügen. Nach einer langen Weile richtete er sich mit einem tiefen Atemzug empor und sagte halblaut:

»Lotte!«

Sie schrak zusammen und sah ihn an. Er erwartete erst eine Zurechtweisung, da sie aber ausblieb, fuhr er fort: »Da drinnen bauen zwei Menschen an einer gemeinsamen Zukunft. Heinz Matern hat sich heute mittag mit Ria Rottmann verlobt.«

Sie nickte versonnen: »Ich weiß es.«

Er rückte ein wenig näher.

»Lotte – auch ich habe ein Mädchen lieb. Ich habe

einst um sie geworben, ein bißchen übermütig und hastig zwar, aber ganz ernsthaft. Da hat sie mir gesagt, sie hasse alle Männer – mich natürlich besonders. Aber trotzdem habe ich nicht von ihr lassen können. Unter allerlei Vorwänden drängte ich mich in ihre Nähe – und ließ mich weiter sehr schlecht von ihr behandeln. Ich liebe sie zu sehr, um die Hoffnung aufgeben zu können, daß sie mir dennoch angehören wird. Aber – auf einen zweiten Korb darf ich es nicht ankommen lassen – sonst verbanne ich mich aus ihrer Nähe. Da bin ich nun in einer sehr schlimmen Lage. Können Sie mir nicht sagen, Lotte, ob das böse, liebe Mädchen immer noch Widerwillen gegen mich hat?«

Lotte schluckte einigemal, als presse ihr jemand die Kehle zusammen. Dann sah sie ihn mit feuchten Augen an. »Das abscheuliche Mädchen, das es gar nicht verdient, daß es treu geliebt wird.«

Er sprang auf und riß sie mit einem Jubelruf in die Arme. »Trotzkopf, lieber –bist du endlich gezähmt?«

Sie sah ihn ganz zerknirscht an.

»Ach – was war ich für eine Törin.«

Er küßte sie stürmisch, wieder und wieder.

»Du, du du! Ach, Lotte – ich glaube, es war die höchste Zeit –, lange hätte ich es nicht mehr ausgehalten. Mädel, du hast mir's schwer gemacht. Gott sei Dank, nun ist es aus mit Krieg und Belagerung. Der Feind hat bedingungslos kapituliert.«

Sie wurde schon wieder übermütig.

»O nein, nicht bedingungslos.«

»Ruhig«, befahl er, »nicht gemuckst. Stillhalten, bis ich mich satt geküßt habe. Sobald sich der kriegerische

Geist bei dir wieder meldet, weiß ich ein famoses Verfahren, dich stumm zu machen. So nämlich.«

Sie löste sich aus seinen Armen.

»Walter – wenn uns jemand sieht! Was sollen die Leute denken?«

Sie sah sich ängstlich um, und da kein Lauscher in der Nähe war, bot sie ihm die Lippen. Er wollte es natürlich nicht bei dem einen Kuß bewenden lassen, aber sie machte sich schnell los.

»Jetzt ist's genug – und nun setz dich brav auf deinen Platz, sonst bin ich böse.«

»Bewahre, mit dem Bösesein ist es aus. Aber – da sitz ich schon – hast du schon einmal einen folgsameren jungen Mann gesehen?«

Sie nahm auf ihrem Sessel Platz. »Nein, ich glaube nicht. Ach, Walter – wie werden meine Eltern sich freuen.«

»Daß sie ihre streitbare Tochter loswerden?« neckte er.

»Nein – du Unband, daß sie dich zum Schwiegersohn bekommen. Rein vernarrt sind sie in dich – ganz unbegreiflicherweise.«

»Ja – das verstehe ich wirklich auch nicht. Aber, sag mal, herzliebe Lotte – seit wann liebst du mich?«

Sie atmete tief auf. »Soll ich ehrlich sein?«

»Ganz ehrlich.«

»Nun denn – seit – seit ich dich kenne.«

Er starrte sie an. »Und doch gabst du mir einen Korb und behandeltest mich so schauderhaft?«

»Ja, aus Ärger über meine eigene Schwäche – und

weil ich dich für oberflächlich und eingebildet hielt. Und dann – na, weißt du , so im Übermut läßt sich ein Mädchen wie ich nicht einfach erobern. Deine erste Werbung gefiel mir nicht.«

»Aber die zweite, ja?«

Der Schelm zuckte in ihrem Gesicht, das reizendste Grübchen wurde in der Wange sichtbar.

»Es geht an«, sagte sie neckend.

Da beugte er sich schnell vor und küßte das Grübchen.

»Du!« schalt sie drohend.

»Es ging nicht anders, Lotte, wahrhaftig nicht. Das Grübchen in deiner Wange hat mich schon ganz toll gemacht. Außerdem warst du unehrlich, das kostet Strafe.«

»Unehrlich?«

»Ja, meine zweite Werbung hat dir wundervoll gefallen, und du sagst einfach nur: ›Es geht an.‹ Solche Heuchelei muß bestraft werden.«

»Und da soll man nicht sagen, daß die Männer anmaßend sind!«

»Fängst du schon wieder an, Krieg zu führen? Das kostet einen Kuß.«

»Du sollst nicht«, schalt sie.

»Jedes böse Wort von dir übersetze ich mir in: ›Walter, ich möchte einen Kuß haben.‹«

»Untersteh dich. Solch eine Aufforderung werde ich weder verblümt noch unverblümt an dich ergehen lassen.«

Sie sprang auf und lehnte sich über die Brüstung der Veranda. Er trat neben sie und malte ihr in glühenden

Farben aus, wie es sein würde, wenn sie erst seine Frau wäre.

Da schwand ihr Übermut. Sie sah ihn mit feuchtschimmernden Augen an und schmiegte sich an seine Seite.

»Lieber – lieber Walter.«

Er drückte sie schnell und verstohlen an sich.

»Lotte, Prachtmädel!«

So standen sie, bis Heinz und Ria zu ihnen heraustraten.

Heinz führte Ria am Arm. »Lieber Walter – mein verehrtes gnädiges Fräulein – ich stelle ihnen Ria als meine Braut vor«, sagte er warm.

Walter legte seinen Arm um Lotte.

»Lieber Heinz – mein teures Fräulein Ria – Lotte und ich haben uns, Ihrem Beispiel folgend, ebenfalls verlobt.«

Die beiden Paare wünschten einander von Herzen Glück.

*

Lotte ging noch am selben Tag mit Walter zu ihren Eltern, um sich deren Einwilligung und Segen zu ihrem Bund zu erbitten. Heinz und Ria folgten ihnen später, und in der kleinen traulichen Wohnstube der Familie wurde eine schlichte, gemütvolle Feier der doppelten Verlobung veranstaltet.

Am folgenden Tag, einem Sonntag, waren Werners, Ria und Heinz zum festlichen Diner zu Walter Meister eingeladen worden. Lotte war am Vormittag nach

Haus geeilt. Es drängte sie, mit ihren Eltern über ihr Glück zu reden. Ria war froh, daß sie allein war, als ihr Heinrich Krause gemeldet wurde.

Auch heute war er pünktlich zur Stelle. Sie merkte ihm an, daß er etwas unsicherer war, als am Tag zuvor.

Desto energischer trat sie ihm entgegen. Ohne ihn erst zu Worte kommen zu lassen, sagte sie ruhig und bestimmt:

»Ich habe die sechstausend Mark für sie bereit, Herr Krause. Sie stellen mir dann der Ordnung halber eine Quittung aus. Obwohl ich weiß, daß Sie zu irgendeiner Forderung nicht berechtigt sind, will ich, Ihrer schlimmen Lage gedenkend, mein Versprechen halten und Ihnen auch noch die übrigen vierzehntausend Mark zahlen. An einen festen Termin kann ich mich jedoch nicht binden, denn ich muß erst sehen, wie und wann ich das Geld beschaffen kann.«

Krause war durch ihr bestimmtes Auftreten erst ein wenig eingeschüchtert worden. Dann aber suchte er sie zu übertrumpfen und setzte eine unverschämte Miene auf.

»Mein verehrtes Fräulein – Sie brauchen sich schließlich gar nicht aufzuopfern. Ich habe mir die Sache überlegt. Gehe ich zu Heinz Matern, so mache ich entschieden ein besseres Geschäft. Er wird sich seinen guten Namen etwas kosten lassen.«

Ria behielt sich in der Gewalt. Kein Zucken ihres Gesichtes verriet ihren Schreck. Sie war gewappnet und griff nun zu einer List, die sie sich ausgedacht hatte.

»Heute werde ich Sie nicht mehr daran hindern, Herr Krause – auf diese Weise entbinden sie mich nur meines Versprechens. Von Herrn Mattern erhalten Sie jedoch keinen Pfennig. Eigentlich wollte ich ihm die Unannehmlichkeiten ersparen, aber dann kamen mir Bedenken, ob Sie nicht ein doppeltes Spiel wagen würden; so hielt ich es für besser, ihm alles zu sagen, zumal ich mich gestern mit ihm verlobt habe. Er hat mich ausgescholten, daß ich Ihnen solch ein leichtsinniges Versprechen gab. Nichts, gar nichts wollte er Ihnen zugestehen – sondern Sie sofort verhaften lassen.«

Krause sah mit einem ängstlichen Gesicht nach der Tür.

»Alle Teufel«, murmelte er und duckte sich verzagt.

»Ja – wegen Erpressung wollte er Sie verhaften lassen – und wegen der Entwendung jener Papiere aus meines Vaters Pult. Aber ich will nicht, daß ein ehemaliger Freund meiner Eltern ins Gefängnis kommen soll, und habe meinen Verlobten gebeten, Sie nicht festnehmen zu lassen. Nur mit Mühe ist es mir gelungen, ihn davon abzuhalten.«

Krause war aschfahl geworden. Ganz bescheiden und unterwürfig blickte er sie an.

»Sie sehen also«, fuhr sie fort, sich gewaltsam zur Ruhe zwingend, »daß Ihre Drohung wirkungslos geworden ist. Mein Verlobter hat mir zwar dringend geraten, Ihnen nicht einen Pfennig zu geben, aber ich habe bisher immer gehalten, was ich versprochen habe – und ich will Ihnen helfen, ein besseres Leben zu beginnen. Deshalb sollen Sie das Geld trotzdem haben. Bei der letzten Rate geben Sie mir die Zeichnungen zurück, die freilich nur noch als Andenken an meinen Vater einen Wert haben.«

Krause war sehr kleinlaut geworden. Er wischte sich den Schweiß von der Stirn und sah so kläglich aus, daß er Ria fast leid tat. Unterwürfig sagte er: »Glauben Sie mir, mein verehrtes Fräulein, wenn ich nicht so ein armer, vom Unglück verfolgter Schlucker wäre, dann würde ich Sie nicht behelligt haben. Ich danke Ihnen sehr, daß Sie mir die Berührung mit der Polizei erspart haben. Es hätte auch für Sie und Ihren Verlobten unangenehm werden können. Dergleichen wirbelt Staub auf.«

»Sie irren – uns kann die Sache in keiner Weise treffen. Rolf Matern ist tot – und außerdem kann ich beschwören, daß sein Verhalten durch meine Mutter und mich gebilligt wurde. Wir wußten die Erfindung meines Vaters in seinen Händen bestens aufgehoben.«

Sie zählte ihm nun die sechs Tausendmarkscheine hin, und er mußte ihr eine Quittung ausstellen. Dann ließ sie sich die Adresse angeben, an die sie das übrige Geld schicken sollte, und sagte noch:

»Kommen Sie nie hierher, ohne vorher schriftlich anzufragen, ob ich Sie allein empfangen kann. Am besten lassen Sie sich überhaupt nicht mehr sehen, bevor Sie mir die Zeichnungen zurückgeben. Es ist in Ihrem Interesse besser.«

Krause versprach es und beeilte sich, mit seinen sechstausend Mark zu verschwinden.

Als ihn Ria durch die Gartenpforte gehen sah, atmete sie auf. Und mit einem befreiten Lächeln flüsterte sie:

»Heinz – für dich.«

Freilich lag ihr der Gedanke noch schwer auf dem Herzen, wie sie das Geld beschaffen sollte. Daß ihr Heinz gesagt hatte, sie würde ihre kleine Erbschaft nach der Hochzeit erhalten, war eine leise Hoffnung für sie. Sie würde das Geld natürlich annehmen und es Krause senden. Auch von dem Betrag, den ihr Heinz zur Beschaffung ihrer Aussteuer aushändigen wollte, hoffte sie einige tausend Mark ersparen zu können.

Das übrige mußte sie dann nach und nach von ihrem Nadelgeld zu erübrigen suchen. Es würde schon gehen. Es galt Wohl und Frieden des Menschen, den sie am meisten in der Welt liebte.

*

Es hatte in der Gesellschaft ein wenig Aufsehen erregt, daß Heinz Matern sich so bald nach dem Tod seiner Eltern mit seiner Pflegeschwester verlobte. Aber schließlich konnte man seine Gründe nur billigen. Einzig Frau Sibylle Jansen äußerte sich sehr abfällig darüber. Sie hatte Heinz Matern noch nicht aus ihren Gedanken bannen können, obwohl sie ihm längst einen Nachfolger gegeben hatte. Ihre Eitelkeit konnte es nicht verwinden, daß sich ein Mann energisch aus ihren Netzen gelöst hatte.

Schon sechs Wochen nach der Verlobung wurde Ria in aller Stille Heinz Materns Frau.

Walter Meister und Hans Werner waren die Trauzeugen des jungen Paares. Lotte wirkte als Brautjungfer und sah in einem lichtblauen Chiffonkleid so entzükkend aus, daß Walter sich nicht satt an ihr schauen konnte. Hans Werner und seine Elterrn waren außerdem die einzigen Hochzeitsgäste.

An die Trauung schloß sich ein Gabelfrühstück an.

Nach dem Frühstück reiste das junge Paar nach Paris ab.

Lotte und Walter hatten die Freunde bis zum Wagen geleitet. Als er in der Ferne verschwunden war, drückte Walter Lottes Arm fest an sich.

»Unsere Hochzeit soll vergnügter werden, Schatz, nicht wahr?«

Lotte nickte. »Das will ich hoffen, Walter. Weißt du, ich finde Heinz und Ria furchtbar beherrscht und korrekt. Niemals trieben sie Torheiten wie wir. Wir sind viel, viel unvernünftiger.«

»Gott sei Dank – wir gehen ja auch keine Vernunftsehe ein, wie es die beiden getan haben.«

Lotte sah ihn erstaunt an. »Eine Vernunftehe? Ach, Unsinn, Walter. Die beiden lieben sich genauso wie wir, sie zeigen es nur nicht vor anderen.«

»Bist du dessen so sicher, Lotte?«

»Natürlich. Daß Ria Heinz liebt, weiß ich gewiß.«

»Woher denn?«

»Von Ria selbst natürlich. Sie tat zwar immer sehr geheimnisvoll. Ich mußte ihr versprechen, es nie zu verraten. Jetzt sind sie ja Mann und Frau, da kann ich es dir schon sagen. Ich weiß gar nicht, warum Ria das Selbstverständliche so geheimnisvoll verstecken wollte.«

Walter wurde sehr nachdenklich. »Also deshalb willigte sie so schnell ein, seine Frau zu werden?«

»Ach, du gescheiter Walter! Das merkst du jetzt erst? Glaubst du, ein Mädchen wie Ria heiratet aus Vernunftgründen einen Mann, den sie nicht liebt?«

Walter antwortete nicht. Er küßte nur seine Lotte recht andächtig auf den Mund und dachte besorgt:

Wenn nur alles gutgeht mit den beiden. Liebt Ria Heinz wirklich – dann wird diese Ehe eine Qual für sie – denn er – er kann sie unmöglich lieben. Das behielt er jedoch für sich. – – –

Auf der Fahrt nach dem Bahnhof hatten Heinz und Ria kaum ein Wort miteinander gesprochen. Nun wechselten sie einige Redensarten über Gepäck, Lektüre und ähnliche Äußerlichkeiten.

Ria trug über ihrem schwarzen Kleid einen grauen Mantel. Da es zu warm war, legte sie ihn ab, als sich der Zug in Bewegung gesetzt hatte. Heinz half ihr artig dabei. Dann saßen sie sich gegenüber. Ria blickte zum Fenster hinaus, so daß Heinz ihr reines Profil betrachten konnte, das sich gegen das helle Fenster besonders klar abhob. Seit Ria seine Braut war, hatte er fast täglich neue Reize an ihr erspäht. Da waren die zarten, kleinen Ohren, die sich immer röteten, wenn sie erregt war, die sehr schönen, schlanken Hände mit den schmalen, rosigen Fingernägeln und die weiche, edle Nackenlinie, die in dem halsfreien Kleid besonders zur Geltung kam. Jetzt erfüllte ihn der Gedanke, daß dieses reizende junge Wesen nun ihm gehörte mit Leib und Seele, mit einem wonnigen Gefühl.

Sie war in den kurzen Wochen der Brautzeit sehr zurückhaltend gewesen. Noch nicht ein einzigesmal hatte er ihre Lippen berührt. Immer hatte eine stille, ängstliche Abwehr in ihrem Wesen gelegen, wenn er sich ihr nahen wollte.

Das Blut drängte sich ihm rasch zum Herzen. Er faßte plötzlich nach ihrer Hand und drückte seine Lippen auf die Stelle, wo der funkelnde Trauring saß.

Sie wandte erschrocken das Gesicht nach ihm um und wurde dunkelrot. Mit einem angstvollen Blick sah sie in seine Augen, die jetzt durchaus nicht vernünftig und leidenschaftslos auf ihr hafteten.

Wie gelähmt saß sie da und schloß die Augen. Und als er sich nun schnell neben sie setzte und seinen Arm fest um ihre Gestalt legte, zitterte sie so stark, daß er es fühlte.

»Noch immer diese Angst und Scheu vor mir, Ria? Das mußt du dir abgewöhnen. Du bist meine Frau. Weißt du nicht, daß Mann und Frau eins sein müssen?«

Sie hätte aufspringen und fortlaufen mögen, denn sie glaubte nicht, daß sein Herz ihn an ihre Seite getrieben hatte. Er liebte sie nicht – liebte jene andere schöne Frau mit den Nixenaugen und dem goldroten Haar. Er warf ihr nur Brosamen hin – aus Pflichtgefühl oder in einer flüchtigen Aufwallung der Sinne. Aber sie durfte nicht entfliehen, durfte ihn nicht einmal zurückweisen. Sie war nun sein Eigentum – seine Frau – ach – seine ungeliebte Frau. Ihr törichtes Herz schrie nach seiner Liebe und bebte vor seinen pflichtschuldigen Zärtlichkeiten zurück.

Rias Wesen änderte sich nicht viel ihm gegenüber, weder während der vierzehntägigen Hochzeitsreise, noch später nach der Rückkehr. Sie ließ sich seine Zärtlichkeiten gefallen, erwiderte sie aber nicht. Und nie verlor sich der scheue Blick, wenn er sich ihr nahte.

Es bestand ein ruhig kameradschaftliches Verhältnis zwischen ihnen. Sie nahm lebhaften Anteil an allem, was ihn beschäftigte und interessierte, plauderte klug und angeregt mit ihm, sang ihm ihre lieben, kleinen Lieder, so oft er sie hören wollte, hielt sein Hauswesen tadellos in Ordnung und hielt alle Kleinigkeiten von ihm fern.

Sie war eine Musterfrau in dem Sinn, wie Heinz sie sich früher immer gewünscht hatte.

Aber seltsamerweise war er jetzt damit nicht zufrieden.

Von Tag zu Tag erkannte er deutlicher, welchen Edelstein er – fast ohne sein Dazutun – am Wege gefunden hatte.

Und immer wieder fragte er sich, ob es möglich sein konnte, daß solch ein vollkommenes Wesen keiner tiefen Liebe fähig sei.

Oder war er nur nicht der Mann, diese Liebe zu erwecken?

Oft war er von dem brennenden Wunsch beseelt, daß sie sich nur ein einzigesmal freiwillig an seine Brust schmiegen, nur einmal ihre Arme um seinen Hals legen und ihm die Lippen zum Kusse bieten möchte. Aber nie geschah es. Nichts verriet ihm, wie sehr sie ihn heimlich liebte, daß er ihr mehr galt als ihr Leben. Die Angst, sich zu verraten, machte sie nur doppelt zurückhaltend.

Manchmal freilich stieg die schwache Hoffnung in ihr auf, daß sich seine Liebe ihr eines Tages zuwenden könnte, manchmal fragte sie sich bei seinen Zärtlichkeiten: »Kann es denn sein, daß sein Herz nichts davon weiß?« Dann rann ihr das Blut rascher durch die Adern, und in ihren Augen glomm ein Leuchten auf, das ihn um den letzten Rest seiner Ruhe brachte. Aber dann brauchten sie in Gesellschaft nur wieder mit Sibylle Jansen zusammenzutreffen, und Ria bemerkte, wie diese ihren Mann mit bedeutungsvollen Blicken ansah und immer wieder an ihre Seite fesselte, sofort war alles Hoffen vorbei.

Mit schlau berechneten Worten sorgte Sibylle dafür, daß Rias Eifersucht nie erlosch. Sie drängte sich immer an Ria heran und wußte durch versteckte, scheinbar unbeabsichtigte Worte den Glauben in ihr zu befestigen, daß Heinz sein Herz für alle Zeiten an sie gehängt habe. Eine Intrige, von der Heinz nichts ahnte und die sein Glück ernstlich gefährdete.

So lebte das Paar nebeneinander hin, eines in Liebe zu dem anderen, und doch beide sich in Sehnsucht verzehrend.

*

Lotte Werner und Walter Meister waren ein volles Jahr verlobt, ehe sie sich heirateten. Sie fanden beide die Brautzeit viel zu schön, um sie zu kürzen. Auch wollte Lotte nicht so schnell von ihren Eltern fort.

Die Firma Meister & Werner hatte inzwischen schon

einen sehr guten Ruf bekommen. Die beiden jungen Architekten leisteten Hervorragendes und hatten eine Menge Aufträge. Walter dachte nicht daran, seine Tätigkeit wieder aufzugeben. Dazu liebte er seinen Beruf zu ehrlich.

Walter hatte zu seiner Hochzeit eine glänzende Feier veranstaltet. Heinz und Ria waren unter allen geladenen Gästen dem Brautpaar natürlich die liebsten.

Die beiden jungen Paare lebten in innigster Freundschaft miteinander. Ria und Lotte besuchten sich tagsüber gegenseitig, und des Abends kam man abwechselnd bei Materns und bei Meisters zusammen.

Nie berührte jedoch Ria der Freundin gegenüber ihr eheliches Verhältnis, nie sprach sie über ihre Liebe und ihr heimliches Leid.

Lotte war weniger zurückhaltend, aber sie achtete auch Rias Art. Daß diese ebenso glücklich sein mußte, wie sie selbst, bezweifelte sie dabei keinen Augenblick. – An Heinrich Krause hatte Ria nun schon eine beträchtliche Summe abzahlen können. Sie hatte von Heinz am Hochzeitstag wirklich ihr kleines Erbteil ausgezahlt erhalten. Dieses, sowie zweitausend Mark, die sie an ihrer Aussteuer ersparte, waren sofort an Krause abgegangen.

Von den noch fälligen sechstausend Mark hatte sie auch fast die Hälfte in kleinere Beträge abgezahlt. Krause hielt sich in einem Vorort von Berlin auf, war jedoch Ria noch nicht wieder vor die Augen gekommen, jedenfalls weil er fürchtete, von Heinz Matern abgefaßt zu werden.

Ria sehnte sich danach, dieser Verpflichtung, die sie

zu allerlei Heimlichkeiten zwang, ledig zu werden. Gern hätte sie das fehlende Geld auf einmal gezahlt, aber sie konnte es nicht beschaffen.–

*

Es war ein wundervoller Junitag. Ria war bei Lotte zum Tee, und die beiden jungen Frauen saßen plaudernd in einem reizenden Pavillon, der dicht am See im Garten der Villa Meister lag. Man hatte von hier aus einen herrlichen Ausblick.

Lotte war nun schon seit drei Vierteljahren verheiratet und nähte an allerlei niedlichen Sächelchen, denn in Villa Meister erwartete man einen neuen Weltbürger.

Ria hatte ein Stündchen mit Lotte verplaudert und sich all die niedlichen Sächelchen angesehen, die auf das Baby warteten.

Nun verabschiedete sie sich von der Freundin und schritt in tiefes Sinnen verloren heimwärts.

So sehr sie Lotte ihr Glück gönnte, kam ihr immer bei ihr erst recht zum Bewußtsein, daß ihrer Ehe das Beste fehlte, und eine Art Neid stieg in ihr auf. Ein Seufzer rang sich aus ihrer Brust:

»Eine ungeliebte Frau – welch unsagbare Pein!«

Dieser Gedanke folgte ihr wie ein Schatten und verließ sie wohl nie.

Auf halbem Weg kam ihr Heinz entgegen. Er war früher als sonst nach Haus gekommen und hatte Ria in Villa Meister abholen wollen.

Als er sie auf dem grüngrundigen Waldweg in der

duftigen, hellen Toilette auf sich zuschreiten sah, wurde ihm schwer, sie mit ruhiger Freundlichkeit zu begrüßen.

»Du warst schon daheim, Heinz? Verzeih, daß ich nicht zu Haus war. Ich habe heute wohl etwas länger mit Lotte geplaudert«, sagte Ria entschuldigend.

Er schob seine Hand unter ihren Arm. »Es ist nicht später als sonst, ich kam früher heim.«

»Also warst du heute mit deiner Arbeit eher fertig?« fragte sie in der stillen, freundlichen Art, in der sie sich ihm gegenüber immer gab.

Er preßte ihren Arm leicht an sich. »Nein, das nicht – aber ich hatte Sehnsucht nach dir«, antwortete er mit leiser, inniger Stimme.

Wie im Schwindel schloß sie einen Augenblick die Augen. Ein tiefer, inniger Herzenston klang aus seinen Worten, ein banges, heißes Sehnen, wie es noch nie an ihr Ohr gedrungen war.

Es schoß plötzlich, wie eine heiße Freude, ein jähes Hoffen in ihr empor. Und sie schwankte, als verlöre sie den Boden.

Erschrocken beugte er sich über sie: »Ria – was ist dir?«

»Es ist nichts – die Hitze«, stammelte sie, »ich habe bei Lotte in der Sonne gesessen. Ein leichter Schwindel – es ist schon vorüber.«

Er verlangte, daß sie eine Weile auf einer Bank ruhte. Ganz menschenleer war es um sie her. Er blieb vor ihr stehen.

»Ist dir auch wirklich wieder ganz gut?« fragte er besorgt.

Sie hatte sich gefaßt und schalt sich eine Törin, der die Sehnsucht nur etwas vorgetäuscht hatte.

»Du brauchst dich nicht zu ängstigen, Heinz, ich bin ganz wohl, wir können weitergehen.«

Sie erhob sich und begann nun lebhaft und hastig von Lotte zu erzählen.

Auch er zwang sich zu einem ruhigen Ton.

Aber es schmerzte ihn mehr denn je, daß er sich Rias volle Liebe nicht erringen konnte. Und er verhöhnte sich im stillen: Du hast ja, was du wolltest – eine Frau, die keine Ansprüche an deine Person stellt – also gib dich zufrieden.

Ria war seit dieser Stunde sehr, sehr unruhig geworden.

Wenn sich sein Herz mir dennoch zuwenden würde!

Dieser Gedanke verfolgte sie jetzt Tag und Nacht. Und schon die leise Hoffnung erfüllte sie mit jäher Freude.

Einige Tage später wurde Ria schon des Morgens nach Villa Meister gerufen. Lotte hatte in der Nacht einem Sohn das Leben gegeben. Und Ria hatte der Freundin versprochen, die ersten Tage bei ihr zu bleiben, sie zu pflegen und nach dem Rechten zu sehen.

Frau Werner war leicht erkrankt und konnte nicht bei ihrer Tochter sein.

So ging Ria jeden Morgen zu Lotte hinüber, und abends holte Heinz sie ab. Walter Meister war vor Glück und Vaterfreude ganz außer sich.

Heinz mußte nun in diesen Tagen seine Mahlzeiten allein einnehmen. Er fühlte sich dadurch sehr einsam, und sein Haus erschien ihm öde und leer ohne seine Frau.

Ich könnte es ohne sie einfach nicht mehr aushalten, dachte er oft, wenn er allein bei Tische saß.

Und gleich nach dem Essen ging er stets in Rias Zimmer hinüber und hielt dort seine kurze Mittagsruhe. In diesen Räumen, denen sie den Stempel ihrer Persönlichkeit aufgedrückt hatte, meinte er, ihr näher zu sein.

So trat er eines Tages nach dem einsamen Mittagsmahl wieder bei ihr ein. Leise, liebkosend streifte seine Hand über die Möbel. Wenn ihm das früher jemand prophezeit hätte, er würde eine Frau so lieben, daß er an solchen Torheiten Gefallen finden könnte, so würde er spöttisch den Kopf geschüttelt und den Betreffenden ausgelacht haben.

Mit einem sehnsüchtigen Seufzer warf er sich auf das den Diwan bedeckende Fell. Und er grub das Gesicht an der Stelle hinein, wo auch ihr Kopf ruhen mußte. Ein ganz feiner, kaum wahrnehmbarer Duft, der auch Rias Persönlichkeit umgab, stieg aus dem Fell empor und täuschte ihm ihre Nähe vor.

Regungslos saß er eine Weile auf dem Diwan. Ein kleines Tischchen stand daneben, und darauf lag ein Buch, aus dem ein Zeichen hervorsah. Ria hatte wohl darin gelesen.

Er griff danach und schlug die bezeichnete Stelle auf. Es war ein moderner Roman, von dem viel gesprochen wurde, das Werk eines berühmten Schriftstellers, dem man nachsagte, daß er die Frauen kenne wie kein anderer.

Erst blätterte Heinz achtlos darin. Auf einmal sah er, daß Ria hier und da eine Randbemerkung gemacht hatte.

Obwohl diese Anmerkungen nur für sie selbst bestimmt waren, konnte er der Versuchung nicht widerstehen, sie in ihren Gedanken zu belauschen. Und er las dies und jenes, das ihn fesselte und ihm interessanten Aufschluß gab über manche Seite ihres Wesens.

Mit immer größerem Interesse vertiefte er sich in die Lektüre. Und dann kam er wieder dahin, wo ihr Zeichen lag.

Auch hier standen einige Bemerkungen in zierlicher, kaum lesbarer Schrift. Eine Stelle war besonders stark angestrichen. Sie lautete: »Was kann schlimmer sein für eine liebende Frau, als ungeliebt an der Seite ihres Gatten dahinzuleben.«

Und daneben las Heinz die Worte: »Eine ungeliebte Frau – welch unsagbare Pein.«

Betroffen schaute er auf die feinen Schriftzüge hernieder. Und dann schüttelte er den Kopf. Wie kam Ria zu diesem Gefühlserguß? Konnte ein Weib heißer, inniger geliebt werden als sie? Wahrlich nicht. Aber er – ja er war ein ungeliebter Gatte – und das war nicht minder qualvoll.

Er warf das Buch hin, ging im Zimmer auf und ab und grübelte über die Worte nach, konnte sie sich aber nicht erklären.

Nach einer Weile trat er an Rias Schreibtisch. Hübsch und zweckmäßig geordnet standen und lagen all die Kleinigkeiten, die auf einen Damenschreibtisch gehören, an ihrem Platz. Nippes befanden sich nicht darauf, nur seine Fotografie stand in einem schlichten Rahmen neben der Schreibmappe. Ganz wie es sich geziemt für die Hausfrau, dachte er schmerzlich und bitter. Ob sie dieses Bild wohl zuweilen ansah?

Er nahm es empor und betrachtete es, als könne es ihm über diese Frage Aufschluß geben. Das Licht fiel blendend auf die blankpolierte Glasfläche. Und plötzlich stutzte er. Auf dem Glas war ein Flecken sichtbar – ein ganz leiser, matter Hauch, der, nur direkt gegen das Licht gehalten, sichtbar war.

Er betrachtete diesen matten Schein, und plötzlich durchzuckte ihn ein Gedanke. Das sieht aus, als hätte jemand das Bild geküßt.

Sollte Ria das wirklich getan haben?

Sorgsam rieb er das Bild mit einem seidenen Tuch ab, so daß von dem merkwürdigen Schatten nichts mehr zu sehen war.

Am nächsten Tag trieb es ihn wieder zu Rias Zimmer. Mit hastigen Schritten trat er an den Schreibtisch heran. Schnell faßte er das Bild und hielt es gegen das Licht. Ein leiser Ausruf entfuhr seinen Lippen. Derselbe matte Hauch befand sich auf der gleichen Stelle. Konnte das ein Zufall sein?

Wieder putzte er an dem Glas herum, bis jede Spur des vermeintlichen Kusses verschwunden war, und stellte das Bild an seinen Platz zurück.

Dann ließ er sich nachdenklich auf dem Sessel vor dem Schreibtisch nieder. Instinktiv zog er die Kästen auf, als ahnte er, daß sie weitere Geheimnisse für ihn bargen.

Dabei öffnete er ein schmales Fach, in dem, sauber gefaltet, einige Papiere lagen. Auf der Rückseite des einen hatte Ria Zahlen gekritzelt, anscheinend hatte sie etwas berechnet. Lächelnd nahm er die Zettel auf. Wie genau und sparsam sie in allen Dingen war. Schon oft hatte er bemerkt, daß sie sich vor jeder Ausgabe scheute und immer zögerte, etwas zu kaufen, obwohl er ihr doch gewiß das Nadelgeld nicht zu knapp bemaß.

Ohne sich dabei etwas zu denken, faltete er die Papiere auseinander. Da war eine Quittung über sechstausend Mark, mit »Heinrich Krause« unterzeichnet.

Sofort mußte er an seine Verlobung denken; diese Quittung trug das Datum des darauffolgenden Tages. Es handelte sich hier sicher um die Summe, die Ria sich damals selbst im Büro geholt hatte.

Er nahm den zweiten Schein und stutzte.

Das war ja abermals eine Quittung über den gleichen Betrag mit derselben Unterschrift! Wer war denn dieser Heinrich Krause, und wofür bekam er solche Beträge? Die zweite Quittung stammte dem Datum nach aus den ersten Wochen nach der Hochzeit. Also hatte Ria anscheinend auch noch ihr kleines Erbteil an diesen Heinrich Krause augezahlt.

Etwas beunruhigt sah er die anderen Zettel durch. Da waren noch eine Quittung über zweitausend und fünf Stück über je fünfhundert Mark, alle mit dem gleichen Namen unterschrieben. Es handelte sich im ganzen um sechzehntausendfünfhundert Mark.

War dieser Heinrich Krause vielleicht ein Lieferant? Die großen Rechnungen für den Haushalt gingen aber doch durch Heinz' Hände. Und ihre Toiletten, Wäsche und dergleichen bezog Ria von ihm bekannten Firmen. Außerdem trugen diese auf ein einfaches Stück Papier geschriebene Quittungen durchaus keinen geschäftlichen Charakter.

Er schüttelte den Kopf, legte aber alles wieder an seinen Platz.

Wer weiß, welche Bewandnis es damit hat. Jedenfalls will sie nicht, daß ich davon erfahre, also werde ich auch von meiner Entdeckung nicht sprechen, dachte er und schob den Kasten zu. Sein Blick fiel wieder auf das Bild, und der Gedanke, ob Ria es wohl geküßt habe, war ihm viel wichtiger als diese Quittungen. –

Als er aber am nächsten Tag wieder nach den matten Spuren auf dem Bilde forschte und sie wirklich fand, da überkam es ihn wie ein Fieber.

Am Abend holte er Ria das letztemal aus Villa Meister ab. Lotte war nun wieder aufgestanden und brauchte sie nicht mehr als Pflegerin.

Daheim angekommen, war Heinz sehr guter Laune, da er nun nicht länger allein sein mußte. Ria erzählte von Lottes kleinem Sohn und von Walters rührend komischem Gebaren als jungen Vater. Sie lachten beide und waren so heiter wie selten, wenn sie allein waren. Immer wieder brannte Heinz die Frage auf den Lippen:

»Ria – hast du mein Bild geküßt?«

Aber eine unerklärliche Scheu ließ ihn schweigen. Er wollte erst einen passenden Zeitpunkt abwarten.

Am anderen Morgen saß Heinz, auf seine Frau

wartend, am gedeckten Frühstückstisch und sah die eingelaufene Post durch.

Darunter befand sich auch ein Privatbrief an Ria, dessen Adresse von flotter, männlicher Hand geschrieben war. Diese Schriftzüge fesselten seine Aufmerksamkeit, da er sie schon gesehen zu haben glaubte. Das Kuvert trug auf der Rückseite die geprägten Buchstaben H. K. Unwillkürlich übersetzte er sie in »Heinrich Krause«. Und nun erkannte er auch, daß die Adresse die gleiche Schrift aufwies wie die Quittungen in Rias Schreibtisch.

Zögernd legte er den Brief auf ihren Platz.

Gleich darauf trat sie ein.

»Habe ich dich warten lassen, Heinz?« fragte sie, ihn flink und geschickt bedienend.

»Nur wenige Minuten. Gut geschlafen, Ria?«

»Danke, sehr gut. Du auch?«

»Danke – ausgezeichnet«, antwortete er, obwohl er stundenlang wach gewesen war, weil ihm eine treibende Unruhe im Blut lag. Darüber wollte er aber nicht sprechen.

»Da ist auch Post für dich, Ria«, sagte er, auf den Brief deutend.

Er sah, wie sie erschrak, als sie die Aufschrift betrachtete. Sie verfärbte sich ein wenig, ein scheuer Blick flog zu ihm hinüber, und dann ließ sie den Brief schnell in die Tasche gleiten, ohne ihn zu öffnen.

Als Heinz das sah, stieg plötzlich eine unerklärliche Eifersucht in ihm auf.

Weil er die Selbstbeherrschung zu verlieren fürchtete, verabschiedete er sich nach hastig eingenommenem Frühstück sehr schnell von ihr und fuhr nach dem Büro.

Unterwegs mußte er immer an den Brief und den unbekannten, geheimnisvollen Heinrich Krause denken. Er fühlte, daß er diesen Menschen furchtbar haßte, ohne ihn zu kennen.

*

Als Heinz fortgefahren war, hatte Ria den bewußten Brief sofort geöffnet, Henrich Krause schrieb:

»Sehr verehrte, gnädige Frau!

Verzeihen Sie gütigst, daß ich mich heute mit einer großen Bitte an Sie wende. Wäre es Ihnen nicht möglich, mir den Restbetrag von dreitausendfünfhundert Mark sofort auszuzahlen? Es bietet sich mir eine wahrscheinlich nie wiederkehrende Gelegenheit, in Kanada eine sorgenfreie Existenz zu gründen, wenn ich diese Summe, und das, was ich besitze, sofort einzahlen kann. Ich würde dann für immer nach Amerika zurückkehren, da es mir hier in Deutschland trotz aller Mühe nicht gelingen will, eine gesicherte Stellung zu erringen. Wenn sie das Maß Ihrer Güte voll machen wollen, so erfüllen Sie mir meinen Wunsch. Ich werde Ihnen immer dankbar sein und Ihnen das vor allem dadurch bezeugen, daß ich für immer aus Ihrem Dasein verschwinde. Es stehen Ihnen gewiß Mittel und Wege zur Verfügung, das Geld zu beschaffen. Am Montag müßte ich mich in Hamburg einschiffen. Ich hoffe, daß Sie mir helfen werden, und kann jede Stunde zu Ihnen kommen, um Ihnen die fraglichen Zeichnungen zurückzugeben.

In dankbarer Verehrung
Ihr ergebener Heinrich Krause.«

Ria stützte den Kopf in die Hand.

Wie gut wäre es, wenn er nach Amerika zurückginge. Sie würde dann endlich, endlich ihre Ruhe wiederfinden und brauchte nicht mehr die drückenden Heimlichkeiten vor Heinz zu haben.

Aber woher jetzt so schnell das Geld nehmen? Sie hatte nur fünfhundert Mark bereit. Sollte sie Heinz darum bitten oder Lotte Meister? Die würde ihr das Geld sicher leihen.

Aber nein, kein Mensch sollte erfahren, daß sie Heimlichkeiten vor ihrem Gatten hatte. Jede Mißdeutung mußte vermieden werden. Sie durfte niemand einen Einblick gewähren – auch der verständigen Lotte nicht.

Also blieb ihr nur übrig, sich an Heinz zu wenden. Mochte er denken, daß sie leichtsinnig war und mehr Geld ausgab als sie durfte. Es handelte sich ja nur noch um dies einemal.

Als er nach Hause kam und ihr bei Tisch gegenübersaß, faßte sie sich ein Herz.

»Ich habe eine große Bitte an dich, Heinz. Du darfst mir aber nicht zürnen«, sagte sie.

»Warum soll ich dir zürnen, wenn du eine Bitte an mich hast, Ria?«

Er wünschte sehnlichst, sie möchte sich ihm anvertrauen, damit er den Druck von seiner Seele los würde.

Sie wagte es nicht, ihn anzusehen.

»Ich – ich möchte dich bitten – mir dreitausend Mark zu geben«, sagte sie leise.

Seine Stirn zog sich wie im Schmerz zusammen. Aber gleich zwang er sich wieder zu einem Lächeln.

»Hast du Schulden, Ria?«

Sie preßte die Handflächen in hilfloser Verlegenheit zusammen.

»Ja«, sagte sie gepreßt, »bei – bei meiner Schneiderin.«

Er wußte, daß sie die Unwahrheit sprach, und es reizte ihn, sie zu quälen.

»Hast du nicht die sechstausend Mark im Haus, die ich dir an unserem Hochzeitstag gab?«

»Die – die besitze ich – nicht mehr – ich gab sie schon aus«, stieß sie tonlos hervor.

Er sah sie eine Weile schweigend an. Dann sagte er ernst, fast traurig:

»Ria – hast du gar kein Vertrauen zu mir? Willst du mir nicht offen sagen, wozu du das Geld brauchst? Aufs Lügen verstehst du dich gottlob recht schlecht. Man sieht dir an, daß du nicht die Wahrheit sprichst.«

Eine Traurigkeit ohnegleichen prägte sich in ihrem Antlitz aus, so daß er sie am liebsten tröstend und beruhigend in seine Arme genommen hätte.

Aber was er so heiß wünschte, geschah nicht.

Sie sagte nur gepreßt:

»Ich bitte dich – gib mir das Geld – und frage mich nicht weiter. Nur dieses einemal will ich dich noch mit einer Bitte belästigen.«

Da lehnte er sich mit einem entmutigten und enttäuschten Gesicht zurück.

»Es ist gut, du sollst es haben«, sagte er schroff.

Sie hätte aufschreien mögen vor Qual. Unfähig sich länger zu beherrschen, murmelte sie eine Entschuldigung und ging mit langsamen Schritten aus dem Zimmer.

Er sah ihr nach. Sein Herz krampfte sich zusammen, und wilde Gedanken kreisten in seinem Kopf. Die merkwürdigsten Ideen rankten sich um diesen Heinrich Krause, der Geld von seiner Frau bekam. Er bildete sich ein, der Mann stehe zwischen ihm und seinem Glück.

Die Stirn wurde ihm heiß vor angestrengtem Denken. Von Zweifeln hin und her geworfen, kam er nicht mit sich ins Klare.

Nach einer Weile kehrte Ria zurück. Sie war jetzt anscheinend ganz ruhig und gelassen und reichte ihm, wie jeden Tag, den Kaffee, den er nach Tisch zu sich nahm. Aber er sah ihren Augen an, daß sie geweint hatte.

Ich muß mir Klarheit schaffen – so oder so. Das halte ich einfach nicht mehr aus, dachte er.

Heute fühlte er sich innerlich zu erregt, eine Aussprache herbeizuführen. Aber er nahm sich fest vor, in den nächsten Tagen, sobald er sich wieder ganz in der Gewalt hatte, ernst und eindringlich mit ihr zu sprechen.

Nach einer Weile verabschiedete er sich kurz von ihr.

Sie sah ihm traurig nach, und das Herz tat ihr weh, denn sie glaubte, er sei im Zorn von ihr gegangen. Seufzend schrieb sie dann an Krause ein Billett:

»Sie können sich das Geld Sonnabend vormittag um elf Uhr abholen. Bringen Sie die Zeichnungen mit.

Maria Matern.«

Am Abend saßen sich die beiden Gatten schweigend gegenüber. Heinz vertiefte sich in die Zeitungen, und Ria hielt eine Handarbeit in den Händen. Sie ahnte nicht, daß er sie hinter der Zeitung hervor immer wieder forschend ansah. Kühler und zurückhaltender denn je sagten sie einander gute Nacht.

Am nächsten Morgen – es war Sonnabend – traf Heinz, als er ins Geschäft fuhr, an der Wegkreuzung mit Walter Meister zusammen. Das geschah sehr oft. Die beiden Herren fuhren dann meist gemeinsam weiter und schickten ein Gefährt nach Hause.

So auch heute. Walter stieg zu Heinz in den Wagen. Sie begrüßten sich herzlich, und Walter erzählte sofort die unglaublichsten Heldentaten seines Stammhalters. Und dann schwärmte er von Lotte. Wie reizend sie sich als junge Mutter ausnehme, und daß er eigentlich ganz unverschämt glücklich sei im Besitz solch einer Frau und solch eines Prachtjungen.

Heinz hörte ihm lächelnd zu. Dann seufzte er auf und sagte gepreßt:

»Ja – du bist beneidenswert glücklich, Walter.«

»Ja – Gott sei Dank –, aber sag mal, du machst dabei ein ganz tragisches Gesicht. Was ist denn? Ich dächte, du hättest auch das große Los aus dem Glückstopf gegriffen. Deine Frau wird von Tag zu Tag schöner und reizender und – na – einen Stammhalter werdet ihr euch auch noch zulegen. Sei froh, daß sie dich vorläufig noch allein anbetet. Lotte ist jetzt in erster Linie Mutter. Ich komme erst nach meinem Jungen.«

Heinz schüttelte den Kopf.

»Du vergißt, daß ich eben nicht von meiner Frau – angebetet werde.«

Walter lachte. »Ich meine ja auch nur – geliebt. Jetzt liebt sie dich allein – später mußt du mit den Kindern teilen.«

Heinz seufzte. »Was man nicht besitzt – kann man nicht teilen.«

Jetzt wurde Walter ernst. »Höre mal, mein Alter – was ist mit dir? Das klingt so traurig. Mein Gott – lebt ihr denn nicht beide wie die Turteltauben?«

»Nein – leider nicht. Ria liebt mich nicht.«

Walter fuhr ärgerlich auf. »Unsinn, Heinz. Wohin verlierst du dich? Ria liebt dich, hat dich schon geliebt, ehe sie deine Frau wurde.«

Es lag eine so feste Überzeugung in seinen Worten, daß Heinz atemlos aufhorchte.

»Woher willst du wissen, daß Ria mich liebt?«

»Na, erlaube mal – man müßte ja schon blind sein, wenn man nicht merkte, wie ihre Blicke an dir hängen, wie sie erbebt und rot wird, wenn du auf der Bildfläche erscheinst. Als sie jetzt die kurze Zeit bei uns war, blieb sie den ganzen Tag ruhig und besonnen. Wenn aber die Stunde kam, da du sie abholen solltest, lief sie wie im Fieber umher und blickte sehnsüchtig zum Fenster hinaus. Lotte und ich haben uns immer heimlich zugeblinkt. Aber sagen darf man Ria davon beileibe kein Wort. Schon als sie noch deine Braut war, hat sie Lotte beschworen, keinem Menschen zu verraten, daß sie dich liebt.«

»Was sagst du da – Ria hätte Lotte gesagt, daß sie mich liebt?«

»Ja, doch, sie hat es eingestanden, aber zu Lottes Verwunderung verlangt, daß es strenges Geheimnis bleibt. Meine Frau sagte mir schon an eurem Hochzeitstag davon. Und sie behauptete, ein Mädchen wie Ria würde nur den Mann heiraten, den sie liebt. Ja, Mensch, bist du blind – kennst du nicht mal deine eigene Frau? So etwas ist mir noch nicht vorgekommen. Da lieben sich diese beiden Menschen, daß ihnen die Flammen nur so aus den Augen schlagen, und dabei können sie vor lauter Torheit wie die zwei Königskinder nicht zusammenkommen.«

Heinz drückte ihm so fest die Hand, daß er eine Grimasse schnitt.

»Wenn du recht hättest, Walter.«

»Natürlich habe ich recht, dafür lege ich meine Hand ins Feuer. Und – morgen abend kommt ihr zu einer Bowle zu uns. Und wenn ihr mir nicht beide feierlichst erklärt, daß ihr euch liebt und unmenschlich glücklich seid – dann nehme ich euch selber ins Gebet. So eine Quälerei kann ja kein Christenmensch ruhig mit ansehen. Und nun guten Morgen, Heinz – hier steige ich aus und überlasse dich deinen hoffentlich etwas rosigeren Gedanken. Grüße Ria von mir und sage ihr, daß ihr angebeteter Gatte – ein blinder Tor ist. Adieu.«

Er schüttelte Heinz die Hand und stieg schnell aus.

Heinz mußte noch einige Minuten weiterfahren. Er war in einer seltsamen Stimmung. Walters Worte hatten so bestimmt, so überzeugend geklungen. Und dann – die Spuren auf dem Bild –, sollte es Wahrheit sein, liebte ihn Ria? War ihre ganze Scheu nichts als Angst, sich zu verraten?

Wie ein Blitz durchzuckte ihn auch die Erinnerung an die Randbemerkung im Buch: »Eine ungeliebte Frau – welch unsagbare Pein.« War das nicht eine Bestätigung, daß Ria sich ungeliebt glaubte?

Er grübelte ihrem Wesen nach, und dabei wurde ihm manches klar. Nur die Geldangelegenheit mit Krause blieb ihm noch schleierhaft. Aber das erschien ihm jetzt ganz nebensächlich.

Er wurde innerlich immer erregter. Im Büro konnte er nur das Nötigste kurz erledigen. Fortwährend stürmten dieselben Gedanken auf ihn ein und ließen ihn nicht zur Ruhe kommen.

Es trieb ihn hinaus zu Ria. Er mußte sie fragen, sich Gewißheit holen – diese Ungewißheit hielt er nicht mehr aus – jetzt nicht mehr, da er auf ihre Liebe hoffen durfte. Schleunigst gab er im Büro einige kurze Anweisungen, dann stürmte er fort.

Mit einem Taxi, das er unterwegs anrief, fuhr er zur Stadtbahn und von dort aus mit dem nächsten Zug nach Haus. Die wenigen Schritte von der Haltestelle nach seiner Wohnung ging er zu Fuß.

*

Als er die Villa betrat, fragte er im Vorraum einen Diener, ob seine Frau zu Haus sei. Dieser meldete:

»Die gnädige Frau befindet sich im kleinen Salon. Es ist Besuch anwesend.«

»Wer ist denn da?« fragte er hastig.

»Ein Herr Krause«, antwortete der Diener in einem Tone, der verriet, daß es sich durchaus nicht um einen vornehmen Besuch handelte.

Heinz stutzte, ließ es sich aber nicht merken.

»Ah so – es ist gut«, sagte er nur.

Inzwischen hatte er abgelegt und winkte dem Diener, sich zu entfernen.

Eine Weile stand er unschlüssig mit fest zusammengepreßten Lippen. Dann richtete er sich energisch auf.

»Gut so – auf diese Weise bekomme ich heute auch *darüber* Klarheit. Der Zweck heiligt die Mittel. Es ist zwar verächtlich, zu lauschen, aber ich muß mich jetzt unbedingt um jeden Preis von allen Zweifeln befreien.«

Lautlos schritt er auf den dicken Teppichen durch die Räume, bis er sich vor den zugezogenen Samtvorhängen befand, die den Eingang zum kleinen Salon verhüllten.

Hier blieb er atemlos lauschend stehen. Zunächst hörte er, wie eine Männerstimme sagte:

»Ich bin Ihnen herzlich dankbar, verehrte gnädige Frau. Nie werde ich vergessen, wie großmütig Sie mir gegenüber waren. Bitte, wollen Sie sich nun vergewissern, daß ich Ihnen die Zeichnungen unversehrt zurückgebracht habe.«

Nach einer Liebeserklärung sah das jedenfalls nicht aus, darüber konnte er beruhigt sein. Aber was hatte Ria mit Zeichnungen zu tun?

Nun hörte er auch ihre Stimme.

»Es ist gut, Herr Krause. Die Zeichnungen haben ja nur noch den Wert eines Andenkens an meinen Vater.«

»Das wohl, gnädige Frau, aber Sie sollen sich überzeugen, daß ich wirklich mit diesen Skizzen Rolf Materns Schicksal und guten Namen in der Hand hielt, wenn er noch am Leben gewesen wäre«, erwiderte der Mann.

Heinz horchte betroffen auf. Was war das? Seines Vaters Schicksal und guter Name – von Zeichnungen abhängig, die Ria als Andenken an ihren Vater bezeichnete, und die dieser Herr Krause – scheinbar gegen das gezahlte Geld – zurückgab. Das war ja eine höchst seltsame Geschichte.

Nun sprach Ria wieder, und das Rascheln von steifem Papier klang an des Lauschers Ohr.

»Ja, ich sehe, Herr Krause, daß es die Zeichnungen sind, die zu dem Duplikat gehören, das mein Vater von dieser Erfindung anfertigte. Da ich die anderen Papiere noch besitze, kann ich das beurteilen. Wir sind also nun zu Ende mit unserem Geschäft. Hier ist das letzte Geld. Ich wünsche von Herzen, daß es Ihnen Segen bringen möchte.«

Heinz sah mit zusammengezogener Stirn vor sich hin. Welchem seltsamen Geheimnis war er hier auf der Spur? Was sollte das alles bedeuten? Sein Vater war darin verwickelt. Anscheinend hatte Ria mit diesen Summen irgend etwas bezahlt, was imstand gewesen wäre, auf seines Vaters Namen einen Schatten zu werfen. Ah – da mußte er sich doch unbedingt volle Klarheit verschaffen. Und als er jetzt hörte, daß sich dieser Herr Krause von Ria mit erneuten Dankesworten verabschiedete, richtete er sich energisch empor. Mit einem Ruck riß er den Vorhang zurück und stand gleich darauf vor seiner Frau und Krause.

Ria schrie auf und faßte schnell nach den auf dem Tisch liegenden, zusammengerollten Zeichnungen, die sie hinter ihrem Rücken zu verbergen suchte.

Krause stand einen Moment wie vom Donner gerührt. Dann wandte er sich instinktiv zur Flucht.

Aber Heinz versperrte ihm den Weg.

»Einen Augenblick, mein Herr. Irre ich mich nicht, so haben wir auch noch ein Wort miteinander zu reden.«

Ria trat plötzlich mit dem Mut der Verzweiflung zwischen ihren Mann und Krause.

»Du irrst, Heinz. Was Herr Krause hierherführte, geht einzig und allein mich an.« Und sich zu Krause wendend und ihm einen bedeutungsvollen, mahnenden Blick zuwerfend, fuhr sie hastig fort: »Wir sind fertig. – Sie brauchen nicht länger zu warten.«

Krause begriff sofort. Er hatte eine heillose Angst, jetzt im letzten Augenblick noch festgenommen zu werden. Dieser Heinz Matern sah verteufelt energisch aus. Er suchte daher sein Heil in schleuniger

Flucht. In blinder Hast stürzte er zur Tür hinaus und schlug sie hinter sich zu.

Heinz wollte ihm folgen, aber Ria stellte sich, seinen Rückzug deckend, vor die Tür. Wenn er sie nicht gewaltsam entfernen wollte, mußte Krause entkommen.

»Gib den Weg frei, Ria!«

Sie wich nicht von der Stelle. Blaß, wie versteinert war jetzt ihr Gesicht.

»Nein«, sagte sie nur fest und laut.

Er sah sie an, und sein Blick senkte sich forschend in ihren.

»Nun gut«, sagte er dann. »Mag also dieser Herr Krause entwischen. Sein Gewissen scheint nicht sehr rein zu sein. Ich verlange aber nun von dir Aufklärung über diesen seltsamen Besuch.«

Ria bemühte sich vergeblich, eine Ausrede zu finden, endlich erwiderte sie:

»Es ist wirklich ganz ohne Interesse für dich – Herr Krause hat mir etwas verkauft.«

Er sah sie wieder eine Weile an, und sein Blick wurde weich. Wie sie in hilflosem Entsetzen vor ihm stand und ihn ansah!

Er wollte aber jetzt auf jeden Fall fest bleiben, wollte das Rätsel lösen, das sie umgab. Nur so konnte endlich volle Klarheit zwischen ihnen geschaffen werden. Sein Herz mußte sich noch eine Weile gedulden, so schwer ihm das auch jetzt erschien.

Ganz ruhig und beherrscht sagte er:

»Du verstehst dich gottlob recht schlecht aufs Lügen, Ria, das habe ich dir schon gestern gesagt.«

Ein Schwindel erfaßte sie, und sie lehnte den Kopf gegen die Tür.

»Ich lüge nicht – er hat mir etwas verkauft«, sagte sie matt.

»Ja, aber nicht etwas, das für mich ohne Interesse ist. Ich habe einen Teil eurer Unterhaltung gehört. Willst du mir nicht zeigen, was du von ihm gekauft hast?«

Sie biß die Zähne zusammen, dann sagte sie leise, zögernd: »Es ist – ich – es ist nicht hier – ich habe es schon auf mein Zimmer getragen.«

Er schüttelte den Kopf. »Ria – lüge nicht mehr, es hilft dir nichts – ich *will* unbedingt klar sehen.«

Sie richtete sich hastig empor.

»Laß mich auf mein Zimmer – nur einen Augenblick – ich hole es dir!« rief sie.

Wenn es ihr nur gelang, mit diesen unseligen Zeichnungen hinauszukommen, dann wollte sie diese schnell vernichten, damit er sie nicht zu sehen bekam – Krause war sicher inzwischen weit genug fort, um nicht eingeholt zu werden –, dann konnte Heinz das Schreckliche nicht mehr erfahren. Gleichzeitig suchte sie sich zu entsinnen, was sie vor Heinz' Eintritt mit Krause gesprochen hatte. Aber der Schreck hatte sie so betäubt, daß sie es nicht mehr wußte.

Heinz trat dicht vor sie hin.

»Ria – du zitterst am ganzen Körper. Sei ruhig, vertraue mir. Wenn ich nicht ganz bestimmt wüßte, daß dich diese Angelegenheit in keiner Weise belasten kann, würde ich nicht weiter in dich dringen. Aber du quälst dich selbst aus irgendeinem sicher edlen und idealen Grund. Sei vernünftig, vertraue mir. Was hattest du mit diesem Krause zu tun?«

»Ja – gleich nachher – laß mich nur einen Augenblick hinaus – auf mein Zimmer!« rief sie in höchster Seelennot.

Er faßte ruhig und bestimmt ihre beiden Arme.

»Sobald du mir die Zeichnungen gegeben hast, die du hinter deinem Rücken verbirgst.«

»Du quälst mich«, stieß sie heiser hervor.

»Zu deinem eigenen Heil, Ria, denn so unverständlich mir das alles noch ist, sehe ich, daß du dich wer weiß wie lange schon mit einer Sache herumträgst, die dich unfrei macht, die dich niederdrückt und dir Opfer auferlegt. Ich weiß, daß du Krause schon gegen zwanzigtausend Mark gegeben hast. Sicher ist er ein Mensch, der irgendwelchen Druck auf dich ausübt. Laß dir helfen – vertraue mir.«

Seine liebevollen Worte verwirrten sie noch mehr. Ihre Augen irrten an ihm vorbei, als suche sie einen Weg zur Flucht. Und da sie einsah, daß nicht zu entkommen war, rang sie sich plötzlich von ihm los und riß die Rolle mit den Zeichnungen, die sie auf dem Rücken gehalten hatte, mitten durch. Ehe sie aber ihr Zerstörungswerk vollenden konnte, hielt er ihre Hände fest und sah sie ernst und vorwurfsvoll an.

»Es hilft dir nichts, Ria – ich *will* die Wahrheit wissen, denn ich habe gehört, daß meines Vaters Ehre in diese Angelegenheit verwickelt ist.«

Sie stöhnte auf und taumelte, daß er sie halten mußte. »Was hast du gehört?« schrie sie auf in Schmerz und Qual.

»Daß Krause behauptete, mit diesen Zeichnungen, die wohl von deines Vaters Hand herrühren und eine Erfindung betreffen, das Schicksal und die Ehre meines Vaters in den Händen gehalten zu haben. Du wirst zugeben, daß das für mich Grund genug ist, um Aufklärung zu verlangen. Ich weiß, daß dich die Angelegenheit nicht belasten kann – sonst würde ich sie ruhen lassen –, aber ich fühle mit Bestimmtheit, daß du dich für andere opfern willst – es schon getan hast. Selbst gegen deinen Willen muß ich dir da helfen.«

Sie sah voll Angst und Jammer zu ihm auf.

»Alles umsonst – soll alles umsonst sein, was ich getan?« murmelte sie vor sich hin.

»Was denn, Ria – was ist umsonst?«

»Laß mich die Zeichnungen vernichten, ich bitte dich, laß es geschehen und forsche nicht weiter. Dann magst du mit mir tun, was du willst.«

»Ria – können diese Zeichnungen dich oder deinen Vater in irgendeiner Weise bloßstellen?«

Sie schüttelte den Kopf.

»Mich? Ach nein – was liegt an mir.«

»Für wenn also bangst du so, daß du darum kämpfst wie um dein Leben?«

Sie erzitterte, und flammende Röte schoß in ihr blasses Gesicht. In ihren Augen lag die ganze Qual ihrer Liebe.

Da schlang er seine Arme fest um ihre Gestalt und fragte sie mit einem Ausdruck hinreißender Zärtlichkeit: »Ria – bangst du um mich? Gilt deine Angst und Sorge mir, aus irgendeinem Grund?«

Sie antwortete nicht, aber dicke Tränen rannen über ihre Wangen. Ein lautloses Weinen erschütterte ihren Körper.

Es war ein Jauchzen in seiner Stimme, als er fortfuhr: »Dann liebst du mich, Ria – dann liebst du mich so, wie ich mich sehne, von dir geliebt zu werden, so wie ich dich liebe voll grenzenloser Innigkeit. Mein süßes Weib – meine Ria – sag es mir – sag mir ein einzigesmal, daß du mich liebst.«

Wie im Traume schlug sie ihre Augen zu ihm auf. Und dann sank sie, von der plötzlich aufsteigenden Seligkeit überwältigt, bewußtlos in seinen Armen zusammen. Die durchgerissene Rolle mit den Zeichnungen entfiel ihren kraftlosen Händen.

Erschüttert trug Heinz seine Frau zum Diwan. Er rieb ihr die Stirn mit Kölnisch Wasser, das in einem Zerstäuber auf dem Tisch stand.

Bald öffnete sie die Augen wieder und sah zu ihm auf, erst noch zweifelnd und dann mit einem strahlenden Blick in erwachendem Bewußtsein all ihres Glückes.

Vergessen war jetzt die Vergangenheit, vergessen das Geheimnis, das sie hatte hüten wollen, vergessen alles, was sie quälte und drückte. Sie wußte und empfand nur eins in überwältigender Seligkeit – daß er sie liebte und nach ihrer Liebe verlangte voll heißer Innigkeit. Und sie dachte nur, daß sie jetzt sterben möchte, wenn das alles nur ein Traum sei.

Endlich sagte sie leise, versonnen:

»Du sagtest mir – daß du nur wie ein Bruder für

mich fühltest, daß wir unsere Ehe nur auf gegenseitige Hochachtung gründen wollten.«

»Ja, Liebling, ich war ein Tor. Aber schon als ich dir das sagte, war ich nicht mehr sicher, ob ich nicht anders für dich empfand. Mußtest du denn meine Worte für bare Münze nehmen – hast du nie gefühlt, wie es täglich heißer und sehensüchtiger in mir stürmte, wie ich an mich hielt, weil ich fürchtete, dich durch meine Zärtlichkeiten noch ängstlicher und scheuer zu machen als du schon warst?«

Sie sah ihn unruhig an.

»Manchmal – ja – manchmal erwachte jäh ein frohes Hoffen in mir – aber – ach – ich wußte ja, daß du eine andere, viel schönere Frau liebtest – Sibylle Jansen.«

»Ria! Also das war's, was dich immer von mir fernhielt – das? Kind – diese kurze Verirrung meiner Sinne war längst abgetan – ehe ich um dich warb. Aber du – warum bist du meine Frau geworden, obwohl du glaubtest, ich liebe Sibylle Jansen und obwohl ich dir kühl und ruhig nur von meiner Hochachtung sprach? Das stimmt mir nicht zu deinem lieben Bild, und es soll nun alles klar sein zwischen uns. Sag mir, was trieb dich, trotzdem meine Werbung anzunehmen?«

Da kam sie wieder in Verwirrung, sah sich nach den Zeichnungen um und wollte aufstehen.

Er hielt sie fest. Ihr Gebaren zeigte ihm die rechte Spur.

»Ah – das hängt also auch mit diesen Zeichnungen zusammen. Du kamst damals zu mir, um dir sechstausend Mark zu holen. Die waren für diesen Krause bestimmt, nicht wahr? Und er verlangte noch mehr

Geld? Du zögertest so lange, ehe du mir dein Jawort gabst. Nicht wahr – es hing mit diesen Zeichnungen zusammen –, nur dadurch ließest du dich bestimmen, meine *ungeliebte* Frau zu werden.«

Sie antwortete nicht, sah nur voll Angst auf die zerrissene Rolle, die noch am Boden lag.

Und dann schlang sie zum erstenmal freiwillig den Arm um seinen Hals, drängte sich zitternd an ihn und bat halberstickt vor Furcht und Zärtlichkeit:

»Heinz, ich flehe dich an – vernichte diese Zeichnungen und forsche nicht mehr nach.«

Beseligt über diese erste, freiwillige Liebkosung preßte er sie an sich und küßte sie, daß ihr die Sinne vergingen. Dann sagte er mit verhaltener Stimme:

»Ria, es wird mir schwer, diese Bitte unerfüllt zu lassen. Zum erstenmal hast du mich selbst umfaßt und weißt nicht, welch köstliches Geschenk du mir gegeben hast. Aber erfülle ich dir diesen Wunsch, so bleibt ein Geheimnis zwischen uns –, und das soll nicht sein. Du ahnst nicht, wie ich dich liebe, wie mich die Liebe zu dir verwandelt hat. Und es ist mir viel zu süß, zu erfahren, was du für mich getan hast, als daß ich darauf verzichtete. Ich muß die Zeichnungen sehen.«

Sie umklammerte ihn noch inniger und drückte seine Wange an die seine.

»Heinz – ach Heinz –, es wird dich unglücklich machen.«

»Jetzt kann mich nichts mehr treffen, mein geliebtes Herz. Hast du es bisher für mich getragen, so wird es auch mir nicht zu schwer sein. Nun quäle dich nicht länger – mache ein Ende. Laß mich die Zeichnungen sehen.«

Da fiel sie leise weinend zurück. Er hob die Rolle auf und entfaltete sie. Sein geübter Blick erkannte schnell, worum es sich handelte – er sah Skizzen über die Erfindung seines Vaters –, und diese Zeichnungen waren von Rias Vater angefertigt. Mit einemmal begriff er den Zusammenhang. Er erblaßte leicht und schaute auf Ria herab, deren Blicke angstvoll an ihm hingen.

»Jetzt verstehe ich alles, Ria, jetzt weiß ich auch, warum mein Vater so an dir und deiner Mutter gehandelt hat, wie er es getan«, sagte er halblaut.

Sie richtete sich auf und zog ihn zu sich herab.

»Heinz – ach, mein lieber, armer Heinz!« weinte sie auf. Und dann fuhr sie bittend fort: »Du darfst deinem Vater nicht zürnen, Heinz, darfst ihn nicht verdammen. Er hat ja alles, alles gutgemacht.«

Er strich ihr über das Haar.

»Ich habe meinen Vater sehr geliebt, Ria, und darf und will ihn nicht richten. Aber du – hast du ihm nicht gegrollt, als du es erfuhrst durch diesen Krause?«

»Ach – da wußte ich es schon lange, lange«, sagte sie und erzählte ihm von der Mutter und was diese ihr anvertraut hatte.

Heinz atmete tief und schwer.

»Wieviel Dank schulde ich dir. Mit Schaudern denke ich daran, wie ich mich unbewußt an dir vergangen haben würde, wenn ich dich nicht bei mir behalten hätte. Also deshalb forderte mein Vater von mir, daß ich dich an mein Herz nehmen sollte? Ach – wenn er mir doch nur in der Todesstunde die Wahrheit gesagt hätte.«

»Er wollte es tun, Heinz – ich selbst bat ihn, dir diesen Schmerz zu ersparen. Er wollte mir beichten, da sagte ich ihm, daß ich alles wüßte und ihm nicht zürnte. Darauf rief er nach dir und wollte auch dir das Geheimnis anvertrauen. Ich beschwor ihn, es nicht zu tun, damit dein Leben nicht getrübt würde. Und – da erkannte dein Vater – daß – daß ich dich liebte – und – schwieg.«

Heinz drückte sein Weib fest ans Herz.

»Du, du! Was war ich für ein blinder Tor, daß ich deine Liebe nicht erkannte.«

»Ich gab mir ja so viel Mühe, sie dir zu verbergen, aber es demütigte mich unendlich, deine *ungeliebte* Frau zu sein.«

»Warum wurdest du es aber trotz dieses Bewußtseins?«

»Weil plötzlich dieser Krause auftauchte mit den Zeichnungen, die er aus dem Nachlaß meines Vaters entwendet hatte. Er drohte mir, dir das Geheimnis von der Schuld deines Vaters zu verkaufen. Das wollte ich verhindern.«

Und dann erzählte sie ihm von dem Kampf, den sie mit Krause geführt hatte. Zum Schluß umfaßte sie ihn wieder und sagte seufzend:

»Nun war alles umsonst. Hat es sehr weh getan, liebster Mann?«

»Das verblaßt zu wesenlosem Nichts, vor der Gewißheit deiner Liebe. In der Seligkeit, dich nun wirklich zu besitzen, geht alles unter, mein geliebtes Herz!«

Da erzählte er, wie er gelitten hatte um sie, wie seine Liebe von Tag zu Tag heißer geworden war. Von den Randbemerkungen in dem Buch, von den gefundenen Quittungen, von seinen Zweifeln und Vermutungen berichtete er – und dann von der Spur des Kusses auf seinem Bild.

Sie errötete jäh und barg das Gesicht an seiner Brust.

»Liebling«, bat er leise, »das Bild hast du geküßt – mich selbst noch nie –!«

Da umfaßte sie ihn in scheuer Inbrunst und preßte ihre Lippen auf die seinen.

»Nun bin ich keine ungeliebte Frau mehr, Heinz«, sagte sie selig erglühend.

»Das bist du nie gewesen, Süße. Ich liebte dich schon, als du meine Frau wurdest. Weißt du noch – auf unserer Hochzeitsreise –, als ich mich neben dich setzte und meinen Arm um dich legte. Ich war damals sehr betrübt, daß du meinen ersten Kuß nicht erwidertest, daß du so kalt und abweisend warst.»

Sie lächelte versonnen.

»Das schien nur so, Heinz. Mein Herz schlug dir stets heiß entgegen. Ich war nur wie erstarrt in Scham, weil ich glaubte – deine Zärtlichkeit sei erzwungen.«

»Liebe – Süße – ich habe so viel gutzumachen an dir – wir haben unendlich viel versäumt.«

»Halte mich fest – fest –, damit ich merke, daß es kein Traum ist«, sagte sie erschauernd vor Glück.

Heinz dachte heute nicht mehr an sein Geschäft und

blieb bei Ria. Er vermochte sich nicht von ihr zu trennen. Zu süß erschien sie ihm in ihrer scheuen Glut und Hingebung. Er vergaß darüber alles andere. Auch am nächsten Tag ging er nicht von ihrer Seite. Es war, als müsse er alles nachholen, was er versäumt hatte, und sie tranken beide wie Verdurstete an dem Quell des Glückes.

Am Abend wandelten sie dann fest aneinandergeschmiegt durch den Wald nach Villa Meister hinüber. Lange, sehr lange brauchten sie zu dem Weg. Und der dunkle, schweigende Wald barg ihr Glück vor fremden Blicken.

Lotte und Walter Meister sahen ihn voll Unruhe entgegen. Aber als sie eintraten – leuchtendes, strahlendes Glück in den Augen –, da nahm Walter seine Frau beim Kopf und küßte sie.

»Wir brauchen nicht mehr einzugreifen, Herzenslotte – die Sache ist in Ordnung«, sagte er launig.

Die Herren schüttelten einander mit festem Druck die Hand, Ria und Lotte aber küßten sich herzlich.

Als Heinz und Ria heimwärts gingen, umfaßte Heinz innig sein junges Weib und sagte:

»Komm, mein Süßes, du ungeliebte Frau.«

Sie schmiegte sich zärtlich an ihn.

»Heinz – unser Glück ist zu groß.«

Er lächelte sie beseligt an.

»Unser Herz ist weit genug, es zu fassen, mein Liebling.«

Die Bettelprinzess

Es war an einem regnerischen Sommerabend der Vorkriegszeit. Wie in Dunst und Nebel gehüllt lag das Thüringer Land. Von den Bäumen herab tropfte es noch naß und schwer.

Am Eingang des hübschen Dörfchens Bodenhausen, an der großen Fahrstraße, die vom Bahnhof nach dem Schlosse führte, das den gleichen Namen trug, lag der einzige Gasthof des Örtchens. In schwarzen Lettern prangte stolz über der Tür: »Gasthof zur Weißen Taube«. Das konnte man selbst jetzt in der Dämmerung noch erkennen. Das Haus bot einen sauberen, freundlichen Anblick mit seinen weiß gestrichenen Wänden und grünen Fensterläden. Es lag inmitten eines großen Gartens. Die eine Hälfte dieses Gartens war mit Tischen und Bänken versehen und zur Aufnahme von Gästen eingerichtet. Die andere Seite jedoch war mit Obstbäumen und Gemüse bepflanzt und stand dem Verkehr nicht offen.

Die »Weiße Taube« gehörte der Witwe des früheren Besitzers, Frau Martha Schulz. Das war eine saubere, behende Frau, die ihrem Anwesen tüchtig vorstand und auf Ordnung und Wohlanständigkeit hielt, wie sie selbst zu sagen pflegte. In den letzten Jahren hatte sie sogar zuweilen Sommergäste im Hause, die es sich ein paar Wochen wohl sein ließen in der schönen, waldreichen Gegend. Und außerdem kamen sonntags wohl auch aus der zwei Stunden entfernten Stadt einigen Ausflügler, die in der ›Weißen Taube‹ guten Kaffee und selbstgebackenen Kuchen verzehrten. Bei Frau Martha Schulz war alles gut, frisch und nicht teuer.

Es war einige Zeit, nachdem der letzte Zug von Bodenhausen abgefahren war, als sich dem noch unbeleuchteten Gasthof eine schlanke junge Frau in Trauerkleidern näherte. Sie führte ein etwa fünfjähriges Kind an der Hand. Die Kleine schmiegte sich schlaftrunken an die Mutter.

»Ich bin so müde – so müde, liebe Mutter«, sagte sie schläfrig und gähnte herzhaft. Die schlanke Frau beugte sich liebevoll herab und küßt die Kleine.

»Nur noch ein wenig Geduld, meine kleine Liselotte, gleich wirst du in einem weichen Bettchen liegen und schlafen«, sagte sie mit sanfter Stimme.

Mutter und Kind betraten nun den schon dunklen Hausflur des Gasthofs. Kein Mensch war zu hören und zu sehen. Um diese Zeit war man in der »Weißen Taube« nicht gewohnt, Gäste zu empfangen.

Trotzdem eilte sofort die Wirtin herbei.

»Wer ist da?« fragte sie, in dem Halbdunkel niemand erkennend.

»Verzeihen Sie, ich wollte nur fragen, ob ich bei Ihnen für einige Wochen ein bescheidenes Zimmer bekommen könnte. Mir wurde gesagt, daß Sie an Sommergäste vermieten«, sagte die Fremde.

Ein wenig mißtrauisch lief die Wirtin tiefer in den Flur hinein und öffnete eine Tür.

Der Schein der Lampe beleuchtete eine blasse, aber schöne junge Frau, deren dunkelblaue Augen wie in tiefem Leid emporsahen. Auf ihren Armen hielt sie ihr jetzt schlafendes Kind.

Frau Martha wurde es ganz seltsam weich ums Herz. Jede Spur von Mißtrauen verflog sofort. Sie fühlte unbewußt, daß sie hier eine Unglückliche vor sich hatte, die wohl Mitleid, aber kein Mißtrauen verdiente.

Tief aufatmend strich sie über ihre weiße Schürze.

»Jawohl, meine Dame, ein Zimmer können Sie bekommen. Es ist noch alles frei in diesem Jahre. Gleich lasse ich Ihnen das Giebelstübchen richten, wenn es Ihnen gefällt. Ich habe freilich nur ganz schlichte Zimmer zu vermieten. Das Giebelstübchen hat die hübscheste Aussicht und liegt am ruhigsten. Dort hören Sie vom Gasthofbetrieb gar nichts.«

»Das ist mir lieb. Ich will ein einfaches Zimmer. Nur sauber und ruhig soll es sein.«

»Dann sehen Sie es sich bitte an, meine Dame. Heinrich, bring eine Lampe!«

Die Fremde erhob sich, und der Hausknecht leuchtete.

Kurz entschlossen nahm Frau Martha der Fremden das schlafende Kind ab.

»Die Kleine ist zu schwer für Sie. Ich will sie tragen. Was ist das für ein schönes Kindchen, ein Engel.«

Heinrich nickte, als müsse er das bestätigen.

»Ich hätte das Kind doch vom Bahnhof hierhergetragen«, sagte er ein bißchen unbeholfen.

Die Fremde sah ihn freundlich an.

»Liselotte ist bis hierher gelaufen, nun war sie müde«, sagte sie.

»Ach, Sie hätten den kleinen, molligen Plumpsack auch nicht so weit tragen können, meine Dame. Ist ja ein gutes Stück Weg. Wenn ich gewußt hätte, daß Sie kämen, hätte ich freilich den Heinrich nach der Bahn geschickt. Wie fest die Kleine schläft. – Genügt Ihnen das Zimmer, meine Dame?« fragte die Wirtin.

»O ja, es ist so freundlich und sauber. Wenn es nicht zu teuer ist, möchte ich es wohl mieten«, antwortete die Fremde mit ihrer wohllautenden Stimme.

Sie wurden nun schnell handelseinig und die Wirtin bettete das schlafende Kind sorgsam und sanft auf den Diwan.

Kaum eine halbe Stunde war vergangen, da lag die kleine Liselotte ausgekleidet und gewaschen in den weichen Kissen.

Die Fremde ging mit hinunter, um in dem völlig leeren Gastzimmer ein einfaches Abendessen zu verzehren. Heinrich wurde inzwischen nach dem Bahnhof geschickt, um das Gepäck abzuholen.

Die Wirtin bediente die junge Frau selbst und plauderte freundlich mit ihr.

Sie erfuhr nun, daß sie Frau Maria Hochberg hieß und vor kurzem erst ihren Gatten durch den Tod verloren hatte. Maria Hochberg wollte sich einige Wochen in dem stillen friedlichen Dörfchen erholen und versuchen, ihr Leid zu überwinden. Sie stand mit ihrem Kind ganz allein im Leben und gestand ganz offen, daß sie nur ein sehr kleines Vermögen besitze. Sobald sie sich erholt und gekräftigt habe, müsse sie für sich und ihr Kind arbeiten, sagte sie. Ihre bisherige Wohnung habe sie aufgegeben und die Möbel verkauft, um einige tausend Mark in den Händen zu haben. Aber sie habe als Mädchen ihr Brot durch allerlei Malereien auf kunstgewerblichen Gegenständen verdient und wolle dies auch in Zukunft tun.

Teilnahmsvoll hatte Frau Martha zugehört. Nun sprach sie der jungen Frau, die so rasch ihr Herz gewonnen hatte, Mut zu.

Maria fragte, ob die Wirtin gewillt sei, sie mit ihrem Kinde in volle Verpflegung zu nehmen. Sie verlange nur eine einfache, kräftige Kost und reichlich frische Milch für ihr Kind.

Frau Martha ging gern darauf ein und berechnete einen mäßigen Preis. Darauf bezahlte Frau Maria Hochberg gleich für einen ganzen Monat im voraus. So waren beide Teile zufrieden.

Gleich, nachdem die junge Frau ihr Abendessen verzehrt hatte, ging sie wieder hinauf zu ihrem Kind.

Noch lange saß sie am offenen Fenster des Giebelstübchens, vor dem ein großer Apfelbaum seine Zweige ausstreckte. Träne um Träne rann über ihr blasses, schmerzbewegtes Gesicht.

»Siehst du vom Himmel auf mich und dein Kind herab, mein geliebter Mann? Ach, warum hast du mich allein gelassen? Wie schwer ist das Leben ohne dich. So glücklich war ich an deiner Seite. Aber das Glück war zu groß, ich durfte es nicht behalten. Und nun kann ich es nicht fassen, daß du nie mehr bei mir sein wirst, bei mir und deiner kleinen Liselotte, die du so zärtlich liebtest.« – So hielt die Unglückliche Zwiesprache mit dem geliebten Verstorbenen. – Vom Kirchturm herüber schlug ein dünnes Glöcklein die elfte Stunde. Da erhob sich Maria Hochberg seufzend und begab sich zur Ruhe, nachdem sie am Lager ihres Kindes in die Knie gesunken war und um Kraft gebetet hatte.

Früh am nächsten Morgen war sie schon wieder wach. Sie erhob sich leise, um das Kind nicht zu stören, und kleidete sich an. Dann begann sie behutsam ihre Koffer auszupacken und ihre Sachen in Schrank und Kommode zu ordnen.

Dabei erwachte die kleine Liselotte.

Erstaunt richtete sie sich vom Lager auf und rieb sich den Schlaf aus den Augen. Dann sah sie sich verwundert im Zimmer um.

»Mutter! Ach Mutter, wo sind wir denn? Dies ist doch nicht unser Schlafzimmer zu Hause«, sagte sie mit drolliger Miene und schüttelte die dunklen Locken aus dem schlafgeröteten Gesichtchen.

Maria trat schnell zu ihrem Kinde heran und umschlang es zärtlich mit den Armen.

»Weißt du denn nicht mehr Liebling, daß wir gestern eine große Reise gemacht haben und nun nicht mehr zu Hause sind?« fragte sie, sich zu einem Lächeln zwingend.

Liselotte schmiegte das rosige Köpfchen an die Mutter und nickte.

»Ja, das weiß ich, wir sind weit mit der Bahn gefahren und wollten in den schönen grünen Wald und auf die Wiesen, wo viele bunte Blumen blühn.«

»Ja, Liselotte, und da sind wir nun.«

»Aber hier ist doch kein Wald und keine Wiese.«

»Oh, du brauchst nur nachher zum Fenster hinauszusehen, dann siehst du den Wald und die Wiesen. Wenn du angekleidet bist und mit Mutter gefrühstückt hast, dann gehen wir auf die Wiese und in den Wald.«

Liselotte klatschte in die Händchen.

»Oh, wie schön! Dann pflücke ich Blumen und winde dir einen Strauß, wie ihn Vater oft gebracht. Werden wir nun endlich hier unsern lieben Vater finden?«

Die arme Mutter schluckte krampfhaft ihre Tränen hinunter.

»Ich habe dir doch gesagt, mein Herzkind, unser Vater macht eine weite, weite Reise.«

»Nun, die haben wir doch auch gemacht, da müßte mein lieber Vater doch hier sein.«

»Nein, mein Kind – er ist viel weiter fort. Wir werden ihn lange, lange nicht wiedersehen.«

»Ach, Mutter, nun bist du wieder so traurig. Wie lange Vater auch ausbleibt! Er hat mir doch gesagt, ehe er abreiste, daß er bald wiederkommen würde.«

»Aber du weißt doch, er wird länger aufgehalten, als er glaubte.«

Liselotte ahnte nicht, daß es von der Reise, die ihr Vater angetreten hatte, keine Rückkehr mehr gab. Sie wußte auch nicht, wie ihre kindlichen Worte der Mutter das Herz zerrissen. Der Vater hatte zu ihr gesagt, als er Abschied nahm, um eine notwendige Reise zu unternehmen: »Ich komme bald wieder, Maus, sei hübsch artig und lieb.«

Nun, sie war artig gewesen und hielt sich an das Versprechen des Vaters. Daß er bald darauf, fern von

Weib und Kind, den Tod gefunden, hatte man Liselotte nicht gesagt. Sie hätte es auch nicht verstanden.

Maria hielt nur mühsam ihre Tränen zurück. Sie sprach schnell von etwas anderem, um das Kind abzulenken. »Nun komm, Maus, jetzt wollen wir dich schnell waschen und ein Kleidchen anziehen. Hast du nicht Hunger?«

»Ja, sehr. Bekomme ich Milch und Brötchen?«

»Gewiß, sobald du fertig bist.« Liselotte sprang von ihrem Bettchen herab. Jetzt erblickte sie den Apfelbaum am Fenster. Jubelnd streckte sie die Händchen danach aus.

»Schau, Mutter, wie schön, da wächst uns ein Baum in das Zimmer!« »Ja, Liselotte, ein Apfelbaum.«

»Ein Apfelbaum? Ach, was sind da für winzige Äpfel dran – und so viele, viele!«

Liselotte kletterte schnell auf den Sessel am Fenster und sah hinaus in den schönen großen Obstgarten mit den weiten Rasenplätzen. Gleich hinter dem Garten begann der Wald und auf der anderen Seite sah man die roten Ziegeldächer des Dörfchens liegen.

»Ach, Mutter, Mutter, schau doch – der schöne große Garten. Und da ist auch eine grüne Laube! Dürfen wir da hineingehen?«

»Ich will unsere Wirtin fragen. Aber nun komm, daß du fertig wirst. Wir wollen hinaus in die warme Sonne!«

Frau Martha Schulz empfing sie am Fuße der Treppe im Hausflur und aus einer Tür lugte der flachsblonde Kopf Heinrichs.

Die Wirtin erkundigte sich freundlich, wie ihre

Gäste geschlafen hatten, und plauderte lebhaft mit der kleinen Liselotte.

Maria Hochberg fragte die Wirtin, ob sie wohl mit ihrem Kinde in den Garten gehen könne.

»Aber ja, Frau Hochberg, ich habe schon in der Laube den Frühstückstisch decken lassen. Sie können alle Mahlzeiten dort einnehmen, da sind Sie ganz ungestört.« Das war Maria Hochberg sehr angenehm, sie saß viel lieber in der kleinen hübschen Laube. Zuweilen leistete ihr Frau Martha ein Stündchen Gesellschaft und erzählte ihr allerlei aus dem Dorf und aus dem Schlosse. Oder sie saß allein mit einem Buche oder einer Handarbeit. Liselotte spielte dann auf dem großen Rasenplatz und durfte an warmen Tagen zu ihrer Wonne barfuß in dem weichen Rasen laufen.

Die Bewohner der »Weißen Taube« hatten die kleine Liselotte fest ins Herz geschlossen, und die blasse junge Frau dankte mit einem rührenden Lächeln für jede kleine Aufmerksamkeit. Heinrich hätte für dieses Lächeln freudig die schwersten Arbeiten vollbracht.

Die Bauern aus dem Dorfe waren gewohnt, daß sich die Sommerfrischler, die in der »Weißen Taube« wohnten, zuweilen zu ihnen gesellten und ein Späßchen mit ihnen machten. Maria Hochberg aber ging mit gesenktem Kopf an ihnen vorüber und erwiderte nur stumm die Grüße der ihr Begegnenden.

Das mißfiel den Bauern sehr. Sie forschten die Wirtin nach ihrem Gaste aus und erfuhren, daß sie nur eine arme Witwe sei, die darauf angewiesen war, sich ihr Brot zu verdienen, und nur erst Kräfte dazu sammeln wollte. Die Bauern von Bodenhausen waren meist wohlhabende Leute. Der fruchtbare Boden brachte ihnen eine reiche Ernte. Und sie schlugen protzig auf ihre Taschen, in denen die harten Taler klapperten, und stießen sich an und redeten von unberechtigtem Hochmut, wenn Maria stumm an ihnen vorüberging.

Klein-Liselotte fühlte sich glückselig in Bodenhausen. Der große Obstgarten war ihr Königreich. Er lag längs der Fahrstraße, die durch das Dorf führte. Man konnte durch den weiß- und grüngestrichenen Lattenzaun alles sehen, was auf der Dorfstraße geschah.

Am liebsten sah Liselotte den Wagen aus dem Schlosse, der täglich einigemale vorüberfuhr. Manchmal ritt auch der Herr Baron v. Bodenhausen mit seiner Gemahlin auf schönen, schlanken Pferden vorbei und zwischen ihnen auf einem hübschen Pony Junker Hans.

Zuweilen saß aber der Junker neben seiner kleinen Schwester, der Baroneß Lori, im Wagen.

Frau Martha hatte erzählt, daß Junker Hans und Baronesse Lori die einzigen Kinder des Barons seien, der in Schloß Bodenhausen wohnte. Der Junker zählte bereits dreizehn Jahre, die kleine Baronesse aber war, wie Liselotte, fünf Jahre alt.

An einem heißen Sommertag stand Liselotte wieder wartend an der schmalen Pforte am Zaun. Sie war barfuß und hatte gepflanzt und gegraben auf einem kleinen Beet, das ihr Heinrich zurechtgemacht hatte. Ihre Händchen und ihr Schürzchen zeigten die Spuren ihrer Arbeit, und ihre dunklen Locken hingen ein wenig zerzaust um das glühende Gesichtchen.

Sie wußte, daß der Wagen aus dem Schlosse bald kommen mußte, und stand nun sehnsüchtig wartend da. Endlich kam er heran und jubelnd winkte Liselotte den beiden Kindern zu, die mit der Erzieherin der kleinen Baronesse im Wagen saßen. Zu Liselottes Freude fuhr dieser heute einmal sehr langsam.

Junker Hans lachte über den drolligen Anblick des kleinen Barfüßchens und nickte ihm mit freundlichem Gesicht zu. Aber seine kleine Schwester, die wie eine kleine Dame im Wagen lehnte, sah hochmütig auf sie herab und sagte entrüstet:

»Pfui, Hans – laß doch das schmutzige Kind.«

Klein-Liselotte verstand diese Worte nicht. Sie lachte und winkte und freute sich, daß der Junker ihr zugenickt hatte. Und als der Wagen verschwunden war, eilte sie zu ihrer Mutter.

»O Mutter, sie sind wieder vorbeigefahren, das kleine Mädchen und der liebe große Junge. Er hat mir zugenickt und gelacht. Warum fahren sie nur immer vorüber? Sie sollen halten und mit mir spielen. Ich will es so gern.«

Maria nahm ihr Kind auf den Schoß und sagte mit mattem Lächeln:

»Ei, wie werden sie sich über das kleine, schmutzige Barfüßchen gewundert haben! Da schau die Händchen an! Sie sind voll Erde. Und das Schürzchen so naß und schmutzig. Da spielt niemand mit dir, der sich sauber hält. Komm, mein kleines Barfüßchen, wir müssen dich schnell saubermachen.«

Liselotte sah an sich herab und betrachtete ihre Hände.

»Ja – sie sind sehr schmutzig, aber ich habe doch auch Blümchen gepflanzt in meinem Garten.«

Willig ging sie mit der Mutter ins Haus und ließ sich saubermachen. Dabei plauderte sie immer noch aufgeregt von dem kleinen Mädchen im weißen Kleide und von dem lieben, großen Jungen. –

Am nächsten Tag dehnte Maria Hochberg ihren Spaziergang im Wald mit Liselotte etwas weiter aus als sonst. Und plötzlich tauchte vor ihnen ein Parkgitter auf, hinter dem sie von fern Schloß Bodenhausen liegen sahen.

Listelotte hatte auf dem Weg Blumen gepflückt, die sie fest in ihren Händchen hielt.

Mutter und Tochter gingen langsam am Parkgitter entlang und nach einer Weile erblickten sie drinnen auf einer Parkwiese Junker Hans und Baronesse Lori beim Reifenspiel.

Liselotte jauchzte auf und eilte dicht an das Gitter heran.

»O Mutter, sieh doch, das ist ja das kleine Mädchen im weißen Kleid und der liebe große Junge. Ich will mit ihnen spielen!« rief sie der Mutter zu.

Und den beiden Kindern im glühenden Eifer zuwinkend rief sie froh:

»Da bin ich, laßt mich mit euch spielen!«

Die kleine Baronesse sah mit verächtlicher Miene herüber und wandte sich dann auffällig ab. Junker Hans stand halb lachend, halb verlegen, er wußte nicht, was er tun sollte. Sein gutes Herz sträubte sich, der Kleinen wehe zu tun, und doch sah er ein, daß man ihren Wunsch nicht erfüllen konnte. Während er noch im Kampfe mit sich selber unschlüssig herübersah, streckte Liselotte die Hand mit den Blumen durchs Gitter. »Liebes, kleines Mädchen, da nimm meine schönen Blumen, ich schenke sie dir!« rief sie mit ihrem lieben, weichen Stimmchen.

Aber Baronesse Lori machte nur eine verächtliche Bewegung und sah so recht hochmütig auf die blonde Frau im schlichten, schwarzen Kleide, die nicht einmal einen Hut trug, und auf die bittende Liselotte. Sie hatte von den Dienstboten im Schlosse aufgeschnappt, daß die Fremde, die im Gasthofe zur ›Weißen Taube‹ wohnte, eine arme Witwe sei, die sich aber Gott weiß was einbilde.

Spöttisch maß sie Mutter und Kind und warf hochmütig den Kopf zurück. Sie wollte ihnen schon zeigen, daß sie nichts mit ihnen zu tun haben wollte.

Liselotte konnte nicht verstehen, daß das kleine Mädchen nicht antwortete.

»Nimm du die Blumen, lieber, großer Junge«, bat sie ganz verzagt. Junker Hans vermochte kaum dem flehenden, weichen Stimmchen zu widerstehen. Er war gar nicht so hochmütig wie sein Schwesterchen. Die Kleine gefiel ihm wohl und tat ihm leid. Sie meinte es gewiß gut. Er gab sich einen Ruck und wollte schon zu Liselotte herangehen, um ihr einige freundliche Worte zu sagen. Da rief Lori mit schriller Stimme verächtlich:

»Laß doch, Hans, geh nicht hin! Das ist ja die Bettelprinzeß!« Junker Hans wurde dunkelrot. Er schämte sich vor der Schwester und sah verlegen zu der blassen, blonden Frau hinüber, die herankam, um Liselotte fortzuholen. Aber nach Jungenart schüttelte er trotzig den fremden Einfluß ab, wandte sich ebenfalls um und lief mit der Schwester tiefer in den Park hinein. Er schämte sich und wollte es sich nicht eingestehen.

Liselotte blickte ganz betrübt zu der Mutter empor, als könne sie das nicht fassen.

»Sie wollen meine Blumen nicht, mögen nicht mit mir spielen, Mutter!« Maria Hochberg nahm ihr Kind empor und herzte und küßte es. In ihren Augen lag ein seltsam herber Ausdruck.

»Meine arme kleine Bettelprinzeß«, flüsterte sie mit wehem Herzen. Dann führte sie ihr Kind davon und suchte es abzulenken von diesem Erlebnis, das sich so tief in die Kinderseele eingeprägt hatte.

*

Jetzt müssen wir erst etwas erzählen, was sich einige Zeit vor dem Eintreffen der kleinen Liselotte mit ihrer Mutter in der »Weißen Taube« zugetragen hatte.

In einem schönen alten Schlosse, das stolz auf einem hohen, bewaldeten Berge lag, wohnte Graf Armin v. Hochberg-Lindeck. So alt und vornehm sein Geschlecht war, so stolz war Graf Armin darauf, und sein höchstes Bestreben war stets gewesen, daß nicht ein leiser Schatten auf seinen Stammbaum fiel.

Er bewohnte jetzt das riesengroße Schloß ganz allein mit seiner Gemahlin, der Gräfin Katharina, und der zahlreichen Dienerschaft. Bis vor sechs Jahren war im Schloß Hochberg immer reges, festliches Treiben gewesen. Zahlreiche vornehme Gäste kamen und gingen, und es wurden große Jagden abgehalten und glänzende Feste gefeiert. Hauptsächlich geschah das, wenn der junge Graf Botho, der einzige Sohn des Grafen Armin, zu Hause war.

Der junge Graf Botho war gar nicht nach seinem Vater geraten, sondern nach seiner milden, gütigen Mutter, die alle Menschen gleich gelten ließ, wenn sie nur ein gutes Herz hatten. Das durfte sie aber ihren adelsstolzen Gemahl nicht merken lassen, und sie mußte sich beugen unter seinen herrischen Willen.

Graf Armin wollte seinen Sohn durchaus mit einer ebenso vornehmen, jungen Aristokratin verheiraten, die dieser aber nicht leiden mochte. Trotzdem der Vater allerlei Feste veranstaltete, um Graf Botho mit der jungen Reichsgräfin zusammenzubringen, wich dieser ihr aus, wo und wie er nur konnte. Und eines Tages gestand er seinem Vater, daß sein Herz schon lange einer armen, bürgerlichen Waise gehöre, die er auf einer Reise kennengelernt hatte. Er bat den Vater flehentlich, zu gestatten, daß er sie zu seiner Frau machen dürfe. Einer anderen Frau würde er niemals seine Hand reichen. Graf Armin war außer sich. Er wollte nichts von dieser Heirat hören und verbot seinem Sohn jeden weiteren Verkehr mit dem Mädchen.

Graf Botho war aber auch ein Mann mit festem Willen. Er weigerte sich, dieses Verbot anzuerkennen, und versicherte, daß er nie und nimmer von dem Mädchen lasse, das bereits seine Braut sei.

Es kam zu schlimmen, erregten Szenen zwischen Vater und Sohn. Graf Botho reiste ab, und wider den Willen seines Vaters verheiratete er sich kurz darauf mit der armen Waise. Graf Armin aber sagte sich von Stund an los von seinem Sohne.

Da Graf Armin seine Hand von dem Sohne gezogen hatte, mußte dieser ein sehr bescheidenes Leben führen, da er selbst nur ein geringes Vermögen besaß. Trotzdem lebte er sehr glücklich mit seiner jungen Frau, die ihm bald ein Töchterchen schenkte. Nur eines bedrückte ihn immer wieder – daß sein Vater ihm unversöhnlich grollte. Er hatte gehofft, dieser würde sich der vollendeten Tatsache fügen und ihm eines Tages verzeihen. Aber all sein Bitten blieb wirkungslos. Nur einmal antwortete ihm der Vater auf seine flehenden Briefe. Es waren nur wenige Worte: »Löse die Bande, die Dich an die Frau fesseln, die Dir nicht ebenbürtig ist, dann will ich Dich wieder als meinen Sohn aufnehmen. Sonst bist Du tot für mich.«

Graf Botho liebte seine Frau aber viel zu sehr, um je in eine Trennung von ihr zu willigen. Und deshalb blieb alles beim alten.

So lagen die Verhältnisse bis wenige Monate vor dem Beginn unserer Geschichte. Nun hatte aber Graf Botho einen guten, ehrlichen Freund, den Baron Rainau, dessen Besitzungen an die des Grafen Armin v. Hochberg-Lindeck grenzten. Dieser kannte auch flüchtig die junge Frau desselben, deren Güte und Schönheit ihn verstehen ließ, daß der Freund alles um diese Frau aufgegeben hatte. Baron Rainau war früher viel gereist, hatte sich dann verheiratet und lebte nun auf seinen Gütern. Gar zu gern hätte er dem Freund geholfen, sich mit dem Vater auszusöhnen. Er versuchte alles mögliche, Graf Armin milder zu stimmen, jedoch ohne Erfolg. Schließlich empfing ihn der alte Herr gar nicht mehr.

Aber Baron Rainau gab die Hoffnung noch nicht auf. Eines Tages schrieb er an den Freund:

»Lieber Botho! Leider kann ich bei Deinem Vater nichts mehr für Dich tun, er nimmt meine Besuche nicht an. Nur Deine Mutter sehe ich zuweilen auf einen Augenblick. Von ihr soll ich Dir sagen, daß sie Dich unentwegt von Herzen liebt und nie die Hoffnung aufgibt, daß Dein Vater eines Tages Erbarmen haben wird. Sie hofft, daß es vielleicht von Nutzen sein könnte, wenn Du plötzlich vor Deinem Vater ständest und ihn um Verzeihung anflehst. Und so haben wir einen Plan geschmiedet. Komme, sobald es möglich ist, auf einige Zeit nach Rainau als mein Gast. Ich habe ohnedies Sehnsucht nach dir, und ein frischfröhlicher Pirschgang im Wald wird Dir gut tun. Die Hauptsache aber ist, daß Du eine Begegnung mit Deinem Vater herbeiführst. Er geht jetzt stets allein auf die Jagd, höchstens der alte Förster darf ihn begleiten, und der ist Dir treu ergeben und wird von der Bildfläche verschwinden, wenn es not tut. Stehst Du Deinem Vater erst einmal gegenüber, da müßte er doch von Stein sein, wenn er Dir nicht verzeihen würde. Deine verehrungswürdige gute Mutter, die unter der Trennung von Dir sehr leidet, hofft sehnlichst auf Dein Kommen. Also schreib mir, wann ich dich erwarten darf. Empfehle mich Deiner Frau Gemahlin. Ich hoffe, sie schickt Dich schnell zu mir.

Der Tag, an dem Du mit Weib und Kind in Hochberg einziehst, wird ein Glückstag sein für

Deinen Freund Herbert Rainau.«

Graf Botho zeigte den Brief seiner jungen Frau. Diese war in allem Glück doch sehr betrübt, daß sie Schuld trug an dem Zerwürfnis ihres Gatten mit seinem Vater. Sie hatte ihn aber zu sehr geliebt, um von ihm lassen zu können. Nun redete sie ihm dringend zu, die Einladung Baron Rainaus anzunehmen und zu versuchen, den Vater zu versöhnen, damit auch dieser Schatten von ihrem Glück genommen würde. So sagte er zu.

Nach einem zärtlichen, innigen Abschied von Weib und Kind reiste Graf Botho ab.

Es kam dann auch wirklich zu einer Begegnung zwischen Vater und Sohn im Walde. Heimlich war seine Mutter vorher nach Rainau gekommen, um den heißgeliebten Sohn wiederzusehen. Sie vermochte sich nachher kaum von ihm zu trennen. Auf ihren Wunsch gab er ihr eine Photographie seiner Frau und seines Kindes, die er bei sich trug. Ein Bild wollte sie wenigstens von ihrer Enkelin haben. Und als sie das liebe, schöne Antlitz ihrer Schwiegertochter sah, verstand sie den Sohn. Um eine solche Frau konnte ein Mann alles aufgeben.

Gräfin Katharina verriet dann dem Sohn, daß der Vater am nächsten Tag einen Hirsch schießen wollte. Da sollte er versuchen, ihn zu sprechen.

Vater und Sohn trafen am nächsten Tag zusammen. Graf Botho flehte den Vater in herzbewegenden Worten an, ihm zu verzeihen und ihn in Gnaden wieder aufzunehmen. Aber Graf Armin schien wirklich wie von Stein. Er blieb dabei, daß er die unebenbürtige Heirat seines Sohnes nicht anerkenne, und daß er dem Sohn nur verzeihe und ihn wieder aufnehmen werde, wenn er sich von der bürgerlichen Frau lossage.

»Du kannst sie ja mit Geld abfinden«, sagte er schroff.

Graf Botho verlor nun seine Ruhe.

»Wie wenig kennst du meine Frau, wenn du meinst, daß sie mit schnödem Geld abzufinden sei. Entweder du heißt sie mit meinem Kind an meiner Seite willkommen, oder ich muß dem Vaterhaus fernbleiben«, sagte er erregt.

»So bleibe fern – ich habe dich nicht gerufen«, erwiderte Armin hart und wandte sich zum Gehen.

»Vater, ist das dein letztes Wort?« rief ihm der Sohn schmerzlich nach.

»Mein letztes. Ich habe keinen Sohn mehr, wenn er nicht allein zu mir zurückkommt.«

Damit war Graf Armin zwischen den Stämmen verschwunden. Ganz so ruhig und steinern, wie er erschien, war er aber doch nicht. Aber er wollte seinen Willen durchsetzen. Niederschlagen kehrte Graf Botho nach Rainau zurück.

»Mein Vater ist unerbittlich«, sagte er zu seinem Freund. Dieser suchte ihn zu trösten, so gut es ging.

»Verzage noch nicht. Deine Mutter wird schon deine Sache führen, wenn dein Vater etwas ruhiger geworden ist. Die Zeit wird ihn auch milder stimmen. Wir versuchen es später noch einmal«, sagte er.

Graf Botho wollte sofort wieder abreisen, aber der Freund ließ ihn nicht fort.

»Du bleibst noch einige Tage. Mein Förster hat einen kapitalen Sechszehnender auf dem Rohre. Morgen wollen wir ihm zu Leibe gehen.«

Als Baron Rainau das gesagt hatte, ließ sich eben sein Förster melden und berichtete zornig und aufgeregt, daß die im Forst seit einiger Zeit hausenden Wilderer den Sechszehnender weggeschossen hätten. Der Baron war wütend.

»Jetzt lasse ich mir Tag und Nacht keine Ruhe, bis ich die Kerle ertappt habe. Sie schießen mir frech das beste Wild vor der Nase weg«, sagte er.

Graf Botho erbot sich, den Wilderern ebenfalls mit aufzulauern.

Das geschah dann auch. Die beiden Herren und der Förster bezogen Wachposten im Walde. Es kam zu einem Zusammenstoß mit den Wilddieben. Dieser Zusammenstoß fand an der Grenze zwischen Hochberger und Rainauer Gebiet statt, nicht weit entfernt von Schloß Hochberg. Es gab einen Kampf auf Leben und Tod – und die Kugel eines Wilderers durchbohrte Graf Botho das Herz. Was half es nun, daß sie einen der Wilddiebe gefangen hatten? Es war nicht einmal der, welcher den Schuß auf Graf Botho abgegeben hatte.

Während der Förster den gefangenen Wilddieb davonführte und die anderen entflohen, brachte Baron Rainau, bis ins Innerste erschüttert, die Leiche seines Freundes mit einigen Wildhütern nach Schloß Hochberg.

Es war im Morgengrauen, alles schlief noch im Schloß, man mußte die Bewohner wecken.

Als man den Toten in der großen Schloßhalle niedergelegt hatte, erschien Gräfin Katharina im Nachtgewand und ganz verstört.

Ohnmächtig brach sie über der Leiche ihres Sohnes zusammen.

Auch Graf Armin kam herbei. Seine hohe Gestalt schwankte, und sein Antlitz glich selbst dem eines Toten – aber er verlor die Haltung nicht vor all den Leuten, die ihn umgaben.

Welchen Kampf er später in der Stille seines Zimmers mit sich ausgefochten hatte, das erfuhr nie ein Mensch.

Gräfin Katharina lag bewußtlos in schwerer Krankheit, als man die Leiche ihres Sohnes in der Gruft der Schloßkapelle beisetzte. Niemand außer dem Baron Rainau dachte in dieser schrecklichen Zeit an die junge Gräfin Hochberg-Lindeck, die nun Witwe geworden war. Er wäre am liebsten selbst zu ihr geeilt, um ihr das Unglück schonungsvoll zu melden. Aber er konnte nicht abkommen, da die eingetroffenen Gerichtspersonen seine Anwesenheit verlangten. So schrieb er an die junge Gräfin, so schonungsvoll er nur konnte. Gräfin Katharina sei schwer erkrankt und ohne Bewußtsein, und Graf Armin weigere sich selbst an der Bahre seines Sohnes, sie und ihr Kind anzuerkennen. Sie möge ihm mitteilen, was er für sie tun könne.

Erst nach einigen Wochen bekam Baron Rainau auf diesen Brief eine Antwort. Diese lautete:

Sehr geehrter Herr Baron!
Erst heute bin ich imstande, Ihnen auf ihren Brief zu antworten und Ihnen für ihre Güte zu danken. Wenn Sie mir nicht den Tod meines unvergeßlichen, treuen Gatten gemeldet hätten, so hätte ich es wohl erst aus den Zeitungen erfahren. Ich konnte bisher nicht schreiben, weil ich wie von Sinnen war, nicht fähig, einen Gedanken zu fassen. – Sie wissen ja, wie wir einander geliebt haben. – Aber nicht von meinem Leid will ich sprechen – das ist unaussprechlich tief und schwer. Daß Graf Armin auch jetzt noch sich weigert, mein Kind und mich anzuerkennen, nimmt mich nicht wunder. Warum sollte er es auch jetzt noch tun? Wenn er sich nicht aus Liebe zu seinem Sohn entschließen konnte, uns anzuerkennen, so hat er jetzt keine Veranlassung dazu. Wir sind ihm fremde, lästige Menschen, nichts weiter. Mein und meiner Tochter Schicksal wird in Zukunft ganz losgelöst sein von Graf Armin. Es schmerzt mich qualvoll, daß es mir nicht einmal vergönnt ist, am Grabe meines geliebten Mannes zu beten. Aber ich muß es verwinden, Graf Armin würde mich wie eine Bettlerin von der Tür weisen, wenn ich ihn darum bitten wollte. Und so muß ich mich fügen. Ich trage das Bewußtsein in mir, daß die Seele meines geliebten Toten überall bei mir sein wird, daß wir auch über den Tod hinaus unzertrennlich sind.

Ich muß leben – um meines Kindes willen – wenn es mich auch unsäglich schwer dünkt. Und ich werde leben, werde für mein Kind und mich arbeiten, wie ich es früher nur für mich getan. Deshalb danke ich Ihnen für Ihr freundliches Anerbeiten, das, wie ich weiß, aus ehrlichem Herzen kommt. Aber auch Graf Bothos Frau darf keine Almosen annehmen und ist auch viel zu stolz, es zu tun. Sorgen Sie sich nicht um uns. Vorläufig besitze ich noch genug um zu leben. Auch einen Notgroschen werde ich haben. Ich will irgendwo in Stille und Einsamkeit untertauchen und um den Frieden meiner qualzerrissenen Seele ringen. Den Grafentitel werde ich nicht mehr führen, er paßt nicht zu meiner bescheidenen Existenz, und Graf Armin soll nicht zu fürchten brauchen, daß eine Gräfin Hochberg-Lindeck ums Brot arbeiten muß.

Ich danke Ihnen für die treue Freundschaft, die Sie meinem geliebten Gatten allezeit bewiesen haben. Sie sollen sich nicht, wie Sie mir schrieben, einen Vorwurf machen, daß Sie Botho nach Rainau einluden. Wir sind alle hilflose Werkzeuge einer himmlischen Macht, die unsern Weg bestimmt. Und Sie haben es gut gemeint. Dafür danke ich Ihnen herzlich.

Wenn Sie an die Gruft meines geliebten Mannes gehen können, so legen Sie bitte die beiden Rosen, die ich Ihnen gleichzeitig sende, zu seinen Füßen nieder mit einem stillen Gruß von mir und meiner Tochter. Wir haben sie bei einem Gärtner selbst gepflückt und sie an unsere Lippen, an unsere Herzen gedrückt. Sind sie auch welk geworden, bis sie ihr Ziel erreichen – unsere Liebe, die mit ihnen geht, bleibt frisch und stark. Nehmen Sie meinen herzlichsten Dank im voraus und leben Sie wohl für immer.

Ihre Maria Hochberg.«

Bald nachdem Baron Rainau diesen Brief erhalten hatte, konnte er sich für einige Tage losmachen und beeilte sich, Bothos Witwe aufzusuchen. Er hoffte, sie zu bestimmen, Hilfe anzunehmen von ihm oder von Gräfin Katharina, die sicher nach ihrer Genesung wünschen würde, in aller Stille etwas für ihre Schwiegertochter und ihre Enkelin zu tun. Aber er kam schon zu spät. Die junge Gräfin war mit ihrem Kind abgereist, niemand wußte wohin. In ihrer Wohnung hielten schon fremde Menschen ihren Einzug. Er konnte nur in Erfahrung bringen, daß sie ihre Möbel an einen Händler verkauft hatte. Baron Rainau kehrte betrübt nach Hause zurück. Er hätte so gern etwas für die junge Gräfin und ihr Kind getan. Aber er konnte auch ihren Stolz verstehen. Er konnte sich jedoch nicht versagen, der Gräfin Katharina später den Brief der jungen Frau zu übergeben.

Vorläufig war die Gräfin allerdings noch schwer krank, sie genas nur sehr langsam. Und ihr schwacher Wille schien durch die Krankheit vollends gebrochen zu sein. Stumm lebte sie neben ihrem Gemahl dahin. Sie fühlte freilich, daß dieser auch innerlich darunter litt, daß er den einzigen Sohn in der Blüte seiner Jahre verloren hatte. Aber er gab die Schuld an allem, was geschehen war, der Frau, die ihm den Sohn abtrünnig gemacht hatte. Wenn dieser nicht gegen seinen Willen diese Ehe geschlossen hätte, dann wäre alles anders gekommen. Davon war er nicht abzubringen.

Sehr betrübt war die Gräfin, als sie nach ihrer Genesung von Baron Rainau erfuhr, daß ihre Schwiegertochter und ihre Enkelin verschwunden seien. So gern hätte sie im stillen etwas für die beiden getan. Ach, wie gern hätte sie sich aufgemacht, um nach ihrem Enkelchen zu suchen. Aber der strenge Wille ihres Gemahls bannte sie an seine Seite. Sie konnte nichts tun als beten, daß Gott das harte Herz ihres Gemahls rühren möge.

Seit mehreren Wochen schon weilte Maria Hochberg mit ihrer kleinen Tochter im Gasthof zur »Weißen Taube« in Bodenhausen. Die Ruhe und Stille tat ihren Nerven wohl, aber das Leid, das in ihrer Seele wohnte, wollte nicht zur Ruhe kommen.

Klein-Liselotte aber fühlte sich von Tag zu Tag wohler und heimischer in der »Weißen Taube«. Noch immer stand sie täglich am Gartenzaun und wartete auf den Wagen aus dem Schlosse. Glückstrahlend sah sie aus, wenn es ihr gelang, einen verstohlenen Gruß des Junker Hans zu erhaschen. Er winkte ihr auch immer lächelnd zu, wenn er auf seinem Pony vorüberritt. Dann war die hochmütige kleine Schwester nicht dabei, die ihn ausschalt, wenn er freundlich mit der Bettelprinzeß war.

Dieser Name, den Baronesse Lori für Liselotte aufgebracht hatte, war durch die Dienerschaft aus dem Schlosse bald im ganzen Dorf verbreitet.

Maria ahnte nicht, daß die Leute im Schloß und im Dorfe so unzufrieden mit ihr waren. Sie tat niemand etwas zuleide, lebte nur still vor sich hin und wollte nichts als Ruhe.

Dann glaubte sie aber, nun lange genug die Hände in den Schoß gelegt zu haben. Sie schrieb an die große

Firma, für die sie früher gearbeitet hatte, ob man ihr wieder Aufträge geben wollte, die sie in Bodenhausen ausführen konnte. Sie bekam sofort zusagenden Bescheid. Die zarten, duftigen Blumenstücke, die sie zu malen verstand, waren sehr beliebt gewesen. Nun hatte Maria eine lange, ernste Unterredung mit der Wirtin. Sie sagte ihr, daß sie gern dauernden Aufenthalt in der »Weißen Taube« nehmen möchte, weil sie sich da nicht um die Wirtschaft zu kümmern brauche und den ganzen Tag ungestört malen könne. Ob ihr unter diesen Umständen Frau Martha Schulz den Preis noch etwas herabsetzen könne. Sie würde gern mit noch einfacherer Kost zufrieden sein.

Die gutmütige Wirtin freute sich, daß Maria mit dem Kind für immer bleiben wollte. Sie hatte schon mit Schrecken an die Zeit der Trennung gedacht. Und sie wollte sich gewiß nicht an Maria bereichern.

»Meine liebe Frau Hochberg«, sagte sie, mit Herzenstakt vermeidend, Maria zu demütigen, »wenn Sie das ganze Jahr bei mir wohnen wollen, dann kann ich Ihnen ganz natürlich andere Preise machen. Ob das Giebelstübchen leersteht oder ob Sie darin wohnen, ist gleich. Sie machen uns so wenig Arbeit, daß wir Sie kaum bemerken. Und wenn sie gar noch mitessen wollen, was ich für mich und meine Leute koche, dann merken wir Sie kaum. Ich werde Ihnen also dann den Preis um die Hälfte ermäßigen. Ist es so recht?«

Maria wollte das erst nicht annehmen, aber die Wirtin setzte ihr so überzeugend auseinander, daß sie dabei immer noch nicht zu kurz käme, daß Maria sich dankbaren Herzens fügte.

»Sie sind so gut zu mir, liebe Frau Schulz. Ich danke Gott, der mich in meiner Verlassenheit gerade zu Ihnen geführt hat«, sagte sie bewegt.

Maria Hochberg schrieb nun wieder an die Firma und bat um Zusendung von Aufträgen.

Dann ging sie am nächsten Tage zu Pfarrer Helmers, der mit seiner Familie in dem kleinen freundlichen Pfarrhaus neben der Kirche wohnte. Sie hatte den alten Herrn und seine Gattin kennengelernt, als sie sonntags aus der Kirche kam.

Sie bat ihn um eine Unterredung. Er führte sie voll Freundlichkeit in sein Studierzimmer und fragte sie, womit er ihr dienen könne.

Sie teilte ihm mit, daß sie für immer in Bodenhausen ihren Wohnsitz aufschlagen wolle, und bat ihn, ihr kleines Vermögen, das sie als Notpfennig zurücklegen wolle, zu verwahren.

Sie übergab dem Pfarrer zehntausend Mark in Wertpapieren und sagte, daß sie sich die Zinsen vierteljährlich abholen wolle.

Außerdem händigte sie ihm noch einen dicken versiegelten Umschlag aus.

»Er enthält Familienpapiere und dergleichen, Herr Pastor. Ich möchte es auf alle Fälle für meine Tochter sicher verwahrt haben. Erst an ihrem achtzehnten Geburtstag soll er ihr ausgehändigt werden, ich habe das auf dem Umschlag zur Sicherheit vermerkt«, sagte sie.

Der Pfarrer verwahrte alles an sicherer Stelle und stellte Maria eine Bescheinigung darüber aus. Eine Weile sprach er dann der jungen Frau noch Mut und

Trost zu und führte sie dann hinüber ins Wohnzimmer zu seiner Frau und seinen Töchtern.

Die baten Maria, ab und zu auf ein Plauderstündchen ins Pfarrhaus zu kommen. Sie merkten sehr wohl, daß sie eine feingebildete Frau vor sich hatten.

Maria dankte, bat aber, sie in nächster Zeit noch zu entschuldigen. Sie sei noch gar nicht fähig, sich wieder im Leben zurechtzufinden. Später wolle sie von der gütigen Erlaubnis gern Gebrauch machen.

»Das tun sie nur, Frau Hochberg, und versuchen Sie ab und zu ein Wort mit unseren Bauern zu reden. Die haben mit ihren dicken Köpfen keine Ahnung von seelischem Einsamkeitsbedürfnis und halten Ihre Zurückhaltung für Hochmut.«

»Ja, ja, meine verehrte Frau Hochberg, die Bauern sind Kindsköpfe. Also tun Sie als geistig Überlegene ein übriges und reden Sie am Sonntag nach der Kirche mit den Bauernfrauen einige Worte. Meine Frau muß es auch tun und wird Ihnen dabei helfen.«

Maria versprach es mit einem matten Lächeln und verabschiedete sich herzlich von den guten Menschen. Als Maria in die ›Weiße Taube‹ zurückkehrte, fand sie Liselotte mit dem langen Heinrich in eifriger Arbeit in dem Garten. Heinrich hatte das Gras gemäht und Liselotte half es zusammenharken mit einer kleinen Harke, die ihr Heinrich gemacht hatte.

Mit vor Eifer gerötetem Gesicht jubelte sie der Mutter zu: »Wir machen Heu für die Kuh, Mutter. Ach, was haben wir gearbeitet, Heinrich und ich!« Maria drückte ihr Kind an sich, dann schafften die beiden Erntearbeiter fröhlich weiter. –

Maria bekam schon in den nächsten Tagen Aufträge für Malereien und machte sich unverzüglich an die Arbeit. Bei schönem Wetter malte sie in der Laube. Heinrich stand dann oft sprachlos vor Staunen und Bewunderung, wenn die duftigsten Blumen unter Marias Händen entstanden. Und Frau Martha Schulz brachte die schönsten Rosen aus dem Garten zum Malen herbei.

In der stetigen Arbeit fand die junge Frau eine wohltätige Ablenkung von ihrem Schmerz.

Auf des Pfarrers Rat hatte Maria schon am nächsten Sonntag nach dem Gottesdienst einige der angesehensten Bäuerinnen freundlich angesprochen. Die Frau Pfarrerin hatte vermittelt. Die Bäuerinnen machten erst seltsame Gesichter, aber als die Frau Pfarrerin dann erklärte, daß Frau Hochberg bis jetzt zu sehr von ihrem Kummer beherrscht gewesen wäre, da schlug die Stimmung plötzlich zu Marias Gunsten um.

So saß Maria wieder eines Tages in der Laube bei ihrer Malerei. Liselotte hatte neben der Laube im Rasen gespielt, hatte ihrer Puppe aus Heu ein Bettchen gemacht und mit ihr wie ein zärtliches Mütterchen geplaudert.

Es war jetzt die Zeit, da der Wagen aus dem Schloß vorüberzukommen pflegte.

Liselotte gebot ihrem Puppenkind, artig zu sein und zu schlafen, Mutter müsse einstweilen eine große Reise machen. Diese große Reise führte die kleine Puppenmutter jedoch nur bis zur schmalen Gartenpforte, wo sie auf den Wagen warten wollte.

Ihre Geduld wurde heute auf eine harte Probe

gestellt. Sie konnte von der Zauntür auch gar nicht weit sehen, da die Straße hier eine Biegung machte.

Wenn sie hinüberging auf die andere Straßenseite, dann konnte sie ein gutes Stück weiter sehen, das hatte sie schon ausprobiert.

So ging sie auch heute über den Fahrweg hinüber, um Ausschau zu halten. Und kaum war sie drüben, da erblickte sie auch schon den Wagen.

Laut aufjauchzend wollte sie schnell wieder an die Zauntür hinüber, um von da Junker Hans zu winken.

Maria blickte von ihrer Arbeit auf, als sie Liselotte jauchzen hörte, und erschrak, als sie das Kind jenseits des Fahrwegs sah, denn sie hörte den Wagen herankommen. Erschrocken sprang sie auf, denn sie sah, daß Liselotte wieder herüberlaufen wollte. In der Eile strauchelte das Kind und fiel mitten auf dem Fahrweg nieder.

Unglücklicherweise hatte der Baron Bodenhausen gerade heute ein paar besonders junge und feurige Pferde zum ersten Male einspannen lassen. Sie rasten im stürmischen Tempo daher.

Wie ein Pfeil schoß Maria, von Entsetzen getrieben, hinüber, um Liselotte aufzuheben.

Schon waren die Pferde dicht herbeigekommen, da gelang es Maria noch, im letzten Augenblick ihr Kind zurückzureißen und beiseitezuschieben. Aber leider fiel sie dabei selbst hin und so unglücklich, daß die aufbäumenden Pferdehufe ihren Kopf trafen.

Im Wagen hatten der Baron, seine Gemahlin und Junker Hans gesessen. Die kleine Baronesse war eines Schnupfens wegen mit der Erzieherin zu Hause geblieben. Erschrocken waren die drei Insassen aus dem Wagen gesprungen. Auch der Kutscher sprang herab, um seine Pferde zu beruhigen, damit nicht noch mehr Schaden angerichtet wurde. Liselotte hatte laut aufgeschrien in höchster Not. Das hatte Heinrich gehört, der hinter dem Hause zu tun hatte. Mit großen Sätzen kam er herbeigeeilt. Hinter ihm erschien die Wirtin. Auch einige andere Leute kamen herbei und scharten sich um die Unfallstelle.

Heinrich beugte sich über die leblose Gestalt der jungen Frau. Wie ein Kind hob er sie auf seinen starken Armen empor, und die hellen Tränen liefen ihm über das blasse Gesicht.

Der Baron rief dem Kutscher zu, sofort den Arzt im Wagen herbeizuholen. Dann folgte er mit seiner Gattin Heinrich und Frau Martha Schulz in die »Weiße Taube«.

In all dem erschreckten Trubel hatte jetzt niemand auf die kleine Liselotte geachtet. Sie stand erschrocken und bitterlich weinend auf der Straße vor der geschlossenen Gasthoftür und rief verzweifelt nach ihrer lieben Mutter.

Da neigte sich Junker Hans zu der untröstlichen Kleinen herab. Sein Antlitz war auch leichenblaß, er zitterte selbst vor Schrecken über den furchtbaren Unfall, an dem vor allem die stürmisch dahinrasenden Pferde schuld gewesen waren. Mit bebender Hand streichelte er das dunkle Lockenköpfchen, das sich so weich und seidig anfaßte, und trocknete mit seinem eigenen Taschentuch die Tränen der armen Liselotte.

»Arme kleine Bettelprinzeß«, sagte er voll heißen

Mitleids. Schluchzend sah sie zu ihm auf, als könne er helfen.

»Ich will zu meiner süßen, armen Mutter, lieber Junge. Die bösen Pferde haben ihr weh getan«, jammerte sie.

Er brachte kein Wort hervor als immer nur: »Arme Kleine!«

Aber er öffnete die schwere Tür und trat mir ihr in den Hausflur. Weiter wagte er sich nicht. Er zog Liselotte zu sich heran und sagte leise: »Bleib nur hier, bis man dich zu deiner Mutter ruft.«

Frau Schulz lief mit einer Schüssel voll Wasser und leinenen Tüchern vorbei, ohne auf Liselotte zu achten. Auch über ihr Gesicht liefen unaufhaltsam die Tränen. Drinnen wusch sie behutsam das blasse Gesicht der Verunglückten und legte nasse Tücher auf das blutende Haupt. Die konnten keinesfalls schaden. Bevor der Arzt nicht da war, konnte man nichts weiter tun. Man wußte ja nicht einmal, ob noch Leben in der jungen Frau war.

Der Baron half ihr selbst dabei. Er machte sich bittere Vorwürfe, daß er die jungen, ungestümen Pferde hatte einspannen lassen.

Die Wirtin erzählte weinend mit leiser Stimme, daß Maria Hochberg ganz allein im Leben stehe mit ihrem Kind, und daß sie sich ihren Unterhalt mit Malereien verdient habe. Sie sei eine liebe, feine Frau, die sicher auch eine sehr gute Bildung genossen habe.

Zum Glück hatte der Kutscher den Arzt schon unterwegs getroffen. So war dieser bald zur Stelle. Aber sein Gesicht war sehr ernst und bedenklich.

Als er seine Untersuchung beendet hatte, richtete er sich auf.

»Da ist keine Hoffnung mehr! Wohl ist das Leben noch nicht erloschen, aber es wird bald zu Ende sein, die Schädeldecke ist zertrümmert«, sagte er ernst.

Frau Schulz schluchzte laut auf. Es war, als ob dieser Laut Maria Hochberg noch einmal von der Schwelle der Ewigkeit zurückrufe. Auch die Baronin kam erschrocken näher.

Da hob Maria müde und schwer die Lider von den schönen blauen Augen. Ihr Blick irrte umher.

»Mein Kind!« lallte sie.

»Es ist gesund und wohlbehalten«, versicherte der Baron.

Sie sah ihn an mit seltsam flehendem Blick, als wollte sie etwas fragen.

»Mein Kind!« rief sie nochmals.

Heinrich stand an der Tür und wischte sich mit der verkehrten Hand die Tränen aus den Augen. Er verstand den Sehnsuchtsruf der Frau, die er so schrankenlos bewundert und verehrt hatte. Schnell ging er hinaus, um Liselotte zu holen.

»Liselotte wird gleich kommen«, sagte Frau Schulz, sich zu Maria neigend.

Die sah zum Arzt empor.

»Muß ich sterben? Bitte – Wahrheit!«

»Sie sind schwer verletzt, sehr schwer«, antwortete dieser ernst.

Wie in heißer Angst blickte Maria die Menschen an, die ihr Lager umstanden. »Mein armes Kind!« stöhnte sie.

Der Baron und die Gattin sahen sich an. Dann beugte sich der Baron herab.

»Sorgen Sie sich nicht – was auch geschehen mag, ich sorge für Ihr Kind. Wenn es schutzlos ist, soll es ins Schloß kommen, ich verspreche Ihnen, daß ich für seine Erziehung sorge. Meine Pferde waren Schuld an dem Unglück. Bitte beruhigen Sie sich ihres Kindes wegen, es wird nicht verlassen sein.«

Ein überirdisches Lächeln glitt über Marias Antlitz.

»Dank – Pastor Helmers – Papiere«, hauchte sie.

Jetzt kam Heinrich mit Liselotte herein. Er hatte sie dringend ermahnt, nicht zu weinen, weil das Mutter weh tue. Nun schluckte sie tapfer ihre Tränen hinunter und eilte an das Bett.

»Mutter – meine arme, süße Mutter!« Aller Augen füllten sich bei diesem kindlichen Notschrei mit Tränen.

Maria tastete nach dem Haupte ihres Kindes.

»Meine Liselotte – ich gehe nun – zu Vater – sei brav – Gott – segne dich.«

Kaum vernehmbar erklangen diese Worte. Dann ging es wie ein Ruck durch den schlanken Frauenkörper. Er streckte sich langsam aus.

Und die schönen blauen Augen, die der Tod brach, wurden sanft von dem Arzt geschlossen. Maria Hochberg war dem geliebten Gatten in die Ewigkeit gefolgt. Die kleine Liselotte war eine Waise.

Heinrich hob das Kind empor und trug es hinaus. Neben ihm stand Junker Hans in tiefster Ergriffenheit und trocknete immer wieder mit seinem feinen Tuch die Tränen Liselottes. Der vornehme Junker in seinem feinen Anzug und der schlichte Bauernbursche im derben Arbeitskittel vereinten sich zu einem Werk der Barmherzigkeit.

Drinnen im Schlafzimmer der Wirtin lag mit friedlich verklärten Zügen die tote Mutter der kleinen Waise, als sei sie allem Leid, allem Weh entrückt. Frau Martha Schulz ging in den Garten und schnitt Rosen ab. Die streute sie weinend über die tote Frau, die ihr im Herzen so lieb geworden war.

Der Arzt hatte inzwischen in dem leeren Gastzimmer noch eine Unterredung mit dem Baron und seiner Gemahlin. Inzwischen kam Pastor Helmers herbei, der von dem Unglück gehört hatte.

Diesem erklärte der Baron Bodenhausen, daß er der Verstorbenen versprochen hatte, Liselottes Erziehung zu übernehmen. Der Pastor teilte ihm mit, daß Frau Hochberg ihm Wertpapiere in Höhe von zehntausend Mark und ein Päckchen Papiere in einem versiegelten Umschlag übergeben, und welche Wünsche sie dabei geäußert habe. Da der Baron doch nun die Vormundschaft über das Kind erhalte, möge er auch die Papiere zur Verwahrung an sich nehmen.

Baron Bodenhausen erklärte sich dazu bereit. Das Geld wollte er für Liselotte verwalten, damit sie später, wenn ihre Erziehung vollendet sei, einen Notpfennig habe. So lange werde er für sie sorgen. Den versiegelten Umschlag wolle er verwahren, bis Liselotte achtzehn Jahre alt sei. Der Pfarrer möge die Papiere am nächsten Tag ins Schloß bringen.

Bald darauf kehrte der Baron mit seiner Gemahlin und seinem Sohn ins Schloß zurück. Neben Junker

Hans aber saß jetzt die kleine Liselotte, die man gleich mitnehmen wollte, damit sie auf andere Gedanken kam. Darum hatte Junker Hans gebeten, der sich jetzt nicht von der armen Kleinen losreißen konnte.

Frau Martha Schulz tat das Herz weh, als Heinrich Liselotte in den Wagen hob, und der brave Bursche wischte immer wieder verstohlen die Tränen ab. Sie gingen beide ganz niedergeschlagen ins Haus zurück.

Als dann am andern Tag die Leiche aufgebahrt war, plünderte Heinrich den ganzen Garten und schleppte alle Blumen herbei. Frau Schulz wand Kränze daraus, die auf den Sarg gelegt wurden.

*

Der Wagen des Barons hielt vor der Freitreppe des Schlosses Bodenhausen. Die kleine Baronesse Lori stand am Fenster neben ihrer Erzieherin. Sie sahen den Wagen kommen. Erstaunt erblickte Lori neben ihrem Bruder die kleine Liselotte auf dem Rücksitz.

»O Fräulein Herter – sehen sie doch – was soll denn das heißen? Da sitzt gar die Bettelprinzeß in unserem Wagen! Wie kommt denn die da hinein?« rief sie entrüstet und machte ihr hochmütiges Gesicht.

Fräulein Herter war eine schlanke Dame von etwa dreißig Jahren. Sie hatte glattgescheiteltes, aschblondes Haar und graue Augen, war weder schön noch häßlich, und trug ein graues Kleid mit weißem Leinenkragen um den Hals.

Auch sie war sehr erstaunt, das kleine Mädchen,

das sie so oft am Zaun der »Weißen Taube« hatte stehen sehen, im Wagen zu erblicken.

»Ich weiß es nicht, Lori. Aber du solltest das Kind nicht immer Bettelprinzeß nennen, es klingt so verächtlich.«

Lori warf den Kopf zurück. »Sie ist eben doch eine Bettelprinzeß, Fräulein Herter.«

»Nein es ist ein Schimpfwort.«

»Mama hat es auch schon gehört und mir nicht verboten. Sie müssen mir immer alles verbieten, was mir Spaß macht, Fräulein.«

»Ich verstehe nicht, daß es Spaß macht, das Kind so zu nennen.«

»Ach, Fräulein, machen Sie doch nicht solch Aufhebens von dem Bettelkind. In unseren Wagen gehört es sicher nicht, jetzt hebt mein Bruder es gar aus dem Wagen und führt es ins Haus. Was soll das nur heißen?«

Baronesse Lori war in ihrer ganzen frühreifen Sprechweise schon völlig die große Dame. Jetzt wollte sie hinauslaufen, aber Fräulein Herter hielt sie fest.

»Du sollst doch heute deiner Erkältung wegen im Zimmer bleiben, Lori!«

Widerwillig fügte sie sich, sah aber sehr ungeduldig nach der Tür. Sie öffnete sich endlich. Loris Eltern und Bruder traten ein. Der letztere führte Liselotte an der Hand.

»Mama, was soll denn die Bettelprinzeß hier im Schloß?« fragte Lori entrüstet. Die Baronin strich sich über die Stirn und zerrieb Kölnisches Wasser in den

Händen, um sich zu erfrischen. Sie schob Lori achtlos beiseite und wandte sich an Fräulein Herter.

»Es hat ein Unglück gegeben, Fräulein. Sie müssen sich der Kleinen annehmen. Die Mutter des Kindes ist fast unter unseren Wagen gekommen, als sie die Kleine, die gefallen war, aufheben wollte. Dabei haben sie die Pferde schwer am Kopf verletzt und sie ist gestorben. Die kleine Waise soll nun im Schloß erzogen werden. Sie wissen aber, liebes Fräulein, daß ich zu viel in Anspruch genommen bin. Ich kann mich nicht viel um das Kind kümmern. Und deshalb übergebe ich es Ihnen. Neben Ihrem Zimmer ist ein leeres Kämmerchen, das lassen Sie als Schlafzimmer für die Kleine zurechtmachen, damit sie doch jemand in der Nähe hat. Und dann kann sie mit Lori zusammen lernen und spielen. Das macht Ihnen dann nicht viel Umstände, nicht wahr, liebes Fräulein?«

Lori hörte alles erstaunt und entrüstet an.

»Wie Mama? Mit diesem schmutzigen Kind soll ich spielen? Das tue ich nicht, ich mag es nicht, es soll wieder fortgehen.«

Der Baron, der durch den Unfall ebenso aufgeregt worden war wie seine Gemahlin, faßte Lori unsanft an der Schulter.

»Du schweigst jetzt still und fügst dich in das, was Mama anordnet«, sagte er streng.

Lori verzog unartig das Gesicht, und ihre Augen blickten zornig und verächtlich auf Liselotte, die sich ängstlich an die Hand des Junkers klammerte. Aber sie schwieg doch, weil sie merkte, daß die Eltern erregt waren und nicht mit ihnen zu spaßen sei. Daß sie aber mit Liselotte nicht spielen würde, stand in ihrem eigensinnigen Kopfe fest.

Fräulein Herter hatte etwas beklommen den Ausführungen ihrer Herrin gelauscht. Auch sie war nicht erbaut von dem fremden Zuwachs. Sie hatte schon mit der eigenwilligen, verzogenen Lori genug Arbeit und Verdruß, hatte kaum eine freie Stunde für sich. Und nun sollte ihr auch noch die Sorge für das fremde Kind aufgebürdet werden.

Sie wagte jedoch nicht zu widersprechen. Die Frau Baronin war eine sehr bestimmte Dame und hielt darauf, daß ihre Befehle erfüllt wurden. So verneigte sich Fräulein Herter und erklärte sich bereit.

Mit einem gnädigen Kopfneigen verließ die Baronin mit ihrem Gemahl das Zimmer. Sie glaubte nun das Ihre für Liselotte getan zu haben, indem sie die Sorge für deren Wohl Fräulein Herter aufbürdete. So leicht machen sich die Menschen oft übernommene Pflichten.

Fräulein Herter sah unbehaglich auf ihren neuen Pflegling, der noch von Zeit zu Zeit tief aufschluchzte.

»Was soll ich nun mit ihr tun?« fragte sie halb unwillig, halb mitleidig den Junker.

Dieser strich zum Entsetzen seiner kleinen Schwester fast zärtlich und mitleidig über Liselottes Köpfchen.

»Ich glaube, zuerst muß sie mal gewaschen werden, Fräulein. Sie hat so geweint und sich den Staub im Gesicht herumgewischt. Und dann glaube ich, wird es das beste sein, sie schlafen zu legen. Sie muß todmüde sein, von dem vielen Weinen. Seien Sie doch ein bißchen gut zu ihr, Fräulein. Wenn Sie das schreckliche Unglück mit angesehen hätten, würde Ihnen die Kleine gewiß auch sehr leid tun.«

Der Junker wurde ganz blaß in Erinnerung an den furchtbaren Unfall.

Fräulein Herter fühlte sich durch seine Worte fast beschämt. Sie beugte sich zu Liselotte herab.

»Soll ich dich zu Bett bringen, kleine Liselotte, willst du schlafen?« fragte sie.

Diese schuchzte trocken auf, weinen konnte sie schon nicht mehr.

»Ich will zu Mutter – Mutter will ich haben«, jammerte sie.

Fräulein Herter sah hilflos zu dem Junker auf.

»Gehen Sie nur mit ihr, liebes Fräulein, und lassen Sie ihr das Kämmerchen zurechtmachen, während Sie sie waschen und auskleiden. Geh, Liselotte, geh mit dem guten Fräulein Herter, sie wird gut mir dir sein«, sagte er dann.

Liselotte klammerte sich an seine Hand.

»Bleib du bei mir«, flüsterte sie bittend.

Er streichelte sie sanft.

»Wenn du ausgeschlafen hast, spiele ich mit dir. Jetzt mußt du aber artig sein und tun, was ich sage.«

Da ging Liselotte folgsam mit Fräulein Herter aus dem Zimmer.

Junker Hans trat zu seiner kleinen Schwester.

»Was macht deine Erkältung, Lori?« fragte er und wollte sie mit brüderlicher Zärtlichkeit umfassen. Sie stieß ihn aber heftig von sich.

»Rühr mich nicht an, du hast mit deinen Händen das schmutzige Ding angefaßt!«

Der Junker sah sie groß und vorwurfsvoll an.

»Pfui, Lori, wie herzlos bist du. Hast du denn gar kein Mitleid mit der armen Kleinen?«

Lori blieb in ihrer eigensinnigen Abwehr.

»Sie mag im Dorf bleiben bei den Bauernkindern oder in der »Weißen Taube«. Ins Schloß gehört sie nicht, ich mag sie nicht.«

»Du hast doch gehört, daß Papa und Mama anders bestimmt haben. Und die Eltern haben recht getan. Durch unsere Pferde ist Liselottes Mutter getötet worden. Sie wollte das Kind retten und starb selbst.«

»Oh, sie hat gewiß auf dem Weg herumgelungert. Was hat sie immer an unseren Wagen heranzulaufen. Sie ist so aufdringlich und sicher war sie selbst schuld, daß ihre Mutter verunglückt ist.«

»Pfui, Lori, schäme dich.«

»Pfui, Hans, schäme du dich, daß du dich so gemein machst mit einem Bettelkind«, äffte sie ihn nach.

Junker Hans zuckte die Schultern. Er wußte nicht, was er noch zu Liselottes Gunsten sagen sollte. Aus Erfahrung wußte er, daß Lori allen Menschen, die unter ihr standen, mit diesem Hochmut begegnete, der gerade bei einem Kind so häßlich wirkt. Er gab es also auf, Lori eines Besseren zu belehren, nahm sich aber fest vor, immer gut zu der armen kleinen Liselotte zu sein. Sie tat ihm so sehr leid in ihrer Verlassenheit.

Das Kämmerchen neben Fräulein Herters Zimmer war schnell zurechtgemacht worden.

Als es fertig war, bat sie das Mädchen, für die Kleine ein Glas Milch und ein Butterbrot zu bringen.

Fräulein Herter wusch nun Liselotte und hüllte sie in ein abgelegtes Nachthemd von Baronesse Lori, denn man hatte Liselottes Sachen noch nicht aus der »Weißen Taube« geschickt.

Als die Milch gebracht wurde, redete das Fräulein Liselotte zu, etwas zu sich zu nehmen. Liselotte wollte sich auch artig dazu zwingen. Aber dabei übermannte sie der Jammer wieder und sie legte sich in das schmale Bett und barg ihr Gesicht in den Kissen. Dieses trostlose Weinen rührte Fräulein Herter ungemein. Sie vergaß alle Mißstimmung über die Erkenntnis, was dieser Tag dem armen Kind geraubt hatte. Sie beugte sich herab über das schluchzende Kind und sagte liebevoll: »Weine doch nicht mehr, mein armes Kind. Du machst dich ganz krank. Deine Mutter ist bei den Engeln im Himmel und sie wird sehr betrübt sein, wenn sie sieht, daß ihre kleine Liselotte weint.«

Da richtete sich Liselotte empor und sah mit erwachendem Vertrauen in das Gesicht des Fräuleins. Es war nicht schön und fein, wie das ihrer süßen Mutter. Aber die Augen blickten doch sanft und gut und nicht so kalt wie die der Baronin und der kleinen Baronesse.

»Mutter hat gesagt, sie geht zu Vater. Ist sie nun bei ihm?« fragte sie leise.

»Ja, mein Kind, Mutter und Vater sind zusammen im Himmel.«

»Vater macht doch eine große Reise.«

»Ja, ja, bis in den Himmel. Und da ist Mutter auch und blickt herab auf ihr kleines Mädchen.«

»Sieht mich Mutter jetzt auch?« forschte Liselotte schluchzend.

»Gewiß, Liselotte.«

»Aber ich sehe sie nicht. Liegt sie nicht mehr in Tante Schulz' Bett?«

»Nein, sie ist weit fort und du kannst sie nicht sehen. Aber sie ist sehr traurig, wenn du weinst, und du willst doch die arme Mutter nicht betrüben?«

»Nein.«

»Nun siehst du. Und wenn du nun artig einschläfst, dann kommt sie mit all den lieben Engelein zu dir und tröstet dich.«

Liselotte wischte sich die Tränen ab.

»Dann will ich schnell schlafen. Bringt Mutter denn auch Vater mit?«

»Ja, Kind, sie werden immer um dich sein, auch wenn du sie nicht siehst. Nun komm, trink noch ein Schlückchen Milch, sonst grämt sich Mutter, daß du hungrig schlafen gehst.«

Da trank Liselotte gehorsam und ein wenig getröstet die Milch zur Hälfte aus. Dann legte sie sich nieder und schloß die Augen, nachdem sie, wie sie es gewohnt war, ihr Gebet gesagt hatte.

Als die Erzieherin an diesem Abend zur Ruhe ging, da trieb es sie noch einmal in das Kämmerchen hinüber zu der kleinen Waise. Sie tastete sich leise im Dunkeln nach dem schmalen Bettchen. Lauschend beugte sie sich hinab, um den Atemzügen zu lauschen.

Plötzlich fühlte sie sich von zwei Ärmchen umschlungen. »Süße Mutter, bist du endlich da? Ich habe die Augen ganz fest zugemacht. Das gute Fräulein Herter hat mir gesagt, daß du kommst. Bist du nun ein Engel, süße, liebe Mutter?«

So flüsterte ein leises Stimmchen an ihrem Ohr, und ein weiches, warmes Körperchen schmiegte sich an sie.

Fräulein Herter war es ganz wunderlich zumute. Sie brachte es nicht über sich, dem armen Kind den frommen Wahn zu rauben. Zärtlich streichelte sie die dunklen Locken – wie nur Mutterhände streicheln – und küßte die weiche Wange des Kindes.

»Schlaf, mein Kind, wenn du sprichst, muß ich fortgehen«, flüsterte sie wie ein Hauch, um sich nicht zu verraten. Da legte sich Liselotte aufatmend zurück.

Und Fräulein Herter blieb regungslos sitzen, streichelte das Lockenköpfchen und wartete, bis das Kind eingeschlummert war.

So ging das nun viele Tage lang.

Jeden Abend huschte Fräulein Herter noch einmal an das Bettchen Liselottes. Meist schlief das Kind bereits. Aber wenn es einmal wachte, dann wurde es stumm und zärtlich von Fräulein Herter geherzt und geküßt, wie das sonst nur eine Mutter tut.

In Fräulein Herters Herz hatte sich die kleine Waise schnell ein warmes, sicheres Plätzchen erobert und auch Junker Hans war stets lieb und gut zu ihr, wenn er einmal Zeit für sie hatte. Um seine Schwester nicht noch mehr gegen Liselotte aufzureizen, erwies er ihr aber nur ganz verstohlene kleine Liebkosungen.

Sonst war aber auch kein Mensch im ganzen Schlosse lieb und gut zu ihr. Der Baron und seine

Gemahlin kümmerten sich gar nicht um ihren Schützling. Ihre Zeit war anderweitig in Anspruch genommen. Sie führten ein großes Haus, gaben viele Gesellschaften und lebten ziemlich verschwenderisch. Das Geld wurde für äußeren Glanz mit vollen Händen hinausgeworfen, und dann fehlte es manchmal am Nötigsten.

Die Mahlzeiten sollte Liselotte vorläufig mit Fräulein Herter zusammen auf deren Zimmer einnehmen, »bis das Kind erst einmal sich gesittet zu Tisch benehmen kann«, sagte die Baronin.

Fräulein Herter hatte schon herausgefunden, daß Liselotte ihre Mahlzeiten viel »gesitteter« einnahm als die kleine Baronesse, die oft recht unartig war. Aber natürlich sagte die Erzieherin das nicht. Aber als die Baronin fortfuhr: »Sie sorgen dafür, liebes Fräulein, daß die Kleine sich so benehmen lernt, daß man sie um sich dulden kann«, antwortete das Fräulein höflich: »Frau Baronin verzeihen, aber das Kind ist außerordentlich gut erzogen. Man merkt, daß seine Eltern gebildete Menschen waren.«

Dieser Einwurf störte die Baronin jedoch.

»Mag sein, Fräulein, aber sie wird doch noch manches lernen müssen, vor allem auch den nötigen Ton uns gegenüber. Man muß ihr begreiflich machen, daß allzu große Vertraulichkeit nicht angebracht ist. Sie verstehen mich, Fräulein?«

Fräulein Herter verstand, daß man recht deutlich unterstreichen wollte, daß Liselotte nicht zu der vornehmen Familie des Barons gehörte, sondern daß sie nur das Gnadenbrot im Schlosse aß. Diese Gewißheit nahm Fräulein Herters Herz noch mehr für die Waise ein.

»Ich verstehe, Frau Baronin«, sagte sie, sich verneigend. – Ihr Mitlied mit Liselotte wurde nach dieser Unterredung noch viel stärker, und dieses Mitleid vertiefte ihre Liebe zu dem verlassenen Kind.

Ach, und wie nötig hatte die arme kleine Liselotte jetzt ein wenig Liebe. Es begann eine schlimme Zeit für sie. Sie, die bisher mit so viel Liebe umgeben worden war, schien allen Bewohnern von Schloß Bodenhausen, mit Ausnahme des Junkers und des Fräuleins, ein Dorn im Auge zu sein. Die Dienstboten, die sehr wohl merkten, wie lästig der Herrschaft im Grunde das fremde Kind war, ließen alle schlechte Laune an Liselotte aus. Der Baron und seine Gemahlin bekümmerten sich nicht um sie und Baronesse Lori quälte sie und kränkte sie ohne Unterlaß. Mit gehässigen Worten, mit Stößen und Püffen rächte sie sich an Liselotte dafür, daß sie die Eltern zwangen, mit Liselotte zu lernen und zu spielen.

Wenn sie einmal sah, daß ihr Bruder lieb und freundlich zu Liselotte war, dann war sie doppelt garstig zu ihr und schalt sie: »Abscheuliche Bettelprinzeß«. Wie tat der armen kleinen Waisen da manchmal das Herz weh. Liselotte lernte aber bald, ihre Tränen zu unterdrücken und stumm zu leiden, denn sie merkte, daß ihr niemand half gegen die böse Lori. Ihr ganzer Trost war, wenn Junker Hans zuweilen verstohlen ihre Locken streichelte und ihr ein gutes Wort sagte.

»Sei tapfer, kleine Liselotte, weine nicht«, sagte er zu ihr, wenn er merkte, wie böse Lori zu ihr war.

Dann fühlte sich Liselotte wunderbar getröstet und der ganze Liebesreichtum ihres verlassenen Gemüts gehörte dem Junker.

Sie merkte aber auch bald, daß sich ihr noch ein Herz in Liebe zugewandt hatte – das gute Fräulein Herter, wenn diese es auch nicht in Gegenwart der anderen Menschen zeigte, wie lieb sie Liselotte gewonnen hatte. Wenn sie aber allein waren, konnte das Fräulein sie liebevoll trösten und beruhigen wie eine Mutter.

»Sei nicht traurig, meine kleine Liselotte. Lori meint das gar nicht so schlimm. Man muß sich mancherlei im Leben gefallen lassen, wenn man arm ist. Daran wirst du dich gewöhnen. Aber ich habe dich lieb und Junker Hans auch. Daran denke, wenn dich Lori kränkt, und schweige still dazu.«

Damit tröstete sich die Kleine und kam zugleich den Befehlen der Baronin nach. Wenn die Herrschaft zuweilen mit Lori fortgefahren war, dann ging auch Fräulein Herter schnell einmal mit Liselotte in die »Weiße Taube«. Da wurde das Kind von »Tante Schulz« und dem »guten Heinrich« voll Liebe aufgenommen.

Als Liselotte erst ein wenig verständiger wurde, führte sie Fräulein Herter auch zuweilen an das Grab ihrer Mutter. Liselotte durfte es mit selbstgepflückten Blumen schmücken und lernte langsam begreifen, was es heißt, wenn ein Mensch »tot« ist.

Aber bis es soweit kam, weinte Liselotte des Abends in ihrem Bettchen noch manche Sehnsuchtstränen, schlang noch manchmal schlaftrunken ihre Arme um das gute Fräulein und nannte sie in zärtlichen Lauten »süße Mutter«.

Da wurde Fräulein Herter immer so weich und warm zumut, als sei Liselotte wirklich ihr eigenes Kind.

*

Jahre waren vergangen.

Liselotte hatte ihre süße Mutter nicht vergessen, aber sie hatte sich nun schon lange daran gewöhnt, mit allen Sorgen und Kümmernissen ihres kleinen Herzens zu Fräulein Herter zu flüchten, die zum Glück noch immer im Schlosse war. Liselotte zählte jetzt zehn Jahre. Sie durfte schon lange mit Fräulein Herter mit am Tisch der Herrschaft essen, saß am unteren Ende der Tafel und wußte, daß sie sich sehr still und bescheiden zu verhalten hatte und nur reden durfte, wenn sie gefragt wurde.

Einen großen Schmerz hatte Liselotte gehabt, als Junker Hans von zu Hause fortging. Er war zu einem Gymnasialprofessor in Pension gekommen und besuchte das Gymnasium. Nur in den Ferien kam er nach Hause. Später sollte er studieren, bis er eines Tages seines Vaters Nachfolger werden würde.

Niemand freute sich so sehr, wenn Junker Hans nach Hause kam, als Liselotte. Tagelang vorher lief sie schon mit verklärten Augen umher. Und noch geduldiger als sonst ließ sie sich von Lori quälen und kränken und von den Dienstboten herumstoßen. Heimlich schmückte sie immer sein Zimmer mit Blumen, um ihn zu erfreuen.

Baronesse Lori war mit zehn Jahren durchaus nicht liebenswürdiger geworden, als mit fünf. Doch ihre Mutter fand an Lori alles recht und gut, und so konnte Fräulein Herter nicht viel tun, um diese Untugend zu unterdrücken. Beschwerte sie sich je einmal bei der Baronin, dann sagte diese, die selbst sehr stolz war:

»Lassen Sie Lori nur gewähren. Sie hat sehr viel Eigenart und sie soll sich ja auch bewußt sein, daß sie auf ihren Namen stolz sein kann.«

Lori nahm sich das Recht, Liselotte wie ihre Sklavin zu behandeln. »Heb mir den Ball auf!« – »Geh mir aus dem Wege!« – »Du sollst meine Spielsachen einräumen!« so schwirrten Loris Befehle für Liselotte durcheinander.

Fräulein Herter durfte um Himmelswillen nicht merken lassen, daß sie Liselotte lieb hatte.

So war die arme Liselotte eine Art Prügelknabe im Schlosse.

Ihre Augen blitzten manchmal wie in heißem Stolze auf, wenn sie so namenlos gedemütigt wurde. Sie war keine knechtische Natur. Das Blut in ihren Adern wehrte sich oft genug gegen die Demütigungen. Dann warf sie das Köpfchen zurück wie in stolzer Abwehr, rasche, zornige Worte wollten über ihre Lippen und ihre schönen dunklen Augen flammten auf. Aber dann brauchte Fräulein Herter nur verstohlen den Finger zu heben und sie bittend anzusehen, dann bezwang sie sich rasch und ließ gelassen alles über sich ergehen.

Wenn sich Liselotte dann zuweilen bei Fräulein

Herter darüber beschwerte, so tröstete das gute Fräulein wieder.

»Unrecht leiden ist besser, als Unrecht tun, mein liebes Kind. Ich weiß, daß du keine Strafe verdient hast, weiß, daß Lori schuldig ist. Gräme dich nicht darum, der liebe Gott sieht in die Herzen der Menschen und weiß, weshalb er dir diese Prüfung auferlegt.« –

Es war wieder einmal die Zeit herangekommen, da man Junker Hans in den Ferien erwartete.

Liselotte war glückselig. Ganz früh am Tage seiner Ankunft war sie aufgestanden und mit einem Körbchen am Arm ins Dorf gegangen.

Nur Fräulein Herter wußte, was sie vorhatte.

Zuerst ging sie ans Grab ihrer Mutter, um zu beten. Das tat sie, so oft sie im Schlosse abkommen konnte. Wie immer war das Grab schön gepflegt und geordnet. Das ließen sich Frau Martha Schulz und der lange Heinrich nicht nehmen. Sie schmückten und hielten das Grab, als sei es das eines lieben Angehörigen. Auch Liselotte schmückte es oft mit frischen Wiesenblumen. Meist tat sie das in den frühesten Morgenstunden, wenn Lori noch schlief. Nachdem Liselotte ihr Gebet verrichtet hatte, nahm sie ihr Körbchen wieder auf und eilte in die »Weiße Taube«. Heinrich stand am Gartenzaun, im Begriff, die Planken neu zu streichen.

»Guten Morgen, lieber Heinrich!« rief ihm Liselotte zu.

Der große starke Mensch richtete sich hastig auf und sah sich mit strahlenden Augen nach ihr um.

»Ei, das Liselottchen! So früh bist du schon wieder auf den Beinen!« rief er vergnügt. – Sie lachte froh über das Wiedersehen mit dem alten guten Freund.

»Wie du siehst, Heinrich. Wo steckt denn Tante Schulz?«

»Drinnen im Gastzimmer, Liselottchen, geh nur zu ihr. Aber hör mal, eh du wieder fortgehst, kommst du nochmal in den Garten. Die Kirschen sind reif, ich will dir gleich ein paar Hände voll pflücken für den Heimweg.«

Sie dankte ihm warm: »Guter, lieber Heinrich!«

Liselotte nickte ihm zu und ging ins Haus. Als sie ins Gastzimmer trat, sah sie Frau Schulz über ihren Rechnungsbüchern sitzen. Die lederne Geldtasche lag neben ihr.

»Guten Morgen, Tante Schulz!«

Frau Schulz sprang sogleich auf.

»Ach, die Liselotte! Guten Morgen, mein liebes Kind, bist du endlich mal wieder da? Wir haben schon alle auf dich gewartet. Machst dich ja so rar?« sagte sie, Liselotte in ihre Arme nehmend.

»Ach du weißt ja, Tante Schulz, ich kann nicht so oft fort. Nur früh, wenn Lori noch schläft.«

Frau Schulz streichelte ihre Wangen.

»Sie quält dich natürlich immer noch, die stolze Baronesse, nicht wahr?«

Liselottes Augen trübten sich, aber hastig strich sie darüber hin.

»Ich bin es schon gewöhnt, Tante Schulz.«

»Du armes Mäuschen – wenn das deine gute Mutter wüßte!« entfuhr es den Lippen der Wirtin.

»Aber Tante Schulz, Mutter weiß das alles, sie sieht und hört alles, was mit mir geschieht, und hält schützend ihre Hand über mich. Sie schickt mir gute Menschen, wie dich und Heinrich, Fräulein Herter und Junker Hans, damit ich nicht verzage.«

Frau Schulz nickte hastig und gerührt.

»Natürlich, mein Mäuschen, ich meine nur so. Und warte nur, wenn du groß bist, dann wird alles anders. Warst du schon an deiner guten Mutter Grab?«

»Ja, Tante Schulz. So schön ist's dort. Die Vergißmeinnicht, die Heinrich ringsum gepflanzt hat, sind aufgeblüht.«

»Oh, wir sorgen schon dafür, daß das Grab immer mit Blumen geschmückt ist. Aber was willst du mit dem Körbchen Liselotte?«

»Ach, Tante Schulz – ich habe eine große Bitte an dich.«

»Nun, dann heraus damit, Liselotte. Du weißt, wenn ich kann, erfülle ich sie dir gern.«

»Hast du nicht ein paar Rosen für mich, Tante Schulz? Heute kommt Junker Hans nach Hause und ich möchte ihm ein paar Rosen auf sein Zimmer stellen. Er freut sich sicher darüber. Im Schloßgarten darf ich keine pflücken, das ist verboten, und der Gärtner gibt mir auch keine. Du hast doch so schöne Rosen im Garten.«

Frau Schulz nickte.

»Und ob ich die habe, Mädchen. Du sollst die schönsten kriegen, die aufgeblüht sind.«

»Ich habe aber nicht viel Zeit, Tante Schulz.«

»Ja, ja, ich weiß schon. Warte nur einen Augenblick,

ich will nur meine Bücher wegschließen und meine Tasche umhängen. So – nun komm, ich schneide dir Rosen ab und Heinrich soll dir schnell noch Kirschen pflücken.«

Liselotte lachte.

»Das tut er schon, Tante Schulz, er hat mich schon gesehen.«

»So? Nun, dann wird er wohl eilig mit seinen langen Beinen auf den Kirschbaum geklettert sein.«

Sie gingen in den Garten, und Liselotte durfte sich selbst die schönsten Rosen aussuchen. Frau Schulz schnitt sie ab und legte sie sorglich zwischen taufrisches Gras in das Körbchen.

»So, Mäuschen, die bleiben frisch, bis du nach Hause kommst«, sagte sie befriedigt.

Nun kam auch Heinrich herbei mit frischgepflückten Kirschen. »So, Liselottchen, da hast du eine tüchtige Menge. Nun laß sie dir gut schmecken, so feine Kirschen gibt's im ganzen Dorf nicht nochmal«, sagte er und schüttelte die Kirschen sorglich neben die Rosen. Liselotte dankte herzlich für beides, nahm Abschied und eilte ins Schloß zurück. Lori war noch nicht sichtbar. Schnell stellte sie die Rosen in eine Vase mit frischem Wasser und trug sie in das Zimmer des Junkers. Das lag denen seiner Schwester gegenüber. Da, gerade, als sich Liselotte wieder leise aus dem Zimmer schlich, wurde gegenüber die Tür geöffnet, Lori stand vor ihr.

»Was tust du denn da in meines Bruders Zimmer?« fragte diese schroff.

Liselotte war vor Schrecken dunkelrot geworden.

»Ich – ach – ich habe nur – etwas hineingetragen«, stotterte sie.

»Lüge! Du hast drinnen herumgestöbert.«

Lori traute immer anderen Menschen zu, was sie selber zu tun pflegte.

Liselotte hob stolz den Kopf.

»Ich lüge nie, Lori, du weißt es«, sagte sie mit bebender Stimme.

»Schweig! Natürlich lügst du. Jedenfalls hast du nichts in meines Bruders Zimmer zu suchen. Warte nur, ich werde ihm sagen, daß du in seinem Zimmer herumspionierst.«

Liselotte biß sich auf die Lippen. Sie wurde ganz bleich vor Angst, daß Lori ihre Drohungen wahrmachen und Junker Hans etwas Schlechtes denken könnte. Sie brachte kein Wort mehr über die Lippen und sah nur die Peinigerin mit einem wehen Blick an.

Liselotte trat ins Schulzimmer und legte für sich und Lori die Bücher zurecht. Ein Blick in diese Schulhefte hätte genügt, um festzustellen, daß Lori die bei weitem schlechtere Schülerin war. In ihren Heften sah es betrüblich aus. Wie sauber und ordentlich waren dagegen Liselottes Hefte.

Fräulein Herter stellte Liselotte der Baronesse nicht gern als Muster hin, um Loris Groll nicht zu verstärken, aber einmal, als sich die Baronin beschwerte, daß Lori so schlechte schriftliche Arbeiten lieferte, sagte sie doch zu dieser:

»Nimm dir doch ein Beispiel an Liselotte, du könntest wirklich sehr viel von ihr lernen.«

Da warf Lori den Kopf zurück.

»Ich bin die Baronesse Bodenhausen und brauche mir kein Beispiel zu nehmen. Ich werde es Mama sagen, daß sie mir Liselotte immer vorziehen.«

»Das wirst du nicht tun, denn eine Baronesse Bodenhausen darf vor allen Dingen nicht lügen, und wenn du das sagen würdest, wäre es eine Lüge«, antwortete das Fräulein bestimmt.

Liselotte hatte sich, als sie alle Vorbereitungen zum Unterricht getroffen hatte, still hinter ihr Schulpult gesetzt. Es war dasselbe, das früher Junker Hans gehört hatte. Lori trat mit Fräulein Herter zusammen ein.

»Muß denn heute unbedingt Unterricht sein, Fräulein, da doch mein Bruder erwartet wird? Wenn er Ferien hat, kann ich doch auch welche haben«, sagte Lori mißmutig.

»Dann hättest du vorher besser lernen sollen, Lori. Du bist noch so weit zurück, daß ich keine Stunde ausfallen lassen kann.«

Lori zog ein Mäulchen.

»Ach, wenn Mama will, bekomme ich doch frei.«

»Sie will aber zum Glück nicht. Nun setz dich.«

Liselotte vermochte heute nicht so aufmerksam wie sonst zu folgen, sie mußte immer an Junker Hans denken, und daß er nun bald da sein würde. Ob er noch immer lieb und gut zu ihr sein und ob er sich ein wenig über die Rosen freuen würde?

»Liselotte, du bist unaufmerksam«, tadelte Fräulein Herter.

Sie tadelte mit Absicht selbst den kleinsten Fehler an

Liselotte, damit Lori keine Veranlassung finden sollte, zu sagen, daß sie Liselotte bevorzugte. Liselotte wußte auch, daß ihr liebes gutes Fräulein das nicht schlimm meinte. Aber heute erschrak sie doch. Sie war wirklich sehr unaufmerksam gewesen.

»Verzeihung, Fräulein Herter, ich will besser acht geben«, sagte sie bittend.

Endlich war die Unterrichtsstunde zu Ende. Und da kam auch schon der Wagen mit Junker Hans vom Bahnhof zurück.

Lori ließ alles stehen und liegen und eilte hinaus, um den Bruder zu begrüßen, den sie wirklich auf ihre Art liebhatte.

Fräulein Herter hatte das Zimmer schon verlassen. Liselotte räumte nun schnell die Bücher fort und ging dann mit klopfendem Herzen hinaus. Oben von der Treppe aus blickte sie in die große Halle hinab und sah, wie Junker Hans von seinen Eltern und Lori begrüßt wurde.

Ihre Augen hingen sehnsüchtig an der schönen schlanken Jünglingsgestalt da unten. Junker Hans zählte jetzt achtzehn Jahre. Er war groß und kräftig gewachsen, zu seinem dunkelbraunen Haar und dem gebräunten Gesicht wirkten die warmen, grauen Augen hell und freundlich.

Als er Eltern und Schwester warm und herzlich begrüßt hatte, sagte er, sich umsehend:

»Wo ist denn Liselotte?«

Am liebsten wäre diese die Treppe hinabgeeilt, um ihn zu begrüßen. Aber sie wagte es nicht. Wußte sie doch, daß es sich für sie nicht schickte, sich in den

Familienkreis zu drängen. Aber sie war glücklich, daß Hans nach ihr fragte.

Als die andern die Treppe heraufkamen, floh sie leise in ihr Kämmerchen zurück. Dort saß sie mit klopfendem Herzen und lauschte hinaus. Sie hörte Stimmen in lautem Gespräch, Loris schrille Stimme klang seltsam spitz gegen den warmen dunklen Ton des Junkers, dann wurden Türen geöffnet und geschlossen, und nun war es still.

Liselotte atmete tief auf. Jetzt saßen sie wohl alle zusammen drüben im Zimmer der Frau Baronin und unterhielten sich. Ob Junker Hans sie wohl ein ganz klein wenig vermißte? Endlich hielt sie es in dem engen Kämmerchen nicht mehr aus. Zu Fräulein Herter hinüber durfte sie jetzt nicht, die verbesserte Hefte und wollte nicht gestört sein.

So trat Liselotte wieder auf den langen Gang hinaus.

Und sie hatte Glück. Junker Hans wollte sich eben in sein Zimmer zurückziehen, um sich umzukleiden, und begegnete ihr. Mit seinem guten, freundlichen Lächeln streckte er ihr die Hand entgegen.

»Da bist du ja endlich, Liselotte! Willst du mir denn gar nicht guten Tag sagen?«

Sie faßte aufatmend seine Hand und sah ihn mit leuchtenden Augen an.

»Ach, ich bin so froh, daß du wieder einmal daheim bist, lieber Hans.«

Er lachte gerührt.

»Wirklich? Und doch hast du dich noch gar nicht sehen lassen, um mich zu begrüßen?«

Sie wurde rot.

»Ich stand hier oben an der Treppe und habe dich schon gesehen. Aber ich wagte es nicht, zu dir zu kommen.«

Er streichelte verstehend ihr seidiges Haar.

»Ach so! Arme, kleine Bettelprinzeß, darfst nicht einmal tun, wozu dein Herz dich treibt. Lori hält dich wohl immer noch im Bann? Nun gräme dich nicht, ich freue mich desto mehr, daß ich dich wiedersehe, wenn es auch ein wenig später geschieht. Du bist wahrhaftig schon wieder ein Stück gewachsen, seit ich zuletzt zu Hause war.«

»Du aber auch – du bist groß wie ein richtiger Herr«, sagte sie.

Wieder lachte er gutmütig.

»Da fehlt noch viel, Liselotte. Aber nun muß ich mich umziehen. Bei Tisch sehen wir uns wieder. Und ich habe dir auch etwas mitgebracht, das lege ich dir in dein Zimmerchen, wenn ich auspacke.«

Sie drückte schmeichelnd seine Hand an ihre heiße Wange.

»Guter, lieber Hans.«

Wieder streichelte er sie lächelnd.

»Liebe, kleine Liselotte! Also auf Wiedersehen nachher.«

Er nickte ihr zu und verschwand in seinem Zimmer.

Glückselig ging Liselotte in ihr Kämmerchen zurück. Ihr war zumute, als scheine die Sonne viel heller, seit Hans wieder in Bodenhausen war.

Bei der Mittagstafel, die heute ein festliches Gepräge trug, herrschte eine sehr frohe Stimmung. Die Eltern und Lori freuten sich, daß Hans zu Hause war. Liselotte saß stumm und bescheiden, wie immer, am unteren Ende der Tafel neben Fräulein Herter. Aber wenn auch selten jemand das Wort an sie richtete, so konnte sie doch Hans wenigstens ansehen und zuweilen einen freundlichen Blick von ihm erhaschen. Kein Wort entging ihr, das er sprach.

Nach Tisch pflegte sich der Baron und seine Gemahlin zu einem Ruhestündchen zurückzuziehen. Fräulein Herter hatte noch zu tun, und so sagte Hans, als sich seine Eltern zurückgezogen hatten, zu ihr:

»Ich werde mit Lori und Liselotte in den Park gehen!«

Lori ärgerte sich, daß Liselotte mitgehen sollte.

»Dich können wir eigentlich gar nicht brauchen«, sagte sie schroff.

Liselotte wollte sich betrübt zurückziehen, aber Hans hielt sie scherzend an ihrem dicken Zopf, den er wohlgefällig betrachtete.

»Nichts da – hier wird nicht ausgerissen, Liselotte, du kommst mit.«

»Ach, laß sie doch«, schmollte Lori.

Junker Hans zog aber Liselotte an der Hand mit sich fort und übersah Loris Schmollen.

Sie suchten das hübsche, offene Gartenhaus auf im Park, und Lori warf sich dort, noch immer mit trotzigem Gesicht, wie eine große Dame in einen Korbsessel. Ihr Bruder nahm ihr gegenüber Platz und zog Liselotte freundlich an seine Seite.

Dazu machte Lori böse Augen.

»Sei nur nicht so gut zur Bettelprinzeß, sie verdient

es nicht«, sagte sie gehässig. Liselotte saß nur schüchtern auf der Ecke ihres Stuhls und sah Lori erschrokken an.

»Warum verdient das Liselotte nicht, Lori?« fragte Hans ruhig.

»Weil sie in deinem Zimmer herumstöbert. Ich habe sie erst heute morgen dabei erwischt.«

Liselotte wurde dunkelrot und preßte die Hände krampfhaft zusammen. Sie war es gewöhnt, von Lori verleumdet zu werden, und verteidigte sich nie gegen solche Angriffe. Aber heute kam es sie besonders hart an, zu schweigen, denn um alles in der Welt wollte sie Hans nicht verächtlich erscheinen.

Sie sah mit ihren großen, schönen Augen flehend zu Hans empor. Ihre Lippen preßten sich fest aufeinander, um kein Wort der Verteidigung herauszulassen. Denn, wenn sie sich verteidigte, mußte sie ja auch eingestehen, daß sie die Rosen auf sein Zimmer gestellt hatte. Und das wollte sie nicht.

Hans sah Liselotte forschend an.

»Ist das wahr, Liselotte? Warst du in meinem Zimmer?«

»Natürlich war sie drinnen, ich sage dir doch, daß ich sie erwischt habe!« rief Lori schrill dazwischen und sah Liselotte drohend an.

»Ich will es trotzdem von Liselotte selbst hören. Also sprich, Liselotte, warst du in meinem Zimmer?«

»Ja«, antwortete sie leise.

»Und was wolltest du dort?« fragte er weiter.

»Herumkramen und spionieren, ich sage es dir ja!« rief Lori erbost.

»Schweig doch, Lori, ich will von Liselotte selbst die Wahrheit hören. Hörst du wohl, Liselotte, – die Wahrheit. Ich weiß, du wirst mich nicht belügen.«

Liselotte nahm ihr Herz in beide Hände. Sie schluckte tapfer die Tränen hinunter. Nun mußte sie doch ihr Geheimnis preisgeben. Lügen konnte sie nicht.

»Ich – ich hatte nur einen Strauß Rosen in dein Zimmer gestellt – zum Willkommen«, sagte sie leise.

»Ach – die schönen Rosen auf dem Schreibtisch?«

»Ja.«

»Das lügt sie. Die Rosen wird wohl Mama auf deinen Schreibtisch gestellt haben. Sie darf ja keine Rosen abpflücken und der Gärtner gibt ihr keine, das weiß ich!« rief Lori gehässig.

»Doch – ich habe die Rosen hingestellt«, beharrte Liselotte.

»Dann hast du sie gestohlen«, schrie Lori heftig.

Liselotte fuhr auf und wurde ganz bleich.

»Ich stehle nicht!« rief sie mit seltsam klingender Stimme und in ihren Augen flammte ein edler Stolz.

»Pah! Dann kannst du die Rosen auch nicht auf Hans' Zimmer gestellt haben. Das sagst du nur, um dich herauszureden.«

Hans sah in Liselottes bleiches, zuckendes Gesicht. Sie tat ihm schrecklich leid. Er hätte die Sache auf sich beruhen lassen, aber er wollte nicht, daß auf Liselotte ein schlimmer Verdacht ruhen bleibe.

»Du wirst es mir sagen, Liselotte, woher du die Rosen hast.«

Liselotte strich sich die Locken aus der Stirn und sah ihn offen und ehrlich an.

»Ich habe sie von Frau Schulz.«

»Aus der »Weißen Taube?«

»Ja.«

»Ha, das ist wieder gelogen. Sie ist ja seit Tagen nicht aus dem Schlosse gekommen, das weiß ich doch«, triumphierte sie.

Sie hoffte, Liselotte zu überführen.

»Schweig doch, Lori, und sprich nicht so häßliche Anschuldigungen aus. Laß Liselotte doch ungehindert sagen, wie sie zu den Rosen gekommen ist. Also sprich, Liselotte.«

»Ich bin heute mogen sehr zeitig aufgestanden. Das tue ich oft, um an das Grab meiner Mutter zu gehen. Auch heute war ich erst am Grabe meiner Mutter und dann bin ich in die »Weiße Taube« gegangen. Frau Schulz gibt mir manchmal Blumen für meiner Mutter Grab. Und heute bat ich sie um einige Rosen und sagte ihr auch, wozu ich sie haben wollte. Da durfte ich mir die schönsten aussuchen. Ich trug sie in einer Vase auf dein Zimmer. Als ich wieder herauskam, sah mich Lori und schalt, ich hätte in deinem Zinmmer gestöbert. Aber das habe ich nicht getan, würde es nie, niemals tun. Ich wollte dir nur eine kleine Freude machen. Bitte, sei nicht böse.«

Er strich ihr, gerührt lächelnd, über das Haar.

»Arme kleine Bettelprinzeß! Um mir eine Freude zu machen, stehst du so früh auf und läufst ins Dorf, und dafür wirst du noch verdächtigt. Wie soll ich dir böse sein? Dann waren sicher auch früher die Blumen von dir, die ich stets bei meiner Heimkehr auf meinem Schreibtisch fand, und die mich so erfreuten?« –

Glücklich und froh aufatmend nickte Liselotte.

Hans wandte sich an seine Schwester.

»Nun siehst du wohl ein, daß du Liselotte unrecht getan hast, nicht wahr?«

Lori warf den Kopf zurück.

»Geschieht ihr schon recht. Warum ist sie immer so aufdringlich. Was hat sie dir Blumen auf dein Zimmer zu stellen, das kann ich tun.«

»Aber du hast es nie getan.«

»Weil ich nicht daran gedacht habe. Sie hätte es mir ja sagen können. Aber aufdringlich ist sie immer gewesen. Und überhaupt – du darfst gar nicht leiden, daß sie dich mit ›du‹ und ›Hans‹ anredet. Du bist längst erwachsen. Die Diener und Fräulein Herter dürfen dich auch nicht duzen.«

»Bei Liselotte ist das etwas anderes.«

»Nein, sie ist uns ebenso fremd. Du darfst es nicht leiden.«

»Darüber hast du nicht zu entscheiden, Lori.«

»Aber Mama wird es tun. Du bist viel zu gut und hast gar keinen Stolz. Du bist gegen Untergebene viel zu freundlich. Das ist eines Barons Bodenhausen nicht würdig.« – Hans lachte ärgerlich.

»Nun, dafür hast du Stolz für zehn Mann. Sei so gut und mache kein weiteres Aufheben davon. Ich will, daß mich Liselotte auch in Zukunft wie ihren Pflegebruder betrachtet und ›du‹ und ›Hans‹ zu mir sagt.«

»Oh, du sollst schon sehen, daß es Mama verbieten

wird. Ich werde sie jedenfalls darauf aufmerksam machen, daß es unschicklich ist.«

Er erhob sich rasch.

»Schäme dich doch, Lori. Wie kannst du nur so häßlich zu Liselotte sein.«

Er sah dabei so streng und böse aus, daß Lori erschrocken schwieg und sich schmollend in den Sessel zurückwarf. Liselotte saß blaß und zitternd dabei und die Tränen würgten sie im Halse.

Hans wandte sich ihr voll Mitleid zu.

Es kam nun keine frohe Stimmung mehr auf. Lori schmollte weiter, und Hans sprach mit Liselotte über das, was er im Gymnasium gelernt hatte, und ließ sich auch von ihr über den Unterricht berichten. –

»Du mußt nicht mehr leiden, Mama, daß Liselotte Hans ›du‹ nennt«, sagte Lori später zu ihrer Mutter.

Die Baronin fand, daß Lori recht hatte. Das ging nicht mehr an. Und schon an demselben Abend sagte sie bei Tisch kurz und unfreundlich zu Liselotte: »In Zukunft sagst du nicht mehr ›du‹ zu Junker Hans, sondern nennst ihn, wie alle anderen, die nicht zur Familie gehören, ›Sie‹ und ›Junker Hans‹. Das gehört sich so. Fräulein Herter hat wohl vergessen, dich darauf aufmerksam zu machen.«

Fräulein Herter bekam einen roten Kopf und entschuldigte sich, und Liselotte machte mit niedergeschlagenen Augen eine Verbeugung und sagte:

»Sehr wohl, Frau Baronin.«

»Wie eine Dienerin wird das arme Ding behandelt, und daran ist nur Lori schuld«, dachte Hans und sah vorwurfsvoll zur Schwester hinüber. Die warf triumphierend den Kopf zurück.

Als Junker Hans Liselotte nach dem Abendessen allein auf dem Gang traf, sagte er tröstend:

»Das tut nichts, Liselotte, deshalb bleiben wir doch die alten guten Freunde. Und auf deinem Zimmer liegt etwas für dich.«

Sie atmete auf und drückte ihm dankbar und glückstrahlend die Hand.

Als Liselotte in ihr Kämmerchen kam, lag auf ihrem Tisch ein kleines Paket. Darauf stand, von des Junkers Hand geschrieben:

»Für meine kleine Liselotte mitgebracht.«

Mit zitternden Händen packte es Liselotte aus. Das Paket enthielt ein Märchenbuch mit vielen schönen Bildern und eine reizende Schokoladenpackung. Sie drückte beides voll Entzücken an ihr Herz.

»Lieber, lieber Hans, du bist so gut zu deiner armen kleinen Bettelprinzeß«, flüsterte sie und die hellen Tränen liefen ihr über die Wangen.

Liselotte hörte Fräulein Herter drüben in ihrem Zimmer. Sie nahm ihren Schatz und klopfte an die Verbindungstür. Fräulein Herter hieß sie eintreten.

»Fräuleinchen – mein liebes, gutes Fräuleinchen!« rief Liselotte und warf sich in ihre Arme.

»Hans – ich meine Junker Hans – hat mir gesagt, daß er mein Freund bleibt. Sieh doch nur, was er mir schenkte!«

Wenn sie allein waren, nannte Liselotte ihr geliebtes Fräulein immer du. Das durfte sonst niemand hören.

Glückstrahlend zeigte Liselotte das Märchenbuch und die Schokolade.

»Von der Schokolade mußt du mitessen, liebes Fräulein, sonst schmeckt sie mir nicht«, sagte Liselotte und gab nicht eher Ruhe, bis Fräulein Herter zugelangt hatte.

»Ich habe dir doch schon die Kirschen zur Hälfte aufgegessen«, sagte sie lachend.

Liselotte lachte mit.

»Ach, du gibst mir doch auch etwas von allem ab, was du hast.«

Als sie dann zu Bett ging, legte Liselotte das Märchenbuch unter ihr Kopfkissen. Am andern Morgen traf sie Junker Hans wieder draußen auf dem Gange. Da nahm sie seine Hand und sagte:

»Ach lieber Hans – ach nein – Junker Hans – das schöne Buch und die herrliche Schokolade. Ich danke Ihnen so sehr und bin so sehr glücklich darüber.«

Er klopfte ein wenig väterlich ihre Wange.

»Wenn es dir nur Freude gemacht hat, Liselotte.«

*

Schnell, viel zu schnell vergingen die Ferienwochen, die Hans in Bodenhausen zubrachte. Liselotte kam nur selten noch einmal auf kurze Zeit mit ihm zusammen. Meist war Lori dabei, die immer wieder versuchte, den Bruder gegen Liselotte einzunehmen.

In der letzten Ferienwoche veranstaltete die Baronin ein großes Gartenfest, zu dem sämtliche jungen Leute und Kinder der benachbarten Gutsbesitzer mit eingeladen wurden. Es sollte hauptsächlich ein Fest für die Jugend werden, wobei die älteren Herrschaften mehr Zuschauer sein sollten.

Liselotte durfte nicht an dem Fest mit teilnehmen.

Fräulein Herter mußte im Park bei den Kinderspielen die Aufsicht führen. Da saß nun die arme kleine Liselotte ganz allein in ihrem engen Kämmerchen und sah mit großen, sehnsüchtigen Augen hinunter auf das lebhafte bunte Treiben.

Sie hatte sich ihr neues Märchenbuch herbeigeholt und wollte lesen und gar nicht auf das Fest achten. Aber das Buch sank immer wieder herab und ihre Augen blickten darüber hinweg und suchten da unten zwischen den festlich gekleideten Menschen ihren lieben Junker Hans.

Einmal sah sie ihn im lustigen, lebhaften Spiel inmitten einer Schar schöngekleideter Mädchen, die alle älter waren als sie und Lori. Sie drangen neckend auf ihn ein, und er wehrte lachend ab.

Ein wenig hatte Liselotte das Fenster geöffnet. Zuweilen hörte sie ganz deutlich das warme, frohe Lachen des Junkers heraufschallen.

Betrübt saß sie hinter der Gardine. Man durfte sie ja von unten nicht sehen. Ach, wie tat ihr das Herz so weh in ihrer Verlassenheit.

Und nun wurden Erfrischungen und Leckereien herumgereicht.

Junker Hans bediente höflich einige der hübschen jungen Mädchen. Dann sah sie ihn wieder, wie er einer älteren Dame artig ein warmes Tuch um die Schultern legte und ihr ein Fußbänkchen zurechtrückte. Die Dame sagte lächelnd etwas zu ihm. Da verneigte er sich und küßte ihr die Hand. Wie schlank und vornehm seine Erscheinung wirkte.

Als er von der alten Dame zurücktrat, schien ihr, als blickte er forschend zu ihrem Fenster hinauf.

Da schluchzte sie plötzlich jammervoll auf und barg das Gesicht in den Händen.

So saß sie lange in ihren Schmerz versunken, bis sich plötzlich leise die Türe öffnete. Erschrocken fuhr sie empor. Da stand Junker Hans auf der Schwelle und trug einen großen Teller, angefüllt mit lauter guten Sachen und Leckereien, auf den Händen.

»Dacht ich's doch, arme kleine Bettelprinzeß. Da sitzest du nun ganz verlassen und weinst dir deine Augen aus. Sei ruhig, ich bitte dich, ich kann es nicht sehen, wenn du weinst.«

Sie trocknete hastig ihre Tränen und zwang ein Lächeln in ihr Gesicht. »Die dummen Tränen – sie kamen mir gelaufen – ich wollte gar nicht weinen«, stammelte sie.

Er stellte den Teller vor sie hin.

»Da sieh, was ich alles für dich zusammengerafft habe. Ich wollte dir eine kleine Freude machen. Und nun darfst du nicht mehr traurig sein.«

Ihre Augen hingen an seinem Gesicht.

»Sie sind so gut – so gut, Junker Hans!«

»Ach nicht doch, ich kann es nur nicht vertragen, wenn du traurig bist. So – jetzt sperr dein Schnäbelchen auf, da ist ein leckeres Törtchen. Schmeckt es gut?«

Sie nickte dankbar.

»Sehr gut.«

»So, dann schnabuliere weiter, das ißt du alles auf im Laufe des Nachmittags. Und bei jedem Stück denkst du: Jetzt bin ich vergnügt. So ist's recht, jetzt lachst du schon ein wenig. Versuch's nur einmal recht herzlich.«

Sie lachte wirklich.

»Siehst du wohl, es geht. Und hier vom Fenster aus siehst du alles ganz schön, auch nachher die Beleuchtung und das Feuerwerk, nicht wahr?«

»Ja, Junker Hans.«

»Hm! Und nun wollen wir noch etwas ausdenken zu deiner Unterhaltung. Paß auf, wo ich bin, wenn du hinunterschaust. Und wenn du siehst, daß ich mein Taschentuch ziehe und mir Luft zuwedle, als sei mir zu heiß, das soll heißen: ›Liselotte, ich denke an dich‹. Und wenn ich mit der Hand über die Stirn streiche, das heißt: ›Du darfst nicht traurig sein, Liselotte.‹ Dann fühlst du dich nicht so einsam und verlassen, nicht wahr?«

Sie nickte mit strahlenden Augen.

Da lachte er froh.

»So ist es recht, nun siehst du ganz vergnügt aus. Aber nun muß ich schnell wieder hinunter. Also gib auf meine Zeichen acht.«

Wie aufmerksam verfolgte Liselotte nun erst seine Gestalt in der Menge. Und wieder und wieder sah sie, wie er sich mit dem Taschentuch zufächelte oder über seine Stirn strich. Das wurde nun eine herrliche Unterhaltung für sie, nun hatte auch sie ihr Fest. Das Herz wurde ihr wieder leicht und die Einsamkeit war ihr nicht mehr fühlbar. –

Wenige Tage darauf reiste Junker Hans ab. Liselotte war zumute, als sei nun die warme leuchtende Sonne wieder untergegangen. Und sie weinte sich wieder einige Abende in den Schlaf. Aber dann fiel ihr ein, daß sie Junker Hans versprochen hatte, tapfer zu sein. Da nahm sie sich zusammen und tröstete sich damit, daß er Weihnachten wiederkommen würde.

*

Wieder waren Jahre verstrichen. Liselotte und Lori waren jetzt im fünfzehnten Lebensjahr, Junker Hans hatte studiert und reiste nun viel.

In Liselottes Leben hatte sich bisher wenig geändert. Noch immer war ihr Lori feindlich gesinnt, ließ sie fast nicht von ihrer Seite und betrachtete sie als tief unter sich stehend.

Dies harte und kummervolle Leben stählte jedoch Liselottes Charakter.

Lori merkte sehr wohl, daß Liselotte schöner und klüger war als sie selbst. Aber gerade das reizte sie immer mehr zu Groll und Zorn gegen sie. Sie redete sich ein, Liselotte sei häßlich und schlecht, damit sie nur einen Grund hatte, sie zu quälen.

Liselotte blieb für ihre Freunde in der »Weißen Taube« nur immer die erste Morgenstunde, solange Lori noch schlief.

Der lange Heinrich war immer noch Hausdiener bei Frau Schulz. Er freute sich mit seiner Herrin, wenn

Liselotte zu einem Morgenbesuch kam. Und immer hatte er, gleich seiner Herrin, irgendeine Kleinigkeit für das junge Mädchen bereit, die ihr Freude machte.

Liselotte war nun ein schlankes Mädchen geworden, und trotzdem sie Loris abgelegte Kleider trug, sah sie doch vornehm und schön aus.

Je älter Liselotte wurde, je schwerer war es ihr, Loris Feindseligkeit geduldig zu ertragen. Sie war nun kein unverständiges Kind mehr und trotz aller erlittenen Demütigungen hatte sie ein stolzes Herz. Alle Kraft hatte sie nötig, um sich zu beherrschen, wenn Lori sie beleidigte und kränkte.

Schwerer als je litt sie unter dem Spottnamen »Bettelprinzeß«, der ihr noch immer anhaftete.

Seltener kam jetzt Junker Hans nach Hause.

Aber er hatte nicht mehr viel Zeit für sie. Er streichelte sie jetzt auch nicht mehr zärtlich, wie früher so oft. Sie war jetzt kein kleines Mädchen mehr. Aber lieb und freundlich war er immer noch zu ihr, neckte sie zuweilen in gutmütiger Art und sagte ihr auch noch hie und da ein gutes, aufmunterndes Wort. Nie kam er heim, ohne ihr irgendein kleines Geschenk mitzubringen. Alle diese Sachen verwahrte Liselotte wie einen köstlichen Schatz, und wenn sie sich einmal recht unglücklich fühlte, flüchtete sie in ihr Kämmerchen und holte ihn hervor. Dann wurde ihr das Herz wieder leicht. – Es war nun an der Zeit, daß Lori und Liselotte konfirmiert werden sollten. Sie waren beide fast fünfzehn Jahre alt. Zu ihrer Konfirmation sollte Liselotte endlich auch einmal ein neues Kleid bekommen, nicht eines von den abgelegten Gewändern Loris.

Sie sollte natürlich mit Lori an einem Tag in der kleinen hübschen Dorfkirche von Pastor Helmer konfirmiert werden. Und zur Feier der Konfirmation Loris wurde auch Junker Hans auf einige Tage zu Hause erwartet.

Darauf freute sich Liselotte am meisten, wenn auch seine Anwesenheit nicht ihr galt, sondern seiner Schwester. –

Als der festliche Tag herangekommen war, erhob sich Liselotte sehr früh am Morgen, als alles im Schlosse noch schlief. Sie ging zuerst an ihrer Mutter Grab und betete gläubigen Herzens um den Segen der toten Eltern.

Dann ging sie in die »Weiße Taube«. Dort wurde sie schon erwartet. Frau Martha Schulz überreichte ihr ein hübsches goldenes Halskettchen als Konfirmationsgeschenk.

»Liebe Tante Schulz, nie werde ich vergessen, wie gut du immer zu mir gewesen bist, und ich will dein Geschenk hoch in Ehren halten«, sagte Liselotte, Frau Martha herzlich umarmend.

Diese streichelte ihre Wangen.

»Mein liebes Kind, gern hätte ich all die Jahre mehr für dich getan. Ich habe ja selbst keine Kinder. Aber ich durfte natürlich dem Herrn Baron nicht vorgreifen. Aber das will ich dir heute sagen, ich habe dich herzlich lieb, und was auch kommen mag, bei mir wirst du immer eine Zuflucht finden. Man weiß ja nicht, wie es kommt im Leben. Ich habe da allerlei gehört. Mit dem

Herrn Baron soll es nicht gut stehen. Es hat in den letzten Jahren schlechte Ernten gegeben, und im Schlosse wird viel Geld verbraucht. Wer weiß, meine Liselotte, ob die hochmütige Baronesse Lori nicht eines Tages eine viel ärmere Bettelprinzeß wird, als du es je gewesen bist.«

Liselotte erschrak sehr über diese Worte, die Frau Schulz fast gegen ihren Willen herausgefahren waren.

»Liebe Tante Schulz – das wär ja schrecklich! Ach, es würde mich sehr, sehr unglücklich machen, wenn meine Wohltäter Unglück haben sollten.«

»Na, Kindchen, mit den Wohltaten, die sie dir erwiesen haben, ist es doch nicht so weit her.«

»Doch, Tante Schulz, du vergißt wohl, was sie mir für eine gute Erziehung haben geben lassen. Und überhaupt – alles kommt mir doch von ihnen. Ich wäre undankbar, wollte ich sie nicht meine Wohltäter nennen. O bitte, sage mir, droht ihnen wirklich Gefahr?«

»Ach Gott, Kind, man hört hier im Gasthof so mancherlei. Vielleicht ist es auch nur leeres Gerede. Wie dumm von mir, daß ich dir das Herz damit schwer mache. So schlimm wird es ja nicht gleich werden. Ich wollte nur sagen, daß du an mir immer einen Halt haben wirst, wenn du einen brauchst.«

»Das wolle Gott verhüten, Tante Schulz. Daran mag ich nicht denken.«

»Nun ja, Liselotte, es macht deinem Herzen alle Ehre, daß du dich so um sie sorgst. Am meisten sollte es mir um den Junker leid tun. Wenn er auch, wie ich gehört habe, ein bißchen viel Geld ausgibt – lieber Gott, so junge vornehme Herren wissen das nicht anders, da macht es einer dem andern nach. Und zu Hause hat er das Sparen auch nicht gelernt. Aber sonst ist er doch ein grundguter Herr und immer freundlich zu unsereinem. Aber nun laß dir deinen Ehrentag nicht durch solche trübe Gedanken stören.«

Ehe Liselotte antworten konnte, kam Heinrich herein. Er war in aller Frühe im Walde gewesen und hatte nach den ersten Frühlingsblumen gesucht. Glücklich war er, daß er ein Sträußchen Schneeglöckchen gefunden hatte, um es in das hübsche Kästchen zu legen, das er für Liselotte gearbeitet hatte. Er überreicht es ihr mit strahlendem und doch ein wenig verlegenem Gesicht.

»Siehst du, Liselottchen, ich hab' mir's doch gedacht, daß du heute früh kommen würdest. Und weil ich nur ein armer Bursche bin und dir nichts Schönes schenken kann, mußt du damit zufrieden sein. Freust dich 'n bißchen darüber?«

»Sehr, lieber guter Heinrich. Wie schön du das Kästchen geschnitzt hast. So viel Mühe hast du dir damit gegeben. Ich danke dir tausendmal. Und die Blumen nehme ich mit in die Kirche und will an dich denken.«

»Wir gehen natürlich alle in die Kirche, wenn du eingesegnet wirst, Liselottchen«, sagte Heinrich.

Sie nickte.

»Ich werde es fühlen, daß ihr lieben guten Menschen bei mir seid. Aber nun muß ich schnell nach Hause, heute stehen sie wohl im Schloß etwas früher auf als sonst. Und Junker Hans ist auch daheim, der ist ein Frühaufsteher.«

Sie verabschiedete sich herzlich mit innigen Dankesworten und ging.

Auf dem Nachhauseweg mußte sie wieder daran denken, was Tante Schulz über die Vermögensverhältnisse in Bodenhausen gesagt hatte. In ihrem Herzen war ein sorgendes, drückendes Gefühl. Sie hatte mit ihren klugen offenen Augen schon selbst mancherlei bemerkt. Da kamen zuweilen Herren ins Schloß, die recht unfreundliche Gesichter machten und sich gar nicht ehrerbietig gegen den Herrn Baron benahmen. Sie hatten lange Unterredungen mit ihm, und wenn sie dann fortgingen, sah der Baron so düster und sorgenvoll aus und zeigte ein unruhiges, gereiztes Wesen. Ach – wenn Tante Schulz recht hatte, wenn der Baron Sorgen hatte, dann wurde doch auch ihr lieber Junker Hans davon betroffen.

Ganz heiß wurde ihr bei dem Gedanken. Nur Junker Hans durfte kein Ungemach treffen.

»Lieber Vater im Himmel, beschütze und behüte ihn, laß ihm kein Leid geschehen. Nur ihm nicht. Er ist ja so gut und lieb und verdient es, daß du ihn in deinen Schutz nimmst. Auch seine Eltern bewahre vor Leid, lieber Gott, und auch Lori.«

So betete sie inbrünstig.

Als sie den Park betreten hatte, begegnete ihr Junker Hans. Er trug einen flotten Sportanzug mit kurzen Beinkleidern und einer kleidsamen Joppe.

Lachend bot er ihr die Hand.

»Guten Morgen, Liselotte! Schon so früh auf dem Wege?«

Sie sah ihn mit ihren samtbraunen Augen an.

»Ich war am Grabe meiner Mutter und in der ›Weißen Taube‹.«

Er deutete lächelnd auf die Schneeglöckchen, die sie auf das Kästchen gelegt hatte.

»Hast du schon Blumen gepflückt?«

»Nein, die hat mir Heinrich geschenkt, und dies reizende Kästchen hat er für mich geschnitzt.«

»Ach – der Hausdiener aus der ›Weißen Taube‹, nicht wahr?« –

»Ja.«

»Er ist immer noch dein guter Freund?«

»Ja, ein sehr guter, treuer Freund. Und von Frau Schulz bekam ich dies goldene Kettchen. Sehen Sie nur, Junker Hans, ist es nicht lieb? Ach, es gibt so viele gute Menschen, die so lieb zu mir sind.«

Sein lustiges Gesicht wurde ernst.

»Wie bist du bescheiden und anspruchslos. Ich meine, du hättest viel mehr Unbill von den Menschen zu erleiden als Guttaten und Freundlichkeiten.«

Sie schüttelte den Kopf.

»O nein, Junker Hans! Es wäre sehr undankbar von mir, wenn ich das sagen wollte. Alle Menschen können ja nicht gut zu mir sein, nicht wahr? Aber daß es einige gibt, das macht mich so glücklich und dankbar.«

Er sah sie wie in verhaltener Rührung an.

»Nun ich wette, die kannst du an den Fingern abzählen, die es gut mit dir meinen. Sag mal her, wer dir Gutes getan hat.«

Sie sah strahlend zu ihm auf.

»Sie zuerst, Junker Hans, Sie sind der Liebste und

Beste, der mir am meisten Gutes getan hat, dann Fräulein Herter, Frau Schulz, Heinrich – und Herr Baron und Frau Baronin, die mich doch in ihr Haus aufgenommen haben – und –«

Sie schwieg still und dachte nach.

»Ja – und? Nun bist du auch schon am Ende.«

»Sind das nicht viele?«

»Nun ja – für so ein bescheidenes Gemüt, wie du bist, Liselotte. Wenn dir diese Menschen alle nicht mehr zugute tun als ich und meine Eltern, dann ist es eben nicht viel.«

»O doch – sehr viel, Junker Hans.« Er sah sie wie verwundert ob ihrer Genügsamkeit an, und dabei mußte er denken, wie schön und vornehm sie aussah.

»Was bist du für ein großes Mädchen geworden, kleine Liselotte. Und heute sollst du nun konfirmiert werden. Aber – ich will dich nicht mehr aufhalten. Geh schnell ins Schloß zurück. Ich komme gleich nach. Damit man mit dem Frühstück nicht auf dich warten muß, ich will noch ein wenig später kommen als du, damit es heute nicht Schelte gibt für dich.«

Sie eilte davon, und er sah ihr mit einem seltsam nachdenklichen Blick nach. –

Nach dem Frühstück wurden die beiden jungen Konfirmandinnen beschenkt. Baronesse Lori erhielt eine Menge kostbarer Geschenke. Von allen Seiten waren Blumen und Kostbarkeiten für sie geschickt worden und Eltern und Bruder bedachten sie auch sehr reich.

Liselotte erhielt im Verhältnis zu Lori sehr wenig,

und doch war ihre Freude größer als die der verwöhnten, anspruchsvollen Baronesse.

Baron und Baronin Bodenhausen schenkten Liselotte eine goldene Armbanduhr. Von Fräulein Herter erhielt sie ein schönes Buch. Junker Hans überreichte ihr einen hübschen goldenen Anhänger, und selbst Lori schenkte ihr einen goldenen Ring mit blauen Steinen, den sie bisher selbst getragen hatte.

Liselotte war überglücklich. So reich war sie noch nie beschenkt worden. Am meisten freute sie sich über das Geschenk von Junker Hans. Sie befestigte es sogleich an dem Halskettchen von Tante Schulz und legte all die schönen Sachen in das von Heinrich geschnitzte Kästchen.

Rührend war ihr Freude und Dankbarkeit.

Als sie dem Baron für die Uhr dankte, fügte sie hinzu:

»Und ich danke Ihnen auch aus tiefstem Herzen, Herr Baron, daß sie so viel Gutes an mir getan haben.«

Der Baron sah dabei zufällig seinen Sohn an, und er wurde unter dessen Blick ein wenig rot, vielleicht, weil er fühlte, daß es nicht eben viel war, was er für Liselotte getan hatte.

»Laß gut sein, Kind – es ist gern geschehen. Du bist ja immer artig und folgsam gewesen. Und morgen früh um zehn Uhr kommst du in mein Arbeitszimmer. Ich habe da etwas mit dir zu besprechen.«

Dann war es Zeit, in die Kirche zu gehen.

Pastor Helmer hielt eine sehr schöne Predigt. Er wies darauf hin, daß der liebe Gott sich auch der elternlosen Waisen erbarme und ihnen gute und edle Menschen sende, die sich ihrer annehmen.

Nach der kirchlichen Feier fand im Schlosse ein Festmahl statt, an dem außer mehreren Gästen aus der Nachbarschaft auch Pastor Helmer teilnahm. Und obwohl Gäste anwesend waren, durfte Liselotte heute mit an der Tafel sitzen. Die beiden Konfirmandinnen hatten ihre Plätze rechts und links von Pastor Helmer. Dieser Tag war der glücklichste, den Liselotte je in Schloß Bodenhausen erlebt hatte, und wohl der einzige, an dem ihr von Lori keine Kränkung zugefügt wurde.

Am nächsten Morgen punkt zehn Uhr trat Liselotte in das Arbeitszimmer des Barons.

Er saß am Schreibtisch, hatte das Haupt, auf dem schon ein leichter, grauer Schimmer lag, auf die Hand gestützt und sah so recht düster und sorgenvoll vor sich hin. Vor ihm lag ein großes Buch aufgeschlagen, in dem er gerechnet hatte. Als Liselotte eintrat, blickte er auf.

»Ach so – du bist es, Liselotte! Nun komm näher, setze dich hier in den Sessel, ich habe mit dir zu reden.«

Gehorsam, mit klopfendem Herzen, ließ sich Liselotte auf den bezeichneten Sessel neben dem Schreibtisch nieder. Eine Weile zögerte der Baron. Liselotte sah in sein Gesicht und es fiel ihr zum ersten Male auf, daß Junker Hans seinem Vater sehr ähnlich war. Sie hatte immer viel mehr Zuneigung für den Baron gehabt als für dessen Gemahlin, die ihr stets kalt und stolz begegnete. Der Herr Baron hatte doch öfter ein freundliches Wort für sie gehabt.

Endlich begann der Baron:

»Du bist nun fünfzehn Jahre alt, Liselotte, und gestern durch die Konfirmation in den Bund der erwachsenen Christen aufgenommen worden. Ich glaube auch, daß du ernst und verständig über deine Jahre bist, und daß man ein vernünftiges Wort mit dir reden kann. Du weißt, unter welchen Umständen du vor zehn Jahren in mein Haus kamst. Deine Mutter verunglückte, als sie dich retten wollte, durch meine Pferde, und ich versprach ihr auf dem Sterbelager, dich im Schloß aufzunehmen und für deine Erziehung Sorge zu tragen. Du weißt, daß du sonst ganz allein und verlassen im Leben standest, nicht wahr?«

»Ja, Herr Baron – und ich weiß, wieviel Dank ich Ihnen schuldig bin«, sagte Liselotte leise.

»Nun, davon wollen wir jetzt nicht sprechen«, entgegnete der Baron, nicht ohne Güte und Wohlwollen in ihr Gesicht blickend. »Also meine Frau und ich haben beschlossen, dich mit Lori nach Lausanne in ein Töchterheim zu schicken, damit deine Erziehung vollendet wird. Fräulein Herter wird entlassen und –«

Liselotte zuckte zusammen. Ein heißer Schmerz durchzuckte sie, als sie hörte, daß die treue Freundin ihrer einsamen Jugend Bodenhausen verlassen sollte.

»Fräulein Herter geht fort?« fragte sie bestürzt, alle Zurückhaltung vergessend.

»Ja, sie geht vorläufig zu ihren Verwandten. Hat sie dir das noch nicht gesagt?«

»Nein, Herr Baron.«

Nur mühsam brachte Liselotte diese wenigen Worte hervor.

»Ja, Kind, ich kann doch Fräulein Herter nicht ewig hier behalten. Die Zeiten sind schlecht – sehr schlecht. Ich habe mit schweren Sorgen zu kämpfen, und wir müssen jetzt sparen, wo wir können. Es wird mir auch nicht leicht, für Lori und dich das ziemlich hohe Pensionsgeld zu zahlen. Für zwei Jahre sollt ihr nach Lausanne gehen. Die Pension von Madame Chevaux ist uns als eine der besten empfohlen worden, sie ist aber auch teuer. Die Hauptsache ist jedoch, daß Lori gut lernt, da sie noch mancherlei nachholen muß. Und du sollst dort deine Erziehung abschließen. Da deine Mutter eine gebildete Frau war, sollst du auch eine gute Erziehung genießen. Ich will halten, was ich versprochen habe. Und deshalb sollst du bis zum Schluß die gleiche Ausbildung erhalten wie meine eigene Tochter. Es ist nun dein eigener Vorteil, wenn du auch in Lausanne, wie bisher, sehr fleißig bist. Fräulein Herter hat mir kürzlich gesagt, daß du in allen Fächern viel Besseres leistest als Lori. Das ist sehr gut für dich. Und es wäre schön von dir, wenn du Lori ein wenig anspornen würdest, auch fleißig zu sein. Ich weiß, Lori läßt sich wenig beeinflussen, vor allem von dir nicht. Aber du kannst schon viel durch ein gutes Beispiel wirken. Vor allen Dingen aber bedenke, daß du dir so viele Kenntnisse als möglich aneignen solltest, weil du später dein Brot selbst verdienen mußt. Wenn du aus dem Töchterheim zurückkommst, kann ich nichts mehr für dich tun. Wir werden dir dann noch Aufnahme in Bodenhausen gewähren, bis du eine gute Stellung, vielleicht als Gesellschafterin oder dergleichen, gefunden hast, auch wir werden uns selbst um eine solche Stelle für dich bemühen. Aber um eine solche zu erhalten, ist es notwendig, daß du gute Zeugnisse und Empfehlungen hast. Ist dir das klar?«

Liselotte bezwang sich tapfer. Zu sehr war sie schon gewöhnt, sich zu beherrschen. Mit großen ernsten Augen sah sie in das sorgenvolle Gesicht des Barons.

»Ja, Herr Baron, ich verstehe das alles und will gewiß alles tun, mir die Zufriedenheit meiner Lehrer und Lehrerinnen zu erwerben. Und ich danke Ihnen sehr, daß Sie mich auch noch in das Töchterheim schicken wollen.«

»Gut, gut, Kind. Ich sehe, du bist ein vernünftiges Mädchen. Nun höre weiter. Deine Mutter hatte vor ihrem Tode bei Pastor Helmer für dich ein Päckchen mit Familienpapieren hinterlegt, das du an deinem achtzehnten Geburtstag erhalten sollst. Dieses versiegelte Päckcken verwahre ich dir weiter, bis du es erhalten sollst. Zugleich hat deine Mutter auch in sicheren Wertpapieren zehntausend Mark für dich hinterlassen. Dies Geld habe ich dir gewissenhaft verwaltet und habe für die Zinsen immer wieder Wertpapiere dazu gekauft, so daß du jetzt ungefähr fünfzehntausend Mark dein nennen kannst. Das ist nicht viel, aber immerhin ein Notpfennig für dich, wenn dir etwas zustoßen sollte. So, das alles wollte ich dir heute sagen. Du weißt nun, wie deine Zukunft sich gestalten wird, und wirst wie ein kluges, tapferes Mädchen selbst daran arbeiten, daß es dir wohl geht. Und nun kannst du gehen, Liselotte. In vierzehn Tagen ungefähr wirst du mit Lori abreisen. Fräulein Herter wird euch dorthin begleiten, ehe sie nach Hause zurückgeht.«

Liselotte erhob sich. Der Baron reichte ihr die Hand und sie zog sie ehrerbietig an ihre Lippen. Dann ging sie hinaus.

Wie im Traum schritt sie durch den langen Gang nach ihrem Kämmerchen. Als sie eintrat, fand sie Fräulein Herter vor, die auf sie gewartet hatte.

Liselotte fiel ihr schluchzend um den Hals.

»Ach Fräulein – Fräulein – du willst fortgehen von Bodenhausen – von mir – mein treues liebes Fräulein!« rief sie außer sich.

Auch Fräulein Herter kamen die Tränen.

»Ich will nicht, Kind, aber ich muß. Wenn wir mit all unsrer Kraft und allem Können den jungen Menschen den Weg ins Leben gezeigt und sie alles gelehrt haben, was wir selber wissen, dann sind wir überflüssig.«

»Ach Fräulein – warum hast du mir noch nichts davon gesagt?«

»Erfährst du es heute nicht auch noch früh genug?«

»Und was wird aus dir, liebes, treues Fräulein?«

»Sorge dich nicht um mich. Vorerst gehe ich zu meiner Schwester, die verheiratet ist. Meine Eltern sind ja beide schon lange tot. Ich habe auch noch einige andere Verwandte, die ich besuchen und wiedersehen will. In all den Jahren, da ich in Bodenhausen war, bin ich ja nur vor fünf Jahren ein einziges Mal auf kurze Zeit zu Hause gewesen. Wenn ich dann einige Monate im Kreise meiner Angehörigen verlebt habe, suche ich mir wieder eine andere Stellung, denn ich bin darauf angewiesen, mir mein Brot zu verdienen.«

Liselotte schluchzte fassungslos.

»Und ich werde dich vielleicht nie wieder sehen. Auch dich soll ich nun noch verlieren.«

Fräulein Herter zog sie fest an sich und küßte sie.

»Mach mir das Herz nicht noch schwerer, als es schon ist, meine Liselotte.«

»Wirst du mir wenigstens schreiben, liebes Fräulein?«

»Gewiß Kind. Wir werden uns fleißig schreiben. Du erzählst mir alles, was du erlebst, und ich berichte dir auch alles. Und vielleicht ist uns doch eines Tages ein Wiedersehen beschert. Das Leben führt uns oft seltsame Wege, und die Welt ist klein.« – Liselotte seufzte.

»Ach, du wirst so weit fort sein von mir.«

»Ob mehr oder weniger entfernt – wenn wir nicht beisammen sein können, ist es gleich, ob hundert oder tausend Meilen zwischen uns liegen. Nun wollen wir aber nicht mehr von der Trennung reden. Noch sind wir vereint und wollen mit jeder Stunde des Beisammenseins geizen. Und von dir wollen wir sprechen. Hat dir der Herr Baron gesagt, daß du mit nach Lausanne sollst?«

Liselotte erzählte Fräulein Herter alles, was ihr der Herr Baron gesagt hatte. Als sie zu Ende war, streichelte das gute Fräulein die traurige Liselotte.

»Ja, ja, mein liebes Kind, du wirst also in Zukunft auch bei fremden Leuten dein Brot essen müssen.

Nun – du hast hier eine schwere Schule durchgemacht und dich gestählt für den Kampf ums Dasein. Vielleicht findest du später eine gute Stellung. Du wirst vor allen Dingen Loris Quälereien entrückt sein. Verzage nur nicht. Der liebe Gott hält über uns allen seine treue starke Hand. So lange er uns nicht verläßt, sind wir nie ganz allein.«

Ach, die arme Liselotte konnte jetzt gar nicht so fest und mutig in die Zukunft blicken, in die Zukunft, in der sie ihr liebes Fräulein nicht mehr finden würde. Und noch einer würde in dieser Zukunft fehlen – Junker Hans. Das machte ihr das Herz unsagbar schwer.

Junker Hans reiste schon am nächsten Tage wieder ab. Auch er hatte von seinem Vater gehört, was über Liselottes Zukunft beschlossen worden war. Sie tat ihm leid, aber helfen konnte er ihr nicht. Und vorläufig war sie ja noch zwei Jahre gut versorgt.

Als nun Baronesse Lori hörte, daß Liselotte mit ihr dasselbe Töchterheim besuchen sollte – mehr teilten ihr die Eltern vorläufig nicht mit über das, was über Liselotte beschlossen –, da war sie ganz außer sich.

»Wie, Mama, nun soll ich auch noch zusammen mit ihr in ein Töchterheim? O nein, das tue ich nicht. Papa, Mama, das dürft ihr mir nicht zumuten.«

Aber Vater und Mutter waren nicht in der Stimmung, auf Lori zu hören. Sie hatten den Kopf voll von anderen Dingen. Es stand wirklich schlecht um Bodenhausen. Wenn der Baron Geld brauchte, erhielt er es nur schwer und gegen sehr hohe Zinsen. Die Schuldenlast vermehrte sich in erschreckender Weise.

Und nun man endlich zu sparen anfangen wollte, ging das nicht so leicht.

So hatten Loris Eltern keine Lust, sich durch ihre Einwände stören zu lassen in dem, was sie beschlossen hatten.

Der Baron bestimmte ziemlich schroff, daß sich Lori zu fügen hätte, und daß sie gut dran tue, sich die fleißige Liselotte zum Vorbild zu nehmen.

Solch harte Worte war Lori von ihren Eltern nicht gewöhnt. Und daß man ihr gar Liselotte als Vorbild hinstellte, empörte sie namenlos. Sie mußte freilich schweigen und sich fügen, aber nun ließ sie ihren Groll in verstärktem Maße an Liselotte aus. Diese konnte tun und lassen, was sie wollte, alles wurde von Lori angefeindet.

Liselotte hatte alle Kraft nötig, sich zu beherrschen und bei alledem ruhig zu bleiben.

Lori nahm sich fest vor, Liselotte das Leben in Lausanne nach Kräften zu verleiden. Sie wollte sich schon dafür an Liselotte rächen, daß man sie ihr als Genossin aufgenötigt hatte.

Es wurde nun alles zur Abreise für die beiden jungen Mädchen gerüstet. Die Baronin ließ auch für Liselotte im Hause einige neue Kleider arbeiten, weil sie die abgelegten Stücke Loris unmöglich noch tragen konnte. Natürlich wurde auch Lori neu ausgestattet, wie es einer Baronesse Bodenhausen zukam.

Dann wurden die Koffer gepackt, und Ende April ging die Reise los.

Fräulein Herter wurde in Gnaden mit einem glänzenden Zeugnis entlassen und versprach, die beiden jungen Mädchen sorglich nach Lausanne zu begleiten und bei Madame Chevaux abzuliefern.

Am letzten Morgen vor ihrer Abreise war Liselotte noch einmal im Gasthof zur ›Weißen Taube‹ gewesen, um sich von Tante Schulz und Heinrich zu verabschieden.

»Nun, dann laß dir's gut gehen, Liselottchen. Wenn du wiederkommst, sage ich dann Fräulein Liselotte zu dir, denn du bist doch nun sozusagen eine junge Dame, und ich weiß, was sich schickt.«

So plauderte Heinrich.

Liselotte fühlte aber aus alledem nur die Liebe und Fürsorge heraus und drückte herzlich seine schwielige Hand.

Frau Schulz umarmte sie und gab ihr noch allerlei sorgliche Ermahnungen mit auf den Weg. –

Dann saß Liselotte neben Fräulein Herter, der Baronin und Lori gegenüber in demselben Wagen, auf den sie früher immer so sehnsüchtig am Gartenzaun der »Weißen Taube« gewartet hatte. Die Baronin wollte ihrer Tochter das Geleite bis zum Bahnhof geben.

Gleich, nachdem der Wagen am Bahnhof anlangte, brauste der Zug heran. Fräulein Herter stieg mit ihren beiden Zöglingen in ein Abteil. Ein Diener hob ihnen das Handgepäck hinein. Das große Gepäck war bereits am Abend vorher aufgegeben worden, damit es pünktlich in Lausanne eintraf.

Liselotte hatte der Baronin die Hand geküßt, und Lori hatte ihre Mutter umarmt und winkte ihr vom Fenster aus zu. Dann setzte sich der Zug auch schon in Bewegung.

Liselotte war sehr traurig zumute. Ihre Augen standen voll Tränen. Sie mußte daran denken, daß dieser Abschied ein Vorspiel war zu dem Abschied für immer, der ihr in zwei Jahren bevorstand.

Auch Fräulein Herter hatte Tränen in den Augen. Verließ sie doch für immer die Stätte, wo sie in jahrelanger treuer Pflichterfüllung gewirkt und geschafft hatte.

Lori schien ganz unbewegt zu sein. Sie blickte gelangweilt aus dem Fenster und beachtete vorläufig Fräulein Herter und Liselotte gar nicht. Als sie dann merkte, daß die beiden sehr wehmütig waren, verlangte sie, unterhalten zu werden, weil sie fühlte, daß ihnen jetzt jede Unterhaltung schwer fiel.

Als Liselotte dann aber, von der Schönheit der Welt entzückt, Fräulein Herter auf dieses und jenes aufmerksam machte, an dem sie vorüberflogen, da behauptete Lori ärgerlich, sie sei müde und wolle Ruhe haben. So quälte sie nach Laune und Willkür ihre Reisegenossen.

Die Dämmerstunde brach eben an, als die drei am Ziel waren. Vom Bahnhof aus fuhren sie gleich nach dem Töchterheim der Madame Chevaux.

Das war ein hübsches, landhausartiges Gebäude inmitten eines ziemlich großen Gartens, in dem schon alles frühlingsmäßig grünte und blühte. Eine stattliche, etwa fünfzigjährige Dame kam ihnen mit schnellen, noch jugendlichen Bewegungen entgegen.

»Madame Chevaux?« fragte Fräulein Herter artig.

Die Dame verneigte sich und sah mit lächelndem Gesicht auf die Ankömmlinge.

»Und ich habe wohl das Vergnügen, Fräulein Herter vor mir zu sehen und meine beiden neuen Zöglinge. Bitte treten Sie ein. Das Gepäck haben Sie wohl am Bahnhof gelassen. Bitte geben Sie mir den Gepäckschein, ich will es sogleich durch den Hausdiener holen lassen. So – bitte – Gottes Segen zu Ihrem Einzug, meine jungen Damen. Hätte ich gewußt, mit welchem Zug Sie kommen, hätte ich Sie vom Bahnhof abgeholt.«

So plauderte Madame Chevaux freundlich und gewandt in sehr rascher, lebhafter Weise.

Sie führte die beiden jungen Mädchen in das Empfangszimmer. Hier lud sie zum Sitzen ein. Dann sagte sie, sich zu Liselotte wendend:

»Sie sind Baronesse Lori, nicht wahr?«

Madame Chevaux hatte viele Menschenkenntnis. Aber weil Liselotte trotz ihrer schlichten Kleider so unbedingt vornehm aussah, viel vornehmer als Lori, hatte sie sich diesmal getäuscht. Lori bekam vor Ärger einen roten Kopf, und ehe Liselotte antworten konnte, sagte sie stolz:

»Ich bin die Baronesse Bodenhausen.«

Madame Chevaux verlor die sichere Haltung nicht einen Augenblick.

»Ah – dann ist also die junge Dame Fräulein Liselotte Hochberg. Nun gut, meine jungen Damen, ich werde Ihnen dann gleich Tee und einen Imbiß bringen lassen. Sie speisen heute wohl am besten allein mit Fräulein Herter und mir, nachdem Sie den Reisestaub etwas abgeschüttelt haben. Sie werden müde und abgespannt von der Reise sein, und da macht man nicht gern neue Bekanntschaften. Morgen früh mache ich Sie dann mit Ihren Mitschülerinnen und Lehrern bekannt.«

Diese sehr liebenswürdigen Worte klangen zugleich so bestimmt, daß man merkte, Madame Chevaux war gewöhnt, ihrem Willen Geltung zu verschaffen.

Mit einigen entschuldigenden Worten zu Fräulein Herter führte sie die beiden jungen Mädchen gleich selbst in ihr Zimmer.

»Ich habe für Sie beide gemeinsam dieses Zimmer bestimmt, was wohl Ihren Wünschen entspricht«, sagte sie, die Tür öffnend.

Lori warf stolz den Kopf zurück.

»Ich bin gewohnt, meine Zimmer allein zu bewohnen.«

Madame Chevaux lächelte fein und überlegen.

»Ja, ja Baronesse, man muß hier mancherlei lernen. Es ist in meinem Hause Bestimmung, daß immer zwei Damen ein Zimmer zusammen bewohnen. Und es ist Ihnen doch sicher angenehmer, wenn Sie beide zusammenwohnen als mit fremden jungen Damen.«

»Ich möchte aber viel lieber mit einer anderen jungen Dame zusammenwohnen«, sagte Lori schroff.

Madame Chevaux sah sie einen Augenblick scharf an.

»Ich bedaure, vorläufig ist nur dies eine Zimmer frei, alle anderen sind bereits doppelt besetzt. Sie müssen also schon mit Fräulein Liselotte zusammen wohnen, Baronesse Lori.«

Das war so bestimmt ausgesprochen, daß es keinen Widerspruch gab.

Die beiden jungen Mädchen traten nun in das für sie bestimmte Zimmer, ein großes, luftiges und sehr freundlich eingerichtetes Gemach, in hellen, duftigen Farben gehalten und nicht ohne Geschmack ausgestattet.

»Sobald Sie sich erfrischt haben, kommen Sie bitte wieder herunter in mein Zimmer, wo ich mit Fräulein Herter auf Sie warten werde«, sagte Madame Chevaux ruhig und schloß die Tür hinter ihnen.

Sie ging zu Fräulein Herter zurück.

»Die kleine Baronesse Lori scheint ein etwas eigenwilliger Charakter zu sein, mein verehrtes Fräulein Herter. Sie verpflichten mich zu großem Dank, wenn Sie mir einige Aufschlüsse geben über die Wesensart der beiden jungen Damen«, bat sie liebenswürdig.

Fräulein Herter gab ihr in kurzen Worten wahrheitsgetreuen Bescheid und gab auch eine Erklärung, in welchem Verhältnis Liselotte zu der Familie des Barons stand. Zum Schluß bat sie Madame Chevaux noch herzlich um ihren Schutz für Liselotte.

Madame Chevaux hörte nachdenklich zu.

»Also so liegen die Verhältnisse. Da wird allerdings die kleine Liselotte Hochberg einen schweren Stand haben. Übrigens ein entzückendes Geschöpf. Wenn ich das geahnt hätte, dann hätte ich die beiden jungen Damen getrennt unterbringen können. Die arme Liselotte Hochberg wird es schwer haben.«

»Deshalb eben möchte ich Ihnen Liselotte besonders ans Herz legen. Ist sie auch nur ein armes Mädchen, so hat sie doch einen duchaus vornehmen Charakter. Sie ist streng wahrhaftig, außerordentlich klug und begabt und von anspruchsloser Bescheidenheit. Sie wird sehr fleißig sein und sicher Ihre Musterschülerin werden.«

»Nun, das ist viel, sehr viel. Es ist immer gut, wenn man wenigstens eine Schülerin hat, deren Leistungen die andern zum Nacheifer anspornen. Und ich verspreche Ihnen, verehrtes Fräulein Herter, daß ich für Liselotte tun will, was in meiner Macht steht, zumal sie mir sofort einen sehr günstigen Eindruck gemacht hat.«

»Mehr kann ich ja nicht verlangen, verehrte Madame Chevaux.«

Herzlich dankte Fräulein Herter der Pensionsvorsteherin. Und sie besprachen noch allerlei Einzelheiten. Dann kamen die beiden jungen Mädchen wieder herunter. Sie nahmen mit Fräulein Herter und Madame Chevaux das Abendessen ein und danach verabschiedete sich das Fräulein von ihren Zöglingen. Sie wollte die Nacht in einem Hotel zubringen und am nächsten Morgen weiterreisen.

Als sie Lori Lebewohl sagte, bat sie dringend:

»Ich hoffe, liebe Lori, daß du meiner Erziehung Ehre machst und deine Fehler, die dir zu Unehre gereichen, ablegst. Du wirst ja nun immer älter und vernünftiger. Heute, da ich zum letzten Male mit dir spreche, möchte ich dir noch einmal ans Herz legen, stets dessen eingedenk zu sein, daß der Mensch nur auf das stolz sein darf, was er selbst leistet, wie er selbst ist. Die Vorrechte der Geburt sind kein Verdienst. Man muß sich diese Vorrechte dadurch erst verdienen, daß man edel und gut ist und eine adelige Gesinnung besitzt. Suche dir diese Vorrechte zu verdienen, dann darfst du den edlen Stolz besitzen, ein guter Mensch zu sein.«

Lori hörte mit unbewegtem, fast höhnischem Gesicht auf diese Worte. aber sie brachte es wenigstens über sich, Fräulein Herter einige förmliche Dankesworte zum Abschied zu sagen.

Zu Liselotte sagte Fräulein Herter nicht viel. Sie umarmte und küßte sie herzlich und sagte mit verhaltener Stimme:

»Leb wohl, Liselotte – Gottes Segen mit dir auf allen Wegen. Sobald ich zu Hause angelangt bin, schreibe ich dir. Sei tapfer, mein Kind.«

Liselotte biß die Zähne zusammen. Tränen funkelten in ihren Augen. Sie drückte die treue Freundin ihrer einsamen Jugend fest an sich und stammelte leise:

»Dank – heißen Dank für alle Liebe und Güte, du Liebe, Gute. Gott behüte dich.«

Dann riß sich Fräulein Herter schnell los und ging hinaus, um die Tränen nicht sehen zu lassen, die ihr aus den Augen stürzten.

Madame Chevaux kehrte zu den beiden jungen Mädchen zurück. Sie sah, daß Baronesse Lori kalt und ungerührt geblieben war durch den Abschied von ihrer langjährigen Erzieherin. Das war ein schlechtes Zeichen für ihren Charakter.

Liselotte aber saß bleich und mit krampfhaft verschlungenen Händen in ihrem Sessel, es zuckte schmerzlich in dem schönen jungen Gesicht und sie tat Madame Chevaux sehr leid.

Um sie abzulenken, plauderte sie von allerlei oberflächlichen Sachen. Inzwischen waren die Koffer gebracht worden, und Madame Chevaux klingelte dem Zimmermädchen und fragte, ob im Zimmer der jungen Damen für die Nacht alles in Ordnung sei.

Das hübsche freundliche Mädchen bejahte und wurde wieder entlassen. Die Vorsteherin brachte die jungen Mädchen nun wieder selbst nach ihrem Zimmer. Sie zeigte ihnen hier, wie und wo sie Wäsche und Kleider, Schuhe, Hüte und andere Sachen unterbringen sollten. Sie riet ihnen, sich heute gleich schlafen zu legen, da sie von der langen Reise ermüdet sein müßten. Auspacken sollten sie erst morgen früh.

»Nun schlafen Sie recht gut, meine jungen Damen. Morgen früh sollen Sie schlafen, so lange Sie wollen. Dann aber wird jeden Morgen um sieben Uhr geweckt. Um acht Uhr wird das Frühstück gemeinsam unten im Speisesaal eingenommen. Morgen werde ich Ihnen das Frühstück auf Ihr Zimmer bringen lassen, damit Sie erst ruhig auspacken und ihre Sachen einräumen können. Bitte klingeln Sie, wenn Sie das Frühstück wünschen. Und sobald Sie dann mit allem fertig sind, lassen Sie es mir durch das Zimmermädchen sagen. Ich werde Sie dann im Schulzimmer mit den anderen Mädchen, den Lehrern und Lehrerinnen bekanntmachen. Für heute also nochmals gute Nacht.«

Damit zog sich Madame Chevaux zurück, und die beiden jungen Mädchen waren allein.

Lori machte eine schnippische Geste hinter ihr her.

»Einen Ton hat diese Madame Chevaux an sich! Was

fällt ihr ein? Ich lasse mir nicht in dieser Weise befehlen«, sagte sie entrüstet.

Liselotte schwieg. Ihr Herz war viel zu voll und schwer, als daß sie hätte reden mögen.

»So rede doch – bist du von Holz?« fragte Lori ärgerlich. – Nun mußte Liselotte antworten.

»Mir scheint, daß Madame Chevaux eine sehr kluge, tüchtige Dame ist. Sie ist aber trotzdem sehr freundlich. Ein Urteil kann ich mir nach diesem kurzen Beisammensein mit ihr natürlich noch nicht bilden. Es ist aber selbstverständlich, daß wir uns hier ihrem Willen zu fügen haben.«

Lori lachte spöttisch auf. »Du vielleicht – ich nicht.«

Liselotte schwieg und begann sich langsam auszukleiden. Sorgsam hängte sie ihr Kleid auf.

»Willst du nicht zu Bett gehen, Lori?« fragte sie endlich, da diese ruhig auf dem Diwan liegen blieb.

Lori warf sich ungezogen auf die andere Seite.

»Wer soll mich denn auskleiden?« fragte sie schroff.

»Das wirst du wohl hier selbst tun müssen, da dir die Zofe deiner Mutter nicht zur Verfügung steht«, erwiderte Liselotte.

»Fällt mir nicht ein. Da du nun schon einmal mit in meinem Zimmer schlafen sollst, kannst du mir auch Zofendienst tun. Ich kann nicht allein fertig werden. Zieh mir die Schuhe aus.«

Liselotte wurde bleich. Ihr Stolz empörte sich. Nicht gegen die Zumutung, daß sie Lori behilflich sein sollte. Das hätte sie gern getan. Aber daß sie Lori so verächtlich zur Zofe bestimmte, erschien ihr demütigend.

Aber sie rief sich ins Gedächtnis zurück, was ihr Fräulein Herter so oft gesagt hatte: »Niemand kann dich erniedrigen als du selbst. Die Demütigungen, die dir ein anderer Mensch zufügt, fallen auf ihn selbst zurück.«

Ohne ein Wort zu erwidern, löste sie Loris Schuhe von den Füßen.

»Ich will dir auch dein Haar einflechten, Lori, da du nicht gewöhnt bist, es selbst zu tun«, sagte sie dann ruhig und kam so einem neuen, kränkenden Befehl zuvor.

Als sie mit Loris Haar fertig war, ordnete Liselotte ihr eigenes für die Nacht.

Lori sah diese Pracht zum erstenmal so aufgelöst. Neiderfüllt sah sie zu Liselotte hinüber und ärgerte sich, daß sie so schönes Haar hatte.

Schnell machte sich nun auch Liselotte fertig.

»Gute Nacht, Lori, schlaf gut«, sagte sie freundlich.

»Gute Nacht«, stieß Lori schroff hervor.

Liselotte konnte lange nicht einschlafen. Zu viel strömte auf ihre junge Seele ein. Sie wußte, daß sie hier nun vollends allen Feindseligkeiten Loris schutzlos preisgegeben war. Das Herz tat ihr noch weh von dem Abschied von ihrem lieben Fräulein Herter. Ach, was hätte sie darum gegeben, wenn sie bei ihr hätte bleiben dürfen. Spät erst schlief sie ein. Loris Atemzüge klangen schon lange zu ihr herüber.

Als sie am nächsten Morgen erwachte und leise nach der Uhr sah, erschrak sie heftig. Es war schon acht Uhr. Sie stand sonst viel früher auf. Erschrocken richtete sie sich auf und sah nach Lori hinüber. Die schlief noch fest.

»Es wird hart für sie sein, wenn sie jeden Morgen um sieben aufstehen muß«, dachte sie, denn Lori war eine Langschläferin.

Ganz leise erhob sie sich von ihrem Lager und trat an das Fenster. Zwischen den zugezogenen Gardinen hindurch schaute sie hinab in den Garten. Da sah sie mehrere junge Mädchen, ungefähr in ihrem Alter, auf den Gartenwegen auf und ab gehen. Sie hatten sich zu zweien untergefaßt und plauderten vergnügt miteinander. Die Sonne schien warm und freundlich auf die schlanken, anmutigen Gestalten herab. Es war ein gar liebliches Bild, das sich Liselottes Blicken bot.

Wie würden sie sie aufnehmen? Madame Chevaux hatte ihnen gestern abend bei Tische erzählt, daß sie alle nur aus besten Häusern stammten, auch eine junge Amerikanerin sei da.

Ach – die waren vielleicht alle ebenso hochmütig wie Lori und würden nichts von ihr wissen wollen.

Und doch – wie schön müßte es sein, wenn sie wenigstens eine Freundin unter ihnen fände.

Seufzend wandte sich Liselotte wieder ins Zimmer zurück. So leise als möglich kleidete sie sich an, um Lori nicht zu wecken. Als sie fast fertig war, fiel ihr eine Bürste herunter. Darüber wachte Lori endlich auf.

»Was machst du denn für einen Lärm? Dabei kann man doch nicht schlafen«, schalt sie unmutig.

»Du wirst wohl nun aufstehen müssen, Lori, es ist halb neun Uhr.«

»Unsinn, ich schlafe, so lange es mir gefällt.«

»Nun, heute ist uns ja auch keine Zeit bestimmt worden. Aber wir müssen doch unsere Koffer auspakken. Und von morgen an mußt du um sieben aufstehen.«

»Blödsinnige Einrichtung – was soll man so früh auf. Heute bleibe ich jedenfalls noch liegen. Öffne das Fenster ein wenig und packe die Koffer aus. Das kannst du allein tun. Wenn du fertig bist, stehe ich auf und du kannst mir dann beim Ankleiden helfen.«

Liselotte packte nun schnell die Koffer aus und räumte alles in die Behälter, die Madame Chevaux dafür bestimmt hatte. Lori lag faul im Bett und blinzelte durch die halbgeschlossenen Lider zu Liselotte hinüber. Ihre einzige Betätigung bei dieser Arbeit bestand im Befehlen und Schelten, wenn ihr Liselotte etwas nicht nach Gefallen tat.

Als diese fertig war und die leeren Koffer ordentlich beiseite gestellt hatte, geruhte das Baroneßchen sich zu erheben. Liselotte mußte sie beim Ankleiden bedienen, und kein freundliches Wort lohnte ihre Mühe.

Im stillen sagte sich Lori, daß es doch ganz gut war, daß sie gerade mit Liselotte ein Zimmer teilte. Sonst hätte sie sich wohl oder übel allein behelfen müssen.

Schnell räumte nun Liselotte noch, wie sie es gewöhnt war, im Zimmer auf. Und dann fragte sie Lori, ob sie nun nach dem Frühstück klingeln sollte.

Lori gab die Erlaubnis, und Liselotte klingelte.

Das Zimmermädchen erschien, und Liselotte bat freundlich um das Frühstück, das das Mädchen in wenig Minuten brachte.

Als sie fertig waren, klingelte Liselotte wieder und bat, Madame Chevaux zu melden, daß sie bereit seien.

Bald darauf erschien diese bei den jungen Mädchen.

Sie fragte freundlich, wie sie geschlafen hätten, und sah sich angenehm berührt in dem gut aufgeräumten Zimmer um.

»Sie haben wohl noch nicht ausgepackt?« fragte sie.

»Doch, Madame Chevaux, wir sind fertig«, sagte Lori, als hätte sie die Arbeit vollbracht.

Madame Chevaux ließ sich nun Schränke und Schubfächer zeigen, um zu sehen, ob alles ordnungsgemäß und nach Vorschrift untergebracht war.

Sie war sehr zufrieden.

»Das lobe ich mir, meine jungen Damen. Sie haben gestern abend genau auf meine Anweisung geachtet. Diese Ordnung muß nun auch stets aufrechterhalten bleiben. Jeden Monat wird einmal nachgesehen durch eine von den Lehrerinnen oder mich selbst. Und ich hoffe, ich finde dann in ihrem Zimmer dieselbe musterhafte Ordnung wie heute. Dann kann ich Sie meinen anderen Schülerinnen als Vorbild hinstellen.«

Lori heimste dieses Lob mit Seelenruhe ein, obwohl sie nicht einen Finger gerührt hatte.

Madame Chevaux fuhr dann fort:

»Nun will ich Sie im Hause herumführen, damit Sie alle Räumlichkeiten kennenlernen. Zuletzt bringe ich Sie dann ins Schulzimmer. Um neun Uhr beginnt jeden Morgen der Unterricht. Der Stundenplan wird Ihnen unten im Schulzimmer übergeben werden. Hier im Zimmer hängt außerdem der Plan für die Hausordnung. Bei den Mahlzeiten und während einiger Unterrichtsstunden wird zur Übung nur Französisch gesprochen, ebenso mit den Dienstboten. Natürlich wird auch Englisch getrieben. Das ist das Wesentliche, was ich Ihnen zu sagen habe. Alles andere findet sich bald. Und nun Baronesse Lori, Fräulein Liselotte, wollen wir ins Schulzimmer gehen.«

Inzwischen waren die Schülerinnen des Hauses im Schulzimmer. Es waren acht junge Damen, über deren blonde, braune und schwarze Köpfe die Frühlingssonne ihr Licht verstreute.

»Ich weiß es ganz gewiß, sie sind gestern abend angekommen. Mademoiselle Blanchard hat mir heute morgen auch gesagt, daß Madame Chevaux sie uns nachher vorstellen will«, sagte ein hübscher Schwarzkopf mit kurzgeschnittenen krausen Ringellocken. Das war die fünfzehnjährige Lia Frankenberg.

»Neugierig bin ich, ob es angenehmer Zuzug ist. Eigentlich wären wir zu acht schon genug. Es wird ungemütlich, wenn wir zu viele sind«, meinte eine ziemlich unbedeutend aussehende junge Dame, die am größten und stärksten war von allen. Sie hatte schönes blondes Haar und sehr blaßblaue Augen. Sie hieß Melanie Schlieben.

Ein reizendes, lustiges Persönchen mit einem Schelmengrübchen und prachtvollen, lebenssprühenden, übermütigen Augen, Susi v. Bredow, lachte sie aus.

»Du bist nur bange, daß der Nachtisch nicht mehr zweimal herumreicht und du zu kurz kommst. Ich finde es gerade hübsch, wenn neue dazukommen. Je mehr wir sind, desto lustiger wird es.«

Alle lachten. Susi war der Wildfang des Töchterheims und stets zu lustigen Streichen aufgelegt. Ihre runden Wangen glichen köstlichen Pfirsichen, ihre

Haut war leicht gebräunt und verriet das Landkind. Ihre dunklen Augen waren so schön wie das dicke, dunkelbraune Haar, das sich nur widerstrebend in zwei kurze dicke Flechten zwingen ließ.

»Wildfang hat recht. Ich find' es auch netter, wenn wir noch Zuwachs bekommen. Grad fängt es an, ein bisserl langweilig zu werden«, pflichtete Leonie v. Pressen gemütlich bei. Man hörte ihrer Aussprache die Österreicherin an. Sie war sehr hübsch, hatte graue, schöne Augen und kastanienbraunes Haar. Ihre Gestalt war schlank und doch rund. Sie wirkte älter, als ihre fünfzehn Jahre zuließen.

Sie und Susi waren entschieden die übermütigsten unter den jungen Mädchen.

»Oh – ich sein jedenfalls sehr übergespannt und neugierig auf die zwei Neue. Ich mussen sagen, von jedes neue Mensch, wo man kennen lernt, kann man auch lernen dies und das. Und ich will lernen von sie eine – eine –«

»Eine Menge!« halfen die anderen der jungen Amerikanerin Winnifred Balfort aus, die das alles in drolligem Kauderwelsch hervorgebracht hatte. Winnifred Balfort nickte lachend.

»Ja – eine Menge. Ach, ich haben so Not mit das deutsche Sprache, ist viel schwerer als Französisch, trotzdem ich gehabt ein deutsches Mutter. Aber sie ist mir so sehr früh verlorengegangen, und meine Vater spricht nicht viel besser Deutsch als ich.«

»Nun, du wirst es schon noch lernen, hast ja schon große Fortschritte gemacht«, tröstete sie lachend eine sehr kleine, zierliche Blondine, Ursula Trautmannsdorf, die fast einen Kopf kleiner war als die sehr große und schlanke Winnifred Balfort.

Die beiden andern jungen Damen, die sich noch nicht am Gespräch beteiligt hatten, waren Zwillingsschwestern, die einander glichen wie zwei frische Borsdorfer Äpfel. Sie waren rund, mollig und ein wenig träge veranlagt. Sie kleideten sich ganz gleich und hatten dieselben Bewegungen. Sie hießen Annemarie und Marianne mit Vornamen und waren die Töchter des Barons v. Schlettau. Der einzige Unterschied an ihnen war, daß Annemaries Haar eine Schattierung rötlicher war als das Mariannes.

Die jungen Mädchen unterhielten sich noch eine Weile sehr lebhaft über die neuen Zöglinge, bis sich die Tür öffnete und Madame Chevaux eintrat mit Baronesse Lori und Liselotte.

Aller Augen wandten sich nach ihnen. Die Vorsteherin nahm das Wort:

»Meine jungen Damen, hier stelle ich Ihnen zwei neue Mitschülerinnen vor. Dies ist Baronesse Lori Bodenhausen und dies ihre Pflegeschwester, Liselotte Hochberg.«

Sie fuhr gleich, zu Lori und Liselotte gewendet fort:

»Und nun will ich Ihnen der Reihe nach die Namen der jungen Damen nennen, die Sie hier vor sich sehen.« Mit einer Handbewegung jedesmal die junge Dame bezeichnend, deren Namen sie nannte, stellte sie vor, mit Leonie von Pressen beginnend und mit Winnifred Balfort schließend. Dann fuhr sie, auf die eintretende Lehrerin deutend fort:

»Und nun mache ich Sie noch mit Mademoiselle

Blanchard bekannt. Liebe Mademoiselle, die französische Stunde fällt heute aus. Wir wollen die jungen Damen jetzt auf ein Stündchen allein lassen, damit sie sich ein wenig bekannt machen miteinander. Um elf Uhr wird dann der Unterricht fortgesetzt. Es ist wohl dann Literaturstunde bei Doktor Hohlfeld, nicht wahr?«

»So ist es, Madame Chevaux«, antwortete Mademoiselle Blanchard.

»Schön, an dieser Literaturstunde werden Baronesse Lori und Fräulein Lieselotte bereits mit teilnehmen. Also meine jungen Damen – wir lassen Sie eine halbe Stunde mit den neuen Kameradinnen allein.«

Damit zog sich die Vorsteherin mit der Lehrerin zurück.

Eine Weile standen sich die jungen Damen steif gegenüber und unterhielten sich förmlich. Aber dann ergriff Susi v. Bredow das Wort.

»Ach Kinder, das ist langweilig. Auf diese Weise vertrödeln wir die kostbare Freistunde. Ich schlage vor, daß wir die beiden Neuen gleich in unsere Gebräuche einweihen.«

»Ja, das wollen wir. Also los, Wildfang, red lustig drauflos, damit wir unseren Spaß haben«, pflichtete Leonie von Pressen eifrig bei.

»Ist es euch andern recht?« fragte Susi lachend.

Alle stimmten ein.

Susi schwang sich mit einem kühnen Satz auf das Lehrerpult.

»Also ihr lieben Neuen, hört zu, was ich euch im Namen aller verkünde. Wir nennen uns hier alle du –

ich frage euch nicht erst, ob euch das angenehm ist, denn das setze ich als selbstverständlich voraus. Außerdem ist es, wenn wir unter uns sind, verpönt, uns bei den richtigen Namen zu nennen. Wir haben alle einen Übernamen. Die will ich euch nennen. Und dann sollt ihr auch gleich mit einem solchen getauft werden, damit ihr euch würdig in unsere Gesellschaft einreiht. Also – mit unserer Leonie fange ich an. Sie ist übrigens ein reizender lustiger Mensch, der mit über Stock und Stein geht, wenn es sein muß, und niemals Spielverderber ist. Ihr Spitzname ist: Gazelle. So heißt sie wegen ihrer schlanken Anmut. Nun kommt Lia Frankenberg an die Reihe. Wegen ihrer kurzen schwarzen Locken haben wir sie ›Bubi‹ getauft. Melanie Schlieben kann bei ihrer stattlichen Höhe und Breite und bei ihrem blonden Haar nicht anders als ›Germania‹ heißen. Winnifred Balfort heißt ›Dollarprinzeß‹, Ursula Trautmannsdorf nennen wir wegen ihrer Zierlichkeit und ihrer Vorliebe für bunte Farben ›Kolibri‹ und die Zwillinge Annemarie und Marianne Schlettau heißen ›Pitt‹ und ›Fox‹, warum, das wissen sie selbst nicht – wir auch nicht. Nun bleibt nur meine Wenigkeit – mich nennt man mit schöner Einstimmigkeit ›Wildfang‹. Ob ich diesen Namen verdiene, werdet ihr selbst herausfinden. So, nun müßt ihr Euch diese Namen gut einprägen. Acht Tage geben wir euch Zeit dazu. Wenn ihr nach Ablauf dieser Frist, da wir unter uns sind, einen anderen Namen als Anrede gebraucht, müßt ihr jedesmal etwas in die Strafkasse zahlen. Der Inhalt dieser Strafkasse wird jeden Monat in Schokolade angelegt, die wir gemeinsam verzehren.

So – ich habe gesprochen. Nun müßt ihr getauft werden.«

Damit sprang Susi von dem Pult herunter.

»Wer schlägt Namen für die Neuen vor?« fragte Melanie Schlieben.

Es schwirrte nun durcheinander, so daß nicht ein Wort zu verstehen war.

Susi gebot mit ihrer kräftigen Stimme Ruhe.

»Kinder, wir sind doch keine Hottentotten! So geht das nicht. Eine muß reden.«

»Dann sprechen du weiter, Wildfang, du hast eine gute Atem!« rief lachend Winnifred Balfort.

Susi ergriff nun wieder das Wort.

»Also gut. Ich schlage für dich, Lori Bodenhausen, den Namen ›Elfe‹ vor, weil du so zart und blond und bleich bist. Ist dir der Name recht?«

»Ja, er gefällt mir«, stimmte die eitle Lori zu.

»Und euch andern auch?« fragte Susi weiter.

»Jawohl, einstimmig angenommen!«

»Gut, also ich taufe dich im Namen aller ›Elfe‹. Aber wie nennen wir nun deine Pflegeschwester?«

Lori richtete sich wie kampfbereit auf und ihre Augen blickten feindlich auf Liselotte.

»Sie ist gar nicht meine Pflegeschwester. Meine Eltern haben sie nur erziehen lassen, weil ihre Mutter durch unsere Pferde verunglückte. Nun hat sie es gegen meinen Willen durchgesetzt, daß sie mit mir hierher geschickt wurde.«

Die Gesichter der jungen Mädchen bekamen fast alle einen abweisenden Ausdruck. Erbarmungslos sahen die jungen Augen in das dunkel erglühende

Antlitz Liselottes, die mit niedergeschlagenen Augen wie das verkörperte Schuldbewußtsein vor ihnen stand. Daß es nur Scham war, die Scham einer stolzen, reinen Seele, konnten sie nicht wissen. Aber alle waren sofort gegen Liselotte eingenommen.

Wildfangs Gesicht zuckte ein wenig, als behage ihr das alles nicht. Aber sie war doch auch gegen Liselotte eingenommen. »Einen Namen muß sie natürlich auch haben«, sagte sie zögernd.

»Oh, da braucht ihr euch nicht lange zu bemühen. Sie hat ihren Namen schon. In Bodenhausen wird sie überall die Bettelprinzeß genannt. So kann sie auch hier heißen«, sagte Lori hastig.

Wildfang lachte ein wenig.

»Also wird der Namen für sie angenommen?«

»Ja, ja«, tönte es von allen Seiten, und Liselotte wurde mit spöttischen und unfreundlichen Blicken betrachtet. Lebhaft wurde nun die Unterhaltung weitergeführt. Nur Liselotte stand abseits und niemand sprach mit ihr. Wie furchtbar weh war ihr zumute.

Lori verstand es auch in Zukunft, die andern gegen Liselotte einzunehmen. Sie dichtete ihr alle Untugenden an, die sie selbst besaß, und Liselotte war wehrlos ihren Verleumdungen preisgegeben.

Junge Mädchen lassen sich so leicht beeinflussen. Sie wandten sich alle feindlich gegen Liselotte, die sie nach Loris Behauptung für verlogen, anmaßend und klatschsüchtig hielten.

Auch die Lehrer und Lehrerinnen waren zuerst nicht sonderlich mit Liselotte zufrieden. Immer kam sie zu allem zu spät und niemand ahnte, daß daran nur Lori schuld war, die Liselotte immer für ihre Bedienung bis zuletzt in Anspruch nahm, so daß sie keine Zeit hatte, sich selbst pünktlich fertig zu machen.

Wehrlos stand Liselotte aller Unbill gegenüber. Und war sie mit Lori allein, dann quälte diese sie oft bis zur Unerträglichkeit.

Stumm, mit zusammengepreßten Lippen ertrug Liselotte alles. Sie beklagte sich nie gegen einen Menschen. Und wenn die anderen in den Pausen und in den Erholungsstunden fröhlich miteinander plauderten und lachten, saß Liselotte allein. Sie hatte dann manchmal einen so wehen, unglücklichen Ausdruck in den Augen, daß Susi, der Wildfang, die einige Male solch einen Blick auffing, sich seltsam davon beunruhigt fühlte und über Liselotte nachzudenken begann. Mit der Zeit begannen Lehrer und Lehrerinnen Liselotte Beachtung zu schenken. Sie entpuppte sich bald als die fleißigste und begabteste Schülerin.

Das deutete Lori wieder aus.

»Seht ihr wohl, was sie für eine heimtückische Streberin ist?«

*

Monate vergingen.

Der einzige Trost für Liselotte bestand in dem Briefwechsel mit Fräulein Herter. Dieser treuen Seele konnte sie ihr Herz ausschütten, und das gute Fräulein tröstete sie nach Kräften mit herzlichen Liebesworten und dem Hinweis auf die Zukunft, wo sie von Loris Quälereien erlöst sein würde.

Zuweilen bekam Liselotte auch von Frau Martha Schulz einige Zeilen und auf eine Karte hatte der lange Heinrich einen Gruß gekritzelt.

Zufällig kam Lori diese Karte in die Hand und höhnisch zeigte sie dieselbe herum und berichtete, daß Liselotte mit einem Hausdiener Grüße tausche.

Das trug Liselotte wieder allerlei Spott und Hohn ein und verächtlicher als je rief man sie »Bettelprinzeß«.

Als aber Liselotte meinte, das Leben kaum noch ertragen zu können, trat plötzlich eine Änderung zu ihren Gunsten ein.

Einer der Lehrer war bei den Schülerinnen besonders unbeliebt. Es war auch tatsächlich ein wenig angenehmer Herr, der immer verdrießlich, unzufrieden und gallig war und dem so recht niemand etwas zur Zufriedenheit machen konnte. Gegen diesen Lehrer wendeten sich nun natürlich in schöner Einstimmigkeit allerlei tolle Streiche.

Das eine Mal stand, als er das Schulzimmer betrat, in großen Buchstaben an der Wandtafel: »Nieder mit Dionys, dem Tyrannen!« Ein andermal hatte man ein Buch, das er immer zu benutzen pflegte, mit der unteren Seite an das Pult festgenagelt, so daß er sich vergeblich bemühte, es emporzuheben. Im höchsten Grade ärgerlich suchte er dann nach den Schuldigen, die jedoch selbstverständlich nicht verraten wurden.

Eines Tages nähte man ihm in der Pause die Ärmel seines Mantels zu, den er im Schulzimmer aufgehängt hatte. Damit noch nicht genug, hatte man einen Bleistift fein geschabt und das Pulver in sein

Taschentuch gewickelt, das er im Mantel hatte stecken lassen.

Erwartungsvoll, mit den unschuldigsten Gesichtern saßen die Schülerinnen auf ihren Plätzen, als er eintrat.

Im Laufe der Stunde wurde dem Lehrer heiß, denn es war ein sehr warmer Sommertag. Er suchte sein Taschentuch, fand es nicht in seinem Rock und ging hinüber zu seinem Mantel, um sein Taschentuch zu holen. Ohne seinen Vortrag zu unterbrechen, nahm er es heraus und wischte ahnungslos über das Gesicht. Das Bleistiftpulver tat seine Wirkung.

Ein verhaltenes Kichern ging durch die Reihen.

»Ich bitte mir Ruhe aus«, donnerte der Lehrer, sein Taschentuch ahnungslos wieder in die Rocktasche steckend. Dabei sah er mit seinem geschwärzten Gesicht so komisch aus, daß nun doch eine gewaltige Lachsalve losbrach.

Nur mit Mühe faßten sich die jungen Damen unter seinen Zornesworten. Endlich war die Stunde zu Ende. Gewohnheitsmäßig nahm der Lehrer seinen Mantel vom Haken und wollte hineinschlüpfen. Da die Ärmel zugenäht waren, ging das nicht. Er quälte sich mit dem Kleidungsstück herum und merkte nun an dem losbrechenden Lachen, daß man ihm wieder einen Schabernack gespielt hatte. Als er die Arme wieder herauszog, sah er auch, daß seine Hände schwarze Streifen hatten. Eine Ahnung beschlich ihn, daß sein Gesicht wohl ähnlich aussehen könne. Mit einem wütenden: »Ihr albernen Gänse, das melde ich Madame Chevaux!« warf er den Mantel über den Arm und stürmte nach dem Zimmer der Pensionsvorsteherin. Das Lachen wollte kein Ende nehmen, trotzdem man die Drohung sehr wohl gehört hatte. Erst als Madame Chevaux in Begleitung des notdürftig gereinigten Lehrers mit strenger Miene eintrat, verstummte das Lachen.

Eine hochnotpeinliche Untersuchung fand statt. Madame Chevaux hatte volle Genugtuung und strenge Bestrafung der Schuldigen versprochen.

Sie forderte die Schuldigen auf, sich selbst zu melden – aber erfolglos. Man hatte sich strengstes Stillschweigen gelobt und dies Versprechen zu halten war Ehrensache.

»So meldet ihr Unbeteiligten diejenige, die sich so unerhört gegen den Herrn Doktor vergangen hat«, forderte die Vorsteherin nachdrücklich. Aber alles blieb still.

»Nun gut – so muß ich Sie alle bestrafen. Die Unschuldigen müssen dann eben mit den Schuldigen leiden. Der Herr Doktor muß volle Genugtuung erhalten. Also, wenn die Schuldige nicht gemeldet wird, erhalten Sie alle zusammen zehn Tage strengen Stubenarrest, verschärft durch tägliche Strafarbeiten, die der Herr Doktor aufgeben wird. Außerdem wird diesen Monat der Theaterbesuch ausfallen.«

Atemloses Schweigen folgte, und die jungen Damen machten lange Gesichter. Am meisten ärgerte sich Lori. Sie hatte nicht Lust zu büßen. Und stets gewohnt, alle Strafen auf Liselotte abzuwälzen, rief sie mit schriller Stimme: »Liselotte ist es gewesen.«

Sie bedachte nicht, daß sie mit dieser fälschlichen

Anschuldigung sich selbst in den Augen der andern als Lügnerin bloßstellte.

Aller Augen wandten sich nach Liselotte. Sie war zusammengezuckt und hatte einen Augenblick den Kopf gehoben, als wolle sie widersprechen. Aber dann senkte sie ihn wieder – und schwieg.

So saß sie da, als habe sie wirklich ein böses Gewissen. Die andern sahen alle wie gelähmt nach ihr hinüber. So hatte Liselotte so oft gesessen, wenn sie von Lori fälschlich angeklagt wurde, und man hatte ihr Schweigen und Erröten stets für Schuldbewußtsein gehalten. Gespannt wartete man, was nun geschehen würde. Liselotte kannte natürlich die Schuldigen ganz genau. Sie würde dieselben doch nun sicher angeben, um sich zu verteidigen.

Madame Chevaux ahnte, daß Lori nicht die Wahrheit sprach. Aber sie wollte dem Lehrer Genugtuung geben. Sie wußte, daß der betroffene Lehrer oft nicht den rechten Ton für die jungen Damen fand, und daß diese im Übermut das Attentat angezettelt hatten. So beschloß sie, scheinbar an Liselottes Schuld zu glauben, Liselotte zu bestrafen und dann, wenn sie sich im stillen von ihrer Unschuld überzeugt hatte, einen Ausweg zu finden, um Liselotte von dieser Strafe zu entbinden.

So sagte sie ruhig und bestimmt.

»Also Fräulein Liselotte ist die Schuldige? So soll sie auch allein bestraft werden. Fräulein Liselotte, ich fordere Sie auf, den Herrn Doktor sogleich um Verzeihung zu bitten. Und vor Tisch kommen Sie dann in mein Arbeitszimmer, wo ich Ihnen Ihre Strafe zumessen werde.«

Aller Augen richteten sich gespannt auf Liselotte. Jetzt war doch für diese eine Gelegenheit, sich zu rächen. Sie allein hatte sich ja in keiner Weise an dem Streich beteiligt. Aber Liselotte erhob sich mit blassem, zuckendem Gesicht und traf auf den vor Wut und Ärger noch fassungslosen Lehrer zu.

»Ich bitte um Verzeihung, Herr Doktor«, bat sie leise.

Dieser ließ eine geharnischte Strafpredigt auf sie herniederprasseln, die sie still über sich ergehen ließ.

Dann verließ er mit Madame Chevaux das Schulzimmer.

Als sich die Tür hinter der Vorsteherin und dem Lehrer geschlossen hatte, herrschte noch eine Weile atemlose Stille. Dann erhob sich Lori mit eitlem, befriedigtem Lächeln.

»Nun, war das nicht ein großartiger Gedanke von mir? Jetzt sind wir fein raus.«

Da sprang Susi von Bredow entrüstet auf, sich auf sich selbst besinnend.

»Nein – das ist gemein, da tue ich nicht mit! Ich war nur eine Weile von den Ereignissen wie betäubt. Aber jetzt blicke ich wieder klar. Das lasse ich nicht zu, daß eine andere für mich und uns alle büßen muß. Wenn ich etwas angestellt habe, stehe ich auch selbst dafür ein. Es war nicht recht von dir, Elfe, daß du Bettelprinzeß beschuldigtest. Wir alle wissen, daß sie ganz unbeteiligt war. Ich gehe nachher zu Madame Chevaux und bekenne mich schuldig.«

Es entstand eine große Erregung unter den Schülerinnen. Susi aber trat schnell vor Liselotte hin und sagte lebhaft und warmherzig:

»Bettelprinzeß, du bist ein anständiger Mensch. Ich glaube, wir haben dich alle falsch eingeschätzt. Du hattest jetzt eine so feine Gelegenheit, uns hereinzulegen. Wir haben dich oft gekränkt, um dir Veranlassung zu geben, dich zu rächen. Aber du hast es nicht getan, hast uns alle beschämt und alles auf dich genommen. Du hast mir heute den Beweis geliefert, daß Elfe dich uns in einem falschen Lichte gezeigt hat. Mir ist schon manchmal eine Ahnung gekommen, daß du besser bist, als wir alle dachten. Wenn Elfe dir Unrecht tut – ich will es nicht tun. Ich erkläre hiermit feierlich, daß ich dir alles Unrecht abbitte, was ich dir je angetan habe. Wenn es dir recht ist, wollen wir in Zukunft Freundinnen sein.«

Tiefaufatmend, mit flammenden Augen stand Susi neben Liselotte und hielt mit warmem Druck ihre Hand. Liselotte war zumute, als tue sich der Himmel vor ihr auf.

Lori machte ein gehässiges Gesicht und sprach auf die andern ein. Melanie Schlieben zuckte die Achseln:

»Gott, machst du ein Aufheben, Wildfang!« rief sie lässig.

»Ja, ich finde auch«, pflichtete Annemarie v. Schlettau bei. »Da Bettelprinzeß die Strafe auf sich genommen hat, ist doch nicht nötig, daß wir uns alle strafen lassen.«

Die kleine Ursula Trautmannsdorf meinte naiv:

»Wir können ja Bettelprinzeß mit Schokolade dafür

abfinden. Elfe hat es doch gut gemeint, daß sie uns die Strafe abwendete.«

»O nein, da bin ich anderer Ansicht«, sagte Susi energisch. »Wenn eine Unschuldige für die Schuldigen büßen soll, so ist das niemals gut gemeint. Wir sind alle recht garstig und häßlich zu Bettelprinzeß gewesen. Ich tue da nicht mehr mit. Bettelprinzeß hat uns, wenn ihr ehrlich prüfen wollt, nie etwas zuleide getan. Sie kann doch nichts dafür, daß sie eine arme Waise ist.«

Da trat Winnifred Balfort zu Liselotte und Susi.

»O nein, dafür können kein Mensch. Ich sein auch ein bürgerliche Mädchen und mein liebe Vater sein ein ganz armes, englisches Mann gewesen, wie er ist gekommen nach Amerika und er haben mir oft gesagt: ›Ich habe nicht gehabt mehr, als eine Rock, eine Gott, eine Vaterland und ein Schilling, als ich gekommen bin nach Neuyork‹ – so haben meine liebe Vater gesagt. Und ich gehen mit Wildfang zu Madame Chevaux, ich haben auch Bleistifte ge– nun– wie sagt man – geschabt für das Doktor sein Taschentuch.«

Jetzt trat auch Leonie v. Pressen heran. Lachend sagte sie: »Ich hab' den andern Rockärmel zugenäht und hab' meinen Spaß gehabt dabei. Beschämen lasse ich mich auch nicht von Bettelprinzeß. Ich geh auch mit zu Madame Chevaux. Punktum.«

So geschah es denn auch. Susi, Winnifred und Leonie v. Pressen gingen zur Vorsteherin und beichteten rückhaltlos ihre Schuld. In Anbetracht dessen, daß sie sich selbst gemeldet hatten, wurde ihnen eine milde Strafe auferlegt. Sie mußten eine Strafarbeit abschreiben und den Doktor am nächsten Tage um Verzeihung bitten.

Liselottes Stellung im Töchternheim war nun mit einem Schlag völlig verändert. Auch nachdem sich die erregten Gemüter beruhigt hatten, blieb Susi v. Bredow Liselottes ehrliche Freundin, die bei allen Gelegenheiten nachdrücklich für sie eintrat. Leonie v. Pressen und Winnifred blieben ihr gleichfalls freundlich gesinnt, und je besser sie Liselotte kennen lernten, je lieber wurde sie ihnen.

Lori war wütend, daß sie sich selbst ihr Spiel verdorben hatte.

Aber Liselotte nahm nach wie vor geduldig und fügsam alle Launen und Feindseligkeiten hin, ohne sich zu beklagen. Ihrem Herzen tat jedoch die Freundschaft Susis und der beiden anderen jungen Mädchen sehr wohl. Hauptsächlich Susi wurde ihr mit der Zeit eine treue, zärtliche Freundin.

Wieder waren Monate vergangen. Es war Winter geworden. Öfter wurden jetzt kleine Konzerte von den Lehrern veranstaltet zur musikalischen Übung und Unterhaltung. Zuweilen waren dazu auch Gäste geladen.

Leonie v. Pressen spielte sehr schön Violine, Lia Frankenberg leistete im Klavierspiel Bewundernswertes. Die übrigen boten durchweg mittelmäßige Leistungen. Am wenigsten leistete Lori.

Aber die größte musikalische Begabung zeigte sich bei Liselotte. Der Musiklehrer, ein bereits bekannter Komponist, hatte Liselottes herrlichen Mezzosopran entdeckt. Es machte ihm Vergnügen, diese volle, warme und süße Stimme auszubilden, soweit es in seiner Macht stand. Auch ihr Klavierspiel überragte das Mittelmaß.

Wenn Liselotte in den veranstalteten Konzerten einige Lieder sang, dann herrschte atemlose Stille. Selbst die ihr noch immer feindlich gesinnten Mitschülerinnen wurden wider Willen in den Bann der süßen, glockenreinen Stimme gezogen, die aus dem Herzen zu kommen schien und zu Herzen ging.

»Fräulein Liselotte hat ein Vermögen in ihrer Kehle«, sagte der Musiklehrer oft. Und er fragte sie ganz ernsthaft, ob sie sich nicht zur Sängerin ausbilden lassen wolle.

Liselotte schüttelte jedoch heftig abwehrend den Kopf.

»O nein – nicht um alle Schätze der Welt könnte ich vor vielen fremden Menschen singen. Ich bin schon so furchtbar befangen, wenn einige Gäste anwesend sind«, sagte sie hastig.

»Das würde sich mit der Zeit verlieren«, antwortete der Lehrer.

»Nein«, sagte Liselotte bestimmt, »ich weiß ganz gewiß, daß ich nicht zur Sängerin tauge. Vor der Öffentlichkeit singen, das wäre mir gerade, als müßte ich allen Menschen zeigen, was ich im Herzen habe.«

So drang er nicht weiter in sie, suchte aber ihre junge Stimme zu bilden, so gut er es vermochte.

Nun hatte der Musiklehrer ein reizendes Singspiel komponiert. Er bat Madame Chevaux sehr darum, es mit den jungen Mädchen einstudieren zu dürfen, um es dann vor einer kleinen Anzahl auserlesener Gäste aufführen zu lassen. Die jungen Mädchen waren Feuer und Flamme dafür, und die Vorsteherin gab die Erlaubnis.

Das Singspiel sollte noch vor den Weihnachtsferien aufgeführt werden, und Liselotte sollte die Hauptrolle übernehmen.

Sie tat es mit Zittern und Zagen und nur, weil sonst niemand fähig dazu war.

Die Handlung des Singspiels war in die Rokokozeit verlegt. Es war eine Art Schäferspiel. Drei der jungen Damen mußten sich als junge Schäfer verkleiden. Dazu erboten sich Susi v. Bredow, Winnifred Balfort und Melanie Schlieben.

Die Kostüme waren alle in zarten, lichten Farben gehalten und sahen, hauptsächlich bei Lampenlicht, reizend aus.

Die Aufführung sollte im Schulzimmer stattfinden, wo eine kleine Bühne aufgebaut wurde.

Endlich kam der große Abend heran. Alles war bereit. Die Hauptprobe in Kostümen war glänzend verlaufen. Alle waren entzückt von Liselottes Gesang und anmutigem Spiel und von der schelmischen Art ihres Partners, den Susi ganz reizend darstellte.

Lori ärgerte sich ungemein über Liselottes Erfolg. Sie wünschte sehnlichst, daß diese bei der Aufführung steckenbleiben oder sonst ein Mißgeschick haben möchte.

Ach, Liselotte hatte furchtbare Angst, daß das geschehen könne. Wenn sie gekonnt hätte, sie hätte noch nach der so gut gelungenen Hauptprobe abgesagt.

Aber der Komponist beschwor sie nur immer wieder, tapfer zu sein und ihm um Himmelswillen die Aufführung nicht zu verderben durch ihre Angst.

»Wenn Sie nur wüßten, wie vorzüglich Sie Ihre Rolle beherrschen, Fräulein Liselotte, Sie würden kein bißchen Angst haben«, sagte er.

»Ach, seien Sie nur nicht bange, Herr Musikdirektor, ich will ihr schon Mut machen«, erklärte Susi lachend.

Nun trafen bereits die ersten Gäste ein.

Der Komponist kam noch einmal hinter die Bühne.

»Ach, wenn ich doch nicht solche Angst hätte«, seufzte Liselotte. – »Du wirst natürlich steckenbleiben und alles verderben«, raunte Lori ihr gehässig zu.

Susi, die ganz allerliebst als übermütiger Schäfer aussah, faßte Liselotte lachend um die Mitte, machte einen Kratzfuß und sah ihr schelmisch ins Gesicht.

»Schönste Schäferin, nur Mut, die Sache wird schon schiefgehen.«

»Meine Damen, ich bin untröstlich, wenn es nicht so klappt wie auf der Hauptprobe. Es muß gut gehen«, sagte der Komponist erregt.

Nun klingelte es zum ersten Male. Die Schäferinnen mußten sich im Halbkreis auf der Bühne aufstellen. Rechts und links hinter ihnen, je zwei Schäferinnen zierlich umschlingend, die beiden Schäfer, Winnifred und Melanie. In der Mitte auf einer Rasenbank saß Liselotte und ihr zu Füßen kniete, zierlich ihre Hand küssend, der lustige Schäfer Susi. Zwei andere Schäferinnen hielten eine Girlande hinter diesem Paar hoch empor. Diese beiden wurden von Leonie v. Pressen und Annemarie v. Schlettau dargestellt.

Der Komponist begann ein reizendes, zartes Vorspiel. Dann begannen alle Schäfer und Schäferinnen einen entzückenden halblauten Chorgesang, der immer lauter anschwoll. Langsam erhob sich während dieses Gesanges der Vorhang und den Zuschauern bot sich ein reizendes Bild.

Atemlose Stille herrschte im Zusschauerraum. Dem einleitenden Chorgesang folgt ein schelmischer Wettgesang zwischen den Schäfern und Schäferinnen. Schon hier klang Liselottes herrliche Stimme führend hindurch.

Dann hatte Susi eine kleine Solopartie zu singen. Sie bestürmte mit bittenden Worten die schöne Schäferin um ihre Gunst. Es klang wie verhaltenes Lachen aus Susis Stimme, und ihre Augen blickten schelmisch und ermunternd zu Liselotte empor.

Während dann die Begleitung zu einigen Zwischentakten einsetzte, flüsterte Susi Liselotte zu:

»Also jetzt tapfer, Bettelprinzeß. Sperr dein Mäulchen auf, und sing, so schön du kannst. Keine Angst, es geht prächtig.«

Nun mußte Liselotte zu ihrem ersten großen Sologesang einsetzen. Einen Augenblick zögerte sie. Der Komponist räusperte sich angstvoll und wiederholte den Takt, und Susi drückte Liselotte ermunternd die Hand.

Diese nahm allen Mut zusammen und setzte ein. Die ersten Töne klangen freilich leise und gepreßt.

Aber jetzt sah Liselotte nur in die Augen des Komponisten, die so beschwörend auf ihr ruhten. Da rang sie sich von ihrer Befangenheit los, um sein hübsches Werk nicht zu gefährden. Und von diesem Augenblick an war sie ruhig und sicher. Rein und klar, in bestrikkenden Wohllauten kamen die Töne wie Perlen über ihre Lippen.

»Wie Nachtigallengesang«, dachten die Zuhörer und lauschten atemlos. – Es folgte nun ein schelmischer Zwiegesang zwischen Liselotte und Susi. Sie mußten, während die andern zurückwichen, scheinbar einander suchen und sich entziehen.

Reizend spielte Susi den bittenden Schäfer, und Liselotte brachte die schüchterne, abwehrende Schäferin vorzüglich zur Geltung. Aller Augen folgten wohlgefällig den beiden anmutigen Gestalten.

Nun gruppierten sich die andern wie ein lebender Rahmen um die beiden Hauptdarsteller. In einem Chorgesang flehten sie die Schäferin an, den Schäfer zu erhören, und die beiden andern Schäfer umschlangen übermütig eine Schäferin nach der andern.

Aber Liselotte mußte noch immer abweisend bleiben.

Da sanken die beiden andern Schäfer vor ihr auf die Knie und baten sie, ihren Freund zu erhören.

Die hartherzige Schäferin bekundete endlich ein menschliches Rühren und schenkte dem Unglücklichen ein Lächeln. Wieder begann dieser um ihre Gunst zu werben, und ihr Widerstand erlahmte mehr und mehr, bis sie sich schließlich von ihm küssen ließ.

Ein jubelnder Schlußgesang ertönte, in den der

Chor einstimmte. Dann fiel der Vorhang. An Beifall fehlte es nicht. Die Gäste beruhigten sich nicht eher, bis das Singspiel zum Teil noch einmal wiederholt wurde. Man rief nach den Hauptdarstellern und überschüttete Liselotte und Susi mit Beifall.

Susi zog Liselotte lachend auf die Bühne und gab ihr noch einen herzhaften Kuß. Da wollte der Jubel kein Ende nehmen. Der Komponist wurde auf die Bühne gerufen und bekam auch seinen Teil Beifall.

Es gab nur strahlende, frohe Gesichter, außer dem Loris, die Liselotte den Beifall natürlich nicht gönnte.

Nach der Vorstellung gab es für die Beteiligten ein Festmahl, an dem die Schäfer und Schäferinnen in ihren reizenden Kostümen teilnahmen.

So kam heute fast Mitternacht heran, ehe die jungen Mädchen zu Bett gehen konnten.

Kurz nach der Aufführung schrieb Liselotte folgenden Brief an Fräulein Herter:

»Mein teures, liebes Fräulein! Die Aufführung des Singspiels ist gut gelungen. Ich habe gottlob meine Sache gut gemacht. Im Anfang setzte ich allerdings falsch ein vor Angst, und ohne meine liebe Susi, die mir Mut machte, wäre ich richtig steckengeblieben. Aber so ging es noch gut ab.

Ach, Fräulein, so schön es für mich wäre, recht viel Geld zu verdienen, als Sängerin könnte ich nicht auftreten. Mir tun die Blicke weh, mit denen mich die Menschen ansehen.

Sonst ist hier alles gut. Susi, Winnifred und Leonie

sind lieb und gut zu mir, auch Madame Chevaux und die Lehrer und Lehrerinnen. Nur Lori kann ich nie zufriedenstellen, so sehr ich mich auch bemühe. Das bin ich nun schon gewöhnt.

Aber etwas anderes macht mir schwere Sorgen. Denke Dir, Tante Schulz schrieb mir, daß es auf Bodenhausen sehr schlecht stehen soll. Die Gläubiger bedrängen den Herrn Baron sehr. Zum Glück konnte ich den Brief vor Lori verbergen und gleich vernichten. Wie sehr würde sie sich sonst um ihre Eltern sorgen.

Nun ist bald Weihnachten, liebes Fräulein. Alle sprechen schon von der Heimreise. Wie schön muß das sein, wenn man einen Vater oder eine Mutter hat, oder gar noch beide Eltern.

Ob wir an Weihnachten nach Bodenhausen reisen, weiß ich nicht. Ich glaube, Lori weiß es längst, aber sie sagt es mir nicht. Vielleicht müssen wir hierbleiben. Die Reise kostet doch viel Geld, wenn wir auch allein reisen könnten. Ich wäre natürlich sehr glücklich, denn Junker Hans ist doch sicher auch daheim.

Ach, liebes gutes Fräulein, manchmal ist mir doch mein dummes Herz so schwer. Und ich sehne mich nach Dir. Mußt Dir schon meine langen Briefe gefallen lassen.

Doch nun will ich für heute schließen, mein teures, gutes Fräulein. Behalt mich lieb, bitte, behalt mich lieb. Ich danke es Dir aus tiefstem Herzen. Mit innigen Grüßen und Küssen

Deine Liselotte.«

Liselotte vermutete recht, wenn sie annahm, daß Lori wisse, ob sie an Weihnachten nach Hause reisen würden. Die Eltern hatten, trotz der schlechten Zeiten, die Erlaubnis für sie beide geschickt. Baron Bodenhausen war von dem Standpunkt ausgegangen, daß ihm das Geld, welches die Reise für die beiden jungen Damen kosten würde, auch nicht helfen konnte. Es ging jetzt so in einem hin.

Lori hatte erst ihren Eltern schreiben wollen, daß Liselotte in Lausanne bleiben könne. Aber da hatte sie gehört, wie Susi zu Liselotte sagte:

»Wenn du nicht nach Bodenhausen gehst, Bettelprinzeß, dann nehme ich dich mit nach Bredow. Meine Eltern haben es schon erlaubt, daß ich dich mitbringe.«

Diese Einladung gönnte ihr Lori natürlich nicht. Und außerdem wollte Lori nicht gern allein reisen. So ließ sie Liselotte aber wenigstens im Zweifel. Erst einen Tag vor der Abreise sagte sie kurz:

»Du mußt unsere Sachen packen, wir reisen nach Bodenhausen.« Damit ging sie schnell aus dem Zimmer.

Liselotte stand einen Augenblick wie gelähmt vor Freude und drückte die Hände ans Herz. Sie konnte nichts anderes denken, als daß ihr ein Wiedersehen mit Junker Hans bevorstand.

Und dann machte sie sich mit frohem Eifer daran, die Sachen zusammenzusuchen.

Als Lori später wieder ins Zimmer trat, fragte Liselotte:

»Lori, du hast doch wohl die Stickerei noch nicht

fertig, die du deiner Mutter auf Weihnachten schenken willst?«

»Nein«, sagte Lori mürrisch.

»Willst du sie nicht fertig machen? Du hast sonst gar nichts, womit du deiner Mutter eine Freude machen kannst.«

Lori sah noch mürrischer aus. Sie wußte, daß Liselotte für ihre Mutter eine sehr schöne, mühselige Handarbeit angefertigt hatte.

»Ach, es ist noch eine Menge daran zu tun, fast die Hälfte noch. Da werde ich doch nicht fertig«, antwortete sie. –

»Zeig mir doch einmal!«

»Da im Schubfach liegt sie.«

Liselotte holte die Stickerei herbei und faltete sie auseinander. Es war eine kleine Decke für einen Ankleidetisch. »Oh, da ist freilich noch viel zu tun. Aber wenn du dich gleich dahintersetzest und fleißig daran arbeitest, könntes du es schon noch schaffen, da wir die letzten Tage viel freie Zeit haben.«

»So tue du es doch, wenn du meinst, daß es noch zu schaffen ist«, sagte Lori höhnisch.

Liselotte sah auf die Decke herab. Sie traute sich schon zu, die Arbeit noch rechtzeitig zu vollenden. Aber es erschien ihr fast als ein Unrecht, daß sie auch diese Liebesarbeit für Lori vollenden sollte.

»Ich könnte es tun, Lori, aber deine Mutter würde sich doch nicht so freuen, als wenn du es allein gemacht hättest.«

»Sie braucht es ja nicht zu erfahren. Ich bekomme die Decke ganz sicher nicht fertig.«

Liselotte dachte, daß die Frau Baronin sich gewiß betrüben würde, wenn ihr Lori nichts schenke oder nur eine unfertige Arbeit.

Ohne ein Wort zu sagen, setzte sie sich ans Fenster und begann eifrig zu sticken.

Sie saß nun jede frei Minute hinter der Stickerei, bat sogar Madame Chevaux, daß sie am Abend das Licht eine Stunde länger brennen lassen dürfe, weil sie noch eine Weihnachtsarbeit vollenden wolle. Und so gelang es ihr wirklich, die Arbeit noch fertig zu machen.

Nach herzlichem Abschied reisten die jungen Mädchen von Lausanne ab. Madame Chevaux und Mademoiselle Blanchard begleiteten alle zum Bahnhof und sorgten, daß sie gut untergebracht wurden.

Lori, Liselotte, Susi und Ursula fuhren bis Frankfurt in einem Zug und in einem Abteil zusammen. Leonie v. Plessen benutzte denselben Zug bis Zürich.

In Frankfurt wurde Susi von ihrem Vater abgeholt und Ursula von einer Tante. Lori und Liselotte fuhren allein weiter bis Erfurt. Dort erwartete sie Baron Bodenhausen.

Der Baron begrüßte auch Liselotte sehr herzlich. Sie mußte ihn immerfort ansehen. Er schien ihr in der kurzen Zeit sehr gealtert zu sein und sein Gesicht war düster und sorgenvoll.

In Bodenhausen wurden sie von der Baronin empfangen. Auch sie erschien Liselotte sehr gedrückt und unfroh. Ihre Tochter begrüßte sie zärtlich, Liselotte nur flüchtig. Aber ihre Augen richteten sich mit seltsamem Staunen auf Liselotte.

Als die beiden jungen Mädchen sich dann vom Reisestaub befreiten und die Baronin mit ihrem Mann allein war, sagte sie sichtlich unangenehm berührt: »Es ist doch sehr gut, daß Liselotte aus dem Hause kommt, wenn sie die Pensionszeit hinter sich hat. Sie entwickelt sich ja zu einer ausgesprochenen Schönheit und würde Lori völlig in den Schatten stellen.« – Zerstreut nickte der Baron. Ihn drückten andere Sorgen.

»Es ist mir auch aufgefallen, daß Liselotte sich außerordentlich zu ihrem Vorteil entwickelt hat.«

»Und sie wird eine große Schönheit werden. Da wir bei unseren mißlichen Verhältnissen darauf angewiesen sind, unsere Kinder gut zu verheiraten, so wäre es von Übel, wenn Lori neben Liselotte auftreten müßte. Diese würde alle Aufmerksamkeit auf sich ziehen.«

Der Baron fuhr sich über die Stirn.

»Nun, bis Lori so weit ist, sich zu verheiraten, hat es noch lange Zeit. Die Hauptsache für uns ist jetzt, daß Hans eine reiche Erbin heimführt und so den völligen Zusammenbruch von Bodenhausen verhindert.«

»Die reiche Erbinnen sind nur leider recht schwach gesät.«

»Leider. Und außerdem ist Hans ein eigenartiger Charakter. Er ist entschieden zu ideal veranlagt und wird sich nicht leicht durch Geld zu einer Heirat bestimmen lassen. Vorläufig hat er ja auch noch keine Ahnung, wie schlimm es um uns steht, wenn ich ihm auch gesagt habe, daß unsere Verhältnisse recht ungünstig sind.«

»So mußt du ihm reinen Wein einschenken, wenn er jetzt nach Hause kommt.«

»Ja, ja, das habe ich mir schon vorgenommen. Es wird sich ja nach dem Fest eine Gelegenheit finden. Aber jetzt still – ich höre die Kinder. Lori braucht vorläufig nichts zu wissen von unserer mißlichen Lage.«

Lori und Liselotte nahmen nun mit dem Baron und seiner Gemahlin das Abendessen ein. Bei dieser Gelegenheit erfuhr Liselotte zu ihrer großen Freude, daß Junker Hans am nächsten Tage eintreffen würde.

Am nächsten Morgen machte sich Liselotte, als Lori noch schlief, gleich auf den Weg, um das Grab ihrer Mutter und ihre guten Freunde in der »Weißen Taube« zu besuchen. Sie bewohnte wieder ihr enges Kämmerchen, das sie schon selbst in Ordnung gebracht hatte. Nun schritt sie mit geröteten Wangen und leuchtenden Augen durch den verschneiten Wald. Ach, wie schön war die Heimat auch im Winterkleid.

Die Heimat?

Ihre Augen trübten sich. Hatte sie denn eine Heimat? War sie nicht wie ein losgelöstes Blatt im Winde, das hin- und hergetrieben wurde im Leben, ohne einen festen Halt, ohne Stütze?

Sie seufzte leise auf. Aber dann wehrte sie solche traurigen Gedanken ab. Heute wollte sie sich nur freuen, daß sie wieder in Bodenhausen war, das sie so liebte, trotzdem sie hier mehr trübe als frohe Stunden erlebt hatte. Und noch mehr freute sie sich, daß sie Junker Hans wiedersehen würde.

Leichtfüßig eilte sie über den knirschenden Schnee.

Auf dem Friedhof fand sie nur tiefverschneite Gräber. Aber auf dem ihrer Mutter lag ein frischer Kranz von Tannenreisig. Der war sicher von Tante Schulz gebunden und von Heinrich hierher gelegt worden.

»Die lieben guten Menschen«, dachte Liselotte dankbar und beeilte sich nun, in die »Weiße Taube« zu kommen.

Ehe sie in den Hausflur trat, lugte sie durch das Fenster in das Gastzimmer. Da sah sie Tante Schulz, wie immer schon zum frühsten Morgen blank und sauber, mit einem Staubtuch am Büfett hantieren und hinter demselben stand der lange Heinrich und spülte Gläser. Sein flachsblonder Haarschopf nickte dabei auf und nieder und die Hände und Arme waren vom kalten Wasser blaurot angelaufen.

Liselotte lachte leise in sich hinein und huschte in den Hausflur. Schnell öffnete sie die Tür ein wenig und streckte den Kopf hinein.

»Guten Morgen, Tante Schulz, guten Morgen, Heinrich!« rief sie.

Heinrich ließ vor Schreck das Glas in die Waschbütte fallen, das er gerade in der Hand hielt, und rief freudig überrascht: »Das Liselottchen!«

Frau Martha Schulz aber eilte auf Liselotte zu und zog sie herein.

»Wahrhaftig, Liselotte! Kind, mir ist der Schreck in die Glieder gefahren, Nun komm nur herein und laß dich betrachten.«

Heinrich ließ seine Arbeit im Stich und trocknete sich umständlich die Hände.

»Ei – was ist das Liselottchen für eine große Dame geworden!« rief er erregt.

»Ja, Kind, du bist wieder ein ganzes Stück gewachsen. Guter Gott! Wenn dich deine liebe Mutter so sehen könnte.«

Und der guten Frau Martha liefen die hellen Tränen über das Gesicht vor freudiger Rührung.

Heinrich hatte nun seine Hände trocken.

»Na, Fräulein Liselottchen, kriegt denn der Heinrich nun auch eine Hand?«

Liselotte legte ihre beiden schlanken, schönen Hände in die roten, kalten des braven Burschen.

»Alle beide, lieber Heinrich. Aber wenn du mich durchaus Fräulein Liselotte nennen willst, dann muß ich wohl auch Herr Heinrich zu dir sagen.«

»Ach nein, Fräulein Liselottchen, das ist doch ein Unterschied. Frau Schulz sagt doch auch du zu mir. Das müssen Sie auch tun.«

»Dann kannst du es auch bei der alten Anrede lassen.«

»Nein, nein, Fräulein Liselottchen, ich weiß, was sich schickt.«

»Nun setzt dich nur, Kind«, sagte Frau Schulz, »und erzähle uns, wie es dir geht. Aus deinen Briefen klang es ja immer, als hättest du nur gute Stunden. Aber ich kenne dich – das Schlimme und Traurige verschweigst du. Und wenn die Baronesse bei dir ist, dann fehlt es sicher daran nicht für dich.«

Liselotte atmete tief auf.

»Ach, laß nur, Tante Schulz, du siehst ja, ich stehe heil und gesund vor dir. Und ich habe so liebe Freundinnen in Lausanne gefunden.«

»Nun, das mußt du uns ausführlich erzählen.«

»Später, Tante Schulz, sobald ich einmal länger Zeit

habe. Heute wollte ich euch nur schnell guten Tage sagen. Ich muß gleich wieder fort.«

Sie plauderte noch ein Weilchen und dann begleitete sie Frau Schulz hinaus, nachdem sie sich von Heinrich verabschiedet hatte.

Draußen im Hausflur sagte sie leise: »Tante Schulz, hast du wieder etwas gehört, wie es um den Herrn Baron steht? Er sieht so bedrückt und verstimmt aus. Sicher hat er schwere Sorgen.« – Frau Schulz nickte.

»Es muß sehr schlimm stehen. Die Bauern sprechen hier im Gasthof schon ganz offen über seine Zahlungsschwierigkeiten. Na, nun sorg dich nur nicht, bist ja ohnedies die längste Zeit im Schlosse gewesen.«

Liselotte seufzte verzagt.

»Ach, Tante Schulz, um mich sorge ich mich nicht. Aber du kannst dir doch denken, wie mir das Herz schwer wird, wenn ich bedenke, daß meine Wohltäter in so großer Bedrängnis sind.«

Frau Schulz dachte bei sich: »Nun, was haben sie dir groß für Wohltaten erwiesen? Bist mit sattgefüttert worden und hast der Baronesse ihre abgetragenen Kleider austragen dürfen.« Aber sie sprach das nicht aus, wußte sie doch, daß Liselotte so etwas nicht hören mochte. So sagte sie nur seufzend:

»Ja, ja, Kind, ich kann mir wohl denken, wie dein weiches Herzchen darunter leidet. Aber helfen kannst du da auch nichts, und wenn du dich noch so sehr sorgst.«

Liselotte schied mit bedrücktem Herzen. Ach, daß sie hätte helfen können. Wie gern hätte sie es getan. Die schwersten Opfer hätte sie bringen mögen für die

Menschen, denen sie dankbar war, vor allen Dingen für Junker Hans.

Ins Schloß zurückgekehrt, nahm sie mit der Familie des Barons das Frühstück ein. Dann fragte sie die Baronin, ob sie sich nicht irgendwie nützlich machen könnte im Hause.

Die Baronin beauftragte sie, ihr bei dem Aufbau der Bescherung für die Leute zu helfen, die im großen Saal stattfinden sollte.

So stand sie nun in dem großen Saal, der sehr wenig geheizt war. Aber sie schaffte so emsig, daß ihr warm wurde bei der Arbeit.

Sie machte alles so zierlich und schön wie möglich. Und dabei dachte sie an ihr liebes Fräulein, mit der sie noch am letzten Weihnachtsfest gemeinsam dies alles besorgt hatte.

Fräulein Herter war jetzt auf einem anderen Landsitz in Stellung. Und sie hatte es nicht sehr gut getroffen. Sie hatte drei wilde und unfolgsame Zöglinge, die ihr das Leben schwer machten. Das hatte sie Liselotte geschrieben.

So sorgte sich Liselotte auch um ihr liebes Fräulein.

Aus diesen Gedanken schreckte sie ein Geräusch auf. Draußen fuhr ein Wagen vor. Sie eilte an das Fenster und mit klopfendem Herzen sah sie Junker Hans aussteigen. Ihre Augen leuchteten auf. Wie stolz und männlich war seine Erscheinung geworden. Sein Gesicht war gebräunt, aber etwas schmaler als sonst. Und obwohl er Eltern und Schwester lächelnd begrüßte, lag nicht die sonnige Fröhlichkeit auf seinen Zügen, die sonst den ganzen Ausdruck des Gesichts beherrscht hatte.

»Ob er weiß, wie schlecht es um Bodenhausen steht, ob er sich Sorgen macht?« mußte sie denken.

Wie gern wäre sie hinausgeeilt, um ihn zu begrüßen. Aber sie wagte es nicht. Sie gehörte ja nicht zur Familie. Lori würde sie sicher mit harten Worten in ihre Schranken zurückweisen.

Ob Junker Hans sie vermissen würde? Ob er wieder, wie so oft, fragen würde: »Wo ist Liselotte?«

Sie seufzte tief und ging an ihre Arbeit zurück, bis man sie rufen würde.

Aber der Junker hatte den Kopf mit eigenen Angelegenheiten so voll, daß er vorläufig nicht an Liselotte dachte. Erst, als er sich dann für die Mittagstafel umgekleidet hatte, fiel es ihm ein, daß er Liselotte noch nicht begrüßt hatte. Deshalb suchte er sie im Saal auf.

Als er eintrat, stand Liselotte gerade auf einer Leiter und befestigte mit hochgehobenen Armen eine Kerze an einem der Tannenbäume. Das helle Sonnenlicht des klaren Wintertages beleuchtete ihre schöne, schlanke Gestalt. Betroffen blieb er einen Augenblick stehen und sah sie an, als traue er seinen Augen nicht. Sie hatte ihn nicht eintreten hören.

Sich von seinem Staunen erholend trat der junge Mann näher.

»Grüß Gott, Liselotte!« rief er ihr zu.

Sie erschrak und wäre fast von der Leiter gefallen.

»Nun, nun, Liselotte, habe ich dich so sehr erschreckt, du zitterst ja«, sagte er mit seinem warmen, lieben Lachen.

Sie sprang schnell von der Leiter herab und stand nun vor ihm wie eine Rose, glühend und blühend.

»Ach – ich hatte Sie nicht eintreten hören, Junker Hans, und da bin ich ein wenig erschrocken«, stammelte sie.

Seine Augen konnte sich gar nicht lösen von der lieblichen Erscheinung. Sie schien ihm so schön wie keine der anderen jungen Damen, die er kannte. Das machte auch ihn etwas befangen.

»Nun, eine Hand kannst du mir trotzdem geben, wir haben uns ja noch gar nicht begrüßt«, suchte er zu scherzen.

Sie reichte ihm zaghaft die Hand.

»Grüß Gott daheim, Junker Hans.«

Er lauschte auf den weichen Wohlklang ihrer Stimme.

»Ei, das klingt lieb. Aber sag mir nur, Liselotte, wie hast du es angestellt, daß du so schnell eine richtige junge Dame geworden bist? Das kleine Mädchen ist ganz verschwunden. Und zu der jungen Dame, die hier vor mir steht, muß ich wohl nun eigentlich auch ›Sie‹ sagen.« – Sie schüttelte verlegen den Kopf.

»Ach nein – bitte nicht!« rief sie ganz erschrocken.

Er lachte, ohne sie aus den Augen zu lassen.

»Nun, wahrscheinlich wünscht Mama, daß ich dich so anrede. Dann hilft kein Sträuben. Aber solange darf ich also noch du zu dir sagen?« Sie errötete von neuem.

»Ach, Junker Hans, Sie treiben Scherz mit mir.«

Er schüttelte den Kopf und trat aufatmend einen Schritt von ihr zurück. Sein Gesicht wurde ernst.

»Nein, nein, zum Scherzen bin ich wahrlich nicht aufgelegt«, sagte er seufzend.

Sie blickte ängstlich und besorgt in sein Gesicht, so voll Liebe und Sorge, daß ihm ganz seltsam warm und weich ums Herz wurde.

»Nun laß dich nicht bei der Arbeit stören, Liselotte. Ich wollte dir nur guten Tag sagen. Auf Wiedersehen bei Tisch!« Damit ging er schnell aus dem Saal.

An der Tür wandte er sich noch einmal um, dann schloß er mit einem tiefen Atemzug die Tür.

Liselotte stand eine Weile unbeweglich.

»Er ist nicht froh und glücklich, er hat sicher Kummer und Sorgen. Ach, hilf ihm doch, lieber Vater im Himmel«, betete sie.

Bei Tisch mußte sie ihn immer wieder verstohlen betrachten. Sein schmales, gebräuntes Gesicht war ganz gewiß nicht so heiter und sorglos wie sonst, wenn er auch scherzte und lachte.

Und seine Augen flogen immer wieder zu Liselotte hinüber.

Wie Hans vorausgesehen hatte, verlangte seine Mutter, daß er Liselotte mit »Sie« anreden sollte. Liselotte war zumute, als trete damit wieder etwas Fremdes, Kaltes in ihr Leben. Er wurde ganz förmlich und zurückhaltend, wenn er mit ihr sprach. Sie ahnte nicht, daß es ihn große Überwindung kostete, so kühl und steif zu ihr sein zu müssen. Viel lieber wäre er lieb und zärtlich zu ihr gewesen, hätte ihr so gern die weiche Wange gestreichelt und ihr liebe Worte gesagt wie früher. Aber er sah ein, daß das nicht mehr sein durfte. Liselotte war kein Kind mehr. Und er wußte, daß seine Eltern von ihm verlangten, daß er sich mit einer reichen jungen Dame vermählen sollte.

Sie hatten ihm schon diese und jene zum Vorschlag gebracht. Aber er hatte keine davon sehr gut leiden mögen und sich nicht entschließen können, nur um Geld zu freien und seine Hand ohne sein Herz zu verschenken.

Dann kam das Weihnachtsfest heran. Und der mächtige Zauber, der über diesem Fest der Liebe schwebte, erhellte all die sorgenvollen Gesichter ein wenig.

Madame Chevaux hatte an die Eltern ihrer Zöglinge geschrieben, um Zeugnis abzulegen über deren Entwicklung in ihrem Haus. Auch Baron Bodenhausen hatte einen ausführlichen Brief erhalten. Dank Liselottes Hilfe war Madame Chevaux auch leidlich mit Loris Fortschritten zufrieden. Aber von Liselottes Fähigkeiten und ihrem Fleiß sprach sie in den lobendsten Worten. Auch teilte sie dem Baron mit, daß der Musiklehrer, der Liselottes Stimme nach Möglichkeit ausgebildet habe, überzeugt sei, daß Liselotte mit ihrer Stimme und ihrer musikalischen Begabung eine berühmte Sängerin werden könne, wenn sie gewissenhaft ausgebildet würde. Sie halte es für ihre Pflicht, dem Herrn Baron das mitzuteilen. Er möge sich doch von Liselotte etwas vorsingen lassen, um sich selbst ein Urteil zu bilden.

Baron Bodenhausen hatte seiner Gattin achselzukkend den Brief gegeben.

»Wer weiß«, sagte er, als sie gelesen hatte, »vielleicht steckt wirklich etwas in Liselotte. Wenn man nicht selbst so schwer zu kämpfen hätte, könnte man ein übriges tun und sie zur Sängerin ausbilden lassen. Das Äußere hätte sie auch dazu.«

Die Baronin seufzte.

»Ich bitte dich, wir müssen jetzt selbst mit jedem Groschen rechnen, und ich meine, wir haben schon genug für das Mädchen getan. Übrigens täuschen sich oft die besten Kenner in solch einer jungen Stimme. Das ist immer eine gewagte Sache. Ich bitte dich, setze ihr keine abenteuerlichen Gedanken in den Kopf.«

»Natürlich nicht. Aber gelegentlich will ich mir doch einmal etwas von ihr vorsingen lassen. Ich habe mich früher nie darum bekümmert, was sie in musikalischer Beziehung leistet. Fräulein Herter ist jedenfalls keine hervorragende Klavierlehrerin gewesen, was man ja auch nicht von ihr verlangen konnte. Lori stümperte wenigstens jämmerlich, wenn sie uns einmal etwas zu Gehör bringen sollte.«

»Lori hat ja wenig Begabung für Musik.«

Der Baron seufzte.

»Sie ist, glaube ich, leider nach keiner Richtung hin sonderlich begabt, während diese kleine Liselotte sich ganz überraschend entwickelt. Also, gelegentlich soll uns Liselotte etwas vorsingen.«

»Gut! Dazu wird sich Gelegenheit bei der Bescherung finden. Ich werde sie ganz unauffällig bitten, bei Beginn derselben ein Weihnachtslied zu singen. So werden wir sie hören, ohne daß die ahnt, warum sie singen soll.«

»Ja, so wird es gehen«, pflichtete der Baron bei.

Kurz vor der Bescherung sagte die Baronin zu Liselotte:

»Du gehst jetzt gleich mit mir in den Saal und setzt dich an den Flügel. Und sobald ich dann das Klingelzeichen für die Leute gebe, singst du unser altes Weihnachtslied: ›Vom Himmel hoch, da komm ich her‹. Das kannst du doch, nicht wahr? Es ist dann gleich ein wenig feierlicher.«

Liselotte freute sich, daß sie einen Wunsch der Frau Baronin erfüllen konnte.

»Gewiß, Frau Baronin, das kann ich und will es gern tun«, sagte sie ganz unbefangen.

So geschah es auch.

Liselotte half der Baronin erst die Lichter anzünden und dann setzte sie sich an den Flügel. Zur Feier des Tages trug sie ein schlichtes, aber hübsches weißes Kleid.

Auf das Klingelzeichen der Baronin spielte sie erst ein kurzes Vorspiel, das sich dann in die Klänge des schönen, alten Weihnachtsliedes auflöste. Gleich darauf setzte Liselottes Stimme ein. Mit innigem Ausdruck tönte das Lied durch den weiten Raum und füllte ihn mit starkem und doch unsagbar süßem Wohllaut.

Es wurde ganz still im Saal, alle lauschten wie gebannt auf die herrliche junge Stimme. Selbst Lori und die Baronin, die doch sehr kritisch veranlagt waren, konnten sich ihrem Zauber nicht entziehen. Baron Bodenhausen sah ganz ungläubig nach dem Flügel hinüber und lauschte wie gebannt.

Am meisten aber wirkte der Gesang auf Junker

Hans. Mit großen Augen sah er hinüber auf das weißgekleidete Mädchen, das ganz weltentrückt am Flügel saß und sang. Auf dem schönen jungen Antlitz lag ein Ausdruck tiefen Friedens und inniger Andacht. Wie wunderbar griffen ihm die klaren, weichen und doch so starken jugendfrischen Töne ans Herz. Noch nie hatte er Liselotte singen hören. Auch sonst hatte noch niemand im Schlosse ein Lied von ihr gehört, höchstens Lori und Fräulein Herter, wenn sie im Schulzimmer kleine Lieder geübt. Da hatte sich Liselotte aber gar nicht herausgewagt. So überraschte sie ihre Zuhörer mit ihrem Gesang vollständig.

Der Baron neigte sich zu seiner Frau herab und sah sie sonderbar an.

»Schade, daß wir nicht das Geld übrig haben, diese Stimme ausbilden zu lassen. Sie ist schon jetzt wundervoll«, sagte er leise.

Die Baronin nickte, zuckte aber dann die Achseln und flüsterte: »Was nicht geht, das geht nicht.«

Als Liselotte zu Ende war, folgte die Bescherung.

Zuerst kamen die Leute zu ihrem Rechte. Manche davon waren dies Jahr gar nicht so recht zufrieden. Früher hatte man reichere Geschenke bekommen. Man merkte, daß in Bodenhausen schlechte Zeiten waren.

Aber gewohnheitsgemäß bedankten sich alle bei der Herrschaft und verließen dann mit ihren Geschenken den Saal. In einem kleineren Nebenzimmer fand dann die Bescherung für die Familie statt. Auch hier war in diesem Jahr nicht so reichlich aufgebaut wie früher. Lori, die keine Ahnung hatte, wie sehr in Bodenhausen gespart werden mußte, verbarg kaum ihre Unzufriedenheit. Einige ihrer kostspieligen Wünsche waren unerfüllt geblieben. Und doch hatte man gerade sie noch am reichsten beschenkt.

Für Liselotte lagen nur wenige praktische Sachen auf der Tafel. Sie hatte sich bescheiden im Hintergrund gehalten, aber die Baronin rief sie herbei. »Dies gehört dir, Liselotte«, sagte sie etwas freundlicher als sonst.

Liselotte küßte ihr und dem Baron dankbar die Hände. Wie hoch rechnete sie es ihnen an, daß sie trotz der eigenen Sorgen auch an sie gedacht hatten. Sie freute sich herzlich über das hübsche dunkelblaue Jackenkleid, über die zierlichen Schürzen und Taschentücher. Auch ein Paar schöne, neue Schuhe standen dabei.

Liselotte dünkte sich so reich beschenkt und wünschte nur, sie hätte ihren Wohltätern alles hundertfach vergelten können.

Junker Hans konnte seinen Blick nicht losreißen von der weißgekleideten Mädchengestalt mit den schweren dunklen Flechten auf dem jungen Haupt. So lieblich und hold sah Liselotte aus, bescheiden und stolz zugleich.

»Sie gleicht viel mehr einer richtigen Prinzessin als einer Bettelprinzeß«, dachte er bewundernd.

Aber er hielt sich von ihr zurück.

Liselotte merkte nur zu gut, daß Junker Hans sich von ihr fernhielt. Zugleich fühlte sie auch, daß ihn irgend etwas bedrückte. Und es tat ihr so weh, daß sie ihm nicht helfen konnte. Ihm nicht, und auch seinen

Eltern nicht, die mit stillen, ernsten Gesichtern vor sich hinblickten. Es wollte gar keine frohe Feststimmung aufkommen.

Endlich hob Baron Bodenhausen den Kopf und sagte, aufseufzend, zu Liselotte:

»Singe uns noch einige Lieder, Liselotte. Laß die Tür zum Saal offen, daß wir dich hören können.«

Liselotte war gleich bereit. Ach, daß es ihr gelänge, ihre Wohltäter ein wenig zu erheitern mit ihrem Gesang.

»Gern, Herr Baron. Soll ich Weihnachtslieder singen?«

»Später – jetzt sing uns erst ein lustiges Lied. Kennst du eins?«

Liselotte dachte nach.

»O ja – ich glaube.«

»Nun, dann singe es.«

Liselotte ging hinüber zu dem Flügel und spielte eine schlichte, heitere Weise.

Und dann begann sie zu singen:

Auf einem grünen Hügel steht der Mai,
Der fröhliche Geselle,
Will halten eine Symphonei
Mit seiner Hofkapelle,
Er schlägt mit Fleiß
Das grüne Reis
Mit Blumen, rosenrot;
Es ist die Flur
Die Partitur,
Die Blumen sind die Noten.

Das Liedchen hatte mehrere Strophen, in dem in lustiger Weise ein Waldkonzert beschrieben wurde, das der Mai veranstaltet und an dem sich alles, was lebt und webt, beteiligt. Auf allen Gesichtern, außer dem Loris, lag ein Lächeln, als Liselotte damit zu Ende war, und der Baron rief hinüber:

»Weiter, Liselotte!«

Da sang sie ihr großes Solo aus dem Singspiel, das reizende Schäferinnenlied. Und dann noch einige schlichte Liedchen.

Der Baron lauschte sichtlich gefesselt, und Junker Hans saß mit verträumten Augen der offenen Tür zum Saal gegenüber und ließ seinen Blick auf Liselotte ruhen.

Nach einer Weile kam diese herüber.

»Ist es genug, oder soll ich weitersingen?« fragte sie bescheiden.

Der Baron sah sie mit einem warmen, freundlichen Blick an.

»Ich könnte dir noch lange zuhören, Liselotte«, sagte er.

Und Junker Hans dachte dasselbe.

Der Baronin gefiel es aber gar nicht, daß ihr Sohn dem süßen Gesang lauschte.

»Wir wollen zu Tisch gehen. Es ist jetzt vorläufig genug, Liselotte. Aber es war sehr hübsch«, sagte sie rasch. – So ging man zu Tisch.

*

Am nächsten Tage trat Junker Hans, der eben von einem Waldspaziergang heimgekommen war, in das Wohnzimmer.

Lori lehnte faul in einem Sessel, und Liselotte saß am Fenster bei einer Näharbeit, die ihr die Baronin aufgegeben hatte.

»Draußen ist herrliche Schlittenbahn«, sagte er. »Wie ist es, Lori, wollen wir drei eine Schlittenfahrt machen?«

Lori sah mit halbgeschlossenen Lidern zu ihm hinüber.

»Wer – wir drei?« – »Nun du, Liselotte und ich.«

»Nein, mit Liselotte mag ich nicht fahren, laß uns allein fahren.«

»Warum nicht mit Liselotte?« fragte er, während seine Stirn sich jäh rötete und seine Augen wie erschrocken in Liselottes erblaßtes Gesicht sahen.

»Weil es mir eben nicht paßt, Seite an Seite mit ihr im offenen Schlitten zu fahren. Was sollen die Leute denken«, erwiderte Lori scharf.

»Nun, sie werden sich wenig darüber wundern, daß du mit deiner Pflegeschwester ausfährst.«

Lori richtete sich steif empor.

»Lächerlich – Liselotte ist nicht meine Pflegeschwester. Sie gilt mir nicht dafür.«

Junker Hans fuhr empört auf. Er sah, daß Liselotte eine dunkle flammende Röte ins Gesicht schoß.

»Lori!« rief er fast drohend.

»Nun, was gibt es?« fragte sie von oben herab.

»Ich verbiete dir, so von Liselotte zu reden.«

»Pah – du hast mir gar nichts zu verbieten. Was geht

es dich an, wie ich über sie rede und denke? Man kann es ihr nicht genug ins Gedächtnis zurückrufen, daß sie eine Bettelprinzeß ist.«

Junker Hans trat plötzlich mit vor Zorn gerötetem Antlitz dicht vor seine Schwester hin. Er hatte gesehen, daß Liselotte unter Loris Worten zusammenzuckte und wie in heißer Scham die Hand vor das errötende Antlitz hielt.

»Schäme dich, Lori. Hast du noch immer nicht gelernt, wie niedrig es ist, einen wehrlosen Menschen zu demütigen?« sagte er erregt.

Lori lachte schrill auf.

»So ist es recht, stelle diese scheinheilige Heuchlerin über deine eigene Schwester!« rief sie wütend.

Seine Hand umfaßte ihren Arm mit heftigem Druck.

»Du bittest Liselotte auf der Stelle diese ungerechte Beschimpfung ab!« verlangte er drohend.

»Laß mich los, du tust mir weh! Es fällt mir nicht ein, Bettelprinzeß etwas abzubitten. Wie kommst du übrigens dazu, dich zu ihrem Ritter aufzuwerfen? Lächerlich –«

Er ließ mit erblassendem Gesicht ihren Arm frei und trat von ihr zurück.

»Schweig – daß ich mich nicht vergesse«, sagte er mit mühsam erzwungener Haltung.

Lori sprang auf.

»Nun gut, ich schweige! Aber ich gehe sofort zu Mama und werde ihr alles sagen!« rief sie gehässig und eilte aus dem Zimmer.

Hans trat zu der blassen, zitternden Liselotte heran.

»So lassen Sie mich statt meiner Schwester Abbitte

tun, Liselotte, für diese kränkenden Worte, die ich mit anhören mußte, ohne Sie wirksam beschützen zu können.«

Sie sah mit brennenden Augen und zuckendem Gesicht zu ihm auf.

»Sie meinen es gut, Junker Hans – und ich danke Ihnen so sehr – ach – so sehr. Aber bitte – nehmen Sie nie mehr meine Partei gegen Lori. Es reizt sie noch mehr, wenn jemand für mich eintritt.«

Er strich sich über die Stirn.

»Ich hatte gehofft, Lori würde mit der Zeit vernünftig werden. Das scheint nicht der Fall zu sein. Anscheinend macht sie Ihnen auch das Leben in Lausanne zur Pein, nicht wahr?« Sie strich mit zitternder Hand über die Stirn, um einige lose Löckchen, die sich immer aus ihrem Scheitel stahlen, zurückzustreichen.

»Nein, nein, es ist nicht so schlimm. Bitte, bitte, sagen Sie Lori kein böses Wort darüber.«

Warme, zärtliche Worte drängten sich aus seinem Herzen empor. Er hätte sie so gern liebevoll trösten mögen. Aber er zwang es in sich nieder. Er mußte vernünftig sein und daran denken, daß diese arme Waise ihm nie etwas anderes sein durfte als eine kleine Pflegeschwester. Er mußte daran denken, daß er eine reiche Frau heiraten mußte, die ihm helfen konnte, das drohende Verhängnis von Bodenhausen abzuwenden.

Er atmete tief auf und verließ schnell das Zimmer. –

Lori war zu ihrer Mutter geeilt und hatte sich über Hans beklagt, zugleich natürlich einen entstellten Bericht liefernd über das, was geschehen war.

Die Baronin wußte zwar, daß Lori gern ein wenig übertrieb und daß sie sicher auch nicht ohne Schuld war an der Szene. Aber immerhin war sie klug genug, einzusehen, daß Hans mehr Anteil an Liselotte nahm, als nötig war. Sie war sich klar darüber, daß es gut sei, Hans und Liselotte so viel als möglich voneinander fernzuhalten. Da Liselotte bald nach dem Töchternheim zurückkehrte und später so bald als möglich eine Stellung annehmen sollte, war ja die Gefahr nicht groß, daß sie einander noch viel begegnen würden. So nahm die Baronin die ganze Angelegenheit nicht sehr wichtig.

»Ich bitte dich, Lori, laß es gut sein und suche die kurze Zeit noch Frieden zu halten. Du wirst nicht mehr lange gezwungen sein, Liselottes Gesellschaft zu ertragen«, sagte sie. – Lori horchte auf.

»Wie meinst du das, Mama?« fragte sie hastig.

»Nun, das magst du schon jetzt erfahren. Sobald Liselotte mit dir für immer aus dem Töchterheim zurückkehrt, ist unsere Aufgabe erfüllt. Ihre Erziehung ist dann beendet und wir haben weiter keine Verpflichtung gegen sie. Sie wird dann eine Stellung annehmen müssen, um sich ihr Brot selbst zu verdienen. Das weiß sie auch schon. Also gedulde dich noch ein Weilchen.«

Das klang Lori wie Musik ins Ohr. Nicht nur, daß sie wußte, daß sie bald von Liselottes Gesellschaft befreit sein würde – sie hatte nun auch eine herrliche Gelegenheit, diese wieder in den Augen der Mitschülerinnen herabzusetzen. Wenn sie erzählte, daß Bettelprinzeß eine bezahlte Stellung annehmen mußte, dann würden sich doch die anderen verächtlich von ihr wenden. Lori sah es als eine Schmach an, wenn sich jemand sein Brot selbst verdienen mußte.

Wenn Lori geahnt hätte, welch drohende Wolke über ihrem Vaterhause emporstieg, dann wäre ihr wohl der Hochmut ein wenig vergangen. Vielleicht hätte sie dann ein ähnliches Los für sich herankommen sehen, wie es der armen Liselotte beschieden war. Aber sie wußte ja nicht, wie schlimm es um Bodenhausen stand.

So ging sie mit gehässiger Genugtuung ins Wohnzimmer zurück. Sie fand Liselotte allein, emsig mit ihrer Näharbeit beschäftigt. Lori trällerte übermütig und schadenfroh mit ihrer schrillen Stimme ein Lied und warf sich wieder faul in den Sessel.

Es war am Tage danach. Liselotte suchte sich im Hause nützlich zu machen, wo sie nur konnte. So hatte ihr heute die Baronin aufgetragen, eine Wäscheliste verschiedene Male abzuschreiben. Sie saß in einem kleinen Raum, in dem die Baronin die Wirtschaftsbücher aufbewahrte, die sie mit der Wirtschafterin zur Abrechnung führte. Dieser Raum befand sich neben dem Arbeitszimmer des Barons. Die Baronin hatte Liselotte Bescheid gesagt und war durch das Arbeitszimmer des Barons hinausgegangen. Die Verbindungstür hatte sie nicht geschlossen, sondern nur den Vorhang vorgezogen.

In ihre Arbeit vertieft, saß Liselotte stumm auf ihrem Platz und ließ die Feder über das Papier gleiten. Sehr hübsch und sauber reihten sich Zahlen und Buchstaben aneinander.

Kaum hatte die Baronin das Zimmer verlassen, als drüben der Baron mit seinem Sohn eintrat. Da sie erst der Wirtschafterin und der Baronin draußen begegnet waren, hielten sie den Nebenraum für leer, denn außer diesen beiden Personen hatte niemand sonst darin etwas zu suchen. Und da die beiden Räume nur durch den Vorhang getrennt waren, wurde Liselotte ohne ihren Willen Zeugin der folgenden Unterhaltung:

»Also du möchtest mich in einer dringenden Angelegenheit sprechen, Hans?« fragte der Baron.

»Ja, Papa«, antwortete Hans mit einem tiefen Atemzug.

»Dann sprich und sage mir, was du auf dem Herzen hast.«

Wieder atmete der Junker tief auf.

»Lieber Papa, ich wollte erst das Weihnachtsfest vorüber lassen, ehe ich dir mit meinem Anliegen kam. Ich wollte dir die Festtage nicht trüben.«

Der Baron seufzte vernehmlich.

»Das klingt nicht, als hättest du mir etwas Angenehmes zu eröffnen«, sagte er, sich in einen Sessel gleiten lassend.

Der Junker lehnte sich an den Tisch und sah unruhig auf den Vater herab. Sein Gesicht war bleich.

»Leider ist es allerdings nichts Angenehmes, Papa. Du weißt, daß ich in dringender Geldverlegenheit war, und schriebst mir, daß du mir nicht helfen könntest. Ich mußte aber Geld haben und versuchte es zu leihen. Aber nirgends wollte man mir noch Kredit gewähren. Es ist leider nur zu bekannt, wie es um

Bodenhausen steht. In meiner Verzweiflung ließ ich mich eines Abends verleiten, zu spielen. Du weißt, ich habe sonst nie eine Karte angerührt, ich bin auch gewiß keine Spielernatur. Aber ich wußte mir nicht anders zu helfen und wollte dies Letzte versuchen. Ich setzte den ganzen Rest meiner Barschaft auf eine Karte – und gewann. Nun setzte ich das doppelte – und gewann wieder. Das wiederholte sich zweimal, dreimal, viermal. Es faßte mich wie ein Schwindel. Kühn setzte ich den ganzen Gewinn auf eine Karte, ich glaubte, daß Glück werde mir hold bleiben – und verlor. Statt nun aufzuhören, kam es wie ein Fieber über mich. Ich wollte den Verlust wettmachen. So spielte ich weiter, in einem dumpfen, benommenen Zustand, ohne Besinnung, und verlor, ohne Unterlaß. Ich weiß nicht, wie weit ich mich verirrte, es war wie ein Rausch. Aus diesem erwachte ich erst, als mir mein Freund die Hand auf den Arm legte und warnend sagte: ›Du bist von Sinnen, Hans. Komm zu dir!‹ Da schrak ich auf und sah, was ich getan. Fast zehntausend Mark hatte ich verloren und mich verpflichtet am zweiten Januar diese zehntausend Mark zu zahlen. Erlaß mir, zu beschreiben, wie mir zumute war. Ich habe schon alles versucht, mir das Geld zu leihen, weil ich weiß, daß du selbst knapp bei Kasse bist. Aber vergeblich! Nun habe ich nur die eine Hoffnung, daß du mir hilfst, Papa – du mußt mir helfen!«

Es klang wie ein Notschrei.

Liselotte saß wie gelähmt. Sie hatte sich erheben und entfernen wollen, als sie hörte, was da drüben verhandelt wurde. Es wurde ihr erschreckend klar, daß man keine Ahnung hatte von ihrer Anwesenheit. Aber aus diesem Raum führte kein anderer Weg, als durch das Zimmer des Barons. Und diesen Weg jetzt noch zu wählen, fehlte es ihr an Kraft und Mut. So saß sie zitternd und gelähmt und mußte belauschen, was nicht für sie bestimmt war und was sie doch so namenlos erregte.

Zitternd harrte sie der Antwort des Barons. Diese rang sich endlich schwer von dessen Lippen.

»Gott sei uns gnädig! Hans – was hast du getan? Du weißt doch, daß ich selbst in arger Bedrängnis bin – ärger als du denkst. Mir geht das Wasser bald bis an den Hals und ich sehe keine Rettung. Wo soll ich jetzt zehntausend Mark beschaffen? Ich habe keinen Kredit mehr. Ich kann dir nicht helfen, mein Sohn – es ist ganz ausgeschlossen, ich kann nicht.«

Hans strich sich über die Stirn, auf der kalter Schweiß stand.

»Ist es ganz unmöglich, Papa? Du weißt, was es heißt, auf Ehrenwort solche Summe zu schulden. Mir bleibt dann nichts – als eine Kugel«, stieß er hervor.

Kaum war das über seine Lippen, da schrie Liselotte vor Entsetzen laut auf und gleich darauf stand sie, bleich bis in die Lippen und an allen Gliedern zitternd, auf der Schwelle unter dem Vorhang.

Der Baron sprang auf, die beiden Herren starrten sie fassungslos an.

»Was soll das – wie kommst du hierher?« herrschte sie der Baron streng an.

Sie lehnte sich kraftlos an die Tür und deutete hinter sich.

»Da – ich schrieb da drinnen – für die Frau Baronin – und – ich habe alles gehört, was hier gesprochen wurde. Ach, Herr Baron, Junker Hans darf nicht sterben – er darf nicht. Und es muß ja auch nicht sein, Herr Baron.«

Sie sank in sich zusammen, weil ihr die Knie vor Aufregung versagten, und lag vor dem Baron auf den Knien.

Junker Hans sah mit starren Augen auf sie herab. Das Herz wollte ihm zerspringen, als er das namenlose Bangen in ihren Augen sah.

»Steh auf und geh – kümmere dich nicht um das, was hier geschieht«, sagte der Baron streng.

Aber Liselottes Fügsamkeit war hier zu Ende, wo es das Wohl und Wehe des Junkers galt. Sie schüttelte verzweifelt den Kopf.

»Nein – o nein – schicken Sie mich nicht fort, Herr Baron, bis Sie mir versprochen haben, daß Sie Junker Hans helfen wollen. Er darf nicht sterben, und es muß ja nicht sein, wenn Sie mir nur erlauben wollten, ihm zu helfen.«

Wider Willen ergriffen von ihrer Angst und Not, hob sie der Baron empor.

»Kind, du hast da etwas gehört, was nicht für deine Ohren bestimmt war. Nun sei ein vernünftiges Mädchen und geh. Laß uns allein.«

Sie schluchzte fassungslos auf.

»Lassen Sie mich doch helfen, Herr Baron, ich bitte so sehr darum«, bat sie flehend und sah dem Junker flehend in das blasse, zuckende Gesicht.

»Torheit, Liselotte. Geh! Du kannst nicht helfen.«

»Doch, Herr Baron! Haben sie denn vergessen, was Sie mir gesagt haben am Tage nach meiner Konfirmation? Sie sagten mir doch, daß ich fünfzehntausend Mark besitze von meiner Mutter her. Bitte geben Sie Junker Hans das Geld. Er kann damit seine Verhältnisse ordnen. Ach, ich bin gar nicht so töricht und unvernünftig, es kann noch alles gut gehen, wenn Sie nur wollen, Herr Baron.«

Unschlüssig sah der Baron in ihr flehendes Gesicht. An dieses Geld, daß Liselotte gehörte, hatte er bisher, auch in der ärgsten Bedrängnis, nicht gedacht. Aber jetzt stand seines Sohnes Ehre, sein Leben auf dem Spiel. Und Liselotte bat ihn selbst in rührendster Weise, das Geld anzunehmen. Er machte eine abwehrende Bewegung, als wolle er der Versuchung entgehen.

»Kind – es ist dein Eigentum – wir dürfen nicht daran rühren«, sagte er leise.

Liselotte richtete sich jäh empor.

»Wollen Sie lieber Ihren Sohn sterben lassen, Herr Baron? Ach nein – nein – so grausam kann ein Vater nicht sein. Was liegt mir an dem Geld! Sie hätten es längst für meine Erziehung ausgeben können, ohne daß Sie jemand hindern konnte. Dann hätte ich es auch nicht mehr. Sie haben es nicht getan, haben alles für mich getan, ohne an das Geld zu rühren. Und nun ist es ja auch ein großes Glück, daß es noch da ist. Sie müssen es Junker Hans geben, Herr Baron, ich flehe Sie an. So unendlich viel Dank bin ich Ihnen schuldig. Lassen Sie mich doch ein einziges Mal meine Dankbarkeit beweisen. Junker Hans ist immer gut zu mir gewesen. Bitte geben Sie ihm das Geld. Lassen Sie mich doch nicht so lange bitten. Soll er denn sterben um dieses elende Geld, das ich gar nicht haben mag?«

Wider Willen flog ein gerührtes Lächeln um den Mund des Barons, und Junker Hans stand wie gelähmt und sah in das erregte Gesicht des jungen Mädchens, aus dem die Augen so innig flehend blickten.

»Du törichtes, kleines Mädchen«, sagte der Baron weich. »Was weißt du von dem Wert des Geldes. Fünfzehntausend Mark sind ein kleines Vermögen für dich, sind ein Notgroschen für deine Zukunft, den du vielleicht einmal sehr nötig brauchst.«

Sie schüttelte heftig den Kopf.

»Was liegt an mir? Gott wird mir schon helfen. Ich will das Geld nicht, ich werde es nicht anrühren. Junker Hans – ach lieber Junker Hans, sprechen Sie doch, sagen Sie Ihrem Vater, daß er Ihnen das Geld geben soll. Ich hätte ja nie im Leben mehr eine ruhige Stunde, wenn Ihnen ein Leid geschähe.«

Sie schlug die Hände zitternd vor das Anlitz und schluchzte qualvoll auf.

Erschüttert bis in die Tiefe seiner Seele, zog Junker Hans ihr die zitternden Hände vom Gesicht.

»Liselotte – liebe Liselotte – seinen Sie doch ruhig, vergessen Sie, was Sie gehört haben. Begreifen Sie doch, ich kann das Geld nicht von Ihnen nehmen. Es wäre schlecht von mir. Beruhigen Sie sich, ich werde versuchen, mir anders zu helfen.«

Sie sah ihn voll Jammer und Angst an.

»Ach – das sagen Sie nur, um mich jetzt loszuwerden. Aber ich weiß doch, daß dann etwas geschieht – etwas Fürchterliches – und nur, weil Sie zu stolz sind, von der armen Bettelprinzeß etwas anzunehmen. Sie darf nur immer nehmen und nehmen, niemals geben. Seien Sie doch nicht so hart gegen mich, Sie sind doch sonst immer gut zu mir gewesen. Ich will Ihnen ja das Geld gar nicht schenken, es braucht Sie nicht zu verletzen, es anzunehmen. Nur leihen will ich es Ihnen, wenn Sie nicht anders wollen, bis einmal wieder bessere Zeiten für Sie kommen. Bitte, bitte – nehmen Sie das Geld.«

Beschämt stand der Baron dabei. Er dachte daran, daß die fünfzehntausend Mark es Liselotte möglich machen würden, sich als Sängerin auszubilden. So sehr es ihn lockte, das Geld für seinen Sohn anzunehmen, mußte er das jetzt als ehrlicher Mann Liselotte sagen.

»Kind, es könnten lange Jahre vergehen, ehe wir dir das Geld zurückzahlen könnten. Vielleicht wären wir nie dazu imstande. Und Madame Chevaux hat mir geschrieben, daß du eine berühmte Sängerin werden könntest, wenn deine Stimme ausgebildet würde. Ich glaube das selbst, nachdem ich dich singen gehört habe. Dann würdest du das Geld nötig für deine Ausbildung brauchen, denn ich kann leider nichts mehr für dich tun.«

Aber Liselotte wehrte hastig ab.

»O nein – niemals werde ich Sängerin, das könnte ich nicht – nicht um alle Schätze der Welt. Vor fremden Menschen singen ist mir eine unendliche Pein. Ich will nie Sängerin werden. Mein Brot verdiene ich mir schon. Sie haben mir ja eine so gute Erziehung geben lassen. Nicht wahr, nun nehmen Sie das Geld? Kein Mensch, als wir drei, soll je darum wissen. Und können Sie es mir einst zurückzahlen, so ist es gut. Geht es nicht, ist es auch recht. Bitte, bitte – tun Sie es doch!«

Die beiden Herren sahen sich an. Und dann sagte Hans bittend: »Lieber Papa, ich vereinige meine Bitten mit denen Liselottes. Sie bringt mir in rührender Selbstlosigkeit ein Opfer und das werde ich ihr nie, niemals vergessen. Mein Leben soll von heute an einen ernsteren Inhalt bekommen. Ich will dieses Opfer verdienen.«

Der Baron atmete tief und schwer. Er dachte daran, daß Hans, wenn er eine reiche Heirat machte, das Geld zurückzahlen könne.

»Nun gut, so mag es sein, ich will dir das Geld geben. Zahle deine Ehrenschuld und mit dem Rest halte gut Haus, da ich dir jetzt so bald nichts geben kann. Ich habe dich zu lieb, als daß ich Liselottes großherziges Anerbieten länger zurückweisen kann. Sie hat uns damit einen großen Dienst geleistet, hat vielleicht dein Leben gerettet. Ich weiß, du wirst diese Stunde nie vergessen, wirst nie wieder leichtsinnig sein.«

»Nein, Papa – mein Wort darauf«, sagte Hans.

Liselotte aber schluchzte auf wie von schlimmer Qual erlöst. Sie ergriff die Hand des Barons und preßte ihre Lippen darauf.

»O Dank – heißen Dank!« sagte sie leise.

Er legte seine Hand gütig auf ihr Haupt.

»Kind, du dankst noch dafür, daß wir ein Opfer von dir annehmen?«

Sie sah glückstrahlend zu ihm auf.

»Es ist kein Opfer, es ist ein großes, großes Glück für mich, daß ich helfen konnte.«

Sie blickte aufatmend in das Gesicht des Junkers. Der konnte sich nicht länger beherrschen, er umfaßte das liebliche, holde Mädchen und küßte es unter den Augen seines Vaters herzlich auf den Mund.

»Ich danke dir, Liselotte – liebe Liselotte!« sagte er innig und sah mit einem seltsamen Blick in ihre Augen.

Sie wurde dunkelrot unter seinem Blick und dann eilte die hastig aus dem Zimmer.

Hans sah ihr mit großen Augen nach und seine Lippen zuckten in tiefer Erregung.

Sein Vater sah ihn besorgt an.

»Hans!«

»Lieber Papa?«

»Jetzt mußt du vernünftig sein, mein Sohn, hörst du? Ich gebe dir das Geld, aber vergiß nicht, wir müssen es Liselotte wiederbeschaffen. Und daß du es nur weißt, lange kann ich Bodenhausen nicht mehr halten. Es steht schlimmer um uns, als du denkst. Der Ruin steht vor der Tür – du allein kannst den Zusammenbruch aufhalten – wenn du eine reiche Frau heiratest. Eine andere Rettung gibt es nicht für uns.«

Hans war zusammengezuckt. Er preßte die Hand auf das Herz, als fühle er dort einen heißen Schmerz. Noch nie war ihm der Gedanke, eine reiche Frau heiraten zu müssen, so unangenehm gewesen wie jetzt, daß er nie ein anderes Mädchen so lieb haben konnte wie Liselotte. Sie war mit seinem Herzen verwachsen, seit er sie an seiner Hand als weinendes Kind über die Schwelle seines Vaterhauses geführt hatte. Und er wußte, daß sein Herz nie von ihr lassen konnte.

Stumm nahm er das Geld von seinem Vater entgegen, und es schnürte ihm dabei etwas die Brust zusammen.

*

Während der nächsten Tage ging Liselotte mit verklärtem Gesicht umher. Es konnte sie nichts in der glücklichen Gewißheit stören, daß sie Junker Hans und seinem Vater einen Dienst hatte leisten dürfen. So glücklich machte sie der Gedanke, daß der geliebte Junker einer Gefahr entronnen war, daß Loris Feindseligkeit ganz wirkungslos an ihr abprallten und ihr nicht einmal wehe taten.

Der Baron begegnete ihr jetzt in einer sehr herzlichen Weise, trotzdem sie sich, wie immer, ganz bescheiden zurückhielt. Jeden Abend forderte er sie auf, wenn sie sich nach dem Abendessen bescheiden in ihr Kämmerchen zurückziehen wollte, noch ein wenig zu bleiben und ein paar Lieder zu singen. Dann saß Junker Hans still in einer Ecke und lauschte der warmen, glockenreinen Mädchenstimme. In seinem Verkehr mit Liselotte wechselte der vertraute, warme Ton aus den Kindertagen mit einer scheuen Zurückhaltung.

Der Baronin gefiel es wenig, daß ihr Gemahl Liselotte so sehr in den Familienkreis zog, und Lori ärgerte sich sehr darüber. Sie suchte ihre Mutter noch immer gegen Liselotte einzunehmen. Eines Tages sagte die Baronin zu ihrem Gemahl: »Ich finde es nicht richtig, daß du Liselotte so sehr in unseren Familienkreis ziehst. Mir scheint, Hans sieht sie mit ganz besonderen Augen an. Und das Mädchen wird von Tag zu Tag schöner.«

Da antwortete der Baron ruhig und bestimmt:

»Laß das Kind. Es wird nichts schaden, wenn sie uns abends einige Lieder singt. Das lenkt uns ein wenig von unseren Sorgen ab. Und was Hans anbelangt, so mache dir keine Sorgen. Er weiß jetzt, daß er um jeden Preis eine reiche Heirat machen muß. Liselotte wird er nicht mehr oft sehen. Also beunruhige dich nicht.«

Von Liselottes Opfer sprach er nicht. Er wollte seiner Gemahlin die Beschämung ersparen, daß sie der immer so gering geachteten Liselotte vielleicht Ehre und Leben ihres Sohnes zu danken hatte. Auch Lori erfuhr nichts davon, was Liselotte für den Bruder getan hatte. Aber sie beobachtete Hans und Liselotte mit mißtrauischen Augen und machte allerlei Beobachtungen, die sie später als Waffe gegen Liselotte zu gebrauchen gedachte.

So gingen die Tage bis Neujahr schnell vorbei. Am Neujahrstag sollte Hans abreisen. Es kam vorher noch zu einem kurzen Alleinsein zwischen Hans und Liselotte. Und da sagte er in tiefster Bewegung zu ihr:

»Ich will Ihnen jetzt, da wir allein sind, Lebewohl sagen, Liselotte, und Ihnen nochmals von ganzem

Herzen danken für das Opfer, das Sie mir gebracht haben. Ich werde es Ihnen nie vergessen.«

Sie sah mit ihren schönen Augen zu ihm auf.

»Ach, ich bin so froh und glücklich, daß ich Ihnen helfen durfte, Junker Hans. Damit haben Sie mich so reich gemacht. Sie ahnen nicht, welch ein Glück es für mich ist, zu wissen, daß ich meine Dankesschuld ein wenig abtragen konnte.«

»Sie sind ein edles, großherziges Geschöpf, Liselotte«, sagte er mit verhaltener Bewegung und preßte seine Lippen auf ihre Hand.

Es war das erstemal in ihrem Leben, daß Liselotte die Hand geküßt wurde. Erglühend, mit klopfendem Herzen ließ sie es geschehen und stand verwirrt vor ihm. In demselben Augenblick trat Lori ins Zimmer. Die beiden traten schnell auseinander. Lori maß sie mit mißtrauischen, forschenden Blicken.

»Die Eltern warten draußen in der Halle«, sagte sie zu dem Bruder.

Hans verneigte sich noch einmal vor Liselotte.

»Leben Sie wohl, Liselotte«, sagte er inning.

»Leben Sie wohl, Junker Hans«, sagte sie leise.

Schnell ging er hinaus.

Lori lachte höhnisch auf.

»Gott, war das ein rührender Abschied! Du kommst dir wohl sehr wichtig vor? Hast meinen Bruder angesehen mit Augen – nun – ich will weiter nichts sagen.«

Damit verließ sie das Zimmer, um sich nun auch selbst von dem Bruder zu verabschieden.

Einige Tage später reisten auch Lori und Liselotte wieder ab nach Lausanne. Der Baron gab ihnen wieder bis Erfurt das Geleit, wo er sie in einem D-Zug unterbringen konnte. Madame Chevaux hatte er Tag und Stunde der Ankunft mitgeteilt, damit diese die jungen Mädchen vom Bahnhof abholen ließe.

Wärmer als sonst varabschiedete er sich von Liselotte. Als sie ihm, wie sonst immer, in kindlicher Dankbarkeit die Hand küssen wollte, wehrte er ab.

»Nicht doch, Kind, das mußt du nicht mehr tun«, sagte er beschämt. »Was sollen die Leute denken, wenn mir eine junge Dame die Hand küßt.« –

In Lausanne erwartete sie Madame Chevaux selbst am Bahnhof. Bis auf Leonie v. Pressen waren schon alle Schülerinnen wieder eingetroffen, und auch diese kam einige Stunden später an.

Da gab es nun erst einmal eine Menge zu erzählen und zu berichten. Und man zeigte sich gegenseitig die neuen Weihnachtsgeschenke und ließ sie mit Wonne bewundern.

Winnifred Balfort war von ihrem Vater nach Lausanne begleitet worden, er wollte noch einige Tage dort im Hotel bleiben. Für den nächsten Abend hatte er für alle Mitschülerinnen seiner Tochter sowie für Madame Chevaux und die Lehrer und Lehrerinnen Theaterkarten geschickt. Da wollte er alle die Menschen kennenlernen, mit denen seine zärtlich geliebte Tochter in Berührung kam. Am Nachmittag dieses Tages saßen die jungen Mädchen allein im Schulzimmer, um für den nächsten Schultag alles wieder vorzubereiten. Nur Liselotte fehlte noch. Da sie nicht nur ihre, sondern auch Loris Sachen oben einzuräumen hatte, war sie noch nicht fertig.

Und nun hielt Lori die Zeit für gekommen, ihre Neuigkeiten, die sich gegen Liselotte richteten, auszukramen. Dabei kam es ihr, wie gewöhnlich, nicht sehr auf einen wahrheitsgetreuen Bericht an.

»Denkt euch nur«, sagte sie eifrig, »meine Eltern werden Bettelprinzeß nicht mehr in Bodenhausen behalten, wenn wir wieder nach Hause kommen. Sie muß in Stellung gehen, als Gesellschafterin oder dergleichen. Meine Eltern mögen sie nicht mehr in Bodenhausen leiden, weil sie meinem Bruder nachstellt und wohl gar hofft, daß er sie heiratet. Aber das gibt es natürlich nicht. Sie fliegt hinaus, sobald ihre Erziehung vollendet ist.« So sagte sie mit großer Befriedigung und in einer wenig vornehmen Art.

Diejenigen Mädchen, die Liselotte nicht leiden mochten, machten große Augen und fanden es richtig, daß die undankbare Bettelprinzeß, die sich auch noch so benahm, »hinausfliegen« sollte.

Leonie v. Pressen schüttelte den Kopf.

»Ach geh, Elfe, das will mir nicht in den Kopf. Bettelprinzeß macht mir so gar nicht den Eindruck, als könnte sie irgendeinem Menschen ›nachstellen‹, wie du sagst. Wirst halt wieder ein bisserl zu viel gesehen haben. Sei nicht fad, laß das arme Tschaperl in Ruh«, sagte sie. Auch Winnifred glaubte Lori nicht. »Wer weiß, ob dein Bruder nicht lieben das Bettelprinzeß. Die Deutschen seien so gefürchtig romantisch, und Bettelprinzeß ist ein so schönes Mädchen – oh, so schön, wie wir alle miteinander nicht. Sie wird nicht haben nötig, eine Mann nachzustellen, aber es werden umgekehrt sein.«

Susi aber sprang auf und sagte mit blitzenden Augen: »Jetzt will auch ich meine Meinung sagen, Elfe. Ich glaube nicht ein Wort von dem, was du sagst. Du willst nur die arme Bettelprinzeß verleumden und herabsetzen in unseren Augen, wie du es schon immer getan hast, obwohl sie alles tut, um dich zufriedenzustellen. Daß Bettelprinzeß so etwas tut, erkläre ich geradezu für unwahr. Dazu ist sie viel zu zurückhaltend und vornehm. Jawohl – kichert ihr nur, ich wiederhole, Bettelprinzeß ist vornehm im Denken und Handeln, und ihr könntet euch gern ein Beispiel an ihr nehmen. Und undankbar ist sie ganz gewiß auch nicht, im Gegenteil, sie läßt sich all deine Unarten und Bosheiten, meine liebe Elfe, nur so ruhig gefallen, weil sie deinen Eltern und auch deinem Bruder, der immer gütig zu ihr war, so dankbar ist. Das hat sie selbst mir erzählt. Und daß Bettelprinzeß später ihr Brot selbst verdienen muß, darum ist sie sehr zu bedauern. Wir alle wollen dankbar sein gegen das Geschick, daß es uns besser geht. Ich habe mit meiner Mutter über Bettelprinzeß gesprochen und die hat mir gesagt, ich solle ihr meine Liebe und Freundschaft bewahren, da ich sie als gut erkannt habe. Und das will ich tun. Bettelprinzeß ist meine beste Freundin, daß ihr es wißt, und ich trete für meine Freunde ein.«

Damit setzte sich Wildfang nachdrücklich wieder auf ihre Bank und sah sich mit kriegerisch blitzenden Augen um.

Lori duckte sich unwillkürlich. Susi sich zur offenen Feindin zu machen, war nicht ratsam. Sie sagte nur gereizt: »Ihr braucht mir ja nicht zu glauben.«

»Nun wir wollen nicht sein zueinander zornig und uns nicht machen schlimm diesen schönen Tag. Elfe wird sein vernünftig und nichts sagen gegen das arme Bettelprinzeß, was ich haben sehr lieb gewinnt. Und nun wollen wir uns freuen für heute abend, wo wir werden gehen in die Theater. Meine liebe Vater wird schenken jede von uns eine Schokoladenpackung, so groß und mit besonders feine Schokolade. Er hat mich das versprecht.«

»Hm! Fein, Dollarprinzeß. Übrigens heißt es versprochen«, sagte Lia Frankenberg lachend.

»Danke, Bubi, die deutsche Sprache sein sooo schwer vor mir.« So wurde das Gespräch in friedliche Bahnen gelenkt, und als gleich darauf Liselotte eintrat und bescheiden und ruhig an ihren Platz ging, um ihre Sachen zu ordnen, da ahnte sie nicht, wie abscheulich sie Lori soeben verleumdet hatte und wie tapfer Susi für sie eingetreten war. –

Am Abend gingen alle zusammen ins Theater, es war ein sehr schöner, lustiger Abend. Vor den Plätzen der jungen Mädchen stand für jede eine Schachtel voll Süßigkeiten mit darübergebundenem Blumenstrauß. Winnifreds Vater, ein stattlicher Herr mit einem ausdrucksvollen, angenehmen Gesicht, freute sich sichtlich über all die lachenden jungen Gesichter und er plauderte in den Pausen mit den jungen Mädchen und auch mit den Lehrern. Er sprach noch viel schlechter Deutsch als seine Tochter und lachend ließ er sich gefallen, daß ihm die jungen Mädchen aushalfen, wenn er ein Wort nicht finden konnte.

Nach diesem frohen Abend nahm das Leben im Töchterheim wieder seinen geregelten Fortgang. Es wurde ernsthaft gearbeitet.

Liselotte erwarb sich immer mehr Freunde, und Lori wurde immer unbeliebter. Dafür rächte sie sich an Liselotte, wenn sie allein waren. Sonderbarerweise taten Liselotte diese Kränkungen auch nicht mehr so weh wie früher. An Ostern verließen Melanie Schlieben und Ursula Trautmannsdorf das Töchterheim. Dafür kamen zwei neue junge Mädchen. Und im folgenden Herbst verließen auch die Zwillinge, die Baronessen Schlettau, das Haus und wurden durch zwei »Neue« ersetzt.

Das zweite Weihnachtsfest verlebten Liselotte und Lori mit Winnifred im Töchterheim. Sie sollten nur noch bis Ostern bleiben. Für Liselotte und Lori wurde die Reise zu teuer, und Winnifred wurde erst an Ostern von ihrem Vater abgeholt, um erst einmal mit ihm eine Reise durch ganz Europa zu machen.

Von allem, was Liselotte erlebte, berichtete sie treulich ihrem lieben Fräulein Herter – nur von den geopferten fünfzehntausend Mark erwähnte sie kein Wort. Auch Fräulein Herter schrieb nach wie vor liebevolle Briefe an Liselotte und vertraute ihr an, daß sie sich in ihrer neuen Stellung recht unglücklich fühle.

»Aber was will man machen, meine liebe Liselotte, man muß aushalten, damit man sein Brot verdient. Es ist nun einmal nicht anders und man muß geduldig sein.« So schrieb Fräulein Herter.

Liselotte und Lori verlebten noch ihren siebzehnten Geburtstag in Lausanne. Lieslotte sah aus, als sei sie einige Jahre älter. Sie war ein schönes, großes, schlankes Mädchen geworden. Und sie war über ihre Jahre hinaus ernst und klug.

Als sie an Ostern mit Lori das Töchternheim für immer verließ, verabschiedeten sich ihre Lehrer und Madame Chevaux sehr herzlich von ihr. Sie waren überzeugt, nicht so bald wieder eine so vorzügliche Schülerin zu bekommen. Am meisten bedauerte der Musiklehrer ihr Fortgegen und bis zuletzt suchte er Liselotte zu bestimmen, sich zur Sängerin ausbilden zu lassen. Aber Liselotte schüttelte dazu nur lächelnd den Kopf. Sie dankte ihm aber sehr, daß er sich so viel Mühe mit ihr gegeben hatte.

»Vielleicht ist es mir später in meinen Stellungen doch sehr von Nutzen, daß ich ein wenig singen und gut Klavier spielen kann«, sagte sie zu ihm.

Mit Liselotte und Lori verließen auch Susi und Winnifred das Töchterheim. Es zogen nun lauter neue Schülerinnen ein. Liselotte und Susi hatten sich treue Freundschaft für das ganze Leben geschworen und diesen Schwur haben beide getreulich gehalten.

Mit bewegtem Herzen verließ Liselotte das Haus der Madame Chevaux, in dem sie zwei Jahre lang viel Leid, aber auch viel Freude erlebt hatte. Sie stand nun mit bangem Herzen vor einem neuen Lebenabschnitt.

*

Jetzt muß ich meine lieben Leser bitten, mich noch einmal nach Schloß Hochberg zu begleiten.

All die vergangenen Jahre seit dem Tode seines Sohnes Botho hatte Graf Hochberg-Lindeck mit seiner Gemahlin, der Gräfin Katharina, in strengster Zurückgezogenheit gelebt. Die glänzenden, weiten Räume des Schlosses, in denen früher ein so geselliges Treiben geherrscht hatte, standen jahraus jahrein vereinsamt und leer. Nur selten ließ sich einmal ein Gast in Hochberg blicken. Graf Armin war in sehr menschenfeindlicher Stimmung und wollte am liebsten niemand sehen.

Gräfin Katharina lebte mit wehem Herzen neben ihrem strengen Gemahl dahin, ganz in die Erinnerung an ihren zärtlich geliebten und namenlos betrauerten Sohn versunken.

Sie wagte es nicht, ihrem Gemahl einzugestehen, daß sie Sehnsucht hatte nach dem Kinde ihres Sohnes, nach der Enkelin.

Sie hatte dies Kind nie an ihr sehnsüchtiges Herz drücken dürfen, besaß nur das kleine Bildchen, das ihr der Sohn vor seinem Tode geschenkt hatte und das ihre Schwiegertochter darstellte, mit dem Kinde auf dem Schoß.

Ach, wie oft hatte die unglückliche Frau dies Bildchen an die Lippen gedrückt und mit zitternden Händen über das kleine Lockenköpfchen gestreichelt. Sie verbarg dies Bild vor den Augen ihres Gemahls aus Angst, daß er ihr auch dies Andenken noch fortnehmen könnte.

Und sie malte sich von Jahr zu Jahr aus, wie sich ihre

kleine Enkelin entwickelt haben würde. Ach, daß sie nicht einmal wußte, wo diese beiden Menschen weilten, die dem geliebten Sohn so teuer gewesen waren. Sie konnte ja, an die Seite ihres herrischen Gatten gefesselt, so gar nichts tun, um sie zu suchen.

Immer hoffte sie, die Witwe ihres Sohnes werde sich melden und ihre Ansprüche geltend machen. Aber nie kam eine Kunde von ihr.

Manchmal hatte sie gewagt, ein zaghaftes Wort an ihren Mann zu richten, ob er nichts für die Witwe und die Tochter seines Sohnes tun wollte. Da wehrte aber der alte Herr schroff und rauh ab.

»Ich weiß nicht, von wem du sprichst. Mein Sohn ist tot und ich habe nie seine Heirat anerkannt – werde es auch nie tun. Schweig mir von dieser Frau, die uns unsern Sohn genommen hat. Sie ist an allem Unglück schuld, das über uns gekommen ist«, sagte er dann mit düsterer Miene.

Er litt nicht weniger als seine Gemahlin unter dem frühen Tod seines Sohnes, mit dem all sein Stolz begraben ward, mit dem das alte edle Geschlecht der Grafen Hochberg-Lindeck erlosch für alle Zeiten. Aber sein Schmerz machte ihn noch härter als zuvor und tötete jedes weiche Gefühl, das sich etwa noch in seinem Herzen versteckt hatte.

In den ersten Jahren wartete er von Tag zu Tag, daß sich die Witwe seines Sohnes mit Forderungen an ihn wenden würde. Geld hätte er ihr gegeben, aber niemals hätte er sie und ihr Kind anerkannt. Aber die Zeit verging, ohne daß geschehen wäre, worauf er wartete. Kein Lebenszeichen kam von ihr und ihrem Kind.

Und ohne daß er es wollte, mußte er sich oft in Gedanken mit diesen beiden Menschen beschäftigen.

Er wußte doch, daß die Witwe seines Sohnes arm war. Sie mußte doch Geld brauchen. Warum verlangte sie es nicht von ihm? War sie etwa zu stolz? Wollte sie etwa gar keine Ansprüche geltend machen?

Diese Fragen erfüllten ihn schließlich mehr und mehr mit Unruhe. Und wenn nur Gräfin Katharina jetzt noch den Mut gehabt hätte, seinen Trotz zu durchdringen, vielleicht hätte er sich dann selbst bereitfinden lassen, nach den Menschen zu forschen, die ihm doch, neben seiner Frau, die nächsten hätten sein sollen.

So vergingen die Jahre, eins ums andere, und Graf Armin verbiß sich gegen sein besseres Gefühl immer mehr in seinen menschenfeindlichen Trotz.

Aber zu der Zeit, da Lori und Liselotte Lausanne verließen, erkrankte Graf Armin schwer. Und bald wußte er, daß seine Tage gezählt waren, daß er sterben mußte. Die Gräfin pflegte ihn treu und manchmal sah er mit unruhigem Blick in ihr stilles Leidensgesicht. Es kam ihm jetzt erst voll zum Bewußtsein, was er ihr mit seiner Härte angetan hatte.

Eines Abends blickte er lange sinnend vor sich hin.

»Katharina!« rief er plötzlich leise.

Sie beugte sich über ihn. »Was willst du, Armin?«

»Ich will dich fragen, Katharina, ob du mir verzeihen kannst, daß ich so hart war.«

Tränen traten ihr in die Augen.

»Ich weiß, du hast in deiner stolzen Seele selbst zu viel gelitten. Ich verzeihe dir gern, wenn ich etwas zu verzeihen hätte. Aber eine heiße Bitte habe ich an dich – verschließe dein Herz nicht länger dem unschuldigen Kind deines Sohnes. Wir sind so allein, Armin – und könnten doch in diesem Kind einen süßen Trost finden für unsern verlorenen Sohn.«

Diesmal wies sie der Graf nicht schroff zurück. Er seufzte tief auf. Dann sagte er leise:

»Ich weiß, daß ich bald sterben muß, Katharina. Und wenn ich die Augen geschlossen habe, sollst du nicht noch einsamer sein, als bisher. Du sehnst dich nach deiner Enkelin, ich weiß es. Und heute, da der Tod schon seine Hand nach mir ausstreckt, will ich dir gestehen, daß ich auch Stunden hatte, wo ich mich nach diesem Kinde sehnte. Aber mein Stolz erstickte diese Sehnsucht immer wieder. In den letzten Nächten sah ich unsern Sohn im Traum. Seine Augen sahen mich vorwurfsvoll und bittend an – wie die deinen so oft. So will ich endlich allen Stolz von mir werfen an der Schwelle der Ewigkeit. Du sollst deinen heißen Wunsch erfüllen. Wenn ich meine Augen geschlossen habe, suche nach dem Kind unseres Sohnes und setze es in all seine Rechte ein. Wir hinterlassen keine anderen Erben als dieses Enkelkind – so mag es sein Erbe antreten – mag seinen Einzug halten in Schloß Hochberg. Ich gebe den Widerstand auf.«

Die Gräfin dankte ihm erregt.

Er schüttelte das Haupt.

»Danke mir nicht, ich war hart, sehr hart zu dir – aber ich war es auch gegen mich selbst. Aber nun ist mein Stolz gebrochen, der dich und mich so elend und arm machte. Ich will nun wenigstens mit dem Bewußtsein vor meinen Sohn hintreten, daß ich meinen Groll gegen seine Frau und sein Kind nicht mit ins Grab genommen habe. Hätte ich noch Zeit, ich würde meine Enkelin selbst aufsuchen und heimholen. Aber ich weiß, es geht bald zu Ende mit mir. So suche du gutzumachen, was ich versäumte – und verzeihe mir. Du warst mir immer ein gutes treues Weib, trotzdem ich dich quälte mit meinem Stolz.«

Seit dieser Aussprache wurde Graf Armin ruhiger. Und zwischen ihm und seiner Gemahlin herrschte ein zarter, liebevoller Ton. Die Gräfin brachte ihm das kleine Bild. Lange betrachtete er es. Seine Augen forschten in dem Anlitz der schönen jungen Frau, die sein Sohn so sehr geliebt hatte. Und ihm war, als könnte er es jetzt verstehen, daß er nicht hatte von ihr lassen wollen.

Und dann sah er in das lachende Kindergesicht seiner Enkelin.

»Mir scheint doch, daß sie eine echte Hochberg ist, sie hat die Augen unseres Sohnes und sein dunkles, lockiges Haar«, sagte er.

Das Bild ließ er nicht mehr von sich.

Zwei Tage später starb er, von seiner Gattin schmerzlich beweint.

Wenige Wochen später machte sich die Gräfin Katharina selbst auf den Weg, um Nachforschungen nach ihrer Enkelin und der Witwe ihres Sohnes zu halten. Sie hatte vorher noch eine Unterredung mit Baron Rainau, dem Freund ihres verstorbenen Sohnes. Von ihm ließ sie sich die Adresse Maria Hochbergs geben, bei der er ja damals selbst gewesen war, als er ihr seine Hilfe anbieten wollte.

Die Gräfin wollte dort mit ihren Nachforschungen beginnen und hatte die feste Zuversicht, daß sie die beiden Menschen finden würde.

Von ihrer Sehnsucht getrieben, reiste die Gräfin ab, nur von ihrer treuen, langjährigen Kammerfrau begleitet, auf deren Verschwiegenheit und Ergebenheit sie bestimmt rechnen konnte.

Zuerst reiste sie in die Stadt, wo ihr Sohn mit seiner jungen Frau und seinem Kinde in recht bescheidenen Verhältnissen gelebt hatte.

In dem Haus, wo sich seine Wohnung befunden, war ein Kaufladen, in dem man allerlei Lebensmittel erstehen konnte. Dieser Laden befand sich schon seit zwanzig Jahren darin, wie die Gräfin in Erfahrung gebracht hatte. In diesem Laden erschien Gräfin Katharina eines Tages, während ihre Kammerfrau draußen an dem Wagen wartete.

Der Geschäftsinhaber, ein Mann von ungefähr fünfundvierzig Jahren, war gerade beschäftigt, Mehl in Tüten abzuwiegen. Er fragte eifrig nach dem Begehr der vornehm aussehenden alten Dame. So vornehme Kundinnen sah er nicht alle Tage bei sich.

Die Gräfin fragte höflich, ob es wahr sei, daß er das Geschäft schon seit zwanzig Jahren besitze.

Er wunderte sich ein bißchen über diese Frage, antwortete aber redselig:

Nein, er habe das Geschäft vor reichlich zehn Jahren übernommen, als er eine kleine Erbschaft gemacht habe. Aber er sei vorher schon lange Jahre als Angestellter in dem Laden tätig gewesen. Da fragte die Gräfin weiter, ob er sich nicht erinnere, daß vor ungefähr zwölf oder dreizehn Jahren ein Graf Hochberg mit seiner jungen Frau und einem kleinen Töchterchen in dem Hause im ersten Stock gewohnt habe.

Jawohl, meinte der Kaufmann, darauf könne er sich sogar noch ganz genau besinnen. Der junge Herr Graf sei ein schöner, stattlicher Mann gewesen und die Frau Gräfin ein Engel an Güte und Schönheit. Der Graf sei dann aber, als er verreist gewesen war, verunglückt und die Gräfin habe sich darüber fast selbst zu Tode gegrämt. Er wisse ganz besonders gut Bescheid darüber, denn seine Frau, die damals freilich erst seine Braut gewesen wäre, sei als Dienstmädchen in der jungen gräflichen Familie in Stellung gewesen und habe das ganze Unglück mit durchgemacht.

Gräfin Katharina horchte auf.

»Kann ich vielleicht Ihre Frau einmal sprechen, mein Herr? Ich bin die Mutter des Grafen Hochberg und würde Ihrer Frau sehr dankbar sein, wenn sie mir einige Fragen beantworten könnte«, sagte sie bittend.

Der Kaufmann bat die Gräfin, ihm doch lieber in seine Wohnung zu folgen, da sei sie ungestörter als hier im Laden. Seine Frau befinde sich im Wohnzimmer und werde der Frau Gräfin gern jede Auskunft geben. Sie folgte ihm bereitwillig in das hübsche Wohnzimmer, wo eine sauber gekleidete Frau an der Nähmaschine saß. Sie erhob sich und nötigte die Frau Gräfin aufs Sofa. Freundlich und bescheiden gab sie über alles, was sie wußte, Bescheid.

Der Herr Graf und die Frau Gräfin hätten sehr

glücklich miteinander gelebt, bis der Herr Graf abgereist sei. Als dann die Nachricht von seinem Tod gekommen wäre, da sei die Gräfin selbst wie tot umgefallen und habe einige Zeit krank gelegen und sich nicht fassen können. Nur die kleine Liselotte habe dann endlich mit ihrem Bitten und Weinen die Gräfin wieder zu Besinnung gebracht. Es sei ein ganz furchtbarer Schmerz gewesen. Nur langsam sei die junge Gräfin wieder zu sich gekommen, aber sie sei schrecklich blaß und elend gewesen. Mit starrem Gesicht sei sie umhergegangen, habe nicht geschlafen und nicht gegessen. Und dann habe sie einen Händler kommen lassen und habe alle Möbel verkauft und ihre und der kleinen Liselotte Sachen in Koffer gepackt. Die Wohnung sei gleich wieder vermietet worden. Sie selbst habe die Gräfin entlassen müssen, weil sie wenig Geld besessen habe. Und die Gräfin sei dann mit der kleinen Liselotte abgereist.

Aufmerksam hörte die Gräfin zu. Sie war sehr bewegt.

»Und können Sie mir nicht sagen, wohin die Frau Gräfin mit ihrem Töchterchen gereist ist?« fragte sie.

Die Kaufmannsfrau überlegte.

»Sie wollte nach Thüringen in ein Dorf, wo viel Wald war. Dort wollte sie sich erst einige Wochen erholen und beruhigen.«

»Können Sie mir das Dorf nennen? Oder wissen Sie vielleicht, wohin sie sich gewandt hat?«

»Nein, ich habe nie mehr etwas von ihr gehört. Und wie das Dorf heißt – nein – darauf kann ich mich jetzt nicht mehr besinnen, obwohl ich die Frau Gräfin zur

Bahn brachte und die Fahrkarte löste. Aber – da fällt mir ein – die Hauwirtin hatte ihr das Dorf empfohlen wegen der schönen, ruhigen Lage. Sie war einmal auf einige Zeit dort in Sommerfrische gewesen. Wenn Frau Gräfin einige Minuten warten wollen, will ich gleich zu ihr hinaufspringen und sie fragen.«

»Oh, Sie würden mich sehr zu Dank verpflichten«, sagte die Gräfin erregt.

Die Kaufmannsfrau eilte bereitwillig davon. In wenigen Minuten kam sie wieder.

»Das Dorf heißt Bodenhausen, und die Hauswirtin sagte mir, sie habe der Frau Gräfin dort den Gasthof zur ›Weißen Taube‹ als guten und billigen Sommeraufenthalt empfohlen. Dorthin hat die Frau Gräfin gehen wollen«, sagte sie freundlich.

Gräfin Katharina bedankte sich sehr herzlich für die Auskunft und wurde sehr höflich und diensteifrig von dem Kaufmann und seiner Frau zu dem harrenden Wagen begleitet.

Noch an demselben Tag reiste sie mit ihrer Kammerfrau weiter – nach Bodenhausen, um ihre Nachforschungen fortzusetzen.

Inzwischen waren Liselotte und Lori aus Lausanne nach Hause zurückgekehrt. Zum Osterfest waren sie bereits in Bodenhausen. Junker Hans kam einige Tage auf Urlaub. Er hatte sich noch immer nicht entschließen können, sich um eine reiche Frau zu bewerben, so sehr seine Eltern ihn auch drängten. Er hatte sich sehr verändert. Der sorglose Leichtsinn der Jugend war von ihm gewichen. Er verbrachte seine Tage in Pflichterfüllung und hielt sich von allem zurück, was ihn zu Geldausgaben verleiten konnte.

Mehr als je zuvor hatte er in all der Zeit an Liselotte denken müssen, und als er sie nun wiedersah, erkannte er, daß er Liselotte liebte mit der ganzen Kraft seines Herzens und daß er nie eine andere heiraten würde.

In Liselottes Augen glaubte er zu lesen, daß auch sie ihm von Herzen zugetan sei. Ach, wie glücklich hätte er sein können, wenn er die Hoffnung gehabt hätte, sie eines Tages zu seiner Frau machen zu dürfen. Aber er wußte auch, daß er Liselotte niemals heiraten konnte.

Und so bezwang er sich selbst und ging ihr aus dem Wege, wo er nur konnte. Und Liselotte machte ihm diese Zurückhaltung nicht schwer.

Seinen Eltern entging es nicht, daß Hans Liselotte nicht mehr unbefangen begegnete, und sie sahen ein, wie nötig es war, daß Liselotte aus dem Haus kam. Auch Lori machte ihre Beobachtungen und verhütete mißtrauisch jedes Alleinsein zwischen den beiden.

Als Liselotte in der »Weißen Taube« war, um ihre Freunde zu berüßen, sagte ihr Frau Schulz, daß den Baron nichts mehr retten könne als eine reiche Heirat seines Sohnes, die er auch um jeden Preis herbeiführen wolle.

Da zuckte Liselotte wie in tiefem Schmerz zusammen und wurde sehr bleich. Frau Schulz sah es wohl und machte ein besorgtes Gesciht. Liselotte nahm sich zwar gleich wieder zusammen und brachte es fertig, ein ruhiges Gesicht zu zeigen. Aber Frau Schulz sah doch, wie bleich sie war und wie trübe die Augen blickten.

Nun vermied Liselotte es noch ängstlicher, mit Junker Hans zusammenzutreffen.

Seine Eltern aber drangen darauf, daß er gleich nach dem Osterfest wieder abreise.

Er wußte, daß er Liselotte wahrscheinlich zum letztenmal sah, denn seine Eltern hatten bereits eine Anzeige in verschiedene Zeitungen drucken lassen, worin sie eine Stellung für Liselotte suchten. Wenn er wieder heimkam, war sie wohl für immer von Bodenhausen fort.

Und Liselotte wußte es auch, daß es ein Abschied für immer war.

»Leben Sie wohl, Liselotte – und alles Glück der Welt in Zukunft auf Ihrem Wege«, sagte er leise.

»Gott behüte Sie, Junker Hans. Und ich danke Ihnen für alles Gute und Liebe, was Sie mir getan haben«, erwiderte sie mit bebender Stimme.

Er lächelte wehmütig.

»Sie haben viel mehr für mich getan, Liselotte. Gott mag geben, daß ich es Ihnen vergelten kann.«

Sie winkte nur matt mit der Hand, als wolle sie davon nichts hören. Und da trat auch schon Lori neben sie und sah sie mit ihren kalten Augen an.

Liselotte lief in ihr Kämmerchen und weinte herzbrechend, es war ihr, als nähme sie Abschied von ihrer Jugend. Aber lange gab sie sich ihrem Schmerz nicht hin. Sie mußte tapfer sein, und sie war es.

Täglich durchsuchte sie die Zeitungen nach einer passenden Stellung, denn sie fühlte, daß die Baronin die Zeit nicht erwarten konnte, wo sie Bodenhausen verließ. Und Lori machte vollends kein Hehl daraus. Auch der Baron suchte sie nicht zu halten. Sie sah ja auch, daß es jetzt in Bodenhausen sehr knapp zuging, und erkannte die Notwendigkeit, sich auf eigene Füße zu stellen.

So war sie voll Unruhe und Erwartung, was ihr das Leben nun bringen würde. Aber das Herz tat ihr sehr weh bei dem Gedanken, daß sie nun von Bodenhausen für immer fort mußte. Als sie Frau Martha Schulz ihre Sorgen anvertraute, ob sie wohl bald eine Stellung finden würde, sagte diese tröstend:

»Gräme dich doch nicht darum, Liselotte. Wenn sie dich im Schloß nicht mehr haben wollen, kannst du jeden Tag zu mir kommen. Du kannst meinetwegen immer bei mir bleiben, wenn du willst.«

Aber Liselotte schüttelte den Kopf.

»Nein, Tante Schulz, ich bin nun alt genug, um mir selbst mein Brot zu verdienen. Ich will nicht mehr wie bisher das Gnadenbrot essen, auch bei dir nicht, so gut du es meinst. Als Kind mußte ich mich dareinfügen, weil ich da nicht für mich selbst sorgen konnte. Aber jetzt soll das anders werden. Ich bin zu stolz, mich auch ferner noch auf andere Leute zu verlassen.«

Und so suchte Liselotte eifrig nach einem Wirkungskreis. Sie war gewillt, anzunehmen, was sich ihr bieten würde.

*

Es war an einem herrlichen Frühlingstage im Mai. Alles grünte und blühte im hellsten Sonnenschein.

Kurz nach Mittag war es. Der lange Heinrich hatte eine Frachtkiste vom Bahnhof abholen sollen und wartete nun gleich noch auf den Schnellzug. Man konnte nicht wissen – bei dem schönen Wetter verirrte sich vielleicht schon ein früher Sommergast in das Dörfchen, den er dann Frau Schulz als Überraschung mitbringen konnte. Heinrichs Hoffnung sollte sich wirklich erfüllen.

Aus einem Abteil der Polsterklasse – Heinrich hatte das ganz deutlich gesehen – stieg eine sehr vornehm aussehende Dame in Trauerkleidern, mit weißem Haar und einem blassen Anlitz. Ein langer Witwenschleier fiel von ihrem Hut herab.

In ihrer Begleitung befand sich eine ebenfalls schwarzgekleidete Frau, die nicht ganz so vornehm aussah, die Heinrich aber sicher nicht für eine Dienerin gehalten hätte.

Er stand noch ganz verdutzt und sah mit offenem Munde auf die vornehme Dame. Ob es vielleicht Besuch für die Schloßherrschaft war?

Ehe er sich darüber klar wurde, trat die Dienerin der Gräfin Katharina, denn diese war die vornehme Dame, an Heinrich heran. An seinem Mützenschild stand deutlich: »Weiße Taube«.

»Sie sind wohl der Hausdiener aus dem Gasthof zur ›Weißen Taube‹?« fragte sie.

»Jawohl, gnädige Frau, der bin ich.«

»Können Sie mir sagen, ob wir in der ›Weißen

Taube‹ einige saubere, freundliche Zimmer bekommen können?« fragte die Kammerfrau weiter.

»Das können Sie gewiß«, erwiderte Heinrich, »bei Frau Schulz ist alles wie aus dem Ei gepellt, meine Dame. Sie werden sicher zufrieden sein.«

Heinrich war stolz auf diese Antwort.

»Können wir einen Wagen haben, der uns bis zum Gasthof fährt?« fragte die Kammerfrau.

»Nein, einen Wagen gibt es hier nicht. Aber es ist nur ein kurzes Ende zu laufen und die Koffer bringe ich hin, gnädige Frau.«

Die Kammerfrau lächelte.

»Ich bin keine gnädige Frau, sondern nur die Kammerfrau der Gräfin Lindeck, die einige Tage in der ›Weißen Taube‹ wohnen will.«

Gräfin Katharina hatte vorgezogen, sich nur Gräfin Lindeck zu nennen, um sich nicht durch den Namen Hochberg, den wohl ihre Schwiegertochter führte, zu verraten.

Heinrich war nun ganz verwirrt. Er riß seine Augen vor Staunen weit auf.

»Ei! Eine Gräfin hat Frau Schulz noch nicht als Sommergast gehabt, wenn auch sonst schon sehr feine Leute bei uns gewohnt haben«, sagte er naiv. Dann fügte er aber vorsichtshalber hinzu: »Na, Frau Schulz wird die Gräfin schon zufriedenstellen.«

Die Kammerfrau stattete nun der Gräfin Bericht ab und diese erklärte sich bereit, dem Hausdiener in die »Weiße Taube« zu folgen.

Eine halbe Stunde später stand in der »Weißen Taube« alles auf dem Kopf. Frau Schulz konnte gar nicht schnell genug hin- und herfliegen, um für ihren vornehmen Gast alles recht bequem herzurichten.

Die Gräfin fand die Zimmer wohl sehr schlicht und bescheiden, aber sie waren sauber und gut gelüftet. Das war immerhin etwas. Und die Kammerfrau machte es der Herrin gleich etwas behaglicher.

Diese bestellte sich dann frischen Kaffee, den Frau Schulz selbst bereitete und in der Laube auftrug, in der Maria Hochberg so oft mit Liselotte ihre Mahlzeiten eingenommen hatte. Und der Kaffee war wirklich vorzüglich, die Sahne köstlich und der von Frau Schulz selbstgebackene Kuchen durchaus nicht zu verachten. Und alles stand sauber und verlockend auf einem blütenweißen Tischtuch.

Leutselig lobte die Gräfin den Imbiß, und Frau Schulz strahlte vor freudigem Stolz. Die Gräfin ließ sich mit ihr in ein Gespräch ein. Von dem Zweck ihres Hierseins verriet sie noch nichts.

»Sie haben wohl immer viel Sommergäste, Frau Wirtin, weil Bodenhausen so herrlich am Walde liegt?« fragte sie. Frau Schulz strich glättend ihre Schürze.

»So arg ist es nicht damit, Frau Gräfin. Bodenhausen liegt doch ein bißchen abseits. Aber ab und zu kommt doch jemand her und ich habe fast alle Jahre einige Gäste gehabt.«

»So, so. Natürlich meist Familien mit Kindern, die sich hier erholen wollen, nicht wahr?« fragte die Gräfin interessiert weiter.

»Wie es so kommt, Frau Gräfin. Manchmal nur einzelne Herren oder Damen. Einige bleiben nur wenige Tage, andere wochenlang.«

»Da nehmen Sie natürlich einigen Anteil an Ihren Gästen, wenn sie länger verweilen?«

»O ja, das will ich meinen. Manchmal tut es einem dann leid, wenn sie wieder fortgehen. Ich hab schon einmal eine Dame hier im Haus gehabt mit einem Kind, an die hatte ich mein ganzes Herz gehängt. Na – an dem Kind hängt es noch immer. Das ist eine sehr traurige Geschichte, Frau Gräfin.«

»Oh, die müssen Sie mir erzählen.«

»Gern, wenn es nicht langweilig für Frau Gräfin ist. Das ist wohl so an die zwölf, dreizehn Jahre her. Da kam eines Abends eine bildschöne junge Frau mit einem Kindchen hier an. Die junge Frau war in Trauer, hatte vor kurzer Zeit ihren Mann verloren und man sah ihr das Herzeleid aus den Augen schauen. So etwas Schönes und Liebes wie Mutter und Kind können sich Frau Gräfin gar nicht denken. Na – die Liselotte ist ja auch eine richtige Schönheit geworden.«

»Liselotte?« entfuhr es der Gräfin hastig.

Frau Schulz nickte. »So hieß das Kind, und die Mutter hieß Maria Hochberg, eine feine, stille Frau.«

Und Frau Schulz erzähle nun ausführlich die Geschichte Maria Hochbergs und ihrer Tochter Liselotte. Auch, wie es Liselotte ergangen war seit dem Tode ihrer Mutter.

Die Gräfin lauschte voll Erregung und ihre Augen wurden feucht. Nur mit Mühe konnte sie sich beherrschen. Nun wußte sie also das Schicksal ihrer Schwiegertochter und der Enkelin. – Frau Schulz konnte gar kein Ende finden zu erzählen, da die Frau Gräfin so großen Anteil an der Geschichte nahm.

So sprach sich Frau Schulz auch alles vom Herzen, was Liselotte betraf. Sie schilderte sie als bildschönes, engelreines und gutes Geschöpf, das in seinem jungen Leben schon so viel Herzeleid erfahren hatte. Daß Liselotte ein schweres Dasein im Schlosse geführt hatte und hauptsächlich von Baronesse Lori weidlich gequält worden sei, und daß diese ihr den Namen Bettelprinzeß angehängt hatte – alles erzählte Frau Schulz der atemlos lauschenden alten Dame.

»Und dabei ist doch Liselotte so ein schönes, vornehmes Mädchen, sie könnte eine wirkliche Prinzessin sein. Und Baronesse Lori soll nur zusehen, daß sie nicht selbst eine Bettelprinzeß wird, denn es steht schlecht um die Schloßherrschaft. Und Liselotte soll nun in Stellung gehen, als Gesellschafterin. Sie ist ja so ein kluges Mädchen, hat viel gelernt, spricht Englisch und Französisch und kann wurderschön singen und Klavier spielen. Wenn sie nur bald eine gute Stellung finden würde. Ich nähme sie gern zu mir, aber sie ist in aller Armut so stolz und will sich selbst ihr Brot verdienen. Und sie paßt auch nicht in meinen schlichten Gasthof, das sehe ich wohl ein. Es stehen ja nun in vielen Zeitungen Anzeigen wegen einer Stellung für Liselotte. Im Schlosse ist jetzt jeder Esser zuviel und sie soll sobald als möglich fort. Auch wegen Junker Hans, denn der soll eine reiche Frau heiraten. Na – und die Liselotte – die ließe sich wohl gleich für den Junker in Stücke hauen. Er ist ja auch so gut zu ihr gewesen.

Ja, ja Frau Gräfin, das ist eine lange Geschichte und wie ein richtiger Roman, nicht wahr?«

So schloß Frau Schulz ihren Bericht.

Tieferschüttert hatte die Gräfin zugehört. Sie stützte den Kopf in die Hand und beschattete ihre Augen, um ihre Erregung zu verbergen. Und als Frau Schulz davon sprach, daß Liselotte eine Stellung als Gesellschafterin suche, kam ihr blitzartig ein Gedanke.

Sich mühsam fassend, hob sie das Gesicht und sagte, so ruhig sie konnte. »Das war mir alles interessant, Frau Wirtin, und es ist mir lieb, daß Sie mir das alles so ausführlich erzählt haben. Ich habe nämlich die Anzeige in der Zeitung gelesen. Da ich eine junge Gesellschafterin suche, bin ich selbst hierhergekommen, um mir die junge Dame anzusehen. Das ist der Grund, weshalb ich mich hier bei Ihnen einmietete.«

Frau Schulz machte große Augen. »Ach – ich dachte mir doch gleich, daß Frau Gräfin mit einer besonderen Absicht hierhergekommen sind. So vornehme Gäste kehren sonst nicht in der ›Weißen Taube‹ ein. Wenn es Frau Gräfin nur nicht zu gering ist.«

»Darüber machen Sie sich nur keine Sorgen, Frau Wirtin. Also, Sie können mir die junge Dame empfehlen?«

Frau Schulz nickte.

»Das will ich meinen. Frau Gräfin werden schnell selbst herausfinden, was sie für ein Prachtgeschöpf ist. Sie ist freilich noch ein bißchen jung, steht erst im achtzehnten Lebensjahr. Aber sie sieht älter aus und ist auch ernst und reif über ihre Jahre. Ach, es würde mich so sehr freuen, wenn das Kind in gute Hände käme.«

Die Gräfin lächelte ein wenig.

»Seien Sie ganz außer Sorge, Frau Wirtin, bei mir soll es die junge Dame so gut haben, als Sie es nur für sie wünschen können. Und an ihrer Jugend stoße ich mich nicht. Sie wird mir schon gefallen.«

Ach, wie freute sich Frau Schulz über diese Worte.

Die Gräfin fragte nun noch allerlei. Sie wollte sogar wissen, wo das Grab der verunglückten Maria Hochberg sich befand, und Frau Schulz gab auf alles genaue Antwort. Sie wunderte sich weiter gar nicht über das große Interesse, das die Gräfin an den Tag legte. Gab es doch nach ihrer Ansicht so leicht keine spannendere Geschichte als die Maria Hochbergs und ihrer Tochter. Wenn die gute Frau Schulz erst geahnt hätte, daß diese Geschichte noch viel spannender war, als sie selbst wußte, wie hätte sie dann selbst gestaunt.

Die Gräfin zog sich an diesem Abend zeitig in ihr Zimmer zurück. Die große Erregung und die Freude, ihrer Enkelin so nahe zu sein, hatte sie ganz matt und müde gemacht. Sie fühlte sich heute außerstande, eine Begegnung mit Liselotte zu ertragen. Sie überlegte sich nun in Ruhe einen Plan. Hier schien kein Mensch zu ahnen, daß Liselotte eine Komtesse Hochberg-Lindeck war. So wollte sie es vorläufig auch nicht verraten. Auf jeden Fall wollte sie sich morgen nach Schloß Bodenhausen begeben, unter demselben Vorwand, den sie der Wirtin angegeben hatte. Und auf jeden Fall wollte sie dann Liselotte als Gesellschafterin verpflichten. Was dann weiter wurde, sollte der Augenblick entscheiden.

Viel Ruhe fand die sehnsüchtige Großmutter in dieser Nacht nicht. Erst gegen Morgen schlief sie ein und erwachte dann erst sehr spät.

Nachdem sie ihr Frühstück eingenommen hatte, schrieb sie an Baron Bodenhausen:

»Sehr geehrter Herr Baron! Durch eine Zeitungsanzeige aufmerksam gemacht, bin ich nach Bodenhausen gekommen, da es mir gerade am Wege lag, um die junge Dame, für die Sie eine Stellung als Gesellschafterin suchen, persönlich kennenzulernen. Ich möchte die junge Dame, wenn sie mir gefällt, zu mir nehmen. In der ›Weißen Taube‹ habe ich Wohnung genommen und bitte Sie höflichst, meiner Kammerfrau, der Überbringerin dieses Schreibens, zu sagen, wann ich mir erlauben darf, in Schloß Bodenhausen meinen Besuch zu machen. Ich empfehle mich Ihnen

Hochachtungsvoll
Katharina Gräfin Lindeck.«

Mit diesem Brief schickte sie ihre Kammerfrau nach dem Schloß. Heinrich ging mit, um ihr den Weg zu zeigen. Während der Abwesenheit der Kammerfrau begab sich die Gräfin allein nach dem Friedhof. Dort suchte sie nach dem ihr von Frau Schulz bezeichneten Grab Maria Hochbergs. Sie fand es auch bald. Es war mit Frühlingsblumen liebevoll geschmückt. Ein einfacher Denkstein lag zu Füßen des Grabes. Darauf stand in schlichten Buchstaben: »Hier ruhet in Gott Frau Maria Hochberg.« Darunter das Datum ihres Todestages.

Tränen stürzten der Gräfin aus den Augen. Sie kniete nieder und strich wie liebkosend über das Grab.

»Armes – armes Kind! Du hast meinen Sohn geliebt um seiner selbst willen, sonst wärst du nicht so bescheiden unter diesem schlichten Namen in diese Einsamkeit gegangen. Und du sollst eine Ruhestatt finden an der Seite des geliebten Gatten. Da ich dich nicht lebend einführen kann in Schloß Hochberg, sollst du eines Tages dort im Tode mit allen Ehren deinen Einzug halten. Und an deinem Kind will ich gutmachen, was ich an dir versäumen mußte.«

So dachte sie tiefbewegt und faltete die Hände zum Gebet.

Lange verweilte sie so. Dann ging sie langsam wieder in die »Weiße Taube« zurück.

Bald kam auch die Kammerfrau zurück und brachte ihr ein Antwortschreiben des Barons. Es lautete:

»Hochgeehrte, gnädige Frau Gräfin! Jederzeit werden wir, meine Gemahlin und ich, bereit sein, Sie in Schloß Bodenhausen zu empfangen. Die junge Dame, Fräulein Liselotte Hochberg, die in meinem Hause erzogen worden ist und für die ich jederzeit einstehen werde, ist bereit, sich Ihnen vorzustellen. Wenn Sie wünschen, schicke ich Ihnen gern einen Wagen nach der ›Weißen Taube‹. Sie brauchen mir nur durch den Hausdiener Bescheid sagen zu lassen, wann er Sie abholen soll.

Ich empfehle mich Ihnen ganz ergebenst

Hochachtungsvoll

Baron Bodenhausen.«

Die Gräfin überlegte. Vor Tisch konnte sie nun nicht mehr gut nach dem Schlosse gehen. So sandte sie den Hausdiener nochmals mit einigen Zeilen dorthin.

»Sehr geehrter Herr Baron! Da ich eine alte Frau bin und mir nicht viel zumuten darf, nehme ich Ihr freundliches Anerbieten dankbar an und bitte Sie höflichst, mir Ihren Wagen heute nachmittag gegen fünf Uhr zu schicken. Ich hoffe, daß Ihnen dann mein Besuch angenehm ist. Mit einer ergebenen Empfehlung an Ihre Frau Gemahlin.

Ihre ergebene
Gräfin Lindeck.«

In Schloß Bodenhausen hatte die Nachricht der Gräfin Lindeck einige Aufregung hervorgerufen. Der Baron ging sofort zu seiner Gemahlin und übergab ihr das Schreiben. – Sie atmete unwillkürlich auf.

»Es sollte mich wirklich freuen, wenn Liselotte eine Stellung in gutem Hause finden würde. Ich bin überzeugt, daß sie allen Ansprüchen genügen würde. Sie hat entschieden viel gelernt und besitzt zweifellos natürliche Gaben, die sie für den Posten als Gesellschafterin einer vornehmen Dame geeignet erscheinen lassen. Wir wollen aber Liselotte nicht eher etwas sagen, als bis die Gräfin hier ist, damit sie unbefangen bleibt.«

Damit war auch der Baron einverstanden. Als dann das zweite Briefchen der Gräfin kam, gab der Baron Befehl, daß zehn Minuten vor fünf Uhr der Wagen vor der »Weißen Taube« zu halten habe.

Punkt fünf Uhr fuhr dann am Nachmittag der Wagen mit der Gräfin vor dem Portal des Schlosses vor. Die Gräfin wurde in das Empfangszimmer geführt, wo sie der Baron und die Baronin bereits erwarteten. Sie begrüßten die alte Dame sehr zuvorkommend, und diese brachte nochmals ihr Anliegen vor, Fräulein Liselotte Hochberg kennenzulernen.

Alle Kraft hatte die alte Dame nötig, ihre Selbstbeherrschung nicht zu verlieren, als der Baron Befehl gab, Liselotte herbeizurufen.

Gleich darauf trat Liselotte ein. Sie trug ein schlichtes, weißes Waschkleid, sah aber, wie immer, sehr schön und vornehm darin aus.

Als sie nun mitten im Zimmer stand, von hellem Sonnenlicht umflossen, da sah die Gräfin mit unbeschreiblicher Erregung, wie sehr dies junge, holde Wesen ihrem verstorbenen Sohne glich.

Wie ein freudiger Schlag ging es durch ihr Herz. Die Erregung machte sie fassungslos. Sie fiel, einer Ohnmacht nahe, in ihren Sessel zurück und konnte im ersten Augenblick kein Wort hervorbringen. Ihr Gesicht überzog sich mit einer fahlen Blässe.

Bestürzt beugten sich Liselotte und die Baronin über die halb bewußtlose alte Dame.

»Kann ich Ihnen helfen?« fragte Liselotte mit ihrer weichen klaren Stimme und mühte sich voll Teilnahme um die Gräfin, ohne zu ahnen, wen sie vor sich hatte.

Die alte Dame faßte sich schnell wieder. Wie holde Musik klang ihr die besorgte Frage Liselottes in den Ohren. Sie richtete sich gleich wieder empor und lächelte. »Es ist nichts – bitte beunruhigen Sie sich nicht – es geht gleich vorbei. Ich habe zuweilen so kleine Anfälle – gestatten Sie mir nur einen Augenblick, mich zu erholen«, sagte sie.

Liselotte brachte schnell ein Glas Wasser und Kölnisches Wasser herbei, und die Gräfin erholte sich schnell. Sie hatte sich wieder ganz in der Gewalt und blieb ruhig, als Liselotte ihr nun vorgestellt wurde. Dann sagte sie:

»Mein liebes Kind – ich bin gekommen, um Sie kennenzulernen. Ich brauche eine junge Gesellschafterin, ein liebevolles Wesen, das mir immer in meiner Einsamkeit zur Seite steht und immer um mich ist.

Ich habe vor kurzer Zeit meinen Gatten verloren und auch vor Jahren meinen einzigen Sohn dahingeben müssen. Ich muß deshalb jemand um mich haben, mit dem ich mich unterhalten kann. Der Herr Baron und Frau Baronin sagten mir, daß Sie eine Stellung anzunehmen wünschen. Sie gefallen mir, wenn Sie wollen, werden wir sofort einig.«

Liselottes Gesicht hatte sich vor Erregung rot gefärbt. Sie fühlte eine unerklärliche Zuneigung für die freundliche Dame und hätte am liebsten gleich zugegriffen. Aber sie sagte bescheiden:

»Frau Gräfin sind sehr gütig und es ehrt mich, daß Sie mir so viel Vertrauen erweisen. Aber ich möchte Frau Gräfin doch bitten, mich erst zu prüfen, ob ich auch die nötigen Fähigkeiten besitze.«

Die Gräfin lauschte entzückt der lieben, weichen Stimme und sagte hastig:

»Ja, gewiß, ich werde Sie danach fragen. Indes, die

Hauptsache ist, daß Sie mir gefallen, denn Sie müssen viel um mich sein, wie ich schon sagte. Bitte, setzen Sie sich zu mir, damit wir noch einiges besprechen können. Sie gestatten doch, Herr Baron, Frau Baronin, daß ich ein kleines Verhör mit der jungen Dame anstelle?«

Der Baron und seine Frau verneigten sich zustimmend.

Dann wandte sich die Gräfin wieder an Liselotte:

»Also, mein liebes Kind, sind Sie ein wenig musikalisch?«

Liselotte verneigte sich.

»Ich spiele ziemlich fertig Klavier und singe ein wenig, Frau Gräfin.«

»Gut, gut. Das ist mir lieb. Und welche Sprachen beherrschen Sie außer Deutsch?«

»Englisch und Französisch, Frau Gräfin.«

»Oh, vorzüglich. Nun, ein wenig vorlesen, mit mir plaudern und ab und zu einen Brief für mich schreiben – das können Sie sicher auch?«

»Ich würde mich bemühen, Frau Gräfin.«

»Schön. Das genügt mir vollkommen.«

»Was beanspruchen Sie für Gehalt?«

»Darüber habe ich noch nicht nachgedacht, das würde ich Frau Gräfin überlassen.«

Die Gräfin lächelte ein wenig.

»So werde ich das der Ordnung halber mit dem Herrn Baron vereinbaren, der doch wohl ihr Vormund ist.«

Der Baron verneigte sich.

»So ist es, Frau Gräfin, Liselotte ist Waise.«

Die Gräfin besprach nun, ohne den Blick viel von Liselotte zu lassen, alles Nötige mit dem Baron und seiner Gemahlin. Beide waren erstaunt, wie glatt sich das alles abwickelte, und erfreut, daß die Gräfin Liselotte ein sehr hohes Gehalt aussetzte. Dann fuhr die Gräfin fort:

»Als Vormund der jungen Dame wünschen Sie, Herr Baron, natürlich auch Erkundigungen über meine Person und Verhältnisse einzuziehen, damit Sie auch sicher sind, daß Ihr Mündel in gute Hände kommt. Bitte, wenden Sie sich an meinen Notar, den Justizrat Höffner in Nieburg und an Baron Rainau auf Schloß Rainau, meinen nächsten Nachbarn. Ich werde einige Tage in Bodenhausen bleiben, bis Sie Antwort haben, und hoffe dann, Fräulein Liselotte gleich mit mir nehmen zu können.« Wieder verneigte sich der Baron.

»Wenn ich auch derartige Erkundigungen nicht für nötig halte, Frau Gräfin, so will ich doch als gewissenhafter Vormund nichts versäumen, was meines Amtes ist. Ich werde noch heute der Ordnung halber an die beiden Herren schreiben. Es soll mich natürlich sehr freuen, wenn Liselotte in gute Hände kommt, und Sie werden sicher mit ihr zufrieden sein.«

Wieder huschte ein Lächeln um den Mund der Gräfin.

»Darüber bin ich schon jetzt außer Sorge.«

Nun mischte sich die Baronin in das Gespräch.

»Darf ich Sie bitten, Frau Gräfin, während dieser Tage unser Gast zu sein? Die ›Weiße Taube‹ ist doch kein ganz geeigneter Aufenthalt für eine Dame.«

Die Gräfin überlegte einen Augenblick. Dann sagte sie schnell entschlossen: »Ich nehme Ihr gütiges Anerbieten mit großem Dank an, Frau Baronin. Auf diese Weise lerne ich Fräulein Liselotte gleich noch ein wenig näher kennen und sie kann sich ein wenig an mich gewöhnen, damit es ihr nicht zu schwer wird, mit mir zu gehen. Es wird ihr ohnedies nicht leicht fallen, Bodenhausen zu verlassen.«

Liselotte ergriff lebhaft die Hand der Gräfin und führte sie an ihre Lippen. Sie, die keineswegs mit Liebe und Güte verwöhnt war, fühlte, wie ihr Herz sich der alten Dame zuneigte.

»Frau Gräfin sind zu gütig«, sagte sie bewegt.

Von ihrem Gefühl übermannt, streichelte die Gräfin sanft über Liselottes schönes Haar.

»Ich muß mir doch ein wenig Ihr Vertrauen zu gewinnen suchen, liebes Kind«, sagte sie warm und herzlich.

Die Baronin fand, daß die Gräfin ihrer zukünftigen Gesellschafterin sehr vertraulich entgegenkam. Sehr stolz schien die alte Dame nicht zu sein. Jedenfalls hätte sich die Baronin ganz anders zu einer Gesellschafterin gestellt.

Vielleicht ahnte Gräfin Katharina etwas von den Gedanken der Baronin. Sie suchte sich jedenfalls Liselotte gegenüber mehr zu beherrschen, wenigstens solange sie in Bodenhausen weilte. Sie hatte einen Augenblick geschwankt, ob sie sich nicht gleich als Liselottes Großmutter zu erkennen geben sollte. Aber sie hatte den Wunsch unterdrückt. Es war nicht gut, Liselotte gleich mit der ganzen Wahrheit zu überraschen und sie zu erschrecken. So ein junges Gemüt konnte da leicht aus dem Gleichgewicht kommen. Was sollte sie ihr auch sagen, warum sich ihre Großeltern bisher so gar nicht um sie gekümmert hatten? Mußte es nicht schmerzlich auf Liselotte wirken, wenn sie erfuhr, daß man ihr und ihrer verstorbenen Mutter ihr gutes Recht so lange vorenthalten hatte? Nein, es war nicht gut, wenn sie so plötzlich die Wahrheit erfuhr. Ganz langsam sollte sich Liselotte an sie gewöhnen und sich im Schloß Hochberg einleben. Sie sollte die Großmutter erst liebgewinnen, sollte den tiefen Schmerz, den diese ertragen hatte, erst kennen und begreifen lernen, ehe sie erfuhr, wer sie war. Dann konnte sie verstehen, wie es gekommen war, daß sich die Großmutter erst jetzt um sie kümmerte.

Ehe die Gräfin sich ins Schloß begeben hatte, beauftragte sie ihre Kammerfrau, zwei Telegramme zu besorgen. Diese waren an Baron Rainau und Justizrat Höffner gerichtet und enthielten die Mitteilung, daß die Anfrage über die Gräfin Lindeck einlaufen würde und daß man wahrheitsgetreu Auskunft geben möge, ohne den Doppelnamen zu erwähnen.

Nun sagte sich die Gräfin jedoch, daß sie ganz beiläufig im Gespräch erwähnen müsse, daß sie auf Schloß Hochberg wohne. Zunächst schickte die Baronin einen Diener nach der »Weißen Taube«, der dort Bescheid sagen sollte, daß die Gräfin im Schlosse bleiben würde, und der die Kammerfrau der Gräfin und das Gepäck nach Schloß Bodenhausen beorderte.

Es wurden sofort einige Zimmer für die Gräfin

bereit gemacht. Diese bat dringend, keinerlei Umstände zu machen.

Dann nahm man zusammen den Tee ein. Bei dieser Gelegenheit lernte Gräfin Katharina auch Baronesse Lori kennen. Sie machte ihr keinen angenehmen Eindruck. Auch ohne daß Frau Schulz ihr gesagt hätte, daß Lori sehr garstig zu Liselotte war, hätte sie das Wesen Loris nicht angenehm berührt.

Am Teetisch erklärte die Gräfin dann beiläufig:

»Habe ich Ihren Namen richtig verstanden, Fräulein Liselotte – heißen Sie Hochberg?«

Liselotte verneigte sich.

»So ist es, Frau Gräfin.«

Diese lächelte.

»Nun, so werden Sie sich in Ihrem neuen Wirkungskreis hoffentlich um so schneller einleben. Das ist ein hübsches Zusammentreffen. Ich wohne nämlich auf Schloß Hochberg, und wir führen außer dem Namen Lindeck auch noch den Namen der Grafen von Hochberg. Ich will das als ein gutes Zeichen betrachten.«

Danach ging sie schnell auf ein anderes Thema über.

Niemand fiel es ein, über diesen seltsamen Zufall nachzudenken. Man achtete gar nicht weiter darauf. Am wenigsten fiel es Liselotte ein, irgendwelches Gewicht darauf zu legen.

Der Baron schrieb sofort an Baron Rainau und Justizrat Höffner und erhielt von den beiden Herren umgehend die glänzendste Auskunft über die Gräfin Lindeck.

Danach hatte er nicht die geringsten Bedenken mehr, Liselotte mit der Gräfin abreisen zu lassen.

Die Gräfin hatte in den wenigen Tagen reichlich

Gelegenheit, Liselotte zu beobachten. Sie ließ sie fast nicht mehr von ihrer Seite. Der Baron und seine Gattin freuten sich, daß Liselotte eine so gute Stellung gefunden hatte. Hauptsächlich war das dem Baron eine große Beruhigung, denn Liselotte war ihm sehr lieb geworden.

Aber Lori ärgerte sich, daß Liselotte es so gut getroffen hatte. Sie hätte ihr eine schlechtere Stellung gewünscht. Ganz wütend war sie, als sie merkte, wie gütig und liebevoll die Gräfin zu Liselotte war. Und sie suchte diese die letzten Tage noch weidlich zu kränken. Gräfin Katharina konnte verschiedentlich beobachten, wie häßlich Lori zu Liselotte war. Einmal hörte sie die Baronesse sagen:

»Du brauchst dir gar nichts darauf einzubilden, daß du nun in Schloß Hochburg wohnen wirst. Bist ja doch dort nichts als Gesellschafterin. Und die Gräfin ist nur so gut mit dir, weil dich meine Eltern empfohlen haben. Glaube nur nicht, daß das so weiter geht.«

Da antwortete Liselotte ruhig:

»Ich weiß, daß ich nur eine Untergebene der Gräfin sein werde. Um so mehr danke ich ihr für ihre Güte. Du wirst dich ja nun nicht lange mehr über mich zu ärgern brauchen, Lori, ich komme dir ja nun aus den Augen – für immer. Aber ich bitte dich so sehr, stelle doch wenigstens die letzten Tage die Feindseligkeiten gegen mich ein. Wenn du ehrlich sein willst, mußt du dir sagen, daß ich dir nie, niemals etwas zuleide getan habe, daß ich geduldig allen Groll ertrug, den du über mich ausschüttetest, ohne daß ich dir je Veranlassung dazu gab. Mein einziges Verbrechen ist, daß ich eine

Waise, die arme Bettelprinzeß bin. Sei doch nur die letzten Tage gut zu mir. Ich möchte so gern auch an dich mit liebevollem Herzen zurückdenken können. Nur ein einziges Mal gib mir ein gutes Wort.«

Es lag ein so inniges Flehen in Liselottes Stimme, daß die Gräfin, die das vom Nebenzimmer aus mit anhörte, feuchte Augen bekam. Dieses Gespräch zeigte ihr zur Genüge, daß Frau Schulz recht gehabt hatte, als sie ihr sagte, Baronesse Lori quäle Liselotte ungemein und mache ihr das Leben zur Hölle.

Lori blieb auch jetzt kalt und ungerührt. »Ich wünsche gar nicht, daß du meiner mit liebevollem Herzen gedenkst. Ich bin froh, daß du mir aus den Augen kommst. Ich mag dich nun einmal nicht leiden, du bist mir verhaßt gewesen von Anfang an und bleibst es mir bis zum Ende.« Damit verließ sie das Zimmer und warf die Tür heftig ins Schloß. Liselotte sank in einen Sessel, als sie allein war, und preßte aufschluchzend die Hände vor das Gesicht.

Es tat ihr so weh, daß Lori auch jetzt kein gutes Wort für sie hatte. Das Trennungsweh übermannte sie. Ein heftiges Schluchzen schüttelte ihren Körper.

Da hielt es die Gräfin nicht länger drüben im Nebenzimmer. Sie trat über die Schwelle und beugte sich über das weinende Mädchen.

»Nicht weinen, mein liebes Kind! Die junge Baronesse war eben recht böse mit Ihnen. Die Wirtin aus der ›Weißen Taube‹, eine sehr gute Freundin von Ihnen, hat mir schon mancherlei erzählt, was Sie alles an trüben, schweren Stunden in Ihrem jungen Leben ertragen haben, wie man Sie gequält und gedemütigt hat. Seien Sie ruhig, mein Kind. Das soll nun anders werden. Sie sollen in Schloß Hochberg eine freundliche, schöne Heimat finden und alles Böse vergessen, was Ihnen widerfahren ist. Vertrauen Sie mir nur, ich will dafür sorgen, daß Sie keine Tränen mehr weinen sollen – denn – ich habe Sie herzlich lieb gewonnen.«

Diese liebevollen Worte erschütterten Liselotte ungemein. Ihr war, als wenn linde Mutterhände sie streichelten. Es erschien ihr wie ein Wunder, daß die Gräfin so zärtlich und gütig zu ihr war, und ihr ganzes junges Herz flog ihr dankbar entgegen.

Ergriffen beugte sie sich und küßte die Hände der alten Dame.

»So gütig sind Sie zu mir, Frau Gräfin, so unsagbar gütig – ich weiß nicht, wie ich das verdienen soll – und kann es nur mit schrankenloser Dankbarkeit und Ergebenheit vergelten«, stammelte sie.

»Und mit ein wenig Liebe, Kind. Ich bin eine einsame alte Frau, die ebensowenig jemand hat, der zu ihr gehört, wie Sie. Ich werde Ihnen für ein wenig Liebe so dankbar sein, wie Sie es sind. Wir wollen uns gegenseitig recht gut verstehen lernen, nicht wahr? Und nun nicht mehr traurig sein. Wenn Ihnen in Zukunft das Herz schwer ist, so kommen Sie damit zu mir – wie zu einer Mutter.«

Das war Liselotte wie ein schöner Traum. Sie konnte es nicht fassen und begreifen, daß sich ihr das gütige Herz der vornehmen alten Dame so voll Liebe und gütigem Verstehen zugewandt hatte.

Wie sehr hatte sie sich gefürchtet vor den fremden Menschen, bei denen sie ihr Brot verdienen sollte.

Und nun schickte ihr der Himmel in seiner Vorsorge eine so edle Herrin.

*

Liselotte mußte nun ihre Sachen packen und zur Abreise rüsten.

Inzwischen hatte die Gräfin noch eine lange Unterredung mit dem Baron. Er erzählte ihr, was sie zum großen Teil schon von Frau Schulz wußte, wie Liselotte in sein Haus gekommen war. Und dann sagte er ihr, daß Liselottes Mutter einen versiegelten Umschlag mit Schriftstücken für ihre Tochter hinterlassen hatte, die er noch in Verwahrung habe.

»Liselotte soll diese Papiere auf Wunsch ihrer Mutter an ihrem achtzehnten Geburtstag erhalten. Es sind wahrscheinlich Familienpapiere. Wir haben den Umschlag, den Wunsch der Toten ehrend, verschlossen gelassen, obwohl man über die Herkunft dieser Frau Maria Hochberg hier nicht genau im klaren war. Liselotte steht jetzt im achtzehnten Lebensjahr. Ihr achtzehnter Geburtstag ist am fünfundzwanzigsten Februar nächsten Jahres. Darf ich Ihnen, Frau Gräfin, die Papiere gleich übergeben und Sie bitten, Liselotte dieselben an ihrem Geburtstag auszuhändigen?«

Damit schloß er seinen Bericht.

Die Gräfin erklärte sich bereit, die Papiere an sich zu nehmen und zu verwahren. Sie ahnte, daß diese Papiere Liselotte aufklären würden über ihren wahren Stand und Namen. – Mit einem seltsamen Gefühl nahm sie den versiegelten Umschlag entgegen.

Liselotte hatte noch Abschied nehmen müssen vom Grabe ihrer Mutter und von Frau Schulz und Heinrich.

Frau Schulz freute sich, daß die Gräfin Liselotte angestellt hatte.

»Sollst sehen, Liselotte, bei der Frau Gräfin wirst du es gut haben. Das ist eine wirklich vornehme und gute Dame. Soviel Menschenkenntnis habe ich. Und vergiß nicht, daß dir die ›Weiße Taube‹ im Falle der Not immer offensteht. Und schreib uns ab und zu, wie es dir geht«, sagte sie.

Heinrich nahm rührend Abschied von Liselotte. Er mußte sein Taschentuch benutzen und schluckte krampfhaft, um seine Fassung zu bewahren. Dann kam der Abschied im Schlosse.

Mit heißen Tränen sagte Liselotte dem Baron und der Baronin Lebewohl.

Der Baron nahm sie sichtlich bewegt in seine Arme und küßte sie auf die Stirn.

»Leb wohl, Liselotte, und Gottes Segen mit dir«, sagte er. Und leise flüsterte er ihr zu: »Du weißt, Kind, was wir dir schuldig sind, Hans und ich. Wir werden alles daran setzen, dir das Geld zu schaffen, laß uns nur ein wenig Zeit.«

Liselotte schüttelte den Kopf, als habe das gar keinen Wert für sie.

»Sorgen Sie sich nicht darum, Herr Baron, daran denke ich gar nicht. Und – und bitte – grüßen Sie Junker Hans von mir – noch ein letztes Mal.«

Diese Worte rangen sich, kaum verständlich, von ihren Lippen. Der Baron hatte sie aber doch verstanden.

»Das will ich tun, Liselotte«, sagte er, ihre Hand mit warmen Druck freigebend.

Nun wendete sich Liselotte zur Baronin und küßte ihr die Hand. Auch diese war ein wenig bewegt. Herzlicher als sonst sagte sie ihr Lebewohl und zog sie an sich. Sie merkte jetzt, daß ihr Liselotte in all den Jahren doch ein wenig ans Herz gewachsen war.

»Gott mit dir, Liselotte!« sagte sie herzlich.

Nur Lori verhielt sich bis zuletzt kalt und abweisend. Sie legte nur ihre Fingerspitzen in Liselottes Hand.

Die Gräfin sah sie mit großen, vorwurfsvollen Augen an. Da wandte sich Lori schroff zur Seite.

Noch ein halberstickte »Lebewohl« drang über Liselottes Lippen, dann eilte sie, sich abwendend, zum Wagen, in dem die Gräfin bereits Platz genommen hatte. Diese zog Liselotte an ihre Seite, während die Kammerfrau auf dem Rücksitz Platz nahm.

Mit umflorten Augen und zuckenden Lippen sah Liselotte nach dem Schloß zurück.

Die Gräfin ließ sie still gewähren.

Als der Wagen an der »Weißen Taube« vorüberfuhr, standen Frau Martha Schulz und Heinrich am Gartenzaun und winkten Liselotte mit feuchten Blicken ein letztes Lebewohl zu.

Sie beugte sich vor und sah zu ihnen hinüber und winkte matt mit der Hand. Ihr war zumute, als risse etwas in ihrem Herzen entzwei, als seien nun alle Bande zersprengt zwischen ihr und der alten Heimat, die sie trotzdem so liebgewonnen hatte. Und aufschluchzend lehnte sie sich im Wagen zurück.

Da faßte die Gräfin tröstend ihre Hand.

»Nicht weinen, liebes Kind, Sie werden alle, die Sie lieb haben, wiedersehen; seien Sie nur getrost.«

Liselotte schluckte tapfer die aufsteigenden Tränen hinab und küßte der Gräfin die Hand.

Wie staunte Liselotte, als sie Schloß Hochberg vor sich liegen sah, hoch oben auf stolzer Höhe, von der es die ganze Gegend beherrschte. Gegen dies stolze stattliche Gebäude schien Bodenhausen nur wie ein schlichtes Landhaus.

Mit großen Augen beugte sie sich aus dem Wagen, der sie und die Gräfin vom Bahnhof abgeholt hatte. Die Kammerfrau fuhr mit dem Gepäck hinter ihnen her in einem anderen Wagen. Neben dem Kutscher saß ein Diener, beide in vornehmer Dienerkleidung, und der Wagen war viel feiner als der Bodenhausener.

Nun stieg die Fahrstraße bergan. Sie führte zum Schlosse empor. Oben angelangt, fuhr der Wagen durch ein großes Gittertor aus kunstvoll gearbeitetem Schmiedeeisen und einen herrlichen alten Park. Dann ging es über einen weiten Rasenplatz, durch den eine breite Fahrstraße führte. In der Mitte dieses Platzes war ein riesiges Blumenbeet, dessen Mittelpunkt ein rundes steinernes Becken bildete, aus dem ein Springbrunnen einen mächtigen Wasserstrahl emporsandte.

Um dieses Blumenbeet fuhr der Wagen herum, gerade auf das Schloß zu. Eine breite, hohe Freitreppe führte zu dem großen Portal empor.

Mit heimlicher Rührung blickte die Gräfin in das schöne junge Gesicht mit den strahlenden Augen.

»Gefällt Ihnen Schloß Hochberg, Liselotte?« fragte sie lächelnd. Sie hatte sich schon auf der Reise ausgebeten, die junge Dame einfach beim Vornamen nennen zu dürfen.

»Es ist herrlich – wunderschön, wie ein Märchenschloß«, erwiderte Liselotte ganz verträumt.

Der Wagen fuhr nun die breite Rampe empor, die zu beiden Seiten der Freitreppe bis unter das überdachte Portal führte. Dort hielt er an.

Der Diener sprang vom Wagen herab. Zugleich öffneten zwei andere Diener von innen die hohen schweren Torflügel. Auf der Schwelle erschien der Hausmeister in Kniehosen und Schnallenschuhen. Auf seinen Arm gestützt, stieg die Gräfin aus dem Wagen. Leichtfüßig sprang Liselotte hinter ihr her. Mit einem festen, warmen Druck ergriff Gräfin Katharina ihre Hand und führte sie so über die Schwelle.

»Gott segne deinen Eingang, mein Kind!« sagte sie dabei tief ergriffen und sehr feierlich.

Liselotte wurde ganz seltsam berührt durch das feierliche Wesen der Gräfin. Das trauliche »Du«, das sich jetzt über die Lippen der alten Dame drängte, mutete sie ganz sonderbar an. Am liebsten hätte die Gräfin hinzugefügt: »Du betrittst jetzt dein Vaterhaus, deine echte und reine Heimat.« Aber sie sagte sich, daß auf Liselottes junge Seele in den letzten Tagen schon zu viel eingestürmt war. Man mußte sorgsam umgehen mit solch einer jungen Menschenknospe.

Ganz allmählich mußte sie sich in Schloß Hochberg eingewöhnen, sollte erst heimisch werden und an ihre Liebe glauben lernen, ehe sie die Wahrheit erfuhr.

So schritt Liselotte an der Seite ihrer Großmutter ahnungslos über die Schwelle des Schlosses, dessen Herrin sie eines Tages sein würde.

Eine große, weite Halle tat sich vor ihren staunenden Blicken auf. Weiche Teppiche lagen auf dem Steinfußboden. Darauf schritt sie neben der Gräfin, die immer noch ihre Hand hielt, bis zu der breiten Treppe im Hintergrund der Halle.

Auch die Treppe war mit Teppichen belegt. Überall sah man die Zeichen großen Reichtums und eines wahrhaft vornehmen Geschmacks. Durch hohe, mit kostbaren Glasmalereien geschmückte Fenster fiel das Sonnenlicht in warmen bunten Tönen herein. Das Geländer der Treppe war kunstvoll geschnitzt.

Breite, teppichbelegte Gänge führten von der Halle aus durch das Schloß. Auch oben im ersten Stock, wo sie nun anlangten, führten rechts und links die weiten Gänge zu den Zimmern.

»Das ist wie in einem Königsschloß«, sagte Liselotte tief aufatmend. – Die Gräfin lächelte.

»Das Königsschloß im Märchen, in das eine arme Bettelprinzeß ihren Einzug hält, um darin eine warme Heimat zu finden«, sagte sie herzlich.

Liselotte errötete.

»Frau Gräfin, Sie wissen, daß man mir diesen Namen gab?« fragte sie. – Die Gräfin nickte.

»Ja, Kind, ich weiß, daß Ihnen Baronesse Lori diesen Spottnamen gab, er soll Sie nun nicht mehr kränken.«

Liselotte hatte schon so viele Beweise liebevollster Teilnahme von der Gräfin erhalten, daß sie fast aufgehört hatte, sich darüber zu wundern. Es war ihr nur immer wie in einem Traum zumute. Alles erschien ihr so unwirklich, so seltsam.

Die Gräfin wandte sich jetzt zu dem Haushofmeister, der sie begleitete.

»Rößler, führen Sie die junge Dame in ihre Zimmer, die ich brieflich für sie bestellt habe.«

Und zu Liselotte gewandt, fuhr sie fort:

»So, Kind, nun gehen Sie mit Rößler. Erfrischen Sie sich und halten Sie sich in einer Stunde bereit, den Tee mit mir einzunehmen. Wenn Sie irgendwelche Wünsche haben, brauchen Sie nur zu klingeln.«

Liselotte küßte der Gräfin die Hand und diese verschwand hinter einer Tür, die Rößler für sie geöffnet hatte und hinter ihr schloß.

Mit einer Verbeugung forderte er dann Liselotte auf, ihm zu folgen.

Er führte sie auf demselben Gang noch ein Stück weiter. Dann öffnete er auch für sie eine hohe Flügeltür und ließ sie eintreten.

»Haben gnädiges Fräulein noch Befehle?« fragte er devot.

Liselotte mußte ein ganz klein wenig in sich hineinlachen. Was war sie plötzlich für eine wichtige Person, daß dieser vornehme Hausmeister sich nach ihren Befehlen erkundigte? Sie – und Befehle? In Bodenhausen hatten ihr die Dienstboten schnippische Antworten gegeben, wenn sie nur mal bescheiden den geringsten Dienst verlangte.

»Nein – ich danke – ich bedarf Ihrer nicht mehr«, sagte sie, sich zu einer ebenso würdevollen Miene zwingend, wie sie der Hausmeister zur Schau trug.

Der verneigte sich und schloß die Tür. Da stand sie nun in einem großen, hohen Gemach mit wundervollen alten Möbeln. Liselotte sah sich zaghaft um, als traue sie ihren Augen nicht. Dieser wunderschöne, kostbar ausgestattete Raum konnte doch unmöglich ihr Zimmer sein. Aber da führte eine Tür in ein anderes Zimmer, diese Tür stand offen. Vielleicht lag dort erst ihr Zimmer. Zaghaft ging sie bis zur Tür. Da sah sie in ein entzückendes Schlafgemach hinein, ganz in Weiß und Rosa gehalten, mit rosaseidenen Vorhängen und einem ebensolchen Betthimmel. Die Sitzmöbel aus weißem Holz waren mit rosa Seidendamast überzogen, und der Ankleidetisch war wie ein Traum aus rosa Seide und Spitzen.

Fast ängstlich sah Liselotte diese Pracht an. Gegen diese Gemächer waren die Zimmer, die Baronesse Lori in Bodenhausen bewohnte und die Liselotte immer so bewundert hatte, sehr schlicht und einfach.

Ach, der Hausmeister hatte sich wohl geirrt und sie in falsche Zimmer geführt.

Ängstlich sah sie sich um. Und da erblickte sie plötzlich in einem hohen Spiegel ihr eigenes Bild. Da stand sie in ihrem blauen Jackenkleidchen und sah sich selbst mit großen Augen an, als wollte sie sich fragen: Was willst du hier?

Seufzend blickte sie in all die rosa Pracht hinein. Auf den Fußspitzen lief sie über den zartgrauen, weichen Teppich mit den rosa Blumen nach einer anderen Tür, die in ein drittes Zimmer führte. Darin standen hohe Wandschränke mit Türen aus Spiegelglas. Ein Diwan und Sessel standen darin und ein Spiegel, der sich auf rollenden Füßen bewegen ließ. Das war sicher der Ankleideraum für eine vornehme Dame.

Nein – hier war sie ganz sicher falsch, davon war Liselotte überzeugt. Schnell schritt sie in das erste Zimmer zurück und wollte gerade an der Tür, durch die sie der Hausmeister hatte eintreten lassen, klingeln, als es an die Tür klopfte. – Liselotte rief: »Herein!«

Da erschien auf der Schwelle ein hübsches zierliches Mädchen mit einer weißen Schürze über dem knappen schwarzen Kleid und einem sauberen, weißen Häubchen auf dem schönen Blondhaar.

»Frau Gräfin lassen fragen, ob gnädiges Fräulein beim Umkleiden meiner Hilfe bedürfe. Das Gepäck wird im Augenblick hier sein«, meldete sie artig.

Liselotte strich sich über die Stirn, als ob sie träumte.

»Sind das wirklich meine Zimmer – ist das kein Irrtum?« fragte sie ganz beklommen.

»Gewiß, das sind die Zimmer des gnädigen Fräuleins. Dies ist das Wohnzimmer, hier nebenan das Schlafzimmer und daranstoßend das Ankleidezimmer«, berichtete das Mädchen mit freundlicher Bescheidenheit.

Liselotte holte tief Atem. Aber sie sagte sich, daß sie dem Mädchen gegenüber keine Verwunderung zeigen dürfe.

»Es ist gut, ich danke Ihnen. Beim Umkleiden bedarf ich keiner Hilfe«, antwortete sie.

»Aber gnädiges Fräulein gestatten, daß ich beim Auspacken helfe.«

»Danke. Auch das werde ich allein besorgen. Bemühen Sie sich nicht.«

Das Mädchen sagte aber beharrlich:

»Frau Gräfin wünschen aber, daß ich die Sachen des gnädigen Fräuleins auspacke und einräume.«

»Dann tun Sie also, was Frau Gräfin befohlen haben«, sagte sie nach kurzem Zögern.

Das Gepäck wurde nun gebracht. Das Mädchen ließ es nach dem Ankleideraum schaffen.

Während es auspackte, kleidete sich Liselotte schnell um, wusch sich Gesicht und Hände und zog einen schlichten Rock und eine weiße Bluse an. Viel Auswahl an Kleidungsstücken besaß sie nicht.

Sie bürstete auch ihr Haar und ordnete es wieder in der zwanglos anmutigen Art, wie sie es jetzt immer trug. Und als sie dann fertig war, sah sie trotz des einfachen Anzuges schön und vornehm aus.

Das hübsche blonde Mädchen hatte inzwischen lautlos die Koffer ausgepackt und alle Sachen eingeräumt. Sie fragte nun bescheiden, ob das gnädige Fräulein noch Befehle habe. Liselotte verneinte und dankte freundlich. Da verließ das Mädchen die Zimmer.

Nun war Liselotte allein und ging in ihrem neuen Reich von einem Möbelstück zum andern und betrachtete alles mit staunenden Augen. Zuweilen schüttelte sie den Kopf, als begreife sie das alles nicht. Daß man sonst nicht eben viel Umstände mit einer Gesellschafterin machte, wußte sie nur zu gut. Sie hatte sich das auch alles ganz anders gedacht. Und voll Spannung wartete sie nun auf die weitere Entwicklung der Dinge.

Nach Ablauf von einer Stunde wurde sie von einem Diener abgeholt. Liselotte meinte, daß sie sich allein in dem großen Schlosse hätte verlaufen müssen. Endlich ließ sie der Diener in ein helles, mittelgroßes Gemach eintreten, das in altenglischem Stil eingerichtet war. Es hatte einen Erkerausbau, in dem ein einladend gedeckter Tisch stand, mit reichem Silbergerät und feinem Porzellan.

Hier trat ihr bereits die Gräfin Katharina lächelnd entgegen. Ein Diener rollte den Teewagen herbei.

Die Gräfin entließ ihn dann mit einer Handbewegung. Er verschwand sofort lautlos. »So, Kind, nun sind wir ungestört. Jetzt sollen mich Ihre jungen Hände ein wenig verwöhnen und bedienen. Das wird mir gut tun. Bitte, füllen Sie meine Tasse, und dann bedienen Sie sich selbst.« – Liselotte tat das in ihrer anmutigen, geschickten Art. Wohlgefällig sah ihr die Gräfin zu.

»Ach, wie wird es mir gut tun, Sie um mich zu haben, Liselotte. Es ist so furchtbar trostlos und einsam, wenn man in einem so großen Hause so allein ist«, sagte sie mit einem Seufzer der Erleichterung.

»Das kann ich Frau Gräfin nachfühlen. Wenn ich nur imstande sein werde, Frau Gräfin genügend zu unterhalten«, erwiderte Liselotte zaghaft.

Die Gräfin lächelte.

»Ich bin ganz sicher, daß Sie dazu imstande sind, Liselotte. Ich habe auf der Reise schon bemerkt, daß Sie sehr hübsch plaudern können. Nun sagen sie mir erst einmal, wie Ihnen Ihre Zimmer gefallen.«

Liselotte sah ganz verwirrt aus.

»Ach – ich wollte gar nicht glauben, daß sie wirklich für mich bestimmt waren. Ich dachte an einen Irrtum. Frau Gräfin verwöhnen mich zu sehr. Ich habe in Bodenhausen ein ganz schlichtes, schmales Kämmerchen bewohnt, mit einem einzigen Fenster und den notwendigsten Möbeln.«

»Nun, Sie werden sich daran gewöhnen, liebes Kind. In Schloß Hochberg stehen zahlreiche Zimmer leer. Ich bin froh, daß einige davon bewohnt sind. Es stehen Ihnen natürlich auch sonst alle Zimmer im Schlosse zur Verfügung, außer den Gemächern, die ich persönlich benutze. Sie können sich ungehindert im ganzen Schlosse bewegen, wie es Ihnen beliebt. Und ich habe die Absicht, Sie zu verwöhnen, damit es Ihnen recht gut in Hochberg gefällt und Sie sich nie mehr fortsehnen – denn ich habe Sie sehr lieb gewonnen, Liselotte.«

Das junge Mädchen küßte ihr die Hand und sah sie dankbar an.

»Wenn ich nur wüßte, wie ich so viel Güte verdiene.«

Die Gräfin atmete tief auf und streichelte ihre Hand.

»Nehmen Sie an, liebes Kind, daß mich Ihr Anblick an einen heißgeliebten, längst verlorenen Angehörigen erinnert. Sie werden es dann verständlich finden, daß Ihnen mein Herz gleich entgegenflog.«

»Aber dankbar darf ich doch sein, Frau Gräfin?« fragte Liselotte mit einem reizenden Lächeln. Die Gräfin streichelte ihre Wange.

»Versuchen Sie lieber, mich ein wenig liebzugewinnen, das ist mir mehr wert als alle Dankbarkeit. Wir wollen nicht wie fremde Menschen miteinander leben, sondern in inniger Gemeinschaft. Sie sollen mir ein liebes Töchterchen ersetzen. Wollen Sie das?«

Liselottes Augen wurden feucht.

»Ach, liebe teure Frau Gräfin – ob ich will – ich kann ja gar nicht anders, als Ihnen mein ganzes Herz entgegenbringen. So viel Güte und Liebe kann man nur mit Liebe erwidern.«

Verstohlen wischte die Gräfin mit ihrem feinen Spitzentuch über die Augen und zwang sich, um ihre Rührung zu verbergen, zu einem Scherz.

»Das ganze Herz? Ei, Kind, da versprechen Sie wohl zu viel. Auf Ihr Herz wird doch wohl manch anderer Anspruch erheben?«

Liselotte wurde rot. Aber dann sagte sie mit bebender Stimme:

»Ich bin jetzt so völlig von meinem alten Leben losgelöst. Und den Menschen, die mir liebgeworden sind, darf nur noch mein liebevolles Erinnern gehören. Wenn Frau Gräfin gestatten wollen, Sie lieb zu haben, so ist das für mich ein großes Geschenk.«

»Nun – ich gestatte es Ihnen. Mir gegenüber brauchen Sie sich keine Schranken aufzuerlegen. Ich werde Ihnen für jeden Liebesbeweis sehr dankbar sein, liebes Kind.«

Liselotte konnte sich nun wenigstens erklären, warum die Gräfin so gut zu ihr war und sie gleich so liebgewonnen hatte. Sie sah vielleicht einer geliebten Angehörigen der Gräfin ähnlich, die diese durch den Tod verloren hatte. Das betrachtete Liselotte als ein großes Glück. Und ihr Herz verlangte wirklich danach, der gütigen Herrin etwas zuliebe zu tun. Sie fühlte sich zu ihr hingezogen in dankbarer Liebe und Verehrung und ahnte nicht, daß es die Stimme des Blutes war, die in ihrem Herzen sprach.

Nach einer Weile sagte die Gräfin dann: »Ich sandte Ihnen vorhin Betty, die Ihnen beim Umkleiden und Auspacken helfen sollte. Bitte, betrachten Sie Betty als ihre persönliche Bedienung. Sie soll Ihnen beim Ankleiden helfen, Sie frisieren und Ihnen sonst zur Hand gehen.«

Liselotte strich sich über die Stirn, als sei ihr zu heiß.

»Oh, Frau Gräfin, ich bin gewöhnt, mich selbst zu bedienen und mir in allen Dingen ganz allein zu helfen. Das möchte ich auch jetzt tun. Was soll aus mir werden, wenn ich mich hier so verwöhnen lasse? Wenn Frau Gräfin meiner eines Tages nicht mehr bedürfen, dann wird mich das Leben wieder viel härter anfassen und ich darf es mir nicht so bequem machen.«

Gräfin Katharina verbarg ihre Bewegung unter einem Lächeln.

»Denken Sie schon daran, mich zu verlassen? Sie sind doch kaum erst in Hochberg angelangt«, sagte sie scherzend. – Liselotte schüttelte den Kopf.

»Ich werde mich ganz sicher nicht von Hochberg fortsehnen, aber Frau Gräfin können mich doch eines Tages entlassen.«

»Daran werde ich niemals denken. Mein Wort darauf, Kind, Sie sollen bei mir bleiben, solange Sie mich nicht verlassen wollen. Und nun erfüllen Sie meinen Wunsch. Ich möchte, daß Sie hier ganz als Dame auftreten sollen. Die Dienerschaft hat Weisung, jeden Ihrer Befehle zu erfüllen. Und Betty ist zu Ihrer persönlichen Bedienung bestimmt. Außerdem – es ist unbedingt erforderlich, daß Sie eine andere Ausstattung bekommen. Sie sehen zwar in Ihrem einfachen Kleidchen sehr lieb aus, aber ich sehe gern gutgekleidete Menschen um mich. Natürlich bestreite ich diese neue Ausstattung, von Ihrem Gehalt können sie das selbst nicht tun. Meine Kammerfrau wird Ihnen später Maß nehmen und dann alles Erforderliche für Sie bestellen. Ich will Sie immer recht geschmackvoll gekleidet sehen.«

Liselotte atmete tief und schwer.

»Mein Gott, mir ist zumute, als erlebe ich ein Märchen.« – Die Gräfin lächelte gerührt.

»Nun, es soll ein schönes Märchen werden, ein Märchen, das Wirklichkeit wird. Dafür lassen Sie mich sorgen, Kind. Es macht mir Freude, wie die gute Fee für das arme kleine Aschenbrödel zu sorgen.«

Und es erschien Liselotte alles, was sie in Schloß Hochberg erlebte, wie ein wirkliches Märchen, in dem die Herrin die Rolle der Fee übernommen hatte.

Die Kammerfrau der Gräfin hatte Liselotte Maß genommen und eine Menge schöner Sachen bestellt. Nach kurzer Zeit kamen allerlei Sendungen von großen Modewarengeschäften mit herrlichen Kleidern, Mänteln und Hüten für Liselotte. Auch feine Schuhe, Wäsche, Handschuhe und Schirme, überhaupt alles, was eine vornehme Dame braucht.

Liselotte mußte sich von Betty all die schönen Sachen anprobieren lassen und sich der Gräfin darin vorstellen. Ach, was war da aus der armen kleinen Bettelprinzeß für eine feine junge Dame geworden! Die Augen der Gräfin Katharina leuchteten auf in zärtlichem Stolz, wenn sie auf ihrem schönen liebreizenden Enkelkind ruhten.

Und Liselotte staunte sich selbst an. Mit sicherer Anmut bewegte sie sich in den kostbaren Kleidern, als habe sie nie andere getragen.

Wenn sie in ihren neuen schönen Kleidern in ihrem hübschen Ankleidezimmer vor dem Spiegel stand, dann mußte sie daran denken, wie mühsam ihr das gute Fräulein Herter früher Loris abgelegte Kleider zurechtgemacht hatte.

Sie wurde tatsächlich in Schloß Hochberg wie eine Prinzessin gehalten und hatte nichts anderes zu tun, als die Gräfin zu unterhalten, ihr vorzusingen oder vorzulesen, mit ihr zu plaudern und sich hübsch ankleiden zu lassen. Die Dienerschaft begegnete ihr auf Befehl der Gräfin sehr ehrerbietig, und diese selbst überhäufte sie mit Liebesbeweisen. Aber Liselotte blieb immer schlicht und bescheiden in ihrem Wesen. Je länger sie aber in Hochberg weilte, desto offener und ungezwungener zeigte sie auch der Gräfin ihre Liebe und Zuneigung.

Und Gräfin Katharina war darüber sehr glücklich.

*

Eines Tages, Liselotte weilte noch nicht lange in Schloß Hochberg, hatte Gräfin Katharina Besuch erhalten. Baron Rainau, der Freund ihres verstorbenen Sohnes, ließ sich melden.

Sie empfing ihn herzlich.

»Mein lieber Baron, wenn Sie nicht heute gekommen wären, hätte ich Sie aufgesucht«, sagte sie lebhaft.

Er küßte ihr ehrerbietig die Hand.

»Ich bin nur gekommen, Frau Gräfin, um zu hören, ob Ihre Nachforschungen nach Ihrer Schwiegertochter und Enkelin Erfolg hatten. Da ich einige Wochen mit meiner Frau verreist war, konnte ich mich nicht eher bei Ihnen einfinden.«

Die Gräfin atmete tief auf.

»Ja, mein lieber Baron, ich fand schneller, als ich zu hoffen wagte, die Spuren der Verschwundenen. Und meine Enkelin befindet sich schon seit Wochen in Hochberg, ich habe sie gleich mitgebracht.«

Sie erzählte dem aufmerksam Lauschenden alles, was sie in Erfahrung gebracht hatte über das Schicksal Liselottes und ihrer Mutter.

Als sie mit ihrem Bericht zu Ende war, sagte der Baron lebhaft:

»So darf ich doch die junge Komtesse Hochberg kennenlernen, verehrteste Frau Gräfin?«

Die Gräfin neigte das Haupt.

»Ja, lieber Baron, das sollen Sie. Aber erst hören Sie mich an. Liselotte weiß noch nicht, daß sie eine Komtesse Hochberg ist. Ihre Mutter hatte sich in Bodenhausen nur schlicht Maria Hochberg genannt. Sie hat

Liselotte jedoch Papiere hinterlassen, die diese erst an ihrem achtzehnten Geburtstage erhalten soll. So habe ich beschlossen, Liselotte bis dahin im unklaren zu lassen.«

»Und warum wollen Sie das tun, verehrteste Gräfin?« – Sie seufzte auf.

»Das Kind hat eine schwere Jugend hinter sich, lieber Baron, und ich mache mir schwere Vorwürfe, daß ich nicht eher den Mut hatte, gegen meines Gatten Willen meiner Enkelin ihr Recht zu verschaffen. Wie sollte ich Liselotte das alles erklären, ohne in ihren Augen als eine lieblose Großmutter dazustehen? Sie hätte vielleicht ihr Herz vor mir verschlossen. Und deshalb wollte ich Zeit gewinnen. Sie soll mich schon liebgewinnen und kennenlernen, ehe sie weiß, wer ich für sie bin. Und nach und nach will ich ihr alles erklären. Vorläufig lebt sie hier als meine Gesellschafterin Liselotte Hochberg, und ich bin schon auf dem besten Weg, mir ihre Liebe zu gewinnen. Man darf das Kind auch nicht so plötzlich vor solch eine Veränderung stellen. Und deshalb habe ich mir die Frist bis zu ihrem Geburtstag gesteckt. Dann soll sie alles wissen, bis dahin habe ich sie genügend vorbereitet. Sie müssen nun auch vorsichtig sein und nichts verraten, lieber Baron.«

»Darauf können Sie sich verlassen, verehrteste Gräfin«, antwortete der Baron.

Die Gräfin klingelte nun und befahl dem eintretenden Diener, Fräulein Liselotte zu rufen.

Sie erschien sofort. Baron Rainau sah überrascht und bewundernd auf die liebreizende junge Dame. Sie trug ein duftiges, weißes Kleid, das sich weich um ihre schöne, schlanke Gestalt schmiegte.

»Das ist eine echte Gräfin Hochberg«, dachte der Baron. Auch ihm fiel sofort Liselottes Ähnlichkeit mit ihrem verstorbenen Vater auf.

»Liebes Kind, Baron Rainau, ein treuer Freund unseres Hauses, wünscht meine junge Gesellschafterin kennenzulernen. – Das ist Liselotte Hochberg, lieber Baron«, sagte die Gräfin gütig.

Liselotte verneigte sich anmutig vor dem Baron. Und sie wunderte sich, wie artig und zuvorkommend der Baron sie begrüßte und wie liebenswürdig er mit ihr plauderte.

Ach, es war überhaupt alles so wunderbar, was sie erlebte in Schloß Hochberg. – Als der Baron fortgegangen war, sagte Liselotte zur Gräfin:

»Soll ich Frau Gräfin noch Gesellschaft leisten oder mich wieder zurückziehen?«

Die Gräfin legte den Arm um ihre Schulter. »Was wäre Ihnen lieber, Liselotte?« fragte sie lächelnd.

Liselotte sah mit ihren schönen, ehrlichen Augen offen in die der Gräfin.

»Ich möchte am liebsten immer um meine gütige Herrin sein.«

Da küßte sie die Gräfin auf die Stirn.

»Liebes, liebes Kind – wie mich das freut. Also bleiben Sie und singen Sie mir einige Ihrer hübschen Lieder. Haben Sie schon neue Noten kommen lassen?«

»Ja, Frau Gräfin, und es sind sehr schöne Lieder dabei.«

»Nun – so will ich hören, kleine Nachtigall.«

Und Liselotte sang die schönsten Weisen. – Am Abend desselben Tages, als Liselotte sich in ihre Zimmer zurückgezogen hatte, schrieb sie an Fräulein Herter:

»Mein liebes, teures Fräulein! Zuweilen muß ich mich jetzt tüchtig in die Ohren zwicken, damit ich weiß, daß ich nicht träume. Ich bin noch immer nicht dazu gekommen, Dir einen längeren Brief zu schreiben. Aber heute soll es sein. Ich habe Dir so viel Neues und Schönes zu berichten.

Also daß ich jetzt Gesellschafterin bei der Gräfin Hochberg-Lindeck bin, habe ich Dir schon mitgeteilt. Nun sollst Du auch Einzelheiten erfahren. Denke Dir nur, ich bekomme ein höheres Gehalt, als Du damals in Bodenhausen erhieltest, fast doppelt soviel. Und fast alles kann ich sparen, ich brauche gar nichts davon auszugeben. Wie eine Prinzessin werde ich hier gehalten und Du kannst Dir gar nicht ausdenken, wie ich verwöhnt werde. Mir wird manchmal ganz bange vor dem Glück, das ich mit meiner Stellung gefunden habe, denn ich denke mir immer, es kann nicht von Dauer sein. Schloß Hochberg ist ein riesengroßes wundervolles Bauwerk. Und all die Zimmer und Säle sind sehr schön und kostbar ausgestattet. Meine gütige Herrin, die ich von Herzen liebe und verehre, muß eine furchtbar reiche Frau sein. Geld scheint hier überhaupt keine Rolle zu spielen.

Das Grafengeschlecht, dem meine Herrin angehört, soll sehr alt sein. Eine lange Reihe von Gemälden hängt in dem großen Ahnensaal. Menschen aus längst vergangenen Jahrhunderten sind da abgebildet, in oft ganz drolligen Kostümen aus allen Stilepochen. Wenn ich sehr übermütig bin – ja, Fräuleinchen, das kommt jetzt zuweilen vor –, dann stelle ich mich den Grafen und Gräfinnen vor, deren Namen ich zufällig trage, mache ihnen eine Verbeugung und sage: ›Ich heiße auch Hochberg, meine hochgeehrten Herrschaften, aber ich bin nur eine arme Bettelprinzeß und keine stolze Gräfin.‹

Unter diesen Bildern habe ich auch meinen besonderen Liebling. Das ist der verstorbene Sohn meiner gütigen Herrin, Graf Botho v. Hochberg-Lindeck. Er muß sehr jung gestorben sein und war sicher ein bildschöner Mensch. Und er hat gute, liebe Augen, die mich immer ganz freundlich ansehen, als wollten sie sagen: ›Ich freue mich, daß du hier bist, kleine dumme Bettelprinzeß.‹ Ach, Fräulein! – Ja, mir ist der Abschied von Bodenhausen furchtbar schwer geworden. Ich darf gar nicht daran denken, dann kommen mir gleich die Tränen und das Herz tut mir so weh.

Aber ich will tapfer und dankbar sein, daß ich solch eine gute Stellung gefunden habe. Es hätte auch anders kommen können. Von einem andern Bild im Ahnensaal muß ich Dir noch erzählen. Das stellt Graf Armin dar, den verstorbenen Gemahl meiner Herrin. Er ist erst im März dieses Jahres gestorben und muß ein sehr stolzer und strenger Herr gewesen sein. Seine Augen blicken fast finster, und doch sind es die schönen dunklen Augen seines Sohnes. Vater und Sohn sehen sich sehr ähnlich, aber der Gesichtsausdruck ist sehr verschieden. Da muß ich an Junker Hans denken. Er sah seinem Vater auch sehr ähnlich und – aber nein, ich will ja nicht mehr daran denken.

Ich will Dir nur noch erzählen, daß es in Bodenhausen furchtbar schlecht stehen soll, und ich sorge mich schrecklich um meine Wohltäter, am meisten um Junker Hans. Ach, das ist eine schlimme Sorge für mich. Ich sitze hier in Wohlleben, trage die herrlichsten Kleider, die mir meine gütige Herrin schenkt, und die Menschen, die mir so viel Gutes getan haben, wissen vor Sorgen nicht aus und ein. Wie schwer ist doch das Leben! Und ich habe oft eine so unsinnige Sehnsucht nach Bodenhausen, daß ich alles stehen und liegen lassen könnte und davonlaufen möchte bis nach Bodenhausen. Ob ich wohl noch einmal im Leben Junker Hans sehen werde?

Auch um Dich habe ich Sorge, liebe Gute, weil Du es so schlecht in Deiner Stellung getroffen hast. Sind Deine Zöglinge immer noch so unartig und schlimm zu dir? Hättest Du es nur so gut wie ich. Denke Dir nur, drei wunderschöne große Zimmer habe ich für mich allein im Gebrauch. Die Fenster meiner Zimmer liegen nach dem Park hinaus. Der ist noch viel, viel schöner als der in Bodenhausen und liegt so still und abgeschlossen da – wie ein Zauberreich.

Die Zimmer meiner Herrin liegen gleich neben den meinen. Ich muß fast den ganzen Tag um sie sein und das ist mir lieb – sie ist eine so gute Dame, der ich alles zuliebe tun möchte. Nur wenn die Frau Gräfin nach Tisch ruht, streife ich allein im Park umher und träume von Bodenhausen. Bei schlechtem Wetter bleibe ich im

Schloß – da gibt es so viel Schönes und Bemerkenswertes zu sehen.

Meine Herrin hört mich gern singen. Darüber bin ich froh, denn ich singe sehr gern, wenn es nicht vor vielen Zuhörern sein muß.

Was könnte ich Dir nur noch erzählen? Ach ja – die Dienerschaft hier! Du kannst Dir nicht denken, wie aufmerksam ich hier bedient werde. Wenn ich etwas fallen lasse, kommt ein Diener herbeigestürzt, um es aufzuheben. Will ich eine Tür öffnen, ist schon ein Diener zur Hand, ich darf beinahe nichts selbst tun als essen und schlafen. Sogar eine eigene Zofe habe ich, die mich frisieren und ankleiden muß. Das Stillhalten fällt mir oft schwerer, als wenn ich alles selbst mache. Aber meine Herrin will es so, ich soll doch ganz Dame sein. Und wenn einmal etwas zu meiner Kleidung fehlt, meldet es Betty, meine Zofe, schnell der Kammerfrau der Gräfin, und gleich wird es bestellt. Du würdest Deine arme kleine Bettelprinzeß, die immer Loris abgetragene Kleider tragen mußte, gar nicht wiedererkennen. Ich komme mir selbst oft so fremd vor und mache eine höfliche Verbeugung vor meinem eigenen Spiegelbild. Ob ich doch vielleicht verzaubert und in ein Märchenschloß geraten bin?

Von meiner Freundin Susi v. Bredow bekomme ich oft liebe Briefe. Das Gut ihrer Eltern liegt gar nicht weit von Hochberg entfernt und sie hofft, daß wir uns einmal wiedersehen können. Das wäre natürlich sehr schön. Susi hatte ich am liebsten von allen Mädchen.

Nun will ich aber meinen langen Brief schließen, denn es ist sehr spät geworden, und gleich schlägt die

Geisterstunde. Ich will nun in mein schönes rosa Himmelbett schlüpfen – es ist fast so groß wie meine ganze Kammer in Bodenhausen und ich kann mich darin kreuz und quer legen. Nun gute Nacht, liebe Gute, und schreibe bald wieder

Deiner dankbaren Liselotte.«

Wochen und Monate waren vergangen. Liselotte war schon ganz heimisch im Schlosse geworden. Sie hatte sich so an das neue Leben gewöhnt, als sei es nie anders gewesen. Ein inniges Verhältnis herrschte zwischen ihr und Gräfin Katharina.

Eines Tages stand Liselotte, wie schon oft, im Ahnensaal des Schlosses und schaute in Gedanken versunken zu dem Bildnis des Grafen Botho empor. Es war ein regnerischer Tag, und da die Gräfin sich zur Mittagsruhe zurückgezogen hatte, vertrieb sich Liselotte die Zeit damit, die Gemälde zu betrachten.

Über das Anschauen des Bildes hatte sie vergessen, auf die Zeit zu achten. Sie sah auch nicht, daß Gräfin Katharina eintrat und sie voll Rührung vor dem Bilde ihres Vaters stehen sah. Erst als die Gräfin herbeikam, sah sich Liselotte nach ihr um.

»O – Frau Gräfin haben wohl schon auf mich gewartet?« fragte sie, erschrocken nach ihrer Uhr sehend.

Die Gräfin schüttelte den Kopf und legte ihren Arm um Liselottes Schultern. »Nein, nein, es ist noch Zeit. Sie betrachten sich wohl die Ahnenbilder, Liselotte?«

»Ja, Frau Gräfin, das tue ich oft. Hauptsächlich dieses Bild zieht mich immer wieder hierher. Es ist so lebendig – mir ist oft, als rede es mit mir.«

Die Augen der Gräfin wurden feucht und sahen empor in das lebensvolle Gesicht ihres Sohnes.

»Also dies Bild spricht zu Ihnen, Liselotte? Es ist das Bild meines Sohnes, meines so früh verlorenen und schmerzlich beweinten einzigen Kindes.«

»Er ist so früh gestorben – so jung«, sagte Liselotte leise.

»Ja, kaum fünfunddreißig Jahre ist er alt geworden. Ruchlose Wilderer haben ihn mir getötet.«

Es lag ein so tiefer Schmerz in den Worten der Gräfin, daß Liselotte ihre Hand unwillkürlich wie tröstend streichelte, und auch feuchte Augen bekam.

»O wie furchtbar muß das für Sie gewesen sein!«

Die Gräfin zog Liselotte auf eine gepolsterte Bank, die dem Bilde gegenüber unter dem Fenster stand.

»Ja, meine liebe Liselotte – um so furchtbarer, als mir das Leben meinen Sohn schon seit Jahren genommen hatte. Ich will Ihnen das einmal erzählen, gerade hier, unter seinem Bilde. Wollen Sie die Geschichte hören?« – »Gern, wenn ich sie hören darf.«

Gräfin Katharina erzählte nun, wie es gekommen war, daß Graf Botho von seinem Vater verstoßen worden war und wie sie selbst so unsagbar darunter gelitten hatte. So wenig als möglich suchte sie dabei ihren Gemahl anzuklagen, sie suchte Liselotte begreiflich zu machen, daß er nicht anders hatte handeln können nach seiner Wesensart und daß er selbst am meisten darunter gelitten hatte.

»Vielleicht«, schloß sie ihren Bericht, »wäre es damals doch noch zu einer Versöhnung zwischen Vater und Sohn gekommen. Aber da brachten sie uns den Sohn, tödlich getroffen von der Kugel eines Wilderers, heim, und mein Gemahl verhärtete sich in seinem Schmerz noch mehr gegen die Witwe seines Sohnes und erlaubte auch mir nicht, ihr näherzutreten.«

Daß ihr Sohn eine Tochter hinterlassen hatte, verriet die Gräfin nicht.

Liselotte hatte atemlos gelauscht. Ihr junges Herz war voll Mitleid und Teilnahme.

»Ach, wie schrecklich müssen Sie gelitten haben, Frau Gräfin«, sagte sie mit bebender Stimme.

Die Gräfin seufzte. »Ja, Kind, in solch schweren Stunden hadert man mit Gott und den Menschen. Da bricht man zusammen in bitterer Not.«

»Und darf ich wissen, was aus der Witwe des Grafen Botho geworden ist?« fragte Liselotte, in das schöne Gesicht des jungen Offiziers blickend.

Die Gräfin strich sich über die Augen. »Mein Gemahl wollte in seiner Bitterkeit nichts von ihr hören und hat sie nicht anerkannt. Auch ich durfte mich nicht um sie kümmern, so gern ich es getan hätte. Baron Rainau, der Freund meines Sohnes, wollte sich ihrer annehmen, als ich nach dem Tode meines Sohnes noch krank darniederlag. Da war sie aber aus ihrer Wohnung verschwunden, niemand wußte, wohin. Erst auf seinem Krankenbett gab mein Gemahl seinen Groll gegen sie auf und gestattete mir, an der Ärmsten alles gutzumachen. Ich sollte sie nach Schloß Hochberg rufen, sie in ihre Rechte einsetzen – aber da war es zu spät. Als ich ihren Aufenthalt ermittelt hatte, erfuhr ich, daß sie längst meinem Sohn in den Tod gefolgt war. Und ich hatte nichts davon gewußt.«

Keine Ahnung kam Liselotte, daß sie soeben die Geschichte ihrer Eltern gehört hatte. Aber ihre junge Seele war voll Mitleid. Wie sehr mußte Graf Botho das arme Bürgermädchen geliebt haben, daß er sie, allem zum Trotz, zu seiner Frau gemacht hatte. Und so bald hatte der Tod dieses Band gelöst. Auch mit Gräfin Katharina fühlte sie tiefes Mitleid.

»Und nun sind Sie so ganz allein zurückgeblieben auf der Welt, haben keinen lieben Menschen behalten«, sagte sie, der Gräfin die Hand küssend. Diese zog Liselotte an sich und küßte ihre Stirn. Sie sah dabei zum Bild ihres Sohnes empor. Ein Sonnenstrahl teilte draußen die Regenwolken und huschte über das Bild wie ein Lächeln.

»Jetzt habe ich ja meine kleine Liselotte, die wie ein warmer Sonnenstrahl meine Einsamkeit erhellt. Ach, Kind, liebes Kind – wenn Sie wüßten, wie viel Sie mir geworden sind. Nicht wahr, Sie haben mich auch ein wenig liebgewonnen?«

»Ja, Frau Gräfin – sehr lieb. Das ist gekommen, ohne daß ich etwas dazu tun konnte. Ich hätte Sie lieben müssen, auch wenn sie es mir nicht gestattet hätten.«

Hastig wischte die Gräfin die Tränen aus den Augen.

»Um so besser, liebes Kind. Und nun kommen Sie noch ein Stündchen hinaus in den Park. Die Sonne bricht durch die Wolken und Sie waren heute noch nicht im Freien.«

Sich auf Liselottes Arm stützend, schritt die Gräfin

mit ihr hinaus. Der Park hatte schon viel entlaubte Bäume und in großen Haufen waren die welken Blätter zusammengefegt worden.

»Bald wird der Winter seinen Einzug halten, Liselotte. Dann wird es noch stiller und einsamer in Schloß Hochberg. Aber nächstes Jahr, wenn die Trauerzeit vorüber ist, dann wollen wir uns hier nicht mehr so allein einspinnen, dann sollen wieder fröhliche Menschen in Hochberg aus- und eingehen«, sagte die Gräfin.

Liselotte sehnte sich aber gar nicht nach Verkehr. Sie fand es so schön und friedlich hier und hatte niemals Langeweile. Sie freute sich zwar, wenn Baron Rainau mit seiner Gemahlin zu Besuch kamen, denn diese beiden Menschen waren sehr lieb und gut mit ihr. Sie hatten auch einige Male ihren Sohn mitgebracht, einen lustigen Studenten, der ungefähr in Liselottes Alter war und voll Übermut mit ihr gescherzt hatte. Wenn dieser wieder Urlaub hatte und mit nach Hochberg kam, wollte sie sich freuen. Aber sonst verlangte sie nicht nach fremden Menschen.

Das sagte sie aber nicht. Sie ahnte ja nicht, daß die Gräfin nur ihretwegen wieder ein regeres Leben in Schloß Hochberg einführen wollte. –

So vergingen die Tage, und der Winter zog ins Land. Wenn der Schnee sich ringsum über Berg und Tal legte, hatte man ein wundervolles Bild vor sich. Durch die entlaubten Bäume des Parkes konnte man jetzt viel weiter sehen als im Sommer.

Liselotte bekam ab und zu Briefe von ihren Lieben. Fräulein Herter schrieb regelmäßig, auch Frau Schulz schwang sich zuweilen zu einem ausführlichen Brief auf. Ab und zu sandte auch Baron Bodenhausen ein kurzes Schreiben, in dem er sich nach Liselottes Ergehen erkundigte. Liselotte freute sich immer sehr über diese Zeichen des Gedenkens. Susi v. Bredow schrieb auch oft ihre lustigen Briefe und auch von Winnifred Balfort war schon zweimal ein Lebenszeichen eingetroffen. Über all diese Nachrichten sprach sie offen mit Gräfin Katharina, die an allem regen Anteil nahm.

Am meisten freute sich Liselotte jedoch, wenn zuweilen eine Ansichtskarte von Junker Hans kam. Darauf stand immer nur: »Herzliche Grüße sendet Ihnen, liebe Liselotte, Ihr Hans Bodenhausen.«

Aber wenn Gräfin Katharina ihr dann eine solche Karte aus der Posttasche reichte, dann flog immer eine jähe Röte über ihr Antlitz. Und Gräfin Katharina beobachtete sie dann und machte sich über dieses Erröten ihre besonderen Gedanken.

Wenn sie dem Baron und der Baronin Bodenhausen über ihr Ergehen berichtete, bat sie stets, daß sie einen Gruß an Junker Hans und Baronesse Lori bestellen möchten.

Lori ließ nie etwas von sich hören, aber das hatte Liselotte auch nicht anders erwartet.

Gräfin Katharina verstand es, sich Liselottes Liebe und Vertrauen mehr und mehr zu erringen. Es lag eine so echt mütterliche Liebe und Güte in ihrem Wesen, daß Liselotte sich oft schon hätte in ihre Arme werfen mögen. Sie wagte es nur nicht. Aber sonst zeigte sie ihr offen ihre Liebe und Verehrung.

Ihr war, als könnte sie dieser gütigen Frau ihre geheimsten Gedanken und Wünsche anvertrauen.

Sie mußte der Gräfin auch immer wieder alle Einzelheiten aus ihrem Leben erzählen, und noch nie hatte sich Liselotte so rückhaltlos über alles ausgesprochen, was sie erlebt und erduldet hatte, als zu Gräfin Katharina. Nie wurde diese müde, zuzuhören. Ganz ausführlich mußte Liselotte werden. Von ihrer frühesten Kindheit an war der Gräfin jede Kleinigkeit wichtig. Auch alle Erlebnisse aus dem Töchterheim mußte sie berichten. Die Szene, wo Susi v. Bredow zum ersten Mal so ernstlich für Liselotte eingetreten war und sich als ihre Freundin erklärt hatte, mußte Liselotte immer wieder schildern.

Und einmal sagte die Gräfin ganz böse:

»Dieser Baronesse Lori möchte ich wohl einmal einen gründlichen Denkzettel geben dafür, daß sie so garstig zu Ihnen war, mein armes, liebes Kind.«

Aber Liselotte fand dann noch immer entschuldigende Worte für Lori. Sie vergaß nie, daß diese die Tochter ihrer Wohltäter und die Schwester von Junker Hans war.

Dieser wurde der Gräfin von Liselotte natürlich in den leuchtendsten Farben geschildert. Als sie erzählte, wie Junker Hans ihr damals zum Gartenfest einen Teller voll Süßigkeiten gebracht und mit ihr die Zeichensprache verabredet hatte, da bekam die Gräfin feuchte Augen. Und sie nahm sich vor, allen Menschen, die Liselotte Gutes erwiesen hatten, ihre Dankbarkeit zu beweisen.

Von einem sprach aber Liselotte auch der Gräfin

Katharina nicht – von jener Szene im Arbeitszimmer des Barons, wo sie Junker Hans das Geld gegeben hatte. Das blieb ihr Geheimnis.

Schneller als man dachte, verging die Zeit bis zu Liselottes achtzehntem Geburtstag.

Am Morgen desselben kam Liselotte wie sonst zum Frühstück herunter. Sie fand heute die Gräfin schon ihrer wartend da.

Erschrocken eilte Liselotte zum Frühstückstisch, um sie zu bedienen. »Ich bitte sehr um Entschuldigung, Frau Gräfin, daß ich zu spät komme«, sagte sie bittend.

Gräfin Katharina sah sehr blaß und erregt aus, suchte aber ruhig zu scheinen. »Sie kommen nicht zu spät, mein liebes Kind. Ich hatte nur eine unruhige Nacht und kam früher als sonst herunter.« Während sie von Liselotte liebevoll bedient wurde, sah die Gräfin mit einem seltsamen Blick zu ihr auf.

»Kind – warum haben Sie heute nicht ein Festkleid angelegt?« fragte sie.

Liselotte sah sie erstaunt an.

»Ein Festkleid, Frau Gräfin?«

»Nun ja – heute ist doch ein Festtag für Sie. Den achtzehnten Geburtstag sieht man doch als ein wichtiges und freudiges Ereignis an, nicht wahr?«

Liselotte lächelte errötend.

»Ach – Frau Gräfin wissen?«

»Ja, Liselotte – ich habe mir den fünfundzwanzigsten Februar sehr genau gemerkt. Baron Bodenhausen hat mir damals, als ich Sie entführte, ein Päckchen mit Schriftsachen für Sie gegeben. Die hat Ihre Mutter mit der Bestimmung hinterlassen, daß sie Ihnen zu ihrem achtzehnten Geburtstag ausgeliefert werden. Nun frühstücken Sie nur erst. Und dann müssen Sie ein weißes Festgewand anlegen. Ich möchte Sie heute in Weiß und festlich geschmückt sehen. Dann kommen Sie zu mir in meinen kleinen Salon. Dort sollen Sie die Papiere erhalten. Ich möchte, daß Sie sie in meiner Gegenwart lesen. Es sind auch schon Briefe und kleine Sendungen für Sie angekommen. Erst müssen Sie aber ordentlich frühstücken.« – Liselotte lächelte.

»Ach, Frau Gräfin – so viel Umstände sind nie mit meinem Geburtstage gemacht worden«, sagte sie, aber doch ein wenig erregt.

Sie war ja so gespannt, ob auch von Junker Hans ein Lebenszeichen gekommen war. Und daß sie von ihrer lieben Mutter ein Vermächtnis erhalten sollte, regte sie auch ein wenig auf, wenn sie auch keine Ahnung hatte, wie sehr dieses Vermächtnis ihr ganzes Leben ändern sollte.

Sehr wichtig war ihr heute das Frühstück nicht und die Gräfin brachte auch kaum einige Bissen hinunter.

Gleich nach dem Frühstück eilte Liselotte auf ihr Zimmer. Da hatte ihr Betty auf Befehl der Gräfin schon eines ihrer schönsten Kleider aus weißer Seide und Spitzen zurechtgelegt und half der jungen Dame geschickt und schnell hinein.

Als Liselotte fertig war, brachte ihr Betty auch noch zwei wunderschöne Rosen, die aus dem Gewächshaus herübergeschickt worden waren. Die Rosen befestigte ihr Betty am Gürtel. »So, nun sehen gnädiges Fräulein ganz festlich aus, wie Frau Gräfin wünschten«, sagte sie, Liselotte befriedigt betrachtend.

Diese seufzte beklommen auf.

»Ach, Betty – mir ist heute so ganz sonderbar zumute«, sagte sie leise und verzagt.

Betty lachte.

»Wenn gnädiges Fräulein nun erst die vielen schönen Geschenke sehen, die Frau Gräfin für Sie aufgebaut haben, dann werden sich gnädiges Fräulein schon freuen«, sagte sie schelmisch.

Liselotte begab sich nun zur Gräfin.

Gräfin Katharina saß in einem hohen Sessel am Kamin. Sie deutete wortlos auf einen Sessel, der neben ihr stand. Dort mußte sich Liselotte niederlassen. Zwischen ihnen stand ein kleines Tischchen. Darauf lag der versiegelte dicke Umschlag mit den Papieren, die Maria Hochberg ihrer Tochter hinterlassen hatte.

Die Gräfin faßte Liselottes Hand.

»Mein liebes Kind, jetzt müssen sie recht tapfer sein und ruhig bleiben. Ich glaube, Sie werden aus diesen Papieren etwas erfahren, was Sie ein wenig beunruhigen wird. Nun bitte – lesen Sie – ich werde ganz still warten, bis Sie zu Ende sind.«

Beklommen und ein wenig verzagt faßte Liselotte nach dem Päckchen. Sie sah in das blasse, zuckende Gesicht der Gräfin und wunderte sich, daß deren Hände so zitterten.

Befangen und zögernd löste sie das Siegel und öffnete den Umschlag. Er enthielt mehrere Papiere und ein Bild.

Nach diesem Bild faßte Liselotte zuerst. Aber kaum

hatte sie einen Blick darauf geworfen, da stieß sie einen leisen Schrei aus.

»Mein Gott – das ist doch – aber nein – das kann ja nicht sein – wie käme meine Mutter zu dem Bilde des Grafen Botho?« stammelte sie fassungslos.

Die Gräfin nahm ihr das Bild aus der Hand. Sie konnte nicht sprechen, deutete nur stumm auf die Papiere.

In höchster Aufregung sah Liselotte diese Papiere durch. Ihr Herz klopfte zum Zerspringen. Es war der Trauschein ihrer Eltern und noch allerlei auf ihre Herkunft bezügliche Papiere. Dabei lag ein Brief ihrer Mutter an sie selbst. Den las sie mit einem seltsamen Gefühl. Er lautete:

»Mein heißgeliebtes Kind! Wenn Dir diese Papiere einst an Deinem achtzehnten Geburtstag von fremder Hand gegeben werden, dann ist Deine Mutter schon Deinem teuren und unvergeßlichen Vater in den Tod gefolgt. Mich hat nach seinem Tode nichts mehr am Leben gehalten als die Sorge um Dich, mein Liebling. Aber mein Herz ist gebrochen an dem Tage, da ich die Kunde erhielt vom Tode Deines Vaters, der von Wilderern erschossen worden ist. Und ich glaube, meine Kraft reicht nicht mehr weit.

Wer Dein Vater war, das erfährst Du aus den beiliegenden Papieren. Ich habe nach seinem Tod den Titel abgelegt, zu dem mich die Heirat mit Deinem Vater berechtigte. Seine Eltern haben mich nicht als die Gattin ihres Sohnes anerkannt, gegen ihren Willen vermählten wir uns, weil wir nicht voneinander lassen konnten. Ich zürne seinen Eltern darum nicht, daß sie nichts von mir wissen wollten. Dein Vater wollte versuchen, sie mit uns zu versöhnen – da traf ihn die Kugel eines Wilddiebs.

Was Dir nun das Leben auch bringen wird, mein geliebtes Kind, bleibe immer dessen eingedenk, daß Du die Tochter Deines edlen Vaters bist. Bleibe immer gut und brav. Ob Du jemals durch diese Papiere ein Anrecht geltend machen willst an Deine Großeltern, das überlasse ich Dir. Ich mag nichts von ihnen annehmen und habe mich in die Einsamkeit zurückgezogen, damit ich ihnen ganz aus den Augen komme. Dein Stolz und Dein Herz werden Dir den rechten Weg zeigen. Auf jeden Fall hast Du das Recht, Dich eine Gräfin Hochberg zu nennen, und dies Recht beweisen die beiliegenden Papiere, bei denen Du auch eine ausführliche Aufzeichnung über das Leben und Schicksal Deiner Eltern finden wirst.

Was auch kommen mag, mein geliebtes Kind, der Segen Deiner Eltern begleitet Dich auf allen Wegen. Vielleicht ist es Dir einst vergönnt, auch am Grabe Deines Vaters zu beten, was mir zu meinem tiefsten Herzeleid versagt blieb. Er ist in der Gruft seiner Vorfahren auf Schloß Hochberg beerdigt worden. Stehst Du an seinem Grabe, dann gedenke auch meiner. Behüt Dich Gott, meine Liselotte.

In treuer Liebe
Deine Mutter, Maria Gräfin Hochberg.«

Liselotte sah auf dies Schreiben herab wie gelähmt. Die widerstreitendsten Empfindungen stürmten auf sie ein. Mit einem unbeschreiblichen hilflosen Blick sah sie auf das Gesicht der Gräfin Katharina. Sie gedachte dessen, was diese ihr erzählt hatte von ihrem Sohn. Und plötzlich war ihr klar, warum die Gräfin so unermeßlich gut und liebevoll zu ihr gewesen war.

Sie blickte mit großen, bangen Augen in das zukkende Gesicht der alten Dame. Diese breitete in stummem Sehnen die Arme aus, ihrem Enkelkind entgegen. Da erhob sich Liselotte taumelnd und brach vor der Gräfin auf die Knie.

»Großmutter – liebe Großmutter – nicht wahr – du bist meine liebe, liebe Großmutter?« stammelte sie fassungslos und barg schluchzend ihr Antlitz in dem Schoß der alten Dame.

Innig umfaßte die Gräfin das schluchzende Mädchen. Lange hielten sie einander fest umschlungen, küßten sich und sahen sich in die Augen.

Immer wieder mußte Liselotte fragen:

»Ist es nur wahr, bist du meine Großmutter und war Graf Botho mein lieber Vater?«

Die Gräfin nickte und strich ihr zärtlich beruhigend das Haar. Und dann sagte sie, sich fassend:

»Ja, mein herzliebes Kind. Gleich nach dem Tod deines Großvaters machte ich mich auf, dich und deine Mutter zu suchen: Ich fand leider nur dich, deiner armen Mutter Grab war alles, was ich noch von ihr gefunden habe. Dich wollte ich nicht gleich mit der ganzen Wahrheit erschrecken, wollte mir erst deine Liebe gewinnen. Als ich von Frau Schulz hörte, daß du in Stellung gehen solltest, faßte ich den Plan, dich vorläufig als meine Gesellschafterin mit mir zu nehmen. Ach, mein herzliebes Kind, wie glücklich bin ich, daß ich Dich nun in meinen Armen halten darf. So sehnsüchtig habe ich darauf gewartet. Nun bist du keine arme Bettelprinzeß mehr, sondern die reiche Komtesse Hochberg-Lindeck, meine einzige Erbin. Noch heute werde ich dich den Beamten und Dienern unseres Hauses als meine Enkelin und künftige Herrin von Hochberg vorstellen. Nur meine Kammerfrau wußte, wer du bist, und auch Baron Rainau und seine Familie. Ach, Liselotte, daß ich dich nun endlich an meinem Herzen halten kann! Sag, hast du deine Großmutter lieb?«

Liselotte nickte unter Tränen und schmiegte sich in ihre Arme.

»Ach, so sehr, so sehr! Wie oft habe ich mir gewünscht, dich zu umarmen und zu küssen. Ich wagte es nur nicht. So lieb habe ich dich gewonnen. Wie eine liebe Mutter schienst du mir oft. Und ich konnte und konnte nicht begreifen, warum du so einzig gut zu mir warst.«

»Aber nun begreifst du es, nicht wahr?«

»Ja, nun ist mir alles klar. Und nun laß uns zusammen zu dem Bilde meines Vaters gehen. Weiß ich doch nun, was mich immer zu ihm hinzog.

Ach – wenn doch das mein armes Mütterchen noch erlebt hätte! Nun schläft sie so weit von uns entfernt auf dem Bodenhausener Friedhof.«

»Nicht lange mehr, mein Kind. Als ich an ihrem Grabe betete, hab ich mir gelobt, daß sie wenigstens im Tode ihren Einzug halten soll in Schloß Hochberg.

Sie soll an der Seite deines Vaters ihren Ruheplatz finden. Im Frühjahr lassen wir ihre sterblichen Überreste nach hier überführen.«

Hand in Hand traten Großmutter und Enkelin vor das Bild des Grafen Botho. Und dann führte die Gräfin Liselotte vor das Bild des Grafen Armin.

»Da bringe ich dir deine Enkelin, Armin. Hättest du sie doch an dein Herz drücken können, ehe du starbst!« sagte sie leise.

Und zu Liselotte gewendet fuhr sie fort: »Zürne deinem Großvater nicht, mein liebes Kind, daß er so hart und stolz war, er hat selbst darunter gelitten.«

Liselotte nahm die beiden Rosen aus ihrem Gürtel. Die eine befestigte sie am Bilde des Grafen Armin.

»Ich zürne ihm gewiß nicht, sondern beklage ihn von Herzen. Die Rose soll nicht die letzte sein, die ich seinem Gedenken weihe. Und diese andere bekommt mein lieber Vater.«

Sie befestigte die andere Rose am Bilde ihres Vaters. –

Inzwischen hatten sich auf Befehl der Gräfin in der großen Halle die Beamten und Diener versammelt. Liselotte an der Hand führend, trat die Gräfin in ihre Mitte.

»Ich stelle Ihnen allen hier meine Enkelin, die Tochter meines Sohnes, des Grafen Botho, und seiner Gemahlin, der Gräfin Maria vor. Die Komtesse Liselotte Hochberg-Lindeck wird die künftige Herrin von Hochberg sein. Sie wissen jetzt, weshalb ich von Ihnen allen wünschte, daß ihre Wünsche und Befehle zu beachten waren wie meine eigenen.«

Ein Raunen und Murmeln ging durch die Versammlung. Erstaunte Augen sahen von allen Seiten auf die weißgekleidete Mädchengestalt an der Seite der Gräfin Katharina.

Der Verwalter der gräflichen Güter faßte sich zuerst und trat vor.

»Ein Hoch der Komtesse Liselotte Hochberg-Lindeck und unserer jetzigen gütigen Herrin, der Gräfin Katharina von Hochberg-Lindeck!« So rief er laut und ein schallendes Hoch durchbrauste die Halle.

Liselotte erbebte und schmiegte sich an die Seite der Großmutter.

»Herr Verwalter, die Leute sollen heute alle einen Festtag haben zur Feier des achtzehnten Geburtstages meiner Enkelin. Bitte, veranlassen Sie mit dem Hausmeister Rößler alles weitere«, sagte die Gräfin laut und klar.

Wieder tönte ein lauter Hochruf durch die Halle.

Die Gräfin neigte lächelnd das Haupt. Auch Liselotte dankte nun freundlich und ein wenig zaghaft.

Dann zogen sich die beiden Damen zurück.

»Und nun sollst du endlich zu deinem Gabentisch kommen, mein liebes Kind«, sagte die Gräfin und führte Liselotte in ein schönes großes Zimmer. Da stand in der Mitte eine große Tafel. In deren Mitte brannten um einen Blumenkorb achtzehn Kerzen und ringsum war an Gaben aufgebaut, was Liebe nur ersinnen und Reichtum gewähren kann.

Liselotte stand wie benommen vor all der Pracht. Sie gedachte der Geburtstage in Bodenhausen. Da hatte kaum jemand darauf geachtet. Nur Fräulein Herter,

Tante Schulz und der lange Heinrich hatten sie mit Blumen und Kleinigkeiten erfreut. Freilich – Junker Hans hatte diesen Geburtstag nie vergessen. Irgendeine kleine Überraschung hatte er immer für sie gehabt.

Sie atmete tief auf. Und zwischen all den reichen Gaben suchten ihre Augen zuerst nach einem Lebenszeichen von Junker Hans. Und da sah sie auch schon ein flaches Päckchen vor sich liegen, dessen Adresse von seiner Hand geschrieben war. Danach faßte sie zuerst.

»Von Junker Hans!« rief sie, lieblich erglühend.

Gräfin Katharina sah das Erglühen und das Aufleuchten in Liselottes Augen. »Nun, mein Herzenskind – jetzt verlangt dich wohl danach, das Päckchen zu öffnen? Und du verlangst sicher auch danach, all diese Briefe zu lesen. Da ist einer von Baron Bodenhausen, einer von deinem lieben Fräulein und einer von deiner Freundin Susi. Und dies ist, scheint mir, die Handschrift deiner prächtigen Tante Schulz. Du siehst, alle haben an dich gedacht.«

Liselotte strich sich das Haar aus der heißen Stirn.

»Ach, was werden sie nur alle sagen, mein liebes Großmütterlein, wenn sie hören, was mit der armen Bettelprinzeß geschehen ist.«

Die Gräfin ließ sich lächelnd in einen Sessel nieder.

»Das werden wir sehen. Jetzt will ich hier ganz still sitzen und dich nicht stören, bis du deine Briefe alle gelesen hast. Nur ansehen will ich dich und mich an deinem Anblick freuen.«

Liselotte küßte sie innig. Dann öffnete sie das Päckchen von Junker Hans zuerst. Es enthielt ein Kästchen aus Pappe mit roten Rosen gefüllt, die in feuchtes Moos gepackt waren. Dabei lag ein Brief, den Liselotte mit bebenden Fingern öffnete und entfaltete. Er lautete:

»Meine liebe Liselotte! Gestatten Sie mir, daß ich Ihnen zu Ihrem achtzehnten Geburtstag die herzlichsten, innigsten Glückwünsche sende – und einige Rosen aus dem Bodenhausener Gewächshause. Es werden wohl die letzten sein, die ich hier pflücke, liebe Liselotte, denn Bodenhausen wird uns nicht lange mehr gehören. Darüber will ich Ihnen aber nichts schreiben, ich weiß, daß es Sie betrüben würde. Nur sagen will ich Ihnen, daß es nun wohl noch lange dauern wird, bis ich meine Schuld bei Ihnen abtragen kann.

Ich sollte eine reiche Erbin heiraten, Liselotte, und mein Vater hatte schon alles in die Wege geleitet. Aber so gern ich ihm und mir Bodenhausen erhalten hätte – um diesen Preis konnte ich es nicht tun. Ich kann keine Frau heiraten, die ich nicht liebe. Und daß mein Herz Ihnen gehört, Liselotte, das wissen Sie, nicht wahr, wissen es so sicher, als ich weiß, daß Ihr Herz mir gehört. Lassen Sie mich das heute ein einziges Mal aussprechen. Ich weiß, daß ich für jetzt keine Hoffnung daran knüpfen darf. Dieser Brief soll ein Abschied sein, vielleicht für immer. Ich werde in nächster Zeit ins Ausland gehen, wenn erst alles vorüber ist. Ich bin jetzt nur noch in Bodenhausen, um meinen Eltern so viel als möglich beizustehen. Mein Vater weiß, daß ich Sie liebe, Liselotte, ich habe es ihm gesagt, daß ich deshalb nie eine andere Frau nehmen kann. Er zürnt mir nicht, weil er mich versteht.

Ob es mir gelingen wird, mir ein bescheidenes Dasein zu gründen, wird die Zeit erst zeigen. Aber sollte es mir glücken, Liselotte, sollte ich so weit kommen, daß ich einer Frau an meiner Seite ein sicheres, wenn auch einfaches Los bieten könnte – dann will ich Sie fragen, Liselotte, ob Sie diese Frau sein wollen. Sie sind ja so bescheiden in Ihren Ansprüchen an das Leben, und wir würden auch in schlichten Verhältnissen glücklich sein, nicht wahr?

Aber bis dahin vergehen wohl Jahre. Ich kann nicht abreisen, ohne Ihnen gesagt zu haben, wie es in mir aussieht. Werden Sie mir eine Zeile schreiben, ob Sie mich lieb behalten und auf mich warten wollen? Darf ich Ihnen zuweilen schreiben über mein Ergehen? Mein Vater ist sehr elend, daß er Bodenhausen aufgeben muß, und meine Mutter nicht minder. Lori ist ganz außer sich und fassungslos, sie hat erst jetzt erfahren, wie es um uns steht, und sie macht mir heftige Vorwürfe, daß ich mich nicht geopfert habe. Aber ich konnte nicht, Liselotte, lieber arbeite ich im Schweiß meines Angesichts um mein täglich Brot. – Ich konnte Sie nicht vergessen, liebe, teure Liselotte.

Leben Sie wohl und senden Sie eine Zeile

Ihrem Sie herzlich liebenden
Hans Bodenhausen.«

Liselotte war in einen Sessel gesunken und drückte den Brief an ihr Herz, während Tränen über ihr Antlitz rannen. Glück und Schmerz stritten in ihrem Herzen um die Oberhand.

»Ach, Großmutter – liebe Großmutter!« rief sie erschüttert. Die Gräfin erhob sich schnell und beugte sich besorgt über sie.

»Was ist dir, mein Kind? Vertraue mir! Kann ich dir helfen?«

Liselotte reichte ihr schluchzend den Brief. »Da – lies selbst, liebe Großmutter, vor dir will ich kein Geheimnis haben. Du sollst wissen, was mich glücklich und unglücklich zugleich macht. Ach, Großmutter, ich liebe ihn ja so sehr – und nun ist er so unglücklich. Ach, wenn ich ihm doch helfen könnte.«

Gräfin Katharina zog Liselottes Köpfchen an sich und streichelte es, während sie den Brief las. Wie tiefe Rührung und Bewegung zuckte es in ihrem Gesicht. Die schlichten Worte des Junkers verrieten ihr, wie treu und selbstlos er Liselotte liebte.

Als sie zu Ende war, lächelte sie.

»Nur ruhig, mein Herzenskind, nur ruhig! Da sehe ich noch keine Ursache zum Verzagen. Junker Hans ist ein Ehrenmann und er ist wohl wert, daß ihm meine Liselotte ihr Herz geschenkt hat. Und bedenke doch nur, daß du jetzt nicht mehr die arme Bettelprinzeß bist, sondern eine sehr, sehr reiche Erbin. Es wird dir gar nicht schwerfallen, deinem geliebten Junker zu helfen und seinen Eltern auch.«

Liselotte hob die Augen zu ihr empor. Wie bange Hoffnung leuchtete es aus ihrem Blick.

»Er soll nicht ins Ausland gehen, liebste Großmutter!« flehte sie.

Lächelnd schüttelte die Gräfin den Kopf. »Nein, nein, wir lassen ihn gar nicht erst fort. So tüchtige Männer können wir in unserem deutschen Vaterland sehr gut brauchen. Vertraue mir nur, mein Herzenskind. Ich will doch meine Liselotte glücklich sehen. Und da sie es nur sein kann, wenn Junker Hans ihr dabei hilft und selbst glücklich ist, so muß ich mir wohl etwas ausdenken, wie ich euch beide glücklich machen kann. Laß mich das in Ruhe bedenken. Lies du inzwischen deine anderen Briefe. Aber halt – erst wollen wir eine Vase bringen lassen, damit du deine schönen Rosen in Wasser stellen kannst.« Sie klingelte und gab Befehl, eine mit Wasser gefüllte Vase zu bringen. Dahinein stellte Liselotte die Rosen, die sie erst schmeichelnd an ihre Lippen drückte.

Ihre Tränen waren versiegt. Sie vertraute den Worten der Großmutter. Es mußte ja noch alles gut werden.

Während die Gräfin sich wieder in ihren Sessel niederließ und nachdenklich vor sich hinsah, las Liselotte ihre anderen Briefe. Der von Frau Schulz hatte folgenden Inhalt:

»Meine liebe Liselotte! Zu Deinem Geburtstag wünsche ich Dir alles Gute und Schöne, was Du Dir nur selbst wünschen könntest. Auch von Heinrich soll ich Dir tausend Glückwünsche bestellen – unter tausend tut er's nicht. Er ist gerade beim Gläserspülen und ruft es mir herüber, damit ich's ja nicht vergesse.

Ich freue mich so sehr, daß es Dir so gut geht bei Deiner Frau Gräfin. Gott segne sie dafür, daß sie so gut zu Dir ist. In Bodenhausen, meine liebe Liselotte, ist es nun leider zum Krach gekommen, das wird Dein weiches Herz sehr betrüben. Heute in acht Tagen kommt es zur Versteigerung. Die Gläubiger wollen Bodenhausen verkaufen, damit sie zu ihrem Geld kommen. Für den Herrn Baron wird wohl kein Pfennig bleiben, die Gläubiger sagen, sie wollen froh sein, wenn der Kaufpreis ihre Forderungen so leidlich deckt. Ja, ja, meine liebe Liselotte, das ist nun sehr schlimm für die Familie des Barons. Junker Hans ist jetzt in Bodenhausen. Er hat eine reiche Erbin heiraten sollen, die er aber nicht mag. So lange hatten die Gläubiger noch gehofft, daß sich das alles durch die reiche Heirat des Junkers einrichten könne. Aber nun haben sie die Geduld verloren. Der Junker will ins Ausland. Na, er ist ja ein junger, gesunder Mensch und nicht auf den Kopf gefallen. Und sehr vernünftig und tüchtig ist er auch geworden, er wird sich schon durchbeißen. Aber wie es nun mit dem Baron und den beiden Damen wird, die nicht gewohnt sind, ein Staubtuch mit den feinen Händen anzufassen, das weiß Gott. Der Baronesse Lori geschieht ja recht, ich weiß, daß du das nicht hören willst, aber es ist doch so, sie hat es um Dich verdient, daß sie nun selber eine richtige Bettelprinzeß geworden ist. Aber ihre Eltern tun mir doch leid. Der Baron ist ein rechtlicher Mann, und was die Baronin ist, na, ein bißchen sehr stolz und hoffärtig war sie ja auch, aber doch eine gerechte Frau. Schlecht ist sie nicht, nur sehr leichtsinnig gewirtschaftet hat sie. Aber darüber will ich nicht richten und Dir das Herz noch schwerer machen.

Sei nur froh, daß du jetzt in so guter Stellung bist, Liselotte. Und bestelle der Frau Gräfin einen untertänigen Gruß und ich bin noch ganz stolz, daß mal eine richtige Gräfin in meiner ›Weißen Taube‹ gewohnt hat, wenn auch nur eine Nacht. Heinrich ist seitdem ganz rappelig geworden, er behauptet, bei Frau Schulz in der ›Weißen Taube‹ könnte auch der feinste, vornehmste Gast wohnen, wenn's darauf ankäme. Ganz breitspurig steht er sonntags vor dem Tore und erzählt den Gästen von der Frau Gräfin. Und auf Deine Bekanntschaft ist er nun noch stolzer, seit Du in einem Grafenschloß lebst.

Aber nun will ich schließen, so einen langen Brief hab ich wohl mein Lebtag noch nicht geschrieben. Leb wohl, meine liebe Liselotte, und vergiß uns nicht.

Deine alte Tante Schulz.«

Liselotte reichte auch diesen Brief der Gräfin hinüber.

»Ach, liebste Großmutter, in acht Tagen soll Bodenhausen schon unter den Hammer kommen. Und sicher bleibt Junker Hans dann nicht länger in Deutschland; wenn du doch helfen könntest«, sagte sie leise.

Die Gräfin zog sie an sich.

»Sei ganz unbesorgt, mein Kind, ich weiß schon, was ich tue. Überlasse alles mir, hörst du. Ich verspreche dir, daß alles gut wird. Du mußt aber auch ganz froh und heiter sein. Und versprich mir, daß du nichts nach Bodenhausen berichten willst, was du heute erfahren hast. Ich will mir eine kleine Überraschung vorbehalten. Schreibe nur an den Junker Hans, daß du seinen Brief erhalten hast samt seinen schönen Rosen – und was dir sonst dein Herz eingibt. Versprich ihm, daß du warten willst auf ihn, bis er dich heimführen kann. Aber verrate mit keinem Wort, daß du jetzt eine reiche Erbin und die Komtesse Hochberg bist. Willst du mir das versprechen?«

Liselotte umarmte sie innig.

»Alles verspreche ich dir, wenn du ihm nur hilfst und ihn nicht fortgehen läßt.«

»Das soll gewiß alles nach deinem Wunsch geschehen. Vertraue mir. Ich habe jetzt die Lebensaufgabe, zu deinem Glück beizutragen, was ich kann. Und ich bin auch Baron Bodenhausen viel Dank schuldig. Er hat dir all die Jahre eine Heimat gegeben und dir eine Erziehung angedeihen lassen, daß ich stolz sein kann auf meine Enkelin. Ohne sein Eingreifen in dein Schicksal hätte ich dich vielleicht auch als ungebildetes Dorfkind wiederfinden können, und das wäre mir sehr schmerzlich gewesen. Jetzt bietet sich mir eine Gelegenheit, meinen Dank abzutragen, und es soll geschehen, verlaß dich darauf.«

Baron Rainau und seine Gemahlin kamen heute auch nach Hochberg, um Liselotte zum Geburtstag zu beglückwünschen und sie endlich als Komtesse Hochberg zu begrüßen. Die Herrschaften blieben zu Tisch. Es gab heute eine besonders festlich geschmückte Tafel mit dem schweren alten Familiensilber.

Bei Tisch brachte Baron Rainau einen Trinkspruch aus auf das Wohl der jungen Komtesse, der Tochter seines unvergeßlichen Freundes.

Nach Tisch ging Liselotte mit der Baronin in das Zimmer, wo ihre Geschenke aufgebaut waren, um sie ihr zu zeigen. Die Gräfin blieb inzwischen mit Baron Rainau allein in ihrem traulichen kleinen Salon, in dem sie sich gern aufhielt.

»Lieber Baron«, sagte sie, »ich habe heute wieder einmal eine große Bitte an Sie.«

»Die ich selbstverständlich erfüllen werde, wenn es in meiner Macht steht«, erwiderte er herzlich. Sie reichte ihm die Hand.

»Ich weiß, Sie sind uns ein treuer Freund. Nun hören Sie mich an. Sie wissen, unter welchen Verhältnissen meine Enkelin aufgewachsen ist. Und nun will ich Ihnen auch ein zartes Geheimnis verraten. Liselotte und der junge Baron Bodenhausen lieben sich, trotzdem bisher alles gegen eine Verbindung der beiden jungen Menschen sprach. Jetzt ist das anders. Ich möchte Liselotte glücklich sehen und habe nichts gegen eine Verbindung einzuwenden, trotzdem Bodenhausen stark verschuldet ist und in den nächsten Tagen unter den Hammer kommen wird. Ich bin dem Baron viel Dank schuldig und habe beschlossen, Bodenhausen für meine Enkelin zu kaufen. Aber ich möchte vorläufig ein Geheimnis daraus machen. Es soll in Bodenhausen niemand wissen, wer der Käufer ist. Das habe ich mir als Überraschung vorbehalten. Und deshalb brauche ich eine Mittelsperson. Meinen Notar möchte ich mit dem Kaufe nicht betrauen, weil sein Name dem Baron bekannt ist, da er bei ihm über mich Erkundigungen einholte. Deshalb bitte ich Sie, Ihren Geschäftsführer mit dem Ankauf von Bodenhausen zu beauftragen. Er kann ja wissen, daß es in meinem Auftrag geschieht, soll aber unter keiner Bedingung den Namen des Käufers nennen. Es muß schnell geschehen, denn Bodenhausen kommt schon in den nächsten Tagen unter den Hammer. Wollen Sie die Güte haben, in dieser Angelegenheit mit dem Geschäftsführer zu verhandeln?«

»Aber das bedarf doch keines Wortes, verehrteste Frau Gräfin. Ich werde gleich heute noch meinem Geschäftsführer telefonieren, damit er mich morgen früh aufsucht, und ich ihm die nötigen Anweisungen geben kann.«

Die Gräfin nickte zustimmend.

»O sehr gut, lieber Baron. Aber ich habe noch allerlei Bestimmungen zu treffen. Auf jeden Fall will ich verhindern, daß der Baron mit seiner Familie Bodenhausen verläßt, und außerdem möchte ich der Baronesse, die so häßlich zu meiner Enkelin war, einen kleinen Denkzettel geben. Wie ich mir das alles gedacht habe, werde ich heute nicht mit Ihnen besprechen können. Am besten ist es wohl, ich komme morgen früh nach Rainau und wohne Ihrer Besprechung mit Ihrem Geschäftsführer bei. Da kann ich ihm selber noch meine Wünsche äußern. Liselotte soll erst davon erfahren, wenn der Kauf abgeschlossen ist.«

»Ich verstehe, verehrteste Gräfin, und ich werde Sie morgen vor Mittag in Rainau erwarten.«

Jetzt kamen Liselotte und die Baronin zurück und die Angelegenheit wurde nicht mehr erwähnt.

Am nächsten Tage fuhr die Gräfin nach Rainau, um

alles Nötige mit dem Baron und seinem Geschäftsführer, dem Notar Doktor Heller, zu besprechen.

In der großen Halle von Schloß Bodenhausen war eine Menge von Menschen versammelt. Heute sollte die Versteigerung von Bodenhausen stattfinden. Da waren allerlei fremde Gestalten aufgetaucht, die aus den verschiedenartigsten Gründen der Versteigerung beiwohnen wollten. Viele kamen nur aus Neugier.

Der Baron und seine Familie saßen mit blassen Gesichtern und in bedrückter Stimmung im Wohnzimmer. Bleich und verfallen, um Jahre gealtert, saß der Baron am Fenster und ließ seine Augen mit mattem Blick hinausschweifen. Ihm gegenüber hatte Junker Hans Platz genommen. Er trug einen schlichten Joppenanzug mit Reitstiefeln, denn er war eben erst von einem Ritt heimgekehrt. Auch sein Antlitz war bleich und er sah bedrückt auf die leise vor sich hinweinende Mutter.

Auf seinem Herzen trug er einen lieben Brief von Liselotte. Er enthielt so viele gute, tröstende Worte und die feste Zuversicht, daß trotz der schlimmen Tage, die ihm und seinen Lieben nun bevorstünden, doch noch alles gut werden würde. Zum Schluß hatte sie geschrieben: »Ich danke Ihnen so sehr, so aus tiefsten Herzen, daß Sie mir geschrieben haben, wie lieb ich Ihnen bin. Es macht mich unsagbar glücklich. Mein Herz gehört meinem lieben Junker Hans schon seit ich ihm als kleines Barfüßchen über den Weg lief, wenn es auch damals eine kindliche, unverstandene Neigung war. Sie ist mit mir gewachsen und füllt nun mein ganzes Herz. Ich werde in Treue warten, bis Sie mich eines Tages an Ihre Seite rufen. Dieser Tag wird der glücklichste meines Lebens sein. Weiter will ich Ihnen heute nichts sagen, als ein Behüt Gott auf allen Wegen.

In Liebe und Treue
Ihre Liselotte Hochberg.«

Dieser Brief hatte Junker Hans mit neuer Kraft erfüllt. Er wollte nun mutig tragen, was kommen mußte. Wenn nur die Mutter nicht so trostlos weinen wollte. Es tat ihm so furchtbar weh, daß er ihr nicht helfen konnte.

Lori saß auch mit blassem, verweintem Gesicht in einem Sessel und starrte vor sich hin. Sie konnte noch gar nicht fassen, daß sie verarmt waren, daß ihnen Bodenhausen genommen werden sollte. Was sollte nun aus ihnen werden? Wenn von draußen das Geräusch der fremden Menge hereindrang, preßte sie wie entsetzt die Hände an die Ohren.

Sie fürchtete sich namenlos vor der Armut, und ihr hochmütiges Herz litt unsäglich unter dem Bewußtsein der Verarmung. Es dünkte sie eine Schmach, arm zu sein. Und sie war so grenzenlos verwöhnt und konnte sich nicht denken, daß es ihr nun am Nötigsten fehlen würde. So saßen sie alle in dumpfer Bedrükkung und harrten der Dinge, die da kommen sollten.

Wieder drang lauter Lärm von draußen herein. Die Gläubiger und Makler stritten rücksichtslos miteinander und liefen im ganzen Schlosse umher, als habe der Baron schon kein Recht mehr daran.

Viele Kauflustige hatten sich nicht eingefunden, denn die Zeiten waren schlecht und Bargeld stand hoch im Werte. Die Gläubiger waren besorgt, ob wohl bei der Versteigerung genug herauskam, damit ihre Ansprüche befriedigt würden. Niemand dachte daran, was aus dem Baron und seiner Familie würde. Einige Nachbarn hielten sich still im Hintergrund. Sie waren gekommen, um dem Baron ein teilnehmendes Wort zu sagen und zugleich ihre Neugier zu befriedigen.

Wieder hielt sich Lori wie außer sich die Ohren zu.

»Diese Menschen! Sie tun, als wären sie schon die Herren von Bodenhausen!« rief sie erregt und verächtlich.

Ihr Vater sah sie mit kummervollen Augen an.

»Das sind sie auch, Lori. Du mußt dich an den Gedanken gewöhnen, daß uns hier kein Stein mehr gehört«, sagte er dumpf.

Sie riß zornig an ihrem Taschentuch.

»Oh, an all dem Elend ist nur die abscheuliche Bettelprinzeß schuld!« rief sie gehässig. »Hättet ihr sie doch nie in euer Haus aufgenommen.«

Junker Hans zuckte zusammen und wandte sich nach ihr um, als wollte er etwas sagen. Aber sein Vater kam ihm zuvor. »Was sind das für törichte Worte, Lori? Was kann Liselotte dafür, daß wir verarmt sind?«

Lori ballte die Hände.

»Nun, Mama hat mir doch gesagt, wenn sie Hans nicht den Kopf verdreht hätte, dann hätte er sich mit der reichen Erbin verheiratet und wir hätten nicht fortgehen müssen von Bodenhausen.« Wieder wollte Junker Hans sprechen, aber sein Vater winkte ihm zu.

»Laß sein, Hans! Ich werde Lori die rechte Antwort geben. Also höre zu, meine Tochter. Nur in meiner Angst, weil ich keinen anderen Ausweg sah, riet ich Hans dazu – sich zu verkaufen. Er wollte es tun, um uns zu retten, aber er war ein zu ehrlicher Mensch, um es zu können. Du hast kein Recht, ihm deshalb einen Vorwurf zu machen. Und noch weniger Recht hast du, Liselotte einen solchen zu machen. Sie ist ein edles, braves Mädchen, von dem du, mein Kind, recht viel hättest lernen können. Du hast es immer vorgezogen, verächtlich auf Liselotte herabzublicken, und möchtest ihr nun, wie immer, alle Schuld aufbürden. Gehe in dich und denke lieber daran, daß du jetzt nicht mehr bist als sie.« – Lori fing an zu weinen.

»So ist's recht, Papa, zanke du nun auch noch mit mir wegen diesem undankbaren Geschöpf, das euch alle Wohltaten so schlecht belohnt hat.«

Der Baron erhob sich und trat vor seine Tochter hin.

»Diesen Wahn, den dir dein Hochmut eingibt, laß nur fallen, Lori. Es ist dir vielleicht gut, wenn er dir endlich genommen wird. Und Mama kann das jetzt auch mit anhören. Was wir an Liselotte getan haben, ist wenig genug gewesen. Wir haben kaum etwas von ihrem Aufenthalt gemerkt. Sie trug deine abgelegten Kleider und aß sich an unserem Tisch mit satt. Fräulein Herter hat sie mit dir zusammen unterrichtet, ohne daß wir dafür einen Pfennig mehr ausgegeben hätten, und sie schlief in einem Kämmerchen, das sonst leergestanden hätte. Das einzige Mal, da wir eine größere Ausgabe für sie hatten, war, als sie mit dir nach Lausanne ging. Dafür aber – merke auf –

schulden wir ihr fünfzehntausend Mark, ihr mütterliches Erbe, das sie mir großherzig zur Verfügung stellte, als Ehre und Leben deines Bruders eines Tages bedroht waren. Und wir werden ihr dies Geld vielleicht nie wieder zurückzahlen können. Damit rechnet sie auch gar nicht. Ganz selbstverständlich hat sie ihren Notgroschen geopfert und sich noch glücklich gepriesen, daß wir das Geld annahmen. Und klaglos und geduldig ließ sie sich von dir mit Geringschätzung auch dann noch Bettelprinzeß nennen und verriet keinem Menschen, was sie für uns getan hat. Seit jenem Tage habe ich Liselotte liebgewonnen und hochschätzen gelernt, und ich kann deinen Bruder nur zu gut verstehen, daß er Liselotte liebt, die in ihrer sanften Bescheidenheit so hoch über manch anderer Frau steht. Du kannst dir ruhig an ihr ein Beispiel nehmen. Frage dich, ob du im gleichen Falle auch so edel gehandelt hättest. Und nun will ich nie wieder von dir ein verächtliches Wort über Liselotte hören, merke dir das. Suche dich lieber so tapfer in dein Schicksal zu fügen, wie sie es stets getan hat. Wir haben es jetzt alle zusammen sehr nötig, tapfer zu sein. Sei deiner armen Mutter eine liebevolle Stütze und mache deinem Bruder das Herz nicht noch schwerer, als es schon ist, durch deine unangebrachten Vorwürfe.«

Lori hörte erst mit Staunen und dann mit Erschrekken auf die ernsten Worte des Vaters. So hatte er noch nie zu ihr gesprochen. Und was er von Liselotte sagte, war ihr ganz unfaßbar. So sehr war sie immer von dem Gedanken durchdrungen gewesen, daß Liselotte ihnen Dank schuldig war. Und nun sollte es plötzlich umgekehrt sein. Das wollte ihr nicht in den Kopf, und ihr Groll auf Liselotte ließ sich nicht so leicht vertreiben. Sie duckte sich wohl unter den Worten des Vaters, aber zu überzeugen war sie nicht. Mit verkniffenem Gesicht saß sie da.

Auf die Baronin hatten die Worte ihres Mannes viel mehr gewirkt. Aber sie war jetzt zu sehr in ihre Sorgen vertieft, als daß sie hätte davon sprechen mögen.

Draußen war inzwischen eine gewisse Stille eingetreten. Sie lauschten hinaus und sahen sich an. Dann hörte man eine laute, einzelne Männerstimme reden. Darauf einige andere nacheinander und durcheinander. Das dauerte eine ganze Weile.

Und dann hörte man nach einer kurzen Stille das dumpfe Aufschlagen des Hammers.

Der Baron zuckte zusammen und Hans trat schnell neben ihn, legte seine Hand auf seinen Arm und sagte beruhigend: »Vater – lieber Vater!«

Der sah zu ihm auf und seine Augen waren feucht.

»Jetzt ist Bodenhausen einem Käufer zugesprochen worden – wir sind heimatlos. Ich war ein schlechter Wirtschafter, habe zu sehr aus dem vollen gelebt und nicht ans Sparen gedacht, als es noch Zeit war. Nun ist dein Erbe verlorengegangen.«

Auch die Baronin war zusammengezuckt. In ihrem Antlitz wechselten Röte und Blässe. Aber plötzlich erhob sie sich wie in einem festen Entschluß und trat ebenfalls zu ihrem Gatten. Sie nahm seine Hand.

»Mache dir nicht allein Vorwürfe – ich habe auch das meine getan, unsere Verhältnisse herabzubringen.

Aber diese letzten Jahre waren eine harte Schule für mich. Und nun will ich auch in Armut und Not zu dir stehen. Laß uns zusammen tragen, was nun kommen wird. Unsere Ehre wenigstens haben wir gerettet«, sagte sie leise, aber fest.

Da sprang der Baron wie neubelebt auf und zog sie in seine Arme.

»Hab Dank für dieses Wort, es hat mir gut getan in dieser schweren Stunde und gibt mir neuen Mut. Ich will arbeiten für Weib und Kind, Gott wird uns nicht verlassen.«

Gefaßt sahen sie nun dem Kommenden entgegen. Nur Lori trotzte und haderte noch mit dem Geschick und wollte sich nicht in das Unvermeidliche fügen.

Draußen lärmte es wieder durcheinander. Wirr und laut klangen verschiedene Stimmen zusammen. Aber endlich wurde es stiller. Dann fuhren verschiedene Wagen davon. – Und dann ließ sich dem Baron der Notar Doktor Heller melden.

Der Baron ließ ihn ins Wohnzimmer bitten.

Doktor Heller trat ein, ein schlanker, grauköpfiger Herr mit klugem Gesicht und scharfen Zügen. Eine goldene Brille saß auf seiner Nase. Er verneigte sich zuerst artig gegen die Damen und dann gegen die Herren. Zu dem Baron gewendet, sagte er höflich:

»Herr Baron, ich wollte Ihnen melden, daß ich Bodenhausen im Auftrag eines Klienten erworben habe. Es ist mir soeben in der Versteigerung zugesprochen worden.«

Der Baron verneigte sich gefaßt.

»Sie wollen uns wohl nun zugleich mitteilen, Herr

Doktor, daß wir nun Bodenhausen unverzüglich zu räumen haben?«

Der Notar schüttelte lächelnd den Kopf.

»O nein, damit hätte ich mich wohl kaum so sehr beeilt. Im Gegenteil – ich hoffe Ihnen einen Vorschlag machen zu können im Namen meines Klienten, der vorläufig ungenannt bleiben will, der Ihnen aber vielleicht nicht ganz unangenehm sein wird.«

Der Baron deutete auf einen Sessel.

»Bitte, nehmen Sie doch Platz, Herr Doktor, und lassen Sie hören, was Sie mir zu sagen haben.«

Der Notar ließ sich nieder und sah die vier Menschen der Reihe nach mit seinen klugen Augen an.

Dann sagte er verbindlich:

»Mein Klient ist durch anderweitige Verpflichtungen verhindert, Bodenhausen selbst zu bewirtschaften. Es liegt ihm viel daran, einen tüchtigen Verwalter dafür zu finden. Er glaubt, annehmen zu können, daß Sie, Herr Baron, Land und Leute genau kennen, der beste Verwalter für Bodenhausen sein würden, wenn Sie es über sich gewinnen könnten, als solcher in Bodenhausen zu bleiben. Mein Klient hat sich durch mich über alle Verhältnisse hier unterrichten lassen und ich habe ihm einige Hoffnungen gemacht, daß Sie sich dazu verstehen würden. Ich bin im Fall Ihrer Zusage ermächtigt, alles Weitere mit Ihnen zu vereinbaren. Wir könnten sogleich einen Vertrag auf Jahre hinaus abschließen, und ein entsprechendes Gehalt festsetzen. Also bitte – wollen Sie mir sagen, ob Sie Lust hätten, auf das Anerbieten einzugehen.«

Alle hatten mit Spannung seinen Worten gelauscht.

Der Baron sah seine Gattin und seinen Sohn an und ein tiefer, zitternder Atemzug hob seine Brust. Ihm war, als würde eine furchtbare Last von ihm genommen.

»Fragen Sie einen Ertrinkenden, ob er nach dem rettenden Tau greifen will, Herr Doktor? Wie einem solchen ist mir dieser Tage zumute gewesen. Ich stehe vor dem Nichts. So können Sie wohl ermessen, mit welchen Gefühlen ich Ihrem Anerbieten gegenüberstehe. Wenn Ihr Herr Klient das Vertrauen in mich setzen will, mir dies Amt zu übertragen, so nehme ich dies Anerbieten dankbar an. Und weiß Gott – ich will alles tun, Ihren Klienten zufriedenzustellen.«

So sagte er bewegt.

Der Notar verneigte sich.

»Schön, Herr Baron. Wir werden die Förmlichkeiten nachher erledigen. Jetzt habe ich noch einen anderen Vorschlag. Meinem Klienten ist Ihr Herr Sohn als ein außerordentlich ehrenwerter und tüchtiger Herr geschildert worden. Er weiß, daß er beabsichtigt, ins Ausland zu gehen. Mein Klient ist der Ansicht, daß wir auch in Deutschland tüchtige Männer sehr gut gebrauchen können. Wenn Ihr Herr Sohn sich entschließen könnte, ebenfalls in Bodenhausen zu bleiben und sich unter Ihrer Leitung auszubilden, so daß er später, wenn Sie einmal nicht mehr tatkräftig genug sind, Ihr Amt einnehmen könnte, so würde mein Klient auch Ihrem Herrn Sohn ein entsprechendes Gehalt aussetzen lassen. Und so wende ich mich an den jungen Herrn Baron mit der Frage, ob auch er in Bodenhausen bleiben will.«

Junker Hans trat mit blassem, erregtem Gesicht einen Schritt vor und sah von dem Notar auf seinen Vater und dann wieder auf den Notar.

»Ihr Herr Klient muß ein sehr edler und uns sehr freundlich gesinnter Herr sein, Herr Doktor. Wer so mit allen Fasern an der Heimat hängt und sie so schweren Herzens aufgibt wie ich, der läßt sich zu gern halten. Ich hoffe und wünsche nur, mich dieser Güte und dieses Vertrauens wert zeigen zu dürfen.«

Wieder neigte der Notar das Haupt.

»Davon ist mein Klient überzeugt, Herr Baron. Und nun weiter. Mein Klient weiß, daß auch eine erwachsene Tochter im Hause ist und nimmt als selbstverständlich an, daß auch diese das Ihre tun will, um die Verhältnisse aufzubessern. Er will auch für die Baronesse ein kleines Gehalt aussetzen. Dieselbe muß dann natürlich sich im Haushalt fleißig betätigen und sich als eine Art Wirtschafterin hier in Bodenhausen nützlich machen. Es soll ihr ein bestimmter Pflichtenkreis angewiesen werden, damit an ihrer Stelle eine Dienerin überflüssig wird.«

Dies hatte der Notar halb zu Lori, halb zu ihren Eltern gesagt. Die Baronesse bekam einen roten Kopf und fuhr entrüstet auf:

»Mein Herr, ich glaube, Sie vergessen, daß ich eine Baronesse Bodenhausen und nicht eine Angestellte bin«, sagte sie schroff.

Der Baron sah seine Tochter streng an.

»Du vergißt, Lori, daß du nicht mehr die Tochter des Herrn von Bodenhausen bist, sondern die eines angestellten Beamten. Es ist ganz selbstverständlich, daß du jetzt ebenfalls deinen Pflichtenkreis auszufüllen hast. Das Leben einer großen Dame kannst du jetzt nicht mehr führen. Deine Mutter wird und muß sich darin fügen, die Frau eines Beamten zu sein, die selbst mit Hand anlegen muß, wo es nötig ist. So mußt du dich auch fügen. Das hätte ich jetzt als selbstverständlich von dir verlangt. Herr Doktor, ich nehme auch für meine Tochter das Anerbieten Ihres Herrn Klienten an. Sein großherziges Vertrauen hat uns vor einer schlimmen, sorgenvollen Zukunft bewahrt und wir fügen uns dankbar und bedingungslos seinen Wünschen.«

Doktor Heller sah ein klein wenig spöttisch in das entrüstete Gesicht der Baronesse.

»Ich habe allerdings den Befehl, nur dann den Vertrag mit Ihnen abzuschließen, wenn die Bedingungen, die mein Klient stellt, restlos erfüllt werden. Baronesse werden sich also fügen müssen.«

»Sie wird es tun, Herr Doktor, dafür werde ich sorgen«, erwiderte der Baron bestimmt.

»Schön, Herr Baron. So können wir denn den Vertrag aufsetzen. Jetzt möchte ich Sie bitten, mich durch das Haus zu führen und mir sämtliche Räume zu zeigen. Mein Klient wird sich zuweilen vorübergehend in Bodenhausen aufhalten und ich habe Vollmacht, einige Räume, die mir passend erscheinen, für ihn zu belegen. Im großen ganzen werden Sie wohl Ihre Wohnräume im Schloß behalten können, doch muß ich mir einige mir notwendig scheinende Änderungen vorbehalten, in die Sie sich ebenfalls bedingungslos fügen müßten.«

»Selbstverständlich, Herr Doktor. Wenn Sie wünschen, können wir sogleich das Haus besichtigen.«

»Ich bitte darum. Vielleicht schließen sich die Damen und der junge Baron an, damit ich meine Wünsche Ihnen allen zugleich bekanntgeben kann.«

Das geschah. Lori folgte allerdings mit einem halb trotzigen, halb entsetzten Gesicht. Vor ihren Augen stand ein Schreckgespenst – sie sah sich im Geiste schon mit Staubtuch und Kochlöffel, zur Dienerin erniedrigt, hantieren. Und ihre Eltern standen ihr zu ihrer Entrüstung nicht bei, sondern schienen das selbstverständlich zu finden. Oh, wie sah es schlimm aus in dem hochmütigen Sinn Loris.

Aber ihre Eltern und Junker Hans folgten dem Doktor mit dankbaren, von schwerer Sorge befreiten Herzen.

Es ging nun durch das ganze Haus, von Zimmer zu Zimmer. Der Baron nannte jedesmal die bisherige Bestimmung des Raumes.

Bei den meisten Räumen sagte der Notar nach kurzer Prüfung:

»Das kann auch in Zukunft bleiben wie bisher.«

So behielten der Baron, die Baronin und Junker Hans ihre Zimmer für ihren Gebrauch. Nun kam man an die Zimmer der Baronesse.

Hier zögerte Doktor Heller länger als zuvor. Dann sagte er ruhig:

»Diese Zimmer wünsche ich für den neuen Besitzer von Bodenhausen. Sie müssen stets für ihn bereit sein.«

Wieder fuhr Lori empört auf.

»Aber das sind doch meine Zimmer, Herr Doktor. Wo soll ich denn wohnen?«

Der Notar sah sie mit scharfen Blicken an.

»Das werde ich bestimmen, wenn ich einen Raum finde, der sich für Sie eignet, Baronesse«, sagte er kurz, fast schroff.

Weiter ging es durch das Haus.

»Dies ist das Zimmer, in der die ehemalige Erzieherin meiner Tochter wohnte«, erklärte der Baron vor einer Tür. Und die nächste öffnend, fügte er hinzu: »Und in diesem kleinen Zimmer wohnte eine Pflegetochter von uns, ein angenommenes Kind. Sie ist jetzt nicht mehr im Hause. Auch dies Zimmerchen ist jetzt unbenutzt.«

Doktor Heller trat auf die Schwelle des schmalen Raumes.

»Ah – da ist ja also gleich ein passendes Zimmer für die Baronesse. Sie werden also das Zimmer Ihrer Pflegeschwester bewohnen, Baronesse«, sagte er kurz und bestimmt. – Lori wurde leichenblaß.

»In dieser elenden Kammer soll ich hausen?« stieß sie außer sich hervor. Mit einem unbeschreiblichen Lächeln sah sie Doktor Heller an.

»Warum nicht, Baronesse? Wenn Ihre Pflegeschwester darin wohnte, paßt es doch sehr nett für Sie. Ich bitte, uns nicht unnötig aufzuhalten.«

Lori wollte sich auflehnen, aber ihre Mutter faßte sie am Arm und sah sie warnend an. Sie fand, gleich ihrem Gatten, daß Doktor Heller Lori sehr ungleich ihnen gegenüber bedachte, aber sie nahmen an, daß Loris aufsässiges Wesen ihn gereizt hatte. Sie hatte es sich sicher selbst zuzuschreiben, daß er so streng mit ihr verfuhr. Die Baronin war viel zu glücklich, daß sie vor Not geschützt in Bodenhausen bleiben konnte, als daß sie sich zum Vorteil ihrer Tochter gegen Doktor Heller aufgelehnt hätte. Lori mußte sich eben fügen, und schließlich brauchte sie ja das kleine Zimmer nur als Schlafraum zu benutzen. Sonst standen ihr ja die anderen Zimmer noch als Aufenthalt offen.

Daß es sich nur um einen wohlverdienten Denkzettel für Lori handelte, der Doktor Heller von seinem Klienten vorgeschrieben war, ahnte niemand.

So mußte sich also Lori fügen, in die Kammer Liselottes überzusiedeln, das demütigte die hochmütige Baronesse natürlich sehr.

Im weiteren Verlauf der Verhandlungen zeigte sich Doktor Heller um so liebenswürdiger und entgegenkommender. Nur gegen die Baronesse behielt er einen schroffen Ton bei.

Zu des Barons heimlicher Freude und Genugtuung wurde ihm ein sehr anständiges Gehalt ausgesetzt. Auch Junker Hans wurde ein Gehalt zugesichert, das seine Erwartungen weit übertraf. Lori erhielt nur ein geringes Gehalt. Sie hätte es am liebsten zurückgewiesen, denn es erschien ihr schmachvoll, dadurch in eine dienende Abhängigkeit zu geraten. Sie fand es richtiger, sich von ihrem Vater erhalten zu lassen, als selbst etwas zu tun und zu verdienen. Aber sie wagte nicht mehr zu widersprechen. Doktor Hellers scharfe, spöttische Blicke jagten ihr Furcht ein. Sie wünschte sehnlichst, daß er erst wieder fort wäre. Keine Spur von Dankbarkeit war in ihrer Seele, daß sie mit den Eltern nicht heimatlos geworden war.

Doktor Heller blieb aber noch zwei Tage in Bodenhausen, um alles mit dem Baron und seinem Sohn zu besprechen. Es gab auch noch allerlei Beratungen zur Abwicklung der Geschäfte. Ehe er abreiste, teilte er dem Baron mit, daß sein Klient nach einigen Wochen, etwa um die Osterzeit, nach Bodenhausen kommen würde, um seinen neuen Besitz zu besichtigen und um vielleicht noch einige persönliche Wünsche vorzubringen. Der Baron versicherte, alles zum Empfang würdig vorzubereiten.

Lori war schweren Herzens und unter Tränen und Seufzen in Liselottes enge Kammer übergesiedelt. Die Baronin hatte wohl Mitleid mit ihr, konnte ihr jedoch nicht helfen. Sie versprach Lori jedoch, bei dem neuen Besitzer ein gutes Wort für sie einzulegen, wenn er an Ostern kam, daß er ihr wenigstens noch das Zimmer von Fräulein Herter zu der engen Kammer gab.

Aber Lori war untröstlich. Sie schämte sich vor der Dienerschaft, die ihre Sachen mit schadenfrohen Gesichtern in die enge Kammer brachte.

Es begann überhaupt eine schlimme Zeit für das hochmütige Mädchen. Sie mußte wirklich arbeiten, bekam ihren bestimmten Wirkungskreis, und Vater und Mutter hielten streng darauf, daß sie ihn auch ausfüllte. Die Eltern hatten in der letzten schweren Zeit eingesehen, daß Lori faul und untüchtig war, und daß es nur von Nutzen für sie sein konnte, wenn sie den Segen der Arbeit an sich selbst erkennen lernte. So konnte man die hochmütige Baronesse jetzt jeden

Tag, mit einer Schürze über dem Hauskleid, bei der Arbeit sehen. Sie verrichtete aber alles mit mürrischem Gesicht und mit Seufzen und Wehklagen. Und so blieb der Segen für sie aus. Mit Murren und Klagen an eine Arbeit zu gehen, macht sie zur Strafe und zur Qual.

Sich zu widersetzen wagte Lori aber nicht. Der Vater verlangte streng von ihr, daß sie ihre Pflicht erfüllte.

»Wenn du das nicht tun willst, so mußt du aus dem Hause gehen und dir dein Brot bei fremden Leuten verdienen«, sagte er zu ihr.

Das wäre Lori natürlich noch viel härter angekommen, und so fügte sie sich, wenn auch mit Widerwillen, in ihr Schicksal. Der Baron und seine Frau fanden sich überraschend schnell und leicht in die veränderten Verhältnisse. Gar zu sehr empfanden sie es nicht, daß sie jetzt in abhängiger Stellung waren, blieben sie doch in der alten Heimat, in der alten Umgebung. Und der Baron arbeitete jetzt mit Lust und Liebe, nun er der furchtbaren Geldsorgen ledig war. Die Baronin hatte sich sehr zu ihrem Vorteil geändert. Sie gab sich redlich Mühe, ihren Mann zu unterstützen und eine praktische, vernünftige Hausfrau zu werden. Sie griff selber tapfer mit zu und merkte zu ihrem eigenen Erstaunen, daß ihr das sehr gut bekam und daß sie sich zufriedener fühlte als seit langer Zeit. Es herrschte jetzt auch ein viel harmonischeres, innigeres Verhältnis zwischen ihr und ihrem Gatten.

Am glücklichsten war Junker Hans über das alles.

Mit einer Freudigkeit ohnegleichen ging er an seine Arbeit und schaffte fleißig von früh bis spät, um seinen Vater möglichst zu entlasten.

Gleich in den ersten Tagen schrieb er an Liselotte:

»Meine liebe, teure Liselotte! Ein gütiges Geschick hat uns alle vor dem Ärgsten bewahrt. Bodenhausen ist an einen neuen Besitzer verkauft worden, der uns aber nicht aus der geliebten Heimat trieb, sondern uns allen unter günstigen Bedingungen das Bleiben gestattete. Ich bin so unsagbar glücklich, daß meine Eltern nicht heimatlos geworden sind. Näheres schreibe ich Dir – nicht wahr, Liselotte, ich darf Dich wieder mit dem trauten Du anreden –, wenn ich mehr Zeit habe. Heute will ich Dir nur sagen, daß auch ich in Bodenhausen angestellt bin. Und wenn es auch noch lange dauert, bis ich imstande sein werde, Dich als meine liebe Frau heimzuführen, so haben wir doch die Hoffnung, daß es eines Tages geschehen wird. Wir sind noch jung und können warten. Und ich werde sehr fleißig sein, um mich emporzuarbeiten. Ich danke Dir für Deine lieben Worte. Dein Brief soll mir ein Talisman sein. Seit ich ihn besitze, ist das Unglück von mir gewichen.

Wirst Du mir zuweilen wieder schreiben? Ach, wenn uns doch erst einmal ein Wiedersehen beschieden wäre. Ich habe so große Sehnsucht nach Dir. Aber darauf muß ich wohl noch lange warten.

Meine Eltern lassen Dich herzlich grüßen. Sie sind ausgesöhnt mit ihrem Schicksal und werden Dich, wenn die Zeit gekommen ist, als ihre liebe Tochter aufnehmen. Du bist ihnen viel lieber geworden, als Du wohl denkst. Mama weiß jetzt, was Du für mich getan hast, und sie dankt es Dir, daß Du ihren Sohn vor dem Verderben bewahrtest.

Damit will ich heute schließen. Gott behüte Dich, meine herzliebe Liselotte.

Dein treuer Hans.«

Als Liselotte diesen Brief erhielt, wußte sie bereits von ihrer Großmutter, daß sie nun die Besitzerin von Bodenhausen war. »Das ist noch ein nachträgliches Geburtstagsgeschenk für dich, mein Herzkind«, hatte die alte Dame lächelnd gesagt. »Das Schicksal des Barons von Bodenhausen und seiner Familie liegt nun in deinen Händen. Sie sind jetzt bei dir in Lohn und Brot. Du sollst nun ganz frei über Bodenhausen verfügen.«

Ach, wie seltsam war Liselotte bei alledem zumute. Wenn sie frühmorgens aufwachte, mußte sie sich immer wieder erst besinnen, ob sie es nicht nur geträumt hatte, daß sie eine Komtesse Hochberg war. Die Großmutter hatte ihr auch erzählt, wie sie Lori gestraft hatte.

Ein klein wenig mußte Liselotte doch lächeln, wenn sie sich ausmalte, wie Lori sich bei der Arbeit anstellen würde, und wie sie sich in dem engen Kämmerchen ausnahm. Aber dann überwog doch schnell das Mitleid jede andere Empfindung.

»Ach, Großmutter, das wird Lori furchtbar hart ankommen. Nicht wahr, so streng willst du sie nicht auf die Dauer bestrafen, das soll nur eine kleine Strafe sein. Du erläßt sie ihr bald, ja?« sagte sie bittend.

Die Gräfin lächelte in ihr liebes, schönes Gesicht.

»Ei, hast du gar keine Freude daran, daß du der bösen Lori nun Gleiches mit Gleichem vergelten und sie für ihren Hochmut bestrafen kannst?«

Liselotte schüttelte den Kopf.

»Nein, liebe Großmutter. Sie tut mir leid. Ihr wird ganz schrecklich zumute sein in ihrem stolzen Sinn.«

Da küßte Gräfin Katharina ihre Enkelin sehr zärtlich.

»Du liebes, gutes Kind! Also du sollst Lori selbst von ihrer Strafe erlösen, wenn wir nach Bodenhausen reisen. Sobald wärmeres Wetter wird – ich denke in den Ostertagen – reisen wir. Ich freue mich schon auf die Überraschung, wenn ich die arme Bettelprinzeß als meine Enkelin und Herrin von Bodenhausen vorstellen kann. Was meinst du wohl, was dein Hans für ein Gesicht dazu macht?«

Ein sonniges Lächeln flog über Liselottes Gesicht.

»Er wird es nicht glauben wollen, daß ich eine Komtesse Hochberg bin.«

Die Gräfin lachte.

»Und am Ende mag er dich nun gar nicht mehr zur Frau, weil du eine reiche Erbin bist. Er hat sich doch so lange dagegen gewehrt, eine solche zu heiraten.«

Liselotte preßte ihre Wangen an den Arm der Großmutter.

»Ach, liebstes Großmütterlein, mich will er schon haben. Wir haben uns doch so lieb. Und ob reich oder arm, Komteß oder Bettelprinzeß, unsere Herzen gehören doch zusammen für alle Zeiten«, sagte sie innig.

»Dazu gebe Gott seinen Segen, mein Herzkind. Ich

möchte mich noch ein Weilchen an deinem Glücke freuen.« – Liselotte sah zu ihr auf.

»Großmütterlein, du hast mir schon so viel zuliebe getan – und noch immer habe ich einen Wunsch, einen großen Wunsch auf dem Herzen.«

»Nun, dann schnell heraus damit. Du glaubst nicht, was es mir für Freude macht, dir deine Wünsche zu erfüllen.«

Liselotte atmete tief auf.

»Ach, liebe, gute Großmutter – mein armes Fräulein – es geht ihr so schlecht in ihrer Stellung. Und ich bin ihr doch so viel Dank schuldig. Ich möchte so gern etwas für sie tun. Geht das nicht an?«

Die Gräfin streichelte lächelnd ihre Wange. »Hab ich mir nicht gedacht, daß so etwas herauskomme? Für dich selbst hast du keine Wünsche, immer nur für andere. Ich wette, du möchtest auch den guten langen Heinrich mit dem Flachskopf etwas Gutes tun und sicher auch der Tante Schulz ein recht schönes Geschenk mitnehmen, wenn wir nach Bodenhausen reisen.« Liselotte lachte.

»Wie du mich kennst, Großmütterlein. All meine Gedanken kannst du erraten.«

»Das ist nicht schwer, mein Herzkind. Also was meinst du dazu, wenn wir Fräulein Herter einladen, für immer nach Schloß Hochberg zu kommen? Wenn meine Liselotte erst hier mit ihrem Junker Hans herrscht, dann habe ich doch manchmal Langeweile. Ihr junges Volk fliegt dann zuweilen in die Welt hinaus und ich kann nicht mehr mitfliegen. Dann könnte mir dein Fräulein wohl eine gute Gesellschafterin sein.

Und wir könnten ihr dann das Leben angenehm und sorgenlos gestalten und eine große Dankesschuld abtragen. Wie gefällt dir das?«

Jubelnd umarmte Liselotte die Großmutter.

»Ach, himmlisch, himmlisch ist der Gedanke, Großmütterlein. Du Liebe, Gute, wie wird mein armes Fräulein sich freuen. Gleich nachher, wenn du deine Mittagsruhe hältst, schreibe ich ihr das.«

Die Gräfin nickte lächelnd.

»Ja, ja, das tue nur. Und für deinen Freund Heinrich darfst du dir auch etwas ausdenken. Auch, wie wir Frau Schulz eine Freude machen können. Und die lustige Susi v. Bredow ladest du dir zum Sommer auf einige Wochen nach Hochberg ein. Ich bin doch begierig, was der Wildfang hier für lustige Streiche anstellen wird. Bist du nun zufrieden?« Ach, Liselotte erdrückte die Großmutter fast vor Wonne. Sie mußte sich lachend wehren.

»Bringe mich nur nicht gleich um vor Freude, du Unband. Ich will doch noch einige Jahre am Leben bleiben, hab' ich doch so viel nachzuholen«, sagte sie und küßte Liselotte innig.

Von ganzem Herzen glücklich, setzte sich Liselotte nach Tisch an ihren Schreibtisch, um an Fräulein Herter zu schreiben. Der Brief lautete:

»Mein liebes, teures Fräulein! Wenn ich Dir alles erzählen wollte, was in der letzten Zeit mit mir geschehen ist, so müßte ich ein ganzes Buch schreiben. Ich hoffe jedoch, Dir bald alles persönlich erzählen zu können. Ach, Du Liebe – ich bin nun doch in ein

Märchenschloß geraten und ein Wunder ist geschehen. Denke Dir, Deine arme kleine Bettelprinzeß ist eine richtige vornehme Gräfin Hochberg-Lindeck geworden. Meine gütige Herrin ist in Wirklichkeit meine Großmutter, und Graf Botho, von dessen Bild ich Dir schrieb, war mein Vater. Denke nicht, daß ich im Traume rede, es ist wirklich so. Das alles hat sich an meinem achtzehnten Geburtstag herausgestellt. Mein goldiges Großmütterlein – ach, Du Liebe, wie herrlich ist es, ein Großmütterlein zu haben – hat es aber schon vorher gewußt und hat mich deshalb hier wie eine Prinzessin gehalten.

Ach, Fräulein – und nun kommt etwas ganz Wunderschönes. Du sollst so schnell als möglich nach Schloß Hochberg kommen, auf Lebenszeit. Mein Großmütterlein ist Dir so dankbar, daß Du mich so gut erzogen hast, und ich – ach, wie dankbar ich Dir bin, weißt Du selbst. Ich will Dich nun bei mir haben und Du sollst Großmutter an meiner Stelle Gesellschaft leisten, wenn – ach – da muß ich Dir nun noch etwas Wunderschönes melden. Halte Dich aber fest, hörst Du! Also – Deine Liselotte wird eines Tages die glückselige Frau ihres geliebten Junker Hans. Da steht es und mir klingt es selbst wie ein Märchen, ist aber pure Wahrheit. Ach – ich habe Dir so viel zu erzählen, schreiben kann ich das nicht alles.

Nun kündige ganz schnell Deine Stellung, damit Du Dich nicht mehr über Deine schlimmen Zöglinge ärgern mußt. Großmutter schreibt Dir heute noch selbst, damit Du nicht denkst, ich sei von Sinnen.

Packe schnell Deine Sachen, meine liebe Gute, und eile, so schnell Du kannst zu Deiner überglücklichen

Liselotte

Komtesse Hochberg-Lindeck

Jawohl, so heiße ich.«

*

Das Osterfest war herbeigekommen. In Schloß Bodenhausen erwartete man den neuen Besitzer, der seine Ankunft für das Osterfest angemeldet hatte. Doktor Heller hatte geschrieben, daß er selbst seinen Klienten nach Bodenhausen begleiten würde. Baron Bodenhausen hatte aus seinem dankbaren Herzen heraus einen festlichen Empfang für den neuen Herrn vorbereitet.

So froh und glücklich fühlte er sich jetzt in Bodenhausen in der sicheren Stellung, die ihn und seine Familie vor Not schützte.

Mit großem Eifer hatte er samt seinem Sohn sein neues Amt ausgefüllt. Es war jetzt ein anderes Leben wie früher. Die verschwenderischen Angewohnheiten mußten abgelegt und über jede Ausgabe genau Buch geführt werden. Aber das hatte man schon in den letzten Zeiten gelernt. Man konnte jetzt sparsam sein. Und im Vergleich zu den schweren Jahren war das Leben doch jetzt sorgloser und glücklicher. In treuer Gemeinschaft schritt die Baronin an der Seite ihres Gatten, und jetzt merkte sie erst, wieviel im Haushalt gespart und erhalten werden konnte, wenn man sich selbst um alles kümmerte. Die überflüssige Dienerschaft war schon lange entlassen worden, nur das nötigste Personal war geblieben. Die Baronin bemerkte zu ihrem eigenen Erstaunen, daß man auch ohne großen Aufwand glücklich und zufrieden sein konnte. Und sie war jetzt viel liebenswürdiger und liebenswerter als zuvor.

Sie fühlten sich alle in den neuen Verhältnissen glücklich – nur Lori nicht. Diese murrte noch immer gegen das Schicksal und konnte sich nicht damit aussöhnen, daß sie jetzt den ganzen Tag arbeiten mußte. Sie seufzte, wenn sie Staub wischte und wenn sie schadhafte Wäsche ausbessern mußte. Sehr gut machte sie überhaupt keine Arbeit. Die schlichten Kleider, die sie mit einer Schürze darüber tragen mußte, waren ihr verhaßt, und daß sie in der engen Kammer hausen mußte, war ihr ein Greuel.

Vater und Mutter hielten aber streng darauf, daß sie ihren Pflichtenkreis ausfüllte. Sie durfte nie mehr faul herumsitzen.

So spürte Lori den Segen der Arbeit nicht an sich. Sie schämte sich ihrer und das ist das törichste, was ein Mensch tun kann. Jede Arbeit, die man freudig verrichtet, adelt den Menschen, mag es auch die niedrigste Beschäftigung sein. Nur wer verdrossen an die Arbeit geht, macht sich zum Sklaven.

Am meisten ärgerte sich Lori darüber, daß es Liselotte jetzt als Gesellschafterin der Gräfin Hochberg viel besser ging als ihr. Und daß die Eltern oft so gut und warm mit Hans über Liselotte sprachen, erboste sie ungemein. Der Gedanke, daß Liselotte eines Tages die Frau ihres Bruders werden könnte, war ihr verhaßt.

So fühlte sich die stolze Lori jetzt recht wenig wohl in ihrer Haut.

Und nun sollte heute der neue Besitzer von Bodenhausen ankommen. Da standen ihr am Ende neue Demütigungen bevor, denn auch der unausstehliche Doktor Heller, der sie immer so spöttisch ansah und so schroff mit ihr redete, würde mitkommen.

Zur bestimmten Zeit wurde der Wagen zum Bahnhof geschickt, um den neuen Herrn und Doktor Heller abzuholen. Inzwischen nahm das Personal Aufstellung am Eingang des Schlosses. Der Baron stellte sich mit seiner Familie am Portal auf. Lori hatte auf besonderen Wunsch ihrer Eltern auch heute eine hausfrauliche Schürze umbinden müssen, damit der neue Herr sah, daß sie sich wirklich im Haushalt betätigte.

Lori entrüstete sich natürlich darüber. »Wie eine Dienerin muß ich den neuen Herrn empfangen«, stieß sie hervor.

»Wir sind hier auch nichts anderes mehr als Angestellte«, sagte der Vater streng. »Du kannst dich leider noch immer nicht an den Gedanken gewöhnen, daß wir nicht mehr die Herren von Bodenhausen sind, sondern nur Angestellte.«

Ach, Lori konnte und konnte ihren hochmütigen Sinn nicht beugen und litt sehr unter der Demütigung, die ihr das Schicksal auferlegt hatte. Aber nie kam ihr der Gedanke, daß sie das um Liselotte verdient hatte. Es war, nach ihrer Meinung, doch ein großer Unterschied zwischen einem Bürgermädchen und einer Baronesse. Sie glaubte, ein Anrecht zu haben, daß das Schicksal mit ihr behutsamer umging, weil sie Baronesse war.

Etwas aufgeregt waren der Baron und seine Gattin doch. Auch Junker Hans war nicht ohne Unruhe. Würde der neue Besitzer mit ihnen zufrieden sein?

Endlich rollte der Wagen herbei. Er war geschlossen, wie es Doktor Heller ausdrücklich bestimmt hatte.

Der Kutscher saß mit einem eigentümlichen Gesicht auf dem Bock. Er wußte ja bereits, wer im Wagen saß, und hatte die Überraschung schon hinter sich. Aber niemand achtete jetzt auf den Kutscher, aller Augen waren erwartungsvoll nach dem Wagenschlag gerichtet.

Der Baron eilte selbst herbei, um ihn zu öffnen.

Zuerst stieg Doktor Heller aus und begrüßte den Baron freundlich mit einem Handschlag. Dann sagte er lächelnd: »So, Herr Baron, hier bringe ich Ihnen den neuen Besitzer von Bodenhausen.«

Damit half er der Gräfin Katharina aus dem Wagen.

Betroffen sahen aller Augen auf die alte Dame.

»Frau Gräfin Lindeck! Sie, verehrte, gnädige Frau Gräfin, sind die neue Herrin von Bodenhausen?« stammelte der Baron fassungslos.

Die Gräfin lächelte.

»Nein, mein lieber Herr Baron, nicht ich bin die Herrin von Bodenhausen, sondern meine Enkelin, die Komtesse Hochberg-Lindeck, für die ich es gekauft habe. Bitte, helfen Sie der Komtesse aus dem Wagen.«

Damit trat sie zur Seite. Aller Augen richteten sich nun nochmals auf die Wagentür. Der Baron trat heran. Eine schmale, fein behandschuhte Damenhand streckte sich ihm entgegen. Der Baron faßte danach und sah auf. Seine Augen weiteten sich in maßlosem Staunen. War das nicht Liselotte? Aber nein, diese vornehme junge Dame konnte doch nicht Liselotte sein.

Ehe er sich darüber noch recht klar wurde, fiel Liselotte ohne alle Umstände dem Baron um den Hals. Dabei lachte und weinte sie in einem Atem. Alle standen stumm und starr und sahen auf die junge Dame.

»Die Bettelprinzeß!«

So lief es durch die Reihe der Angestellten. Liselotte kümmerte sich nicht darum. Nachdem sie den fassungslosen Baron begrüßt hatte, umarmte sie lachend und weinend die Baronin, die sich das alles auch nicht erklären konnte.

Gräfin Katharina ließ sich von Baron Bodenhausen in das Haus führen.

Doktor Heller folgte mit den anderen, nur die Dienerschaft blieb draußen.

Hier sagte die Gräfin erklärend:

»Liselotte ist die Tochter meines Sohnes, dessen Verheiratung mit einem bürgerlichen Mädchen mein Gemahl nicht anerkennen wollte. Ich wußte schon damals, als ich Liselotte mit mir nahm, daß sie meine Enkelin war. Sie selbst weiß es erst seit ihrem achtzehnten Geburtstag aus den Papieren, die ihre Mutter hinterlassen hat.«

Hans stand wie gelähmt von fern. Seine Augen starrten auf Liselotte wie auf ein holdes Wunder. Und nun sie die Baronin aus ihren Armen ließ, wandte sie sich nach ihm um. Die beiden jungen Augenpaare strahlten ineinander in höchster Glückseligkeit. Unwillkürlich breitete Hans sehnsüchtig seine Arme nach Liselotte aus. Da flog sie an seine Brust und er umfaßte sie innig.

»Liselotte, meine teure, liebe Liselotte!« rief er fassungslos.

Unter Tränen lächelnd sah sie zu ihm auf.

»Ach Hans, lieber Hans – nun mußt du dennoch eine reiche Erbin heiraten. Nun bin ich nicht mehr die arme kleine Bettelprinzeß.«

Gerührt betrachtete die Gräfin die beiden glücklichen jungen Menschen.

»Mein lieber Hans – Sie gestatten, daß ich Sie von heute an auch so nenne – es ist wohl das beste, Sie gehen mit Liselotte ein wenig in den Park hinaus und lassen sich alles von ihr erzählen. Ich werde inzwischen alles Weitere mit Ihren Eltern besprechen.«

Hans küßte der Gräfin die Hand und stammelte in seiner Aufregung einige unzusammenhängende Worte. Die Gräfin schob ihn lächelnd zu Liselotte hin. Und Arm in Arm ging das junge Paar hinaus in den lachenden, sonnigen Frühlingstag. Stumm, mit seltsam bewegten Gesichtern folgten der Baron und die Baronin der Gräfin in ein Zimmer. Mit unbeschreiblichen Gefühlen ging Lori, die wie versteinert gestanden hatte, hinter ihnen her.

Doktor Heller zog sich zartfühlend zurück und sorgte, daß sich die versammelte Dienerschaft zerstreute. Die meisten von ihnen machten auch recht seltsame Gesichter, als sie nun merkten, daß die ehemals so verachtete und herumgestoßene Bettelprinzeß die neue Herrin von Bodenhausen und eine Grafentochter war.

Drin nahm die Gräfin Lori und ihren Eltern gegenüber Platz.

Sie erzählte, wie es gekommen war, daß ihre Schwiegertochter sich mit ihrem Kind unter bürgerlichem Namen nach Bodenhausen zurückgezogen und in so bescheidenen Verhältnissen gelebt hatte. Dann berichtete sie, weshalb sie selbst nach Bodenhausen gekommen war und Liselotte mit sich genommen hatte. Und dann schilderte sie Liselottes Geburtstag, in allen Einzelheiten. Auch ihren Schmerz, als sie erfuhr, daß ihre Pflegeeltern, denen sie so viel Dank schuldig war, in großer Not waren, und daß ihr geliebter Junker Hans ins Ausland gehen wollte.

»Ob ich wollte oder nicht«, schloß die Gräfin lächelnd, »ich mußte helfen, wollte ich meine kleine Liselotte wieder froh machen. Und so ließ ich Bodenhausen für sie kaufen. Da aus ihr und Ihrem Sohne ein hoffentlich recht glückliches Paar werden wird, bleibt also nun Bodenhausen doch im Besitz Ihrer Familie, lieber Herr Baron. Ich wollte nun auch meinen Spaß dabei haben und Sie alle mit der Tatsache überraschen, daß Liselotte meine Enkelin und zugleich die neue Herrin von Bodenhausen ist. Diese Überraschung ist mir wohl gelungen?«

Der Baron und seine Gattin hatten sich in tiefster Bewegung bei den Händen gefaßt und nickten.

»Allerdings – ich bin nie in meinem Leben so fassungslos gewesen, als in dem Augenblick, als ich der Komtesse Hochberg aus dem Wagen helfen wollte und mir Liselotte lachend und weinend um den Hals fiel«, sagte der Baron.

»Ja, es ist eine wunderbare Fügung des Himmels«, pflichtete die Baronin sehr bewegt bei.

»Nun, ich denke also, weder Sie noch ich werden Einwendungen machen, wenn uns Hans nachher Liselotte als seine Braut zuführt. Für mich gibt es nur noch einen Lebenszweck – das Glück meiner Enkelin nach Kräften zu fördern. Liselotte ist nach meinem Tode die Erbin eines großen Vermögens und die Herrin der Grafschaft Hochberg und unserer Nebengüter. Sie sehen, Herr Baron, Frau Baronin, soweit es Äußerlichkeiten betrifft, ist das Glück unseres jungen Paares fest gegründet. Und was die innere Glückseligkeit betrifft, dafür können wir die jungen Leute selbst sorgen lassen. Ihre Liebe hat sich in den schwersten Proben siegreich bewährt. Ich lege freudig die Hand meiner Enkelin in die Ihres Sohnes. Die Hochzeit können wir wohl getrost noch ein Jahr verschieben. Liselotte ist ja noch sehr jung. Nach der Hochzeit möchte ich das junge Paar gern in Hochberg haben, für den Rest meines Lebens möchte ich mich nicht mehr von meiner Enkelin trennen. Bis zur Hochzeit halten wir einen regen Verkehr zwischen Hochberg und Bodenhausen aufrecht. Ihr Sohn kann noch ein Jahr in Ihrer Schule fleißig lernen, denn er wird einst als Herr über unsere Güter einen großen Besitz verwalten müssen und dazu gehören mancherlei Kenntnisse. Ich bin Ihnen auch so großen Dank schuldig, daß Sie meiner Enkelin eine so vorzügliche Erziehung angedeihen ließen.«

Der Baron und seine Gemahlin hatten wie im Traume zugehört.

»Daran haben wir weniger Verdienst, als Sie annehmen, Frau Gräfin«, wehrte der Baron bescheiden ab.

»Und doch danke ich es nur Ihnen, daß ich Liselotte nicht als ein kleines, unwissendes Bauernmädchen wiederfand. Sie ist gottlob in einer Umgebung aufgewachsen, die es ihr jetzt ohne Schwierigkeiten möglich macht, als vornehme Dame aufzutreten. Und nun will ich gleich noch über Ihre Zukunft mit Ihnen reden. Sie, Herr Baron, sollen mit Ihrer Frau Gemahlin bis an Ihr Lebensende in Bodenhausen bleiben und in Vertretung Ihres Sohnes die Herrschaft übernehmen. Ich ließ Ihnen nur den Verwalterposten anbieten, um Sie bis zu unserer Ankunft in Bodenhausen festzuhalten. Ich hatte ja auch meiner Liselotte fest versprochen, daß ich Junker Hans nicht gehen lassen würde.«

Der Baron und seine Gattin dankten der Gräfin tiefbewegt für ihre Güte. Sie sahen nun das Leben wieder sonnig und hell vor sich liegen und hatten doch in harter Schule gelernt, daß der wahre Wert des Lebens nicht in äußerlichem Glanz und eitlen Vergnügungen liegt, sondern im Bewußtsein treuer Pflichterfüllung. Dankbaren Herzens erkannten sie, daß ihnen all das Glück, das ihnen nun widerfuhr, die arme kleine Bettelprinzeß ins Haus gebracht hatte mit ihrem liebevollen, goldtreuen Gemüt.

Und Baronesse Lori?

Die hatte all die Worte der Gräfin Katharina ebenfalls vernommen und saß nun ganz benommen und niedergedrückt, wie ein Häuflein Unglück, in ihrem

Sessel. Sie wagte gar nicht aufzusehen in das Gesicht der Gräfin und wartete auf ein Strafgericht. Wußte sie doch nun sehr wohl, warum sie in Liselottes Kämmerchen und zu Staubtuch und Kochlöffel verdammt worden war. Aber wer hätte auch denken können, daß das barfüßige Bettelkind eine Gräfin Hochberg war?

Aber dies alles war nun selbst für ihr hochmütig stolzes Wesen eine tiefe Demütigung, und zum ersten Male in ihrem Leben schämte sich Baronesse Lori so recht eindringlich und inbrünstig und machte sich selbst bittere Vorwürfe über ihr liebloses, gehässiges Benehmen Liselotte gegenüber. Diese würde ihr ja nie, niemals verzeihen, was sie ihr all die Jahre angetan hatte, und würde nun Gleiches mit Gleichem vergelten und sie demütigen, wo sie nur konnte. Mit ihrer Verbannung in die enge Kammer hatte wohl Liselotte nur den Anfang gemacht. Nun würde es noch viel ärger kommen – und das hatte sie um Liselotte verdient.

Der Baronesse war sehr schlimm zumute. Ängstlich blickte sie nun auch in das Antlitz der Gräfin.

Diese wandte sich ihr mit einem ernsten Blick zu.

»Sie müssen nicht denken, Baronesse Lori, daß es Liselottes Wunsch gewesen ist, Sie in ihr Kämmerchen zu verbannen und niedere Arbeit von Ihnen zu verlangen. Diese kleine Strafe ließ ich Ihnen von Doktor Heller auferlegen. Ich war hier in Bodenhausen selbst eines Tages Zeuge, als Sie Liselotte sehr feindlich und lieblos demütigten. Ich wollte Ihnen zeigen, wie weh es tut, wenn man gekränkt und gedemütigt wird. Nicht Liselotte hat sie angeklagt. Dazu ist sie zu großherzig. Ich will es nun auch in Liselottes Hand legen, darüber zu bestimmen, ob Sie auch in Zukunft in dem engen Kämmerchen wohnen sollen oder ob Sie Ihre Zimmer wieder beziehen dürfen. Herr Baron, Frau Baronin, Sie verzeihen mir meinen Eingriff in Ihre erzieherischen Rechte. Aber diese kleine Genugtuung glaubte ich meiner Enkelin schuldig zu sein.«

Lori war dunkelrot geworden und in sich zusammengesunken wie eine reumütige Sünderin. Ihre Eltern sahen sie ernst an.

»Es war eine gute Lehre für Lori, Frau Gräfin«, sagte der Baron.

In diesem Augenblick kamen Junker Hans und Liselotte Hand in Hand aus dem Park zurück. Ihre Gesichter strahlten im sonnigsten Glück. Sie traten vor die Gräfin.

»Verehrteste, gnädigste Frau Gräfin, bewegten Herzens bitte ich Sie um die Hand Ihrer Enkelin, der Komtesse Liselotte. Ich habe sie von ganzem Herzen lieb und hätte sie auch zum Weibe begehrt, wenn sie die arme kleine Bettelprinzeß geblieben wäre, die ich ebenso herzlich liebte wie jetzt die Komtesse Hochberg.«

Die Gräfin zog den Kopf des jungen Mannes zu sich herab und küßte ihn auf die Stirn.

»Lieber Hans, Liselotte hat mir schon versichert, daß sie nie einen andern Mann lieben und keinem ihre Hand reichen will als Ihnen. Und ich finde, daß ihr beide eine gute Wahl getroffen habt. Ich gebe euch meinen Segen, meine lieben Kinder, werdet glücklich miteinander. Und nun geht zu euren Eltern und laßt euch segnen.«

Das junge Paar dankte ihr herzlich und Hans führte dann Liselotte seinen Eltern zu.

Liselotte brauchte nichts zu sagen. Die Eltern küßten sie herzlich und nannten sie ihre liebe Tochter.

»Du bist unsere liebe kleine Wohltäterin geworden, mein liebes Kind. Laß dir von Herzen dafür danken«, sagte die Baronin mit tränenden Augen.

Liselotte sah nun auch zu Lori hinüber, die sehr bedrückt und unglücklich in ihrem Sessel saß. Rasch und lebhaft ging Liselotte auf sie zu und reichte ihr warmherzig die Hand.

»Liebe Lori, wollen wir alles Vergangene vergessen sein lassen? Sei mir eine liebe Schwester, wie auch ich es dir allezeit sein will.« – Da schluchzte Lori laut auf.

»Ich bin nicht wert, daß du so gut zu mir bist, Liselotte«, sagte sie in ehrlicher Zerknirschung.

Liselotte umarmte und küßte sie herzlich.

»Du wirst nun lieb und gut zu mir sein, liebe Lori, dann ist alles gut. Noch heute beziehst du wieder deine alten Zimmer, aus denen dich mein liebes Großmütterlein vertrieben hat. So lange wir in Bodenhausen bleiben, bewohne ich wieder mein liebes Kämmerchen. Das lasse ich mir nicht nehmen. Und Großmutter wohnt in den Gastzimmern, die sie schon das erste Mal hier bewohnt hat. Und ihr alle müßt dann für einige Zeit mit nach Hochberg kommen. Ihr müßt doch das neue Heim der Bettelprinzeß kennenlernen. Dort werdet ihr dann auch eine alte Bekannte finden. Fräulein Herter kommt in nächster Zeit für immer nach Hochberg.«

Hans sah mit leuchtenden Augen zu seiner jungen Braut hinüber. Was war sie für ein liebes, herrliches Geschöpf, so voll echter Güte und wahrer Vornehmheit des Herzens. Er trat auf sie zu und küßte andächtig ihre Hände. – Sie sah errötend zu ihm auf.

»Nun habe ich eine Bitte an dich, lieber Hans.«

»Sprich, Liselotte. Ich werde glücklich sein, sie dir erfüllen zu können«, sagte er innig.

»Du sollst gleich nach Tisch mit mir in die ›Weiße Taube‹ gehen. Ich will dich meiner guten, alten Tante Schulz und meinem Freunde Heinrich als meinen Bräutigam vorstellen.«

Er lachte fröhlich.

»Das will ich gern tun, und ich bin sehr gespannt auf ihre Überraschung.«

Auch Liselotte lachte.

»Sie standen beide am Zaun, als wir vorüberfuhren, und guckten sich die Augen aus nach dem neuen Herrn von Bodenhausen. Ich habe ihnen geschrieben, es sei ein sehr guter Bekannter von mir. Damit sie mich nicht erkennen sollten, habe ich mich weit zurückgelehnt.«

Lori hörte das mit an, ohne die Nase zu rümpfen darüber, daß Liselotte ihren Verlobten einem Hausdiener vorstellen wollte. Sie war noch sehr kleinlaut.

Man ging nun zu Tisch. Das Festmahl, das man dem neuen Herrn von Bodenhausen hatte geben wollen, wurde nun ein Verlobungsmahl. Und bei Tisch saß Baronesse Lori neben Doktor Heller, der auch mit daran teilnahm, und fand, daß der alte kluge Herr auch sehr liebenswürdig sein konnte. –

Während die älteren Herrschaften nach Tisch ein ruhiges Plauderstündchen hielten und Lori mit dankbarem Herzen ihr altes Reich wieder bezog, schritten Hans und Liselotte Arm in Arm ins Dorf.

Erst hielten sie kurze Rast am Grabe von Liselottes Mutter, und Liselotte erzählte Hans, daß die sterblichen Überreste ihrer Mutter schon in den nächsten Wochen nach Schloß Hochberg überführt und dort feierlich beigesetzt werden sollten in der Familiengruft.

Dann ging das junge Paar in die »Weiße Taube«.

Da gab es natürlich ein großes Staunen. Frau Schulz weinte ein bißchen vor Freude und Rührung, und Heinrich wußte vor freudiger Verlegenheit gar nicht, wie er sich zu der vornehmen Komtesse stellen sollte. Ganz ehrfurchtsvoll nahm er ihr zartes Händchen in seine biedere Rechte und stammelte einen etwas verworrenen Glückwunsch.

Und dann fragte ihn Liselotte, ob er nicht einen recht großen Wunsch hätte, den sie ihm erfüllen könnte. Ob er vielleicht eine gute Anstellung in Bodenhausen oder Hochberg haben wolle.

Er schüttelte verlegen den Kopf.

»Nein, nein, Komtesse Liselotte, das geht nicht, ich muß bei Frau Schulz bleiben; es wäre sehr undankbar von mir, wenn ich sie verlassen wollte, sie braucht mich doch.«

Frau Schulz klopfte ihm auf die Schulter.

»Bist ein guter Mensch, Heinrich. Aber dir, meine

liebe Liselotte, will ich was sagen, wie du dem Heinrich etwas Gutes tun kannst. Er möchte heiraten, die Trine Grützner, die er schon lange lieb hat. Aber es reicht noch nicht dazu, sie sind beide arm. Ich möchte mich gern bald zur Ruhe setzen und würde Heinrich die ›Weiße Taube‹ in Pacht geben. Ich ziehe dann auf Lebenszeit ins Giebelstübchen. Wenn du also ein gutes Werk an Heinrich tun willst, Liselotte, dann verhilf ihm und seiner Braut zu einer Aussteuer, daß sie heiraten können.« – Liselotte nickte vergnügt.

»Ich will es Großmutter sagen, sie wird dir sicher helfen, Heinrich«, sagte sie.

Der Bursche wurde noch verlegener.

»Ach, Komtesse, wie komme ich denn dazu? Nein, nein, wenn Sie nur immer freundlich an den Heinrich denken, dann bin ich sehr zufrieden«, sagte er bescheiden.

Aber Liselotte vergaß in ihrem Glücke niemand, der ihr einmal Gutes getan hatte, und bat ihre Großmutter, etwas für Heinrich zu tun. Diese sorgte dann auch in weitgehendster Weise für die Aussteuer, und Heinrich konnte bald heiraten. Für Tante Schulz aber hatte Liselotte ein schönes Schmuckstück mitgebracht.

Ach, wie war sie glücklich, daß sie Freude bereiten konnte. –

Es wurden nun Verlobungsanzeigen gedruckt und eine derselben schickte Liselotte an Susi v. Bredow.

Unter den beiden Namen: »Baron Hans v. Bodenhausen – Komtesse Liselotte v. Hochberg-Lindeck« schrieb Liselotte:

»Die Komtesse Liselotte ist niemand anders als Deine treue Freundin

Bettelprinzeß.

Brief folgt mit Erklärung.«

*

Ein Jahr später wurde Liselottes Hochzeit in Schloß Hochberg mit allem Glanz gefeiert. Susi v. Bredow, Baronesse Lori – die sich sehr zu ihrem Vorteil verändert hatte – und noch einige andere junge Damen waren ihre Brautjungfern. Liselotte hatte längst gelernt, sich in der großen Gesellschaft zu bewegen, wie es einer Gräfin Hochberg zukam. Stolz und demütig zugleich schritt sie an der Seite ihres stattlichen Verlobten zum Altar, und niemals hatte es ein glücklicheres Brautpaar gegeben als Hans v. Bodenhausen und seine inniggeliebte kleine Bettelprinzeß.

Griseldis

Der Sturm heulte und brauste über Wälder und Felder, beugte die stärksten Bäume, daß sie ihre Kronen schüttelten, die noch keine grünen Blätter trugen, und knickte in den Forsten junge Bäumchen.

Ein solcher Sturm, der den Regen schräg niederprasseln ließ, machte einen Aufenthalt im Freien nicht angenehm. Dieser Ansicht war auch der Kraftwagenlenker, der ein Gefährt durch den sturmzerwühlten Wald lenkte. Der Kraftwagen fuhr langsam und vorsichtig, denn die Dunkelheit war bereits hereingebrochen, und hie und da lag ein vom Sturm geknickter Baumstamm über dem Weg.

Neben dem Fahrer saß ein Diener. Dieser mußte wiederholt aussteigen, um die Hindernisse aus dem Weg zu räumen.

»Es ist, als wären heute alle Teufel los«, sagte er ärgerlich.

»Das reine Höllenwetter.«

Sie sahen scheu nach dem Kraftwagen, der indessen am Weg stand. Einen Augenblick war an dem Fenster des Gefährtes ein blasses Männerantlitz erschienen, aus dem die Augen düster schauten. Der Insasse des Wagens hatte sich anscheinend wieder teilnahmslos in die Kissen zurückgelehnt, als der Weg wieder frei war. Und bald darauf fuhr der Wagen aus dem Wald und einen allmählich ansteigenden Berg hinan.

Dort oben lag das Schloß Treuenfels.

Wie eine gewaltige Silhouette hob es sich mit seinen Zinnen und Türmen, mit seinen Erkern und Säulen gegen den von zerrissenen Wolken bedeckten Himmel ab. Zuweilen lugte der Mond zwischen Wolkenfetzen und beleuchtete matt die Gegend.

Wie ein Märchenschloß lag Schloß Treuenfels auf dem Berg, als sei kein Leben in seinen gewaltigen Mauern.

Der Sturm umtobte das Schloß, als wolle er es in seinen Grundfesten erschüttern. Aber seine starken, festen Mauern spotteten des wüsten Wetters.

Als das Gefährt das Bergplateau erreicht hatte, ließ der Fahrer einige Male laut die Hupe ertönen. Und auf dieses Zeichen hin wurde es plötzlich in dem stillen Schloß lebendig. Die großen Bogenlampen vor dem Tor flammten auf und warfen über den freien Platz helles Licht. Die hohen Flügel des Tores sprangen auf und gestatteten einen Einblick in die große Schloßhalle, die ebenfalls hell erleuchtet war. Auch Fenster im Schloß wurden hell, man sah die Schatten von Menschen daran vorüberhuschen. Aber alles geschah seltsam lautlos. In der Halle standen die Beamten und Diener des gräflichen Hauses, um ihren heimkehrenden Herrn zu erwarten. Scheu blickten aller Augen nach dem geöffneten Tor. An der Treppe, die breit und wuchtig gebaut war, stand Mademoiselle Perdunoir mit einem schier entsetzten Ausdruck in dem hübschen, etwas spöttischen Gesicht. »Mademoiselle« war die Gouvernante der kleinen Komtesse Gilda, des einzigen Kindes des Grafen Harro Treuenfels.

Dieser war langsam ausgestiegen, mit müden Bewegungen, nach denen man ihn hätte für einen alten Mann halten können. Er stieg die Freitreppe empor und trat in die hell erleuchtete Halle.

Sonst, wenn er nach längerer Abwesenheit nach Hause gekommen war, hatten ihn seine Leute mit freudigen Gesichtern begrüßt. Heute blieb alles stumm. Sein schönes, charakteristisches Männerantlitz mit edlen, festen Zügen wurde noch einen Schein bleicher, als er seine Leute mit bestürzten Gesichtern stehen sah. Der herbe Leidenszug um seinen Mund vertiefte sich, und die Augen blickten gequält und düster geradeaus.

Ein leises Murmeln der Leute, das einen Gruß bedeuten sollte, schlug an sein Ohr. Es war, als sei eine Trauerversammlung zusammengekommen. Nur scheu blickten sie alle in das versteinerte Gesicht ihres Herrn, das sie ganz anders gekannt hatten, leuchtend und lebensfroh, und das sie geliebt hatten.

Aber nun war alles, alles anders geworden – seit das Furchtbare in Schloß Treuenfels geschehen war.

Ihr Herr stand nicht mehr vor ihnen, wie sie ihn zu sehen gewohnt waren. Es war, als sei seine hohe Gestalt niedergebeugt worden von einem schweren Schicksal – oder von schwerer Schuld.

Niemand wagte zu entscheiden, ob Schuld oder Verhängnis ihn gebeugt hatte. Hatten doch nicht einmal seine Richter Licht in die geheimnisvolle Begebenheit bringen können, die aus Schloß Treuenfels ein Trauerhaus gemacht hatte. Graf Harro war aus dem Gefängnis entlassen worden. Wohl war er nach der Verhandlung freigesprochen worden – aber nur aus

Mangel an Beweisen. Seine Schuld konnte so wenig bewiesen werden wie seine Unschuld.

Aus Mangel an Beweisen! War das wirklich ein Freispruch?

Man sah es Graf Treuenfels an, daß er Ketten hinter sich herschleppte, die man ihm nicht hatte abnehmen können. Er hielt dieses Urteil nicht für einen Freispruch. Es hatte ihm den stolzen Nacken gebeugt.

Erst hatte er jede Schuld stolz und heftig geleugnet, zornig seine Ankläger angesehen und für seine Worte Glauben verlangt, als sei es sein gutes Recht. Aber während der nervenzermarternden Untersuchung, nach der Folter der endlosen Verhöre war er immer matter und stumpfsinniger geworden. Er konnte nicht begreifen, daß man seinen Worten nicht glaubte, und sah doch selbst entsetzt, daß immer neue Verdachtsmomente gegen ihn zu zeugen schienen.

Furchtbare Tage hatte er verlebt, bis er lernte, sich in das Unvermeidliche zu fügen! Aus Mangel an Beweisen! Dieser fürchterliche Urteilsspruch klang ihm immerfort in den Ohren. Man hatte ihn nicht schuldig und nicht unschuldig sprechen können. Aber jeder, der ihm fortan gegenüberstand, durfte denken: »Du wirst wohl doch schuldig sein, und nur ein Glücksumstand hat dich gerettet.«

Und all seine Leute, die ihn gern schuldlos gesehen hätten, wagten nicht an seine Unschuld zu glauben, aber niemand konnte sie beweisen: Er ist unschuldig.

Graf Harro war angeklagt worden des Mordes an seiner jungen Gemahlin, der Gräfin Alice.

Wenige hatten der schönen, aber launischen und oft

boshaften Gräfin nachgeweint. Sie war eine jener verzogenen, eigensinnigen Frauen, die für sich den Wahlspruch in Anspruch nahmen: »Erlaubt ist, was gefällt«, und die ihren Mitmenschen nur soweit Daseinsberechtigung zuerkannten, als sie ihren Launen Vorschub leisteten.

Er hatte neben dieser Frau die Hölle auf Erden gehabt, und ihre Umgebung war der Ansicht, daß sie ihr tragisches Ende verdient hatte.

Wer ihr nicht nahestand, hielt sie für eine bezaubernde Frau. In der Gesellschaft gab sie sich immer liebenswürdig. Graf Harro hatte, ehe sie seine Frau war, auch nur das liebenswürdige Gesicht gesehen und sich darin verliebt. Sie verstand es, Männer zu bezaubern, denn sie war schön und voll Anmut. Sobald es ihr paßte, nahm sie es auch nicht genau mit der ehelichen Treue.

Graf Harro hatte während seiner Ehe vergeblich versucht, sie zu ändern, aber es war alles vergeblich gewesen. Sagte er etwas, das ihr nicht gefiel, hielt sie sich die Ohren zu, stampfte mit den Füßen auf oder warf mit zorniger Gebärde gar irgendeinen Gegenstand nach ihm, wie sie sich auch ihren Untergebenen gegenüber nicht selten zu Tätlichkeiten hinreißen ließ. Es schien ihr Bedürfnis zu sein, ihren Mann zu ärgern, zu quälen, und aus diesem Grund, als aus wirklichem Bedürfnis, verstrickte sie sich in allerlei Koketterien und lachte häßlich auf, wenn er es ihr untersagte. Es war deshalb zu vielen Szenen gekommen, unter denen Graf Harro mehr litt als seine herzenskalte Frau. Gräfin Alice ging immer als Siegerin aus solchen

Situationen hervor, denn meist ergriff ihr Gemahl schließlich vor ihrer Heftigkeit die Flucht.

Im Sommer lebte das Paar auf Schloß Treuenfels, im Winter ging es nach der Residenz, Gesellschaften und Hoffestlichkeiten mitzumachen. Dann strahlte Gräfin Alice im Schmuck der berühmten Treuenfelsschen Familiendiamanten und Perlenschnüre.

Sie wohnten dann im Palais Treuenfels, das seit Jahrhunderten, gleich Schloß und Grafschaft Treuenfels, dem Geschlecht gehörte. Hier veranstaltete die Gräfin glänzende Feste.

Sie, die stets mit ihrer Nervosität kokettierte, schien Nerven von Stahl und Eisen zu haben, solange sie ein Vergnügen vor sich hatte.

Gräfin Alice stammte selbst aus einem sehr reichen Grafengeschlecht, und ihr Gemahl gehörte zu den begütertsten Edelleuten des Herzogtums. Er hatte nichts dagegen, wenn sie Geld mit vollen Händen ausstreute, wenn er es auch nicht billigte. Sein Charakter war zu gediegen, als daß er daran hätte Gefallen finden können. Er konnte nicht verstehen, daß sie einer flüchtigen Laune Unsummen opferte. Aber nie machte er ihr einen Vorwurf. Niemand hätte überhaupt sagen können, daß er seiner Frau irgendeinen Zwang auferlegte. Aber kokette Manöver untersagte er ihr als unwürdig. Sie verhöhnte ihn und tat, was sie wollte.

So war es auch im letzten Winter wieder gewesen. Aber diesmal überschritt sie die Grenzen seiner Langmut. Ein junger ausländischer Prinz, der am herzoglichen Hof weilte, hatte sich in die schöne Gräfin Alice verliebt, und es reizte sie, ihn zu begünstigen und ihm mehr Freiheiten zu gestatten als ihren übrigen Verehrern. Ihr Herz blieb auch hier frei, es schmeichelte ihrer Eitelkeit, den Prinzen an ihren Triumphwagen zu spannen.

Eines Abends, als Graf Harro aus einer Herrengesellschaft zeitiger nach Hause kam, als man erwartete, fand er seine Gattin in einer sehr zärtlichen Stellung mit dem jungen Prinzen.

In seinem Zorn machte er dem Prinzen gegenüber von seinem Hausrecht Gebrauch – man wollte wissen, daß er ihn mit einer Reitpeitsche ins Gesicht geschlagen hatte, um den ihm angetanen Schimpf zu vergelten.

Jedenfalls hörte die Dienerschaft eine erregte Szene zwischen dem gräflichen Paar, und Graf Harro hatte in seinem Zorn fürchterliche Drohungen hervorgestoßen. Er zwang seine Gemahlin, noch an demselben Abend mit ihm nach Schloß Treuenfels zurückzukehren.

Er war sonst immer beherrscht und ruhig. Aber an jenem Abend war er wie außer sich gewesen, und einige hatten deutlich gehört, daß er gerufen hatte: »Lieber töte ich dich und mich, als daß du meinen Namen mit Schmach bedeckst.« Sie mußte diesmal Angst bekommen haben, sie war ganz still und fügte sich willenlos in die Abreise.

So kehrte das gräfliche Paar unerwartet an jenem Abend nach Treuenfels zurück. Dort war die kleine Komtesse Gilda mit ihrer Schweizer Gouvernante und ihrer Wärterin zurückgeblieben, denn die Gräfin liebte es nicht, sich durch Mutterpflichten in ihrem Vergnügen stören zu lassen. Außerdem weilte im Schloß noch die Komtesse Beate von Treuenfels, eine Verwandte des Grafen Harro. Diese war dreißig Jahre und entstammte einer verarmten Seitenlinie des Geschlechts. Graf Harro hatte sie mitleidig aufgenommen und ihr eine Heimat geboten.

Als nun an jenem Winterabend das gräfliche Paar so unerwartet aus der Residenz zurückkam, wußte Komteß Beate sofort, daß es wieder einen Sturm zwischen den Eheleuten gegeben hatte. Es kam auch nochmals zu einer heftigen Szene zwischen Harro und seiner Gemahlin. Die Dienerschaft hatte gehört, daß der Graf ausrief: »Das muß ein Ende haben – und müßte es ein Ende mit Schrecken sein!«

Danach war die Gräfin allein geblieben, niemand war in ihren Zimmern gewesen als die Zofe der Gräfin, die bis zum Morgen im Vorzimmer blieb und vergeblich wartete, daß die Gräfin ihr die Erlaubnis gab, zur Ruhe zu gehen. Solche Rücksichtslosigkeiten waren der Zofe nichts Neues.

Und am nächsten Morgen fand man die Gräfin Alice tot auf ihrem Lager. Die Untersuchung ergab, daß sie vergiftet war.

Gräfin Alice trank jeden Abend ein Glas schweren Weines, weil sie glaubte, anders nicht einschlafen zu können. Auch an jenem Abend. Die Zofe hatte das Glas gefüllt und dieses auf das Nachtschränkchen neben dem Bett der Gräfin gestellt, damit es für sie bereit stehe.

In der Flasche, aus der die Zofe den Wein gegossen

hatte, war nur noch ein Rest geblieben, und diesen Rest hatte die Zofe in die Küche hinuntergeschickt. Dort war er später von der Untersuchungskommission beschlagnahmt worden, und die Untersuchung hatte ergeben, daß in diesem Rest Wein kein Gift enthalten war.

Aber in dem fast geleerten Weinglas neben dem Lager der Gräfin hatte man ein exotisches Gift festgestellt. Zwar hatte Graf Harro, als man ihn an das Lager seiner Gemahlin rief, in der Erregung das Weinglas umgestoßen, so daß der Rest aus dem Glas herausfloß, aber man hatte diesen Rest doch noch untersuchen können und hatte den Grafen beschuldigt, das Weinglas mit Absicht umgestoßen zu haben, um die Spuren seines Verbrechens zu verwischen. Denn er war des Giftmordes an seiner Gemahlin beschuldigt worden. Das Gift, dessen Spuren man in dem Weinglas fand, stammte aus dem Besitz des Grafen. Er hatte es von einer Reise nach Indien mitgebracht und hielt es stets in einem Geheimfach seines Schreibtisches unter Verschluß. Niemand als er wußte, wo sich dieses Geheimfach befand und wie es zu öffnen war. Das Gift befand sich in einem kostbaren Kristallfläschchen.

Graf Harro mußte zugeben, daß dieses, als er es erwarb, bis oben hin mit dem Gift angefüllt war. Wenige Wochen vor dem Tod seiner Gemahlin hatte er es einigen Personen gezeigt, und zwar seiner Gattin, seinem Freund, Baron Fritz Dalheim, und seiner Base, Komteß Beate.

Baron Dalheim hatte vor Gericht bezeugen müssen, daß an jenem Tag das Fläschchen noch ganz gefüllt gewesen war, während die Komtesse, als Verwandte des Grafen, jede Zeugenaussage verweigert hatte. Als man das Fläschchen beschlagnahmte, war es nur noch zu zwei Dritteln gefüllt, es war zweifellos, daß jemand davon genommen hatte. Da nun niemand existierte, der das Geheimfach kannte, und Graf Harro zugeben mußte, daß er das Fläschchen nie in andre Hände gegeben habe, und am Abend vorher von seiner Gemahlin schwer gereizt worden war und allerlei Drohungen ausgestoßen hatte, waren genug Momente vorhanden, um ihn anzuklagen.

An einen Selbstmord der Gräfin war auch nicht zu denken, denn erstens war sie eine sehr lebenslustige Frau, und zweitens war ihr das Gift nicht zugänglich gewesen. –

So hätte sich die Kette der Beweise gegen den Grafen schließen lassen, wenn nicht ein Umstand zu seinen Gunsten gesprochen hätte. Die Zofe der Gräfin sagte unter Eid aus, daß sie den Wein erst in das Glas gefüllt habe, nachdem Graf Harro seine Gattin verlassen hatte. Sie behauptete, der Graf sei nicht noch einmal zurückgekehrt, es sei auch sonst niemand mehr in den Zimmern der Gräfin gewesen, sie habe die Nacht im Vorzimmer gesessen, und einen anderen Eingang als durch dieses Vorzimmer hatten die Gemächer der Gräfin nicht. Aber die Richter zweifelten doch, ob die Zofe nicht ein wenig geschlafen hatte. Dann konnte der Graf unbemerkt nochmals zurückgekehrt sein. Aufgrund dieser Aussage konnte er jedoch nicht als überführt angesehen werden.

So wurde er aus Mangel an Beweisen freigesprochen.

Immerhin, sagte der Verteidiger, sei es doch möglich, daß die Gräfin Selbstmord verübt und sich den Zugang zu dem Geheimfach, ohne Wissen ihres Gemahls, verschafft habe. Aber niemand in der Gesellschaft glaubte an einen Selbstmord der schönen Gräfin Alice, obwohl mancherlei in der Verhandlung zutage gekommen war, was auf ihre »Liebenswürdigkeit« ein seltsames Licht warf. Etwas Geheimnisvolles lag jedenfalls über der Angelegenheit, und man raunte sich schließlich zu, daß die Untersuchung wohl niedergeschlagen wurde, weil in die Sache sonst schließlich der ausländische Prinz mit hineingezogen worden wäre. Das durfte aber nicht sein. Es war ohnedies eine für die höheren Kreise sehr fatale Angelegenheit.

So bildeten sich in der Gesellschaft zwei Parteien. Die eine sprach zugunsten des Grafen, die andre nahm die Möglichkeit seiner Schuld an. Aber auch diese zweite Partei fand eine Entschuldigung für die schlimme Tat.

Trotzdem war Graf Harro Treuenfels jetzt für die Gesellschaft ein toter Mann. Und das wußte er ganz genau. Diese Gewißheit trieb ihn nach seiner Haftentlassung aus dem Untersuchungsgefängnis nach Treuenfels. Er sehnte sich nach der Einsamkeit seines Schlosses und nach seiner zärtlich geliebten, kleinen Tochter, die er in all der Zeit nicht mehr wiedergesehen hatte. –

Und nun stand er unter seinen Untergebenen – ein Verfemter – ein Ehrloser in den Augen der Welt. Er sah, daß auch seine Leute nicht an seine Unschuld glaubten, und das krampfte ihm das Herz zusammen, während er ihnen gegenüberstand. Ohne ein Wort zu sprechen, grüßte er kurz und ging durch die Reihen nach der Treppe im Hintergrund der Halle.

Bleich war sein Antlitz, in seinen Augen lag ein Ausdruck der Pein. An der Treppe stand noch immer Mademoiselle Perdunoir, die Gouvernante seiner Tochter, und sah ihn mit entsetzten Augen an. Und als er nun mit seinem düster brennenden Blick auf sie zukam, wich sie aufkreischend vor ihm zurück. Graf Harro zuckte zusammen. Er verhielt seinen Schritt.

»Mademoiselle!« rief er hart und rauh.

»Herr Graf wünschen?« stotterte sie.

»Sie verlassen morgen früh Schloß Treuenfels, Mademoiselle. Ich will meiner Tochter eine deutsche Erzieherin geben.«

»Oh, ich gehen von selbst – ich bleiben nicht in diese Haus, wo eine solche schlimme Tat geschehen.«

»Schweigen Sie! Lassen Sie sich morgen früh auf dem Rentamt Ihr Gehalt auszahlen.« Nach diesen Worten wandte er sich an den Rendanten, der hinter ihm stand. »Herr Rendant, Mademoiselle bekommt ein Vierteljahrsgehalt und Verpflegungsgeld für diese Zeit.«

»Sehr wohl, Herr Graf.«

Und nun richtete sich der Graf empor. Mit erhobener, fester Stimme sagte er ruhig:

»Ich halte niemand in meinen Diensten. Wer Schloß Treuenfels verlassen will, soll es ungehindert tun. Ich löse hiermit alle Verträge und gestatte jedem, sofort zu gehen. Wer nicht bleiben will, erhält ein Vierteljahrsgehalt auf dem Rentamt.«

Damit wandte er sich wieder der Treppe zu und wollte hinaufsteigen. Da kam plötzlich etwas Weißes die Treppe herab. Es war die kleine Komtesse Gilda, ein reizendes fünfjähriges Kind mit blonden Locken, tiefblauen Augen. Sie war barfuß und in ein langes, weißes Nachtkleid gehüllt. Eilig lief sie die Treppe herab und streckte sehnsüchtig die Arme aus.

»Papa! Mein lieber, guter Papa!«

Er fing sie in seinen Armen auf und drückte sie fest an sich. Aus seiner Brust kam es wie ein Stöhnen. »Meine kleine Gilda – mein liebes Kind«, sagte er mit rührender Zärtlichkeit und stieg mit ihr die Treppe empor.

Oben stand die Wärterin der Komtesse.

»Herr Graf verzeihen – ich konnte die Komtesse nicht halten.«

Der Graf winkte ihr ab.

»Bist du Henriette entwischt, Gilda?« fragte er zärtlich, als sich das rosige Körperchen an ihn schmiegte. Beglückt fühlte er, daß sich zwischen seiner Tochter und ihn nichts trennend drängen konnte.

»Henriette wollte mich im Bett festhalten, ich sollte schlafen und nicht auf dich warten. Aber Beate hat mir doch gesagt, daß du heute abend kommst, und da habe ich die Augen weit aufgemacht, damit ich nicht einschlief. Hab' dich doch so lange nicht gesehen, Papa, warst so lange auf Reisen. Ich bettelte bei Beate, sie sollte mich auflassen, bis du kämst, aber sie ließ mich doch ins Bett stecken. Aber als ich deine Stimme hörte, bin ich, eins, zwei, drei aus dem Bett und die Treppe hinab. Und nun hab' ich dich.«

Er strich zärtlich über das blonde Köpfchen.

»Mein kleiner Sonnenschein«, flüsterte er halberstickt und barg sein Antlitz in den weißen Falten des Nachtgewandes seiner Tochter.

Er trug sie in ihr Schlafzimmer zurück in ihr Bett. Sorglich deckte er sie zu. Und da sah die kleine Komtesse, daß der Vater Tränen in den Augen hatte. Mit einem Ruck setzte sie sich auf. Blaß und betroffen sah sie ihn an.

»Papa – lieber Papa – du weinst!« rief sie erschrocken.

Er kniete an ihrem Lager nieder und umschlang sie mit beiden Armen, als könne sie ihm entrissen werden.

»Es ist nichts, mein Kind – nur ein paar Tränen.«

»Warum weinst du, Papa? Bist du böse, daß ich dir entgegenlief?«

»Nein, o nein. Ich weine vor Freude, daß du es tatest, weil du so Sehnsucht nach mir hattest.«

»Große, große Sehnsucht hatte ich nach dir. Als du mit den fremden Herren fortreistest, habe ich so lange weinen müssen. Und keiner war da, der mich tröstete. Mademoiselle sprach so dummes Zeug. Sie sagte, sie wüßte nicht, ob du jemals wiederkämst. Und Beate hat sich die Ohren zugehalten, wenn ich weinte. Henriette aber hat selber mitgeweint. Die konnte mich auch nicht trösten. Und Mama – ach – du weißt doch, daß sie drüben in der Gruft schläft und nie mehr aufwacht. Sie kann nun nicht mehr zanken und ist nicht mehr nervös. Weißt du, Papa, nach Mama habe ich kein bißchen Sehnsucht gehabt. Aber nach dir – oh – davon hat es mir hier ganz weh getan.«

Sie zeigte auf ihr Herz, und ihre Augen sahen ihn an, wie Kinder blicken, die überwach sind.

»Mein süßes Kleines – so weh hat es getan, dein armes Herzchen?«

»Ja, sehr weh. – Und nun gehst du nicht wieder fort?«

»Nein, mein Kind, nie mehr.«

»Wie – gehst du auch nicht mehr zu Hof? Oder nimmst du mich dann mit nach dem Palais Treuenfels, wohin mich Mama nie mitnehmen wollte?«

Zum ersten Male erwog er, daß das Unglück, das ihn betroffen hatte, auch Schatten auf das Schicksal seiner Tochter werfen würde. Es würde ihr anhängen, daß sie die Tochter eines Mannes war, dem man nur aus Mangel an Beweisen seine Freiheit wiedergegeben hatte. So, wie er in der Welt als Gattenmörder galt, würde man in seiner Tochter das Kind eines Mörders sehen – wenn es ihm nicht gelang, Licht in die geheimnisvolle Angelegenheit zu bringen, aber wie sollte er ergründen, was aller Scharfsinn seiner Richter nicht hatte ergründen können?

»Ich bleibe immer hier bei dir und gehe nie mehr zu Hof, mein armes Kleines«, sagte er gequält.

»Warum sagst du armes Kleines zu mir? Alle sagen das jetzt immer zu mir. Und du nun auch? Ich weiß, warum es alle sagen. Mademoiselle hat es mir gesagt. Weil Mama tot ist und weil etwas Schreckliches passiert ist, wovon Mademoiselle aber nicht sprechen darf. Beate hat es ihr verboten. Was ist es nur, das Schreckliche, Papa? Willst du es mir nicht sagen?«

»Das ist törichtes Geschwätz von Mademoiselle, Gilda, darauf mußt du nicht hören. Das Schreckliche ist, daß Mama tot ist, sonst nichts weiter.«

»Ach, wenn ich dich nur habe, Papa, dann ist alles gut, und dann bin ich auch nicht mehr ein armes Kleines. Das will ich nicht hören«, sagte sie leise, nun doch ein wenig schläfrig.

»Nun schlaf, mein Liebling.«

»Ja, Papa! Hörst du den tollen Sturm? Bin froh, daß du zu Hause bist. Morgen früh darf ich doch mit dir frühstücken?«

»Ja, das darfst du. Gute Nacht, mein Kind.«

»Gute Nacht, Papa. Und alle Englein mögen dich behüten«, sagte Gilda ihr frommes Sprüchlein.

»Dich auch, mein Liebling.«

Gilda kuschelte sich in ihr Bettchen, und wenige Minuten später war sie fest eingeschlummert.

Mit einem Seufzer entfernte sich der Graf, nachdem er die Wärterin auf ihren Posten gerufen hatte. Er suchte seine Gemächer auf. Sein Diener, der schon bei seinem Vater in Diensten gestanden hatte, erwartete ihn hier.

»Grollmann – ich sah dich nicht unten in der Halle.«

»Ich wollte den Herrn Grafen hier oben erwarten.«

»Nun, so hast du nicht gehört, was ich unten zu den andern sagte. So will ich es dir wiederholen: Wer mir nicht mehr dienen will, kann gehen.«

Der Diener, der sich trotz seiner fünfzig Jahre straff und aufrecht hielt wie ein Junger, sah in sein blasses

Gesicht. »Das werden der Herr Graf doch nicht von Grollmann glauben? Ich diene Herrn Grafen, bis er mich selber gehen heißt. Ich weiß, daß der Herr Graf jetzt treue Diener braucht. Und wehe, wenn in meiner Gegenwart jemand ein böses Wort über meinen Herrn sagt – der soll meine Fäuste spüren.«

»So willst du für mich eintreten, Grollmann?«

»Das ist selbstverständlich, Herr Graf.«

»Glaubst du denn an meine Unschuld, Grollmann?«

»Wie an meine eigene, Herr Graf. Man könnte ja keinem Menschen trauen, wenn Herr Graf imstande sein sollte, so ein Verbrechen zu begehen.«

»Ich danke dir, Grollmann! Du wirst wohl der einzige sein, der an mich glaubt.«

»O nein, Herr Graf. Auch Komteß Beate glaubt an die Unschuld des Herrn Grafen. Sie hat es mir gesagt. Und sie hat hier gut für Ordnung und Ruhe gesorgt in der Abwesenheit des Herrn Grafen, obwohl sie krank und elend war von all den Aufregungen und so schreckhaft, daß es einen erbarmen konnte. Sie hat den Leuten auch streng verboten, über die ganze Angelegenheit zu sprechen, damit unser Komteßchen nicht durch ein ungutes Wort erschreckt würde.«

»Wo ist Komtesse Beate? Ich sah sie noch nicht«, erwiderte der Graf.

»Komtesse will im Speisezimmer auf den Herrn Grafen warten. Sie wollte nicht unten zwischen den Leuten stehen und wird wohl Herrn Grafen zuerst allein begrüßen wollen.«

Weiter sprach Graf Harro nichts mit seinem Kammerdiener.

Dieser betrachtete ihn bekümmert. Wie schmal und blaß das Antlitz seines jungen Herrn in der langen Untersuchungshaft geworden war.

Vor seiner Verheiratung war Graf Harro vergnügt gewesen, und mit seinen Eltern lebte er in herzlichster Eintracht. Dann war erst der alte Herr Graf gestorben, und ein Jahr darauf hatte Graf Harro die Gräfin Alice heimgeführt. Mit der war der Unfriede ins Schloß gezogen. Alle Tage Zank und Streit. Ein Höllenleben war das für seinen friedliebenden, jungen Herrn gewesen.

Die Frau Mutter war im Herzeleid und in großer Sorge um ihren Sohn ihrem Gatten bald ins Grab gefolgt. Selbst am Todestag seiner Mutter hatte Gräfin Alice keine Ruhe gegeben. Den ersten Anlaß zu ehelichen Streitigkeiten hatte der Umstand gegeben, daß die junge Gräfin sich als Mutter fühlte und keine Festlichkeiten besuchen konnte. Sie betrachtete die Ehe nur als einen Freibrief für all die Dinge, die man als Mädchen nicht tun durfte. Es hatte schreckliche Szenen gegeben, Graf Harro war die Güte und Nachsicht selbst gewesen. Er hatte geglaubt, das hänge alles nur mit dem Zustand seiner Frau zusammen und sie müsse geschont werden.

Und in dieser gütigen Nachsicht hatte er alles verdorben. Die eigensinnige Frau nahm ihm das Heft aus der Hand, und er verlor alle Macht über sie.

Nach der Geburt der kleinen Komtesse wurde es noch schlimmer. Das Kind war der Gräfin nur eine Last. Tagelang sah sie überhaupt nicht nach dem Kind und überließ es der Amme, und schließlich der französischen Gouvernante. Denn eine französische mußte es sein. Ihre Tochter sollte »französischen Schick« bekommen, wie sie sagte, Graf Harro wünschte eine deutsche Erzieherin für seine Tochter, wenn die Mutter nicht selbst die Erziehung übernehmen wollte. Sie lachte spöttisch auf, als ihr der Graf das sagte, und setzte mit ihren Szenen die französische Gouvernante durch.

Mademoiselle Perdunoir kam und fand Gnade vor den Augen der Gräfin, wenn sie auch sonst niemand im Haus leiden mochte. Auch dem Grafen war sie widerwärtig, und er beschäftigte sich selbst viel mit der kleinen Komtesse.

Dann saß Mademoiselle Perdunoir im Wohnzimmer der Gräfin und erzählte dieser pinkante Histörchen aus der Gesellschaft. Sie machte sich über die Ehemänner lustig, mit ihrem frivolen Geplauder amüsierte sie die Gräfin. Eine gute Erzieherin war Mademoiselle ganz gewiß nicht. Graf Harro behielt seine Tochter soviel wie möglich in seiner Nähe. So war zwischen Vater und Tochter ein viel zärtlicheres und innigeres Verhältnis entstanden als zwischen Mutter und Kind.

Gräfin Alice hatte für ihr Töchterchen gar nichts übrig, weder Zeit noch Geduld – noch Liebe. War sie einmal sehr gut gelaunt, spielte sie wohl mit dem Kind, wie man etwa mit einem Kätzchen spielt. Wurde es ihr lästig, schob sie es ungeduldig fort und überließ es den Dienstboten.

Einen geregelten Haushalt hatte es in Schloß und Palais Treuenfels auch nicht gegeben, Gräfin Alice kümmerte sich nur um ihr Vergnügen, ihre Toiletten und ihre Verehrer. Zum Glück war gutgeschultes Personal im Haus. Und bald nach dem Tod von Harros Mutter kam Komteß Beate nach Treuenfels und nahm sich des Hauswesens an.

Sehr entzückt war Gräfin Alice nicht gewesen, als sie in Komtesse Beate eine neue Hausgenossin bekam. Das stille, verschlossene Wesen der Komtesse langweilte und reizte die Gräfin. Sie quälte die Komtesse und ließ ihren Launen die Zügel schießen.

Komtesse Beate schwieg zu alledem, aber zuweilen sah sie der Gräfin mit einem Blick nach, der verriet, daß sie der Gräfin so wenig zugetan war wie diese ihr.

*

Als Graf Harro sich umgekleidet hatte, ging er hinab in das Speisezimmer. Bei seinem Eintritt wandte sich eine hohe Frauengestalt in schwarzen Kleidern nach ihm um. Sie hatte am Fenster gestanden und mit starren Augen in das tobende Unwetter hinausgesehen. Es war Komteß Beate.

Ihr Antlitz war bleich bis in die Lippen. Es war nicht unschön, aber ihre Züge hatten etwas Hartes, fast Männliches durch die große, kühn vorspringende Nasse und den herb geschlossenen Mund. Zu dem tiefschwarzen Haar paßten die schwarzen Augen, die sich jetzt mit einem brennenden Blick auf Graf Harro richteten. Sie verrieten, daß viel ungebändigte Leidenschaft in der Seele dieses Mädchens wohnte.

Komtesse Beate zählte reichlich dreißig Jahre, und da sie arm war, hatte nie ein Mann sie zur Frau begehrt. Bis sie in das Haus ihres Vetters kam, hatte sie auch noch nie für einen Mann mehr empfunden als ein vorübergehendes Wohlgefallen. Aber als sie Graf Harro sah, flammte etwas in ihr auf, was ihre ganze Seele in Aufruhr brachte. Mit der ganzen Leidenschaftlichkeit ihres Charakters verliebte sie sich in ihn.

Es nutzte nichts, daß sie sich sagte, er sei der Gatte einer andern. Nur immer tiefer brannte sich diese Liebe in ihre einsame Seele. Sie sagte sich, daß niemand etwas von ihren Gefühlen ahnen dürfe, am wenigsten Graf Harro selbst.

Wäre Graf Harro glücklich verheiratet gewesen, hätte sie es auf die Dauer nicht mit ansehen können. Aber so sah sie, daß sich die Eheleute mehr und mehr auseinanderlebten, und versuchte, Graf Harro etwas zu sein. Sie zeigte ihm, daß er Teilnahme und Verständnis bei ihr finden würde. Aber er suchte beides nicht bei ihr und kam ihr nicht entgegen, da sie ihm nicht einmal sonderlich sympathisch war. Er empfand für sie nichts und hatte sie nach dem Tod ihres Vaters nur in seinem Haus aufgenommen, weil er nicht wollte, daß eine Komtesse Treuenfels ihr Brot bei fremden Leuten verdiente.

Beate aber betete ihn heimlich an und haßte seine Frau, die ihn quälte. Sie haßte sie, weil sie alles besaß, was sie selbst zu besitzen begehrte. Aber nie verriet sie etwas von ihrem Haß und ihrer Liebe.

Was sie Graf Harro an den Augen absehen konnte, tat sie, und wenn er sich einmal mit seinem guten Lächeln teilnahmsvoll nach ihrem Ergehen erkundigte und mit ihr plauderte, hätte sie vor ihm niedersinken und um seine Liebe betteln mögen. Nur ihre Augen senkte sie dann, damit sie nicht zu Verrätern würden. –

Und nun war Gräfin Alice tot – gleichviel, auf welche Art es geschehen war. Graf Harro war frei, war als verfemter Mann nach Hause zurückgekehrt.

Sie wußte, daß er von seinen Standesgenossen gemieden werden würde. Aus Mangel an Beweisen – das war nicht viel besser als ein »Schuldig«.

Er würde nun allein leben müssen, niemand haben, an den er sich halten konnte. Nur sie allein würde ihm treu zur Seite stehen. Jetzt stand er nicht mehr unerreichbar über ihr. Der stolze Mann war gedemütigt, und sein Reichtum half ihm nichts. Wenn sie jetzt klug vorging, trieb ihn vielleicht die Einsamkeit seines Herzens in ihre Arme.

Und in ihren Armen sollte er alles, alles vergessen.

Nun stand sie ihm Auge in Auge gegenüber, und einen Moment fühlte sie den Boden unter ihren Füßen wanken, als sie in sein bleiches, schmalgewordenes Antlitz sah. Aber sonst hatte sie sich in der Gewalt.

Graf Harro sah die Komtesse betroffen an. Es fiel ihm auf, wie sehr sich diese in der Zeit seiner Abwesenheit verändert hatte, als sei sie schwer krank gewesen.

»Guten Abend, Beate! Ich glaubte schon, du habest Treuenfels verlassen, um nicht mit einem Verfemten unter einem Dach leben zu müssen.«

»Wie konntest du das denken, Harro? Sollte ich deine Güte mit so schreiendem Undank lohnen?«

»Die Dankbarkeit hielt dich hier fest? Nun, deshalb

sollst du nicht an dieses Haus des Schreckens gefesselt sein. Ich entbinde dich jeder Pflicht der Dankbarkeit, werde gern in andrer Weise für dich sorgen, wenn du Treuenfels lieber verlassen willst. Ich kann und will dich nicht hier festhalten, denn alle, die zu mir stehen, partizipieren an dem Fluch, der auf mir lastet. Ich will dir nicht meine Hand reichen. Vielleicht schauderst du davor zurück.«

Da kam sie rasch um den Tisch herum auf ihn zu und reichte ihm die Hand – eine etwas große und kräftige, aber schön geformte Hand.

»So reiche ich dir die Hand zum Willkommen, lieber Harro. Und wenn du gestattest, bleibe ich immer in Treuenfels.«

Zögernd ergriff er ihre Hand. »Es ist kein Blut an meinen Händen, Beate.«

Sie lächelte und drückte fest und warm seine Rechte.

»Ich glaube an dich, Harro! Und wenn die ganze Welt wider dich wäre. Selbst wenn du verurteilt wärest, wenn du selbst es gesagt hättest, du seist schuldig, ich hätte es nicht geglaubt.«

»Ich danke dir für diesen Glauben, Beate, und wenn du in Zukunft wirklich dein Leben mit mir teilen willst, so will ich dir herzlich dankbar sein. Es wird jetzt ein ernstes, stilles und freudloses Leben in Treuenfels beginnen. Ich selbst bin als ein verbitterter, bedrückter Mensch heimgekehrt. Was ich in diesen Monaten erlebt und erlitten habe, kannst du nicht ermessen. Mir ist zuweilen gewesen, als müßte ich meinen Kopf an den Gefängnismauern einrennen, wenn sich scheinbar Beweis an Beweis für meine Schuld aneinanderreihte, um eine Kette zu bilden, die mich zu erdrücken drohte. Und mit gebundenen Händen nichts tun können als stillhalten – das ist Qual ohnegleichen für einen Mann wie mich. Viel lieber hätte ich mir eine Kugel durch den Kopf geschossen. Aber ich dachte an mein Kind – und dann – der heiße Wunsch, das Geheimnis aufzuklären, das über dem Tod meiner Frau liegt, hätte mich auch nicht sterben lassen.«

»Wenn es aufzuklären wäre, hätten es wohl die Herren vom Gericht getan«, sagte sie tonlos.

»Trotzdem – ich muß versuchen, die Wahrheit zu ergründen. Keinen andern Lebenszweck habe ich mehr als diesen.«

»Und das Kind?« sagte sie leise.

»Meine kleine Gilda! Für sie muß ich in erster Linie leben. Sie braucht mich. Ihr Schicksal ist mit dem meinen verbunden. Und ich muß sie so erziehen, daß sie stark genug wird, zu ertragen, daß sie die Tochter eines Mannes ist, dessen Schmach auch ihr junges Haupt treffen wird, wenn sie einst ins Leben hinaustritt. Übrigens – das erste, was ich tat, als ich heute abend zurückkehrte, war, daß ich Mademoiselle Perdunoir entließ. Sie ist mir nie als die geeignete Person erschienen, die Erziehung meiner Tochter zu leiten. Ich will Gilda eine deutsche Erzieherin geben.«

»Ich kann deinen Schritt nur billigen. Mademoiselle ist eine leichtfertige Törin, und ich habe ihr in deiner Abwesenheit sehr auf die Finger sehen müssen.«

»Du hattest in dieser Zeit das schwere Amt, in

Treuenfels auf Ordnung zu halten. War es dir zuviel? Du siehst sehr leidend aus, Beate. Bist du krank gewesen?«

Ein schnelles Rot stieg in ihr Gesicht. »Nein, das nicht. Aber – du kannst dir denken, daß ich mit dir litt – daß ich mich namenlos um dich bangte. Da war jeder neue Tag mit einer neuen Qual erfüllt. Ich werde mich nun schnell wieder erholen.«

Er reichte ihr über den Tisch die Hand. »Ich danke dir für deine Teilnahme, Beate. Es beschämt mich fast – denn ich habe wenig an dich gedacht.«

»Das ist ja so verständlich. Du hattest andere Dinge im Kopf.«

»Allerdings – und keine erfreulichen. Ich möchte wissen, Beate, was du dir für Gedanken gemacht hast über den Tod meiner Frau. Hast du dir denselben zu erklären versucht?«

»Allerdings, Harro. Das kannst du dir wohl denken«, sagte sie heiser.

»Und bist du zu einem Resultat gekommen?«

»Es ist meine feste Überzeugung, daß Alice sich selbst den Tod gegeben hat.«

»Aber warum sollte sie das getan haben?«

Sie zögerte. Dann sagte sie rasch: »Alice war eine sehr überspannte und unberechenbare Frau. Sie benahm sich oft ganz unsinnig. Solche Personen verlieren in der Erregung jeden klaren Gedanken. Sicher war sie an jenem Abend nicht zurechnungsfähig. Sie wußte, daß sie etwas getan hatte, was du ihr nicht verzeihen konntest. Sie war von dir überführt worden, und du warst zum ersten Male hart und zornig zu diesem verwöhnten Geschöpf gewesen. Da faßte sie wohl im eigensinnigen Trotz, der mit Beschämung gepaart war, spielerisch den Gedanken zu sterben. Vielleicht wollte sie dir Schrecken einjagen, vielleicht glaubte sie nicht recht an die Wirkung des Giftes. Du erinnerst dich doch, daß sie diese Wirkung spöttisch anzweifelte, als du uns das Gift zeigtest, und daß sie es Zuckerwasser nannte. Vielleicht hatte sie die Meinung, es würde sie nur ein wenig betäuben, und stellte sich das alles ganz romantisch vor.«

»Wie du das ausführst, sieht es bei Alices Charakter gar nicht unwahrscheinlich aus. Aber – du vergißt eins. Wie kam sie in den Besitz des Giftes?«

»Nun – sie entwendete es dir.«

»Aber sie wußte doch nicht, wo es sich befand.«

»Kann sie dich nicht belauscht haben, als du einmal das Geheimfach deines Schreibtisches öffnetest? Daß du es darin verwahrtest, wußte sie doch.«

»Das wäre eine Möglichkeit. Aber ich kann mir nicht denken, daß sie das getan hat.«

»Warum nicht? Frauen sind immer neugierig, und es ist doch ein sehr reizvoller Gedanke, Gift zu besitzen – ich meine natürlich für einen so bizarren Charakter, wie Alice ihn hatte.«

»Hätte ich euch doch das Fläschchen nie gezeigt.«

»Ja – das wäre wohl besser gewesen.«

»Wenn es wirklich so wäre, wie du dir das ausgedacht hast, dann habe ich natürlich keine Aussicht, meine Unschuld jemals zu beweisen. Die Toten schweigen. Aber – lassen wir heute abend das Thema. Ich wollte dir noch dafür danken, daß du so umsichtig dafür gesorgt hast, daß Gilda nichts von all diesen schlimmen Dingen erfuhr. Grollmann sagte mir, du habest streng verboten, vor dem Kind über diese Angelegenheit zu reden.«

»Ich glaubte in deinem Sinn zu handeln. Gilda durfte nicht durch törichtes Gerede erschreckt werden.«

»Das war sehr umsichtig von dir. Eines Tages muß ja meine Tochter freilich alles erfahren, was geschehen ist. Aber sie soll es nur von mir selbst hören.«

»Denke nicht mehr daran, Harro – suche zu vergessen, was törichte Menschen dir getan haben. Hier in Treuenfels ist Ruhe und Frieden, hier kannst du unbehelligt leben. Und mich wirst du immer und unentwegt an deiner Seite finden. Jedem, der es hören will, werde ich deine Unschuld verkünden. Und wehe, wenn einer von den Leuten über dies schlimme Ereignis spricht. Sie wissen es alle, daß sie in derselben Stunde entlassen werden. Verlaß dich ganz auf mich. Ich helfe dir mit all meinen Kräften.«

»Liebe, treue Beate, wie herzlich danke ich dir. Und nicht wahr, solange ich keine Erzieherin für Gilda habe, nimmst du dich ihrer ein wenig an. Ich werde sie ja möglichst viel um mich haben, aber ich kann ihr nicht alles sein und geben.«

»Du kannst dich ganz auf mich verlassen, Harro. Ich werde wie eine treue Mutter für dein Kind sorgen. – Aber nun will ich erst einmal das Essen auftragen lassen. Du wirst hungrig sein.«

Als der Diener dann mit einem Tablett eintrat und die Tür nicht gleich wieder schließen konnte, drang der Sturmwind heulend ins Zimmer, als habe er nur darauf gewartet. Ein Fenster, das nicht fest verschlossen war, sprang auf, die Enden des Tafeltuchs wurden aufgebläht. Das eine Ende schlug klatschend in Komtesse Beates Gesicht. Sie stieß einen leisen Schreckensruf aus. Graf Harro sprang auf und schloß das Fenster, an dem die Gardinen emporgewirbelt worden waren.

Und draußen heulte und krachte es, als sei die wilde Jagd in den Lüften. An solchen Tagen gehen die Geister um, heißt es im Volksmund.

»Du hast dich erschreckt, Beate«, sagte Graf Harro, an den Tisch zurückkehrend.

»Ich kann den Sturmwind so wenig vertragen, er macht mich nervös«, sagte sie leise.

Er sah sie besogt an. Sie schien wirklich mit ihren Nerven sehr herunter zu sein.

Fast schweigend nahmen sie das Mahl ein, und als es beendet war, erhob sich Graf Harro.

»Verzeihe, daß ich so schweigsam war, Beate, aber ich habe in diesen Wochen in der Untersuchungshaft fast das Sprechen verlernt. Gute Nacht, Beate – ich möchte mich zurückziehen. Und habe nochmals Dank für deine Treue und deinen Glauben an mich.«

Damit verneigte er sich und verließ das Zimmer. Obwohl ihm Beate so freundlich entgegengekommen war, konnte er in ihrer Gesellschaft kein Genügen finden. Er machte sich zwar Vorwürfe darüber, aber sie war ihm nicht sympathisch.

Eine lange Weile saß sie wie ein Steinbild, in dem nur die Augen lebten. Sie starrte auf einen Punkt, als sähe sie da etwas Furchtbares, Quälendes.

Es pfiff durch die Kamine und durch die Fensternischen, und die Tür sprang auf, wie von unsichtbaren Händen geöffnet.

Komtesse Beate sah sich mit verstörtem Gesicht um. Der Diener erschien und schloß die Tür.

Sie faßte sich und biß die Zähne zusammen.

»Räumen Sie den Tisch ab, Heinrich, und dann sehen Sie Fenster und Türen noch einmal gut nach. Das ist ja ein gräßliches Unwetter.«

»Ja, gnädigste Komtesse, so einen Sturm habe ich noch nicht erlebt. Man könnte sich fürchten.«

»Wenn man eine Memme ist, Heinrich, dann fürchtet man sich. Sonst nicht.«

Der Diener sah ihr achselzuckend nach. Sehr beliebt war die Komtesse bei der Dienerschaft nicht.

»So ein Mannweib! Diese Sorte Weiber fürchtet nicht Tod und Teufel«, brummte er vor sich hin.

Er tat, was ihn die Komtesse geheißen hatte, drehte das Licht aus und ging dann hinunter in das Kellergeschoß des Schlosses. Im Zimmer neben der Küche saß die Dienerschaft eng beieinander. Die Köchin hatte heißen Tee aufgebrüht und einen guten Schuß Rum hineingeschüttet. Dazu stiftete sie kleine Kuchen.

Irgendwie mußte man doch die Rückkehr des Herrn Grafen feiern, wenn auch keine Veranlassung zu einer lauten Feier vorlag. Man sagte sich, daß es sich doch in Treuenfels recht behaglich leben ließ. Sollte man da so töricht sein, seinen guten, sicheren Posten aufzugeben?

Wenn der Herr Graf wirklich schuldig war und ein böses Gewissen haben mußte, was ging das seine

Diener an? Und wenn die hochselige Gräfin wirklich herumgeisterte, weil sie keine Ruhe im Grab fand, solange der Mord an ihr seine Sühne nicht gefunden hatte, so mochte sie sich an den Schuldigen halten. Und so ein ungutes Wesen, wie sie im Leben gehabt hatte, konnte sie als böser Geist auch nicht mehr übertreffen.

*

Harro hatte, nachdem er sich von Beate verabschiedet, nochmals das Schlafzimmer seines Töchterchens betreten. Sie schlief fest, trotz des heulenden Sturmes, und atmete ruhig und wohlig. Still setzte er sich eine Weile an ihr Bettchen, nachdem er stumm die Wärterin hinausgewiesen hatte, und sah bei dem schwachen, flackernden Schein des Nachtlichtes auf das reizende, blonde Kinderköpfchen hinab.

Zum ersten Male seit langen Monaten war wieder ein Gefühl stillen Friedens in seiner Brust, vergaß er auf kurze Zeit, was ihn bedrückte und quälte.

Dann ging er in seine Zimmer hinüber. Die Zimmer seiner Tochter lagen zwischen den seinen und denen, die seine Frau bewohnt hatte.

Langsam schritt er durch seine Räume, zwischen denen alle Türen weit aufstanden. Es tat doch wohl, wieder ein freier Mann zu sein, nicht mehr eingesperrt in einem engen Raum, in dem er die Untersuchungshaft hatte verbringen müssen.

Morgen früh wollte er hinaus in den Wald – in

seinen Wald. Es schien eine Ewigkeit her zu sein, seit er das nicht mehr hatte tun dürfen. Bis er müde war, ging er auf und nieder.

Dann trat er an seinen Schreibtisch. Da stand eine Fotografie seiner Frau. Sie war im vorigen Winter in der Residenz aufgenommen worden.

Diese Fotografie hatte ihm seine Frau am vorigen Weihnachtsfest in einem kostbaren Rahmen geschenkt, in dem sie dann auf seinem Schreibtisch aufgestellt worden war.

Harro nahm das Bild empor und betrachtete es lange.

Einmal hatte er dieses reizvolle Geschöpf geliebt, als er noch geglaubt hatte, daß in dem schönen Körper eine schöne Seele wohnen müsse. Ihr Antlitz, ihr sprühendes, lebhaftes Wesen, ihre elegante Grazie hatten ihn entzückt.

Damals ahnte er nichts von ihrem unleidlichen Wesen, von ihrer Herzenskälte und Launenhaftigkeit. Diese und jene kleine Kaprize schienen ihm zu ihr zu gehören. Er war sogar in diese Kaprizen verliebt. Es gab keine Hindernisse zu bewältigen. Auf beiden Seiten tat man alles, die beiden jungen Leute miteinander zu vereinen, und so war Alice sehr bald seine Frau geworden.

Zu bald, als daß es ihm möglich gewesen wäre, einen tieferen Einblick in ihr Wesen zu erhalten. Das war erst später geschehen – als es zu spät gewesen. Er gedachte all der Kämpfe, der tausend Bitterkeiten und Kränkungen, die er von ihr hatte erdulden müssen. Wie schnell war da die Leidenschaft für sie erloschen, hatte er erkannt, daß er einen großen Irrtum begangen, als er um sie freite. –

Und dann gedachte er des Abends, da er sie in den Armen des ausländischen Prinzen überrascht hatte. Wie ein Unsinniger war er auf diesen losgestürzt. Ja – er hatte ihn mit der Reitpeitsche gezüchtigt, weil er nicht wuße, ob sich der Prinz ihm im Zweikampf stellen würde, und weil er einen Schimpf mit dem andern vergelten mußte.

Und dann war er mit seiner Gattin abgereist nach Treuenfels, weil er mit seiner Schmach nicht unter Menschen weilen wollte. Was dann geschehen sollte, wie sich sein Verhältnis zu seiner Frau gestalten würde, hatte er sich noch nicht überlegt. Zorn und Schmerz hatten ihn unfähig gemacht, seine Lage klar zu überdenken. Nur eins stand bei ihm fest – so wie bisher konnte, durfte es nicht weitergehen.

Er war nicht mehr dazugekommen, einen entscheidenden Entschluß über die Zukunft zu fassen. Nach einer schlaflos verbrachten Nacht rief man ihn an das Totenlager seiner Frau. Das Schicksal hatte selbst den Faden zerschnitten, der sie aneinander band.

Lange sah er jetzt hernieder in das lächelnde, kapriziöse Frauengesicht, aus dem die Augen so klar und hell herausschauten, daß man nicht tausend Teufelchen dahinter vermuten konnte.

»Hast du es selbst getan, Alice? Warst du schuldiger noch, als ich ahnte, und sprachst du dir selbst das Urteil? Oder war es so, wie Beate vermutet, triebst du nur ein gefährliches Spiel, ohne an den vollen Ernst zu glauben? Wie aber kamst du in den Besitz des Giftes?« –

Er stellte es wieder hin und beugte sich dann über den Schreibtisch, um das Geheimfach zu öffnen.

Dann sah er nach der Tür. Konnte jemand, wie Beate von der Gräfin angenommen hatte, ihn belauscht haben, wenn er das Geheimfach öffnete? Ja – von der Tür aus konnte man das sehen. Aber wenn jemand an der Tür gestanden und ihn belauscht hätte, dann hätte er diesen Jemand doch erblicken müssen.

Scharf abwägend sah er zur Tür. Und dann schüttelte er den Kopf. Aber da stutzte er plötzlich – da drüben ihm Nebenzimmer stand doch auch ein Mensch und schüttelte den Kopf. Er sah genauer hin und richtete sich betroffen auf. Das war ja sein Spiegelbild. Richtig – da drüben im Nebenzimmer im Spiegel, da war er zu sehen. Und in diesem Spiegel mußte sich sein Schreibtisch abspiegeln. Schnell schritt er hinüber und schaute von drüben in den Spiegel. Richtig, von hier aus konnte man den ganzen Schreibtisch übersehen, er spiegelte sich wider. Und wenn hier im Nebenzimmer jemand gestanden und ihn belauscht hatte, dann hatte dieser auch das Geheimnis des Schreibtisches erspähen können.

Langsam und nachdenklich über diese zufällige Entdeckung ging er an seinen Schreibtisch zurück. Natürlich war ihm das Geheimfach jetzt wertlos geworden, denn er hatte es den Herren vom Gericht zeigen müssen. Man hatte das kostbare Fläschchen mit dem

Gift herausgenommen und es zu den Akten gelegt. Das Gift hatte man dem Chemiker zur Verfügung gestellt, das Fläschchen ihm leer heute wieder zurückgegeben, weil es sehr kostbar war. Er legte es jetzt wieder in das Geheimfach. Mochte es da liegenbleiben. Er betrachtete erst einen Moment die kostbare, künstlerisch schöne Fassung. Sie hatte ihn entzückt vom ersten Moment an, da er dieses Fläschen gesehen hatte. Wegen dieser Fassung hatte er es gekauft, und das Gift hatte er gewissermaßen nur als Kuriosität darin gelassen.

Nun war es leer. Nach Aussagen des Gerichtschemikers hätte der Inhalt genügt, ein Dutzend Menschen umzubringen. Einige Tropfen davon waren ausreichend, um den Tod eines Menschen herbeizuführen.

Harro hatte gewußt, daß es ein starkes Gift war. Er hatte vor einigen Jahren einem alten, kranken Jagdhund mit zwei Tropfen dieses Giftes ein schnelles, leichtes Ende bereitet. Das Gift lähmte sofort die Herztätigkeit und wirkte schnell und schmerzlos. Für ähnliche Fälle hatte er es auch verwahrt, und weil er wußte wie gefährlich es war, hatte er es an diesem, seiner Meinung nach sichersten Ort geborgen.

War Alice wirklich hinter sein Geheimnis gekommen, hatte sie ihn durch den Spiegel belauscht und sich dann, vielleicht in spielerischer Laune, etwas von dem Gift angeeignet?

Aber wie mußte sie es dann aufbewahrt haben? Man hatte in ihrem Schlafzimmer kein Fläschchen, keinen Behälter gefunden, aus dem das Gift in das Weinglas gelangt war.

Ob die Herren vom Gericht auch gründlich genug geforscht hatten? Wie, wenn er einen solchen noch irgendwo in den Sachen seiner Frau auffand? Dann hätte er doch einen Beweis dafür, daß seine Gattin durch Selbstmord geendet hatte.

Auch jenen Tag rief er sich ins Gedächtnis zurück, an dem er seiner Frau, seinem Freund, Baron Dalheim, und Beate das Fläschchen gezeigt hatte. Er hatte vorher von Indien erzählt und dabei das Fläschchen erwähnt. Da wollten die drei Zuhörer es sehen. Er war in sein Zimmer gegangen und hatte es geholt. Alle waren davon entzückt gewesen, und seine Frau hatte ihn gebeten, das Fläschchen zu entleeren und es ihr zu schenken. Aber er hatte es ihr abgeschlagen, hatte ihr gesagt, er sei zu besorgt, Spuren des Giftes könnten auch an der Fassung haften, und es könne ein Unheil entstehen, wenn es jemand anfasse, der eine Verletzung am Finger habe.

Baron Dalheim hatte gelacht. »Es ist sicher nichts weiter darin als Zuckerwasser mit etwas Opium. Der Verkäufer hat dir das Fläschchen interessant machen wollen«, hatte er gesagt.

Nur Beate war still gewesen. Sie hatte ja damals mit angesehen, wie er den Jagdhund mit dem Gift tötete.

So deutlich erinnerte sich Graf Harro jenes Abends. Sie hatten alle drüben im Salon seiner Frau gesessen. Nachdem er das Fläschchen herumgezeigt hatte, war er wieder in sein Arbeitszimmer gegangen, um es fortzuschließen.

Als er zurückkam, saß Alice übellaunig in einem Sessel, und Baron Dalheim empfahl sich. Beate aber war nicht mehr dagewesen.

Als Dalheim fort war, hatte ihm Alice eine Szene gemacht wegen des verweigerten Fläschchens.

Wie gut, daß er trotzdem fest geblieben war. So brauchte er sich wenigstens nicht einmal den Vorwurf der Fahrlässigkeit zu machen.

Wieder sah er auf ihr Bild hernieder. So jung und so schön hatte sie sterben müssen. Ihr Tod hatte allen Zorn und Groll in seiner Seele ausgelöscht. Er wollte vergessen, daß sie seine Ehre mit Füßen getreten hatte. Sie hatte gebüßt und mochte in Frieden schlafen.

Er aber ging nun wieder unruhig auf und ab und grübelte, wie er schon all die Wochen in seiner Untersuchungshaft gegrübelt hatte, wie seine Frau gestorben sein mochte.

Und er konnte fast nicht mehr zweifeln , daß sie aus einem ihm unbekannten Grunde Selbstmord verübt hatte. Anders konnte es nicht sein. Und wenn, dann kam seine Unschuld nie ans Licht. Die Toten schweigen. Seine Unschuld konnte höchstens bewiesen werden, wenn ein andrer Mensch den Mord begangen, wenn dieser andre überführt werden konnte. Sonst blieb er gebrandmarkt bis an sein Ende.

Und seine Tochter war dann die Tochter eines Ehrlosen.

Aber dann richtete er sich jäh auf. Vielleicht fand er doch in den Zimmern seiner Frau irgendeinen Anhalt, einen Beweis, daß sie Selbstmord verübt hatte. Er wollte jedenfalls alles durchsuchen, jedes Fältchen, jedes Winkelchen. Seine Augen würden schärfer blikken als die der Herren vom Gericht, denn diese suchten nur die Spuren eines Mörders – er aber würde Spuren seiner Unschuld suchen. Ohne zu zögern, gleich heute abend noch, wollte er beginnen.

Schnell ging er hinaus.

Aber die Zimmer seiner Gemahlin waren verschlossen.

Da kehrte er in seine Gemächer zurück und klingelte seinem Diener.

»Grollmann, geh zu Komtesse Beate. Ich lasse bitten um die Schlüssel zu den Zimmern meiner Frau.«

Grollman ging zu Komtesse Beate. Sie hatte sich auch schon in ihre Zimmer im zweiten Stock zurückgezogen, war aber noch nicht zur Ruhe gegangen.

Als ihr Grollmann ausgerichtet hatte, was ihm sein Herr aufgetragen, zuckte sie leise zusammen.

»Wie? Die Schlüssel zu den Zimmern der Gräfin?« fragte sie mit heiserer Stimme. »Was will der Herr Graf damit?«

»Ich weiß es nicht. Vermutlich will der Herr Graf die Zimmer betreten.«

Die Komtesse zwang ein Lächeln in ihr Gesicht.

»Nun – warum soll er es schließlich nicht tun, Grollmann? Warten Sie einen Augenblick, ich gebe Ihnen die Schlüssel. Grollmann, falls der Herr Graf heute abend noch in die Zimmer gehen will, bitten Sie ihn, er möge darauf achten, daß Fenster und Türen gut verschlossen sind. Bei dem Sturmwind könnten sie aufspringen und – die Dienstboten sind so schreckhaft – man muß sie nicht ängstlich machen.«

»Sehr wohl, gnädige Komtesse, ich will es ausrichten. Komtesse denken an alles.«

Die Komtesse schloß hinter ihm die Tür, schob den Riegel vor und drehte den Schlüssel herum. Und dann stand sie und lauschte hinaus. Der Sturm hatte jetzt etwas nachgelassen, und sie hörte unten Türen öffnen und schließen – die Türen von den Gemächern der Gräfin.

Grollmann hatte seinem Herrn die Schlüssel gebracht, und dieser ging nun abermals hinüber nach den Zimmern seiner Frau und öffnete sie.

Langsam ging er durch die großen Räume. Es war eine ganze Zimmerflucht, und eines dieser Zimmer war immer kostbarer eingerichtet als das andre. Es waren die einzigen Zimmer im ganzen Schloß, die nach modernem Geschmack und mit neuen Möbeln ausgestattet waren.

Gräfin Alice hatte unbarmherzig die schönen und kostbaren alten Möbel, die früher in diesen Zimmern, vielleicht schon seit Jahrhunderten, auf ihrem angestammten Platz ausgehalten hatten, ausräumen lassen. Die standen nun in dem wenig bewohnten Ostflügel in Verbannung. Dafür hatte sie ganz moderne Einrichtungen für ihre Zimmer ausgesucht und hatte ihren kapriziösen Geschmack walten lassen. An einen bestimmten Stil hatte sie sich nicht gebunden. Die Hauptsache waren ihr mollige, warme Farben und Originalität. Sie wollte immer alles gerade anders haben als ihre Mitmenschen. In einem Salon standen zum Beispiel eine Anzahl Sessel, von denen jeder eine andre Farbe und eine andre Form hatte. Aber dabei wirkte doch alles sehr hübsch und harmonisch, und vor allem zart und duftig, der blonden Schönheit der Gräfin angepaßt.

Graf Harro wandelte durch all diese reizenden Räume, und ihm war, als müsse aus irgendeinem der molligen Winkel die helle, meist etwas scharfe und schrille Stimme seiner Gattin heraustönen. Ihr Geist lebte noch in diesen Räumen, die in dem Zustand belassen waren wie zu ihren Lebzeiten. Sie schienen noch von ihrem Wesen erfüllt.

So kam er endlich auch in das Schlafzimmer, in dem Gräfin Alice gestorben war. Es war das letzte der Zimmerflucht. Da stand das spitzenüberrieselte, mit seidenen Kissen und Decken gefüllte Bett, in dem man sie tot aufgefunden hatte.

Graf Harro trat an das Bett heran und ließ seine Augen darüber hinschweifen. Im Geiste sah er seine Frau hier liegen, wie an jenem entsetzlichen Morgen, als man ihn zu ihr rief. Ganz weiß hatte das schöne Gesicht ausgesehen, und die Lippen hatten einen leisen bläulichen Schein gehabt – das sichere Merkmal für das exotische Gift, das sie getötet hatte. Und die Augenlider waren fast durchsichtig gewesen und hatten die blauen Augensterne durchschimmern lassen.

»Wie bist du gestorben, Alice? Kann mir dein verklärter Geist nicht helfen, das Geheimnis zu ergründen? Hilf mir doch! Nicht meinetwegen bitte ich darum, aber unseres Kindes wegen. Hilf mir, die Wahrheit ans Licht zu bringen, damit diese Schmach von dem Vater deines Kindes genommen wird«, sagte er laut, als liege sie vor ihm und müsse ihn hören. Und der Sturmwind rüttelte wieder an Fenster und Türen, als wolle jemand herein. Er seufzte auf und sah sich im Zimmer um. Die Wand zeigte zu zwei Drittel Höhe eine kostbare Holzvertäfelung, die mit Intarsien von wunderbarer Feinheit verziert war.

Zu dieser schon sehr alten, aber wunderbar erhaltenen Holzvertäfelung wollten die hellen, modernen Schlafzimmermöbel gar nicht passen, deshalb hatte Gräfin Alice die Wand oberhalb der Vertäfelung und die Decke zeltartig mit lichtblauer Seide bespannen lassen, um eine duftigere und lichtere Wirkung zu erzielen.

Harro war an solche Widersprüche in der Umgebung seiner Frau gewöhnt gewesen. Es fiel ihm auch jetzt kaum noch auf. Nur darüber mußte er nachdenken, warum aus diesem Zimmer keine Verbindungstür nach dem runden Turm führte.

Schloß Treuenfels hatte zwei viereckige Türme an den Flanken des großen Mittelbaues, die zu dem Stil und der Architektur paßten, und einen runden Turm, der am Ende des Westflügels lag und eigentlich gar nicht zu dem Ganzen passen wollte.

Es war das erstemal, daß er darüber nachdachte. Lange beschäftigte ihn das auch heute nicht. Er wandte sich um und ging wieder zurück, bis in das Zimmer, wo der Schreibtisch der Gräfin Alice stand.

An dem Schlüsselbund, das ihm Grollmann von Komtesse Beate geholt hatte, befand sich auch der Schreibtischschlüssel. Er ließ sich in dem Sessel vor dem Schreibtisch nieder und öffnete ihn. Bedächtig und sorgsam untersuchte er den Inhalt bis auf das letzte Blättchen Papier. Er fand eine Anzahl Briefe, große Mengen elegantes Briefpapier, allerlei Notizen und auch ein Tagebuch. Daß seine Gattin ein solches geführt hatte, ahnte er nicht. Hastig öffnete er es, hoffend, daß ihm vielleicht das Tagebuch einen Aufschluß geben könne. Er schlug die letzte beschriebene Seite auf und las das Datum über der letzten Aufzeichnung. Diese Aufzeichnung stammte noch aus der Mädchenzeit seiner Gattin, sie war am Vorabend ihrer Hochzeit geschrieben.

Damit schloß das Tagebuch. Er schlug es zu und legte es beiseite. Weiter wollte er nicht in die Geheimnisse ihrer Mädchenzeit eindringen. Aufschluß über ihren Tod gab ihm das Buch sicher nicht, da sie es in der Ehe nicht weitergeführt hatte.

Auch die meisten Briefe legte er zu dem Buch. Das alles wollte er ungelesen verbrennen. Wozu sollte er sie durchsehen? Nur die Daten überflog er an all diesen Briefen, ehe er sie zur Vernichtung beiseite legte, und nur wenige Schreiben aus der letzten Zeit vor ihrem Tod sah er durch in der Hoffnung, irgendeinen Anhalt oder Hinweis zu finden.

Auch kein Fläschchen fand sich, in dem sie vielleicht das tötende Gift aufbewahrt hatte.

So war all sein Suchen umsonst. Er erhob sich endlich. Mitternacht war längst vorüber, alles im Schloß war still. Er trug die Briefe und das Tagebuch hinüber in sein Arbeitszimmer und verbrannte alles im Kamin. Lustig flammte es auf und verbrannte zu Asche.

*

Als er am Morgen aufwachte, schien die Sonne. Er öffnete das Fenster. Die Luft war kühl, vielleicht nicht weit vom Gefrierpunkt entfernt, wie es im März noch häufiger der Fall zu sein pflegt, aber von köstlicher Frische und Reinheit.

Tief atmete er sie ein, und dann kleidete er sich mit Grollmanns Hilfe schnell an.

Er war gerade fertig, als ein paar Kinderfäustchen an seine Tür klopften.

»Papa – lieber Papa!« tönte ein weiches, zärtliches Stimmchen.

Er öffnete schnell. Draußen stand sein kleines, weißgekleidetes Mädchen und lachte zu ihm empor. Er nahm es auf seine Arme und drückte es an sich, so sehr er konnte, ohne ihm weh zu tun.

»Mein Sonnenschein – schon wach?« fragte er zärtlich.

Die kleine Komtesse umschlang ihn zärtlich.

»Schon lange, Papa. Ich habe schon gebadet und bin ganz fertig. Ich will doch mit dir frühstücken.«

»Richtig! Da trifft es sich gut, daß ich auch fertig bin. Nun wollen wir sehen, ob uns Beate schon das Frühstück hat anrichten lassen.«

Gilda nickte vergnügt.

»Ist schon alles bereit; Beate war in meinem Zimmer und hat es mir gesagt.«

Vater und Tochter gingen Hand in Hand hinunter ins Frühstückszimmer. Da war der Tisch einladend gedeckt, sogar Blumen hatte Komtesse Beate aufgestellt.

Sie erwartete Vater und Tochter schon. Harro vergaß unter dem Geplauder seines Töchterchens, was ihn drückte.

»Ist es wahr, Papa, daß Mademoiselle abgereist ist? Henriette hat es mir gesagt«, fragte Gilda nach einer Weile.

»Ja, Gilda, sie ist fort. Tut es dir leid?«

»Nein, gar nicht – ich darf ja mit dir spazierengehen, du hast es mir versprochen.«

»Das halte ich auch«, erwiderte der Vater.

Er hatte eigentlich allein in den Wald gehen wollen, um sich einmal tüchtig auszulaufen und die Sturmschäden zu besichtigen. Aber Gilda hatte so süß gebettelt, sie mitzunehmen, daß er nicht widerstehen konnte. Schließlich konnte er später einen weiten Ritt unternehmen, wenn er erst mit seinem Verwalter und seinem Rendanten konferiert hatte.

Vergnügt plaudernd hüpfte Gilda später neben dem Vater her. Sie war glückselig, daß sie ihn wieder hatte, und nicht mit Beate zu Hause bleiben mußte. Sehr gern mochte sie Beate nicht. Diese mühte sich zwar sehr um ihre Gunst. Aber Kinder haben ein feines Ohr für wahre Gefühle, und Gilda merkte vielleicht instinktiv, daß Beate nicht echt für sie empfand.

Im Wald sah es böse aus. Der Sturmwind hatte arg gehaust. Ringsum sah man die Spuren der Verwüstung, die der Sturm in der Nacht angerichtet hatte, und jetzt war alles wieder ruhig und still.

»Auf Sturm und Regen folgt Sonnenschein.«

So sagte er leise vor sich hin, wie zu seinem eignen Trost. Aber dann zuckte es doch wieder herb und schmerzlich um seinen Mund, seine tiefliegenden grauen Augen sahen düster vor sich hin.

In seinem Leben würde es vielleicht nie mehr hellen, klaren Sonnenschein geben. Und er war doch jung, stark und gesund.

Klein Gilda war aber restlos glücklich. Sie zwitscherte wie ein munteres Schwälbchen neben ihm her und machte ihn auf tausend Dinge aufmerksam, die er sonst sicher übersehen hätte. Das lenkte ihn wohltätig von seinen trüben Gedanken ab.

So kamen Vater und Tochter ein gutes Stück vorwärts. Es begegnete ihnen niemand als ein paar Waldarbeiter, die den Grafen scheu grüßten und an ihm vorüberhasteten.

Aber als sie dann an einem Kreuzweg ankamen, sahen sie einen Reiter. Harro blieb stehen und sah ihm entgegen. Er erkannte seinen Freund, Baron Dalheim, der in seinem Prozeß gegen ihn hatte zeugen müssen. Denn Beate hatte ihre Zeugenschaft versagt, und so wußte nur noch der Baron, daß er das Gift besessen hatte. Mit starren Augen sah Graf Harro dem Freund entgegen. Was würde dieser tun? Würde er ihm die Hand reichen oder nicht?

Baron Dalheim hatte Vater und Tochter auch erblickt. Ein helles Rot flog über sein hübsches, offenes Gesicht. Seine Augen blickten einen Moment unschlüssig. Aber dann wandte er plötzlich seinen Blick seitwärts und gab sich den Anschein, als habe er Vater und Tochter nicht bemerkt. Mit einem leichten Zügelruck lenkte er sein Pferd quer in den Wald hinein und ritt schnell davon.

Harro wurde totenbleich. Er wußte sehr wohl, daß ihn Baron Dalheim absichtlich geschnitten hatte. Und er mußte das wehrlos über sich ergehen lassen, durfte nicht Rechenschaft fordern. Jeder seiner Standesgenossen durfte ihm ungestraft so nichtachtend begegnen. Und wenn Fritz Dalheim also tat, dann würden es die andern sicher auch tun.

Das war nun sein bester Freund und nächster Nachbar.

»Verfemt – geächtet!« stieß er zwischen den Zähnen hervor und rang mit dem tiefen Schmerz in seinem Innern.

»Wie sagst du, Papa?«

Er riß sich los von seinen düsteren Gedanken und richtete sich straff auf. Damit mußte er sich abfinden. Es würde noch mancher scheu an ihm vorüberstreifen und ihn nicht sehen wollen. Konnte er es ihnen verdenken? Es wußte ja niemand genau, ob nicht dennoch Blut an seinen Händen klebte.

Und er mußte noch manche Bitterkeit hinunterschlucken. Auf dem Rückweg ging er mit Gilda durch das Dorf. Da standen die Leute und starrten ihn an wie ein wildes Tier. Oder sie liefen davon und versteckten sich in ihren Häusern hinter den Fenstern, um ihm neugierig nachzustarren. Einer der Bauern, mit dem er verschiedene Male wegen Wilddiebereien hätte kurzen Prozeß machen können und den er, seiner Familie wegen, immer mit einer ernsten Vermahnung hatte laufen lassen, stand breitbeinig, die Hände in seinen Taschen, vor seinem Haus. Er hielt eine kurze Tabakspfeife zwischen den Zähnen und glotzte dem Grafen mit frechen Augen ins Gesicht. Dann nahm er die Pfeife aus dem Mund und spie aus.

Das konnte Zufall oder Absicht sein. Graf Harro hielt es für Absicht, und der ohnmächtige Grimm über den Frechling machte sein Antlitz bleich wie das eines Sterbenden.

»Ja, ja, unser einem wird es zum Verbrechen angerechnet, wenn man aus Versehen einen Hasen schießt. Da soll man gleich eingesperrt werden. Aber die hohen Herren laufen frei herum, wenn sie auch einen Mord auf dem Gewissen haben. Die kleinen Sünder hängt man und die großen läßt man laufen«, sagte der Bauer zu seiner Frau. Harro konnte das zum Glück nicht verstehen, aber er sah es dem Bauern an, daß er eine hämische Bemerkung über ihn machte. Wie demütigend das für den stolzen Mann war.

Er wußte jetzt, wie es war, Spießruten zu laufen.

Mit blassem, gequältem Gesicht kam er zu Hause an.

Er fand auf seinem Schreibtisch die eingelaufene Post, die Komtesse Beate für ihn hingelegt hatte. Es waren meist unpersönliche, geschäftliche Schreiben. Nur ein langes, schmales Kuvert war dazwischen, das eine persönliche Note trug und ihn interessierte. Er wog es unschlüssig in der Hand. Das Kuvert trug oben in der linken Ecke einen feinen, schlichten Aufdruck:

»Stift St. Marien, Thüringen.« Und die Handschrift kannte er auch. Das war ein Brief von der Oberin des altadeligen Damenstiftes St. Marien, der Gräfin Salitz-Halm, einer Verwandten seiner Mutter, die mit dieser bis zu ihrem Ende in inniger Freundschaft verbunden gewesen war.

Die Gräfin Salitz-Halm war jedes Jahr einige Wochen zu Besuch seiner Mutter in Treuenfels gewesen, wenn sie sich von ihren Pflichten als Oberin des Stiftes hatte freimachen können. Harro hatte in ihr eine Frau von Geist und großer Herzensgüte verehrt. Er wußte, ihr Wahlspruch war: »Alles verstehen heißt alles verzeihen.«

Seit seiner Mutter Tod hatte er sie nicht wiedergesehen. Sie nahm seine Einladungen nicht an, und er wußte, daß sie es Alices wegen nicht getan hatte, deren Wesen ihr unsympathisch gewesen war. Zuweilen, bei festlichen Anlässen, wechselte er kurze Briefchen mit ihr, und da sie Gildas Patin war, erkundigte sie sich zuweilen nach dem Ergehen des Kindes. Seit das Unglück über ihn hereingebrochen war, hatte er nichts mehr von ihr gehört.

Und nun hielt er ein Schreiben von ihr in der Hand. Was mochte sie von ihm wollen? Ehe er es öffnete, vergegenwärtigte er sich das Bild der gütigen, feingeistigen Frau. Er sah sie ganz deutlich vor sich. Die lebhaften dunklen Augen hatten einen Gegensatz zu dem weißen Haar gebildet.

Und das Bild der Oberin vermischte sich mit dem seiner Mutter zu einem einzigen.

Sie war ihm auch immer in einer mütterlich-gütigen

Art begegnet. Und alle Menschen, die mit ihr in Berührung kamen, hatten sie gern und verehrten sie. Mit einem tiefen Atemzug öffnete er endlich den Brief. Was mochte er enthalten? Sagte auch sie sich von ihm los? Sicher war doch durch die Zeitungen von allem Kunde gedrungen zu ihr.

Er faltete das Schreiben auseinander und las:

»Mein lieber, lieber Harro! Heute will ich an Dich ein Recht geltend machen – das Recht der besten und treuesten Freundin Deiner Mutter. Sie kann heute nicht bei Dir stehen mit ihrem Trost und ihrer Liebe – und mit ihrem Glauben an Dich. Und ich denke mir, daß Du das gerade in diesen schweren Tagen doppelt nötig brauchen würdest. Laß mich nun an Deiner Mutter Stelle zu Dir sprechen, mein lieber Harro.

Ich habe von allem gehört, was in den letzten Wochen über Dich gekommen ist, und es hat mich geschmerzt, daß ich Dir nicht helfen konnte. Heute vernahm ich nun, daß man Dich freigesprochen hat – freigesprochen aus Mangel an Beweisen.

Was das für einen Mann, wie Du bist, bedeutet, weiß ich. Ich fühle, daß das an Dir fressen und zehren muß. Und deshalb drängt es mich, Dir an Deiner Mutter Statt ein gutes Wort zu sagen.

Verzweifle nicht, mein lieber Harro. Wer Dich kennt, wie ich Dich kenne, der wird nicht einen Moment an Dir zweifeln, wie ich es nicht getan habe. Ich weiß, daß Du schuldlos bist, daß Du eines feigen Meuchelmordes unfähig bist.

Laß Dich nicht niederdrücken dadurch, daß noch

kein Licht in diese so schreckliche Begebenheit kam. Gottes Mühlen mahlen langsam, aber sicher. Er wird Deine Unschuld an den Tag bringen. Vertraue auf ihn. Laß Dich nicht verbittern, mein lieber Harro, und hebe stolz und ruhig Dein Haupt im Bewußtsein Deiner Unschuld.

Leider kann ich nicht vor aller Welt für Dich eintreten, denn ich lebe hier in meinem Stift sehr weltabgeschieden und still. Aber Du sollst wenigstens wissen, daß hier ein altes, treues Herz mit innigen Wünschen für Dein und Deines Kindes Wohl schlägt und unerschütterlich an Dich glaubt. Und wenn Du meiner bedarfst, dann rufe mich, und ich eile zu Dir. Kann ich sonst etwas für Dich tun, laß es mich wissen. Ich bin immer bereit, Dir mit allen Kräften zu helfen. Und wenn Du rückhaltlos jemand Dein Herz ausschütten willst, so schreibe an mich. Ich werde mich immer freuen, von Dir zu hören.

Heute weiß ich Dir nichts mehr zu sagen. Der Brief soll so schnell wie möglich an Dich abgehen, weil ich weiß, daß Du eines Trostes bedarfst.

Gott behüte Dich und mein kleines Patchen Gilda, der ich segnend die Hand auf das blonde Haupt lege.

Kopf hoch, mein lieber Harro, wappne Dich mit dem Stolz der Unschuld und vertraue auf Gott und Dein gutes Recht. Er wird alles wohl machen, des bin ich gewiß. Du gehst jetzt durch eine schwere Prüfungszeit, aber Du wirst sie überstehen und sie hoffentlich bald hinter Dir haben.

Laß bald von Dir hören! Deine getreue Mutter Anna,

Oberin des Stiftes St. Marien.«

Wie wohl taten ihm diese vertrauenden, überzeugten Worte, nachdem ihn sein Freund Dalheim so deutlich geschnitten hatte. Sah er doch zu seiner Erleichterung, daß nicht alle Menschen an ihm zweifelten. Die Worte der gütigen Frau drangen zu seinem Herzen, als seien es die guten Worte einer Mutter. Er hätte ihr dankbar die Hände küssen mögen, und es drängte ihn, den Brief sogleich zu beantworten.

Dabei fiel ihm ein, daß ihm vielleicht die Oberin eine Erzieherin für seine Tochter empfehlen und beschaffen könne. Durch ihre Stiftsdamen stand sie sicher mit vielen Familien in Verbindung, und sie konnte ihm vielleicht eine passende junge Dame empfehlen. So beantwortete er den Brief.

Im adligen Damenstift St. Marien war an demselben Morgen, da man die Gräfin Alice Treuenfels tot in ihrem Bett aufgefunden hatte, eine außergewöhnliche Unruhe und Aufregung. Die Frau Oberin, Gräfin Salitz-Halm, von ihren Stiftsdamen Mutter Anna genannt, hatte beim gemeinsamen Frühstück im Speisesaal, früher Refektorium der Mönche, als St. Marien noch ein Kloster war, ein Schreiben vorgelesen. Dieses Schreiben war von einer der Stiftsdamen, die momentan nicht im Stift weilte, der Freiin Agnes von Ronach.

Ihre Nichte Griseldis hatte ihr geschrieben und sie gebeten, sofort zu kommen, weil ihr Vater bedenklich erkrankt sei und sie zu sehen wünsche. Agnes von Ronach war sofort diesem Ruf gefolgt, drei Tage später meldete sie der Oberin den Tod ihres einzigen

Bruders. Außer ihrer Nichte Griseldis besaß sie nun keine Verwandten mehr.

Dieses Schreiben lautete:

»Hochverehrte geliebte Mutter Anna!

Ehe ich nach St. Marien zurückkehre, was noch vor Weihnachten geschehen soll, möchte ich Ihnen eine große, innige Bitte ans Herz legen. Mein Bruder, dessen Ableben ich Ihnen meldete, hat keinerlei Vermögen hinterlassen, und seine Pension, von der er mit seiner Tochter lebte, erlischt mit seinem Tode.

Meine Nichte Griseldis ist in einer sehr schlimmen Lage. Sie hat zwar das Lehrerinnenexamen gemacht. Aber davon allein kann sie nicht leben. Die Rücksicht auf ihren kranken Vater hat bisher verboten, eine feste Stellung anzunehmen. Jetzt will sie das natürlich tun. Aber so schnell findet sich nichts für sie.

Wir wollen nun den geringen Nachlaß meines Bruders verkaufen, damit meine Nichte wenigstens einen Notpfennig hat.

Dadurch ist das Kind zwar die Sorge um die Wohnung los, aber zugleich vom ersten Januar an völlig heimatlos, bis sie eine Stellung gefunden hat. Griseldis ist nun freilich ein beneidenswerter Mensch, sich durch keinen Schicksalsschlag zu Boden werfen zu lassen. Sie hat ihren Vater sehr geliebt, obwohl dieser ein richtiger alter Nörgelpeter geworden war.

Ich habe meine Nichte von Herzen lieb und bedaure sehr, daß mir die Verhältnisse nicht gestatten, etwas für sie zu tun. Und eine Stellung wird sie leider von heute auf morgen nicht finden. Was soll nun aus ihr werden?

In meiner Sorge um das Kind habe ich an unsere hilfsbereite Mutter Anna gedacht.

Ich möchte Sie bitten, mir zu gestatten, daß ich meine Nichte für einige Wochen mit nach St. Marien bringe, also um die Weihnachtszeit. Griseldis kann in meinem Zimmer auf dem Diwan schlafen. Sie würde keinerlei Umstände verursachen und sich gewiß gern nützlich machen, und sie scheut keine Arbeit.

Ich weiß wohl, daß wir Stiftsdamen keine langen Besuche empfangen und keinen Besuch länger als auf drei Tage bei uns aufnehmen dürfen.

Ich sehe im Geiste, wie Mutter Anna tadelnd sagt: Aber, liebste Ronach, das geht doch nicht?

Und so appelliere ich kühn und zuversichtlich an Ihr gutes Herz und an die Beihilfe all meiner lieben Stiftsschwestern, denen ich meine Bitte ans Herz legen möchte.

Geht es nicht an, daß meine Nichte Griseldis reihum alle Stiftsdamen besucht? Jede derselben müßte ihr ein Anrecht geben, drei Tage ihr Gast zu sein. Natürlich bleibt ihr Lager in meinem Zimmer aufgechlagen, damit sie niemand lästig wird. Sie ist ein bescheidenes, liebes Ding, ich habe sie lieb, Mutter Anna, und möchte sie nicht ihrem Schicksal überlassen. Sie wird ja bald eine Stellung finden, denn sie eignet sich zur Gesellschafterin, zur Pflegerin oder zur Erzieherin. Nur über die stellenlose Zeit möchte ich ihr forthelfen.

Ich bitte um möglichst baldige Nachricht. Und wie sie auch ausfallen möge, ich weiß, daß Mutter Anna das Ihre tun wird, um einem sorgenbelasteten Menschen nach besten Kräften zu helfen.

In dankbarer Liebe und Verehrung

Agnes von Ronach.«

Als die Frau Oberin diesen Brief vorgelesen hatte, erhob sich unter den achtundzwanzig Stiftsdamen ein aufgeregtes Hin und Her, ein Staunen, Lachen und Bedenken, Zustimmen und ein bedächtiges Abwehren. So leicht war es nicht, diesen aufgeregten Schwarm zu besänftigen, bis sie sich über diesen Brief Luft gemacht hatten. Sie hörte nur Bruchstücke aus der Unterhaltung.

»Das geht doch nicht.«

»Wie denkt sich das die gute Ronach?«

»Das wird ein Spaß.«

»Aber gewagt finde ich das.«

»Es ist unglaublich.«

»Wenn wir nun alle unsere Verwandten so einladen wollten, dann würde das Stift das reine Gasthaus.«

»Du bist zu bedenklich; man muß der guten Ronach helfen.«

»Ich bin dafür, wir hören Mutter Anna.«

»Ja, sie wird das Richtige treffen.«

Diese saß ruhig da, ein feines, gütiges Lächeln um den Mund. Nun richtete sie sich auf.

»Ja, meine Damen, ich allein habe darüber nicht zu entscheiden. Nur möchte ich einiges bemerken. Unsre liebe Ronach ist uns allen immer gern gefällig gewesen, wo sie nur konnte. Und wie ich sie kenne, hat sie sich erst hundertmal bedacht, ehe sie uns mit dieser

Bitte kam. Wenn man nun bedenkt, daß da ein elternloses, junges Geschöpf in harter Bedrängnis ist und wir ihr mit gutem Willen leicht helfen können – nun, meine Damen –, wer von Ihnen tut es da nicht gern? Ich als Frau Domina des Stifts habe das Anrecht, mir einen Besuch weiblichen Geschlechts auf vierzehn Tage einzuladen. Ich werde also gern die Gelegenheit ergreifen, der guten Ronach auch einmal einen Gefallen zu tun, ihre Nichte auf vierzehn Tage zu mir einzuladen. Und Sie, meine Damen?«

Mutter Anna kannte ihre Schutzbefohlenen und hatte ihre Worte gut gewählt. Da blieb nicht eine verstockt.

Und als sich die Erregung geglättet hatte, erklärten sich alle Stiftsdamen bereit, die junge Freiin Griseldis auf drei Tage einzuladen.

Die Frau Domina rechnete lächelnd aus: Achtundzwanzig mal drei Tage, das sind vierundachtzig Tage. Dazu vierzehn Tage für sie, waren achtundneunzig Tage, und drei Tage durfte Agnes von Ronach ihre Nichte einladen, das machten zusammen hundertundeinen Tag, also reichlich drei Monate.

Mutter Anna schrieb an Fräulein Agnes von Ronach:

»Mein liebes Fräulein von Ronach!

Es freut mich aufrichtig und herzlich, Ihnen mitteilen zu können, daß wir einstimmig beschlossen haben, Ihren Wunsch zu erfüllen. Beifolgend sende ich Ihnen für Ihr Fräulein Nichte die Einladungen sämtlicher Stiftsdamen, die meine mit einbegriffen. Ihr origineller Gedanke hat allgemeinen Anklang gefunden, und wir freuen uns alle, von Fräulein Griseldis besucht zu werden. Die Reihenfolge wird heute nachmittag durch das Los bestimmen. Das gibt wieder eine vergnügte Unterhaltung. Und eigentlich müssen wir Ihnen für einige angenehme Stunden danken.

Ich stelle der jungen Dame gern eins der unbewohnten Zimmer für die Dauer ihrer Anwesenheit, die sich sonach auf drei Monate erstrecken darf, zur Verfügung. Hoffentlich gelingt es ihr in dieser Zeit, eine gute Stellung zu finden. Wir werden uns alle darum bemühen, ihr eine solche zu verschaffen.

Bitte, teilen Sie mir noch den genauen Termin Ihrer Ankunft mit, damit ich Ihnen die Stiftskutsche an den Bahnhof senden kann.

Mit den herzlichsten Grüßen an Sie und Ihr Fräulein Nichte

Ihre Mutter Anna.«

Griseldis von Ronach stand in dem schon ziemlich leergeräumten Wohnzimmer. Die Möbelträger waren gerade dabei, die letzten Stücke hinauszutragen. Rank und schlank stand das liebreizende Mädchen in ihrem schlichten schwarzen Kleid in dem leeren Raum.

Griseldis atmete tief auf. Sie strich sich über das schimmernde goldblonde Haar, das den feinen Kopf umgab. Die braunen Augen leuchteten, als seien Goldfunken darin gefangen, und der schöngeschnittene Mund, der beim Lächeln die Perlen gleichenden Zähne enthüllte, war entzückend. Ein unvergleichlich schöner Teint, der von gesunder Jugend zeugte, und eine ebenmäßige Gestalt waren die Gaben, die Mutter

Natur dem armen Fräulein Griseldis von Ronach verliehen hatte.

Sie besaß noch mehr Reichtümer, ein tapferes, unverzagtes Herz, einen frohen Sinn, eine unerschöpfliche Lebensfrische und die beneidenswerte Gabe, stets mit ihrem Schicksal zufrieden zu sein und immer einen leuchtenden Sonnenstrahl einzufangen, wenn auch der Himmel noch so dicht voll drohender Wolken hing. So war Griseldis dennoch nicht arm zu nennen.

Sie zählte zweiundzwanzig Jahre und hatte sich in ihrem jungen Leben schon hart mit allerlei Sorgen und Nöten herumgeschlagen. Und jetzt zeigte ihr das Schicksal eine besonders drohende Gestalt. Aber sie sah ihm tapfer und unverzagt ins Auge, obwohl Tante Agnes um sie jammerte.

»Hab' doch nur keine Angst um mich, liebes Tantchen«, sagte sie zu ihr, als die vor lauter Sorge und Bedenklichkeit nicht aus und ein wußte, »ich beiße mich schon durch wie die Maus durch den Speck. Gesund und kräftig bin ich gottlob, arbeiten macht mir Spaß, gleichviel, welcher Art die Arbeit ist, und irgendwo in der Welt wird schon ein Plätzchen für mich sein. Wer weiß, vielleicht hat die Zukunft sogar ein Stückchen Glück für mich bereit. Man muß den Mut nur nicht sinken lassen.«

Von dem Brief, den ihre Tante an die Frau Domina des Stiftes geschrieben, hatte Griseldis keine Ahnung.

Vorhin war nun das Antwortschreiben von Mutter Anna an Agnes von Ronach eingetroffen, und diese hatte sich ins Schlafzimmer zurückgezogen, um den

Brief erst einmal durchzulesen. Wenn er eine abschlägige Antwort enthielt, sollte Griseldis nichts davon erfahren. Inzwischen fertigte Griseldis die Möbelträger vollends ab und begab sich in die Küche.

Dann streifte sie die Ärmel ihres schlichten schwarzen Kleidchens auf. »So, nun wollen wir eine üppige Mahlzeit herrichten. Erster Gang: Kartoffelsuppe; zweiter Gang: Brühwürstchen; dritter Gang: Eierkuchen mit Hindernissen – falls nämlich die Butter zum Backen zu knapp ist. Nun – mehr als drei Gänge gibt es an Wochentagen beim Präsidenten von Sarnow auch nicht. Und Sarnows sind doch mehrfache Millionäre, was ich von mir nicht behaupten kann.«

Mit diesen Gedanken machte sich Griseldis an ihre Arbeit, die ihr flott und sicher von der Hand ging, da trat Tante Agnes in die Küche. Sie hatte ganz verweinte Augen.

Griseldis sah sie erschrocken an.

»Tantchen – liebstes Tantchen – was ist dir denn? Warum weinst du?«

Tante Agnes, eine kleine, hagere und etwas verwachsene Person, die aber trotzdem mit ihrem feingeschnittenen Gesicht etwas Vornehmes, Aristokratisches hatte, bemühte sich, ihre Tränen hinunterzuschlucken.

»Erschrick nur nicht, Seldis, es sind nur Freudentränen.«

»Freudentränen? – die gönne ich dir von Herzen, mein kleines Tantchen. Andre hast du nun wahrlich genug geweint um meinen lieben alten Papa, und aus Sorge um mich. Darf ich denn wissen, was dir diese Freudentränen erpreßt hat?«

»Ja, du sollst nun alles wissen. Ich schrieb an die Frau Domina unsres Stiftes. Und heute habe ich Antwort erhalten. Und was liegt in diesem Brief – ich wunderte mich, daß er so schwer war. Da liegen neunundzwanzig Einladungen darin, von allen Stiftsdamen und von der Frau Oberin.«

»Einladungen?«

»Ja doch, Seldis, für dich Einladungen nach St. Marien. Jede Stiftsdame lädt dich auf drei Tage ein und die Frau Domina auf vierzehn Tage. Auf drei Monate hast du nun die Berechtigung, in St. Marien bei mir zu weilen. Ist das nicht herrlich?«

Griseldis quirlte nachdenklich in der Kartoffelsuppe. Sie sah die Tante scharf und forschend an.

»Das ist ja sehr – sehr schön, Tante Agnes. Aber – wie sind denn die Damen auf die seltsame Idee gekommen, mich einzuladen?«

Tante Agnes zwang sich zu einer harmlosen Miene.

»Ach weißt du, Seldis, so helfen wir uns immer gegenseitig, wenn wir mal längeren Besuch haben wollen. Ich habe ihnen mitgeteilt, daß ich dich gern für einige Zeit bei mir haben möchte, und da sind denn prompt diese Einladungen erfolgt. Das ist nichts Besonderes.«

»O gute Tante Agnes, wie glatt ging diese heilige Lüge über deinen sonst so wahrhaften Mund, nur damit du den stolzen Sinn deiner Nichte nicht demütigen mußtest. Nun, das finde ich sehr schön, daß ihr so einmütig seid.«

Tante Agnes atmete froh auf.

»Gewiß, wir streiten auch einmal ein bißchen um Kleinigkeiten. Aber sonst halten wir treu zusammen. Und ich freue mich so sehr, daß ich nun die Angst um deine nächste Zukunft los bin.«

Griseldis lächelte. »Armes, kleines Tantchen – daß ich dir auch noch Sorge machte! Also, die Stiftsdamen laden mich wirklich ein?«

»Ja, lies doch nur, wie launig und liebenswürdig die Einladungen alle abgefaßt sind. Ich bin ihnen so dankbar.«

Griseldis las einige der Einladungen und lachte.

»Die lieben guten Stiftsweiberchen! Hoffentlich kann ich es ihnen einmal vergelten. Irgendwie will ich mich im Stift auch gern nützlich machen. Weißt du, ich modernisiere den Stiftsweiberchen die ältesten Hüte und Kleider, so daß sie aussehen wie aus der Modezeitung herausgeschnitten, oder ich tue ihnen sonst etwas zuliebe. Und wenn ich, hoffentlich recht bald, ein Stellung finde, dann kaufe ich für mein erstes Gehalt ein Kistchen Konfekt für sie oder sonst etwas Gutes. Übrigens, jetzt dinieren wir – genau wie bei Sarnows – drei Gänge. Da auf dem Küchentisch habe ich schon für uns gedeckt. Im Wohnzimmer könnten wir höchstens auf dem Fußboden essen, und ich glaube nicht, daß wir das können wie die Muselmänner, die mit untergeschlagenen Beinen sitzen. Nun lach nur, Tantchen. Das tut unsrer Trauer um Papa keinen Abbruch. Er würde es dir nicht übelnehmen, wenn er selbst auch das Lachen ganz verlernt hatte. So – hier setze dich her. Jetzt trage ich den ersten Gang auf.«

»Du goldiger, tapferer kleiner Kerl! Gott erhalte dir deinen frohen Mut. Meine Stiftsschwestern ahnen gar nicht, was sie sich für einen Sonnenstrahl ins Stift geladen haben. Ich muß dich bewundern. Eine andre an deiner Stelle würde weinen und jammern und vor Angst nicht aus und ein wissen. Nicht einmal von deinem Schmerz um den Vater läßt du dich unterkriegen. Und der ist groß, das weiß ich.«

Griseldis preßte die Lippen fest zusammen. Aber schnell hatte sie sich wieder in der Gewalt. »Ich habe es Papa fest versprochen, Tantchen, daß ich ihm nicht nachweinen will. Im ersten Schmerz gingen ja die Tränen trotzdem mit mir durch. Aber nun will ich mein Wort halten. Siehst du, Papa war mir viel mehr ein großes Kind als ein Vater – mein Sorgenkind. Ach, was war er manchmal gallig und verbittert, wenn ihn der Jammer um seine ungerechte Verabschiedung packte. Ich mußte mir recht Mühe geben, um sein armes Leben mit einem versöhnenden Schimmer zu umgeben. So lieb sind mir dabei meine Sorgen geworden, daß sie mir nun fehlen werden. Er hat viel, sehr viel gelitten, und es ist mir eher ein Trost als ein Schmerz, daß ich ihn nun aller Sorge und aller Schmerzen ledig weiß. Ich habe mich einmal tüchtig ausgeweint, als Papa seine müden Augen schloß. Aber dann habe ich ihm, ehe sie den Sarg schlossen, leise ins Ohr gesagt: Jetzt bleibe ich tapfer, wie du es gewollt hast, Papa, und nun schlaf ruhig aus. Und weil mir andre Menschen keinen Sonnenschein geben werden, habe ich mir in meinem Innern so eine kleine Fabrik von Sonnenstrahlen zugelegt. So, und nun iß, Tantchen. Findest du nicht, daß Kartoffelsuppe köstlich schmecken kann?«

Tante Agnes kostete lächelnd die Suppe.

»Hm! Ausgezeichnet. Du kochst überhaupt vorzüglich, das habe ich schon oft bemerkt.«

»Ja – schade, daß ich mich nicht als Köchin vermieten kann. Da bekäme ich hohen Lohn und ehrfurchtsvolle Behandlung.«

»Welch eine Idee, Kind!«

»Schade, daß sie sich für eine Freiin von Ronach nicht verwirklichen läßt. Die Köchin im Sarnowschen Hause nimmt eine Machtstellung ein. Wenn sie schlechte Laune hat, zittert das ganze Haus.«

»Vor dir würde aber niemand zittern, weil du, gottlob, nie schlechter Laune bist.«

»Oh, die würde ich mir natürlich als Köchin zulegen.«

»Hättest du nicht eine andre Stellung bei Sarnows finden können? Sie sind dir doch sehr gewogen, und bei so reichen Leuten kommt es doch nicht so drauf an.«

»Nein, Tantchen, das ist nichts für mich. Tilly von Sarnow war ja gleich nach Papas Tode hier und hat mich herzlich gebeten, zu ihnen zu kommen. Aber ich mochte nicht.«

»Nun, eigentlich hättest du das ruhig annehmen können. Sie sind dir doch so viel Dank schuldig, weil du die kleine Ruth Sarnow vor dem Tode des Ertrinkens bewahrt hast. Dein eigenes Leben hast du für das Kind in die Schanze geschlagen.«

»Aber Tantchen – sollte ich, eine der besten Schwimmerinnen, dabeistehen, wenn die Schwester meiner besten Freundin am Ertrinken ist?«

»Nein, natürlich nicht. Aber Tatsache ist doch, daß du Ruth von Sarnow nur mit eigener schwerer Lebensgefahr retten konntest.«

»Ja doch. Tilly wußte in ihrer Freude nicht, was sie mir antun sollte, als ich ihr die Schwester in die Arme legte. Und ihre Mutter hätte mir am liebsten ein Denkmal gesetzt. Und wenn man sich dann sagen muß, daß dies alles nur geschieht, weil man einer schlichten Menschenpflicht nachgekommen ist, hat man ein unbehagliches Gefühl. Tilly quält mich immerfort, ich soll ihr einen recht großen Wunsch verraten, den sie mir erfüllen könnte, und ihre Mutter tut dasselbe. So boten sie mir gleich nach Papas Tod eine Heimat in ihrem Hause. Tantchen, nicht um die Welt hätte ich das angenommen. Das sähe ja aus, als wollte ich mich dafür bezahlen lassen, daß ich Ruth aus dem Wasser holte.«

»Ich muß dir recht geben, Seldis, wenn es auch schade ist, daß du es nicht annehmen kannst.«

Am Nachmittag machte Griseldis dann Abschiedsbesuche. Auch im Hause des Landgerichtspräsidenten von Sarnow, und sie wurde sehr herzlich empfangen. Mit Bedauern hörte Tilly, daß Griseldis schon in den nächsten Tagen abreisen wollte.

»Du mußt mir fleißig schreiben, Seldis, wie es dir geht. Und wenn du im Sitft nicht mehr bleiben willst, dann komm zu uns.«

Aber Griseldis lehnte herzlich dankend ab und verabschiedete sich.

»Und vergiß nicht, Griseldis, du bist mir noch einen Wunsch schuldig!« rief ihr Tilly noch nach, ehe sie ging.

»Darauf wirst du wohl noch lange warten müssen, Tilly, ich bin absolut wunschlos«, antwortete sie.

Griseldis und Tante Agnes hatten nun noch zwei Tage vor sich, um ihre Abreise vorzubereiten. Am Sonnabend morgen wurden die letzten Möbel abgeholt. Einen großen Koffer mit Wäsche und Kleidern gab Griseldis vorläufg zu einem Spediteur. Ihre übrigen Habseligkeiten nahm sie mit nach St. Marien.

*

Nach einer dreistündigen Reise langten die beiden Damen auf der Bahnstation an, die dem Stift am nächsten lag.

Neben dem Stationsgebäude hielt die ehrwürdige, vor Alter etwas grau gewordene Stiftskutsche. Sie war mit zwei mageren Gäulen bespannt, und auf dem Bock saß im fadenscheinigen Mantel mit ehemals schwarzem, jetzt aber etwas fuchsig gewordenem Pelzkragen Christian, das Faktotum des Stifts. Er war Kutscher, Gärtner und Pförtner zugleich, und bei besonders festlichen Anlässen mußte er auch den Diener vorstellen in einer von ihm zärtlich behüteten alten Livree, auf die er selbst von seiner alten Militäruniform abgetrennte Litzen aufgesetzt hatte. Auch riesengroße weiße Handschuhe gehörten zu dieser Livree.

Im übrigen war Christian das einzige männliche Wesen, das im Stift wohnte, in dem kleinen Pförtnerhäuschen am Gartentor. Es war von Mutter Natur reichlich dafür gesorgt, daß Christian den Herzen der Stiftsdamen nicht gefährlich werden konnte, er war mit seinen Pockennarben, Zahnlücken und der verdächtig blauroten Nase von einer wahrhaft herzerfrischenden Häßlichkeit.

Mit gravitätischer Ruhe saß er auf seinem Bock. Heute war er nur Kutscher und sich bewußt, daß ihm die beiden kostbaren Stiftsgäule anvertraut waren. Da hätte ihn niemand von seinem Posten weglocken können. Und mit seinem ehemals fürstlichen Pelzmantel hätte er um keinen Preis die Gepäckstücke der beiden Damen herbeigetragen. Dafür war der Gepäckträger da.

Tante Agnes hatte Griseldis eine flüchtige Beschreibung von Kutscher und Wagen entworfen, damit sie vorbereitet war.

»Guten Tag, Christian«, sagte Tante Agnes freundlich.

Mit Christian standen alle Stiftsdamen auf gutem Fuß, denn man brauchte ihn nun einmal zu allerlei Dingen, für die weibliche Kräfte nicht ausreichten. Und Christian wußte das. Deshalb hielt er auf Würde und vergab sich nichts.

»Das ist meine Nichte, Christian.«

Christian sah von der Seite auf Griseldis herab, und ihr junges, lachendes Gesicht zauberte auch um seinen Mund ein freundliches Lächeln.

»So was Junges haben wir lange nicht im Stift

gehabt. Aber nun steigen Sie man ein. Meine Gäule sind gewiß ebenso steif geworden wie ich selber«, sagte er halb herablassend, halb vorwurfsvoll.

»Ich werde dafür sorgen, Christian, daß Sie von der Köchin einen heißen Grog bekommen, wenn wir heimkommen.«

Christians Gesicht wurde ein wenig freundlicher und leutseliger. »Schönchen, gnädiges Fräulein! Aber bitte, nicht vergessen. Ich werde Sie lieber noch einmal daran erinnern, wenn Sie im Stift aussteigen.«

»Das ist nicht nötig, Christian, ich werde daran denken und Tante daran erinnern«, sagte Griseldis, mühsam ihren Ernst bewahrend.

Christian grinste sie leutselig an. »Hm! Besser ist besser. Aber nun einsteigen, meine Damen.«

Der Gepäckträger hatte inzwischen die Koffer aufgeladen, und die Damen stiegen ein. Griseldis fuhr mit einem Jauchzer wieder empor, als sie sich gesetzt hatte. Sie war so tief in die vom Alter gelockerten Polster gesunken, daß sie schon gefürchtet hatte, durchzufallen.

»O du meine Güte«, sagte sie lachend und sank nun etwas vorsichtiger wieder zurück, »das ist ja ein entzückendes Vehikel, Tantchen. Hörst du, wie die Federn quietschen? So ungefähr stelle ich mir die Arche Noah vor. Die Federn liefern das schönste Konzert.«

»Treibe deinen Spott nicht mit so geheiligten Dingen, wie unsre Stiftskutsche es ist, Seldis.«

»Spott? Ach nein, Tantchen, das ist wirklich kein Spott. Ich bin ganz ehrlich entzückt. So lieb und traulich ist das alles, selbst Christian einbegriffen. Ich wette, hinter seiner rauhen Schale verbirgt sich ein edler Kern.«

»So unbedingt möchte ich doch nicht auf Christians Edelmut schwören. Dem mußt du schon mit einem Glas Grog, einem Päckchen Tabak oder einigen Zigarren auf die Beine helfen. Sie brauchen aber nicht sehr gut zu sein, die Zigarren. Aber dann ist er auch großartig – dieser Edelmut.«

»Das will ich mir merken, Tantchen. Aber nun sieh nur den Thüringer Wald im Winterkleid – das ist, um poetisch zu werden. Herrgott – und da drüben auf dem Berg die Burg – wie wunder-wunderschön! Was ist das für eine Burg, Tantchen?«

Auch Tante Agnes sah hinüber zu dem Berg. »Das dachte ich mir, daß dich dieser Blick entzücken würde. Die Wartburg ist es, Seldis.«

»Wie ist die Welt so schön, Tante Agnes«, sagte sie endlich leise und innig. »Da hinauf möchte ich wohl einmal steigen. Wie weit ist wohl der Weg bis dahin?«

»Immerhin gut drei Stunden, Kind. Und jetzt im Winter über die verschneiten Wege kannst du unmöglich zur Wartburg hinauf. Wir machen jedes Jahr um die Pfingstzeit vom Stift aus einen gemeinsamen Ausflug nach der Wartburg. Dafür haben wir eine sogenannte Strafkasse. Wer zu spät zu Tisch kommt oder dergleichen, der muß einen Strafgroschen in die Kasse zahlen. Und der Inhalt dieser Strafkasse wird zu einem Ausflug nach der Wartburg verwendet. Mutter Anna, die einiges Vermögen hat, hilft dann immer durch eine freiwillige Spende nach, damit es gut reicht.«

Es dauerte etwa eine gute Stunde, bis das Stift erreicht war. Und als die Kutsche hielt und die Damen ausstiegen, erschienen an vielen Fenstern die neugierigen und erwartungsvollen Gesichter der Stiftsdamen. Christian war schneller vom Bock herunter, als es sich mit seiner Würde vertrug. Er sah die beiden Damen erwartungsvoll an.

»Tantchen, vergiß den Grog nicht – du weißt, wegen des Edelmutes«, sagte Griseldis lächelnd.

Tante Agnes rief in die Küche hinein, die im Erdgeschoß lag:

»Line – einen steifen Grog für Christian, der ist ganz durchfroren!«

»Hab' mir's schon gedacht, gnädiges Fräulein. Das läßt sich der Christian nicht entgehen.«

Griseldis sah sich mit großen Augen entzückt in dem alten Kloster um. Nachdem sie einen schmalen Hausflur passiert hatten, gelangten sie auf eine ziemlich große Diele. Hier empfing sie Mutter Anna mit ihrer freundlich gütigen Würde und begrüßte sie herzlich. Griseldis verlor im ersten Augenblick ihr Herz an diese schöne alte Dame. Sie beugte sich über die gereichte Hand und küßte sie.

Wohlgefällig sah Mutter Anna in das schöne Mädchengesicht.

»Das wird uns alten Frauen guttun, so ein junges Blut in unserer Mitte«, sagte sie lächelnd.

Tante Agnes sah ängstlich nach der Treppe.

»O liebe, verehrte Mutter Anna, wenn das Fräulein

von Hagedorn und die Baronesse Ristau hören, daß sie unter die alten Frauen gerechnet werden.«

»Nun, die beiden Damen kann ich ja ausnehmen. – Aber Sie und ich, mein liebe Ronach, rechnen uns doch freiwillig unter die alten Frauen.«

Tante Agnes lachte leise. »Der Not gehorchend, nicht dem eignen Trieb, Mutter Anna.«

»Das ist wirklich ein passendes Zitat. Aber nun will ich Sie hier nicht länger aufhalten. Sie führen Fräulen Griseldis selbst nach ihrem Zimmer, liebe Ronach. Ich habe das für sie bereit machen lassen, das dem Ihren direkt gegenüberliegt. Griseldis – ich darf Sie doch so nennen?«

»Es wird mir eine Ehre sein, Frau Domina.«

»Nein – Mutter Anna, wenn ich bitten darf. Das möchte ich auch Ihnen sein.«

Welch ein entzückendes Geschöpf. Sie wird es nicht leicht haben da draußen in der Welt. Für arme Mädchen ist Schönheit ein Danaergeschenk, dachte sie, als sie davonging.

Als Griseldis mit ihrer Tante allein war, preßte sie deren Arm fest an sich.

»Tantchen – das ist eine goldige alte Dame, eure Mutter Anna. Wundervoll sieht sie aus mit ihrem schönen weißen Haar. Ich freue mich, daß ich eine Weile hier im Stift bleiben darf. Was ist dies für ein schöner, alter Bau! Nun weiß ich doch auch einmal, wie es hinter Klostermauern ist. Wie lange haben denn die Mönche in St. Marien gewohnt?«

»Bis 1806. Seitdem ist es Damenstift geworden.«

»Wie interessant mir das alles ist, Tantchen.«

»Ach, Kind, es wird dir bald langweilig werden. Das Leben in unserem Stift ist sehr eintönig.«

»Mir wird es bestimmt nicht eintönig werden. Und langweilen werde ich mich ganz sicher nicht.«

*

Eine Stunde später war Griseldis allen Stiftsdamen vorgestellt.

Sie stattete allen ihren herzlichen und aufrichtigen Dank für die liebenswürdige Einladung ab.

Und Griseldis' sonnige Art, ihre schöne Erscheinung und ihre liebliche Bescheidenheit siegten auf der ganzen Linie.

Griseldis brachte Sonnenschein in das stille graue Haus. Es war, als rege sich in den alten Fräulein leises Erinnern an die eigene Jugend, da sie noch mit vollen Segeln und heimlicher Erwartung ins Leben hinausgesteuert waren. Und dies junge Mädchen weckte in ihnen das Bewußtsein, daß sie im Grunde hier im Stift ein beneidenswertes Leben führten.

Da war zuerst der interessante alte Bau selbst, in dem sie alle ein friedliches Heim gefunden hatten. Griseldis hatte ihn bald vom Keller bis zum Boden durchstreift und entdeckte täglich neue Schönheiten. So lernten diese ihr Heim durch sie erst richtig kennen.

Und dann das gute Essen im Stift! Vom Frühstück an bis zu dem vorzüglichen Abendessen war alles qualitativ und quantitativ hervorragend.

Der schöne, alte Kreuzgang, in dem man auch bei Regenwetter im Freien spazierengehen konnte, der große, mit alten Bäumen bewachsene Garten, der im Sommer ein Paradies sein mußte, die köstliche, nervenstärkende Stille, die ozonreiche, gute Luft und das gemütliche und behagliche Zusammenleben unter dem milden Zepter der gütigen Mutter Anna, das waren alles Dinge, die erst Griseldis für die alten Damen als beneidenswerte Schätze entdecken sollte.

All die Stiftsdamen, die ihr Friedensasyl mit unzufriedenen oder resignierten Blicken betrachtet hatten, sich sehr bemitleidenswert vorkamen, machten nun erstaunt die Augen weit auf, wenn Griseldis ihnen sagte, wie glücklich und beneidenswert sie sich fühlen müßten.

Sie legten die resignierten Mienen ab und machten ganz vergnügte Gesichter. Dann sorgte Griseldis auch für allerlei Beschäftigungen. Auch richtete sie den alten Damen hübsche neue Handarbeiten ein.

Kurzum, Griseldis wurde zum Segen für das ganze Stift, und es war in den grauen Mauern noch nie so vergnügt zugegangen.

Mutter Anna sah staunend und bewundernd, welche Segenskraft von diesem jungen Mädchen auf ihre ganze kleine Herde ausströmte. Sie spürte es nicht zum wenigsten an sich selbst, denn sie hatte, während sich das furchtbare Drama im Schloß Treuenfels abgespielt hatte, Aufregungen gehabt, die Sorge um des Grafen Harro Geschick bedrückte ihr Herz. Und weil sie diese Last auf ihrer Seele nicht allein tragen konnte, weihte sie Griseldis von Ronach in all ihren Kummer ein.

Diese weilte oft bei Mutter Anna. Und in diesen

Stunden kamen sich die beiden Damen sehr nahe. Sie fühlte, daß sie verwandte Seelen waren und einander volles Verständnis entgegenbrachten. Was Mutter Anna mit keiner ihrer Stifsdamen hätte besprechen mögen, das vertraute sie Griseldis an. So lernte die junge Dame durch die Berichte der Mutter Anna alle die Menschen kennen, die in Treuenfels lebten und gelebt hatten.

Auch die Fotografien dieser Menschen zeigte sie Griseldis. So sah diese im Bilde Graf Harro Treuenfels, seine schöne Gemahlin, sein kleines Töchterchen und die Mutter des Grafen. Nur von Komtesse Beate besaß Mutter Anna kein Bild, und die alte Dame sprach auch nur ganz flüchtig von Beate.

Griseldis vertiefte sich in die edlen Züge des Grafen, während Mutter Anna ihr eine Schilderung seines Charakters gab und einige Episoden erzählte, die seine große Herzensgüte und strenge Wahrhaftigkeit und Ehrenhaftigkeit illustrierten. Und das Herz des jungen Mädchens sprach für den so schwerer Schuld angeklagten Mann. Nein, das konnte kein Mörder sein. Sie fieberte gleich der alten Dame in Erwartung der Verhandlung und las mit brennendem Eifer jedes Wort, das über diese Angelegenheit in der Zeitung stand.

Inzwischen war der größte Teil der hundert Tage vergangen, die Griseldis im Stift verleben durfte. Und die Stiftsdamen und Mutter Anna sahen dem Ende dieser Tage mit größerer Betrübnis entgegen als Griseldis selbst.

Eine Stellung hatte Griseldis trotz eifriger Bemühungen noch nicht gefunden. Dieses und jenes Anerbieten war ihr wohl gemacht worden, aber die Stiftsdamen protestierten jedesmal. Griseldis sollte nur eine sehr gute Stellung annehmen, die Garantie bot, daß das Kind gut untergebracht war. Am liebsten hätte man sie überhaupt nicht wieder fortgelassen, und es wurden die abenteuerlichsten Pläne ersonnen, um ihr ein Bleiben in St. Marien möglich zu machen. Sie hatten schon beschlossen, bei Mutter Anna anzufragen, ob sie nun Griseldis nicht reihum wieder von neuem einladen könnten. Aber dagegen protestierte Griseldis.

»Nein, meine lieben, verehrten Damen, das geht nicht. Ich werde hier im Stift von allen Seiten so verzärtelt und verwöhnt, daß ich einfach untauglich werde zum Kampf ums Dasein. So gut habe ich es ja mein Lebtag nicht gehabt wie hier. Und kurz und gut – ich nehme die nächste Stellung, die sich mir bietet, unbesehen an. Halte ich es gar nicht aus in dieser Stellung – unter Menschenfresser werde ich ja hoffentlich nicht gleich geraten –, dann schreibe ich einen Jammerbrief an meine dreißig Vizemütter und bettle um eine neue Einladung. Das verspreche ich feierlichst. Aber erst muß ich einmal meine Schwingen regen. Und mit frohem Mut und gutem Willen werde ich schon ein Stückchen vorwärtskommen.« –

So sagte Griseldis bestimmt und hatte dann ihre liebe Not, ihre Stiftsweiberchen zu trösten und wieder aufzuheitern.

So standen im Stift St. Marien die Dinge an dem

Tag, da Graf Harro aus Mangel an Beweisen freigesprochen wurde.

Mutter Anna war außer sich. Sie wußte, was dieser bedingte Freispruch für Demütigungen und Schmerzen für Graf Harro im Gefolge haben mußte und war trostlos, daß sie ihm nicht helfen konnte. So fest und sicher hatte sie an seine völlige Freisprechung geglaubt. Sie weinte herzbrechend, und Griseldis mußte sie trösten.

Gleich Mutter Anna war auch Griseldis von Graf Harros Unschuld überzeugt. Ihr war, als kenne sie ihn genau, und ihr junges Herz hatte energisch für ihn Partei ergriffen. Sie hätte ihm helfen und ihn trösten mögen, wenn sie nur ein Anrecht darauf gehabt hätte.

Woher ihr der unbedingte Glaube an Graf Harros Unschuld kam, wußte Griseldis nicht. Sie mußte viel, sehr viel an diesen ihr doch ganz fremden Mann denken. Im Geiste sah sie, wie der frohe, übermütige Glanz in seinen Augen erloschen war. Solche Erlebnisse gehen nicht spurlos an einem Menschen vorüber. Das wußte sie.

Und dann kam zwei Tage später der Brief des Grafen Harro an Mutter Anna mit der Bitte, ihm eine deutsche Erzieherin für seine Tochter zu engagieren.

Als Mutter Anna den Brief gelesen hatte, sah sie sinnend vor sich hin. Wie seltsam! Ist das Zufall oder Schicksalsfügung? Ich denke, die gewünschte Erzieherin für deine Tochter ist schon gefunden, mein lieber Harro. Und weiß Gott, eine vortrefflichere als unsere liebe Griseldis könnte ich dir nicht finden, solange ich auch suchen würde.

Und mit Lebhaftigkeit sprang sie auf und klingelte. Eine Dienerin trat ein.

»Berta – rufen Sie mir Fräulein von Ronach hierher. Ich lasse sie bitten, sofort zu mir zu kommen.«

Die Dienerin verschwand. Und wenige Minuten später trat Griseldis bei Mutter Anna ein. »Sie haben mich rufen lassen, Mutter Anna. Hier bin ich.«

»Ja, Kindchen – ich habe etwas von Wichtigkeit mit Ihnen zu besprechen. Wenn nicht alles täuscht, habe ich eine passende Stellung für Sie gefunden – vorausgesetzt natürlich, daß Sie dieselbe annehmen wollen.«

»Das will ich gewiß, Mutter Anna. Ich habe doch gesagt, die nächste Stellung, die sich mir bietet, nehme ich ohne Bedenken an.«

»Sie sollen sich reiflich bedenken. Kommen Sie, setzen Sie sich zu mir. Die Stellung, von der ich spreche, würde Sie in das Haus eines Mannes führen, dem, vielleicht für alle Zeit, ein schlimmer Makel anhaftet.«

Griseldis hatte sich niedergelassen und sah die alte Dame an. Sie war ein wenig blaß geworden, sie erfaßte sofort, von wem die alte Dame sprach. »Mutter Anna – ist es das Haus des Grafen Treuenfels?« fragte sie hastig.

»Ja, Griseldis. Graf Treuenfels sucht eine Erzieherin für sein Töchterchen – eine Persönlichkeit, die imstande ist, dem Kind die Mutter zu ersetzen. Er bittet mich, ihm eine geeignete Dame für diese Stellung zu empfehlen. Ich könnte sehr günstige Bedingungen für Sie ausmachen – vorausgesetzt, daß Sie diese Stellung annehmen wollen.«

Griseldis preßte die Handflächen fest zusammen und sah vor sich hin. Sichtlich zögerte sie. Sie fühlte, daß sie etwas Starkes, Zwingendes, Unerklärliches zu diesem Mann zog, der unter einem schweren Schicksal litt, dessen edle Züge einen so tiefen Eindruck auf ihr junges Herz gemacht hatten. Es war etwas in ihr, das ihr zurief: »Begib dich nicht in Gefahr, in der du vielleicht umkommen wirst.«

Da sie mit ihrer Antwort zögerte, sagte die alte Dame nach einer Weile:

»Ich verstehe, liebes Kind, daß Sie sich das reiflich bedenken wollen. Ich will Ihnen in keiner Weise zureden. Aber vielleicht lesen Sie einmal diesen Brief des Grafen Treuenfels an mich. Es stehen keine Geheimnisse darin – wenigstens nicht für Sie, die Sie in diesen Wochen all meine Angst und Sorge um den jungen Mann kennengelernt haben. Bitte, lesen Sie den Brief durch. Und ich sage Ihnen nur eins: Die Aufgabe, die Ihnen hier gestellt würde, ist groß und schwierig – aber auch schön. Ich halte Sie dieser Aufgabe völlig gewachsen. Hier gilt es, einem mutterlosen Kind die Mutter zu ersetzen und es so zu erziehen, daß es später vielleicht ein schweres Schicksal zu ertragen vermag – das Schicksal, die Tochter eines Verfemten, Geächteten zu sein. Für ganz Treuenfels könnten Sie zum Segen werden, wie Sie es in der kurzen Zeit uns allen hier geworden sind. Ich wünsche es dem Ärmsten, daß ihm so ein heller, warmer Sonnenstrahl ins Haus fällt, der auch ihn ein wenig aufheitern kann. So, Griseldis, weiter habe ich Ihnen nichts zu sagen. Nun lesen Sie diesen Brief. Nehmen Sie ihn mit auf Ihr

Zimmer, und bedenken Sie alles sehr reiflich. Dann wollen wir alles mit Ihrer Tante besprechen.«

»Sie müssen nicht glauben, Mutter Anna, daß ich Bedenken habe, in das Haus Treuenfels zu gehen, weil ich an seiner Schuldlosigkeit zweifle. Das wissen Sie, daß ich das nicht tue. Ich möchte mich nur erst selbst prüfen, ob ich den Anforderungen entspreche, die Graf Treuenfels an die Erzieherin seiner Tochter stellt.«

»Sie finden all seine Wünsche in diesem Brief, liebe Griseldis.«

Griseldis ging auf ihr Zimmer. Sie war so erregt, daß ihre Hand, die den Brief hielt, leise zitterte. Warum – das wußte sie selbst nicht. Ihr war zumute, als sei eine Schicksalsstunde für sie gekommen, in der sich ihr Geschick erfüllen würde. Jedenfalls war ein ängstliches Zagen in ihr, wie sie es noch nie gekannt hatte.

Sie las langsam und bedächtig den Brief durch, und als sie ihn zu Ende gelesen hatte, war alles Zagen verschwunden. Ein starker Eifer war in ihr erwacht – ein zwingender Drang. Ja, sie wollte nach Treuenfels gehen, wollte diesem Mann, der ein so schweres Schicksal trug, die Sorge um sein Kind abnehmen. Froh fühlte sie die Kraft in sich, die ihr gestellte Aufgabe zu lösen. Sie wollte die kleine Komtesse so erziehen, daß sie ihrem Vater später einmal tapfer und unverzagt zur Seite stehe, wie sie ihrem verbitterten Vater zur Seite gestanden hatte.

Nicht umsonst sollte er sich an Mutter Anna gewandt haben. Das war eine große, herrliche Aufgabe für sie, in der sie alle Kräfte einsetzen, wo sie segensreich wirken konnte.

Und so ging sie ohne weiteres Zögern zu Mutter Anna.

»Ich will nach Treuenfels gehen, Mutter Anna, wenn Sie meinen, daß ich leisten kann, was man dort von mir verlangt.«

»Bravo, liebe Griseldis! Ja, ich glaube, daß Sie die geeignete Persönlichkeit sind für diesen Posten, glaube, daß Sie ein gütiges Geschick hierhergeführt hat, damit Ihre Schritte nach Schloß Treuenfels gelenkt werden. Das ist Gottes Fügung, und er wird wissen, weshalb er alles so eingerichtet hat. Aber nun will ich gleich Ihre Tante holen lassen, damit wir alles mit ihr besprechen. Und dann will ich an Graf Harro schreiben.«

Tante Agnes kam auf den Ruf der Oberin.

Sie war nicht wenig erschrocken, als sie vernahm, in wessen Haus Griseldis eine Stellung annehmen sollte. Ihr war, als müsse sie Griseldis davon abraten. Aber zugleich dachte sie bekümmert daran, daß in wenigen Tagen die Frist für Griseldis im Stift abgelaufen sein würde und daß diese noch kein anderes Engagement gefunden hatte.

Und so gab sie endlich ihre Einwilligung. Bei Tisch wurde dann auch den Stiftsdamen mitgeteilt, daß Griseldis eine Stellung gefunden hatte und bei wem.

Da gab es zuerst sehr bestürzte und traurige Gesichter und viele Proteste und Einwendungen.

Ja, die Stiftsdamen von St. Marien hatten in diesen hundert Tagen in ihren Herzen entdeckt, was in jedem

Weib schläft – das Gefühl der Mütterlichkeit. Und dies Gefühl ließ sie nicht mehr los, und sie wollten, wie rechte Mütter, für ihr Kind ein möglichst sorgenfreies Schicksal haben.

Das ging nicht ohne ein aufgeregtes Durcheinander ab. Aber auch hier wußte Mutter Anna dann die rechten Worte zu finden. Sie hielt eine ergreifende Rede, sprach in warmen Worten von dem harten, unverdienten Schicksal des Grafen Treuenfels und von seinem reizenden, schuldlosen Kind, dem Griseldis eine Mutter sein sollte.

Griseldis hatte all das Für und Wider keinen Augenblick wankend gemacht. Sie war nur tief gerührt durch den zärtlich sorgenden Eifer, mit dem die Damen ihr Schicksal berieten, und ging reihum, um ihre Vizemütter herzlich zu umarmen und ihnen zur Erheiterung und Beruhigung ein wenig lieben Unsinn vorzuplaudern.

Um den alten Damen auch ein Recht einzuräumen, beriet nun Mutter Anna mit ihnen, unter welchen Bedingungen Griseldis die Stelle antreten sollte.

Tante Agnes mußte zugeben, daß in materieller Beziehung eine bessere Stelle für ihre Nichte nicht gefunden werden könne. Sie kam in einen großen, vornehmen Haushalt und würde es in jeder Beziehung gut haben. Mutter Anna bürgte für eine außerordentlich gute Behandlung und schilderte die kleine Komtesse wahrheitsgemäß als ein liebes, anschmiegendes Kind.

Schließlich konnte ja auf Griseldis kein Schatten von dem Makel fallen, der auf Graf Treuenfels ruhte. Die

Dehors waren auch gewahrt durch die Anwesenheit der Komtesse Beate, die dem Hauswesen des Grafen vorstand. Und sonst – nun – würde sie sich in Treuenfels schon ihr Leben zimmern.

So fanden sich schließlich alle mit dem Gedanken ab, daß Griseldis nach Schloß Treuenfels gehen würde. Nur an den Abschied durften sie noch nicht denken. Da mußte Griseldis noch reihum trösten.

Mutter Anna aber schrieb sogleich an Graf Treuenfels:

»Mein lieber Harro!

Es trifft sich gut, daß ich zufällig in der Lage bin, Dir sofort eine Erzieherin für Dein Töchterchen zu empfehlen, wie Du sie wohl nicht besser finden könntest. Da weilt seit einiger Zeit die junge Freiin Griseldis von Ronach, die Nichte einer meiner Stiftsdamen, in St. Marien. Sie sucht eine ähnliche Stellung, weil sie vor einigen Monaten ihren Vater, einen pensionierten Major, verloren hat und nun darauf angewiesen ist, sich ihr Brot zu verdienen.

Griseldis hat in ihrem jungen Leben noch nicht viel gute Tage gesehen. Sie ist arm und heimatlos. Trotzdem ist sie ein Geschöpf voll Lebensfrische, Tapferkeit und unverzagter Munterkeit. Du könntest wirklich lange suchen, bis Du ihresgleichen fändest.

Sie wird Deinem Kind eine liebevolle Pflegerin, eine gewissenhafte Erzieherin sein. Ihr sonniges Naturell hat es sogar fertiggebracht, meine Stiftsdamen zu zufriedenen, vergnügten Geschöpfen zu machen. Nun werde ich sie zu Dir schicken, mein lieber Harro, für Dein Kind. Möge Segen sie auch über Deine Schwelle begleiten. Sie ist genau über alles orientiert, was Dir begegnet ist. Auf meine Anfrage war sie sofort bereit, die Stellung in Deinem Hause anzutreten. Ich habe mir erlaubt, ihr ein anständiges Gehalt auszusetzen in Deinem Namen und setze als selbstverständlich voraus, daß sie in Deinem Haus eine angenehme Stellung finden wird.

Griseldis von Ronach ist zweiundzwanzig Jahre und sehr hübsch, um nicht zu sagen schön. Sie besitzt eine seltsam erfrischende Macht über Menschenherzen. Keine von meinen Stiftsdamen hat sich dem Zauber ihrer Persönlichkeit entziehen können, und Deine Gilda wird schnell ihr kleines Herz an sie hängen. Daß Griseldis mit Lust und Liebe an ihre Aufgabe gehen wird, dafür kann ich mich verbürgen.

Daß Beate in Deinem Haus weilt, ist mir für Griseldis lieb, obwohl ich von Deiner Ritterlichkeit überzeugt bin. Ich weiß, daß sie in Deinem Haus vor allem unter Deinem sicheren Schutz steht.

Bitte, sende mir sogleich Nachricht, ob Du einverstanden bist und wann die junge Dame eintreffen soll.

Mit herzlichen Grüßen für Dich, mein lieber Harro, verbleibe ich

Deine getreue Mutter Anna.«

Harro von Treuenfels saß mit seiner kleinen Tochter und Beate am Frühstückstisch, als Heinrich die Posttasche brachte, in der unter anderm der Brief Mutter Annas enthalten war.

Diesen Brief öffnete er zuerst, während er die andern für später beiseite legte.

»Du erlaubst, Beate. Der Brief ist von der Gräfin Salitz-Halm.«

Beate beschäftigte sich mit Gilda, während ihr Vater den Brief las.

»Ich hatte die Gräfin gebeten, mir, wenn möglich, eine Erzieherin für Gilda zu beschaffen. Sie schreibt mir nun, daß sie zufällig in der Lage ist, mir gleich eine solche in Vorschlag bringen zu können. So braucht Gilda nicht lange ohne Erzieherin zu sein.«

Beate fühlte selbst, daß sie wenig Talent und Geduld zur Erzieherin hatte, und war sehr damit einverstanden, daß ihr dies Amt wieder abgenommen wurde. »Hoffentlich hat die Gräfin eine gute Wahl getroffen«, sagte sie.

»Ich kann dir vorlesen, was die Gräfin über die junge Dame schreibt«, erwiderte Harro und las die betreffenden Stellen vor.

In ihrem Gesicht malte sich eine keineswegs freudige Zustimmung, als davon die Rede war, daß Griseldis von Ronach jung und schön sei.

Solch eine Persönlichkeit sah sie nicht gern in der Nähe ihres Vetters. Das konnte ihrem Plan, die zweite Frau des Grafen Harro zu werden, vielleicht hinderlich sein.

»Zweiundzwanzig Jahre ist die Dame erst alt, Harro«, sagte sie zögernd. »Das ist doch wohl zu jung für eine so verantwortliche Stellung.«

Harro ließ seinen Blick auf dem Brief ruhen, den er noch in der Hand hielt. Sein Blick fiel auf den Namen

Griseldis. Er gefiel ihm sehr, dieser Name. Die rührende Sage von jener Griseldis fiel ihm ein, die der Markgraf Walther Saluppo zur Gattin gewählt und dann auf eine so grausame Probe gestellt hatte.

Griseldis!

Er hob langsam die Augen von diesem Namen und sah in Beates Gesicht. Es erschien ihm wenig schön, dieses harte, fast männliche Antlitz mit der zu großen Nase. Es mußte angenehm sein, wenn ihm bei Tisch noch ein anderes junges und schönes Antlitz entgegenblickte.

»Ich habe der Gräfin geschrieben, daß ich eine noch jugendliche Erzieherin für meine Tochter haben möchte. Dies Alter scheint mir gerade recht. Gilda soll in ihrer Erzieherin zugleich eine junge Gesellschafterin haben. Sie wird eine solche recht nötig brauchen in unserem stillen Treuenfels. Jedenfalls bin ich überzeugt, daß mir die Gräfin die junge Dame nicht so warm empfohlen hätte, wenn sie ihr für diesen Posten nicht geeignet erscheinen würde.«

»Ich wäre doch mehr dafür, Harro, wenn eine ältere, erfahrenere Person ins Haus käme. Man kann sich auf ein so junges Ding nicht unbedingt verlassen. Und wo bleibt die Autorität, wenn sie mit Gilda scherzt und lacht?«

Harro blickte wie magnetisch angezogen wieder auf den Namen Griseldis.

»Oh, es gibt eine Autorität der Liebe. Die wünsche ich mir für Gilda. Selbstverständlich werde ich die Erziehung meiner Tochter sorgfältig überwachen und werde mich erst überzeugen, ob ich Gilda der jungen

Dame unbesorgt überlassen kann. Ich muß sie erst kennenlernen und ihre Fähigkeiten prüfen, ehe ich ihr Gilda völlig anvertraue. Im übrigen kann ich mich wohl auf den Scharfblick der Gräfin verlassen, die viel Menschenkenntnis besitzt. Du kannst also ganz unbesorgt sein.«

Beate senkte die Augen, um das unruhige Funkeln derselben zu verbergen. Noch ehe sie Griseldis gesehen, fühlte sie eine starke Abneigung gegen sie und hätte gern um jeden Preis die Anstellung der jungen Dame verhindert.

»Ich meine doch, du müßtest dir die junge Dame erst einmal ansehen, ehe du sie fest anstellst. Oder vielleicht genügt es, wenn ich sie mir ansehe. Ich bin gern bereit, dir das abzunehmen und nach St. Marien zu reisen. Das ist unverbindlicher, als wenn wir sie hierherkommen lassen«, sagte sie. Und natürlich nahm sie sich vor, die Anstellung Fräulein von Ronachs zu hintertreiben.

Aber Harro schüttelte energisch den Kopf.

»Ich danke dir, Beate, aber das halte ich nicht für nötig. Die Gräfin kennt die junge Dame länger und besser, als es dir bei einem so flüchtigen Besuch möglich wäre. Die Gräfin ist eine kluge, scharfblickende Frau und würde mir die junge Dame nicht empfehlen, wenn irgendwelche Bedenken zu berücksichtigen wären.«

»Du wirst mich eigensinnig schelten, Harro, aber ich habe ein Gefühl, als müsse ich dir abraten von dieser Anstellung. Es wäre meines Erachtens besser, wenn du eine bürgerliche Erzieherin für deine Tochter wähltest. Eine Freiin von Ronach tritt sicher sehr anspruchsvoll auf und will schließlich ganz als Dame gelten.«

»Aber liebste Beate – ich verstehe dich nicht. Ich will die Erzieherin meiner Tochter, die ihr eine Mutter ersetzen soll, ganz gewiß als Dame respektieren und ihr gern alle Rechte einer solchen einräumen. Eine Erzieherin ist doch kein Dienstbote.«

»Dann allerdings – dann sind meine Bedenken grundlos. Aus der Art, in der du mit Mademoiselle Perdunoir umgingst, konnte ich nicht annehmen, daß du auf diesem Standpunkt stehst.«

»Mademoiselle war eben keine Dame. Sie stellte sich selbst auf eine Stufe mit der Kammerzofe und hat mir nie genügt als Erzieherin meiner Tochter.«

»Dann waren also meine Einwände grundlos, und ich bescheide mich«, sagte sie anscheinend ruhig.

Aber Harro merkte doch, daß sie aus irgendeinem Grunde nicht mit ihm einverstanden war. Er hatte ihr jedoch bisher wenig Einfluß auf seine Entscheidungen gestattet. Er sagte nur artig:

»Ich danke dir jedenfalls, Beate, daß du diese Angelegenheit so wichtig nimmst. Ich werde der Gräfin schreiben, daß Fräulein von Ronach sofort ihr Amt antreten kann, und bitte dich, dafür zu sorgen, daß die beiden Zimmer, die Mademoiselle Perdunoir bewohnte, für Fräulein von Ronach instand gesetzt werden.«

Harro wandte sich nun seinem Töchterchen zu.

»Hast du gehört, Gilda? Du wirst wieder eine Erzieherin bekommen.«

Gilda sah von ihrer Schokolade auf, mit der sie sich befaßt hatte. Ihre tiefblauen Augen sahen zärtlich in des Vaters Gesicht.

»Muß das sein, Papa?«

»Ja, mein Kind.«

»Ach, ich fand es viel schöner ohne Erzieherin. Wir brauchen doch keine.«

»Doch, Gilda, du mußt noch lernen und erzogen werden.«

»Hm! Warum kannst du mich nicht lieber erziehen?«

»Soviel Zeit habe ich nicht.«

»Oh, dazu brauchst du nicht viel Zeit. Du sagst mir einfach – tue das und tue das und fertig.«

Er streichelte lächelnd ihr goldiges Haar, das er so sehr liebte.

»So einfach ist das nicht, Gilda. Und gib acht, Fräulein Griseldis wird sehr lieb zu dir sein.«

»Fräulein Griseldis? Was das für ein komischer Name ist, Papa. So heißt hier niemand – auch im Dorf nicht.«

»Nein, er ist sehr selten, dieser Name, aber sehr schön.«

Beates Mund zuckte bei diesen Worten, und sie preßte die Lippen fest aufeinander.

»Wird mich Fräulein Griseldis auch schelten, wie Mademoiselle, wenn ich mal nicht still sein will und wenn sie in den greulichen gelben Büchern liest?« forschte Gilda weiter.

»Ich hoffe, Fräulein Griseldis liest keine greulichen gelben Bücher und schilt nur, wenn du unartig bist.«

Beate zog das Kind in Zärtlichkeit auf ihren Schoß und drückte sie an sich.

»Mein armes Kleinchen! Du bist mein süßes, liebes Kind.«

Diese machte sich aber unbehaglich los.

»Au, Tante Beate, warum hältst du mich so fest? Du tust mir weh. Und du mußt nicht armes Kleinchen zu mir sagen. Ich habe doch meinen lieben Papa, da bin ich kein armes Kleinchen.«

Trotz ihres Protestes küßte Beate das Kind noch einmal und sah Harro dabei an. Gilda rang sich los und sprang davon. Da sagte die Komtesse wie aus dem tiefsten Herzen hervor:

»Sie ist ein süßes Geschöpf. Ich liebe sie unaussprechlich und möchte sie nicht aus meinen Armen lassen.«

Gerührt reichte ihr Graf Harro die Hand, ahnungslos, was sie mit solchen Worten bezweckte.

»Ich danke dir für diese Liebe, Beate. Mein armes Kind kann viel davon gebrauchen, denn es hat keine Mutter.«

»Ich muß Gilda lieben – ist sie doch deine Tochter, Harro!« stieß sie erregt hervor.

Sie sah, daß es bei diesen Worten unbehaglich in seinen Augen aufzuckte. Da nahm sie sich zusammen und fuhr leiser fort, ihre Augen senkend:

»Du hast mir so viel Gutes getan, daß ich es dir auf irgendeine Art vergelten möchte. Glaube mir, mein ganzes Dasein hat nur den einen Zweck, dir und deinem Kinde etwas zuliebe zu tun.«

Er machte sich selbst Vorwürfe, daß ihn diese Worte

Beates kalt ließen. Sie brachte ihm und Gilda so viel Liebe und Herzlichkeit entgegen, und er hatte nichts für sie wie eine mitleidige Duldung. Es tat ihm leid, denn er blieb nicht gern jemand etwas schuldig. Aber er konnte es nicht ändern, daß ihn Beate mehr abstieß als anzog.

Gleich nach dem Frühstück machte er einen Spaziergang mit Gilda.

Ihr liebes Geplauder erhellte seine düstere Miene ein wenig.

Die blasse Farbe, die sein Antlitz in der Gefängnisluft bekommen hatte, begann schon wieder dem gesunden braunen Ton zu weichen, der ihm sonst eigen gewesen war. Und seine Gestalt hatte sich wieder gestrafft. Die Gewißheit, schuldlos zu sein und ein unverdientes Schicksal zu tragen, half ihm über diese schlimme Zeit hinweg. Und seines Kindes wegen wollte er sich nicht zu sehr niederdrücken lassen.

Jede freie Minute hatte er benutzt, um weiter in den Zimmern seiner verstorbenen Frau nach Beweisen zu suchen, daß sie einen Selbstmord begangen habe. Er selbst zweifelte nicht mehr daran. Aber er fand nichts, gar nichts. Und enttäuscht mußte er endlich das Nachforschen aufgeben.

Als er heute von seinem Spaziergang mit Gilda heimgekehrt war, übergab er das Kind der Komtesse Beate und suchte sein Arbeitszimmer auf. Dort schrieb er zuerst an Mutter Anna, daß er einverstanden sei mit der Anstellung Fräulein von Ronachs. Er dankte ihr herzlich für ihre Bemühungen und bat sie, einen einliegenden Brief an die junge Dame abzugeben. In diesem Brief an Griseldis von Ronach schrieb er:

»Sehr geehrtes, gnädiges Fräulein!

Durch die Vermittlung der Frau Domina des Stiftes St. Marien sind Sie als Erzieherin für meine Tochter in Aussicht genommen worden. Ich bin überzeugt, daß Mutter Anna eine ausgezeichnete Wahl getroffen hat, und bitte Sie, dieses Amt anzunehmen. Ehe Sie jedoch mein Haus betreten, will ich Sie selbst noch einmal darauf aufmerksam machen, obwohl das Mutter Anna schon getan hat, daß Sie in das Haus eines Mannes kommen werden, der als ein Geächteter leben muß mit allen, die zu ihm gehören. Auch Sie werden vielleicht darunter leiden müssen. Das bitte ich Sie zu bedenken.

Wenn Sie trotzdem meinem Kind eine liebevolle, verständige Erzieherin sein wollen, werde ich Ihnen sehr dankbar sein und bitte Sie, Ihre Stellung so bald als möglich anzutreten. Bitte, melden Sie mir den Termin Ihrer Ankunft, damit ich einen Wagen zu Ihrem Empfang an den Bahnhof senden kann.

Ich empfehle mich Ihnen.

Graf Harro Treuenfels.«

Auf diesen Brief hatte Griseldis mitgeteilt, daß sie am kommenden Montag in Schloß Treuenfels eintreffen werde. Sie hatte ihm den Zug bezeichnet, den sie benutzen wollte.

Und nun war Griseldis' Abreise aus St. Marien festgesetzt.

Im Stift gab es feuchte Augen genug, als Griseldis von den alten Damen Abschied nahm.

Auch Griseldis hatte verräterisch feuchtglänzende Augen, als sie aus einem Arm in den andern wanderte, wenn sie auch immer wieder etwas Lustiges sagte, um die Rührung einzudämmen. Doch als sie zuletzt von Tante Agnes und Mutter Anna Abschied nahm, da hatte ihre Stimme keine Festigkeit mehr.

»Nicht Lebewohl will ich sagen, das ist ein so trauriges Wort. Und auf unsrer schönen Welt darf man nur traurig sein, wenn man ein ganz schweres Unglück zu tragen hat. Das haben wir gottlob alle nicht, wir dürfen alle von ganzem Herzen vergnügt sein. Gelt – ihr lacht alle noch einmal, ehe ich gehe? Und wenn ich einmal Urlaub erhalte, so komme ich eiligst nach St. Marien und lasse mich verwöhnen wie all die letzte Zeit. Ach, lieber Gott, so gut hab' ich's bei euch gehabt – viel zu gut! Das taugt nicht für Menschen, die sich durchbeißen müssen.«

Nun gab es noch ein letztes Händedrücken, eine letzte Liebkosung, und dann eilte Griseldis hinunter an den Wagen.

Alle Stiftsdamen folgten ihr, in warme Tücher eingewickelt, bis zum Wagen. Griseldis stieg ein, nachdem sie Tante Agnes noch einmal umarmt und geküßt hatte. Christian war bange, daß ihm die Pferde scheu würden, diese waren an ein ruhiges, beschauliches Leben gewöhnt.

Und wirklich machten die alten Gäule ein paar Sätze, die beinahe Temperament verrieten, als die Stiftsdamen alle ihre Taschentücher zogen und Griseldis zuwinkten.

»Liebe, alte Stiftsweiberchen, Gott behüte euch und behaltet mich lieb. Ich danke euch tausendmal, daß ihr so gut zu mir gewesen seid«, flüsterte sie vor sich hin. Als aber das Stift mit seinen Insassen ihren Augen entschwunden war, richtete sie sich straff empor. Und nun vorwärts mit frischem Mut und fröhlichem Gottvertrauen, dachte sie.

Eine lange Reise hatte Griseldis nicht. Etwa zwei Stunden fuhr sie mit dem Schnellzug bis zu der Stadt, die Treuenfels am nächsten lag.

Ein Diener in der dunkelgrauen Livree des gräflichen Hauses stand wartend auf dem Bahnsteig. Griseldis erkannte ihn daran, da Mutter Anna sie ihr beschrieben hatte. Ruhig und sicher ging sie auf ihn zu.

»Sie kommen von Schloß Treuenfels, nicht wahr?«

Der Diener zog den Hut und sah kritisch prüfend auf den schlichten, kleidsamen Reiseanzug der jungen Dame.

»Ja, gnädiges Fräulein, ich soll Fräulein von Ronach abholen«, erwiderte er unter ihrem ruhigen, festen Blick sehr höflich.

Griseldis nickte. »Bitte, führen Sie mich zu dem Wagen.«

Der Diener zeigte ihr den Weg.

Sie gab dem Diener ihren Gepäckschein und nahm in dem Wagen Platz, dessen Schlag ihr der Diener öffnete.

Mit einem wohligen Gefühl sank Griseldis in das weiche und doch straffe Lederpolster.

Ach, wie wundervoll! Das ist ein anderes Beförderungsmittel als die liebe, alte Stiftskutsche, dachte sie.

Und sie strich über das feine graue Leder.

Ihre Koffer wurden zum Wagenlenker gesetzt, und nun nahm auch der Diener neben demselben Platz. Einige Menschen waren stehengeblieben. Die Treuenfelser Livree war in der Stadt bekannt.

Man zerbrach sich ein wenig den Kopf, wer wohl die schöne junge Dame sein möchte, die abgeholt wurde. Sie machte ein so frohes Gesicht.

Griseldis hatte keine Ahnung, welches Kopfzerbrechen sie den Leuten machte. Als das Auto davonfuhr, hätte sie am liebsten laut aufgejauchzt über die schnelle Fahrt. Zugleich klopfte ihr aber auch das Herz ein wenig unruhig in der Brust.

In kurzer Zeit sollte sie nun Graf Harro Treuenfels gegenüberstehen. Und sie wußte nicht, sollte sie sich vor diesem Augenblick fürchten oder ihn herbeisehnen?

Schneller als sie gedacht näherte sich der Wagen auf dem breiten Waldweg dem Schloß. Die Forstschäden, die neulich der Sturm angerichtet hatte, waren schon alle beseitigt worden. Der Weg lag glatt und frei da. Erst als das Gefährt aus dem Wald heraus und den Berg hinanfuhr, sah Griseldis durch die Scheiben des Autos Schloß Treuenfels auf dem Berge liegen.

Sie beugte sich weit vor und sah mit großen Augen zu dem imposanten und malerischen Gebäude hinauf.

»Wie schön! Das sieht ja aus wie ein Märchenschloß. In diesem Schloß haust aber keine verwunschene Prinzessin, die von einem tapferen Ritter erlöst werden soll, sondern ein einsamer, freudloser Mann, dem man seine Ehre nahm und der nicht mehr froh sein kann. Ach – wenn ich ihm doch helfen könnte.«

Mit Leichtigkeit nahm der Wagen den aufwärtssteigenden Weg. Oben fuhr er auf breitem Kiesweg zwischen großen Rasenplätzen bis vor die Freitreppe.

Das Bild, das sich ihr bot, war freundlicher als das, welches Harro bei seiner Heimkehr vor sich gesehen hatte. Heller Sonnenschein hüllte alles in ein klares, goldenes Licht.

Sie stieg aus und schritt die breite Freitreppe empor. Und als sie unter dem hohen Portal stand und ihren Fuß über die Schwelle des Schlosses setzte, hatte sie ein Gefühl, als schnüre ihr etwas das Herz zusammen, als müsse sie umkehren und davonlaufen, so weit sie ihre Füße trugen. Aber sie schalt sich selbst aus. Sie war nicht die Person, die sich so leicht von törichten Empfindungen in die Flucht schlagen ließ. Straff richtete sie sich empor und trat ein.

Ihre Augen betrachteten entzückt die wundervolle Architektur der weiten Schloßhalle mit ihrem kunstvollen Mosaikfußboden, den kostbare Teppiche bedeckten. Hohe, schwere Lehnstühle waren in der Mitte um einen riesigen runden Tisch gruppiert, und auch in der einen Ecke standen solche Sessel am Kamin.

Es war so still in diesem weiten Schloß, als sei alles Leben darin erstorben. Dann vernahm Griseldis jedoch das Öffnen und Schließen einer Tür. Dieser Laut kam von oben.

Und als sie von dem Diener die Treppe bis zum ersten Stockwerk hinaufgeführt war, stand eine hohe, schwarzgekleidete Frauengestalt vor ihr, die an der Hand ein weißgekleidetes, kleines Mädchen führte.

Griseldis sah nur auf das Kind. Und mit ihren leuchtenden Sonnenaugen sah sie voll und warm in die tiefblauen unschuldigen Augen des Kindes.

»Bist du Griseldis?« fragte Gilda mit ihrem lieben, weichen Stimmchen.

Die junge Dame neigte lächelnd das Haupt und beugte sich zu dem Kind herab.

»Ja, kleine Gilda, ich bin Griseldis.«

»Ach, das ist schön, du weißt gleich, wer ich bin. Woher weißt du das?«

»Ich sah ein Bild von dir.«

»Wo denn?«

»Im Stift St. Marien, bei der Frau Domina.«

»Die kenne ich nicht.«

»Aber sie kennt dich. Vielleicht kennst du sie auch unter einem andern Namen. Danach mußt du deinen Papa fragen.«

»Hm! Das will ich tun. Du gefällst mir, Griseldis. Komm schnell mit zu Papa, er muß dich sehen.«

Damit schmeichelte sich die kleine Kinderhand in Griseldis Rechte, und Gilda wollte die junge Dame mit fortziehen.

Aber da stand wie ein dunkler, drohender Schatten Komtesse Beate auf dem Weg. Griseldis hatte zum Glück, da sie mit dem Kind beschäftigt war, nicht bemerkt, wie unheimlich die schwarzen Augen der Komtesse bei ihrem Anblick aufgeflammt waren.

Griseldis Schönheit und Lieblichkeit hatten Beate berührt, als drücke ihr etwas das Herz mit kalter Faust zusammen. Ihr war, als müsse sie das schöne

Mädchen mit einem jähen Griff die Treppe hinabstoßen und zum Haus hinausjagen.

Aber sie hatte Zeit, sich zu fassen, während Griseldis sich mit Gilda beschäftigte. Und als nun die kleine Komtesse ihre neue Erzieherin zu ihrem Vater führen wollte, stellte sie sich den beiden in den Weg.

»Jetzt noch nicht zu Papa, Gilda. Er hat jetzt noch keine Zeit. Ich werde Fräulein von Ronach erst in ihre Zimmer führen.«

Das Komteßchen sah zu Griseldis auf.

»Oh, wirst du lange ausbleiben, Griseldis?«

»Du darfst nicht Griseldis sagen, Gilda«, mahnte Komtesse Beate ziemlich hart und streng.

»Oh – wie soll ich sonst sagen – heißt Griseldis auch Mademoiselle?« fragte das Kind.

»Nein, du mußt Fräulein von Ronach sagen«, erwiderte Beate.

»Nein, das klingt nicht so schön. Papa sagt auch, Griseldis ist ein schöner Name. Darf ich dich nicht lieber so nennen?«

Bittend sahen die blauen Kinderaugen zu Griseldis auf.

»Du darfst mich nennen, wie du willst«, erwiderte Griseldis, sanft über das blonde Köpfchen streichelnd.

Gilda schmiegte die Wange an Griseldis Hand. Das war bei ihr eine große Seltenheit. Sonst wich sie oft Liebkosungen aus, zumal wenn Komtesse Beate ihr solche zuteil werden ließ. Und diese sah nun mit einem funkelnden Blick, wie sich Gildas Wange an Griseldis von Ronachs Hand schmiegte.

»Oh, das ist schön, ich werde dich Griseldis nennen«, sagte das Kind.

»Fräulein von Ronach, ich muß Sie bitten, den Herrn Grafen bestimmen zu lassen, wie Sie Komtesse Gilda nennen soll. Ich glaube nicht, daß eine so vertrauliche Anrede am Platz ist. Das klingt wohl zu familiär und verletzt auch die Autorität.«

Es lag entschieden eine schroffe Zurechtweisung in diesen Worten.

Griseldis hob langsam die Augen zu ihr empor. Beate überragte sie noch ein Stück, obwohl sie reichlich mittelgroß war. Und sie sah, daß ihr aus den Augen der Komtesse Feindseliges entgegenblickte, das sie beklemmte. Ihr war bisher noch kein Mensch feindlich begegnet. Aber daß die Komtesse es tat, fühlte sie mit Gewißheit. Und das löste auch in ihr ein Gefühl der Antipathie der Komtesse gegenüber aus.

»Selbstverständlich hat der Herr Graf darüber zu bestimmen, Komtesse. Ich wollte nur mit meinen Worten sagen, daß ich nichts dagegen einzuwenden habe, wenn mich Komtesse Gilda beim Vornamen nennt«, sagte sie ruhig und höflich.

»Ach, Tante Beate, was denkst du nur? Papa hat ganz sicher nichts dagegen. Griseldis gefällt mir so gut, sie hat liebe Augen. Ich werde Papa bitten, daß er es mir erlaubt. Auf Wiedersehen, Griseldis. Eile dich, daß du fertig wirst.«

»Zum mindesten darfst du Fräulein von Ronach nicht mit du ansprechen, Gilda«, sagte die Komtesse hart und streng, ganz vergessend, daß sie um Gildas Gunst werben wollte.

Gilda sah sie mit großen Augen ob dieses ungewohnten Tones an.

»Ach, Tante Beate, ich spreche doch alle Menschen mit du an, die ich liebhabe.«

»Geh jetzt, Gilda, ich komme gleich wieder zu dir, wenn ich Fräulein von Ronach ihre Zimmer gezeigt habe«, gebot die Komtesse.

Gilda hüpfte davon und winkte Griseldis noch einmal zu. Diese hatte sogleich ihr Herz an das reizende Kind verloren und freute sich dessen. Das würde ihr sicher ihr Amt sehr erleichtern.

Ruhig folgte sie nun Komtesse Beate in das zweite Stockwerk. Von der Treppe aus ging es einen langen, breiten Gang hinab. Die letzten Zimmer auf diesem Gang waren für sie bestimmt. Sie lagen direkt über den Gemächern der Gräfin Alice, und zwar lag das für Griseldis bestimmte Schlafzimmer über dem Schlaf- und Sterbezimmer der Gräfin. Auch dieses Zimmer stieß gleich jenem unten an den runden Turm. Aber auch von hier führte keine Verbindungstür nach diesem.

Neben dem Schlafzimmer lag das für Griseldis bestimmte Wohnzimmer. Beide Räume waren sehr groß und mit wunderschönen alten Möbeln ausgestattet. Prachtvoll erhaltener Parkettfußboden glänzte im Sonnenlicht, das zum Fenster hereinfiel.

An diese beiden Zimmer schlossen sich die Räume, die Komtesse Beate bewohnte. Aber das wußte Griseldis natürlich nicht.

Die Komtesse hatte jedoch diesen Umstand sofort ins Auge gefaßt. Auf diese Weise konnte sie die Erzieherin genau überwachen.

»Hier sind Ihre Zimmer, Fräulein von Ronach. Ihr Gepäck wird sogleich heraufgebracht werden. Sie können erst auspacken und sich einrichten. Der Herr Graf wird Sie erst beim Tee begrüßen, der um fünf Uhr eingenommen wird. Sie haben also zwei Stunden Zeit. Ich lasse Sie um fünf Uhr von einem Diener abholen, der Sie ins Teezimmer hinunterführen wird.«

Griseldis verneigte sich.

»Ich danke Ihnen, Komtesse.«

»Ich brauche Ihnen hoffentlich nicht zu sagen, daß man hier sehr viel Takt und Zurückhaltung von Ihnen erwartet. Sie wissen, daß die Herrin des Hauses gestorben ist. Und es ist immerhin ein Wagnis von Ihnen, daß Sie bei Ihrer Jugend Stellung in einem Haus annehmen, in dem die Hausfrau fehlt.«

Griseldis fühlte instinktiv, daß das ein feindlicher Ausfall gegen sie war. Aber sie blieb ganz ruhig und beherrscht.

»Ich bitte sehr, an meinem Takt nicht zweifeln zu wollen, Komtesse. Für ein Wagnis hielt ich es nicht, in dies Haus zu kommen. Graf Treuenfels ist mir von der Frau Domina als ein Ritter ohne Furcht und Tadel geschildert worden.«

»Sie wissen wohl nicht, wessen man ihn beschuldigt hat?« fragte sie rauh. Und es erwachte eine leise Hoffnung in ihr, daß Griseldis schaudernd die Flucht ergreifen würde, wenn sie ihr sagte, daß Graf Treuenfels des Mordes an seiner Gattin angeklagt gewesen war.

»Doch, ich weiß, daß Graf Treuenfels sehr unglücklich ist und daß er schuldlos leidet.«

»Ah – und woher kommt Ihnen dieser Glaube?« fragte sie höhnisch.

»Von der Frau Domina von St. Marien.«

Die Komtesse mochte fühlen, daß sie mit ihrer Feindseligkeit übers Ziel hinausschoß.

»Ach richtig – ich vergaß, daß die Gräfin Sie eingeweiht haben wird. Es ist sehr mutig von Ihnen, daß Sie trotzdem diese Stellung annahmen. Und wie gesagt, viel Takt werden Sie nötig haben. Es ist für eine junge Dame immer riskant, im Haus eines Witwers zu leben.«

Griseldis preßte einen Moment die Lippen fest aufeinander. Aber dann sagte sie ruhig:

»Sie sind ja hier zu Hause an Stelle der Herrin – und im übrigen bin ich nicht bange. Ich werde meine Pflicht tun und mich mit diesem Bewußtsein begnügen. Die Frau Domina hätte mir sicher nicht geraten, diese Stellung anzunehmen, wenn, wie Sie sagen, ein Wagnis dabei gewesen wäre.«

Beate sah ein, daß sich die junge Dame nicht so leicht einschüchtern ließ.

»Nun also, dann kann ich ja ganz beruhigt sein. Sie scheinen genau zu wissen, was Sie wollen.«

»O ja, Komtesse, wer immer auf sich selbst gestellt ist, der muß das auch wissen.«

»Ich lasse Sie also jetzt allein. Auf Wiedersehen nachher beim Tee.«

Griseldis verneigte sich artig. Die Komtesse verließ das Zimmer.

*

Als Griseldis allein war, sah sie sich erst einmal in ihrem neuen Reich um. Die beiden Zimmer waren wie kleine Säle, und nach Griseldis' Ansicht wundervoll und fast fürstlich ausgestattet. Ihr helles Entzücken löste das große Himmelbett aus, in dem sie ebensogut hätte querliegen können, so breit war es. Ein schwerer Baldachin mit vergoldetem Gestell, starre Damastvorhänge durch dicke Schnuren und Quasten festgehalten. Das Bett stand, wie unten im Schlafzimmer der Gräfin Alice, mit dem Kopfende an der an den Turm stoßenden Wand.

Auch alle andern Möbel hatten diesen prächtigen Charakter.

Sicher waren das früher herrschaftliche Zimmer gewesen, denn für eine bezahlte Angestellte des Hauses erschienen sie Griseldis viel zu kostbar. Sie hatte freilich keine Ahnung von dem Glanz und der Pracht, die in diesem feudalen alten Schloß herrschte.

Ihr Wohnzimmer hatte ebenfalls eine prächtige Ausstattung. Sogar echte alte Teppiche lagen auf dem schönen Parkettfußboden, und die Möbel waren mit schwerem Damast bezogen.

Wie alt mochten diese Möbel sein? Sie hätten sicher das Entzücken eines Kunstkenners gebildet. Die Grafen Treuenfels mußten sehr reich sein, sonst hätten sie diese kostbaren Möbel lieber verkauft, statt sie in den Zimmern einer Erzieherin stehen zu lassen.

Ganz wehmütig wurde ihr plötzlich zu Sinne, weil sie niemand hatte, der sich mit ihr an dieser Pracht hätte freuen können.

Griseldis mußte lachen. Mutter Anna kannte ja

Schloß Treuenfels und hatte ihr wiederholt gesagt: »Sie werden staunen, Griseldis.« Ja – so schön hatte sie es sich in ihren kühnsten Träumen nicht ausgemalt.

Womit hatte sie es nur verdient, daß sie in einem solchen Märchenreich gelandet war? Es war wie ein Traum.

»Wenn ich nur immer hierbleiben könnte! Aber das ist ein vermessener Wunsch.«

Und sie sah im Geiste plötzlich wieder das Gesicht der Komtesse Beate vor sich, aus dem ihr die Augen so feindselig entgegenfunkelten. Ein Schauer flog über sie dahin – wie die Furcht vor etwas Unheimlichem. Ihr war, als sähen sie die feindlichen Augen aus allen Winkeln des Zimmers an.

»Sie hat mein Kommen nicht gern gesehen. Warum? Meine Person selbst kann ihr doch in den kurzen Minuten nicht Veranlassung zur Feindseligkeit gegeben haben. Also komme ich ihr aus irgendeinem Grunde ungelegen. Aber was ist das für ein Grund?«

Sie reckte ihre schlanke, kräftige Gestalt hoch und streckte die Arme von sich.

Komtesse Beate war vorläufig der einzige kleine Schatten in ihrem neuen Dasein, und das war am Ende ganz gut. Sonst wäre sie wohl übermütig geworden, wenn alles nur Licht und Sonnenschein gewesen wäre.

Sie trat in ihr Schlafzimmer zurück. Ihre Koffer wurden soeben gebracht. Ein hübsches, freundliches Mädchen, in schwarzem Kleid und weißer Schürze, fragte, ob sie ihr beim Auspacken behilflich sein könnte.

»Ich werde selbst schnell fertig sein mit dieser Arbeit. Aber wenn Sie mir dann die leeren Koffer wegräumen würden, wäre es mir sehr lieb. Sie stören hier im Zimmer zu sehr.«

»Sie brauchen hier nur zu klingeln, gnädiges Fräulein«, sagte es. –

Nun war sie wieder allein. Sie trat an das eine Fenster und stieß einen leisen Ruf des Entzückens aus.

Oh, die herrliche Aussicht hinab ins Tal über Felder und Wälder, über Fluß und Wiesen! Wie herrlich mußte das sein, wenn erst alles grünte und blühte.

Weit beugte sie sich aus dem geöffneten Fenster, um all das Schöne in sich aufnehmen zu können. Und da erblickte sie neben ihrem Zimmer den hohen, runden Turm. Er schloß oben mit einem Söller ab, der mit Zinnen umgeben war.

»Ach, wie schön! Da oben haben sicher die Burgfräulein gestanden und mit ihren Schleiern dem Geliebten entgegengewinkt, wenn er auf feurigem Roß den Schloßberg heraufgeritten kam. Ach – da oben möchte ich einmal stehen. Ob mir das wohl erlaubt würde? Schade, daß aus meinem Zimmer nicht gleich eine Tür in den Turm führt. Dann wäre ich schnell da oben.« Aber dann schloß sie energisch das Fenster.

»Jetzt erst einmal an die Arbeit, Griseldis!« ermunterte sie sich und begann hurtig ihre Koffer auszupakken und ihre Sachen in Schränke und Schubladen zu ordnen.

Bald waren ihre Habseligkeiten verstaut. Ihre wenigen bescheidenen Schmucksachen, die nur einen sehr geringen Wert darstellten, legte sie vorläufig samt dem Kästchen, in dem sie dieselben aufbewahrte, auf das Nachtschränkchen neben ihrem Bett. Während sie vor dem Nachtschränkchen stand, erblickte sie über demselben ein Ölgemälde, das eine Dame in mittelalterlicher Tracht darstellte. Es war etwa einen halben Meter breit und dreiviertel Meter hoch und hatte einen Goldrahmen mit wunderlichen Ornamenten und Schnörkeln. Das Bild war sehr nachgedunkelt, und eigentlich leuchtete nur noch das lächelnde Gesicht unter dem breiten Hut hervor. Das Bild mußte sehr alt sein und hing wohl schon lange, lange an diesem Platz.

Griseldis wollte den Rahmen ein wenig beiseite rücken, um zu sehen, wie die Tapete unter dem Bild aussah und ob sie schon immer den etwas verblichenen, aber angenehmen Farbton gehabt hatte. Aber da merkte sie, daß sich das Bild nicht verrücken ließ. Es schien nicht an einem Haken zu hängen, sondern ringsum festgemacht zu sein.

Griseldis sah sich nach andern Bildern um. Aber die waren alle richtig an Ösen und Haken aufgehängt.

Warum mochte das Bild über dem Nachtschrank so ganz anders befestigt sein?

»Können Sie mir das vielleicht verraten, verehrte Dame?« fragte sie lächelnd das Bild.

Das gab natürlich keine Antwort. Griseldis betrachtete es interessiert und strich mit den Fingern über die drolligen Ornamente. Es sah aus, als wenn sich eine Unmenge winziger Delphine ineinander ringelten und sich in den Schwanz bissen.

Griseldis fuhr lächelnd mit dem Zeigefinger von einem Delphin zum andern, um sich so das Ornament einzuprägen. Und als sie amüsiert wieder so einem Delphin auf den Kopf drückte, da sah sie plötzlich erschrocken, daß dieser Delphin zurückwich und sich aus dem Wirrwarr ablöste.

In demselben Augenblick hörte sie aber auch ein leise schnappendes Geräusch, und plötzlich streckte sie erschrocken die Hände vor. Das Bild bewegte sich auf sie zu. Es trat aus der Wand heraus wie eine Tür. Griseldis sah nun zu ihrem Erstaunen, daß sich hinter dem Bilde ein Wandschränkchen befand. Das Bild war gewissermaßen die Tür zu dem Wandschrank.

Griseldis mußte nun lachen über ihren Schreck. Sie sah sich den Wandschrank an. Die Öffnung war mit Spinnweben bedeckt. Sicher war der Schrank seit langen, langen Jahren nicht geöffnet worden. Sie entfernte die Spinnweben und sah in den Schrank hinein. Er hatte eine eigentümliche Form, war an der einen Seite breit und lief auf der andern spitz zu. Die schräglaufende Rückwand, die Decke und der Boden waren von Holz. Daß sich unter dem Wandschrank ein leerer Raum befand, davon zeugte ein eigentümlich hohler Klang, als Griseldis auf den Boden klopfte.

Dies Schränkchen ist sicher nie benutzt worden, weil es so verstaubt ist. Die Dienerschaft weiß vielleicht nichts von seiner Existenz. Ich werde es säubern und meinen Schmuck darin aufbewahren, dachte sie vergnügt.

Und sie hatte Freude an dem entdeckten Geheimfach mit der seltsamen Tür.

»O Griseldis! Kaum steckst du die Nase in dies feudale alte Schloß, da entdeckst du auch schon ein romantisches Geheimnis. Sei bedankt, schöne Dame, daß du mir das Rätsel deines Daseins gelöst hast. Und bewache meine Kostbarkeiten recht sorgsam.«

So unterhielt sich Griseldis mit sich selbst und mit dem Bild.

Schnell säuberte sie mit Papier und einem Stiefeltuch den Schrank und stellte dann das Kästchen mit ihren Schmucksachen hinein.

Dann schloß sie die Tür. Es machte ihr Spaß, den Mechanismus noch einige Male zu probieren. Er arbeitete tadellos. Aber sie mußte sich den Delphin merken, den sie niederdrücken mußte, sonst hätte sie jedesmal lange zu suchen, bis sie ihn fand in dem Gewirr. Und sie machte sich einfach mit einem weichen Bleistift ein winziges Kreuzchen auf dem Delphin.

So – falls ich einmal keine Zeit habe zu suchen. So finde ich die richtige Stelle gleich, dachte sie.

Nun beendete sie schnell ihre Arbeit und klingelte dann dem Mädchen, das ihre leeren Koffer hinaustragen sollte.

Griseldis sah nach der Uhr. Eine Stunde hatte sie noch Zeit.

»Was ziehe ich an?« fragte sie wie jede Evastochter mit wichtigem Bedenken.

Viel Auswahl hatte sie ja nicht. Ihre Verhältnisse hatten ihr nicht gestattet, sehr viel Trauerkleider anzuschaffen. Aber sie wollte doch gern möglichst vorteilhaft aussehen. Im Stift hatte sie sich einige hübsche Kleider und Blusen gearbeitet. Sie war sehr geschickt und hatte einen guten Geschmack.

Lange besann sie sich. So wählerisch war sie noch nie gewesen. Aber sie wollte doch auf Graf Treuenfels einen sympathischen Eindruck machen.

Ein leises Rot huschte bei diesem Gedanken über ihr Gesicht.

Schließlich wählte sie ein hübsches, aber ganz schlichtes Kleidchen aus weicher schwarzer Seide.

Sie hatte es sich aus einem unglaublich weiten Rock umgearbeitet, den ihr Tante Agnes geschenkt hatte. In dem Rock war so viel Stoff, daß Griseldis bequem ein ganzes Kleid davon bekam. Es legte sich glatt und schlicht um ihre jugendschöne Gestalt und fiel unten in gereihten Fältchen aus.

Man merkte es dem Kleidchen nicht an, wie bescheiden sein Ursprung war. Im Stift hatte man es sehr gelobt, jedenfalls sah das blonde, schlanke Mädchen entzückend darin aus.

Sie hatte sich gedacht, daß sie es in ihrer neuen Stellung tragen würde, wenn sie mit der gräflichen Familie zusammen speiste.

Ob das wohl geschah? Oder ob man ihr die Speisen auf ihrem Zimmer auftragen ließ?

Daß sie heute zum Tee hinunter befohlen war, gab noch nicht den Ausschlag. Sie sollte ja bei dieser Gelegenheit nur erst dem Grafen vorgestellt werden.

Schnell machte sie sich nun fertig. Sie ordnete auch ihre wundervollen, goldig schimmernden Flechten noch einmal. Das war keine leichte Arbeit, forderte Zeit und Mühe. Aber es lag ihr doch viel daran, recht gut auszusehen. Und so frisierte sie sich, wie sie es gewöhnt war.

Nun war sie fertig. Sie trat vor den großen Ankleidespiegel, der ihr reizendes Bild getreulich zurückwarf, und nickte sich zu.

»Ernst und würdevoll siehst du aus in diesem schwarzen Prachtgewand. Ich bin mit dir zufrieden, meine liebe Seldis. Und da in diesem Haus Trauer getragen wird um die tote Herrin, so kannst du ungeniert deine Trauerkleider um deinen lieben, alten Papa tragen. So – und nun ein ernstes Gesicht gemacht, damit das goldige, kleine Komteßchen Respekt vor dir bekommt.«

Aber bei diesem Gedanken schüttelte Griseldis den Kopf.

»Nein – keinen Respekt. Lieb soll sie mich haben, wie ich sie liebhaben will. Dann geht alles ganz leicht. Und ich will sie schon zwingen, mich liebzuhaben.«

Griseldis folgte eine Weile später dem Diener, der sie zum Tee rief.

Es war ein weiter Weg über Gänge und Treppen, den sie zurücklegen mußte, und sie dachte bei sich: Allein findest du nicht in dein Zimmer zurück.

Auch den Ahnensaal mußten sie durchschreiten. Da hingen an beiden Längsseiten die lebensgroßen Bilder der Grafen und Gräfinnen von Treuenfels.

Griseldis konnte jetzt nur einen flüchtigen Blick

darauf werfen, aber sie dachte bei sich, daß es wohl interessante Feierstunden für sie sein würden, sich all diese Gesichter genau zu betrachten und sich ihr Schicksal zu vergegenwärtigen.

Endlich hatte sie ihr Ziel erreicht. Der Diener schlug einen Vorhang zurück und ließ sie in ein hohes, weites Gemach mit einem großen Erkerausbau eintreten. Es war, wie alle Räume im Schloß, mit kostbaren alten Möbeln ausgestattet. In dem Erkerausbau stand ein gedeckter Teetisch, mit köstlichem Damast und reichem Silbergerät bedeckt.

Am Mittelfenster des Erkers stand eine hohe, schlanke Männergestalt. Neben ihr wippte auf einem Sessel Komtesse Gilda vergnügt auf und ab und plauderte mit dem Papa, zum Fenster hinaussehend.

Mitten im Zimmer aber stand die hohe, schwarze Gestalt der Komtesse Beate, und diese sah Griseldis entgegen.

Eine fahle Blässe sah Griseldis in dem nicht unschönen, aber zu männlich wirkenden Gesicht der Komtesse aufsteigen, als sie sich artig vor ihr verneigte. In den schwarzen, leidenschaftlich glühenden Augen lag wieder der feindselige Ausdruck.

Griseldis ahnte nicht, welche Gefühle Beates Herz beseelten, als sie die liebreizende Erscheinung der jungen Erzieherin vor sich sah. Instinktiv fühlte sie, daß eine solche Erscheinung das Wohlgefallen eines jeden Mannes erregen mußte. Und noch ehe Graf Harro die Erzieherin nur mit einem Blick gestreift hatte, hegte die Komtesse eine wilde Eifersucht auf das schöne Mädchen.

Aber sie bezwang sich doch und sagte, zwar mit spröder, heiserer Stimme, aber doch nicht unfreundlich: »Treten Sie näher, Fräulein von Ronach, damit ich Sie dem Herrn Grafen vorstellen kann.«

Bei diesen Worten wandten sich Vater und Tochter schnell um. Gilda sprang vom Sessel herab und lief auf Griseldis zu.

»Ach, endlich bist du da! Papa – Papa – da ist Griseldis!« jubelte sie.

Graf Treuenfels kam aus dem Erker ins Zimmer herab. Er heftete seine grauen Augen groß und voll auf die junge Dame. Griseldis' Anblick berührte ihn seltsam. Sie stand vor ihm wie die verkörperte Poesie, und ihr Name und ihre Erscheinung deckten sich so völlig miteinander, daß er bei ihrem Anblick ein ästhetisches Behagen empfand. So schlicht und einfach in Haltung und Wesen stand sie vor ihm, und doch so stolz und anmutig wie eine junge Königin. Wie magnetisch angezogen sah er auf das herrliche goldblonde Haar.

Griseldis!

Er konnte nichts denken als diesen Namen. Es ging von ihren Augen ein Zauber aus, der Licht und Wärme verbreitete.

Griseldis sah seltsam erregt und bewegt in das schmale, vornehme Männergesicht. Es deckte sich nicht mehr mit dem Bild, das ihr Mutter Anna gezeigt hatte. Der frohe, lachende Übermut war aus diesen Augen, aus diesem Antlitz verschwunden. Da vor ihr stand ein Mann, den die Stürme des Lebens gereift hatten. Seine Augen und der herb geschlossene Mund hatten das Lachen verlernt. Aber nichts von Schuld lag auf diesem edlen Antlitz.

Griseldis fühlte, wie das Herz in ihrer Brust schlug. Ihr war zumute, als müsse es eine Wonne ohnegleichen sein, für diesen Mann etwas tun zu können, das ihm sein Leid erträglicher erscheinen ließ.

Und sie wußte gleich in diesem Augenblick, daß ihres Herzens Schicksalsstunde geschlagen hatte. Ein feines Rot stieg in ihr Antlitz, als sie sich vor ihm verneigte. Beate hatte sie vorgestellt. Diese hatte mit unheimlich flackernden Augen die beiden Menschen beobachtet, und mit dem Scharfsinn der Eifersucht erfaßte sie, daß Graf Harro mit Wohlgefallen auf Griseldis blickte.

Ihr war, als müsse sie die junge Dame hinwegreißen aus seiner Nähe – als müsse sie ihm die Augen schließen, daß er diesem Liebreiz nicht erlag. Ein grimmiger Haß gegen alles, was blond war, wallte in Komtesse Beates Herzen auf. Und dieser Haß konzentrierte sich auf die blonde Griseldis, die es wagte, Flechten von so unerhörter Pracht und Schönheit zu besitzen. Sie hätte ihr diese Flechten vom Haupt reißen mögen, und niemand ahnte, was es sie kostete, ruhig zu scheinen.

Mit bebender Hand strich sie über ihr eigenes starres Haar, das so schwarz wie Ebenholz war, aber keinen Duft und keine Weichheit hatte.

Graf Harro hatte sich vor Griseldis verneigt. Die Hand reichte er ihr nicht. Seit seiner Rückkehr nach Hause bot er keinem Menschen mehr die Hand, weil er eine fast krankhafte Furcht hegte, man könne seine Hand zurückweisen.

»Ich heiße Sie herzlich willkommen in Treuenfels, Fräulein von Ronach, und hoffe, daß Sie sich hier leidlich wohl fühlen werden.«

Griseldis dachte an die Worte Mutter Annas: »Bringen Sie ein wenig Sonnenschein in das düstere Haus, liebe Griseldis. Sie haben das Zeug dazu, Licht und Frohsinn um sich zu verbreiten.«

Und sie fühlte selbst, daß sie Graf Treuenfels nicht besser nützen konnte, als wenn sie dieser Aufforderung nachkam.

»Das hoffe auch ich, Herr Graf, und ich finde Schloß Treuenfels so herrlich und so wunderschön, daß ich mich hier wohl fühlen muß. Wenn ich Sie mit meinen Leistungen zufriedenstellen kann, dann bleibt mir hier nichts zu wünschen übrig«, sagte sie frisch.

Ein leises Lächeln huschte um seinen Mund. Ihre klare, weiche Stimme, die einen warmen Klang hatte, berührte ihn angenehm.

»Nun – warten Sie erst ab. Das Leben in Treuenfels ist nicht sehr amüsant für junge Damen.«

Griseldis lächelte. Und dies Lächeln berührte ihn wie das Streicheln einer sanften Hand.

»Oh, das Leben ist überall schön und lebenswert, wo man es nur so finden will. Und das will ich und mit Erfolg.«

»Vielleicht weil Sie immer im Sonnenschein lebten – aber hier ist Schatten«, sagte er düster.

Sie ließ ihre Augen nicht von ihm, obgleich ihr das Herz klopfte.

»In meines Vaters Krankenzimmer schien wenig Sonne. Er war verbittert, und ich mußte ihm Frohsinn geben, damit er leben konnte. In St. Marien fanden die Damen alle das Leben öde und langweilig. – Ich habe ihnen aber bewiesen, daß es so viel Licht und Sonne hatte, daß sie herzlich zufrieden sein konnten. Ich fand es in dem alten, ehemaligen Kloster wunderschön, und nun gar hier in Schloß Treuenfels! Das ist ja wie ein Märchenschloß, und ich komme mir ganz verzaubert vor. Meine Zimmer sind herrlich, und alles, was ich sehe, ist schön. Ich kann dem lieben Gott gar nicht dankbar genug sein, daß er mich in eine so schöne Umgebung versetzt hat. Da muß man von Herzen froh sein, und das bin ich auch.«

Harro lauschte ihren Worten mit einem Gefühl, als müsse es sich leichter atmen in der Nähe dieses jungen Geschöpfes. Wehmütig gedachte er der Zeit, da auch er so froh und hell ins Leben schaute.

»Es soll mich freuen, wenn es Ihnen immer hier gefällt, und wenn Sie aushalten bei meinem Kind, das eine frohe Gefährtin noch nötiger braucht als eine Erzieherin.«

Griseldis beugte sich liebreich zu der kleinen Komtesse herab, die ihre Hand gefaßt hielt und nach Kinderart von einem Fuß auf den andern hüpfte. Sie legte ihre Hand auf das Kinderköpfchen und sah dem Grafen ernst und froh in die Augen.

»Das soll mir gewiß nicht schwerfallen, Herr Graf. Alle Kraft will ich meiner neuen Aufgabe widmen. Ich bitte Sie, mir das zu glauben und mich Ihre besonderen Wünsche bezüglich der Erziehungsfrage wissen zu lassen.«

»Darüber sprechen wir später. Erst gewöhnen Sie

sich bei uns ein und suchen Sie, bitte, mit meinem Töchterchen Fühlung zu gewinnen. Ich glaube, Sie haben schon bei der ersten Begegnung über ihr kleines Herz gesiegt, denn sie ist sonst nicht leicht zu erobern und hat mir doch von Ihnen sehr viel vorgeplaudert.«

Gilda hing sich in Griseldis' Arm. »Und du und Griseldis darf ich zu dir sagen, weil du es erlaubt hast. Ich habe Papa gleich gefragt, und er hat nichts dagegen.«

Griseldis legte den Arm um Gildas Schulter und drückte sie sanft an sich.

»Ich hoffe, wir werden recht gute Freunde, Komtesse Gilda.«

»Nein – das geht nicht! Gegen die Komtesse muß ich protestieren, Fräulein von Ronach. Wenn Sie Gilda gestatten, Sie beim Vornamen und du zu nennen, so dürfen Sie keinesfalls das zeremonielle Komtesse vor ihren Namen setzen. Und es liegt mir viel daran, daß meine Tochter mit Ihnen auf einen vertraulichen Standpunkt kommt. Sie sollen wie eine Mutter über sie wachen. Den nötigen Respekt werden Sie sich schon verschaffen, wenn Sie einmal mit Liebe und Güte nicht durchkommen.«

»Herr Graf, auf den Respekt will ich gern verzichten und nur mit Liebe erziehen. Mit Liebe kann man alles erreichen.«

Er sah sie an wie ein fremdes Wunderwesen. »Mit Liebe kann man alles erreichen.«

»Darf ich zum Tee bitten«, klang Beates Stimme hart und spröde in diese Unterhaltung.

Harro und Griseldis zuckten zugleich leise zusammen. Sie hatten die Komtesse ganz vergessen. Und die harte, spröde Stimme klang wie eine Dissonanz in ihre Unterhaltung.

Harro wandte sich langsam nach der Komtesse um. Und da sah er in ihren Augen einen unheimlichen, haßerfüllten Blick, der auf Griseldis von Ronach ruhte.

Was war das? Ihm war, als müsse er das junge Haupt vor diesem Blick schützen. Unwillkürlich trat er einen Schritt vor, zwischen Beate und Griseldis.

Und zum erstenmal kam ihm das bisher unklare Gefühl der Abneigung gegen seine Base voll zum Bewußtsein. Bisher hatte er dies Gefühl nicht in sich aufkommen lassen. Sie war ja von seiner Gnade abhängig, und seine vornehme Denkungsweise räumte ihr deshalb ein doppeltes Anrecht auf seine Nachsicht ein. Und als er neulich heimkehrte und sie ihrem Glauben an seine Unschuld Worte gegeben hatte, war er mit sich unzufrieden gewesen, daß er ihr nicht wärmer hatte danken können. Nun aber, unter dem unheimlichen und haßerfüllten Blick Beates bekam die instinktive Abneigung gegen sie eine festere, bestimmtere Gestalt. Und er fragte sich, wie sich Griseldis gefragt hatte, warum Beate der neuen, jungen Hausgenossin feindselig und gehässig gegenüberstand.

Beate wies Griseldis einen Sessel an.

»Bitte, nehmen Sie Platz, Fräulein von Ronach. Sie können heute den Tee mit uns nehmen. Ob Sie in Zukunft die Mahlzeiten mit uns zusammen oder auf Ihrem Zimmer einnehmen werden, wird der Herr Graf selbst bestimmen«, sagte sie höflich, aber mit einem Ton, aus dem es Griseldis wie Eiseskälte anwehte.

»Es ist doch selbstverständlich, Beate, daß Fräulein von Ronach mit uns zusammen speist.«

»Verzeih, Harro, aber so selbstverständlich konnte ich das schon deshalb nicht finden, weil Fräulein von Ronachs Vorgängerin nicht mit an unserm Tisch speiste.«

Harro sah, daß Griseldis' Lippen leise zuckten, wie in peinlicher Verlegenheit. Er fand es taktlos, daß Beate diese Angelegenheit in ihrer Gegenwart berührte.

»Du weißt, Beate, weshalb Mademoiselle Perdunoir mit einem andern Maßstab gemessen werden mußte als Fräulein von Ronach. Ich wünsche, daß die Erzieherin meiner Tochter unbedingte Familienzugehörigkeit genießt. Verzeihen Sie, Fräulein von Ronach, daß diese Angelegenheit in Ihrer Gegenwart zur Sprache kam. Das hätte nicht sein dürfen. Aber da sie einmal berührt worden war, mußte sie auch in Ihrer Gegenwart klargestellt werden.«

Griseldis hob die Augen und sah ihn dankbar an vor Freude darüber, daß er so ritterlich für sie eintrat.

Er sah in ihren offenen, klaren Augen, was sie dachte, und da kam ihm erst zum Bewußtsein, daß seine Worte einen Tadel für Beate enthielten. Es war unklug von ihm gewesen, weil es Beate noch mehr gegen Fräulein von Ronach aufreizen würde.

»Also, diese Frage ist erledigt, liebe Beate, und sicher auch in deinem Sinn. Es wird auch dir angenehm sein, bei Tisch ein fröhliches Gesicht zu sehen und angeregtere Unterhaltung zu haben, als ich sie dir jetzt bieten kann. Und nun darf ich wohl noch um eine Tasse Tee bitten.«

Damit war dies Thema erledigt, Beate hatte das Gefühl, als habe sie eine Niederlage erlitten. Und diese Niederlage schrieb sie auf das Konto von Griseldis. Ihre Abneigung gegen das schöne Mädchen glich immer mehr einem Gefühl tödlichen Hasses.

Gilda wandte sich naturgemäß am meisten der neuen Erzieherin zu. Diese mußte ein förmliches Verhör bestehen.

Ob sie auch in den greulichen gelben Romanbüchern lesen und dann immerfort sagen würde: »Gilda, sei still, schwatze nicht soviel.« Ob sie auch mit einem schwarzen Stift die Augenbrauen malen würde, wie es Mademoiselle getan, und ob sie sich auch vor Gespenstern graule.

Sie antwortete wahrheitsgemäß, daß sie in Gildas Anwesenheit überhaupt nicht lesen würde, außer in den Schulbüchern beim Unterricht, ihre Augenbrauen nicht anmale, weil dieselben ohnedies viel zu dunkel seien im Verhältnis zu ihrem hellen Haar, und daß sie an Gespenster überhaupt nicht glaube.

Harro hatte bei dieser Gelegenheit feststellen müssen, daß Griseldis' Augenbrauen und Wimpern tatsächlich sehr dunkel waren, was sehr eigenartig und anziehend wirkte im Kontrast zu dem satten Goldton ihres Haares. Er konnte sich überhaupt nicht verhehlen, daß Fräulein von Ronach ein sehr schönes und anmutiges Mädchen war.

Gilda war befriedigt von ihrem Verhör, und ehe die Teestunde noch zu Ende war, saß sie Griseldis auf dem Schoß, umschlang sie mit den runden

Ärmchen und schmiegte sich in ihre Arme, als sei das ein sehr wohliges und warmes Plätzchen.

Gilda war sonst nicht so leicht anschmiegend. Meist verhielt sie sich bei Zärtlichkeiten passiv oder ablehndend. Nur ihrem Vater gegenüber betätigte sie ihre Zärtlichkeit durch Liebkosungen. Um so auffallender war ihr Benehmen Griseldis gegenüber, daß Gilda mit ihrem instinktiven Empfinden der neuen Erzieherin Liebe entgegenbrachte.

Beate war nicht erfreut darüber, sondern es kränkte und ärgerte sie, und sie hätte Gilda am liebsten aus Griseldis' Armen gerissen. Wie hatte sie sich bemüht, Gildas Gunst zu erwerben, um sich dadurch in das Herz ihres Vaters einzuschmeicheln. Aber Gilda hatte sich ihr gegenüber stets ablehnend verhalten.

Sie sagte sich nicht, daß Kinder meist ein richtiges Empfinden haben und nur da Liebe geben können, wo sie welche empfangen. Bei Kindern ersetzt der Instinkt die mangelnde Menschenkenntnis.

Beate wußte in dieser Stunde nicht, wen sie mehr hassen sollte – das Kind, das ihren Plänen nicht dienen wollte, oder die Erzieherin, die durch ihren Liebreiz ihren Plänen gefährlich zu werden drohte.

Als man sich vom Teetisch erhob, zog sich Harro gleich zurück, weil er mit seinem Verwalter Geschäfte zu erledigen hatte. Er verabschiedete sich von Beate mit einem Handkuß und von Griseldis mit einer Verbeugung. Gilda küßte ihn herzinnig zum Abschied.

Gern hätte er Griseldis herzlich die Hand

gedrückt, aber er fürchtete, sie könnte vor seiner Hand zurückschaudern. Konnte er doch nicht wissen, ob sie nicht an seiner Unschuld zweifelte.

Aber heute ließ er zum erstenmal seine Tochter mit dem beruhigenden Gefühl allein zurück, daß sie sich in seiner Abwesenheit nicht einsam fühlte.

»Ich darf doch bei Griseldis bleiben, Papa?« fragte ihn Gilda, ehe er ging.

»Ich weiß nicht, Gilda, ob dich Fräulein von Ronach schon brauchen kann. Sie will sich gewiß erst einrichten.«

Griseldis lächelte.

»Mein Hab und Gut ist bereits untergebracht, Herr Graf. Ich bin vollständig fertig und weiß mit meiner Zeit nichts Besseres anzufangen, als sogleich mein Amt anzutreten.«

»Nun, wie Sie denken, Fräulein von Ronach. Es ist sehr lieb von Ihnen, daß Sie sich gleich heute meines kleinen Mädchens annehmen wollen. Dafür kannst du dich bedanken, Gilda. Vielleicht führst du Fräulein von Ronach ein wenig im Schloß herum, damit sie ihre neue Heimat kennenlernt«, sagte er.

Gilda nickte vergnügt.

Griseldis sah ihm nach. Ihre neue Heimat – so hatte er sein Haus genannt. Er war gütig und von vornehmer Denkungsart. Das fühlte sie.

Ein leiser Seufzer floh über ihre Lippen. Es tat ihr weh – sehr weh, zu wissen, daß dieser Mann leiden mußte – unschuldig leiden. Es stand auf seinem Gesicht geschrieben.

»Sie scheinen sehr zerstreut zu sein, Fräulein von

Ronach«, tönte plötzlich die scharfe Stimme der Komtesse Beate an ihr Ohr.

Griseldis schrak zusammen.

»Verzeihung – ich hörte nicht, was Sie sagten.«

»Ich habe nicht mit Ihnen gesprochen, aber Gilda hat Sie wiederholt gefragt, ob Sie mit hinausgehen wollen. Sie gaben ihr keine Antwort.«

Griseldis drückte das Kind zärtlich an sich.

»War ich unaufmerksam, liebe Gilda?« fragte sie.

»Ach, du hast so große Augen gemacht und auf einen Fleck gesehen. Gelt, du hast über etwas nachdenken müssen?«

»Ja, Gilda, das habe ich getan. Und das war nicht recht von mir. Ich hätte auf deine Frage hören müssen.«

»Oh, du bist ganz anders als Mademoiselle; wenn die mir nicht auf meine Frage antworten wollte, dann sagte sie: Schweig still, du bist unartig.«

»Wie wollen Sie sich die nötige Autorität bewahren, wenn Sie dem Kind eingestehen, daß Sie nicht recht getan haben?« fragte Beate spöttisch.

»Ich glaube nicht, daß man sich Autorität dadurch verschaffen kann, daß man ein Unrecht ableugnet. Kinder sind unbestechliche Richter«, erwiderte Griseldis ruhig, »und man muß ihnen gegenüber vor allen Dingen wahr bleiben.«

»Komm doch, Griseldis«, bat Gilda.

Da verneigte sich diese vor der Komtesse.

»Sie gestatten, daß ich mich mit Gilda entferne, Komtesse.«

Diese winkte nur kurz mit der Hand. Der Grimm

drohte sie zu ersticken, daß sie Griseldis nichts anhaben konnte.

So ging Griseldis mit Gilda hinaus. Sie fühlte, daß sie in Beate eine Feindin besaß.

Aber das bedrückte sie nicht lange. Was konnte ihr die Komtesse anhaben, wenn Gilda sie liebte und der Graf mit ihr zufrieden war?

Und nun begann ein herrliches Herumstreifen in dem schönen alten Schloß. Griseldis wurde nicht müde, zu sehen und zu staunen, und Gilda wurde nicht müde zu plaudern.

Griseldis hatte die Gabe, sich in den Ideenkreis eines Kindes einzuleben. So wurde es ihr leicht, auf Gildas Geplauder einzugehen und sie zufriedenzustellen.

Köstlich drollig fand sie es, als sie mit Gilda im Ahnensaal war, und diese ihr gewissermaßen ihre Vorfahren vorstellte. Sie kannte die Namen und die Geburts- und Sterbedaten all dieser Grafen und Gräfinnen von Treuenfels auswendig. Das hatte sie bei Mademoiselle gelernt.

Gilda hatte ihre besonderen Lieblinge unter den Bildern. Am schönsten fand sie das ihres Vaters, der als junger Offizier porträtiert war und als letzter der Grafen Treuenfels an der südlichen Wand hing. Daneben war ein leerer Raum.

»Hier kommt Mamas Bild hin. Papa hat es bestellt. Es kommt bald nach Treuenfels.«

Griseldis sah empor in das frohe, lachende Gesicht des jungen Offiziers. Hier auf diesem Bild sah Graf Harro aus wie auf der Fotografie, die Mutter Anna besaß.

Jetzt glich er diesem Bild nicht mehr. Und dann hatte Gilda noch ein andres Bild ins Herz geschlossen: das einer sehr schönen, jungen Frau mit goldblonden Flechten. Sie trug ein weißes, goldgesticktes Gewand, mit einer langen Perlenschnur um den Hals. Diese Perlenschnur gehörte als kostbarstes Stück zu dem berühmten Familienschmuck der Grafen Treuenfels. Das Täfelchen unter dem Bilde zeigte, daß diese Gräfin, Charlotte Marie von Treuenfels, geborene Gräfin Salitz-Halm, am 24. Mai 1710 geboren und am 6. November 1788 gestorben war.

Griseldis sah aus den Geburtsnamen dieser Gräfin Charlotte Marie, daß die Verwandtschaft Mutter Annas mit den Grafen Treuenfels schon lange zurücklag.

»Ist sie nicht lieb und schön, die Gräfin Lottemarie?« fragte Gilda.

»Ja, Gilda, sie ist wunderschön. Und sie hat ein liebes und gutes Gesicht«, erwiderte Griseldis, das Bild aufmerksam betrachtend.

»Sie war auch lieb und gut, Papa hat es mir erzählt. Und er wünscht, daß ich werden möchte wie Lottemarie, so schön und gut, und so glücklich. Papa sagt, Lottemarie war die glücklichste Gräfin Treuenfels.«

Griseldis drückte Gilda zärtlich an sich. Sie waren beide so sehr vertieft, daß sie nicht merkten, daß Harro leise durch die offene Tür eingetreten war. Er blieb stehen und betrachtete das reizende Bild, das die beiden jungen, blonden Wesen abgaben. Griseldis saß auf einer hochlehnigen, geschnitzten Bank, vor dem Bild der Gräfin Lottemarie, und Gilda kniete neben ihr und umschlang Griseldis mit beiden Armen. Die untergehende Sonne fiel durch die hohen Fenster in den Saal und verbreitete einen goldenen Schein um die blonden Köpfe.

Er hörte die Worte seiner Tochter und hörte auch die Antwort, die Griseldis gab.

»Gott gebe, daß dieser Wunsch deines lieben Vaters in Erfüllung geht, mein liebes, liebes Kind.«

»Bin ich dein liebes, liebes Kind?« fragte Gilda liebebedürftig.

»Ja, du bist es, ich habe dich sehr, sehr lieb.«

»Oh, das ist schön. Es gefällt mir, daß du liebes Kind zu mir sagst und nicht, wie die andern alle, armes Kleinchen. Auch Beate sagt das. Und das will ich nicht hören, da muß ich weinen.«

»Du bist ja gar kein armes Kleinchen, sondern ein sehr glückliches und beneidenswertes Kleinchen. Du wohnst ruhig und sicher in einem schönen Schloß, hast alles, was du brauchst, und vor allen Dingen einen lieben, guten, herrlichen Vater, der dich liebhat und alles tun wird, was er kann, um sein Kind glücklich zu machen.«

»Griseldis, alles, was du sagst, gefällt mir. So dumm ist es, daß sie armes Kleinchen zu mir sagen. Du verstehst das viel besser. Du weißt, daß ich ein glückliches Kleinchen bin.«

»So ist es recht, Gilda. Man muß sich nicht bedauern lassen, wenn man sich wohl und glücklich fühlt. Und das kann man immer, wenn man ein reines Herz hat und nichts Böses tut. Und gut und gesund muß man sein, dann ist man auch glücklich.«

Harro hatte jedes dieser Worte gehört. Leise und ungesehen entfernte er sich wieder.

Draußen atmete er tief auf und nickte vor sich hin. Ja – das war die rechte Erzieherin für seine Tochter. Er fühlte, daß sie ihre Aufgabe richtig erfaßt hatte. Und zugleich ging von ihren Worten auch ein leiser Trost für ihn selber aus, daß auch er sich wohl und glücklich fühlen könne, da er schuldlos war.

Griseldis!

Er sagte ihren Namen leise vor sich hin.

Griseldis! Wie dieser Name zu ihr paßte.

Einige Tage vergingen. Griseldis hatte sich schnell in Schloß Treuenfels eingelebt, und sie hätte sich in ihrer neuen Stellung restlos glücklich fühlen können, wenn nicht zweierlei sie daran gehindert hätte. Da war Komtesse Beates feindliches Wesen und Graf Harros düstere, von herbem Seelenschmerz zeugende Traurigkeit.

Hauptsächlich das letztere tat ihr weh. Sie hätte das Schwerste vollbracht, wenn sie ihm hätte helfen können. Sie verhehlte sich nicht, daß sie ihr junges Herz an ihn verloren hatte, daß sie ihn liebte mit der ganzen Kraft und Inbrunst ihrer Seele.

Keine Wünsche und Hoffnungen knüpften sich an diese Liebe. Sie wußte, daß sie aussichtslos war. Gern hätte sie auch alles Leid auf sich nehmen wollen, wenn sie nur ihn hätte wieder glücklich sehen können. Aber leider lag es nicht in ihrer Macht, ihm zu helfen. Und so mußte sie sich damit begnügen, zuweilen ein wenig Sonnenschein in sein Leben zu bringen.

Mit Gilda war sie ein Herz und eine Seele. Das Kind hatte sich mit einer großen Innigkeit an sie angeschlossen und teilte seine Zärtlichkeiten nur zwischen ihr und dem geliebten Vater.

Sie widmete sich ganz ausschließlich dem Kind. Nicht nur ihr geistiges und seelisches Wohl hielt sie im Auge, sondern auch Gildas körperliche Entwicklung, als wenn jetzt eine treue, liebevolle Mutter über dem kleinen Komteßchen wachte.

Harro hatte Griseldis scharf beobachtet und war zu der Überzeugung gekommen, daß er sich glücklich schätzen konnte, eine so verständnisvolle und liebreiche Erzieherin für seine Tochter gefunden zu haben. Die erste Woche ließ er verstreichen.

Als Griseldis ihn nach einem bestimmten Unterrichtsplan fragte, antwortete er freundlich:

»Warten wir noch. Leben Sie sich erst ein und schließen Sie erst gründlich Freundschaft mit Gilda. Die Lehrerin soll dann an die Reihe kommen. Ostern ist vor der Tür, und Gilda kommt ja jetzt erst in das schulpflichtige Alter. Nach dem Osterfest können Sie dann mit dem Unterricht beginnen.« –

Ihre Tage waren bis zum Rand gefüllt mit all dem Neuen und Unbekannten, was sie selbst erst einmal verarbeiten mußte. Und Gilda nahm ihre Zeit und Aufmerksamkeit auch so unbedingt in Anspruch.

Frühmorgens um acht Uhr wurde das Frühstück gemeinsam eingenommen. Sie beteiligte sich bald scherzend und munter bei Gildas Ankleiden und wußte ihr das zu einem wahren Vergnügen zu machen. Es gab dabei ein Lachen und Jubeln, daß

Harro oft genug lauschend stehenblieb und diesem frohen Lärm zuhörte.

Nach dem Frühstück ging Griseldis mit Gilda ins Freie, auch bei schlechtem Wetter. Manchmal schloß sich diesen Spaziergängen auch Harro an.

Dann spielte sie mit Gilda in deren Zimmer. Hierauf wurde Toilette gemacht für die Mittagstafel. Diese fand pünktlich um zwei Uhr statt. Nach der Tafel mußte Gilda ein Stündchen schlafen.

Da ließ es sich Griseldis bald nicht mehr nehmen, Gilda selbst auszukleiden und niederzulegen. Früher hatte das Komtesse Beate getan.

Gilda wollte sich nicht mehr von Beate auskleiden lassen. Diese mußte Griseldis auch hier das Feld räumen.

»Beate hat so harte Hände und faßt so fest zu. Deine Hände sind weich, Griseldis, ich lasse mich gern von dir streicheln, aber von Beate nicht«, sagte Gilda einmal.

Beate hatte es scheinbar ruhig geschehen lassen, daß sie von Griseldis verdrängt wurde. Aber sie schrieb auch das auf das Konto der jungen Erzieherin, die sie von Tag zu Tag mehr haßte.

In der Zeit, da Gilda ihre Mittagsruhe hielt, war Griseldis frei. Diese Zeit gehörte ihr allein.

Wenn das Komteßchen aber erwachte, rief sie schon wieder nach ihrer Griseldis.

Dann lauschte Graf Harro wieder auf die beiden jungen, warmen Stimmen, die wie froheste Lebensbejahung zu ihm herüberklangen. Dann kam es wohl vor, daß es ihn in seinem Zimmer nicht hielt, daß er schnell einmal hinüberlief, um diesen Frohsinn aus der Nähe zu genießen. Griseldis blieb dann auch ganz unbefangen fröhlich, als sei sie selbst noch ein Kind. Sah sie dann auf des Grafen Antlitz ein schwaches Lächeln, war sie glücklich für den ganzen Tag.

War Gildas Toilette fertig, ging es wieder eine Stunde ins Freie. Dann wurde der Tee genommen. An der Abendtafel nahm Gilda nicht teil. Wenn sie zu Bett gebracht wurde, mußte Griseldis unbedingt noch mit Gilda beten und ein Weilchen an ihrem Bett sitzen und Märchen erzählen.

Nun hatte Griseldis endlich Ruhe und durfte auch an sich denken. Aber es war ihr nichts zuviel und nichts zu schwer, denn sie liebte das Kind, und es machte ihr Freude, ihm alles zu sein.

Bei der Abendtafel, an der Gilda fehlte, ging es dann meist sehr viel stiller zu als bei den Mahlzeiten, an denen sie mit teilnahm. Zuweilen fehlte dann auch Graf Harro, wenn er zu arbeiten hatte oder in besonders düsterer Stimmung war. Dann saßen sich Griseldis und Beate meist stumm gegenüber.

Diese einsamen Mahlzeiten mit der Komtesse waren Griseldis eine Qual. Sie fühlte dann, wie die schwarzen, unheimlich flackernden Augen unablässig an ihrem Gesicht hingen. Es waren wilde und böse Wünsche in Beates Seele, Wünsche, vor denen sie zuweilen selbst schaudernd die Augen schloß.

Dies Schweigen war ihr furchtbar. Lieber war es ihr noch, wenn die Komtesse ihrem Empfinden in einigen feindlichen Ausfällen gegen sie Luft machte. Zum Glück kam es nicht oft vor, daß Harro an der Abendtafel fehlte. War er auch meist still und in sich gekehrt, so genügte doch schon seine Gegenwart, um Griseldis glücklich und froh zu machen.

Gleich nach dem Abendessen zog er sich aber meist zurück, und dann ging auch Griseldis auf ihr Zimmer und gehörte sich nun selbst an.

Sie schrieb dann Briefe, an Tante Agnes, an Mutter Anna. Auch an Tilly von Sarnow sandte sie einen ausführlichen Bericht über ihre neue Stellung. Öfter las sie dann ein gutes Buch. Die Schloßbibliothek war sehr reichhaltig. Da auch Harro viel las, waren stets die neuesten Werke der schönen Literatur vorhanden.

Daß er mit großem Interesse verfolgte, welche Bücher sie aus der Bibliothek holte, ahnte sie nicht. Es lag ein Buch aus in der Bibliothek, wohinein jeder schreiben mußte, welche Bücher er entnahm. Und wenn sie ein Buch gehabt hatte, was er nicht kannte, so las er es sicher gleich nach ihr.

So war der Ostersonnabend herbeigekommen. Komtesse Beate hatte im Haus mit Festvorbereitungen zu tun und hatte sich den ganzen Vormittag noch nicht sehen lassen. Inzwischen war, in eine große Kiste verpackt, das lebensgroße, von Graf Harro bestellte Porträt der Gräfin Alice eingetroffen. Er ließ es auspacken und vorläufig in die große Halle stellen. An eine Säule gelehnt, stand das Bild so, daß sich in der hier herrschenden schwachen Beleuchtung nur die helle lichte Erscheinung der jungen Gräfin abhob, so, als müsse sie jeden Augenblick aus dem Rahmen heraustreten.

Das Porträt war durchaus lebenswahr, ein Meisterwerk.

In Gedanken verloren stand Harro vor dem Bild, als Griseldis mit dem Komteßchen die Treppe herabkam.

»Gilda – komm einmal her.« Er führte sie vor das Bild. »Wer ist das?«

»Mama! Ach, Griseldis – komm und sieh – da ist Mamas Bild.«

Griseldis kam herbei. Sie merkte sogleich an seinem düsteren Gesicht, daß das Bild trübe Erinnerungen in ihm geweckt hatte.

»Wie gut, Gilda, daß du nun immer dies schöne Bild deiner lieben Mama ansehen kannst. Da wirst du sie nie vergessen und kannst zu ihr gehen, sooft du willst«, sagte sie leise.

Es zuckte in Harros Gesicht. Er wollte etwas sagen, biß aber die Zähne fest zusammen und ging davon. Irgendeine schlimme Erinnerung mußte ihn gepackt haben.

Griseldis nahm Gilda an der Hand und entfernte sich ebenfalls mit ihr. In demselben Moment kam Beate aus den Wirtschaftsräumen.

So stand sie plötzlich, ganz unvermutet, vor dem Bild der Gräfin Alice. Sie zuckte zusammen und stieß vor Schrecken einen Schrei aus. Ihr war gewesen, als stehe die Gräfin in Wirklichkeit vor ihr.

Graf Harro und Griseldis kamen schnell wieder in die Halle zurück. Da sahen sie Beate mit verhülltem Gesicht an das Treppengeländer gelehnt stehen.

»Was ist geschehen, Beate?« fragte der Graf, auf sie zueilend.

Die Komtesse ließ die Hände sinken von dem fahlen, erblaßten Gesicht. »Es ist nichts, Harro, ich – ich hatte nur das Bild nicht bemerkt und hätte es beinahe umgestoßen«, sagte sie heiser und rauh vor unterdrückter Erregung.

»Du bist sehr nervös und schreckhaft geworden, Beate. Das war früher nicht der Fall. Da hast du nie verstehen können, wie jemand nervös sein konnte. Aber freilich, diese aufregende Zeit, die wir durchgemacht haben, die erschüttert auch starke Nerven. Ich hätte das Bild nicht hier stehenlassen sollen«, sagte Harro mit beruhigendem Ton.

Beate hatte sich wieder in der Gewalt.

»Du brauchst dir keine Vorwürfe zu machen, Harro. Ich war nur sehr eilig und hätte das Bild fast umgestoßen. Das könnte auch jemandem von der Dienerschaft passieren. Deshalb ist es wohl besser, du läßt es gleich in den Ahnensaal hinauftragen.«

Er gab sogleich Befehl und ließ das Bild hinauftragen.

Griseldis hatte diese ganze Szene beobachtet. Sie sah die Komtesse forschend an. Wie seltsam, daß diese so scheu und furchtsam auf das Bild der Gräfin Alice starrte. Sie mußte sich sehr erschreckt haben.

Als das Bild fortgeschafft wurde, atmete sie auf.

Griseldis sah Graf Harro und Beate erst wieder, als sie mit Gilda zur Mittagstafel kam. Beate schien besonders lebhaft und mitteilsam, was sie sonst nie zu sein pflegte. Sie scherzte über ihre Nervosität und zwang sich auch, zu Griseldis freundlicher als sonst zu sein. Aber Griseldis blieb höflich und gemessen.

Harro empfand es nur angenehm, daß seine Base etwas freundlicher war, er sagte sich, daß er Beate wohl Unrecht tue mit seiner Abneigung. Als Griseldis nach Tisch mit Gilda hinaufgehen wollte, um diese zur Ruhe zu bringen, sagte Harro zu ihr:

»Bitte, kommen Sie in mein Arbeitszimmer, Fräulein von Ronach, wenn Sie Gilda niedergelegt haben. Ich möchte Ihnen heute den Unterrichtsplan für meine Tochter vorlegen, damit nach dem Fest der Unterricht beginnen kann.«

Und sobald sie Gilda zu Bett gebracht hatte, begab sie sich zu dem Grafen. Sie merkte nicht, daß ihr Beate wie ein schwarzer Schatten folgte und sich hinter einer Portiere versteckte, um zu lauschen.

*

Harro stand an seinem Schreibtisch, als Griseldis eintrat, und sie sah, daß der scharfe Schmerzenszug in seinem Antlitz besonders prägnant hervortrat.

»Bitte, nehmen Sie Platz, Fräulein von Ronach. Ich muß Ihre Zeit ein wenig in Anspruch nehmen, es liegt mir viel daran, daß ich mich Ihnen verständlich mache, damit Sie meine Wünsche in bezug auf den Erziehungsplan meiner Tochter begreifen.«

»Sie haben über meine Zeit zu verfügen, Herr Graf«, erwiderte Griseldis.

»Ach – Sie meinen, weil Sie in meinem Haus angestellt sind? Nein, Fräulein von Ronach, auf diesem Standpunkt wollen wir uns nicht gegenüberstehen. Sie sollen in meinem Haus das unbedingte Gefühl völliger Freiheit haben. Sie geben meinem Kind ein Stück von Ihrem Herzen. Das ist etwas, was man nie mit Geld oder Geldeswert vergelten kann. Ich kann Ihnen dafür nur herzlich danken. Sie tun so viel für Gilda, was Sie nicht freiwillig tun würden, wenn Sie mein kleines Mädchen nicht liebgewonnen hätten. Also sprechen Sie, bitte, nicht davon, daß ich über Ihre Zeit zu verfügen habe.«

Griseldis nahm mit der ruhigen Selbstverständlichkeit der Dame Platz, noch ehe sich Harro ihr gegenüber niedergelassen hatte. Ein Lächeln lag bei seinen Worten auf ihrem Antlitz.

»Ich bitte also um Ihre Instruktionen, Herr Graf.«

Er nahm von seinem Schreibtisch einen Zettel mit Notizen und besprach mit ihr genau den Lehrplan für seine Tochter. Als er damit fertig war, sagte er, den Zettel wieder hinlegend:

»So also habe ich mir das gedacht. Sind Sie nun orientiert?«

»Vollständig, Herr Graf, und Sie dürfen versichert sein, daß ich mich streng an Ihre Vorschriften halten werde.«

Er sah sie mit einem Lächeln an.

»Streng? Nein – dies Wort paßt so gar nicht zu Ihnen. Sie sollen nicht ängstlich wie nach einer Schablone arbeiten.«

»Ich weiß, wie Sie es meinen, Herr Graf. An eine Schablone denke ich auch gar nicht. Es wäre jammerschade, wenn das impulsive, warmherzige Wesen Gildas in irgendeine Schablone gepreßt werden sollte.«

»Sie sind auch nicht nach einer Schablone erzogen

worden, nicht wahr?« fragte er, seine Augen nicht von ihrem Gesicht lassend.

»Ach – eigentlich bin ich gar nicht erzogen worden! Meine Mutter war von meiner Geburt an kränklich und nicht imstande, auf mein lebhaftes Naturell einen andern Einfluß auszuüben als den einer sorgenden, herzlichen Liebe. Ich glaube, nichts erzieht den Menschen so gut wie das Bewußtsein, daß ihn jemand liebt und sich um ihn sorgt. Und mein Vater hatte, solange er Soldat war, auch keine Zeit für mich. Um meiner Mutter Sorge und Unruhe zu ersparen, suchte ich so gut und so tüchtig zu werden, wie in meiner Macht stand.«

»Sie sagten am ersten Tag Ihres Hierseins zu mir: Mit Liebe kann man alles erreichen. Das hat mir sehr gefallen. Sie haben es sicher an sich selbst erprobt?«

Während er das fragte, dachte er bei sich, ob dies schöne Mädchen ihr Herz schon an einen Mann verschenkt hätte.

Griseldis blieb ganz unbefangen. »Vielleicht! Jedenfalls weiß ich, daß meine Eltern mit Liebe und Güte alles bei mir erreicht haben und daß eben die beste Lehrmeisterin die Liebe ist. Ich habe natürlich gute Schulen besucht. Das Schulwissen habe ich mir ja nicht allein aneignen können. Und dabei habe ich auch Studien an meinen Lehrern gemacht und mir an ihnen gemerkt, wie man es machen und wie man es nicht machen soll, Kinder zu erziehen. So habe ich mir überall mein bißchen Lebensweisheit, wenn ich mit meinen zweiundzwanzig Jahren schon davon sprechen kann, zusammengesucht – und manchmal unter recht erschwerenden Umständen. Aber dafür sitzt es nun auch fest.«

»Ich wünsche sehr, daß Sie von dieser schwer errungenen, jungen Lebensweisheit auch meine Tochter profitieren lassen. Sie wird – auch das muß ich hier einmal erwähnen –, wenn sie erst erwachsen ist, keinen leichten Stand, kein leichtes Schicksal haben – wenn nicht ein Wunder geschieht.«

Griseldis fühlte, auf was er anspielte, und ihn fest und ruhig ansehend, sagte sie zuversichtlich: »Solch ein Wunder kann täglich geschehen.«

»Wissen Sie denn, welch ein Wunder ich vom Schicksal erflehe?«

»Ja – ein Wunder, das Ihre Unschuld an den Tag bringt«, sagte sie fest.

Er zuckte zusammen und legte seine Hände mit einem harten Griff auf die Armlehnen seines Sessels. Dann beugte er sich vor und sah ihr in die Augen.

»Meine Unschuld? Wissen Sie denn, ob ich unschuldig bin?«

»Ich weiß nicht, Herr Graf, ob es recht und gut ist, mit Ihnen über diese Sache zu sprechen. Vielleicht wäre es schonungsvoller, darüber hinwegzugehen. Aber so eine Schonung kann auch schlimme Folgen haben. Und da dies Thema einmal berührt ist, möchte ich nicht ausweichend darüber hinweggehen. Sie könnten ja sonst glauben, ich fürchte mich, dies Thema zu berühren. Eine feigherzige Schonung kann Ihr Leid nur tiefer in Ihre Seele hineingraben. Es muß Ihnen doch schrecklich sein, nicht davon sprechen zu dürfen, was Sie quält. Verzeihen Sie, wenn ich, die ich

Ihnen fremd bin, so zu Ihnen spreche. Sie fragen mich, ob ich weiß, daß Sie unschuldig sind. Nun denn, ja, ich weiß es – sonst wäre ich nicht in Ihrem Haus. Wenn ich einen Zweifel hätte mitbringen müssen, hätte ich Ihrem Kind nicht die rechte Erzieherin sein können. Ich will alles tun, was ich kann, um Gilda zu lehren, daß sie den blinden, bösen Zufall verachten lernt, der über ihren Vater ein so großes Leid gebracht hat.«

»Woher kam Ihnen der Glaube an meine Unschuld?« stieß er heiser hervor.

Griseldis errötete, aber sie hielt seinen Blick ruhig aus.

»Mutter Anna sprach mit mir über alles in jener sorgenvollen Zeit, da Sie in Untersuchungshaft saßen. Und sie glaubte fest an Ihre Unschuld. Ich sah auch Ihr Bild bei Mutter Anna – und ich habe mir gesagt, daß aus diesem Bild nicht die Augen eines feigen Meuchelmörders blickten. Und jetzt, da ich Sie kenne, erscheint es mir unverständlich, daß jemand nur einen Augenblick an Ihrer Unschuld zweifeln konnte. Ich kenne die ganz traurige Geschichte jener Katastrophe. Darf ich auch darüber sprechen?«

Er nickte nur und sah sie an. Sie saß da vor ihm, nicht wie ein fremder Mensch, sondern wie einer, dem er seine ganze Seele hätte enthüllen mögen.

Griseldis fuhr fort: »Ich weiß also, daß Sie am Abend vor dem Tod Ihrer Gemahlin bis aufs äußerste gereizt waren und Veranlassung hatten, Vergeltung zu üben. Und wenn Sie ein zorniges und leidenschaftliches Temperament besitzen, dann wäre es wohl möglich gewesen, daß Sie sich vom Augenblick zu einer raschen, unheilvollen Tat hätten hinreißen lassen. Aber eines feigen Meuchelmordes sind Sie unfähig. Hätten Sie die Tat begangen, so hätten Sie diese nicht geleugnet. Wäre ich Ihr Richter gewesen, hätte ich Ihren Worten geglaubt und hätte gesagt: Dieser Mann ist ohne Schuld.«

Griseldis hatte sich bei ihren Worten mehr und mehr erregt. Der Wunsch, ihm wohl zu tun, den dumpfen Druck von seiner Seele zu lösen, wenn auch nur vorübergehend, hatte alle Scheu von ihr gestreift. Ihre Worte hatten einen Schwung und ein Feuer, von dem sie selbst nichts wußte. Erst als sie schwieg und als sie es in seinen Augen aufleuchten sah, kam ihr zum Bewußtsein, wie sie aus sich herausgegangen war.

Eine Weile blieb es still zwischen den beiden Menschen. Sie kämpften beide eine tiefe Erregung nieder. Graf Harros Augen hingen an Griseldis' Anlitz mit einem Ausdruck, als habe sie ihm den Frieden gekündigt, den Frieden für seine Seele.

Langsam strich er mit der Hand über die Stirn und sagte mit verhaltener Stimme: »Gott lohne Ihnen, was Sie mir eben getan haben, Fräulein von Ronach. Sie können gar nicht ermessen, was für eine Wohltat es für einen verfemten, geächteten Mann ist, wenn jemand zu ihm sagt: Ich glaube an dich. Zwei Menschen haben mir das bisher gesagt, mein alter Kammerdiener und meine Base Beate. Und Mutter Anna hat es mir geschrieben. Aber diese Menschen kennen mich genau und mußten wissen, daß ich schuldlos war, daß ich einer solchen Tat nicht fähig bin. Aber Sie – Sie kannten mich nicht, und von Ihnen hat es mir am meisten wohl getan. Ja – ich hätte an jenem Abend etwas tun können, was nicht wiedergutzumachen gewesen wäre. Aber für das, was ich getan, bin ich noch immer ehrlich eingetreten. Die Last auf meiner Seele ist etwas leichter geworden – ich danke Ihnen. Darf ich Ihnen die Hand reichen? Ich habe es bisher nicht gewagt, weil ich nicht wußte, ob Sie diese Hand ohne Schaudern fassen würden. Nun wage ich es, Sie darum zu bitten.«

Sie hätte singen und jubeln mögen, weil er sagte: »Die Last auf meiner Seele ist etwas leichter geworden.« Sie legte schnell ihre Hand in die seine und begnügte sich nicht damit, sie konventionell darin ruhen zu lassen, sondern sie erwiderte den warmen Druck seiner Finger, als wolle sie ihm recht deutlich zeigen, daß sie nicht davor zurückbebte. Als er aber dabei mit einem unbeschreiblichen Blick in ihre Augen sah, wurde sie doch etwas verwirrt und zog ihre Hand zurück.

»Haben Sie sonst noch Befehle für mich, Herr Graf?« fragte sie hastig.

Er mußte lächeln. So ehrlich und tapfer hatte sie ihrer Überzeugung Ausdruck gegeben. Als Mensch zum Menschen hatte sie mit ihm gesprochen und hatte ihm mit festem Druck die Hand gereicht. Und nun, als sie sich dessen bewußt wurde, erschrak sie doch, daß sie alle gesellschaftliche Vorschrift beiseite gelassen hatte.

»Nun tut es Ihnen doch wohl leid, daß Sie, Ihrem

Impuls folgend, einem Unglücklichen eine Wohltat erwiesen haben. Erst so großherzig – und nun so verzagt«, sagte er mit gutmütigem Spott.

»Ja – Sie haben recht, wenn Sie darüber spotten, Herr Graf. Man kann sich manchmal mit dem besten Willen nicht von Bedenken freimachen, weil man so wenig gewöhnt ist, sich unbefangen einer ehrlichen Regung hinzugeben, die nicht durch die Form sanktioniert ist.«

»Tapfer sind Sie – so tapfer, daß Sie sich selbst zur Engherzigkeit bekennen. Ich rechne Ihnen diese Tapferkeit hoch an. Aber länger aufhalten will ich Sie nun nicht mehr. Nur das will ich Ihnen noch sagen, daß ich jetzt seit langer Zeit die erste frohe Stunde hatte. Und eine Bitte möchte ich Ihnen noch aussprechen. Darf ich?«

Sie hatte sich erhoben, und er stand auf. Und als die Stühle rückten, entfloh Beate, die im Nebenzimmer an der Tür hinter der Portiere gelauscht hatte. Sie hatte nur Bruchstücke der Unterhaltung vernommen, weil sie sich nicht näher an die offenstehende Tür heranwagte, die in das Arbeitszimmer führte. So hatte sie hauptsächlich nur gehört, wie der Unterrichtsplan besprochen wurde. Aber das hatte sie vernommen, daß der Ton von Harros Stimme immer wärmer wurde. Und das erfüllte sie mit wahnsinniger Eifersucht.

Inzwischen sagte Griseldis: »Bitte, sprechen Sie diese Bitte aus, Herr Graf. Ich wünsche, daß ich Sie Ihnen erfüllen kann.«

»Sie können es, wenn Sie wollen. Ich bitte Sie, mir

zu erlauben, Ihnen zuweilen von meinem Kummer zu sprechen. Bei niemand würde ich so viel Verständnis finden wie bei Ihnen. Und Sie haben mich heute gelehrt, daß es eine Wohltat sein kann, darüber zu sprechen.«

»Diese Bitte erfülle ich von Herzen gern, Herr Graf. Ich bin stolz auf Ihr Vertrauen. Und ich brauche Ihnen wohl nicht zu versichern, daß Sie bei mir stets verständnisvolle Teilnahme für Ihren Kummer finden werden.«

Er faßte ihre Hand, diese kleine, feste, energische Hand, die gewohnt war, Widrigkeiten aus dem Weg zu räumen und fest zuzufassen.

»Ich zweifle nicht daran und danke Ihnen herzlich.«

Damit zog er Griseldis Hand an die Lippen.

Da schlug die Röte in ihr Gesicht.

»Sie gestatten, daß ich mich jetzt entferne. Gilda wird schon wach sein und nach mir verlangen.«

»Ja – gehen Sie. Ich weiß, daß Sie es ernst nehmen mit Ihrer übernommenen Pflicht, meinem Kind eine Mutter zu ersetzen.«

Griseldis ging schnell hinaus, denn sie fühlte, daß sie sich jetzt erst einmal fassen mußte. Diese Stunde hatte ihr so viel gegeben und sie bis ins Innerste erregt.

Graf Harro sah ihr nach, in tiefe Gedanken verloren.

So eine Lebensgefährtin – so ein stolzes, ruhiges und sicheres Geschöpf, mit so viel Frische und Kraftbewußtsein, mit so viel Güte und echt weiblichem

Zartsinn, solch eine Lebensgefährtin zur Seite – das ist echtes Glück für einen Mann. Wenn man doch noch einmal von vorn anfangen könnte!

Und er konnte mit seinen Gedanken nicht loskommen von dem, was ihm Griseldis gesagt hatte. Er wiederholte sich's immer wieder...

*

Griseldis war, als sie den Grafen verlassen hatte, zu Gilda gegangen. Diese schlief jedoch noch. Da eilte Griseldis hinauf in ihr Zimmer. Sie mußte jetzt einige Minuten in sich ausklingen lassen, was sie eben erlebt hatte. Denn ein Erlebnis war diese Unterredung mit Graf Treuenfels für sie.

Sie sank, von ihrer Erregung bezwungen, vor einem Sessel auf die Knie und barg das zuckende Gesicht in den Händen. Sie dankte dem lieben Gott aus vollem Herzen, daß er ihr geholfen hatte, die Last, die auf Graf Harros Seele lag, ein wenig zu erleichtern. Und sie betete mit Inbrust um ein Wunder, das seine Unschuld an den Tag bringen würde.

Während sie mit ihrer ganzen Innigkeit um dies Wunder betete, hörte sie plötzlich ein leises Geräusch. Sie blickte auf und sah erstaunt, daß das Bild, welches die Tür zu dem geheimen Wandschrank bildete, sich langsam in den Angeln drehte, so daß der Wandschrank offen vor ihren Blicken lag. Sie sprang auf und trat an den Schrank heran. Dabei hatte sie ein ganz seltsames Empfinden, das sie sich nicht erklären konnte.

Wie mag es wohl gekommen sein, daß sich diese Tür von selbst öffnete? Ich weiß doch bestimmt, daß ich sie geschlossen habe, und das Schloß schließt doch so außerordentlich fest und gut, dachte sie.

Langsam schloß sie die Tür. Der kleine Delphin sprang wieder in den Rahmen hinein mit dem leise einschnappenden Ton. Sie rüttelte an der Tür. Jetzt war sie ganz fest geschlossen und ging sicher nicht wieder von selbst auf.

»Ich habe sie doch wohl heute morgen nicht ganz fest geschlossen, als ich meine Uhr herausnahm«, sagte sie sich.

Und sie ahnte nicht, daß der Himmel ihr einen leisen Fingerzeig hatte geben wollen, auf welche Weise das erflehte Wunder hätte herbeigeführt werden können.

Griseldis maß der Sache weiter keine Wichtigkeit bei und ging nun hinunter zu Gilda.

Heute sah sie Graf Harro nicht mehr. Beim Tee ließ er sich entschuldigen. Griseldis befand sich mit Beate und Gilda allein am Teetisch und sah mit Unbehagen, wie versteinert ihr die Komtesse gegenübersaß. Auch Gilda sah das und barg ihr Gesicht an Griseldis' Schulter und rief ängstlich:

»O Tante Beate – ich fürchte mich – du machst so ein böses Gesicht!«

Beate schrak auf und zwang ein Lächeln ins Gesicht.

»Kleines Närrchen, wie kannst du dich vor Tante Beate fürchten?« fragte sie.

»Oh – du sahst so böse aus.«

Beate nahm Gilda mit raschem, festen Griff auf

ihren Schoß, weil sie nicht ertragen konnte, daß Gilda sich so innig an Griseldis schmiegte.

»Mein süßes Kind – mein armes, armes Kleinchen«, sagte sie, ihre spröde Stimme zur Weichheit zwingend.

»Laß mich – du tust mir weh – und du sollst nicht armes Kleinchen zu mir sagen.«

Da löste die Komtesse ihre Hände so plötzlich von dem Kind, daß es gefallen wäre, wenn Griseldis es nicht aufgefangen hätte. Mit einem jähen Ruck schob Komtesse Beate ihre Tasse zurück und ging schnell, ohne ein Wort zu sagen, hinaus. Auf ihrem Anlitz lag ein Ausdruck, der wirklich zum Fürchten war.

Sie begab sich hinauf in ihre Zimmer. Dort warf sie sich auf einen Diwan und begrub das Gesicht in den Händen. »Ich will nicht alles umsonst getan haben. Dieses blonde Geschöpf soll mich nicht um den Preis betrügen. Und wenn sie es dennoch tun sollte, dann –«

Sie knirschte das zwischen den Zähnen hervor, und in ihren Augen lag ein furchtbarer Ausdruck, der dieses »dann« in unheimlicher Weise ergänzte. Wenn Griseldis geahnt hätte, was ihr Komtesse Beate in ihren Gedanken zudachte, dann hätte sie wohl, trotz aller Tapferkeit, gezittert.

Auch an der Abendtafel erschien Graf Harro nicht, und als der Diener meldete, daß der Herr Graf auf seinem Zimmer zu speisen wünsche, weil er zu arbeiten habe, da überschlich Griseldis ein unbehagliches Gefühl. Das Herz wurde ihr ein wenig schwer, weil sie nun wußte, daß sie mit Komtesse Beate allein an der Abendtafel sitzen würde. –

Sie grübelte darüber nach, weshalb Graf Harro unsichtbar blieb. Sie ahnte nicht, daß er es getan hatte, um das in sich ausklingen zu lassen, was heute während seiner Unterredung mit ihr in ihm wach geworden war.

Als aber Griseldis nach dem Abendessen noch einmal leise in das Schlafzimmer Gildas trat, um zu sehen, ob diese sanft und ruhig schlief, sah sie den Grafen am Bett seines Kindes sitzen, die Arme auf die Knie gestützt und das Gesicht in den Händen vergraben.

Er sah auf, als sie eintrat. Sie deutete nur schweigend auf das schlummernde Kind, um ihm anzudeuten, daß sie nach Gilda hatte sehen wollen. Er neigte verstehend das Haupt, und sie ging still wieder davon.

Dann ging auch er wieder nach seinem Zimmer zurück.

*

Wochen waren vergangen, seit Griseldis in Schloß Treuenfels weilte. Und sie war in diesen Wochen so fest mit ihrer neuen Umgebung verwachsen, daß sie kaum noch an das dachte, was vorher gewesen war.

Das Pfingstfest stand nahe bevor. Griseldis genoß diesen ersten Frühling, den sie auf dem Land verbrachte.

Das Kind hing mit zärtlicher Liebe an seiner schönen, jungen Erzieherin, und Griseldis hatte entschieden eine glückliche Hand in bezug auf die Pflege dieser jungen Menschenblüte.

Mehr als Griseldis liebte Gilda kaum ihren Vater. Diese beiden Menschen umschloß ihr kleines Herz mit großer Innigkeit.

Beate verlor mehr und mehr ihres Bodens an Griseldis, sie fühlte mit ohnmächtigem Grimm, wie sie von dieser in den Hintergrund gedrängt wurde.

Der tiefe Gram darüber und der Haß auf Griseldis zerfraßen ihr das Herz.

Sie konnte zuweilen ihre Gefühle kaum noch verbergen, und Graf Harro betrachtete seine Base oft mit Kopfschütteln, weil ihm ihr Tun wunderlich und seltsam schien.

Vielleicht sind es nur altjungferliche Schrullen. Sie müßte mehr Zerstreuung und Anregung haben, dachte er.

Und in seiner Güte beschloß er, sie aufzufordern, zur Erholung und Zerstreuung eine kleine Reise zu machen. Aber als er ihr diesen Vorschlag machte, fuhr sie wie außer sich empor und fragte ihn, ob er sie aus dem Haus treiben wolle.

»Wie kommst du darauf, Beate? Ich merke nun schon, seit ich nach Treuenfels zurückgekehrt bin, daß du sehr nervös geworden bist. Auch in meiner Abwesenheit mußt du es schon gewesen sein. Grollmann sprach mir darüber. Und das scheint immer schlimmer zu werden. Ich möchte deshalb gern etwas für dich tun. Vielleicht eine vollständige Ausspannung. Ich will dir gern das nötige Geld zu einer Reise anweisen lassen, damit du dich wieder ganz erholst.«

Aber die Komtesse wehrte hastig und erregt ab. Für sie hatte das Leben überhaupt nur noch Wert in seiner Gegenwart, und von ihm fern sein hieß für sie der Tod. In ihrer ewig wachen Eifersucht sah sie in seinem Angebot nichts als das Bestreben, sie eine Weile loszuwerden. Sie litt unsagbar unter dieser Vermutung, litt Qualen, von denen niemand etwas wußte außer sie selbst.

Nach diesem Gespräch mit ihrem Vetter sagte sie sich jedoch, daß sie sich unbedingt zusammennehmen mußte, wenn sie es vermeiden wollte, daß ihr Vetter energisch darauf bestand, daß sie Treuenfels einige Zeit verließ. So suchte sie einzulenken.

»Ich danke dir, Harro. Du bist, wie immer, so gut und hilfsbereit. Aber du darfst mich nicht fortschicken von Treuenfels. Mir fehlt wirklich nichts. Ein wenig nervös bin ich vielleicht, aber das ist doch verständlich. Ich sehe, wie du leidest – und ich leide mit dir. Wie soll ich froh und vergnügt sein, wenn ich weiß, daß dir das Herz weh tut? – Dazu giltst du mir zuviel.«

»Ich würde es durchaus nicht herzlos finden, Beate, wenn du vergnügt wärst. Warum sollst du unter meinem Kummer leiden?«

Sie sah ihn an mit einem Blick, der ihn erschreckte. Dieser Blick erweckte plötzlich eine Ahnung in ihm, daß Beate etwas andres für ihn empfand als eine rein verwandtschaftliche Zuneigung.

Sein Unbehagen verstärkte sich, aber zugleich auch sein Mitleid mit ihr. War seine plötzlich erwachte

Ahnung nicht grundlos, dann war Beate sehr zu bedauern.

»Du solltest mehr an dich denken als an mich. Du kannst mir ja doch nicht helfen.«

Sie preßte die Hände aufs Herz.

»Ich leide namenlos um dich. Und es berührt mich wie ein Mißklang, wenn ich höre, wie Fräulein von Ronach singend und lachend durch das Haus geht.«

Er stutzte bei diesem Ausfall gegen Griseldis. Forschend sah er sie an.

»Beate, ist es das, was dich, wie ich bemerkt habe, gegen Fräulein von Ronach einnimmt?«

Was sie gegen Griseldis einnahm, konnte sie ihm nicht sagen. Aber sie nickte hastig, als sei er auf der rechten Fährte.

»Sie muß doch sehen und fühlen, daß in diesem Haus kein Grund zum Jubilieren ist.«

Harro strich sich über die Stirn. Wenn Beate eine Ahnung hätte, wie wohl ihm Griseldis' sonniger Frohsinn tat, wie dankbar er ihr war, daß sie seinem Kind von ihrem Frohsinn abgab. Aber er fühlte instinktiv, daß er Beate nicht sagen durfte, welch wohltätigen Einfluß die neue Hausgenossin auf ihn ausübte.

War seine Ahnung richtig, hegte Beate ein wärmeres Empfinden für ihn, dann fühlte sie vielleicht instinktiv, was er sich selbst nur zögernd eingestand – daß er Griseldis von Ronach liebte.

Ja – er liebte dieses Sonnengeschöpf, dieses lebensfrische, starke, gütige Mädchen mit dem tapferen Sinn und dem liebevollen Herzen. Er liebte sie, wie er nie zuvor eine Frau geliebt hatte. Und wenn er nicht ein geächteter, verfemter Mann gewesen wäre, würde er diese Liebe ihr ehrlich und offen zeigen und mit aller Inbrunst um ihre Gegenliebe werben. So aber mußte er seine Gefühle in sich verschließen, sonst vertrieb er sie möglicherweise von Treuenfels und brachte seine Tochter um eine liebevolle, verständige Erzieherin. –

»Warum soll Fräulein von Ronach herzlos sein, Beate? Sie weiß, daß ich für meine Tochter eine heitere Gesellschaft wünsche. Des Kindes wegen ist sie heiter. Darum solltest du ihr nicht grollen. Und wenn es dir möglich ist, so komm ihr etwas weniger schroff entgegen. Ich möchte sie in Treuenfels festhalten. Gilda hängt ihr mit großer Liebe an und lernt spielend leicht bei ihr, weil die junge Dame die rechte Art hat, ihr alles beizubringen. Aber sei vernüftig, Beate, und nimm dir mein Schicksal nicht mehr zu Herzen, als ich es selbst tue.«

»Ich will es versuchen, Harro, lieber Harro – ich möchte dir ja alles zuliebe tun«, stieß sie hervor und ging schnell hinaus, weil sie meinte, sich nicht länger beherrschen zu können.

Harro sah ihr unbehaglich nach. Dann atmete er tief auf und ging durch die offenstehende Tür, die aus dem Zimmer direkt auf die Terrasse führte, hinaus ins Freie.

Es war ein herrlicher Frühlingstag, ein Maientag, wie ihn die Dichter besingen. Wie von einer Sehnsucht getrieben, ging er über die Terrasse hinüber nach dem Park. Dort wußte er Griseldis mit seinem Töchterchen. Bei schönem Wetter hielt Griseldis die Unterrichtsstunden in einem offenen Pavillon im Park ab.

Unbemerkt kam er näher und stellte sich lauschend hinter eine Gebüschgruppe. Es wurde gerade eine Rechenstunde abgehalten.

Auf dem Tisch lagen blanke Kieselsteine, in kleine Gruppen gesondert. Damit lehrte sie Gilda subtrahieren, dividieren und multiplizieren. Gilda war mit Feuereifer dabei, und wenn sie richtig gerechnet hatte, gab es einen Kuß zur Belohnung.

Als die Rechenstunde zu Ende war und Griseldis die Bücher lachend vor Gildas Näschen zusammenklappte, trat Harro aus seinem Versteck hervor.

»Ich habe hinter dem Gebüsch verborgen Ihrem Unterricht beigewohnt, Fräulein von Ronach. Sie haben eine große Gabe, den Unterrichtsgegenstand zu beleben. Ich kann mich nicht besinnen, jemals eine so vergnügliche Rechenstunde bei meinem Hauslehrer gehabt zu haben.«

Griseldis war ein wenig rot geworden, als er plötzlich vor ihr stand. Aber schnell hatte sie sich wieder gefaßt.

»Ich habe auch in der Schule Fächer gehabt, die mich schrecklich langweilten. Dazu gehörte auch das Rechnen. So mache ich mir nun für alles eine vergnügliche Methode zurecht.«

»Und mit großem Erfolg«, erwiderte der Graf und setzte sich neben Gilda nieder. »Ich darf doch ein Weilchen Platz nehmen?« fragte er.

Griseldis nickte munter. »O ja, eine Viertelstunde ist jetzt Pause.«

Er sah wichtig nach der Uhr.

»Also eine Viertelstunde darf ich bleiben. Wie ging

es denn mit dem Rechnen, Schwälbchen?« fragte er sein Töchterchen.

Gilda nickte vergnügt. »Griseldis sagt, ich habe es gut gemacht.«

»Da bist du aber froh, daß sie mit dir zufrieden ist? Ich wäre es an deiner Stelle auch«, sagte er lächelnd. Und sich an Griseldis wendend, fragte er:

»Was kommt denn nachher an die Reihe?«

»Oh, das schlimmste Fach für meine kleine Schülerin – Schreiben.«

»Das ist das Schlimmste?«

»Ja, weil es mit absolutem Stillsitzen verbunden ist. Das behagt uns nicht.«

»Wenn ich schön geschrieben habe, dann erzählst du mir das Märchen von Prinzeß Maienblüte zu Ende, die von dem bösen Rittersporn gefangengehalten wurde.«

»Was ich versprochen habe, halte ich auch.«

»Unter allen Umständen?« fragte der Graf.

Griseldis nickte energisch. »Unter allen Umständen. Ich verspreche nie etwas, was ich nicht halten kann.«

Gilda sprang davon, um Blumen zu pflücken auf der Parkwiese. Als der Graf nun mit Griseldis allein war, fragte er:

»Wie gefällt es Ihnen in Treuenfels auf die Dauer, Fräulein von Ronach? Haben Sie noch keine Langeweile gehabt?«

»Langeweile? Das ist für mich ein ganz unbekannter Begriff. Und es gefällt mir von Tag zu Tag besser hier. Noch nie habe ich einen Frühling erlebt wie diesen. Unsre enge Mietwohnung mitten in der kleinen Stadt ließ den Begriff Frühling nie so recht in mir lebendig werden. Aber hier! Ich habe das alles von Tag zu Tag wachsen sehen. Und wenn ich oben aus meinem Fenster auf das Blütenmeer zu meinen Füßen blicke, da könnte ich vor Freude weinen.«

Ihre schlichte Art rührte ihn.

»Also sind Sie zufrieden mit der Aussicht aus Ihrem Fenster?«

»Sehr.«

»Und sonst auch mit allem anderen?«

»Ja, Herr Graf.«

»So bleibt Ihnen gar kein Wunsch – gar keiner?«

Sie errötete jäh unter seinem dringenden Blick, aber sie faßte sich schnell. »Doch, einen Wunsch habe ich schon lange.«

»Wollen Sie mir ihn nicht nennen? Wenn es möglich ist, möchte ich Ihnen diesen Wunsch erfüllen, denn ich bin Ihnen viel – sehr viel Dank schuldig.«

»Dank? Wofür?«

»Dafür, daß Sie sind, wie Sie sind«, sagte er langsam.

»Daran habe ich doch kein Verdienst.«

»Ich denke doch. Also – was haben Sie für einen Wunsch?«

Sie sah ihn an, daß es ihm warm ums Herz wurde.

»Dicht neben meinem Zimmer liegt ein runder Turm. Er hat einen Söller. Auf den Söller dieses Turms möchte ich einmal hinauf. Überhaupt – dieser Turm ist der einzige Teil des Schlosses, den ich noch nicht besichtigt habe. Er ist verschlossen. Und ich möchte, wenn es gestattet ist, auch das Innere des Turms besichtigen. Das reizt mich natürlich.«

»Also das Verbotene reizt auch Sie?« fragte er lächelnd.

»Ich weiß ja nicht, ob es verboten ist. Sonst würde es mich vielleicht noch mehr reizen.«

»Fürchten Sie nicht, so eine Art Blaubartskammer in diesem Turm zu finden?« fragte er mit bitterem Spott.

»Dann würde ich diesen Wunsch nicht ausgesprochen haben.«

»Nun, er soll Ihnen gern erfüllt werden. Aber erst will ich den Turm einmal selbst besichtigen und für Licht und Sonne darin sorgen. Er ist sehr lange abgeschlossen gewesen, und Sie sollen nicht mit Staub und Spinnweben in Berührung kommen.«

»Oh, Staub und Spinnweben gehören zu so einem alten Turm wie zu einer alten Flasche Wein.«

»So? Dann darf ich das nicht entfernen, um ihre Illusion nicht zu stören. Sie sollen den Turm mit Staub und Spinnweben kennenlernen. Aber ich darf doch wenigstens mit hinaufkommen auf den Söller.«

Wieder stieg das Blut jäh in ihr Gesicht. Zum Glück kam jetzt Gilda mit einem Blumenstrauß herbei.

»Wirst du mir einen Kranz winden, Griseldis?«

»Gern. Garnfäden haben wir ja hier im Tischkasten.«

Er sah den schönen schlanken Händen zu, die so geschickt und sicher arbeiteten.

»Ich glaube Sie sind eine Tausendkünstlerin; sogar Kränze können Sie winden«, sagte er.

»Das ist nicht schwer.«

»Mir scheint, alles, was Sie tun, ist nicht schwer.«

»Willst du auch einen Kranz haben, Papa?« fragte Gilda, die an Griseldis' Knie gelehnt stand und ihr zuschaute.

»Ja – das möchte ich wohl – wenn mir Fräulein von Ronach einen binden will.«

»Gern will ich es tun.«

Eine Weile herrschte Schweigen. Harro sah still auf Griseldis' Hände herab. Sie hatte nun einen Kranz fertig. Den drückte sie Gilda auf die blonden Locken.

Griseldis begann nun einen zweiten Kranz zu winden.

»Dieser Kranz soll wirklich für mich bestimmt sein?« fragte der Graf.

Sie nickte lächelnd. »Ja, wie Gilda es wünscht.«

»Mir wird das Leben keine Kränze mehr winden – nur auf meinen Sarg wird man mir noch welche legen. Vielleicht auch das nicht einmal.«

Sie ließ die Hände sinken und sah in sein düsteres Gesicht.

»So schwarz sehen Sie heute wieder ins Leben, Herr Graf. Das sollten Sie nicht tun.«

»Ich bin heute wieder in einer sehr bösen Stimmung. Deshalb suchte ich Sie auf. Sie sind ja doch zum Hausarzt für meine kranke Seele geworden. Ich möchte mich wieder einmal ausklagen und mich von Ihnen trösten lassen. Sie können das so gut. Aber wenn ich Ihnen lästig falle, dann schicken Sie mich fort.«

Glücklich war sie, daß er mit seinem Leid zu ihr kam, und so heiß war der Wunsch, ihm zu helfen.

»Lästig fallen können Sie mir niemals, Herr Graf. Sie wissen ja auch ganz genau, wie stolz ich auf mein Amt als Ihr Arzt bin. Bitte, seien Sie doch nicht so traurig und verbittert. Sehen Sie nur, wie hell die Sonne scheint. Und da drüben liegt Ihr schönes, stolzes Schloß, ringsum Ihr herrlicher Besitz. Sie haben ein geliebtes Kind, Sie sind gesund.«

»Gesund? Ist man gesund, wenn man eine kranke Seele hat, wenn man Qualen leidet, wie ich sie leiden muß«, stieß er bitter hervor.

Wie gern hätte Griseldis lind und leise über die düstere Stirn des Mannes gestrichen, denn ihre junge Seele liebte mit schrankenloser Innigkeit. Wäre er nicht der einsame, unglückliche, von allen guten Freunden verlassene Mann, hätte er wohl schwerlich Zeit und Lust gefunden, sich so angelegentlich mit ihr zu befassen.

Groß und ernst sah sie ihm in die Augen. »Ist es heute wieder einmal so schlimm?« fragte sie weich.

Er drückte die Hand vor die Augen und seufzte tief auf.

»Ich kann diese hellen, klaren Sonnentage nicht vertragen. Dann empfinde ich es immer mit doppelter Wucht, daß ich ein Ausgestoßener bin, von allen Freuden des Lebens.«

Straff richtete sie sich auf.

»Sie stoßen sich selbst aus. Niemand wird Sie hindern, sich Freuden zu suchen, soviel Sie wollen.«

»Das glauben Sie ja selbst nicht. Ich bin keine

Einsiedlernatur, bin ein Mensch, der Geselligkeit braucht. Ich leide darunter, daß ich gemieden werde wie ein Aussätziger.«

Sie beugte sich vor und sah ihn fest und ruhig an.

»Nein, so dürfen Sie nicht reden. Ihr Unglück macht Sie überempfindlich. Ich möchte wetten, daß Ihre Freunde nur darauf warten, daß Sie wieder in Verkehr mit ihnen treten. Sie kommen wohl deshalb nicht nach Treuenfels, weil sie nicht wissen, ob Sie jemand sehen wollen.«

»Freunde? Im Unglück hat man keine Freunde. Und Sie irren, wenn Sie glauben, daß man mit mir verkehren würde. Vielleicht ein paar Menschen, die im Ehrenpunkt nicht empfindlich sind, würden vielleicht mit mir auch jetzt noch verkehren. Aber diesen Verkehr mag ich nicht. Und die andern kann ich nicht haben. Da ist zum Beispiel drüben in Dalheim mein bester Freund, Baron Dalheim. Als ich noch im Glück lebte, schien er unzertrennlich von mir zu sein. Ich traf ihn im Wald, gleich nach meiner Freilassung. Er gab sich den Anschein, mich nicht zu sehen.«

Sie erblaßte vor dem Schmerz, der aus seinen Worten sprach.

»Vielleicht sah er Sie wirklich nicht?«

»Doch, er hat mich groß angesehen – und weigerte mir seinen Gruß. Und ich konnte nicht Rechenschaft dafür fordern. Begreifen Sie, was das für mich heißt? Wehrlos Beleidigungen ausgesetzt zu sein, das ist für einen Mann das härteste.«

»Vielleicht glaubte er aber auch, Sie wollten ihn

nicht sehen. Baron Dalheim ist doch derselbe, der gegen Sie zeugen mußte?«

»Ja, er allein wußte außer meiner Frau und meiner Base, daß ich das Fläschchen mit dem indischen Gift besaß. Und er mußte darüber aussagen.« Griseldis hob schnell ihr Anlitz und sah ihn forschend an. »Komtesse Beate wußte auch um dieses Gift?« fragte sie hastig.

»Ja, sie war dabei, als ich es meiner Frau und Baron Dalheim zeigte.«

»Ah – das wußte ich nicht. Von ihr war in Ihrem Prozeß nicht die Rede.«

»Nein. Sie verweigerte als meine Verwandte ihre Aussage.«

»Das war – ich bitte um Verzeihung für meine Offenheit – sehr unklug von ihr.«

»Warum?«

»Weil jeder annehmen mußte, daß sie als Ihre Verwandte nur eine belastende Aussage verweigern würde.«

»Sie hätte aber auch keine entlastende machen können.«

»Doch, sie hätte den Richtern ein Charakterbild von Ihnen entwerfen können, damit diese die Überzeugung gewannen, daß Sie einer solchen Tat nicht fähig waren. Ich hätte jedenfalls an Komtesse Beates Stelle meine Aussage nicht verweigert.«

»Ja, Sie – Sie wären tapfer auf dem Plan gewesen, das glaube ich. Aber Beate fürchtete wohl die Aufregungen dieses Prozesses. Sie war ja an jenem Morgen, als ich verhaftet wurde, selbst ganz kopflos und – doch lassen wir das.«

»Ich möchte Ihnen einen Rat geben. Darf ich?«

»Gewiß.«

»Wollen Sie nicht einmal die ganze Angelegenheit einem tüchtigen Detektiv übergeben?«

Er machte eine abwehrende Bewegung.

»Ach, Sie denken an einen Sherlock Holmes, der Wundertaten des Scharfsinns vollbringt? Es ist ja von gerichtlicher Seite alles getan worden, um Licht in diese Angelegenheit zu bringen. Vergeblich! Und ich selbst habe die Zimmer meiner Frau durchsucht, bis in den verborgensten Winkel, um auf eine Spur zu kommen. Ich glaube jetzt fest daran, daß meine Frau selbst das Gift aus meinem Schreibtisch entwendet und es selbst in den Wein getan hat. Meine Base brachte mich darauf, daß meine Frau vielleicht nur in einer spielerischen Laune das Gift versucht hat.«

»Dieser Ansicht war Komtesse Beate?« fragte Griseldis langsam.

»Ja.«

»Und sie glaubt also auch an einen Selbstmord Ihrer Frau Gemahlin?«

»Ja – sie glaubt fest daran und hat mich auch davon überzeugt.«

»So fest, daß Sie nun gar keinen Versuch mehr machen wollen, einen etwaigen andern Täter ausfindig zu machen?« sagte sie.

»Ja, ich weiß, daß ein andrer Täter nicht in Frage kommen kann. Nein, nein – es ist die einzige Möglichkeit, daß meine Frau aus Unbedacht, Laune oder sonst einem mir unbekannten Grund Selbstmord verübt hat.«

»Aber hätte sie Ihnen dann nicht eine Zeile hinterlassen, ein Abschiedswort für ihr Kind?«

»Vielleicht tat sie es nicht, weil sie nur mit dem Gedanken spielte.«

»Dann hätte sie aber vielleicht erst recht einen Brief hinterlassen, um dies Spiel recht effektvoll zu gestalten.«

»Ah – ich merke, Sie haben sich über den Charakter meiner Frau informiert. Nun ja, es war auch mir das Unverständlichste, daß sie schweigend aus dem Leben ging. Deshalb habe ich auch alles durchsucht, ob ich nicht ein Schreiben von ihr fände.«

Griseldis hing mit gespanntem Ausdruck an seinen Lippen. Nun sagte sie zögernd:

»Würden Sie es sehr anmaßend finden, wenn ich Sie bitten würde, mir zu gestatten, die Zimmer Ihrer verstorbenen Frau Gemahlin zu besichtigen?«

»Nein, gewiß nicht. Taktlose Neugier halte ich diesen Räumen fern. Deshalb habe ich sie verschlossen. Aber Ihnen will ich gern die Schlüssel geben. Darf ich fragen, weshalb Sie die Zimmer besichtigen wollen? Aus Neugier geschieht das nicht.«

Sie war einen Moment sichtlich verlegen. Aber dann sah sie ihn groß und voll an.

»Ich fürchte, Sie werden mich auslachen, aber trotzdem will ich es Ihnen sagen. Ich gehe schon seit einiger Zeit mit dem Gedanken um, Ihnen diese Bitte auszusprechen. Aber bitte, lachen Sie mich nicht aus.«

»Nein, nein, gewiß nicht.«

»Also – ich hatte einen seltsamen Traum, der mich auf diese Zimmer hinwies.«

»Was war es für ein Traum?«

Sie zögerte eine Weile. Dann sagte sie leise:

»Ich möchte Ihnen diesen Traum nicht erzählen – nicht jetzt, vielleicht später einmal. Der Traum hat mich sehr beschäftigt.«

»Wenn ich Sie so vor mir sehe – das blühende, lachende Leben selbst –, dann muß ich doch darüber lächeln, daß Sie einem Traum Bedeutung zumessen.«

»Weil er so seltsam war, und doch so klar und bestimmt. Aber lächeln Sie nur ruhig über mich. Ich freue mich über jedes Lächeln auf Ihrem Anlitz.«

Aber dann sagte sie hastig: »Darf ich einige Fragen an Sie richten, die mit meinem Traum zusammenhängen?«

»Ja, fragen Sie nur.«

»Das Schlafzimmer Ihrer Frau Gemahlin befindet sich direkt unter meinem Zimmer, dicht neben dem runden Turm, nicht wahr? Hat es an den Wänden eine dunkle Holzvertäfelung, die mit einem breiten Bordbrett abschließt?«

»Ja.«

»Und wird das Bordbrett in bestimmten Zwischenräumen von geschnitzten Pilastern getragen?«

Er hob fragend die Augen.

»Sie haben sich das Zimmer von jemand beschreiben lassen?«

»Nein – ich sah es im Traum – mit hellen Möbeln, die nicht gut zu dem Holz der Wände paßten.«

»Das sahen Sie im Traum? Nein – das ist unmöglich! Man sprach Ihnen davon.«

»Nein – niemand! Also stimmt meine Beschreibung? Das Bett stand mit dem Kopfende an der Wand, die an den Turm stößt. Und in diesem Bett sah ich eine schöne blonde Frau liegen, die eine der Flechten, die lang herabfielen, wie ein Band um den Hals geschlungen.«

»Das ist seltsam! Meine Frau hatte die Gewohnheit, eine Flechte stets um den Hals zu legen. Sie meinte, das sei wärmer als ein Tuch. Und das haben Sie im Traum gesehen?«

»Ja, ganz deutlich.«

»Und was sahen Sie noch?«

Griseldis zitterte leise vor Erregung, aber sie mühte sich, ruhig zu erscheinen. »Alles kann und will ich Ihnen nicht sagen, was ich sah. Nur einiges noch. Über der Holzvertäfelung dieses Zimmers sah ich nur etwas Lichtblaues, als wenn der freie Himmel darüber ausgebreitet wäre – und doch war der Raum abgeschlossen.«

»Das Zimmer ist über der Vertäfelung an den Wänden und oben mit lichtblauer Seide bespannt. Wissen Sie, was ich von Ihrem Traum denke?«

»Nun?«

»Daß Sie von all diesen Dingen etwas gehört haben und es dann im Traum zusammenfaßten.«

»Nein, ich weiß gewiß, daß ich nicht ein Wort über dieses Zimmer gehört habe, so wenig wie davon, daß Ihre Frau Gemahlin einen ihrer Zöpfe um den Hals zu legen pflegte. Und ich habe noch nie in meinem Leben einen so klaren, lebhaften Traum gehabt, bei dem ich mir so fest alle Einzelheiten eingeprägt habe. Und – wenn das Zimmer der Frau Gräfin wirklich so aussieht, wie ich es im Traum sah – dann – ja – dann hat dieser Traum für mich eine noch tiefere Bedeutung erhalten. Ich brenne nun darauf, das Zimmer zu sehen.«

»Und Sie wollen mir nichts weiter über diesen Traum sagen?«

»Ich habe das Gefühl, als dürfte es nicht sein – jetzt noch nicht. Aber etwas möchte ich Sie noch fragen.«

»Bitte, tun Sie es ungehindert.«

»Hatte Ihre Frau Gemahlin einen seltsamen, eigenartigen Ring in ihrem Besitz – einen Goldreifen, der wie eine Schnur gewunden war, die oben mit einer Rosette zusammengebunden und mit zwei Quästchen abschloß, die von Rubinen gebildet waren? Auch inmitten der Rosette befand sich ein großer runder Rubin.«

Nun lachte Graf Harro gutmütig.

»Haben Sie diesen Ring etwa auch im Traum gesehen?«

Griseldis wurde blaß.

»Existiert solch ein Ring?« fragte sie atemlos.

»Ja, gewiß. Sie haben ihn doch sicher an der Hand meiner Base gesehen, sonst könnten Sie ihn nicht so genau beschreiben?«

»Komtesse Beate besitzt einen solchen Ring?«

»Ja, sie erhielt ihn als Geschenk von meiner Frau. Und Sie haben ihn wahrscheinlich bei ihr gesehen.«

»Nein«, sagte sie leise, ganz benommen, »ich sah diesen Ring im Traum – nur im Traum. Ganz sicher sah ich ihn niemals an Komtesse Beates Hand. Aber ich möchte ihn gern einmal sehen.«

»Sie brauchen meine Base nur zu bitten, Ihnen den Ring zu zeigen. Übrigens – mir fällt da ein, daß sie sonst den Ring täglich trug. Tut sie das jetzt nicht mehr? Ich habe nicht darauf geachtet.«

»Nein, Komtesse Beate hat noch nie einen Ring getragen, solange ich in Treuenfels bin.«

»So? Nun, jedenfalls können Sie sie bitten, daß sie Ihnen den Ring zeigt.«

»Ich möchte es nicht gern tun, Herr Graf. Komtesse Beate würde auch vielleicht nicht auf meine Bitte eingehen. Darf ich Sie deshalb bitten, heute bei Tisch vielleicht die Komtesse zu bitten, Ihnen den Ring zu zeigen? Sie müßten es unter irgendeinem Vorwand tun, damit die Komtesse nicht merkt, daß dieser Wunsch von mir ausgeht. Sie dürfte das nicht erfahren.«

»Ah – Sie haben auch schon bemerkt, daß die Komtesse Ihnen unsympathisch gegenübersteht?«

Griseldis zögerte. Aus diesem Grund hatte sie nicht gebeten, daß der Graf nach dem Ring fragen sollte. Sie hatte zu dieser Bitte eine andre Veranlassung. Aber sie ließ ihn bei dieser Vermutung.

»Ja, ich habe es gemerkt.«

»Und was halten Sie für den Grund dieser Abneigung?«

Wieder zögerte Griseldis. Sie wußte, daß dieser Grund nichts war als Eifersucht. Das wollte sie aber nicht sagen.

»Für Zuneigung und Abneigung gibt es oft keine Gründe.«

»Nun gut, ich werde es also ganz diplomatisch

anfangen. Im übrigen bitte ich Sie, auf die Abneigung meiner Base nicht soviel Gewicht zu legen. Sie ist, seit das Unglück über mein Haus gekommen, sehr nervös. Das haben Sie doch schon selbst beobachten können, zum Beispiel damals, als sie vor dem Bild meiner Frau so erschrocken war.«

»Früher war die Komtesse nicht so nervös?« fragte Griseldis.

»Nein, ich habe nie etwas bemerkt. Sie hat sich das alles sehr zu Herzen genommen. Seien Sie also nachsichtig, wenn sie Ihnen nicht so begegnet, wie Sie es wünschen. Um nochmals auf den Ring zu kommen – wahrscheinlich hat meine Base einmal über den Ring mit Ihnen gesprochen, oder Sie haben ihn doch gesehen, ohne es zu wissen. Denn dieser Schnurenring, wie wir ihn nennen, ist von einer sehr originellen Form.«

Er neckte sie noch ein wenig mit ihrem seltsamen Traum; sie blieb aber nachdenklich.

Und nun kam Gilda wieder herbei, die inzwischen auf der Wiese herumgetollt war.

»So, Papa, nun hast du auch einen Kranz.«

Griseldis sah darauf nieder. Sie hatte in Gedanken immer weitergeflochten. »Ja, er ist fertig, Gilda. Er mußte ja größer werden als der deine. Sieh – hier setzen wir noch eine schöne, große Margerite als Schluß und winden ihn zu. Nun ist er fertig.«

»Griseldis sagt, wenn sie Kränze windet: Jeder Blume Glanz ist ein Glück im Lebenskranz! Griseldis, das hast du auch für Papas Kranz gewünscht?«

»Ja, Gilda – bete darum, daß dieser Kranz deinem

lieben Vater so viel Glück bringt, wie Blumen darin sind«, erwiderte Griseldis leise.

Harro sah in Griseldis' errötendes Gesicht. Griseldis erschrak vor dem Blick, ein Blick, der ihr zu Herzen drang wie eine heiße Bitte.

Sie sprang plötzlich auf und schüttelte die Blumen von ihrem Schoß.

»Nun ist unsere Pause aber reichlich zu Ende, Gilda, wir müssen jetzt wieder an die Arbeit gehen.«

Harro erhob sich lächelnd. »Das heißt für mich, daß ich überflüssig bin«, scherzte er.

»Wir müssen die Schulstunden pünktlich einhalten, Herr Graf, damit Gilda an Regelmäßigkeit gewöhnt wird.«

»Ich gehe schon! Und heute nachmittag gehen wir auf den Turmsöller.«

»Wohin wollen wir gehen, Papa?« fragte Gilda.

»Da hinauf«, sagte er, auf den runden Turm zeigend.

»Oh, das ist schön; da gehe ich mit, nicht wahr?«

»Ja, Gilda, ganz gewiß«, erwiderte Griseldis.

Der Graf strich Gilda über das seidenweiche Haar. »Auf Wiedersehen bei Tisch.«

Der Graf ging davon. Behutsam trug er seinen bekränzten Hut in der Hand. Und im Schloß, in seinem Zimmer angelangt, löste er den Kranz von dem Hut und barg ihn in dem Geheimfach seines Schreibtisches, wo das leere Giftfläschchen lag.

Möchten diese Blumen den Fluch in Segen wandeln, der meinem Leben anhaftet. O Griseldis – wie liebe ich dich – könnte ich dich halten an meiner Seite, dachte er.

*

Während Griseldis Gilda Schreibunterricht gab, konnte sie ihren Gedanken nicht gebieten. Sie rief sich ihren Traum ins Gedächtnis zurück.

In diesem Traum hatte sie oben auf dem Turmsöller gestanden. Ganz allein war sie da oben gewesen. Da hatte sie plötzlich etwas kühl und seltsam angeweht, als stehe jemand neben ihr. Sie wandte sich um und sah eine schöne blonde Frau neben sich, in der sie sofort die Gräfin Alice erkannte. Sie trug ein weißes Gewand, die blonden Zöpfe hingen vom Haupt herab, und der eine war wie ein Band um ihren Hals geschlungen. Sie zeigte Griseldis einen Ring und winkte ihr zu, daß sie ihr folgen solle. Und dann war Griseldis im Traum hinter der weißen Gestalt hergegangen, durch ein Treppenhaus und ein Zimmer, das sie nicht kannte. Plötzlich befand sie sich in dem Raum, den sie Graf Harro beschrieben hatte, also im Schlafzimmer der Gräfin – in ihrem Sterbezimmer, und in ihrem Bett lag die Gräfin. Neben ihrem Bett stand ein Nachtschränkchen, wie in Griseldis' eigenem Zimmer, und auf diesem Nachtschränkchen stand ein gefülltes Weinglas, in dem ein rötlich goldener Wein funkelte. Eine Hand, die aus der Wand über dem Nachtschränkchen zu wachsen schien, ließ drei Kugeln, wie Perlmutter, in den Wein fallen.

Hierauf verschwand das ganze Traumbild, und Griseldis hatte das Gefühl, als schwebe sie eine Weile haltlos in der Luft. Sie erwachte und fand sich in ihrem Bett. Griseldis hatte es nun selsam berührt, als sie hörte, daß der Schnurenring wirklich existierte.

Und sie war froh, daß Graf Harro ihr versprochen hatte, sie in den Turm zu führen. Auch daß sie die Zimmer der Gräfin würde sehen dürfen, war ihr lieb.

Als die Schreibstunde zu Ende war, ging Griseldis mit Gilda ins Schloß. Es war Zeit, für die Mittagstafel Toilette zu machen. Bei Tisch zeigte sich heute Komtesse Beate etwas freundlicher Griseldis gegenüber. Sie gewann es sogar über sich, eingehend mit ihr über Gildas Fortschritte zu sprechen. Sie erteile ihr auch ein Lob.

Griseldis war sehr erstaunt, daß Beate ihr heute so freundlich entgegenkam. Aber sie sah schärfer als Graf Harro. Sie fühlte, daß die Feindseligkeit der Komtesse heute nur geschickt verborgen war und daß sie vielleicht noch stärker war als sonst.

Am Anfang ihres Hierseins hatte sie sich den Kopf zerbrochen, warum sie von der Komtesse gehaßt wurde. Und sie hatte das Rätsel zu lösen versucht. Lange war ihr das nicht gelungen, bis sie schließlich eines Tages ganz schnell die Lösung fand. Sie hatte die Komtesse beobachtet, als diese sich allein glaubte, wie sie hinter Graf Harro hersah. Und da hatte sie eine verzehrende Leidenschaft in ihren Blicken aufflammen sehen. Seit jener Stunde wußte sie, daß die Komtesse ihren Vetter liebte und daß sie wohl hoffte, seine zweite Frau zu werden und Gilda die Mutter zu ersetzen. Als sie aber nun sah, daß Gilda ihr Herz an die neue

Erzieherin hängte, als sie sah, daß sich Graf Harro viel mit ihr beschäftigte, da war wohl Eifersucht in ihr erwacht. Vielleicht sah sie in ihr ein Hindernis ihrer Pläne, und das ließ sie ihr gehässig gegenüberstehen.

Diese Erkenntnis ließ Griseldis das Benehmen der Komtesse in einem milderen Licht erscheinen. Sie konnte ihr eine gewisse Teilnahme nicht versagen, denn sie erkannte sehr wohl, daß Graf Harro für seine Base nichts empfand als eine mitleidige Duldung.

Während der Mittagstafel sagte Graf Harro zu Beate:

»Ich vermisse an deiner Hand den Schnurenring, Beate, den dir Alice schenkte. Trägst du ihn nicht mehr?«

Griseldis beobachtete die Komtesse während dieser Frage und sah, wie sie leicht die Farbe wechselte und wie versteinert vor sich hinsah.

Die Stimme der Komtesse klang rauh und schwer, als sie sagte:

»Ich besitze diesen Ring nicht mehr.«

»Du besitzt ihn nicht mehr? Wie soll ich das verstehen?«

»Ich habe den Ring diesen Winter verloren. Er muß mir von der Hand geglitten und in den Schnee gefallen sein. Trotz allen Suchens fand ich ihn nicht wieder.«

»Das ist schade. Es war ein originelles Schmuckstück«, sagte er.

Beate richtete sich empor, als habe sie glücklich eine peinliche Erklärung hinter sich.

»Du kannst dir denken, wie sehr ich es bedauere, den Ring verloren zu haben, da ihn mir doch Alice schenkte. Ich wagte gar nicht, es dir zu gestehen.«

»Ach – deshalb warst du so betreten bei meiner Frage?«

»Ja – deshalb«, erwiderte sie mit einem seltsam toten und leeren Ausdruck in den Augen, den aber nur Griseldis bemerkte. »Nun, ich werde dir gern aus Alices Schmucksachen einen anderen Ring auswählen, den du zum Andenken an sie tragen kannst«, sagte der Graf gutmütig. Und dann zog er einen Schlüsselbund hervor und legte ihn vor Griseldis hin. »Hier sind die Schlüssel zu den Zimmern meiner Frau, Fräulein von Ronach. Sie können dieselben besichtigen, wann Sie wollen. Aber bitte, geben Sie mir die Schlüssel zurück. Ich möchte sie gern selbst in Verwahrung behalten.«

Griseldis nahm die Schlüssel in Empfang.

»Ich danke Ihnen vielmals, Herr Graf. Wenn Sie es mir gestatten, werde ich mir die Zimmer gleich noch heute ansehen, im Laufe des Nachmittags. Darf Gilda mich dorthin begleiten?«

»Gewiß, Sie werden ja dafür sorgen, daß mein Töchterchen nichts in Unordnung bringt. Ich möchte gerade für Gilda die Zimmer so erhalten, wie sie von ihrer Mutter verlassen worden sind. Später wird sie ja wohl diese Zimmer bewohnen wollen, wenn sie erst erwachsen ist.«

»Ich werde dafür sorgen, daß nichts berührt und vom Platz gerückt wird.«

Während dieser Unterhaltung zwischen Griseldis und dem Grafen hatte Komtesse Beate wie versteinert dagesessen, und nur ihre glühenden schwarzen Augen waren von einem zum anderen gegangen mit einem unheimlich lauernden Blick.

»Fräulein von Ronach will die Zimmer deiner Frau besichtigen?« fragte sie nun, heiser vor unterdrückter Erregung. »Und das gestattest du? Du leidest doch sonst nicht, daß jemand diese Räume betritt.«

»Allerdings nicht. Vor neugierigen Augen sollen sie verschlossen bleiben. Du kannst sie natürlich jederzeit betreten, Beate. Vielleicht begleitest du Fräulein von Ronach heute nachmittag durch die Räume.«

Griseldis, die wieder ihre Augen forschend auf Beate ruhen ließ, sah, daß diese sich verfärbte und mit einem starren Blick vor sich hinsah. Es war, als schaudere sie zusammen.

»Nein, nein, ich – ich habe heute keine Zeit«, stieß sie hastig hervor.

»Nun, so werden Sie mit Gilda allein in diesen Räumen weilen, Fräulein von Ronach, und Sie können sich überzeugen, ob sie Ihren Träumen entsprechen.«

Griseldis hatte die Komtesse mit Interesse beobachtet. Nun sah sie rasch zu dem Grafen hinüber.

»Ich bin sehr gespannt, ob sich die Wirklichkeit mit meinem Traum deckt.«

»Sie müssen es mir sagen, ob es der Fall ist.«

»Hat Fräulein von Ronach von den Zimmern deiner Frau geträumt?« fragte die Komtesse spöttisch.

»Ja, denke dir, sie sah im Traum das Schlafzimmer Alices – sah diese selbst, ihren blonden Zopf um den Hals gelegt – und sah sogar im Traum den Schnurenring, den du verloren hast«, erwiderte der Graf harmlos, ohne Beate anzusehen, da er sich gerade vorlegte, weil der Diener einen neuen Gang servierte.

Aber Griseldis sah die Komtesse an und erschrak,

als sie sah, daß deren Gesicht schlaff und fahl wurde und die Augen einen fast irren Blick annahmen.

»Den Schnurenring?« stammelte sie.

»Ja, nach dem ich vorhin fragte. Seit wann vermissest du ihn eigentlich?«

»Ich weiß es nicht mehr genau.«

»Wenn gnädigste Komtesse gestatten – ich weiß den Tag noch ganz genau, an dem Sie ihn verloren haben«, sagte der Diener Heinrich, der bei Tisch servierte.

Die Komtesse warf dem Diener einen flackernden Blick zu und wollte etwas sagen.

»Nun, Heinrich, wann ist es denn gewesen?« fragte der Graf.

»Es war an dem Tag, an dem wir die hochselige Frau Gräfin tot auf ihrem Lager fanden und hier im Haus alles durcheinanderging. Ich kam gerade von oben und war vor Schrecken ganz zittrig in den Beinen. Da begegnete ich der gnädigen Komtesse in der Halle. Sie kam von draußen. Und da sagte sie mir, sie habe einen Ring verloren – den Schnurenring. Wahrscheinlich sei er ihr im Freien abhanden gekommen, im Schnee. Es sei auch möglich, sie habe den Ring im Haus verloren. Gnädigste Komtesse erinnern sich vielleicht, daß ich darauf sagte: Ach, Komtesse, es ist ein noch viel größeres Unglück geschehen, die gnädigste Gräfin ist tot.«

Griseldis konnte währenddem ihren Blick nicht von der Komtesse wenden. Das Antlitz der Komtesse hatte einen sehr verstörten Ausdruck.

»Es mag sein – ich weiß es nicht mehr –, an jenem

schrecklichen Tag war ich nicht Herr über meine Gedanken«, preßte sie hervor.

Graf Harro wurde jetzt auf sie aufmerksam.

»Beate – du kannst noch immer nicht ruhig bleiben beim Gedanken an diesen Tag.«

»Nein – das werde ich nie, niemals. Bitte – laß uns von etwas anderm reden.«

Griseldis sah blaß und still auf ihren Teller hinab. Sie zwang sich, mit Gilda zu plaudern.

Dann wurde der Nachtisch gereicht, und während Griseldis Gilda davon vorlegte, sagte Graf Harro beiläufig:

»Ich möchte dich bitten, Beate, mir nachher den Schlüssel zum runden Turm in mein Arbeitszimmer hinüberzuschicken.«

Griseldis sah, daß die Komtesse leise zusammenzuckte. Das bemerkte auch Graf Harro.

»Den Schlüssel zum runden Turm?«

»Ja. Du verwahrst ihn doch mit den übrigen Schlüsseln.«

»Es kann wohl sein. Ich weiß es nicht. Er war ja jahrelang nicht im Gebrauch. Ich will nachsehen. Was willst du mit dem Schlüssel?«

Das sollte gleichmütig klingen, und der Graf nahm es auch dafür, aber Griseldis hatte das Empfinden, als wenn die ganze Seele der Komtesse in Aufruhr wäre.

Graf Harro lächelte.

»Was werde ich mit dem Schlüssel wollen, Beate – den Turm aufschließen. Wir wollen hinauf auf den Söller. Fräulein von Ronach möchte gern die Welt einmal von oben betrachten.«

Sie – immer sie –, wie ich sie hasse, dachte Beate und rang mit aller Kraft um Ruhe und Fassung.

»Ich würde dir raten, Fräulein von Ronach die Erlaubnis dazu zu verweigern. Der runde Turm ist vor Jahren abgeschlossen worden, weil eine Anzahl Treppenstufen sich gelockert hatte.«

»Ganz recht, das weiß ich. Die zweite Treppe ist schadhaft. Und deshalb will ich auch selbst mit hinaufsteigen, damit es keinen Unfall gibt. Ich werde übrigens nächstens den kleinen Schaden reparieren lassen. Schließlich ist es schade, wenn der Turm nicht mehr betreten wird. Vom Söller aus hat man eine herrliche Aussicht. Und außerdem sind die Turmzimmer ganz originell eingerichtet.«

Während dieser Worte des Grafen hatte sich die Komtesse wieder völlig in die Gewalt bekommen.

»Es wird aber alles sehr verstaubt sein, und wenn du den Turm wiedereröffnen willst, muß wohl erst eine gründliche Säuberung und Lüftung der Räume vorgenommen werden.«

»Allerdings, Beate, sobald die Stufen repariert sind, hast du wohl die Güte, eine gründliche Säuberung vornehmen zu lassen.« Graf Harro sah lächelnd auf Griseldis. »Wir gehen heute noch hinauf. Fräulein von Ronach will den Turm genießen wie eine alte Flasche Wein, mit Staub und Spinnweben. Also bitte, schicke mir den Schlüssel herüber. Wenn du Lust hast, kannst du auch mit hinaufsteigen, Beate. Für unbedingte Sicherheit verbürge ich mich.«

»Ich will sehen, ob ich Zeit dazu habe«, erwiderte die Komtesse mit farblosen Lippen, matt und tonlos.

Griseldis brachte Gilda zur Ruhe für ihr Mittagsschläfchen. Aber sie war dabei so ernst und still, daß Gilda zum erstenmal nicht mit ihrer jungen Erzieherin zufrieden war. Und als nach einer Weile ihr Vater kam, um ihr vor dem Schlafengehen wie gewöhnlich noch einen Kuß zu geben, sagte sie:

»Griseldis hat Kopfweh, Papa. Sie hat heute gar keinen Spaß mit mir gemacht.«

»Sind Sie nicht wohl, Fräulein von Ronach?«

»Es ist nichts von Bedeutung, Herr Graf. Solange Gilda schläft, werde ich einen Spaziergang in den Wald machen. Dann verliert sich mein Kopfweh schnell.«

»Ich sah schon bei Tisch, daß Sie sehr blaß waren. Es fiel mir auf. Sie wollen uns doch nicht krank werden?«

»Gewiß nicht. Es ist nur eine leichte Unpäßlichkeit«, sagte sie . . .

*

Griseldis hatte kein Kopfweh, aber sie war von Unrast und Bangigkeit befallen worden, die ihr sonst fremd waren, als wenn irgendein Unheil vor ihr stehe.

In ihrer Seele war etwas erwacht, infolge ihres Traumes und des seltsamen Benehmens der Komtesse, worüber sie sich nachzudenken fürchtete. Und doch ließ sie der Gedanke daran nicht los.

Und so lief sie, wie auf der Flucht vor diesem Gedanken, in den Wald. Sie ging den Schloßberg hinab und weiter und weiter auf den schmalen, sich kreuzenden Waldwegen.

Sie hatte den Treuenfelser Forst zu Fuß und zu Wagen schon nach allen Richtungen durchstreift und fand sich gut zurecht. Es war still und menschenleer ringsumher.

Wie lange Griseldis gelaufen war, wußte sie nicht, als sie plötzlich stutzte und stehenblieb. Da war sie an einer breiten Fahrstraße angelangt, die sie nicht kannte. Sie sah, aus ihren Gedanken erwachend, um sich.

Ein Blick auf die Uhr belehrte sie, daß es Zeit war, umzukehren. In diesem Augenblick hörte sie das Rollen eines leichten Wagens und das Aufschlagen von Pferdehufen. Sie blickte die Straße entlang und gewahrte nun, daß ein eleganter Dogcart, von einer Dame gelenkt, daherkam. Ein Groom saß mit untergeschlagenen Armen hinter ihr.

Griseldis wollte eben umkehren, da stutzte sie plötzlich und sah die Dame auf dem Wagen scharf an. Dieser war schnell näher gekommen, und nun erblickte auch die Dame, die den Wagen lenkte, Griseldis. Sie sahen sich beide ungläubig staunend an. Mit einem jähen Zügelruck hielt die Dame den Wagen an.

»Seldis! Bist du es wirklich?«

»Tilly! Mein Gott – Tilly – wie kommst du hierher?«

Tilly von Sarnow warf dem Groom die Zügel zu und sprang vom Wagen herunter.

»Und wie kommst du hierher? Das hätte ich mir nicht träumen lassen, daß ich dich hier im Dalheimer Forst auflesen würde. Deine letzte Nachricht erhielt ich aus dem Stift St. Marien. Du teiltest mir mit, daß du im Begriff seiest, eine Stellung anzunehmen und daß du mir baldigst mehr mitteilen wolltest. Seither hörte ich nichts von dir«, sagte sie und ging langsam, Griseldis umschlungen haltend, mit dieser auf dem schmalen Waldweg auf und ab.

»Ich habe dir doch einen ausführlichen Brief geschrieben, Tilly, vor etwa vier Wochen. Ich habe mich gewundert, keine Antwort darauf zu erhalten.«

»Und wohin hast du diesen Brief adressiert?«

»An deine ständige Adresse. Ich wußte wohl, daß du mit deiner Mutter auf Reisen warst, aber nicht, wo du dich aufhieltest.«

»Ah – nun ist mir das erklärlich. Mein zerstreuter Papa hat sicher vergessen, mir deinen Brief nachzuschicken.«

»Ah – du hältst dich in Dalheim auf?«

»Ja, mein Schatz, für einige Wochen. Im Vertrauen will ich dir nur gleich offenbaren – ich habe mich mit dem jungen Baron Fritz Dalheim verlobt.«

»Ich denke, ich befinde mich noch im Treuenfelser Forst. Also gleich sollst du alles hören. Erst laß mich dir aber von Herzen Glück wünschen zu deiner Verlobung. Werde so glücklich, wie du es verdienst. Und nun mein Bericht. Die Stellung als Erzieherin, die mir in Aussicht stand, habe ich erhalten und angetreten, schon im März. Seitdem befinde ich mich in Schloß Treuenfels als Erzieherin der Tochter des Grafen Treuenfels.«

»Bei Graf Harro Treuenfels? Demselben Grafen Treuenfels, der des Mordes an seiner Gemahlin angeklagt und wegen mangelnder Beweise freigesprochen wurde?«

»Ja, Tilly, bei demselben.«

»Heilige Kümmernis! Ein riesig couragiertes Wesen bist du ja immer gewesen. Das hast du ja bewiesen, als du mein Schwesterchen vor dem Ertrinken bewahrtest und sie mit eigner Lebensgefahr aus dem Wasser holtest. Aber daß du diese Stellung angenommen hast – das ist doch tollkühn.«

»Warum?« fragte Griseldis ernst.

»Mein Gott – ich hätte ja eine Todesangst – daß mir ein gleiches geschehen könne wie der Gräfin Treuenfels – oder daß mir deren Geist erschien.«

»Eine solche Angst kenne ich nicht.«

»Ja, fürchtest du dich denn nicht vor Graf Treuenfels?«

»Nein, Tilly, ich fürchte mich nicht vor ihm. Ich wußte, schon ehe ich nach Treuenfels kam, daß der Graf unschuldig ist.«

»Du wußtest es? Hattest du denn Beweise dafür?«

»Nein, aber solcher Beweise bedurfte es nicht. Die Frau Domina des Stiftes St. Marien hat mir den Glauben an seine Unschuld beigebracht. Und wenn man einmal in das Gesicht dieses Mannes gesehen hat, dann weiß man ganz sicher, daß er solch einer Tat nicht fähig ist. Aber sage mir, Tilly, wenn dir jemand von mir sagen würde, ich hätte einen Mord begangen, würdest du das glauben?«

»Nein – auf keinen Fall.«

»Nun, siehst du, so geht es mir mit Graf Treuenfels. Ich lebe nun seit einem Vierteljahr in Treuenfels, sehe den Grafen täglich, habe seine Ansichten kennengelernt. Ich beobachte ihn, wie er zu seinem Kind ist. Und ich sage dir, er ist ein todunglücklicher Mann, der schwer an einem unverdienten Schicksal trägt, aber nie und nimmer ein heimtückischer Verbrecher. Ich lege meine Hand für seine Unschuld ins Feuer.« Griseldis faßte plötzlich Tillys Hand und sagte mit vor Aufregung bebender Stimme:

»Tilly, du hast einmal von mir verlangt, ich soll dir einen großen Wunsch nennen, den du mir erfüllen könntest. Für mich würde ich niemals einen solchen Wunsch äußern. Aber jetzt – jetzt wüßte ich etwas, womit du mir einen großen, großen Dienst erweisen könntest.«

»Wenn es in meiner Macht liegt, so will ich es tun.«

»Ich bitte dich, Tilly, daß du deinen Verlobten zu bestimmen suchst, daß er Graf Treuenfels aufsucht, um ihm einmal die Hand zu reichen, um ihm zu sagen: Ich glaube an deine Unschuld, denn ich kenne dich besser als deine Richter. – Du ahnst nicht, wie er darunter leidet, daß er gemieden wird. Die Ohnmacht, den schimpflichen Verdacht zu entkräften, macht ihn ganz elend. Wenn ich dir doch die Überzeugung beibringen könnte, daß Graf Treuenfels unschuldig ist. Willst du mir meine Bitte erfüllen, Tilly?«

Diese sah Griseldis mit großen Augen an. »Was ist dir dieser Mann, Seldis, daß du so für ihn eintrittst?« fragte sie leise.

»Er ist ein Unglücklicher, Tilly. Und du weißt, ich kann keinen Bedrückten leiden sehen. Ich liebe das Kind von Herzen und hege unbegrenzte Hochachtung vor dem Grafen, der mich meine abhängige Stellung in keiner Weise fühlen läßt. Ich habe es so gut in seinem Haus, wie ich es noch nie gehabt habe, und bin ihm dafür dankbar. Wenn dein Verlobter zu ihm käme, würde das ein Lichtblick in seinem verdüsterten Leben sein. Tilly – laß mich nicht umsonst bitten.«

»Ich will deinen Wunsch erfüllen, Seldis, mein Wort darauf. Jetzt will ich meinen ganzen Einfluß geltend machen, meinen Verlobten zu bestimmen, in dieser Angelegenheit endlich seinem eigenen Herzen zu folgen.«

Griseldis drückte mit einem aufleuchtenden Blick ihre Hände. »Ach, Tilly – liebe Tilly – wenn du es erreichen würdest.«

Die beiden Damen waren wieder bis an den Fahrweg herangekommen. Und da sahen sie zu gleicher Zeit einen Reiter. Tilly winkte ihm zu.

»Fritz – Fritz! Ach bitte, komm hierher!« rief sie dem Reiter zu.

Und zu Griseldis gewendet, sagte sie:

»Du kannst gleich selbst Zeuge sein, wie ich mein Versprechen einlöse.«

Baron Dalheim war vom Pferd gestiegen und kam schnell auf die beiden Damen zu. Er war eine frische Erscheinung, und seine Augen verrieten, daß er seine Braut herzlich liebte. »Du wolltest mit entgegenkommen, Tilly?« fragte er und küßte ihr die Hand.

»Ja, Fritz, und ich freue mich, daß ich es tat, denn ich fand hier ganz unerwartet auf meinem Weg meine beste Freundin, Griseldis von Ronach, die Retterin unsrer Ruth. Mama und ich haben dir viel von ihr erzählt.«

»Mein gnädiges Fräulein, meine Braut schwärmt in begeisterter Weise von Ihnen. – Aber nun freue ich mich, Sie kennenzulernen.«

»Das beruht auf Gegenseitigkeit, Herr Baron.«

»Lieber Fritz, jetzt habe ich etwas viel Wichtigeres mit dir zu besprechen. Höre mich an«, sagte Tilly eifrig, ergriff einen Knopf seiner Reitjoppe und erzählte ihm, was sie soeben mit Griseldis besprochen hatte.

Baron Dalheim hörte sichtlich erregt zu, und als Tilly schwieg, sah er nachdenklich in Griseldis' Augen.

»Verehrtes, gnädiges Fräulein, Sie sehen mich in einer recht peinlichen Lage in dieser Angelegenheit. Mein Herz drängt mich schon lange, Graf Treuenfels aufzusuchen, aber ich habe doch immerhin einige Bedenken gehabt.«

Griseldis atmete tief auf. Sie war sehr bleich, aber ihre Augen leuchteten. »Herr Baron, Sie kennen doch Graf Treuenfels von Kind auf; haben Sie je den Eindruck gehabt, als sei er einer so heimtückischen, abscheulichen Tat fähig? Zugegeben, daß er eine starke Veranlassung hatte, seiner Gemahlin zu grollen, zugegeben selbst, er wäre imstande gewesen, sie im Zorn umzubringen – aber auf so kalte, heimtückische Art –, halten Sie das für möglich? Wäre er nicht so, hätte er sich zu dieser Tat bekannt, oder – er hätte sich selbst gerichtet. Das ist meine heilige Überzeugung.«

Baron Dalheim war sichtlich bewegt.

»Ich schäme mich vor Ihnen, weil ich nicht in gleicher Weise für Graf Treuenfels eingetreten bin, wie Sie es tun. Ich schäme mich schon lange, daß ich ihm damals ausgewichen bin und ihm meinen Gruß versagte. Ich weiß sonst, weiß Gott, immer ganz genau, was ich will, aber in dieser Sache bin ich in einer elenden Unentschlossenheit gewesen. Wenn er mich jetzt kalt abfallen ließe, könnte ich es ihm nicht einmal übelnehmen.«

»Das wird er nicht tun, Herr Baron«, erwiderte Griseldis überzeugt.

»Das glaube ich auch nicht, Fritz, ich habe Griseldis versprochen, dich zu bestimmen, den Grafen aufzusuchen. Und ich bitte dich nun herzlich, es zu tun.«

»Ich habe mich durch Mamas ängstliches Bedenken beeinflussen lassen. Also, Fräulein von Ronach, Sie haben mein Wort, ich komme morgen nach Treuenfels.«

»Oh, wie danke ich Ihnen, Herr Baron, und auch dir, Tilly. Glauben Sie mir, Sie tun ein gutes, edles Werk.«

»Ihr Verdienst ist doch viel größer. Ich werde Graf Treuenfels sagen, wie tapfer Sie für ihn eingetreten sind.«

Griseldis hob erschrocken die Hand. »Oh, nein, sagen Sie ihm nichts davon, daß ich mit Ihnen gesprochen habe. Ihr Kommen würde nur halben Wert für ihn haben. Bitte, lassen Sie ihm den Glauben, daß Sie selbst den Weg zu ihm gefunden haben. Das wird ihn viel mehr freuen.«

»Ich werde also über unser heutiges Zusammentreffen schweigen. Aber, falls wir uns in seiner Gegenwart begegnen sollten, wie motiviere ich da unsre Bekanntschaft?«

»Ich würde mich freuen, morgen in Treuenfels Ihre Bekanntschaft zu machen. Aber vielleicht begegnen wir uns gar nicht. Deshalb will ich Ihnen gleich jetzt noch einmal herzlich danken.«

»Es braucht keinen Dank. Bitte, beschämen Sie mich nicht.«

»Und wann sehe ich dich wieder, Seldis?« fragte Tilly.

»Das weiß ich noch nicht, Tilly. Treffe ich mit dem Herrn Baron in Treuenfels zusammen, so wird es wohl eine Gelegenheit geben, ich werde dann um Urlaub bitten.«

Das Brautpaar verabschiedete sich nun von Griseldis. Es war sehr spät geworden. Mit flüchtigen Schritten eilte sie heimwärts. Sie war so glücklich, daß sie dem geliebten Mann in aller Stille und Heimlichkeit einen Dienst hatte erweisen können.

*

Als Griseldis heimkam, fand sie das Kind in Gesellschaft ihres Vaters. Sie entschuldigte sich, noch etwas atemlos vom schnellen Lauf.

»Ich hatte meinen Spaziergang zu weit ausgedehnt und konnte leider nicht zur rechten Zeit zurück sein«, sagte sie.

»Und in Ihrem Pflichteifer haben Sie sich atemlos gelaufen. Mußte das sein?«

»Ich weiß doch, daß Gilda sich nicht gern von jemand anders ankleiden läßt.«

»Sie haben sie sehr verwöhnt und sich damit unnötig festgebunden und allerlei Mühsal aufgeladen.«

Griseldis umschlang Gilda mit beiden Armen. »Wenn ich in meinem Leben keine andre zu tragen hätte, wäre ich beneidenswert«, sagte sie.

»Du bliebst schrecklich lange, Griseldis! Wir wollen doch auf den Turm«, sagte Gilda, sich an sie schmiegend.

»Dazu ist ja noch immer Zeit, Gilda.«

»Ich schlage vor, wir nehmen nun schnell den Tee ein und steigen dann auf den Turm, Fräulein von Ronach. Denn Sie wollten doch sicher bei Tageslicht noch die Zimmer meiner Frau besichtigen, um sie mit Ihrem Traumbild zu vergleichen«, sagte der Graf mit leisem, gutmütigem Spott.

»Ich glaube, Sie machen sich über mich lustig, Herr Graf. Aber ich habe nichts dagegen, wenn es Ihnen nur ein wenig Vergnügen bereitet.«

»Wie freundlich Sie immer um mich besorgt sind.«

Sie lachte froh, im Bewußtsein, daß sie diese Anerkennung heute redlich verdient hatte.

»Ein Arzt muß immer auf das Wohl seiner Patienten bedacht sein. Und ich will doch meinen Posten als Arzt nicht verlieren.«

»Ich werde Sie auch dieses Amtes nicht entheben, wenn Sie es nicht freiwillig niederlegen.«

»Oh, das wird nie geschehen.«

»Eines Tages werden Sie es vielleicht doch tun.«

»Freiwillig gewiß nicht.«

»Wenn Sie einmal Treuenfels verlassen.«

»Warum sollte ich das, wenn ich nicht fortgeschickt werde?«

»Gibt es nichts, was Sie hinausruft in die Welt, fort aus Treuenfels?« fragte er erregt.

»Nichts – gar nichts. Solange mich Gilda braucht, bleibe ich gern.«

»Und wenn Sie meine Tochter immer braucht?«

»Oh, es gäbe nichts Lieberes für mich!«

»Wirklich nicht? Möchten Sie immer in dem stillen Treuenfels bleiben?«

»Ich wüßte keinen Platz auf der Welt, wo ich lieber wäre als hier.«

»In der Einsamkeit meines Schlosses?«

»Bei meiner lieben, kleinen Gilda, die ich liebe und die mich liebt. Es gibt keinen schöneren Ort für mich.«

»Ist das wahr?«

»Sonst spräche ich es nicht aus.«

»Und wenn ich Sie nun beim Wort nehme und Sie binde, auf lange, lange Zeit? Wenn ich einen Vertrag mit Ihnen abschließen würde?«

»Es bedarf keines Vertrages, Herr Graf.«

Jetzt ein freier, unbescholtener Mann sein, der dieses holde, lebensfrische Geschöpf auf Lebenszeit an sich binden dürfte – welch ein Glück mußte das sein. Die Erregung ließ ihn verstummen. Er wandte sich plötzlich ab und ging davon, weil er fürchtete, seine Fassung zu verlieren. Griseldis sah ihm nach. Aber Gilda ließ ihr nicht Zeit, ihren Gedanken nachzuhängen. Sie forderte ihr Recht.

Gleich darauf trafen sie am Teetisch wieder mit Graf Harro zusammen. Er war wieder ganz ruhig.

Aber die Komtesse schien wieder sehr nervös und ungleichmäßig. Und als der Graf gleich darauf mit Griseldis und Gilda aufbrach, um in den Turm hinüberzugehen, blieb sie wie erstarrt sitzen und sah den drei Menschen mit einem unbeschreiblichen Blick nach. Das war ein Blick wie aus den Augen von Verdammten.

Harro ging mit Griseldis und Gilda um das Schloß herum bis zu dem runden Turm. Er war ringsum mit Ginsterbüschen bewachsen, und nur die schmale Eingangspforte war frei. »Kann man den Turm nicht vom Schloß aus betreten, ohne ins Freie zu müssen?« fragte Griseldis.

»Wenn der Turm auch direkt an das Schloß angebaut ist, so fehlt ihm doch jede direkte Verbindung mit dem Schloß. Der runde Turm liegt ganz isoliert. Der Erbauer des Turmes hatte sich oben eine Sternwarte angelegt und benutzte ihn zu alchimistischen und astronomischen Studien. Es war ein wenig umständlich hierherzugelangen. Meine Eltern benutzten ihn nur, wenn bei großen Festlichkeiten viel Logiergäste in Treuenfels waren, um diese dort unterzubringen. Meist wurden junge, ledige Herren darin einquartiert. Deshalb sind Betten in den Zimmern aufgestellt worden. Kurz vor seinem Tod sprach mein Vater davon, daß er eine Verbindungstür durch die Mauer brechen lassen wollte, die an das Schloß stößt. Aber diese Mauern sind unglaublich stark und eisenfest. Es läßt sich schwer machen. Und so ist auch mein Vater wieder davon abgekommen.«

Griseldis dachte daran, daß sie in ihrem Traum mühelos durch die dicken Wände in das jenseits liegende Schlafzimmer der Gräfin hindurchgegangen war. Und an ihren geheimen Wandschrank mußte sie denken.

»Vielleicht hat der Erbauer des Turmes doch beim Bauen schon eine Verbindungstür vorgesehen. Vielleicht existiert eine verborgene Tür, von der Sie keine Ahnung haben?« sagte sie, ihre heimliche Erregung beherrschend.

»Ach, Sie wollen unbedingt mein gutes, altes Treuenfels mit geheimnisvollem Zauber umkleiden.«

»Nun, dergleichen findet man doch in allen alten Schlössern.«

»Gewiß! Wir haben ja auch einen unterirdischen Gang im Schloß, mit einem geheimen Zugang, der zu einem tiefen Keller führt. Aber dieser Keller dient uns jetzt vorzüglich als Weinkeller, und den Zugang haben wir zumauern lassen. Sonst ist aber in Treuenfels keine Spur von Romantik übriggeblieben.«

»Oder Sie wissen nichts davon«, sagte Griseldis.

»Sie sind hartnäckig, Fräulein Ronach. Aber hier sind wir am Turm. Nun warten Sie, bitte, mit Gilda einige Minuten. Ich will erst hinaufgehen und Licht einlassen, und vor allen Dingen nachsehen, ob Sie ungefährdet passieren können.«

Damit zog er den Schlüssel aus seiner Tasche.

»Sehen Sie sich den Schlüssel an – er sieht auch nicht romantisch aus.«

»Aber er hat einen eigenartigen Bart. Sehen Sie, Herr Graf – da ist direkt eine Herzform ausgeschnitten. Solche Schlüssel findet man jetzt nicht mehr. Aber er muß gut verwahrt gewesen sein, da nicht eine Spur von Rost daran ist.«

Sie wischte mit ihrem Taschentuch über den Bart des Schlüssels, und er hinterließ nicht den kleinsten Schmutzfleck.

Graf Harro schob den Schlüssel ins Schloß. Er glaubte, viel Kraft anwenden zu müssen; wenn auch der gut verwahrte Schlüssel nicht rostig war, das Schloß, das der Unbill der Witterung ausgesetzt war, mußte rostig sein und würde sich schwer öffnen lassen. Aber zu seinem Erstaunen drehte sich der Schlüssel leicht und mühelos im Schloß.

Der Graf machte eine Bemerkung darüber, und Griseldis sah mit forschendem Blick auf das Türschloß.

Leicht und lautlos drehte sich auch die Tür in den Angeln.

Als Graf Harro im Turm verschwunden war, zog Griseldis rasch den Schlüssel wieder aus dem Schloß und wischte mit dem Taschentuch nochmals über den Schlüsselbart. Und siehe da – auf dem weißen Tuch hinterließ jetzt der Schlüssel Ölspuren. Das Schloß mußte vor nicht allzu langer Zeit reichlich geölt worden sein.

Und doch sollte seit Jahren diese Tür nicht geöffnet worden sein?

Schnell steckte Griseldis den Schlüssel wieder ins Schloß und drehte ihn hin und her. Er schloß leicht und lautlos. Griseldis sah mit einem nachdenklichen Blick auf die Ölspur in ihrem Taschentuch.

Inzwischen war Graf Harro die erste Treppe hinaufgestiegen und öffnete nun oben einen hölzernen Fensterladen.

»Es ist nicht so schlimm, wie ich dachte. Die Luft ist erträglich und die Staubschicht nicht so dicht, als ich angenommen hatte!« rief er hinunter.

Dann verschwand er und stieg weiter hinauf. Auch in der zweiten und dritten Etage öffnete er ein Fenster, und nach einer Weile kam er dann wieder zurück.

»So, der Aufstieg kann beginnen, Fräulein von Ronach. Nur bei der zweiten Treppe ist bei den drei untersten Stufen etwas Vorsicht geboten. Bitte, gehen Sie voran. Ich habe Licht gemacht auf den Treppen, Gilda führe ich selbst.«

Langsam stieg Griseldis die etwas steile und schmale Treppe empor. Es waren Steinstufen, auf denen sich eine ganz feine grüne Moosschicht angesetzt hatte. Zwanzig Stufen führten empor zum ersten Stock. Da kam ein kleiner, halbrunder Absatz, von dem aus das geöffnete Fenster ins Freie und eine Tür in das unterste Turmzimmer führte. Die Tür war zu. Der Treppenabsatz war mit Holz gedielt. Das Holz war mit Ölfarbe gestrichen und eine leichte Staubschicht lag darüber. Aber Griseldis bemerkte, daß von der Treppe bis zu der Tür ein schmaler Streifen lief. Es sah aus, als sei da vor einiger Zeit leise mit einem Besen darübergewischt worden.

Oder als wenn die Schleppe eines Frauenkleides darübergestreift wäre, dachte Griseldis und sah forschend auf diesen Streifen.

Die lockeren Stufen wurden glatt passiert, ohne jeden Unfall.

Harro führte Gilda, indem er sie von hinten unter den Armen stützte. So ging es in den dritten Stock, von wo aus eine hohe, steile Wendeltreppe bis zum Söller hinaufführte. Diese Treppe hatte ein eisernes Geländer. Der Graf hatte eine Falltür geöffnet, um den Zugang zum Söller freizumachen.

Endlich war Griseldis oben auf dem Söller und sah über die Brustwehr in das blühende, grünende Land im hellen Sonnenglanz.

Graf Harro stand neben ihr und sah in ihr leuchtendes Gesicht. Gilda blickte durch die Schießscharten hinab und plauderte in ihrer lieben, drolligen Art lustig drauflos.

»Oh, wie schön, wie wunderschön! Geht Ihnen nicht das Herz auf, Herr Graf, wenn Sie da hinabsehen und sich sagen: All das Schöne, was ich sehe, ist mein Eigentum?«

»Ja«, sagte er leise, »das Herz geht mir auf. Aber nicht all das Schöne, was ich sehe, ist mein Eigentum.«

Sie merkte nicht, daß er sie dabei mit einem schmerzlichen Blick ansah, denn sie ließ ihre Augen entzückt auf der blühenden Landschaft ruhen.

»Aber doch fast alles, Herr Graf. Das muß doch ein königliches Gefühl sein. Sind Sie nicht glücklich darüber?«

»Ich liebe meine Heimat, meinen Besitz, aber ich gäbe ihn willig hin, wenn ich mir damit meinen ehrlichen, unbescholtenen Namen wiederkaufen könnte.«

»Aber dann wären Sie arm.«

»Arm – aber frei und glücklich, und imstande, mein

Schicksal zu meistern. Das trifft mich ja so hart, daß ich nichts, gar nichts tun kann, mein Geschick freundlicher zu gestalten. Und ich bin doch noch jung – und habe ein Herz in der Brust, das von Sehnsucht nach Glück erfüllt ist.«

Das brach wie ein Stöhnen aus seiner Brust. Er sah sie dabei an, daß sie plötzlich sehr bleich wurde und leise vor Erregung zitterte. Sie wußte nicht, ob sie ihre Sinne trogen, und sah nur fassungslos in seine Augen. Und aus diesen Augen leuchtete ihr eine heiße, sehnsüchtige Qual entgegen, ein starkes, inniges Verlangen.

Ihr war plötzlich, als drehe sich der Turm in tollem Wirbel mit ihr herum. Ihre Hand klammerte sich an die Brustwehr des Söllers, als brauche sie einen Halt.

*

Sie wußte plötzlich, daß sie geliebt wurde, wie sie selber liebte. Sie sah in seinen Augen, daß sich seine einsame, unglückliche Seele zu ihr geflüchtet hatte. Und sie erzitterte unter dieser Gewißheit, die Freude und doch zugleich ein tiefes Leid in ihr auslöste. Denn zwischen dem Grafen Harro Treuenfels, dem reichen Besitzer dieser gesegneten Grafschaft, und der armen, schlichten Erzieherin seiner Tochter war eine tiefe Kluft, die wohl nicht zu überbrücken war.

Nicht daran dachte sie, daß er nicht wagte, die Hand nach ihr auszustrecken, weil ein Makel auf seinem Namen ruhte. Sie meinte nur, ein Graf Treuenfels dürfte nicht zu den bezahlten Angestellten seines Hauses hinabsteigen.

Und doch hätte sie jubeln und jauchzen mögen. Er liebt mich – er liebt mich!

Sie schloß einen Moment die Augen und lehnte blaß und fassungslos an der Brustwehr. Und er sah sie an mit einem schmerzlich brennenden Blick. Er fühlte, daß sie in diesem Augenblick das Geheimnis seiner Seele erraten hatte. Zehn Jahre seines Lebens hätte er willig dahingegeben, wenn er sie hätte in seine Arme nehmen dürfen.

Griseldis war, als spräche die Seele des geliebten Mannes zu der ihren, als sie mit geschlossenen Augen vor ihm stand. Und da war es plötzlich, wie in ihrem seltsamen Traum, als stehe die Gräfin neben ihr und winkte ihr zu folgen. Es zog sie mit aller Kraft – sie wußte nicht wohin.

»Griseldis, du schläfst wohl?« tönte da Gildas Stimme an ihr Ohr und rief sie in die Wirklichkeit zurück.

»Nein, die Sonne blendet mich, Gilda«, antwortete sie, wie aus einem Traum erwachend.

Sie widmete sich aber nun dem Kind. Auch der Graf beugte sich zu Gilda hinab. Dabei berührte seine Hand die von Griseldis. Die beiden Hände zuckten erschrokken zurück.

Um nur etwas zu sagen, rief Griseldis:

»Ich möchte jeden Tag bei schönem Wetter hier heraufsteigen.«

»Das können Sie tun, Fräulein von Ronach. Ich lasse

gleich morgen früh die Stufen festmauern, und dann gebe ich den Schlüssel in Ihre Hände.«

Griseldis dankte ihm. Und es war ihr sehr lieb, daß sie den Schlüssel erhalten sollte. Ihr war, als müsse dieser Turm ein Geheimnis bergen, das sie um jeden Preis ergründen müsse. Ihr Traum erschien ihr immer mehr Bedeutung zu gewinnen.

Erst hatte sie das Zimmer im dritten Stock besichtigt, nun betraten sie das im zweiten Stock. Griseldis sah sich aufmerksam in diesem Zimmer um. Es hatte, dem Bau des Turmes entsprechend, eine halbrunde Form; der Raum für die Treppe und den Treppenabsatz vervollständigte den kreisförmigen Umriß des Turmes.

Da drüben, jenseits dieses Zimmers, liegt mein Schlafzimmer, dachte Griseldis, hauptsächlich der Wand Beachtung schenkend, die an das Schloß angrenzte.

An der Stelle der Wand, wo drüben in ihrem Schlafzimmer ihr Bett stehen mußte, hing hier ein schöner alter Teppich. Neben diesem Teppich, also Wand an Wand mit ihrem Nachtschränkchen, war ein hoher Spiegel angebracht, der einen breiten Goldrahmen hatte. Und dieser Goldrahmen – Griseldis' Herzschlag stockte, zeigte dasselbe originelle Delphinmuster wie drüben der Rahmen des Bildes, der die Tür zu dem Wandschrank bildete.

Wenn ihre Rechnung stimmte, lag hinter diesem Spiegel der Hohlraum, der sich unter ihrem Wandschrank befand, wie sie durch Klopfen auf den Boden des Wandschrankes festgestellt hatte. Sie hätte am liebsten sofort den Spiegelrahmen genau untersucht und abgetastet, ob sich etwa einer der Delphine auch niederdrücken lassen würde.

Jedenfalls nahm sie sich vor, bei der nächsten Gelegenheit, wenn sie allein hier im Turm weilte, den Spiegelrahmen genau zu untersuchen.

Nun ging es in den ersten Stock hinab. Griseldis sah wieder mit kritischen Augen auf die schmale Spur auf dem Fußboden des Treppenabsatzes, die aussah, als habe die Schleppe eines Frauenkleides darübergestreift. Doch sagte sie auch jetzt nichts darüber, daß diese Spur ihr bewies, daß dieser Treppenabsatz vor nicht allzu langer Zeit von einer Frau betreten worden war, ebenso wie ihr das geölte Schloß bewies, daß ein Mensch, vielleicht zu derselben Zeit, den Turm geöffnet haben mußte. Noch aufmerksamer als oben sah sich Griseldis in diesem Turmzimmer um.

Wand an Wand mit diesem Zimmer, vielleicht etwas höher als dieses, mußte das Schlafzimmer der Gräfin Alice liegen, in dem sie einen so plötzlichen Tod gefunden hatte. Griseldis' Herz klopfte unruhig, als sie hier unten, an der Stelle, wo oben der Spiegel angebracht war, einen gestickten Wandbehang erblickte, der vom Fußboden bis fast an die Decke reichte und seltsamerweise in einen breiten Goldrahmen gefaßt war, der ebenfalls das Delphinmuster zeigte.

Griseldis betrachtete das alles sehr aufmerksam, aber welche Kombination sie daran knüpfte, konnte niemand ihrem Gesicht ansehen.

Liebe macht blind – oder hellseherisch. Und Griseldis' Liebe zu Graf Harro hatte ihr etwas von einer Hellseherin verliehen. Außerdem war sie sehr scharfsinnig und hatte eine gute Beobachtungsgabe. Der innige Wunsch, Graf Harro helfen zu können, ließ sie nicht ruhen. Sie wollte versuchen, das Geheimnis zu ergründen, das über dem Tod der Gräfin Alice ruhte. Und ihr seltsamer Traum hatte ihr einen leisen Fingerzeig gegeben, den sie vielleicht nicht beachtet hätte, wenn sie nicht eben der starke Wunsch beseelt hätte, Licht in diese dunkle Angelegenheit zu bringen. Leise dämmerte ihr doch der Gedanke, daß Gräfin Alice tatsächlich ermordet worden war – von einem andern Menschen natürlich als von ihrem Gatten. Als sie eine Weile später den Turm mit Graf Harro und Gilda verließ, war sie fest entschlossen, das Geheimnis zu ergründen, das den Tod der Gräfin umgab. Sie hatte das Gefühl, als berge dieser Turm die Lösung des rätselhaften Vorganges beim Tod der Gräfin.

Bei all diesen Erwägungen hatte es Griseldis noch vermocht, scheinbar unbefangen mit Graf Harro und Gilda zu plaudern.

Als sie ins Schloß zurückkehrten, fragte Harro lächelnd:

»Nun, wie sind Sie mit diesem Ausflug ins Land der Romantik zufrieden?«

Er hatte sich jetzt wieder in der Gewalt und zeigte sich ruhig und beherrscht. Die Angst, Griseldis vielleicht aus Treuenfels zu vertreiben, wenn er sich nicht im Zügel hielt, gab ihm die Kraft dazu.

»Ich bin sehr zufrieden, Herr Graf. Und ich freue mich sehr, daß Sie mir den Schlüssel zum Turm anvertrauen wollen. Ich werde sehr viele meiner freien Stunden darin zubringen.«

»Und Sie werden dann träumen, daß Sie eine verwunschene Prinzessin sind, die in diesem Turm auf die Erlösung durch einen schönen jungen Prinzen hofft.«

»Fehlgeschossen, Herr Graf! Ich werde in dem Turm etwas ganz anderes tun als träumen, obwohl ja mein seltsamer Traum auf dem Turmsöller begann.« Er sah mit einem verhalten zärtlichen Ausdruck in ihre Augen.

»Sie machen mich sehr neugierig auf diesen Traum. Werden Sie ihn mir bald erzählen?«

»Ich weiß noch nicht, wann. Aber eines Tages werde ich es sicher tun.«

»Schade, daß ich Ihnen den Ring nicht zeigen konnte, da er verlorgengegangen ist. Ich möchte nur wissen, wer Ihnen den Ring beschrieben hat und wer Ihnen davon sprach, daß meine verstorbene Frau eine Flechte um den Hals zu legen pflegte.«

»Sie sehen schon wieder aus, Herr Graf, als wollten Sie mich meines Traumes wegen auslachen.«

»Nein, das will ich gewiß nicht tun. Ich necke Sie nur gern ein wenig damit.«

Sie betraten die Schloßhalle und sahen nicht, daß hinter einer der dicken Säulen verborgen Komtesse Beate im Halbdunkel der Halle stand und ihnen mit unheimlich flackernden Augen entgegensah. Als sie in ruhiger Unterhaltung die Halle durchquert hatten und an der Komtesse vorübergegangen waren, da atmete diese auf, als sei sie von einer drückenden Last befreit worden. Und dann sank sie in einem Sessel zusammen, als trügen sie ihre Füße nicht mehr.

Auf der Treppe verabschiedete sich Graf Harro von Griseldis und Gilda.

Griseldis suchte nun mit Gilda die Gemächer der Gräfin auf. Sie hielt das Kind an der Hand, damit es nichts von den umherliegenden Gegenständen berühre. Langsam gingen sie aus einem Zimmer in das andre. Und dabei sprach Griseldis mit dem Kind über seine verstorbene Mutter und suchte ihm ein liebes Bild von ihr einzuprägen. Wie in allen Dingen wußte sie auch hier die rechten Worte zu finden. Obwohl Gilda keine besonders herzbewegende Erinnerung an ihre Mutter hatte, sorgte Griseldis dafür, daß diese Erinnerung idealisiert wurde.

Endlich betraten sie auch das Schlafzimmer, und einen Augenblick stand Griseldis fassungslos. Ja – das war das Zimmer, das sie im Traum gesehen hatte, mit all den Einzelheiten der Einrichtung. Da war die kunstvolle Täfelung der Wände mit den gemusterten Hölzern, und da stand das Bett, in dem sie die Gräfin hatte liegen sehen. Der blaue Seidenstoff der Decke, die hellen Möbel, das Nachtschränkchen neben dem Bett – das war alles wie in ihrem Traum.

Das Herz klopfte ihr bis zum Hals hinauf. Aber es geschah nichts. Nur ihr Traum stand klar und scharf vor ihrer Seele.

Sie trat an das Nachtschränkchen heran. Aber ihre Vermutung, über demselben ein ähnliches Bild mit den Delphinenrahmen zu finden, bestätigte sich nicht. Auf der Holzvertäfelung befand sich überhaupt kein

Bild. Und die gemusterten Hölzer griffen so glatt und lückenlos ineinander, daß hier unmöglich eine geheime Tür zu einem Wandschrank sich befinden konnte.

Sie vergegenwärtigte sich, wie in ihrem Traumbild die Hand und der Arm aus der Wand herauswuchsen und wie diese Hand die drei Perlmutterkugeln in das Weinglas fallen ließ. Und plötzlich zuckte sie zusammen. Da an der Wand, an derselben Stelle, wo oben bei ihr das Bild hing, sah sie drei runde Perlmutterblättchen, die in die Vertäfelung eingelegt waren. Und diese Perlmutterblättchen wirkten genau wie die drei Kugeln, die in ihrem Traum in das Weinglas gefallen waren.

Sie preßte die Hand aufs Herz, und ihre Gedanken arbeiteten fieberhaft. Doch da begann Gilda sich zu langweilen und forderte Griseldis auf, mit ihr hinauszugehen. Diese war aber noch nicht gewillt, dies Zimmer zu verlassen. Ein zweites Mal konnte sie nicht gut von Graf Harro die Schlüssel zu den Gemächern der Gräfin erhalten. Was sie hier erkunden wollte, mußte heute, jetzt gleich, geschehen.

Sie faßte in die Tasche ihres Kleides. In ihren Sachen hatte sie heute eine hübsche bunte Glaskugel gefunden, mit der sie als Kind gespielt hatte. Diese Kugel hatte sie zu sich gesteckt, um sie Gilda zu schenken. Die Kugel mußte ihr helfen, Gildas Aufmerksamkeit von sich abzulenken und sie zu beschäftigen.

»Sieh, Gilda, was ich hier habe.«

»Oh, wie schön. Gib mir die Kugel!« bat sie, in die Hände klatschend.

»Ja, du sollst sie bekommen, wenn du ein Weilchen ruhig damit spielen willst.«

»O ja, das will ich tun.«

Da führte Griseldis Gilda in das Nebenzimmer.

»So, Gilda, hier auf dem großen Teppich kannst du die Kugel hin und her laufen lassen. Ich sehe mir inzwischen noch einiges an«, sagte sie.

Gilda war zufrieden und spielte mit der Kugel. Griseldis aber ging schnell in das Schlafzimmer zurück. Sie trat wieder an das Nachtschränkchen heran und blickte mit scharfen, spähenden Augen über die darüber befindliche Wand. Und wie magnetisch angezogen, drückte sie fest auf das oberste Perlmutterblättchen. Aber es rührte sich nicht. Nun drückte sie auf das zweite. Aber auch das gab in keiner Weise nach. Aber als sie nun sehr kräfig auf das unterste Blättchen drückte, gab es nach. Es wich in die Wand zurück, und zugleich ertönte ein leise schnappendes Geräusch. Und leise wich eines der großen, zusammengesetzten Holzquadrate aus der Vertäfelung. Es war eine Tür zu einem ebensolchen Wandschrank wie oben in Griseldis' Zimmer.

Sie zitterte vor Erregung und sah in den Wandschrank hinein. Er war leer und hatte genau dieselbe spitzwinkelige Form wie der in ihrem Zimmer. Er war, genau wie der oben, in die dicke, runde Turmwand eingebaut. An der breitesten Stelle war der Schrank gut einen Meter tief.

Nun beugte sie sich in den Wandschrank hinein und beklopfte den Boden. Das klang genauso hohl und dumpf wie oben. Ganz sicher befand sich unter diesem hölzernen Boden keine feste Mauer, sondern ein Hohlraum.

Bestätigte sich nun ihre Vermutung, daß sich drüben im Turm hinter dem Spiegel und hinter dem in einen Rahmen gespannten Wandteppich Hohlräume befanden, zu denen Spiegel und Wandteppich die Türen bildeten, dann war das Turmzimmer von dem Schlafzimmer der Gräfin nur durch den hölzernen Boden des Wandschrankes getrennt, wenn hüben und drüben die geheimen Türen offenstanden.

Ihr Traum bekam durch diese Entdeckung Bedeutung. Hier aus der Wand, die als Tür des Wandschrankes diente, war die Hand, der Arm herausgekommen in ihrem Traum. Und aus dieser Hand fielen Tropfen in das Weinglas der Gräfin.

Wie, wenn durch diesen Wandschrank eine verbrecherische Hand den Weg gefunden hätte, die das Gift in das Weinglas der Gräfin getan hätte? Die Untersuchung hatte festgestellt, daß nach Graf Harro niemand als die Zofe das Zimmer der Gräfin mehr betreten hatte. Und die Zofe hatte ihrer Herrin das Weinglas gefüllt und war dann entlassen worden. Als die Zofe die Gräfin verließ, saß diese, bereits für die Nacht entkleidet, im Nachthemd am Toilettenspiegel ihres Ankleidezimmers. Während sie da saß, konnte da nicht eine verbrecherische Hand aus dem Wandschrank herausgelangt und das Gift in den Wein geträufelt haben? Die Gräfin trank dann ahnungslos den vergifteten Wein, der sie sofort tötete. Der Mörder mußte den Weg zu seinem Opfer, wenn ihre Vermutungen zutrafen, durch den

Turm gefunden haben. Und im Turm waren auf dem Treppenabsatz die Spuren einer Frauenschleppe. Und das Schloß im Turm zeigte noch Ölspuren. Es mußte dann um die Zeit, da die Gräfin starb, reichlich geölt worden sein.

»Vater im Himmel, vergib mir, wenn ich durch meinen Verdacht eine Unschuldige kränke. Aber hilf mir, daß ich Licht in diese geheimnisvolle Sache bringe, hilf mir, seine Unschuld an den Tag zu bringen.«

Das Perlmutterblättchen sprang wieder glatt in die Vertäfelung ein.

Langsam ging Griseldis ins Nebenzimmer. Da lag Gilda auf dem Teppich und spielte mit der Kugel.

»Komm, mein Herzkind, nun wollen wir noch ein wenig hinaus ins Freie gehen.«

Als sie die Zimmer der Gräfin verlassen hatte, schloß sie diese ab. Und sie hatte ein Gefühl, als müsse es ihr nun gelingen, Graf Harros Unschuld an den Tag zu bringen.

Sie atmete tief auf, als sie mit Gilda ins Freie trat. Gottlob, hier draußen im Sonnenschein wurde ihr die Brust freier. Sie schalt sich selbst aus, daß sie sich bedrücken ließ. War heute nicht ein heller, leuchtender Glückstag für sie? So viel Gutes war ihr geschehen. Die Begegnung mit Tilly und Baron Dalheim, das Zusammensein mit Harro – und die erworbene Gewißheit, daß er sie liebte. Dazu gab ihr das Schicksal einen Fingerzeig, wo und wie sie nach den Beweisen für Harros Unschuld suchen mußte. War das nicht alles Veranlassung zur Freude?

Sie war sehr töricht, daß sie sich das Herz bedrücken ließ.

*

Erst bei der Abendtafel sah Griseldis Graf Harro wieder.

Griseldis übergab bei Tisch dem Grafen die Schlüssel zu den Zimmern der Gräfin Alice.

»Ich danke Ihnen, Herr Graf, daß Sie mir die Besichtigung dieser Räume gestattet haben«, sagte sie. Und sie merkte sehr wohl, daß sie von Komtesse Beate mit einem unruhig lauernden Blick beobachtet wurde.

»Nun, haben die Zimmer zu Ihrem Traumbild gestimmt?« fragte er lächelnd.

»Ziemlich genau. Im übrigen war ich sehr erstaunt, in all diesen Zimmern eine moderne Einrichtung zu finden. Sie ist sehr schön und geschmackvoll; aber mir gefallen doch die andern Räume des Schlosses viel besser. Zu diesen alten, dicken Mauern, den tiefen Fensternischen und dem wundervollen Parkettboden wollen mir die modernen Möbel stillos erscheinen.«

»Da sind Sie ganz meiner Meinung. Aber meine Frau liebte die alten Möbel gar nicht und verbannte sie aus ihren Zimmern. Doch habe ich sie alle gut verwahren lassen. Es sind Sachen von hohem Kunstwert darunter.«

»Und wie ist die Besichtigung des Turmes verlaufen? Hat dieser vor Ihren scheinbar sehr kritischen Augen Gnade gefunden?« fragte Beate entschieden etwas zu höhnisch.

Griseldis sah sie groß und ruhig an. »Ich finde die Aussicht vom Turmsöller wunderbar schön, und die Turmzimmer haben eine sehr malerische und stimmungsvolle Einrichtung.«

»Du kannst mir wohl gleich den Schlüssel zum Turm zurückgeben, Harro«, wandte sich die Komtesse an ihren Vetter, »damit ich ihn wieder verwahre.«

»Morgen früh werden die Stufen festgemauert, und wenn das geschehen ist, will ich Fräulein von Ronach den Schlüssel übergeben. Sie möchte den Blick vom Turmsöller öfter genießen.«

Griseldis sah die Komtesse an. Sie sah wieder sehr fahl aus.

»Du sagtest doch, die Turmzimmer sollen erst gesäubert und gelüftet werden.«

»Allerdings, und zwar kann das gleich morgen früh geschehen, wenn die Stufen festgemauert werden. Bis morgen abend kann dann wohl alles fertig sein.«

»Eilt es denn so sehr damit?« fragte die Komtesse, Griseldis einen feindseligen Blick zuwerfend.

»Ja, ich möchte das schnell erledigt haben. Und bitte, laß die Betten aus den Zimmern herausschaffen.«

Die Komtesse ahnte, daß auch diese Anordnung nur Griseldis zu Gefallen getroffen wurde. Was hatte sie im Turm zu suchen? Was berechtigte sie, in die Zimmer der Gräfin einzudringen? Dieses hergelaufene Geschöpf durfte sich scheinbar alles erlauben und tat es mit einer Selbstverständlichkeit, die an Unverschämtheit grenzte.

Die Komtesse war vor Eifersucht halb besinnungslos. Aber sie mußte sich den Bestimmungen des Grafen fügen. Gleich nach dem Abendessen wurde sie in einer häuslichen Angelegenheit abgerufen, und Harro und Griseldis waren eine Weile allein.

So ein unbedingtes Alleinsein war ihnen selten beschieden. Meist war Gilda in ihrer Gesellschaft. Und dieses Alleinsein wirkte auf die beiden Menschen ein. Es lag etwas Unausgesprochenes, süß Schmerzliches zwischen ihnen. Die Luft war von einer heimlichen Zärtlichkeit erfüllt, dennoch wagten sie es nicht, sich in die Augen zu sehen.

Aber Griseldis lag doch eine Frage zu sehr am Herzen. Und so nahm sie sich zusammen und sah ihn an.

»Sie werden mich sicher auslachen, Herr Graf, aber in meinem Traum erblickte ich, in die Wand des Schlafzimmers der Frau Gräfin eingelassen, einen geheimen Wandschrank. Ist Ihnen ein solcher vielleicht bekannt?«

»Sie scheinen einen ganzen Roman geträumt zu haben. Ich muß Sie leider enttäuschen. Geheime Wandschränke gibt es in Treuenfels nicht. Sie haben doch gesehen, daß die Holzvertäfelung alle Wände deckt.«

Griseldis wußte nun, was sie wissen wollte, nämlich daß der Graf tatsächlich keine Ahnung von den geheimen Wandschränken hatte.

»Das habe ich mir ja auch gesagt. Aber es könnten ja in andern Räumen Wandschränke existieren.«

»Sie haben es sich scheinbar in den Kopf gesetzt, Treuenfels romantisch zu machen. Damit Sie sich darüber beruhigen, rate ich Ihnen, lesen Sie einmal unsere Familienchronik durch. Darin ist jedes Zimmer des Schlosses genau beschrieben, und alles, was unser Geschlecht erlebt und erlitten hat, finden Sie darin aufgezeichnet. Es ist ein sehr umfangreiches Buch. Aber meine Base Beate hat, glaube ich, die ganze Chronik auswendig gelernt. Halbe Nächte lang hat sie darin gelesen.«

»Und Sie würden mir Einsicht in diese Chronik gestatten?«

»Gewiß. Sie finden sie in der Bibliothek in dem ersten Schrank neben der Eingangstür.«

Jetzt kam die Komtesse zurück, und Griseldis brachte schnell ein andres Thema auf.

*

Am andern Morgen erwachte Griseldis mit dem Gefühl, als sei heute ein Festtag. Heute wollte ja Baron Dalheim kommen, wollte dem Freund die Hand reichen und ihm sagen, daß er an seine Unschuld glaubte.

Sie sah mit strahlenden Augen zum Fenster hinaus. Wieder war die ganze Welt in goldenes Sonnenlicht getaucht.

Heute wählte Griseldis ein weißes Kleid. Sie hatte das Gefühl, als müsse sie ihrer festlichen Stimmung Ausdruck geben.

Als sie fertig war und sich in dem Spiegel betrachtete, lachte sie sich an.

»So ist es recht, Griseldis, festlich mußt du heute aussehen.«

Und dann ging sie zu Gilda hinunter.

Leise legte Griseldis mit Henriette die Sachen für Gilda zurecht und ließ das Bad für sie richten.

Endlich wachte Gilda auf.

»Langschläferchen! Schau, die Sonne ist auf deinem Bettchen.«

»Oh, du trägst ja heute ein weißes Kleid, Griseldis.«

»Ja, darf ich das nicht?«

»O doch; es gefällt mir gut.«

Graf Harro saß schon mit der Komtesse am Frühstückstisch und las in der Zeitung.

Über Griseldis' Stimmung hatte sich beim Anblick der Komtesse ein Schleier legen wollen, aber sie ging gegen dies beklemmende Gefühl an. Gleich nach dem Frühstück ging Griseldis mit Gilda in den Pavillon im Park, um den Unterricht zu beginnen.

»Wollen Sie wieder auf die Felder hinaus, Herr Graf?« fragte Griseldis, sehr in Sorge, daß er abwesend sein könne, wenn Baron Dalheim kam.

Griseldis bemerkte Beates bösen Blick nicht, aber der Graf fing ihn auf. Er wunderte sich selbst, daß Griseldis diese Frage an ihn richtete. Es mußte ihr also doch wohl sehr am Herzen liegen, daß er nach dem Pavillon kam. Und dieser Gedanke erfüllte ihn mit einer Freude.

Er war gestern auf dem Turmsöller erschrocken gewesen, als er merkte, daß Griseldis seine Liebe erraten hatte. Er hatte gefürchtet, sie werde nun eine eisige Zurückhaltung betonen, um ihm zu verstehen zu geben, daß er nichts zu hoffen habe. Aber zu seiner innigen Freude war das nicht geschehen. Sie gab sich ihm gegenüber wie sonst.

»Nein«, entgegnete er, »ich reite heute nicht mehr aus, ich habe zu Hause zu tun. Und wenn Sie nicht zanken, komme ich zur Pause in den Park und sehe, was mein Kindchen gelernt hat.« Griseldis errötete jäh. Im Gesicht der Komtesse las sie auch strengste Mißbilligung. Aber Graf Harro hatte es gottlob nicht übel vermerkt. Mochte die Komtesse sich entrüsten. Ihr konnte sie ja doch nie etwas recht machen. Die Hauptsache war, daß sie nun wußte, daß der Graf zu Hause blieb und den Baron nicht verfehlen konnte.

Sehr aufmerksam war sie heute nicht beim Unterricht. Immer wieder flog ihr Blick zum Schloß hinüber. Sie konnte die Auffahrt sehen und mußte unbedingt bemerken, wenn Baron Dalheim ankam.

Ach – wie war dieser Morgen lang! War es Baron Dalheim am Ende wieder leid geworden? Kam er doch nicht?

Die zweite Schulstunde war gerade zu Ende, da kam Graf Harro vom Schloß herüber. Griseldis machte Gilda darauf aufmerksam. Diese eilte jubelnd ihrem Vater entgegen, und er fing sie in den Armen auf.

Sie zog ihn dann mit nach dem Pavillon, und er mußte sich niedersetzen.

»Komm, Papa, Griseldis erzählt jetzt ein Märchen, da mußt du mit zuhören«, sagte Gilda und machte es sich auf seinem Knie bequem.

Griseldis wollte erst nicht mit dem Märchen beginnen. Aber er bat darum.

So erzählte denn Griseldis ein Märchen.

Als ihr Märchen zu Ende war, atmete er tief auf. »Da kann man wieder zum Kind werden, Fräulein von Ronach. Sie erzählen ganz wundervoll. Aber mit einem Punkt bin ich gar nicht einverstanden gewesen.«

Sie sah fragend in sein lächelndes Gesicht.

»Ihre Märchenprinzessin hatte schwarzes Haar wie Ebenholz. Das gefällt mir nicht. Märchenprinzessinnen müssen goldenes Haar haben – so wie Sie –, dann sind es erst richtige Märchenprinzessinnen. Ich hätte plötzlich große Lust, ein Märchenprinz zu sein. Aber leider bin ich keiner – ich bin nur so eine Art garstiger Froschkönig, der nicht das Recht hat, eine schöne Prinzessin zu freien, sondern der hübsch warten muß, bis er einmal von seiner scheußlichen, abschreckenden Gestalt erlöst wird, vor der sich alle Menschen entsetzen.«

Griseldis vermochte nichts zu sagen, obwohl sie wußte, daß seine Worte einen besonderen Sinn hatten.

»Der arme, arme Froschkönig«, wiederholte er leise.

Da hob sie den Kopf. Er sah Tränen in ihren Augen funkeln.

»Er wird erlöst werden, der arme Froschkönig«, erwiderte sie mit zitternder Stimme.

»Ich glaube es nicht.«

»Doch, Papa; der Froschkönig wird erlöst von der jungen, schönen Königstochter. Sie wirft ihn an die Wand und ruft: ›Ach, der garstige Frosch!‹ Und husch – da steht mit einem Male ein schöner Prinz vor ihr, und sie machen Hochzeit, und es gibt ein großes Fest, das hundert Tage dauert.«

»Solch ein Fest, das dauert dann ein ganzes Leben lang für den Prinzen und seine Prinzessin«, sagte er.

»Ja, für die beiden, aber doch nicht für die andern Leute.«

»Hast recht, Gilda, glücklich ist man nur zu zweien. Nicht wahr, Fräulein von Ronach?«

Zum Glück wurde sie der Antwort überhaupt enthoben. Der Diener Heinrich kam schnell auf den Pavillon zu.

»Herr Baron Dalheim wünschen den Grafen zu sprechen«, meldete er. Graf Harro setzte Gilda nieder und erhob sich mit einem Ruck. Er war leichenblaß geworden und sah den Diener an, als habe er sich verhört.

»Was sagen Sie, Heinrich?«

Dieser wiederholte seine Meldung.

Der Graf wandte Griseldis sein blasses Gesicht zu und sah sie an.

Er strich sich über die Stirn. »Ich komme«, sagte er zu dem Diener, und dieser ging schnell nach dem Schloß zurück.

»Verstehen Sie das, Fräulein von Ronach? Baron Dalheim kommt zu mir nach Treuenfels! Was bedeutet das?«

»Das wird bedeuten, daß er sich eines Besseren besonnen hat, Herr Graf.«

»Es wird nichts als eine Enttäuschung dabei herauskommen«, sagte er matt und ging mit schweren Schritten davon.

*

Baron Dalheim war in einen Salon geführt worden. Dort hatte ihn Komteß Beate empfangen. Als Harro das Schloß betrat und vernahm, daß Baron Dalheim mit der Komtesse im Salon sei, sandte er den Diener zu dem Baron und ließ ihn in sein Arbeitszimmer bitten. Er wollte bei dieser Begegnung mit dem ehemaligen Freund keine Zeugen haben.

Hochaufgerichtet, aber sehr blaß stand er mitten in seinem Arbeitszimmer, als der Baron eintrat. Eine Weile standen sich die beiden Männer stumm gegenüber. Auch der Baron war sichtlich erregt. Und die stolzen, wahrhaften Augen des Grafen besiegten vollends die letzten Bedenken des Barons. Er schritt nun schnell auf den Freund zu mit ausgestreckten Händen.

»Harro – lieber Harro –, kannst du mir verzeihen?«

Harro zuckte zusammen und strich sich über die Stirn.

»Dir verzeihen, Fritz? Du bittest mich um Verzeihung – du – der du mich vor kurzem nicht kennen wolltest?«

»Ja, Harro, darum eben bitte ich dich um Verzeihung. Ich kann nichts zu meiner Entschuldigung sagen, als daß ich auf meine Mutter mehr gehört habe als auf mein eigenes Herz. Meine Mutter glaubt ja auch nicht, daß du schuldig bist – aber Frauen können sich wohl schwerer über eine solche Situation stellen als Männer. Ich war aus dem Gleichgewicht durch den Prozeß und alles, was damit zusammenhing. Und als ich dir nun im Wald begegnete, da gab ich aus einem ganz dummen, unerklärlichen Gefühl heraus Fersengeld. Das habe ich schon tausendfach bereut. Aber nun habe ich endlich den Mut gefaßt – und da bin ich, Harro. Bitte – gib mir deine Hand und verzeihe mir. Schlag ein, Harro – beschäme mich nicht noch mehr, obwohl ich es verdiene.«

Harro hatte mit steigender Erregung zugehört. Es war, als löse sich ein furchbarer Bann von seiner Seele. Langsam, wie tastend legte er seine Hand in die des Freundes.

»Du hast mir sehr weh getan, Fritz. Gerade von dir tat es hundertfach weh. Ich hätte dir das nie – niemals angetan. Und wenn man dich verurteilt hätte, ich hätte doch an dich geglaubt und wäre an deiner Seite gestanden. Daß du mich fallenließest, ich konnte es nicht fassen.«

»Ich weiß selbst nicht, wie es kam, Harro! An deine Schuld glaubte ich nicht, obwohl ich mir sagte, daß du damals schwer gereizt warst. Und da waren noch so viele Momente – und durch das Verhör und das Her und Hin wurde man ganz verdreht. Und dann – ich sah das Giftfläschchen in deiner Hand – du sagtest selbst aus, daß niemand als du zu dem Gift gelangen konnte – da bin ich wohl eine kurze Zeit an dir irre geworden. Du hattest ja ein Recht, deine Frau zu strafen. – Ich war meiner selbst nicht sicher und wußte nicht, was ich tun sollte. Willst du mir nun verzeihen? Soll alles vergessen sein, Harro?«

Harro sah ihn groß und ernst an.

»Du weißt nicht, was ich gelitten habe, Fritz. Es liegen furchtbare Monate hinter mir. Wie ich sie ertragen habe, weiß ich selber nicht. Ich kann es noch nicht fassen, daß du wieder Hand in Hand neben mir stehst. Alle sind von mir abgefallen, außer den wenigen Menschen, die meine Einsamkeit teilen.«

»Das wird anders werden, Harro. Wie ich, so werden viele andre zur Vernunft kommen und den Weg wieder zu dir finden. Und ich werde nun fest und treu zu dir stehen, Harro – und mit mir meine Braut, Tilly von Sarnow.«

»Die du bei deinem Onkel kennenlerntest?«

»Ja – dieselbe. Tilly gab mir endlich ihr Jawort – und nun ist sie in Dalheim, und unsere Verlobung wurde veröffentlicht. Und ich soll dich herzlich, wenn auch unbekannterweise von meiner Braut grüßen.«

»Sie läßt einen Verfemten grüßen? Dann muß sie sehr großherzig sein.«

»Ja, sie ist ein Prachtgeschöpf, und sie hat Herz und Mund auf dem rechten Fleck. Am liebsten wäre sie selbst mit nach Treuenfels gekommen. – Aber ihre Mutter meinte, es ginge nicht. Und da hat sie mich denn allein ziehen lassen mit einer Menge guter Ermahnungen und – ja – und mit einem Auftrag. Meine Braut hat in Erfahrung gebracht, daß eine Freundin von ihr, ein Fräulein Griseldis von Ronach, in deinem Haus weilt.«

»Fräulein von Ronach – allerdings, sie ist die Erzieherin meiner Tochter. Und du sagst, deine Braut ist mit ihr befreundet?«

»Jawohl, nicht nur so landläufig befreundet – es ist eine echte, rechte Freundschaft zwischen den beiden. Sie haben die Schule zusammen besucht und sind fast unzertrennlich gewesen. Meine Braut schwärmt von dieser Freundin – und ihre ganze Familie schwärmt mit. Dieses Fräulein von Ronach muß ein außerordentliches Geschöpf sein. Und außerdem ist die Familie meiner Braut der jungen Dame zu großem Dank verpflichtet. Fräulein von Ronach hat die um sechs Jahre jüngere Schwester meiner Braut vor dem Ertrinken gerettet – und das damals zwölfjährige Mädchen unter eigener Lebensgefahr gerettet.«

»Das sieht ihr ähnlich. Aber sie hat nie davon gesprochen, daß sie ein Menschenleben gerettet hat.«

Der Baron sah ihn forschend an.

»Hm! Du scheinst also auch eine große Meinung von ihr zu haben, wie die ganze Familie Sarnow.«

»Von Fräulein von Ronach kann man nur eine große Meinung haben, wenn man sie kennt«, sagte der Graf warm und überzeugt.

»Das freut mich von dir zu hören. Also, wie gesagt, meine Braut hat erfahren, daß Fräulein von Ronach hier in Treuenfels ist, und sie hat mir nun aufgetragen, die junge Dame von ihr zu grüßen und sie herzlichst einzuladen, sie in Dalheim zu besuchen. Du wirst es doch erlauben, daß sie meine Braut besucht?«

»Selbstverständlich! Ich werde dich mit ihr bekannt machen.«

»Ja, ich bitte dich darum, lieber Harro. Aber erst laß uns noch ein wenig zusammen plaudern. Wir haben uns doch wohl noch mancherlei zu sagen. Meine Mutter läßt dich übrigens auch grüßen. Tilly hat auch sie zur Vernunft gebracht. Und zugleich im Namen meiner Mutter und meiner Braut bitte ich dich herzlich, übermorgen mit uns das Fest unserer Verlobung zu feiern. Es sind so ziemlich alle Familien aus der Umgegend geladen, und du könntest dich bei dieser Gelegenheit das erste Mal wieder in der Gesellschaft zeigen, und zwar auf neutralem Boden.«

»Nein, mein lieber Fritz, dazu bin ich nicht imstande. Es ist ein großes Opfer von dir. Aber ich bin nicht der Mann, mich in Gesellschaft dulden zu lassen. Es würde über meine Kraft gehen, mich von allen Seiten ansehen zu lassen wie ein wildes Tier. Wer mich sehen und sprechen will und allen zum Trotz an mich glaubt, der weiß mich ja zu finden, wie du mich gefunden hast. Es hat mir sehr, sehr wohl getan, daß du zu mir gekommen bist und mir die Hand gereicht hast. Das will ich dir nie vergessen. Und wenn du einmal eine Stunde für mich frei hast, werde ich mich herzlich freuen, dich in Treuenfels begrüßen zu dürfen. Sage es, bitte, auch deiner Mutter. Ich küsse ihr die Hand dafür, daß sie sich bereit erklärt hat, mich in ihrem Haus zu empfangen. Aber ich will dieses Opfer nicht von ihr annehmen. Deiner Braut lege meine Verehrung zu Füßen. Ich wünsche euch von ganzem Herzen Glück. Möge eure Ehe eine harmonischere sein, als die meine es war, die mein ganzes Dasein zerstört hat.«

»Ich danke dir, Harro. So gern ich dich aus deiner Einsamkeit erlöste – Garantie kann ich leider nicht übernehmen für das Verhalten meiner Gäste. Aber wenn du auch der Festlichkeit nicht beiwohnen willst, so könntest du uns doch besuchen, wenn wir allein sind.«

»Dringe nicht in mich, Fritz – ich kann es nicht tun. Der Gedanke, daß mich jemand mißtrauisch anblicken könnte, macht mich nervös. Überlaß mich meinem Schicksal, Fritz. Und willst du es erträglicher gestalten, so komme zu mir, sooft du kannst. Auch Beate wird sich freuen, wenn wieder ein Mensch zu uns kommt. Du hast sie begrüßt, nicht wahr?«

»Ja, Harro, und ich muß dir sagen, daß ich sie furchtbar verändert finde, viel mehr als dich. Ich bin erschrocken, als ich sie sah. Sie sieht aus, als sei sie krank, mehr seelisch als körperlich.«

»Ich habe es auch schon bemerkt, daß Beate sehr verändert ist. Sie hat sich das alles zu sehr zu Herzen genommen. Ich wollte sie zur Erholung fortschicken, aber sie geht nicht. Und so kann ich ihr nicht helfen, so gern ich auch möchte.«

Die beiden Herren gingen hinaus in den Park und suchten Griseldis auf. Diese sah sie kommen, und ihr Herz klopfte. Sie sah in Harros Gesicht und sah ein Leuchten in seinen Augen. Sie hätte dem Baron dankbar die Hand drücken mögen, daß er sein Versprechen gehalten hatte.

Als die Herren herangekommen waren, erhob sich Griseldis.

»Fräulein von Ronach – gestatten Sie – Baron Dalheim wünscht Ihnen vorgestellt zu werden.«

»Ich komme mit einem Auftrag zu Ihnen, gnädiges Fräulein«, sagte dieser, und weder er noch Griseldis verrieten mit einer Miene, daß sie sich kannten. »Meine Braut, Fräulein Tilly von Sarnow, weilt zur Zeit mit ihrer Mutter in Dalheim, und heute mittag trifft ihr Vater mit ihrer Schwester Ruth ein. Meine Braut hat von Ihrem Hiersein gehört und läßt Sie, zugleich im Namen ihrer Mutter, um Ihren Besuch bitten. Die ganze Familie Sarnow wird sich herzlich freuen, Sie begrüßen zu können.«

»Ich danke Ihnen, Herr Baron. Bitte sagen Sie den Damen, daß ich gern kommen werde. Ich darf mich wohl einen Nachmittag freimachen, Herr Graf?«

»Selbstverständlich! Und ich freue mich, daß Sie ein wenig Zerstreuung haben werden.«

»Der Zerstreuung bedarf ich nicht, aber ich werde mich freuen, liebe Freunde wiederzusehen. Wenn es Ihnen recht ist – und auch Ihnen, Herr Baron, werde ich mir erlauben, morgen nachmittag in Dalheim vorzusprechen.«

»Bei dieser Gelegenheit bin ich ganz zufällig hinter ein Geheimnis gekommen, Fräulein von Ronach«, bemerkte Harro lächelnd. »Ich hörte von Baron Dalheim, daß Sie die Schwester seiner Braut vor dem Ertrinken gerettet haben.«

Griseldis errötete jäh, als sei sie auf einer schlimmen Tat ertappt worden. »Ach – das ist doch nicht der Rede wert«, sagte sie verlegen.

»Erlauben Sie, mein gnädiges Fräulein – da muß ich doch sehr widersprechen. Die Schwester meiner Braut und ihre Familie sind durchaus nicht der Ansicht, daß Ruths Leben nicht der Rede wert sei«, sagte der Baron scherzhaft entrüstet.

»So ist es natürlich nicht gemeint, Herr Baron. Ich meine nur, was ich getan, ist nicht wert, erwähnt zu werden.«

»Mich hätte es aber sehr interessiert«, sagte Harro, Griseldis ansehend.

»Das konnte ich nicht wissen, Herr Graf.«

»Nein – konnten Sie das nicht wissen?« fragte er fast vorwurfsvoll.

»Für mich war es nichts Großes, Ruth Sarnow zu retten, ich bin eine sehr tüchtige Schwimmerin, es war wirklich weiter nichts als eine etwas anstrengende Schwimmtour. Ruth war allerdings in ihrer Todesangst kaum zu bändigen, aber ich besitze ja gottlob starke, gesunde Arme und habe sie zu ihrem Heil bezwungen.«

»Sie wollen Ihr Verdienst abschwächen. Meine Braut hat mir die Sache doch wesentlich dramatischer geschildert.«

»Also begraben wir dies Thema lieber, Herr Baron, damit ich Ihnen nicht länger widersprechen muß.«

Die Herren plauderten noch eine Weile mit Griseldis. Zwischendurch erneuerte Baron Dalheim seine Bekanntschaft mit der kleinen Gilda.

»Du warst so lange nicht in Treuenfels, Onkel Baron.«

Er versprach ihr, jetzt wieder sehr oft zu kommen.

Im besten Einvernehmen gingen die beiden Herren dann nach dem Schloß zurück.

Erst bei Tisch sah Griseldis dann Graf Harro wieder.

»Übrigens findet Dalheim auch, daß du gar nicht wohl aussiehst, Beate. Du solltest doch etwas für dich tun«, sagte er im Laufe des Gesprächs. Die Komtesse sah ihn mit einem unbeschreiblichen Blick an, schüttelte aber nur stumm den Kopf.

*

Am nächsten Tag fuhr Griseldis nach Dalheim. Die Komtesse sah es mit feindseligen Blicken, daß Harro den neuen und eleganten Wagen für Griseldis hatte anspannen lassen. Graf Harro hatte versprochen, sich selbst mit seinem Töchterchen zu befassen, damit Griseldis ohne Sorge bleiben konnte, solange sie wollte.

In Dalheim wurde sie mit herzlicher Freude empfangen. Ruth lief ihr schon entgegen und hing an ihrem Hals, und dann kamen die andern alle und umringten sie.

Auch der Baronin Dalheim wurde sie vorgestellt. Diese fand Gefallen an Griseldis und erkundigte sich lebhaft nach der kleinen Gilda.

»Sie müssen mir das Kind nächstens einmal herüberbringen, Fräulein von Ronach«, bat sie.

Nachdem Griseldis in Dalheim den Tee mit eingenommen hatte, fuhr sie nach Treuenfels zurück. Und sie hatte ein Gefühl, als sei das ihre rechte Heimat. Als sie in Treuenfels ankam, lief ihr Gilda jubelnd entgegen und umarmte sie stürmisch. Graf Harro sah seinem Töchterchen nach, als hätte er es ihr am liebsten nachgetan.

Er war mit Gilda nach der Teestunde spazierengegangen und hatte mit ihr gespielt. Aber Gilda hatte immer wieder gefragt: »Kommt Griseldis noch immer nicht zurück, Papa?«

Dann hatte er im stillen gedacht:

Wäre sie erst wieder hier. Treuenfels ist ein Schattenreich, wenn sie nicht als belebende und wärmende Sonne darin weilt.

»Du darfst nicht wieder so lange von uns fort, Griseldis. Wir haben uns nach dir gebangt, Papa und ich.«

Errötend sah Griseldis in Graf Harros Gesicht. Seine Augen verrieten ihr, daß Gilda wahr gesprochen hatte.

»Ich habe es zwar meinem Töchterchen mit keinem Wort verraten, daß es so ist, aber sie hat es wohl instinktiv herausgefühlt. Die Sonne fehlte mir in Treuenfels«, sagte er leise.

Diese Worte gaben ihr ein herrliches Heimatgefühl. Es wärmte ihr Herz, daß sie vermißt worden war.

Griseldis richtete nun Grüße aus an Graf Harro und teilte ihm mit, daß die Baronin sie gebeten hatte, ihr Gilda einmal zuzuführen.

»Das kann natürlich geschehen, Fräulein von Ronach. Ich werde der Frau Baronin dankbar sein, wenn sie meinem Kind Interesse entgegenbringt.«

»Wenn Sie gestatten, Herr Graf, werde ich dann Ende der Woche mit Gilda hinüberfahren. Meine kleine Freundin, Ruth Sarnow, möchte das Komteßchen gern kennenlernen, ehe sie Dalheim wieder verläßt. Ruth ist ein frisches, lustiges Kind.«

»Bestimmen Sie das ganz nach Ihrem Wunsch. Und hier habe ich auch noch etwas für Sie. Ein gewichtiger Brief aus St. Marien. Die Adresse ist von Mutter Anna geschrieben. Aber sicher sind da wieder Einlagen von allen neunundzwanzig Stiftsdamen drin.«

Damit überreichte er ihr ein großes, dickes Kuvert.

»Sie sind praktisch, die lieben Stiftsweiblein, und sparen auf diese Weise das Porto.«

»Müssen Sie all diese Briefe beantworten?« fragte er lächelnd.

»Nein, ich berichte alles, was ich zu berichten habe, an Mutter Anna oder Tante Agnes, die lesen meine Briefe dann vor – aber unter zwölf Seiten darf ich nicht schreiben.«

»O weh, soviel erleben Sie ja in Treuenfels gar nicht.«

»Es fehlt mir nie an Stoff, Herr Graf«, erwiderte sie.

Bei der Abendtafel legte Harro Beate und Griseldis die von Dalheim eingetroffenen schriftlichen Einladungen zum Verlobungsfest vor.

»Du wirst hoffentlich annehmen, Beate, damit du wieder einmal unter Menschen kommst«, sagte er.

Die Komtesse sah ihn an.

»Wirst du der Einladung Folge leisten, Harro?« fragte sie.

»Nein, Beate – ich nicht.«

»Dann nehme ich natürlich auch nicht an.«

»Es ist mir aber ein unangenehmer Gedanke, Beate, daß auch du auf allen Verkehr verzichten willst, meinetwegen.«

»Was soll mir ein Verkehr, den du nicht teilst, Harro. Ich mag die Menschen nicht und brauche sie nicht.«

»Und doch wäre Zerstreuung so gut für dich.«

»Nein, nein. – Ich verlange nicht nach Gesellschaft.«

»Aber Sie besuchen das Fest, Fräulein von Ronach?« fragte er.

Beate ärgerte sich, daß man auch Griseldis eingeladen hatte, und sah sie finster an. Griseldis merkte das aber nicht. Sie legte die Einladung neben ihren Teller.

»Nein, Herr Graf. Ich habe bereits in Dalheim abgelehnt.«

Seine Augen strahlten auf. Was ihn von Beate unangenehm berührte, freute ihn von Griseldis. Aber er versuchte ihr trotzdem zuzureden. Sie schüttelte aber mit liebem Lächeln den Kopf.

»Was soll ich unter all den fremden Menschen, Herr Graf? Ich habe meine Freunde wiedergesehen und werde sie Ende der Woche noch einmal sehen. Das ist mir genug.«

Die Komtesse sah Griseldis höhnisch an, als wollte sie sagen. Was für eine Wichtigtuerei.

Griseldis beachtete das aber nicht.

Harro redete nun Griseldis nicht weiter zu. –

Am folgenden Sonnabend nachmittag fuhr Griseldis mit Gilda nach Dalheim hinüber. Das Komteßchen wurde von allen Seiten sehr verwöhnt und liebkost. Am meisten beschäftigte sich aber Ruth mit ihr, und mit dieser freundete sich Gilda herzlich an.

Auf der Heimfahrt plauderte sie sehr vergnügt von ihrer neuen Freundin Ruth.

Heute hatte Harro nicht in Treuenfels auf Griseldis' Rückkehr gewartet. Heute war ja Gilda in ihrer Gesellschaft, und das gab ihm einen Vorwand, dem Wagen entgegenzureiten. Am Grenzweg zwischen Treuenfels und Dalheim wartete er auf seinem Pferd, bis der Wagen in Sicht kam.

Er ritt ihm entgegen, und während er Gilda

begrüßte, traf sein Blick aufleuchtend in Griseldis' Augen.

»Ich habe mich namenlos nach dir gesehnt«, sprachen diese Augen zu ihr. Und sie fühlte mit einem leisen Erschauern, wie teuer sie ihm war und wie sehr er sie liebte.

Es stieg feucht in ihren Augen auf vor Ergriffenheit.

Sie konnten beide nicht sprechen, aber dafür plauderte Gilda sehr lebhaft. –

Es kamen nun wieder sehr ruhige Tage. Die Stufen im Turm waren repariert und die Turmzimmer gereinigt worden und entzückten Griseldis in ihrem neuen Glanz ganz ehrlich und ohne alle Nebengedanken, obwohl sie alles, was mit dem Turm zusammenhing, besonders interessierte.

Komtesse Beate hatte jedes Winkelchen säubern lassen; aber Griseldis hatte eine seltsame Beobachtung gemacht. Die Komtesse ging zwar selbst mit in den Turm hinüber, aber sie betrat ihn erst, als alle Fenster geöffnet waren und die Leute schon alle an der Arbeit waren. Dann hatte sie sogar selbst hie und da mit Hand angelegt und eigenhändig die Möbel mit hin- und hergerückt. Die Dienstboten konnten ihr nichts recht machen, und dabei schreckte sie bei jeder Gelegenheit zusammen und sah sich scheu und unruhig um. Und als Griseldis in der Zeit, da Gilda schlief, nach dem Turm gegangen war und in das Zimmer blickte, in dem Beate hantierte, da konnte sich diese kaum beherrschen. »Bitte, verlassen Sie den Turm, bis alles sauber ist, wir können jetzt hier niemand brauchen«, sagte sie schroff.

Da ging Griseldis davon. Sie hatte erschrocken in das verstörte, fahle Gesicht der Komtesse gesehen. Das Reinigen dieser Zimmer schien ihr eine Qual zu sein, und doch legte sie gegen ihre Gewohnheit selbst Hand mit an.

Und als die Arbeit getan, als jedes Zimmer sauber war, verließ die Komtesse als erste den Turm. Sie stand eine Weile unten neben der offenen Tür und lehnte an der Mauer wie eine Schwerkranke. Und über ihren Körper rann Schauer um Schauer, und auf der Stirn perlte kalter Schweiß, den sie, mit bebenden Händen das Tuch haltend, abtrocknete.

So sah sie Griseldis stehen. Sie stand hinter einem Gebüsch verborgen, dem Ausgang des Turmes gegenüber. Griseldis wurde vor Erregung bleich.

Bei Tisch hatte die Komtesse dann Graf Harro den Schlüssel des Turmes ausgeliefert.

»Es ist nun alles in Ordnung, Harro«, sagte sie, und Griseldis hatte das Empfinden, als sähe sie nicht mehr so widerwillig, daß Griseldis den Turmschlüssel ausgehändigt bekam.

»So, Fräulein von Ronach, nun können Sie ungehindert den Söller und die Turmzimmer besuchen, sooft Sie wollen. Vielleicht nehmen wir alle zusammen zuweilen den Tee drüben ein. Was meinst du dazu, Beate?«

»Das ist zu umständlich, Harro. Und dann – die Stoffe sind doch alle schon recht mürbe und fadenscheinig. Man darf diese Zimmer nicht viel benutzen.«

»Nun, dann muß ich diesen Gedanken fallenlassen. – Also werden Sie vorläufig Alleinherrscherin im runden Turm sein, Fräulein von Ronach. Hoffentlich lernen Sie dort das Gruseln nicht.«

Griseldis sah die Komtesse an. Diese sah aus, als hätte sie heute das Gruseln gelernt.

Seit dieser Stunde besaß also Griseldis den Turmschlüssel zu ihrem ausschließlichen Gebrauch. Und sie verbrachte jeden Tag die Zeit im Turm, in welcher Gilda ihre Mittagsruhe hielt.

Sie sprach nicht darüber. Niemand im Schloß wußte, wann sie hinüberging. Aber Harro sah einige Male den goldblonden Mädchenschopf über der Brustwehr des Söllers auftauchen. Und dann mußte er an sich halten, daß er ihr nicht folgte. Seine Liebe zu Griseldis wurde täglich heißer und tiefer, und er litt namenlos unter dem Bewußtsein, daß er sie nicht sein eigen nennen konnte. Er glaubte kein Recht zu haben, die entscheidende Frage an sie zu stellen. Hatte er ihr doch keinen makellosen Namen zu bieten.

Aber er fieberte vor Sehnsucht nach ihrem Besitz und litt unsäglich unter dem Bewußtsein, von allem Lebensglück ausgestoßen zu sein.

Seit sie den Schlüssel zum Turm hatte, mühte sie sich jeden Tag, einen geheimen Mechanismus an den beiden Delphinenrahmen zu finden. In ihrem Kopf hatte es sich festgesetzt, daß der Spiegel und der gestickte Wandbehang geheime Türen zu den Hohlräumen unter dem Wandschränkchen bildeten und daß auf diese Weise eine Verbindung zwischen den Turmzimmern und ihrem und der Gräfin Schlafzimmer herzustellen sein müsse. Sie hätte darauf schwören mögen, daß auf diesem Weg das tödlich wirkende

Gift in den Wein gelangt war. Und wessen Hand das Gift in das Weinglas geträufelt hatte, das wurde ihr auch zur Gewißheit. Sie konnte kaum noch zweifeln.

Und diese Erkenntnis durchschüttelte sie wie ein Fieber, zuweilen hatte sie ein angstvolles Gefühl, als dürfe sie nicht weiter auf dem eingeschlagenen Weg, als drohe ihr ein Unheil.

Bisher war es ihr noch nicht gelungen, einen der winzigen, unzähligen Delphine aus den Rahmen herauszudrücken, wie bei dem Bild in ihrem Zimmer. Täglich mühte sie sich, abwechselnd oben und unten, den richtigen Delphin zu finden. Täglich begann sie ihr Spiel von neuem.

Und da sie nicht zum Ziel kam, untersuchte sie eines Abends den Wandschrank in ihrem Zimmer ganz genau. Sie hatte sich eingeschlossen und tastete sorgsam die ganze innere Wand des Schrankes ab, denn sie war überzeugt, daß hier oben bei ihr genauso wie unten bei der Gräfin eine Verbindung mit dem Turm herzustellen sei. Vielleicht hatte der Erbauer des Turmes diese Verbindung nur geschaffen, um sich Speisen oder andere Sachen herüberreichen zu lassen aus dem Schloß. Oder – vielleicht war er ein eifersüchtiger Gatte, der, in dem Hohlraum versteckt, seine Gattin belauschen wollte? Das Schlafzimmer der Gräfin Alice war seit Generationen immer das Schlafzimmer der Schloßherrinnen gewesen.

So suchte also Griseldis Zoll um Zoll das Innere ihres Wandschrankes ab. Ihre Schmucksachen hatte sie längst aus dem Wandschrank wieder entfernt. Und eine Person im Schloß konnte vielleicht auf den

Gedanken kommen, in ihrer Abwesenheit den Wandschrank zu kontrollieren – die einzige Person, die anscheinend das Geheimnis der Wandschränke außer ihr kannte.

Griseldis besaß eine elektrische Taschenlampe. Diese Taschenlampe holte sie eines Abends hervor und leuchtete in den Wandschrank hinein. Und sie beschloß, von jetzt ab diese Taschenlampe immer bei sich zu tragen. Denn wenn es ihr eines Tages glückte, die Hohlräume zu entdecken, mußte sie eine Beleuchtung bei sich haben.

Jetzt beleuchtete sie jedes Fleckchen des Wandschrankes damit. Und da entdeckte sie ganz hinten in der spitzen Ecke ein winziges Holzpflöckchen, das ein wenig vorstand. Sie hielt es erst für ein Astloch. Aber dann faßte sie doch danach. Sie suchte es herauszuziehen. Das ging nicht. Dann drückte sie fest darauf. Es gab nicht nach. Schließlich suchte sie es nach der Seite zu bewegen, und als sie es noch mehr in den spitzen Winkel hineinschob, wich plötzlich der Boden des Wandschrankes wie eine Klappe nach unten, legte sich glatt an die Mauer an. Griseldis hatte einen leisen Ruf ausgestoßen. Erschrocken lauschte sie in ihr Zimmer zurück. Neben ihren Zimmern wohnte ja Komtesse Beate. Sie durfte nichts hören.

Griseldis atmete tief auf. Und nun leuchtete sie mit ihrer Taschenlampe in den Hohlraum hinunter. Wenn jemand in diesem Hohlraum stand, konnte er kaum mit ausgestrecktem Arm bis an den Boden des Wandschrankes reichen.

Aber sie machte erst einmal eine noch wichtigere

Entdeckung. An der Turmseite sah sie in dem Hohlraum die Umrisse einer Tür. Sie schien dick zu sein, keinerlei Schloß war daran zu sehen. Aber eine Tür war es, in der ungefähren Größe der Delphinrahmen.

Griseldis atmete tief und schwer. Ihre Ahnung hatte sie nicht betrogen.

Diese Entdeckung gab ihrem Verdacht neue Nahrung. Sie versuchte nun den Boden des Wandschrankes wieder zu schließen. Es wollte erst nicht gelingen. Aber schließlich gelang es ihr, indem sie eine Schere in das Holz einstach und den Boden daran emporzog, bis er wieder einschnappte in das Schloß.

Sehr erregt suchte sie nun ihr Lager auf. Und es war ihr doch ein beruhigendes Gefühl, daß der Turmschlüssel in ihrem Besitz war.

Lange konnte sie nicht einschlafen. Ihre Gedanken arbeiteten ruhelos an der Erlösung des geliebten Mannes.

Am nächsten Morgen stand sie schon gegen fünf Uhr auf. Es ließ ihr keine Ruhe mehr. Sie wollte sogleich in den Turm hinüber. Wenn sie jetzt gleich ging, hatte sie bis acht Uhr drei Stunden vor sich. Soviel Zeit hatte sie im Laufe des Tages nie. In ihrem Kleid barg sie ihre Taschenlampe und ein Nähetui, in dem sie Scherchen, Messer und Nadeln aufbewahrte.

Leise, um von Komtesse Beate nicht gehört zu werden, verließ sie ihr Zimmer. Im Schloß war noch alles still. Nur der alte Heinrich war schon wach. Er wickelte eben die Teppiche zusammen, die geklopft werden sollten.

Griseldis grüßte ihn freundlich. Er sah sie erstaunt an.

»Schon so zeitig wach, gnädiges Fräulein?«

»Ich habe Kopfweh und will ins Freie, Heinrich.«

»Die Luft ist klar und frisch. Das wird guttun.«

Griseldis nickte ihm zu und ging hinaus. In wenigen Minuten hatte sie den runden Turm erreicht. Sie schloß die Tür auf und zog sie dann hinter sich zu, so daß sie eingeklinkt war.

Und nun eilte sie die Treppe empor und in das Turmzimmer im ersten Stock. Schnell machte sie sich an die Arbeit. Mit einer feinen Stopfnadel fuhr sie erst einmal zwischen Wand und Delphinrahmen entlang. Die Spitze der Nadel stach in einen kaum sichtbaren Zwischenraum. Der Rahmen war fest angeschraubt. Etwa einen Meter über dem Fußboden blieb die Nadel hängen. Hier gab es einen Widerstand. Also mußte der Mechanismus, der die Tür öffnete, in dieser Höhe zu suchen sein. Sie tastete sich sorgsam alle die kleinen Delphine ab, die in dieser Höhe lagen. Und heute sollten ihre Bemühungen endlich von Erfolg sein. Wirklich ließ sich einer der kleinen Delphine aus dem Rahmen heraus in die Wand drücken. Es gab ein schnappendes Geräusch, und die geheimnisvolle Tür öffnete sich einen Spalt weit. Griseldis sank vor Erregung in die Knie und mußte sich erst fassen. Aber lange gab sie sich dieser Schwäche nicht hin. Sie öffnete die Tür. Sie war sehr dick und mit irgendeiner Füllung versehen. Aber diese dicke, schwere Tür drehte sich lautlos in den Angeln. Griseldis machte sich nun erst wieder ein kleines Zeichen auf dem Delphinleib, der das Schloß zu dieser Tür bildete. Dann öffnete sie die Tür weit und trat in den Hohlraum ein. Sie sah, daß auch diese Tür von innen kein Schloß hatte. Sie leuchtete empor und sah über sich den Boden des Wandschranks, dessen Tür sich im Schlafzimmer der Gräfin Alice befand.

Tief atmete sie auf. Sie hatte gefunden, was sie suchte. Das war ein weiteres Glied in der Kette.

Eine Weile stand sie ganz benommen vor dieser Entdeckung. Endlich raffte sie sich wieder auf und leuchtete nun oben in den spitzen Winkel hinein. Richtig – da saß ein kleines Schnappschloß. Sie drückte den Holzpflock zur Seite, und das Schloß sprang auf. Der Boden des Wandschranks senkte sich hinab.

Griseldis leuchtete empor in den Wandschrank hinein. Sie sah ganz deutlich den Umriß der geheimen Tür. Aber an dieser Tür war innen das Schloß zu sehen. Wenn man auf einen Stuhl trat, konnte eine große Person wohl bequem die Wandschranktür von innen öffnen und – sie war dann auch imstande, das Glas auf dem Nachtschrank der Gräfin Alice zu erreichen. –

Griseldis wollte das Experiment versuchen. Aber ein Blick auf ihre Uhr belehrte sie, daß es Zeit war, ins Schloß zurückzukehren. So trat sie nur noch einmal in den Hohlraum und schloß von unten den Wandschrankboden. Dabei entfiel ihr die Taschenlampe. Diese blieb brennend, und das scharfe Licht beleuchtete hell den Fußboden des Hohlraumes. Da sah sie einen blitzenden Gegenstand liegen. Sie beugte sich hinab und hielt in der Hand einen Ring – einen seltsam geformten Ring – den Schnurenring mit den Rubinen, den sie im Traum gesehen hatte.

Totenbleich taumelte Griseldis aus dem Hohlraum heraus und fiel kraftlos auf einen runden, lehnenlosen Sessel. Wie Frostschauer ging es über ihren Kopf. Die Zähne schlugen ihr zusammen. Das war das letzte Glied in der Kette – dieser Ring war ein Beweis, daß ihr Verdacht den rechten Weg gegangen war.

Beates Ring – sie hatte ihn verloren oder vermißt am Todestag der Gräfin Alice. Seither hatte sie ihn nicht mehr getragen.

Ahnte sie nicht, daß sie diesen Ring hier verloren hatte? Oder hatte sie das Grauen nicht wieder allein hierhergehen lassen, um den Ring zu suchen? War sie deshalb so sehr gegen einen Besuch des Turmes gewesen? Fürchtete sie, daß der Ring im Turm gefunden werden könne?

Und aus dieser Furcht heraus hatte sie wohl ihr Grauen besiegt, als der Turm gereinigt werden sollte, und selbst mit hier gearbeitet, um sich zu vergewissern, daß der Ring nicht irgendwo lag und zum Verräter wurde. Den Mut, allein hierzubleiben und in dem Hohlraum nach dem Ring zu suchen, hatte sie wohl nicht gehabt. Blaß und elend saß Griseldis da und starrte auf den Ring herab, als habe sie selbst einen Mord auf dem Gewissen. Sie konnte nicht mehr zweifeln, daß Beate die Mörderin der Gräfin Alice war. Alle Verdachtsgründe sprachen dafür. Sie hatte die Gräfin ermordet, weil sie Graf Harro liebte und sich selbst an die Stelle der Gräfin setzen wollte.

Aber wie hatte sie Kenntnis erhalten von dieser geheimen Verbindung des Turmes mit dem Schloß? War sie durch Zufall dahintergekommen, wie sie selbst, oder – hatte sie vielleicht in der so eifrig gelesenen Familienchronik etwas davon gelesen?

Griseldis verlangte danach, diese Chronik durchzusehen. Vielleicht fand sie dadurch einen weiteren Beweis. Gleich heute nach Tisch wollte sie damit beginnen.

Es erschien ihr nun alles erklärlich. Nur eins wußte sie noch nicht: wie Beate in den Besitz des Giftes gelangt war, das Graf Harro doch in einem Geheimfach seines Schreibtisches verborgen hatte. Fassungslos sah Griseldis auf den Ring hinab.

Nun hatte sie ihn gefunden. Sicher hatte die Komtesse in ihrer verbrecherischen Erregung nicht bemerkt, daß ihr der Ring von der Hand geglitten war. Und sie hatte dann nicht gewußt, wo sie ihn verloren hatte. Griseldis faltete die Hände über dem Schnurenring und betete.

Dann erhob sie sich und schloß die geheime Tür. Es war höchste Zeit. Den Ring verbarg sie mit dem Nähetui und der Taschenlampe in ihrem Kleid, dann eilte sie hinab, schloß den Turm und kehrte auf einem kleinen Umweg ins Schloß zurück. Jetzt mußte sie doppelt vorsichtig sein, denn wenn Beate nur eine Ahnung hatte, daß sie ihr nachspürte, dann...

Griseldis schauerte zusammen. Sie fürchtete sich zum erstenmal in ihrem Leben vor einem Menschen.

Als sie die Schloßhalle betrat, hätte sie fast vor Schrecken aufgeschrien. An der Tür traf sie auf die Komtesse. Diese sah sie scharf und forschend an. »Wo kommen Sie so früh schon her? Waren Sie schon aus?«

War ihr die Komtesse auch schon immer unheimlich und verdächtig erschienen, so erschien sie ihr jetzt grauenhaft und furchtbar.

»Ich war ein wenig im Freien – ich hatte Kopfweh«, stammelte sie und eilte an der Komtesse vorüber die Treppe hinauf.

Sie kam aus dem Turm – und verschwieg es mir. Warum? Oh – wie ich sie hasse –, ich könnte sie töten, dachte sie. Sie schauerte zusammen wie im Entsetzen über ihre eigenen Gedanken. Mit starren Augen lief sie ins Freie, wie auf der Flucht vor sich selbst, als müsse sie ihren eigenen Gedanken entfliehen.

Griseldis war auf ihr Zimmer geeilt. Gilda schlief zum Glück noch. So hatte sie noch eine Viertelstunde für sich, um sich zu fassen und zu beruhigen. Kraftlos sank sie in einen Sessel und faltete die Hände im Schoß. »Vater im Himmel! Vater im Himmel – hilf mir! Was soll ich nur tun, wie das Werk, das ich begonnen habe, zu Ende führen?«

So saß sie eine Weile und ließ ihre Gedanken jagen. Und dann sprang sie auf und schloß die Tür. Sie holte den Ring hervor, betrachtete ihn genau. Wie rote Blutstropfen schimmerten die Rubine.

Was sollte sie mit dem Ring beginnen?

Wenn sie ihn zurückgab, ersann die Komtesse irgendeine Ausrede und ließ keine Klarheit aufkommen. Nein – sie durfte nicht einmal ahnen, daß der

Ring gefunden worden war. Sollte sie nicht lieber jetzt gleich Graf Harro alles erzählen, was sie erkundet hatte? Aber auch das durfte nicht sein. Er würde in seiner Erregung vielleicht alles verderben. Sie mußte erst noch zu ergründen suchen, wie Beate zu dem Gift gelangt war und wie zu der Kenntnis der geheimen Türen. Aber – den Ring – wo barg sie ihn? Sie überlegte. Hier in ihrem Zimmer erschien er ihr nirgends sicher genug verborgen. Wer bürgte ihr dafür, daß die Komtesse nicht heimlich in ihrer Abwesenheit ihre Sachen durchsuchte?

Sie barg den Ring in einem Kästchen und steckte ihn in den Ausschnitt ihres Kleides. Hier war er vorläufig sicher, bis sie mit sich im klaren war, was sie tun sollte.

Dann wandte sie sich um und sah auf das Bild, das den Wandschrank abschloß. Wenn nun das Unheil auf demselben Weg zu ihr käme wie zur Gräfin Alice? Beate haßte sie, wie sie die Gräfin gehaßt hatte.

Die Komtesse liebte den Grafen und hatte seine Gemahlin aus Eifersucht umgebracht, um ihre Stelle einzunehmen. Konnte sie nun nicht auch ihr nach dem Leben trachten, wenn sie Gewißheit hatte, daß der Graf sie liebte? Griseldis atmete tief und schwer. Obwohl sie ein mutiges, tapferes Geschöpf war, zitterte sie doch vor diesem Gedanken. Wenn die Komtesse nun gar eine Ahnung hätte von dem, was sie erkundet hatte? Sie sah sich furchtsam um, als drohe ihr ein schweres Unheil.

»Das ist der Fluch der bösen Tat, daß sie, fortzeugend, Böses muß gebären.« Auch Beate würde von einer bösen Tat zur anderen getrieben werden, wenn man es ihr nicht unmöglich machte. Jedenfalls war größte Vorsicht dringend geboten.

Lange ließ sie sich von einer solchen ängstlichen Stimmung nicht niederdrücken. Ich muß vorwärtsgehen auf dem einmal beschrittenen Weg, und ich will. Graf Harros Glück und Seelenruhe gelten mir mehr als alles andre – mehr als mein Leben, dachte sie.

Der Gedanke gab ihr Mut.

Sie ging zu Gilda hinunter. Diese war eben erwacht und streckte ihr die Arme entgegen.

»Guten Morgen, Griseldis!«

»Guten Morgen, mein Herzkind! Hast du gut geschlafen?«

»Ja, sehr gut.«

»Etwas Schönes geträumt?«

»Nein – gar nichts habe ich geträumt.«

»War dein Vater schon hier?«

»Nein, Griseldis, noch nicht.«

»Dann wollen wir uns eilen, daß du schnell fertig wirst.«

Als Graf Harro nach einer halben Stunde in das Zimmer seiner Tochter trat, kniete Griseldis gerade vor Gilda und band ihr eine breite lichtblaue Schärpe um das weiße Stickereikleidchen. Graf Harro sah mit stiller Freude auf diese beiden geliebten Wesen herab. War es denn unmöglich für ihn, Griseldis an sich zu binden fürs ganze Leben? Durfte er nicht reinen Herzens nach ihrer Hand fassen? War er nicht ein Tor, mit seinen heißen Wünschen still neben ihr zu gehen? Konnte er es nicht ihr überlassen, ob sie seine Frau werden wollte oder nicht?

Er rang mit sich, ob er seiner Liebe Worte geben sollte, ob er sie bitten sollte, seine Frau zu werden. Willigte sie ein, würde das Schicksal für ihn erträglicher werden, dann war sein Leben doch nicht ganz ohne Sonne.

Griseldis hatte sich aus ihrer knienden Stellung erhoben. Sie hob die Augen zu dem Grafen empor und sagte, ein wenig erregt, aber sich zur Ruhe zwingend:

»Ich möchte gern um eine Unterredung bitten, Herr Graf. Ich habe Ihnen eine Mitteilung zu machen. Aber es muß ohne Zeugen geschehen – und ich möchte nicht, daß es hier im Schloß geschieht.«

Er sah sie forschend an. Sie sah entschieden ein wenig bleich aus. »So geheimnisvoll, Fräulein von Ronach?«

»Herr Graf, ich möchte diese Unterredung als Geheimnis betrachtet wissen, das zwischen uns bleiben muß. Wollen Sie mir, bitte, sagen, wann und wo sie stattfinden kann?«

»Wollen Sie nicht in mein Arbeitszimmer kommen? Dann sorge ich dafür, daß uns niemand belauschen kann.«

»Nein – ich will nicht, daß jemand im Schloß ahnt, daß ich etwas Besonderes mit Ihnen zu besprechen habe. Ich habe schwerwiegende Gründe dafür.«

»So werde ich nachher in den Pavillon kommen. Gilda wird ja anders zu beschäftigen sein. Geht es so?«

»Ja – so geht es. Ich danke Ihnen.«

Gilda hatte inzwischen auf Griseldis' Geheiß ihre Schulbücher zusammengelegt. Nun gingen sie alle drei zum Frühstück hinunter. Die Komtesse stand schon wartend am Frühstückstisch und sah ihnen mit flackernden Augen entgegen. Das Frühstück wurde von den drei Erwachsenen schweigsam eingenommen. Jeder hing seinen Gedanken nach. Nur Gilda plauderte vergnügt und mußte zuweilen Antwort haben.

Gleich nach dem Frühstück ging Griseldis mit Gilda, wie gewöhnlich, in den Park hinaus, zum Unterricht.

Griseldis mußte sich heute sehr zusammennehmen, sah immer wieder unruhig nach dem Schloß hinüber, ob Graf Harro noch nicht kam.

Endlich sah sie seine hohe Gestalt zwischen den Bäumen auftauchen.

Sie schloß sofort, etwas frühzeitig, den Unterricht, und Gilda lief dem Vater entgegen. Sie legte mit bebenden Händen die Bücher zusammen, und dann stand Graf Harro vor ihr.

»Die Unruhe hat mich hierhergetrieben. Ich habe mir Gedanken gemacht, was Sie mir wohl zu sagen haben werden. Sogar daran habe ich denken müssen, daß Sie um Ihre Entlassung bitten wollen«, sagte er sichtlich erregt und unruhig.

»Nein, Herr Graf. Es ist etwas anderes, was ich auf dem Herzen habe.«

Wenn Sie nur nicht fortwollen – dann ist alles gut«, stieß er hervor.

Sie erzitterte unter seinem heißen, flehenden Blick. Und dann wandte sie sich an Gilda.

»Wir wollen wieder Kränze flechten, Gilda. Du mußt Blumen pflücken, Herzkind – recht viele Blumen. Hier hast du ein Körbchen, da legst du sie hinein. Aber pflücke nur welche mit langen Stengeln, du kannst dir Zeit lassen.«

Gilda nickte vergnügt, nahm das Körbchen und sprang auf die Parkwiese hinüber. Sie war nun für lange Zeit beschäftigt.

Harro hatte sich Griseldis gegenüber an dem Tisch niedergelassen.

»So, Fräulein von Ronach, nun sind wir ohne Zeugen. Nun martern Sie mich nicht länger. Was haben Sie mir zu sagen? Ich weiß, daß Sie nicht grundlos um eine ungestörte Unterredung bitten. Sie müssen mir etwas Wichtiges zu sagen haben.«

Griseldis hatte auch ihren Platz wieder eingenommen. Der Tisch stand zwischen ihnen.

»Ehe ich spreche, bitte ich Sie, mir Ihr Ehrenwort zu geben, daß Sie über das, was jetzt geschehen wird, und über das, was ich Ihnen jetzt sagen werde, strengstes Stillschweigen bewahren werden, auch dann, wenn es Ihnen töricht oder unwichtig erscheint.«

»Sie haben mein Ehrenwort, sprechen Sie.«

Da sah sich Griseldis um, ob niemand in der Nähe war, nestelte das Kästchen mit dem Ring aus ihrem Kleid.

Sich wieder niederlassend, stellte sie das Kästchen geöffnet vor ihn hin, ohne ein Wort zu sagen.

»Der Schnurenring!« rief er erstaunt, den Ring aus dem Kästchen nehmend.

»Es ist also der Schnurenring! Derselbe, den Ihre

verstorbene Frau Gemahlin Komtesse Beate schenkte und den diese seit dem Todestag der Gräfin Alice vermißte und seither nicht wiedergefunden hat?«

»Ja, ja, er ist es gewiß.«

»Nun, Herr Graf, es ist auch genau derselbe Ring, den ich in meinem Traum sah, ohne ihn je vorher erblickt zu haben.«

»Niemand als Ihnen würde ich das glauben. Und wie kommen Sie zu diesem Ring?«

»Ich habe ihn gefunden.«

»Wo?«

»An einer Stelle, auf die ich in meinem Traum hingewiesen wurde. Ich möchte Ihnen aber diese Stelle noch verschweigen, weil ich schwerwiegende Gründe dafür habe.«

»Diese Gründe muß ich ehren, ohne sie zu kennen. Jedenfalls wird meine Base sehr froh sein, das originelle Schmuckstück wieder zu haben.«

Griseldis fuhr auf.

»Sie darf den Ring aber vorläufig nicht wiederbekommen, Herr Graf.«

»Nicht wiederbekommen?«

»Nein.«

»Aber warum nicht?«

»Das kann ich Ihnen heute noch nicht sagen. Aber – es muß sein!«

»Es muß sein?«

»Ja, Herr Graf. Ich bitte Sie, den Ring in eine sichere Verwahrung zu nehmen und ihn niemand sehen zu lassen.«

»Ich verstehe Sie nicht.«

»Das glaube ich Ihnen. Am liebsten hätte ich Ihnen den Fund verheimlicht. Aber er muß gut verwahrt werden, und ich selbst wollte ihn nicht behalten. Ein Zufall könnte es fügen, daß er bei mir gefunden würde und – dann könnte ich in den Verdacht der Fundunterschlagung kommen.«

»Aber, Fräulein von Ronach, wer sollte einen solchen Verdacht gegen Sie hegen?«

»Sie selbst wohl nicht, Herr Graf. Aber Sie haben es doch an sich selbst erfahren, wie leicht ein Unschuldiger in einen schlimmen Verdacht kommen kann. Deshalb übergebe ich Ihnen den Ring mit der Bitte, ihn gut zu verwahren.«

»Gut, das will ich tun«, sagte er und steckte den Ring sorglich zu sich.

»Und Sie vergessen nicht – niemand soll darum wissen – auch die Besitzerin des Ringes nicht.«

»Sie haben mein Ehrenwort. Aber wollen Sie mir nicht sagen, weshalb Sie das alles so geheimnisvoll behandeln?«

»Nein – jetzt noch nicht. In meinem Traum zeigte mir Ihre verstorbene Frau Gemahlin diesen Ring. Ich habe nie etwas auf Träume gegeben, aber so seltsam habe ich auch noch nie geträumt. Es zwang mich etwas, zu suchen. Und ich fand den Ring. Man sagt, die Seele eines Ermordeten kann nicht eher Ruhe finden, bis der Mörder seine Strafe erhalten hat. Ich fühle, daß ich eine Aufgabe zu vollenden habe, und diese Aufgabe ist noch nicht beendet.«

»Und was ist das für eine Aufgabe?«

Sie drückte die Hände ans Herz. Einen Augenblick zögerte sie noch.

»Ich will Ihre Unschuld an den Tag bringen, Herr Graf«, sagte sie mit verhaltener Stimme.

Ungläubig, aber mit einem zärtlichen Blick sah er sie an. Er beugte sich über den Tisch und faßte ihre Hand. »Das wird Ihnen nicht gelingen. Ich habe vergeblich alles versucht, Licht in das Dunkel zu bringen. Aber – sagen Sie mir – was treibt Sie dazu, sich um meine Unschuld zu bemühen?«

»Ich weiß es nicht – ich weiß nur, daß ich den Weg, den ich eingeschlagen habe, bis zu Ende gehen muß und daß er mich zum Ziel führen wird«, sagte sie leise, aber fest.

Da zog er ihre Hand zu sich heran. »Griseldis!« sagte er leise, mit bebender Zärtlichkeit.

Sie zuckte zusammen und wollte ihre Hand befreien.

»Nein – weichen Sie mir nicht aus, teure, liebe Griseldis! Ich habe lange mit mir gekämpft, ob ich Ihnen sagen darf, was in meinem Herzen für Sie lebt, was täglich tiefer und stärker wird und mein ganzes Sein erfüllt – so daß ich selbst mein Elend darüber vergesse. Aber heute morgen sagte ich: Wäre ich schuldig, ich wagte nicht so zu Ihnen zu sprechen. Aber meine Schuldlosigkeit gibt mir Mut. Ich liebe Sie, Griseldis, mit allen Fasern meines Seins. Wie ein leuchtender Sonnenstrahl kamen Sie in mein verfinstertes Dasein. Ihnen danke ich's, wenn ich dies Leben in Acht und Bann erträglich fand. Sie glaubten an mich und machten mich froh. Sie waren meinem Kind eine liebevolle

Erzieherin. Wollen Sie Gilda eine treue Mutter sein, Griseldis, wollen Sie Ihre liebe Hand in die meine legen? Ich würde es Ihnen danken mein Leben lang. Nicht jeder Frau würde ich unter solchen Umständen meine Bitte aussprechen. Aber Sie sind stark, klug, gütig und tapfer, Sie würden mit mir gehen durch Not und Tod – wenn Sie mich lieben. – Und ich habe in Ihren Augen gelesen, daß Sie es tun. Griseldis – liebe, teure Griseldis – habe ich mich getäuscht?«

Mit zitternder Glückseligkeit hatte Griseldis seinen heißen, erregten Worten gelauscht. Das Glück machte sie stumm. Sie konnte nicht reden. Nur ihre Augen sahen ihn an und schienen in sein Herz wie die liebe Sonne.

»Griseldis – antworten Sie mir nicht?« bat er mit Zärtlichkeit.

Da atmete sie tief auf und legte, vom Glück überwältigt, ihre Stirn auf seine Hand, die noch die ihre hielt, als sei es köstlich, da zu ruhen. So lag sie eine Weile still, mit geschlossenen Augen. Und dann richtete sie sich wieder auf und sah ihn mit unverhüllter Liebe an.

»Ich danke Ihnen – oh – ich danke Ihnen von Herzen, daß Sie mir das gesagt haben. Ich will nicht unwahr sein – will Ihnen frei gestehen, daß ich Sie liebe. Ihr Schicksal bewegte mich, ich kam freudig hierher, um Ihnen zu dienen. Und als ich Ihnen das erstemal gegenüberstand, da wußte ich, daß mein Schicksal besiegelt war, daß mein Leben nur noch den Wert hatte, den Sie ihm geben würden. Mein inniges Mitleid mit Ihrem Schicksal war nichts – als Liebe. Und mein ganzes Dasein gipfelte nur noch in dem Wunsch,

Ihnen zu dienen, Ihnen zu helfen mit all meinen Kräften. Es war wohl mein heißer, starker Wunsch, Ihre Unschuld an den Tag zu bringen, der den Himmel bewog, mir in meinem Traum einen Fingerzeig zu geben. – Aber ich darf und will nicht zulassen, daß Sie jetzt einen Schritt tun – den Sie vielleicht in Bälde nicht mehr tun würden. Jetzt sind Sie in einer niedergedrückten Stimmung, weil Sie einsam und zurückgezogen leben müssen. Aber wenn Sie zurückkehren in Ihre glänzenden Kreise, wenn Sie, der reiche Graf Treuenfels, wählen können unter den schönsten, glänzendsten Frauen, dann würden Sie vielleicht bereuen, daß Sie die arme Erzieherin Ihrer Tochter zur Frau gewählt haben. Und wenn ich das erkennen müßte, würde ich sehr – sehr unglücklich sein.«

Er beugte sich über ihre Hände und küßte sie mit leidenschaftlicher Zärtlichkeit.

»Meine Märchenprinzessin, willst du dich und mich mit solchen Torheiten quälen? Hörst du nicht, daß ich dich liebe – dich – dich allein. Es wird nie eine schönere und glänzendere Frau für mich geben. Vielleicht hat der Himmel nur all das Dunkle, Trübe über mich verhängt, damit mir dein Licht um so heller strahlt. Gib mir dein Jawort, Griseldis, erlöse den armen Froschkönig und mache ihn glücklich. Ich will es dir ewig danken.«

»Ja, ich will ihn erlösen, den armen Froschkönig, will ihn wieder zu einem schönen, stolzen Königssohn machen. Aber bitte, Sie sollen sich heute noch nicht binden, vielleicht gelingt es mir, Sie freizumachen aus Acht und Bann. Und wenn Sie dann noch als freier, stolzer Mann die Hand nach mir ausstrecken – dann – ach mein Gott – ich wüßte nicht, wie ich die Fülle meines Glückes dann fassen sollte.«

»Griseldis, warum willst du mich durch dein Zögern quälen?«

»Nicht quälen – davor behüte mich Gott. Sie sollen wissen, daß ich mich bedingungslos in Ihre Hand gebe. Nur bitte ich noch um eine kurze Frist.«

»Warum forderst du eine solche?«

»Weil – weil ich meine Aufgabe zuvor erfüllen möchte. Nur kurze Zeit warten Sie noch. Und – kein Mensch im Schloß darf ahnen, mit welchen Wünschen Sie an mich denken. Ich beschwöre Sie, das sorgfältig zu verbergen – vor allen Augen.«

Sie dachte dabei an Beate. Es war eine unerklärliche Angst in ihr, als müsse ihr etwas Schreckliches geschehen, wenn die Komtesse ahnte, daß der Graf sich um sie bewarb, und sie schauerte zusammen.

»Was ist dir, Griseldis?«

Sie lächelte schon wieder.

»Nichts – nichts – eine Torheit vielleicht. Ich fror im hellen Sonnenlicht. Aber bitte, erfüllen Sie meinen Wunsch.«

»Nun gut – wenn du mir versprichst, daß ich dich heute in vier Wochen meine Braut nennen darf.«

Ein weiches, träumerisches Lächeln, das ihn entzückte, lag auf ihrem Antlitz.

»Ja – ich verspreche es«, sagte sie leise.

»Griseldis«, stammelte er und sah zu ihr empor.

In demselben Augenblick zuckte sie schreckhaft zusammen. Mit verstörtem Gesicht sah sie nach einer

Gebüschgruppe und zog hastig ihre Hände aus den seinen.

»Mein Gott!« stieß sie fassungslos hervor. Er wandte sich hastig um und sah gerade noch eine hohe, schwarzgekleidete Frauengestalt hinter den Büschen verschwinden – Beate.

»Was ist dir, Griseldis?« fragte er.

»Komtesse Beate!« Sie erschauerte, weil die Augen der Komtesse soeben in tödlichem Haß mit einem furchtbaren Ausdruck auf ihr geruht hatten.

Im Augenblick erfaßte der Graf, daß Griseldis eine Ahnung haben mußte, daß die Komtesse ihn liebte. Deshalb wollte sie, daß niemand von seiner Liebe zu ihr erfuhr.

»Hat sie dich erschreckt, Griseldis?« fragte er weich.

»Komtesse Beate liebt Sie«, stammelte sie noch unter dem Eindruck des haßerfüllten Blickes, »sie hat gesehen, daß Sie mir die Hände küßten.«

»Ich kann ihr nicht helfen, Griseldis. Ich möchte sie schonen, soviel ich kann, und deshalb ist es wohl besser, sie verläßt Treuenfels. Ich werde dafür sorgen, daß sie auch fern von Treuenfels ein sorgloses Leben führen kann.«

Griseldis antwortete nicht. Ein Gefühl war in ihr, daß sie nun schnell handeln müsse, um ihre Aufgabe zu erfüllen.

Jetzt kam Gilda mit ihrem Körbchen zurück, das voller Blumen war. »Sieh, Griseldis – so eine Menge Blumen. Nun kannst du Kränze winden.«

Griseldis umschlang sie mit beiden Armen. Der

Graf fühlte beglückt, daß diese Zärtlichkeit auch ihm gelten sollte.

»Es ist besser, ich laufe jetzt eine Weile umher. Wenn ich länger bleibe, stehe ich nicht mehr für mich ein. Und die Ungeduld wird mich nun ruhelos umhertreiben. – Auf Wiedersehen, Gilda – ich lasse dich mit deiner schönen Prinzessin allein – beneidenswerte Gilda!«

»Bitte – noch auf ein Wort«, sagte sie leise.

»Was wünschen Sie, Fräulein Griseldis?«

Sie sah ihn an, daß er die Augen schließen mußte vor ihrem Zauber, um ruhig scheinen zu können.

»Ich möchte Sie bitten, mir zu gestatten, heute, vor Tisch noch, Ihr Arbeitszimmer zu betreten. Bitte, lassen Sie mich durch einen Diener rufen, mit dem Bemerken, daß Sie mir bezüglich Gildas Unterricht etwas zu sagen wünschen.«

»Ich wüßte nicht, was ich lieber tun würde«, sagte er und ging hastig, wie auf der Flucht vor sich selbst, davon. –

»Wir müssen jetzt weiterlernen, mein Herzkind. Nun komm an die Arbeit«, sagte sie.

Komtesse Beate hatte sich, etwas weiter entfernt, ins Gebüsch versteckt und hatte die ganze Szene beobachtet. Wie giftige Pfeile flogen ihre Blicke zu Griseldis hinüber, und wenn Blicke töten könnten, hätten es die ihren getan.

Griseldis hielt nun pflichtgetreu noch eine Unterrichtsstunde ab.

Komtesse Beate ging langsam ins Schloß zurück. Und auf ihrem Antlitz lag ein furchtbarer Ausdruck.

*

Als Griseldis nach einer Stunde mit Gilda das Schloß betrat, kam ihr der Diener Heinrich entgegen.

»Fräulein von Ronach, Sie möchten in das Arbeitszimmer des Herrn Grafen kommen. Er will wegen des Unterrichts der kleinen Komtesse mit Ihnen reden.«

»Ich komme sogleich. Geh inzwischen auf dein Zimmer, mein Herzkind, ich komme gleich zu dir.«

Griseldis betrat das Arbeitszimmer des Grafen. Er stand, ihrer harrend, am Fenster und kam nun schnell auf sie zu.

Sie sah ihn groß und ernst an.

»Ich bin nur hierhergekommen – weil es sein mußte. Bitte – zeigen Sie mir das Geheimfach Ihres Schreibtisches, in dem Sie das Giftfläschchen aufbewahrten. Es ist nicht müßige Neugier, die mich zu dieser Bitte treibt. Und – ein Geheimnis ist ja wohl dieses Fach nicht mehr seit der Verhandlung.«

»Nein. Aber selbst, wenn es noch eins wäre – für dich sollte es keines sein, Griseldis.«

Er trat an den Schreibtisch heran und drückte die verborgene Feder. Das Fach sprang auf, da lag das Fläschchen mit dem verwelkten Blumenkranz, den Griseldis für Harro gewunden hatte.

»Sieh – so viel Segen erwarte ich von diesem Kranz, den du mir gewunden hast, daß ich damit den Fluch zu bannen hoffe, der von diesem Fläschchen ausgegangen ist«, sagte er leise.

»So Gott will, soll es noch mehr wirken – bis alle

Schatten weichen. Darf ich das Fläschchen einmal in die Hand nehmen?«

»Ja – es ist ja vom Gerichtsmediziner von jeder Giftspur befreit worden.«

»War es ganz gefüllt mit dem tödlichen Gift?«

»Wie ich es kaufte, ja, ich sah es nicht mehr an, bis ich es den Herren vom Gericht auslieferte. Und da war es nur noch etwa zu zwei Dritteln angefüllt.«

»Also in der Zwischenzeit mußte jemand von dem Gift etwas entwendet haben?«

Er bejahte es.

»Und das Quantum, das fehlte, war genug, um einen Menschen zu töten?«

»Zwei Tropfen davon genügten, einen alten Jagdhund von mir schmerzlos zu töten. Sie können Komtesse Beate fragen, die dabei war, als ich das tat.«

»War das, bevor Sie der Gräfin das Fläschchen zeigten?«

»Ja, längere Zeit vorher.«

»Und – Sie glauben ja, daß Gräfin Alice Ihnen das Gift entwendete – wie glauben Sie wohl, ist sie hinter das Geheimnis gekommen, wo sich dieses Fach befindet?«

»Darüber habe ich lange nachgedacht und bin dann durch einen Zufall auf die Spur gekommen. Bitte, treten Sie ins Nebenzimmer, gehen Sie bis zur Eingangstür. Und nun sehen Sie in diesen Spiegel. Bitte, bleiben Sie so stehen und geben Sie acht, was Sie in dem Spiegel sehen.« Er hatte sie bei diesen Worten ins Nebenzimmer geführt und ging schnell in sein Arbeitszimmer, trat an seinen Schreibtisch, öffnete und schloß das Geheimfach und legte Kranz und Fläschchen wieder hinein. Das alles sah Griseldis deutlich im Spiegel. Und nun drehte er sich um und nickte Griseldis' Spiegelbild zu.

Sie kam schnell zu ihm herüber und war ganz blaß geworden. »Ja – man braucht nur da drüben an der Tür zu lauschen, wenn Sie dies Geheimfach öffneten, dann war das Geheimnis enthüllt.«

»Ja. Und das ist der einzige Vorwurf, den ich mir in der ganzen Angelegenheit machen kann, daß ich dies Geheimnis nicht vor Lauschern genügend geschützt habe. Meine Frau wollte es ergründen. Nachher habe ich das Fach bis zu ihrem Tod nicht mehr geöffnet. Ich habe Beate gefragt, ob meine Frau an jenem Abend nach mir das Zimmer verlassen habe, aber sie sagte mir, sie könne es mir nicht sagen. Aber möglich sei es schon.«

Oder Komtesse Beate hat das getan, dachte Griseldis.

Er sah sie lächelnd an. »Ist mein kleiner Sherlock Holmes nun befriedigt?«

Sie wußte, daß er ihre Bemühungen, Licht in das Dunkel zu bringen, nicht ernst nahm. Und das war ihr nur lieb. So wurde ihm die Aufregung erspart.

»Ja – ich bin befriedigt.«

Er nahm ihre Hand und küßte sie. »Nun geh, Griseldis – ich darf nicht allein mit dir sein.«

»Auf Wiedersehen bei Tisch«, sagte sie und ging schnell hinaus.

Ihre Gedanken arbeiteten fieberhaft, und weiter und weiter spann sie an dem Faden, dessen Enden sich bald zu einem Kreis zusammenfinden sollten, um den wahren Mörder der Gräfin Alice darin zu fangen.

Bei Tisch herrschte eine seltsame Stimmung. Niemand sprach mehr als einige höfliche Worte. Komtesse Beate saß mit schlaffen, fahlen Zügen da und starrte auf einen Fleck. Es krampfte Griseldis das Herz zusammen, als sie sich in die Seele dieser Frau hineindachte.

Gleich nachdem Gilda zu ihrem Mittagsschläfchen niedergelegt war, ging Griseldis hinunter in die Bibliothek. Das war ein großer Raum, in dem in halber Höhe eine Galerie herumlief. Die Wände waren bis oben hin mit Bücherregalen angefüllt. Von der Galerie aus konnte man auch zu den obersten Regalen reichen.

In der Mitte stand ein großer runder Tisch. An den Fenstern waren Klapptische angebracht.

Griseldis nahm aus dem ihr von Graf Harro bezeichneten Schrank die schwere, in Leder gebundene Chronik mit den dicken, vergilbten Blättern. Sie legte sie auf den runden Tisch und beugte sich darüber, ohne sich zu setzen.

Sie blätterte in dem Buch und überflog flüchtig die Seiten, die Aufzeichnungen reichten bis ins Jahr 1220 zurück.

Sie suchte den Namen des Grafen Hans Joachim von Treuenfels, des Erbauers des runden Turmes.

Und nach kurzem Suchen fand sie diesen Namen. Graf Hans Joachim von Treuenfels, geb. am 19. Oktober 1614, gest. am 13. Januar 1678. Griseldis las langsam durch, was Graf Hans Joachim selbst niedergeschrieben hatte, und stieß endlich auch auf die Stelle, wo von der Erbauung des Turmes die Rede war.

Er war tatsächlich gebaut worden, um den alchimistischen und astronomischen Studiens des Grafen Hans Joachim zu dienen. Deshalb sollte der Turm ganz isoliert liegen, ohne jede Verbindung mit dem Schloß. Darüber sei jedoch seine junge Gemahlin so gar traurig gewesen, daß es ihm das Herz erweicht habe. Und er habe zwei sinnreich konstruierte Schlupfwinkel in die dicke Mauern bauen lassen, mit Öffnungen hüben und drüben. Die haben es zugelassen, daß seine junge Gemahlin zwar nicht aus dem Schloß zu ihm habe gelangen können, aber durch welches er sich doch hätte mit ihr unterhalten können. Es hieß dann weiter in der Chronik: »Ach manch artig Küßlein ist anitzt durch dies Schlupfwinklein von mir mit meiner lieben Fraue ausgetauscht worden, obgleich dies ein beschwerlich küssen war, bei dem ich stehen mußte auf einem Schemel und mein Gemahl nur schwach umfahen kunnt. Dieweil das Schlupfwinklein, das ich anitzt beschreiben will –«

Hier war die Seite zu Ende. Griseldis blätterte mit atemlosen Interesse um.

Aber der Satz war auf der anderen Seite nicht beendet, und es war keine Rede mehr von dem runden Turm. Griseldis stutzte – las die letzten Worte wieder und wandte wieder um.

Da fehlt etwas, dachte sie, und zwar die Beschreibung der Schlupfwinkel. Sie drückte das Buch weit auseinander und sah tief zwischen die Seiten hinein. Und da entdeckte sie wirklich eine Spur. Hier war mit einem feinen Messerchen ein Blatt aus der Chronik herausgeschnitten worden.

Griseldis starrte auf das Buch hinab. Da hatte jemand die Beschreibung des Schlupfwinkels aus dem Buch entfernt. Waren es vielleicht dieselben Hände gewesen, die das Gift in den Wein der Gräfin träufelten?

Aber das wäre eine Unklugheit von Beate gewesen, einer von den kleinen Fehlern, die fast von allen Verbrechern begangen werden. Das Entfernen dieses Blattes war ein Beweis mehr für Griseldis, daß Beate wirklich die Täterin war. Sie hatte die Chronik vom Anfang bis zum Ende durchgelesen, sie hatte ein starkes Interesse daran gehabt, also – von den geheimen Wandschränken erfahren? Griseldis bog nochmals das Buch weit auseinander und sah scharf die Spur des abgetrennten Blattes. In diesem Augenblick wurde hastig die Tür geöffnet, und Beate trat ein. Griseldis erschrak so sehr, daß sie leise aufschrie.

Schnell trat die Komtesse heran, warf einen Blick auf die Chronik und sah dann mit starren, unheimlichen Augen in Griseldis' Gesicht.

»Wer hat Ihnen erlaubt, in dieser Chronik zu lesen?« fragte sie schroff und rauh.

»Der Herr Graf«, erwiderte Griseldis, sich mit aller Macht zur Ruhe zwingend. Die Augen der Komtesse glühten wie im Wahnsinn.

»Der Herr Graf – soso – der Herr Graf? Finden Sie nicht, daß er Ihnen ein wenig viel gestattet? Freilich – wie will er taktlose Aufdringlichkeiten abwehren? Sie interessieren sich wohl ungemein für die Geschichte dieses Hauses? Nun – dies Interesse ist ein taktloser Übergriff von Ihnen. Die Chronik der Grafen von Treuenfels darf nur Familienmitglieder interessieren, und mein Vetter sollte niemand Einblick darin gestatten ohne meine Erlaubnis – denn ich bin auch eine Treuenfels.«

»Dann muß ich um Verzeihung bitten. Da Sie es nicht wünschen, werde ich selbstverständlich nicht weiter in die Chronik Einsicht nehmen. Ich wollte eben erst beginnen«, sagte sie, so ruhig sie konnte.

»Ich werde jedenfalls erst mit meinem Vetter über diese Angelegenheit sprechen, und bis das geschehen ist, werde ich das Buch unter Verschluß nehmen.«

Damit ergriff Komtesse Beate das aufgeschlagene Buch. Und als sie merkte, an welcher Stelle das Buch aufgeschlagen war, erschien ein grauenerregender Ausdruck auf ihrem Gesicht.

Vor diesem Ausdruck ergriff Griseldis in jäher Angst die Flucht. Die Komtesse machte auch eine Bewegung, als wolle sie das schwere Buch nach Griseldis schleudern, aber diese war schon entflohen.

Die Komtesse sank kraftlos in einen Sessel, das schwere Buch fiel zur Erde. Sie sah starr darauf nieder. Endlich raffte er sich auf. Sie hob das Buch empor und schloß es in den Schrank ein. Aber als sie zuschloß, sagte sie laut vor sich hin: »Es nützt ja doch nichts mehr.«

Und auf ihrem Antlitz lag eine starre Ruhe und eine unheimliche Entschlossenheit.

Seit heute morgen hatte sie Gewißheit, daß ihr Vetter Griseldis von Ronach liebte. Und die Gewißheit machte ihren Haß zu einem tödlichen, der vor nichts zurückschreckte.

Geraden Weges begab sie sich zu Graf Harro. Er hatte ihr gesagt, daß er sie erwarte, weil er etwas mit ihr zu besprechen habe. Er wußte, daß er jetzt eine sehr unangenehme Szene vor sich hatte.

»Du wünschest mich zu sprechen, Harro?«

»Ja, Beate. Bitte, setz dich. Du siehst sehr leidend aus.«

»Laß das – reden wir nicht davon.«

»Doch, Beate. Ich bin in ernstlicher Sorge um dich. Deshalb will ich dir einen Vorschlag machen. Der Aufenthalt in Treuenfels tut dir nicht gut. Deshalb will ich dir helfen, ihn mit einem anderen zu vertauschen. Du sollst dir, wo es dir gefällt, eine neue Heimat schaffen. Ich werde dir gern eine größere Summe zu diesem Zweck anweisen und dir eine angemessene jährliche Rente auszahlen lassen.«

»Du – du schickst mich fort – fort von Treuenfels?« brach es wie ein Stöhnen aus ihrer Brust.

»Es ist besser, du gehst, Beate; für dich und für mich. Es ist mir eine Qual mehr, dich leiden zu sehen.«

Da sank sie plötzlich aus ihrem Sessel heraus vor seine Füße und grub ihr zuckendes Gesicht in seine Hand.

»Harro – Harro – hab Erbarmen – ich – ich liebe dich – und ich vergehe an dieser Liebe.«

Er hob sie auf und machte sich sanft, aber energisch los, als sie sich an ihn klammern wollte.

»Ich habe es geahnt, Beate, und habe dich tief

bedauert. Aber gerade deshalb ist es nötig, daß du gehst. Arme Beate – geh jetzt auf dein Zimmer, beruhige dich und überlege dir meine Worte. Und wenn du dann eine Entscheidung getroffen hast, laß es mich wissen.«

Sie richtete sich empor und sah ihn an, wie der zum Tod Verurteilte seinen Henker. Ihre Lippen bewegten sich, als wolle sie noch etwas sagen. Und endlich wandte sie sich ab und ging hinaus, ohne ein weiteres Wort.

Starr geradeaus blickend ging sie in ihre Zimmer und stöhnte auf wie ein verwundetes Tier.

So lag sie eine Weile, bis das Öffnen und Schließen einer Tür an ihr Ohr drang. Das war die Tür, die zu Griseldis' Zimmer führte.

Beate hörte einen leichten Schritt an ihrer Tür vorübereilen. Es war Griseldis' Schritt. Sie kannte ihn.

Wie ein Tier kroch sie auf die Tür zu. Leise öffnete sie die Tür und spähte hinaus. Da sah sie Griseldis gerade noch auf der Treppe verschwinden.

Sie trat an das Fenster. Da unten ging sie, die blonde Hexe. Sie ging nach dem Turm hinüber. Was hatte sie immer wieder dort zu suchen? Auf dem Söller war sie selten zu sehen.

»Spioniert sie mir nach? Sie soll nicht über mich triumphieren.«

Als Griseldis im Turm verschwand, raffte sich Beate auf und folgte ihr.

*

Griseldis war, als sie die Bibliothek verließ, erst in ihre Zimmer geeilt. Die Furcht vor Beate war so stark in ihrer Seele, daß sie das Grauen schüttelte. Und sie hatte das Gefühl, als müsse sie sich beeilen, mit ihrer Mission zu Ende zu kommen, damit sie sich dann in Graf Harros Schutz flüchten konnte. Sehnsucht war in ihr, in seinen Armen zu ruhen und sich von ihm beschützen und behüten zu lassen. – Ein wahres, volles Glück konnte sie dem geliebten Mann nur bringen, wenn er als freier Mann neben ihr schreiten konnte. Und deshalb mußte sie erst ihr Werk zu Ende führen.

War Beate wirklich, wie sie nicht mehr zweifeln konnte, die Mörderin der Gräfin Alice, so hatte sie auch Verdacht geschöpft, daß sie ihr nachspürte. Das bewies Beates Verhalten in der Bibliothek. Würde die Komtesse nun nicht alles tun, um sie unschädlich zu machen? Griseldis überlegte, ob sie nicht doch gleich zu Graf Harro gehen und ihm alles sagen sollte, damit er selber die Spur weiterverfolgen konnte.

Aber wenn sie einem Wahngebilde nachstrebte, wenn sie sich in ihrer Sucht, Harros Unschuld zu beweisen, in falsche Vermutungen verrannte? Noch hatte sie ja keinen eklatanten Beweis für die Schuld der Komtesse.

Oder war der Ring im Wandschrank Beweis genug? Sie wurde selbst wieder irre.

Und es trieb sie auch hinüber in den Turm. Sie wollte feststellen, ob es möglich war, daß man, wenn man auf einem Stuhl stand, in dem Hohlraum bis an die Tür zu dem Wandschrank gelangen, diesen öffnen und mit den Händen in das Zimmer der Gräfin reichen konnte. Hatte sie darüber Gewißheit, wollte sie doch lieber Graf Harro alles sagen und gemeinsam mit ihm weiter nachforschen.

Sie steckte die Taschenlampe zu sich und eilte hinaus.

Viel Zeit hatte sie nicht mehr, denn Gilda würde bald erwachen. Doch brauchte sie ja auch nicht lange Zeit. In einer Viertelstunde konnte sie ihre Nachforschungen beendet haben.

Niemand begegnete ihr auf ihrem Weg. Die Dienerschaft war unten im Erdgeschoß, und Graf Harro und die Komtesse waren auf ihren Zimmern.

Als sie am Turm anlangte, sah sie sich noch einmal vorsichtig um. Es war ringsum alles still und menschenleer. Schnell schloß sie die Tür auf und lehnte sie hinter sich an, damit sie durch ihr weites Offenstehen nicht verriet, daß sie im Turm war.

Mit einem sicheren Griff fand sie jetzt den gezeichneten Delphin. Griseldis trat in den Hohlraum. Sie wollte erst den Boden des Wandschrankes herunterklappen, ehe sie einen Stuhl hineinstellte, auf den sie steigen konnte. Sie leuchtete mit ihrer Taschenlampe empor, um das Schnappschloß zu finden. Und als die Klappe herniederfiel, ließ sie die Arme sinken und wollte nun aus dem Hohlraum ins Zimmer treten, um einen Stuhl zu holen. In demselben Augenblick sah sie plötzlich Beate durch das Zimmer auf sich zueilen, mit verzerrtem Gesicht und wahnsinnig glühenden Augen. Mit einem leisen Angstschrei wich Griseldis vor ihr zurück, in den Hohlraum hinein. Da warf die

Komtesse mit aller Kraft die schwere, gefüllte Doppeltür ins Schloß – Griseldis war in dem engen Hohlraum gefangen.

Mit haßerfüllten Augen und einem fast irrsinnigen Lachen schlug die Komtesse noch mit der Faust an die Tür. »Nun wirst du Ruhe geben, blonde Hexe, nun spioniere weiter. Jetzt sind wir quitt« –, knirschte sie zwischen den Zähnen hervor, dann schlich sie aus dem Turmzimmer und die Treppe hinunter. Vorsichtig lugte sie erst durch die angelehnte Tür des Turmes. Niemand hatte sie vorher bemerkt, und niemand bemerkte sie jetzt, als sie aus dem Turm trat und diesen abschloß. Den Schlüssel warf sie in weitem Bogen in die dichten Ginsterbüsche. Dort mochte er liegen bis zum jüngsten Tag. Mit starrer Ruhe ging sie auf einem Umweg zum Schloß zurück.

Sie begab sich auf ihr Zimmer. Dort klingelte sie nach ihrer Dienerin. Als diese erschien, sagte sie mit einer unnatürlich ruhigen Stimme:

»Ich fühle mich nicht wohl und möchte zu Bett gehen. Niemand soll mich stören. Ich hoffe, eine lange Ruhe wird mir guttun. Vor morgen früh brauchen Sie mich nicht zu wecken, falls ich schlafen kann. Melden Sie dem Herrn Grafen, daß er mich erst morgen früh wiedersehen wird. Wecken Sie Henriette. Sie soll Komtesse Gilda ankleiden, wenn diese ausgeschlafen hat. Fräulein von Ronach hat sich bei mir beurlaubt – ich glaube, sie ist nach Dalheim hinübergegangen und wird vor dem Abendessen nicht zurückkommen. Sagen Sie auch das dem Herrn Grafen – aber nur, wenn er nach Fräulein von Ronach fragt.«

Die Dienerin entfernte sich und dachte bei sich, die Komtesse müsse wohl ernstlich krank sein. Sie sah jammervoll elend aus und schien sich kaum aufrechthalten zu können.

Als sie allein war, schloß sie das Zimmer ab. Dann trat sie an ihren Schreibtisch. Aus dem Ausschnitt ihres Kleides nestelte sie eine silberne Kette. An dieser hing ein Schlüsselchen. Damit öffnete sie eine kleine Bronzekassette, die sie aus ihrem Schreibtisch nahm. Es waren Schmucksachen darin, und unter diesen holte sie ein kleines Kästchen hervor.

Als sie dies öffnete, erschien, in Watte eingebettet, ein winziges Kristallfläschchen. Es enthielt nur ganz wenig von einer fast wasserhellen Flüssigkeit. Die Zähne schlugen ihr wie im Frost aufeinander. Und dann lauschte sie. War nichts zu hören – schrie da nicht jemand in höchster Not? Nein – nein – nichts – alles blieb still. Die Mauern waren so dick – und die Tür so stark und schalldämpfend gefüllt. Nein – da drang kein Laut heraus – kein Laut.

Sie setzte das Fläschchen vor sich hin auf den Schreibtisch.

»Genug, ein Dutzend Menschen zu töten – übergenug für mich.«

Und dann sank sie wie kraftlos in den Sessel vor dem Schreibtisch. Mit matten Händen zog sie die Nadeln aus ihrem Haar. Wie schwarze Schlangen ringelten sich die glatten Flechten über ihre Schultern. Sie faßte sie und sah wie im Haß darauf nieder. »Schwarz und straff – und häßlich. Er liebte das goldene Haar – und sie trug einen Blumenkranz in ihren blonden Locken. Mag sie verderben.«

Alles blieb still. Da griff sie hastig nach der Feder und begann zu schreiben, schnell und fließend, ohne abzusetzen. Und als sie fertig war, schüttete sie den Inhalt des Fläschchens in ein Wasserglas.

Mit bebender Hand faßte sie nach der Fotografie des Grafen Harro und sah mit unbeschreiblichem Ausdruck darauf nieder. Sie hob die Hand mit dem Glas und trank es leer in einem Zug.

»Ich liebe dich, Harro – ich liebe dich namenlos, Harro – Harro! Hörst du sie rufen – die blonde Hexe – Harro!«

Sie taumelte empor, das Bild fest an ihre Brust gedrückt. Wieder lauschte sie hinaus. Ein Grauen trat in ihre Augen. »Harro! Harro! Rette sie, rette sie – ich kann nicht mehr. – Vater im Himmel – vergib uns unsere Schuld.«

Sie wollte zur Tür, in zu später Reue, aber sie kam nicht mehr so weit. Mit einem Aufstöhnen sank sie tot zu Boden. Das Bild des Grafen Harro hielt sie fest in ihrer Hand. Diese löste sich auch im Tod nicht davon.

Und alles blieb still und ruhig im Schloß. Niemand ahnte, daß ein verbrecherisches Leben verlöscht war und daß ein schuldloses Geschöpf in Angst und Verzweiflung in einem engen, dunklen Gefängnis gegen die Vernichtung rang.

*

Harro hatte nach seiner Unterredung mit Beate sein Pferd satteln lassen und war hinaus auf die Felder geritten. Er kam zur Teestunde wieder nach Hause. In der Halle kam ihm sein Töchterchen betrübt entgegen.

»Ach, Papa, endlich bist du wenigstens da. Ich bin so allein.«

Er nahm sie auf den Arm und küßte sie.

»Allein, Gilda? Ist denn Fräulein von Ronach nicht bei dir?«

»Nein, Papa. Sie ist fort.«

Graf Harro sah sich nach Henriette um.

»Was soll das heißen, Henriette? Wo ist denn Fräulein von Ronach?«

»Wahrscheinlich ist sie nach Dalheim hinüber. Berta hat es mir gesagt.«

Harro tröstete sein Töchterchen. Er konnte freilich nicht verstehen, daß Griseldis nicht zugegen war. Was sollte sie denn in Dalheim?

»Schicken Sie mir Berta, Henriette, ich will sie selbst fragen.«

Er ging mit Gilda ins Teezimmer, gleich darauf trat Berta ein.

»Was hat Ihnen Fräulein von Ronach aufgetragen, als sie fortging?«

»Ich habe Fräulein von Ronach nicht selbst gesehen, Herr Graf. Das hat mir Komtesse Beate gesagt.«

»Komtesse Beate?«

»Ja. Ich soll dem Herrn Grafen melden, daß Fräulein von Ronach sich bis zum Abend beurlaubt hat, um nach Dalheim hinüberzugehen.«

Berta berichtete außerdem, daß sich Komtesse Beate niedergelegt habe, weil sie sich sehr krank gefühlt habe und daß sie bis zum nächsten Morgen nicht gestört sein wollte.

Das beunruhigte ihn aber viel weniger, als daß Griseldis nicht da war.

»Es ist gut, Sie können gehen.«

Gilda jammerte nach Griseldis, und er hätte am liebsten mit eingestimmt. Es wollte ihm gar nicht gefallen, daß Griseldis nicht da war. Er fühlte, wie leer und inhaltslos sein Leben ohne sie war.

Er zerbrach sich den Kopf, weshalb sie sich entfernt hatte, ohne ihn zu benachrichtigen.

Nach dem Tee übergab er Gilda an Henriette und versuchte zu arbeiten. Aber es hielt ihn nicht am Schreibtisch. Er sprang wieder auf.

Ich werde doch lieber nach Dalheim hinüberreiten, dachte er und ließ sich sein Pferd wieder vorführen.

Voll Unruhe spähte er umher, als er durch den Wald nach Dalheim ritt. Aber Griseldis begegnete ihm nicht.

Er ritt dicht bis an das Dalheimer Herrenhaus heran, wollte es aber nicht betreten. Und endlich sah er zu seiner Erleichterung Baron Dalheim aus dem Portal treten. Da ließ Graf Harro einen Pfiff ertönen, den der Baron erkannte.

Dieser blieb sofort stehen, Harro winkte ihm zu.

»Harro – du. Also endlich hast du dich überwunden und kommst zu uns?«

»Ich kam nicht, um euch zu besuchen. Mich führt nur der Wunsch hierher, von dir zu erfahren, ob

Fräulein von Ronach im Laufe des Nachmittags in Dalheim war.«

Der Baron schüttelte den Kopf.

»Nein, Harro, sie ist nicht hier gewesen. Was sollte sie auch hier?«

»Mir wurde gemeldet, daß sie nach Dalheim gegangen wäre. Es erschien mir sonderbar, da sie sich sonst ohne meine Erlaubnis nicht aus Treuenfels entfernt. Und daß sie zu Fuß den weiten Weg machen würde, da sie doch den Wagen haben konnte, erschien mir auch seltsam. Ich will dir auch ganz offen anvertrauen, wie die Dinge liegen, Fritz. Fräulein von Ronach ist von dem Wunsch und dem Glauben beseelt, meine Unschuld an den Tag zu bringen. Sie scheint irgend etwas vorzuhaben zu diesem Zweck, was sie mir aber nicht anvertrauen will. Ihr Eifer ist rührend, aber sie wird auch nichts ergründen. Das wird dir aber meine unruhige Sorge noch nicht erklären. Deshalb sollst du wissen, daß ich sie liebe und daß ich nach langem Kämpfen mit mir selbst den Mut faßte, sie um ihre Hand zu bitten. Ich dachte nun, sie sei nach Dalheim gegangen, um dich einem kleinen Verhör zu unterziehen, denn sie ließ sich heute von mir das Geheimfach in meinem Schreibtisch zeigen und fragte mich einiges über den Abend, da ich dir das Giftfläschchen zeigte.«

»Nun verstehe ich dich, Harro. Sie gab Dalheim wohl nur zum Schein als ihr Ziel an.«

»Das scheint mir nun auch so. Und es macht meine Unruhe noch größer. Ich habe das bestimmte ängstliche Gefühl, als ließe sie sich auf irgendwelche gefahrvollen Dinge ein.«

»Du brauchst dich sicher nicht zu sorgen. Ich glaube, sie weiß ganz genau, was sie will. Und wer weiß, ob es ihr nicht wirklich gelingt, deine Unschuld an den Tag zu bringen. Vielleicht ist sie jetzt längst wieder nach Treuenfels zurückgekehrt.«

Der Graf reichte ihm die Hand.

»Nun will ich aber schnell heimreiten.«

»Tue das. Und morgen früh komme ich hinüber. Leb wohl bis dahin.«

In großer Eile ritt Graf Harro nach Treuenfels zurück.

Zu Hause angelangt, sprang er vom Pferd. Seine erste Frage galt Fräulein von Ronach. Aber niemand hatte sie gesehen.

Nirgends fand er eine Spur von ihr. Die Unruhe in ihm wurde immer stärker.

Und in seiner Sorge eilte er schließlich zu Beate. Gern störte er sie nicht, weil er sich sagte, daß sie jetzt schwere Stunden zu durchleben hatte.

Er klopfte an die Tür zu den Zimmern der Komtesse. Beate schien fest zu schlafen. Oder wollte sie ihm nur nicht öffnen, um ihn nicht zu sehen?

So ging er wieder hinunter.

Er traf Berta und befahl ihr, in Fräulein von Ronachs Zimmer nachzusehen, ob sie vielleicht ein Schreiben hinterlassen habe.

Berta eilte in Griseldis' Zimmer und berichtete anschließend dem Grafen: »Fräulein von Ronach kann das Haus nicht in der Absicht verlassen haben, weit fortzugehen, sie hat nicht einmal einen Hut aufgesetzt oder einen Mantel umgenommen. Ihre Sachen sind alle noch da.«

Unwillkürlich atmete der Graf auf.

Aber die Erleichterung hielt nicht lange an. Wo war Griseldis?

Er zermarterte sich den Kopf. Und da fiel ihm der Turm ein. War sie vielleicht dort – war ihr da ein Unfall zugestoßen? Sie konnte auf der Treppe gestürzt sein und lag nun vielleicht hilflos und verlassen im Treppenhaus.

Wie er ging und stand, rannte er zum Turm hinüber. Aber er fand die Tür verschlossen. Also war sie nicht im Turm.

So ging er ins Schloß zurück.

Er machte nun die ganze Dienerschaft rebellisch. Die Dunkelheit war inzwischen herabgesunken. Die Diener mußten sich mit Fackeln und Laternen ausrüsten und sollten den Park und den Wald absuchen. Er selbst schloß sich ihnen an. Es war ihm zur Gewißheit geworden, daß Griseldis etwas zugestoßen war, und seine Unruhe steigerte sich bis zur Verzweiflung.

Stundenlang suchte man den Wald nach Griseldis ab, ohne eine Spur von ihr zu finden. Harro kam mit den Dienern kurz vor Mitternacht zurück. Er sah zum Erbarmen blaß und elend aus. Verzweifelt warf er sich in seinem Zimmer auf einen Sessel.

»Wie ein Fluch lastet es auf mir – ich soll nicht glücklich sein«, stöhnte er und barg sein Gesicht in den Händen. »Griseldis, wo bist du, Griseldis, was ist mit dir geschehen?«

Er wußte nicht mehr, was er glauben und fürchten sollte.

Nochmals ging er vor Beates Zimmer. Vielleicht

konnte er doch von ihr irgendeinen Anhalt bekommen. Aber auf all sein Klopfen erfolgte keine Antwort.

Als er wieder hinunterkam, schlug es gerade Mitternacht. Und da kam ihm auf der Treppe sein Kammerdiener Grollmann entgegen. Er sah blaß aus.

»Bitte, wollen der Herr Graf einmal mit mir gehen«, sagte er erregt.

»Was gibt es, Grollmann?« fragte er erschrocken.

Grollmann zuckte die Achseln. »Vielleicht ist es nur eine Torheit von mir, Herr Graf. – Als wir von der Suche nach Fräulein von Ronach heimkehrten, ging ich mit Heinrich in dessen Zimmer. Wir wollten noch zusammen etwas essen, weil wir heute noch kein Abendbrot hatten. Kaum hatten wir uns niedergesetzt, da vernahmen wir ein Klopfen, ein ganz seltsames Klopfen, immer dreimal hintereinander, dann eine Pause und dann wieder dreimal. Heinrichs Zimmer liegt unten im Erdgeschoß, unter dem Schlafzimmer der hochseligen Gräfin Alice. Und das Klopfen kam entschieden aus der anstoßenden Turmwand. Heinrich und ich gingen nun in den darüberliegenden Raum. Es ist die Silberkammer. Dort hörten wir das Klopfen noch deutlicher. Und nun ist mir der Gedanke gekommen, ob Fräulein von Ronach am Ende gar in den Zimmern der hochseligen Gräfin Alice eingeschlossen ist.«

Graf Harro lauschte voll Unruhe seinem Bericht. Nun schüttelte er den Kopf.

»Diese Zimmer sind ja verschlossen, Grollmann.«

»Das habe ich mich auch schon gefragt, aber immerhin – man könnte doch einmal nachsehen. Wenn der

Herr Graf selbst einmal mit in die Silberkammer kommen wollten, um das Klopfen zu hören.«

Graf Harro ging sogleich mit ihm.

Heinrich stand noch lauschend in der Silberkammer.

»Es klopft noch immer«, sagte er.

Und da hörte auch der Graf das seltsame Klopfen. Es kam entschieden aus der Wand, die an den Turm stieß. Der Graf legte sein Ohr an die Wand. Da klopfte es wieder, dreimal – eine Pause – und wieder dreimal. Es war ein Klopfen, als wenn man mit einem harten Gegenstand an eine Holzwand klopfte. Unwillkürlich ergriff er in Ermangelung eines andern Gegenstandes einen hölzernen Schemel und klopfte laut, genau in derselben Art, dreimal – Pause – dreimal – an die Wand.

Sogleich ertönte Antwort – etwas hastiger und lauter als vorher. Graf Harro und die beiden Diener sahen sich bestürzt an. Dann klopfte der Graf wieder, aber diesmal viermal – Pause – viermal. Und wie ein Echo kam es aus der Wand zurück. Nun klopfte der Graf zweimal – Pause – zweimal – in gleicher Weise gab der Klopfgeist Antwort.

Da richtete sich der Graf empor.

»Heinrich – Sie bleiben hier und geben immerfort diese Signale. Ich gehe mit Grollmann hinauf in die Zimmer der Gräfin. Diesem rätselhaften Klopfen müssen wir auf die Spur kommen«, sagte er blaß und erregt.

Und er eilte hinaus, holte die Schlüssel aus seinem Zimmer, dann öffnete er die Zimmer der Gräfin Alice.

*

Als Beate Griseldis durch das schnelle Zuwerfen der Tür in den dunklen Hohlraum eingesperrt hatte, schrie diese vor Entsetzen laut auf. Sie wußte sofort, daß dies ein Anschlag auf ihr Leben war. Das hatten ihr die wie im Irrsinn funkelnden Augen der Komtesse gesagt. Und sie wußte, daß die starke Tür, die zwischen einer hölzernen und einer eisernen Wand eine schalldämpfende Füllung hatte, von innen nicht geöffnet werden konnte.

Griseldis sagte sich, daß die Komtesse sie hier in diesem Hohlraum dem Erstickungstod oder dem Verhungern preisgeben wollte. Sie war stets ein mutiges, unverzagtes Geschöpf gewesen, aber diese Erkenntnis ließ ihr doch das Blut in den Adern gerinnen. Sie schauderte in einer furchtbaren Angst zusammen. Von der Komtesse konnte sie keine Gnade erwarten.

Griseldis mußte sich also klarmachen, daß sie vernichtet werden sollte. Sie wußte, daß nur ein Wunder sie retten konnte. Niemand würde ihr Schreien und Jammern hören. Kein Laut drang aus ihrem Gefängnis hinaus, um von ihrer Not Kunde zu geben. Beate würde den Turm abschließen. Dann suchte sie niemand hier. Und drüben befanden sich die ebenfalls verschlossenen Zimmer der Gräfin. Da konnte sie also auch keine Hilfe herbeirufen.

Als sie den ersten furchtbaren Schock überwunden hatte, zergrübelte sie sich den Kopf nach einem Rettungsweg. Aber nichts wollte ihr einfallen. Sie bekam Kopfweh von allem Denken in dem dunklen, engen Raum.

Ich muß die Tür zum Wandschrank zu öffnen suchen, daß ich nicht ersticke, dachte sie. Aber leider hatte sie keinen Sessel in den Hohlraum getragen. Und so kam sie nicht bis an das Schloß heran, daß sie es öffnen konnte. Sosehr sie sich auch mühte, an der glatten Holzwand emporzuklettern – immer wieder glitt sie herab. Und nun meinte sie schon Atembeklemmungen zu spüren. Zum Glück war der Raum ziemlich hoch, so daß die Luft darin nicht gar zu schnell verbraucht wurde. Aber sie konnte ihre Gedanken nicht sammeln. Sie rief laut um Hilfe – rief den Namen des Geliebten, als müsse ihn das herbeirufen, bis sie ganz heiser wurde. Aber niemand hörte sie. Unheimlich still und dunkel war es um sie her.

Schließlich sank sie, kraftlos vor Angst und Erregung, in sich zusammen. Und da fühlte sie plötzlich ihre Taschenlampe. Ach – Gott sei Dank – so konnte sie doch ihr Elend beleuchten.

Sie drückte auf den Knopf und stellte die Lampe ein. Da wurde es hell in ihrem Gefängnis. Sie beleuchtete die Wände ringsum und erhob sich wieder, um nochmals zu versuchen, das Schloß der Wandschranktür zu erreichen.

Aber es gelang ihr nicht.

Da sank sie wieder zusammen und schloß die Augen. Das Atmen schien ihr schwerer und schwerer zu werden. Sie dachte an Harro – an Gilda – an Tante Agnes und Mutter Anna, an Sarnows – und an all die freundlichen Stiftsweiblein. Und sie nahm im Geiste

Abschied von ihnen und sagte jedem noch etwas Liebes. Dann fiel ihr ein, daß nun vielleicht Harros Unschuld nie an den Tag kommen würde. Das weckte ihre Lebensgeister wieder auf.

Nein – nicht sterben – nicht sterben! Sie war noch so jung, und das Leben war so schön. Man mußte sie doch längst vermißt haben. Forschte man nach ihr?

Und Harro? Wie er angstvoll nach ihr suchen würde. Sie sah sein Antlitz vor sich, bleich und kummervoll. Ach, wie sie ihn liebte, wie es ihre Qual vermehrte, ihm Schmerz bereiten zu müssen. Sie streckte sehnsüchtig die Arme aus und flüsterte zärtliche Worte. Und schwere Tränen rannen über ihr Antlitz.

Sie faltete die Hände in inbrünstigem Gebet.

»Vater im Himmel – dein Wille geschehe. Aber schütze ihn vor schlimmerem Leid, als er schon zu tragen hat. Hilf mir – hilf mir hinaus – in deine liebe Sonne – Vater im Himmel – hilf mir, um seinetwillen.«

Und als sie die Hände wieder sinken ließ, berührte sie wieder die Taschenlampe. Sie hatte ein festes metallenes Gehäuse. Und plötzlich kam Griseldis ein Einfall. Wenn sie mit der Lampe an die Holzwand klopfte? Freilich, die Wände des Schlosses waren stark und die des Turmes auch. Aber trotzdem – das Klopfen würde man eher hören als ihr Rufen.

Und sie klopfte mit dem Gehäuse der Lampe an die Holzwand. Es klang hohl und schaurig. Atemlos lauschte sie. Aber die lastende Stille um sie her wurde durch nichts unterbrochen. Sie sprach laut vor sich hin, um nur etwas zu hören. Sie glaubte, taub zu sein, so still war es um sie her.

Wieder klopfte sie an die Holzwand. Wieder lauschte sie vergeblich. Einige Stunden konnten doch wohl schon vorüber sein, seit sie gefangen war.

Wieder klopfte sie und lauschte. Und da es ihr als einzige Möglichkeit erschien, schließlich doch Hilfe herbeizurufen, so klopfte sie in regelmäßigen Zwischenräumen immer wieder. Alle ihre Glieder schmerzten in der unbequemen Lage, in der sie sich befand.

Und als sie schon alle Hoffnung aufgegeben hatte und nur noch mechanisch ihr Klopfzeichen gab, vernahm sie mit einemmal ein leises Klopfen, genau in ihrem eigenen Tempo. Es war der erste Laut, der in ihr Gefängnis drang.

»Harro!« rief sie, wie neu belebt, als wisse sie, daß von ihm dies erste tröstliche Zeichen kam.

Und nun klopfte sie wieder und lauschte. Ja, da kam wieder Antwort.

»Vater im Himmel! Vater im Himmel!«

Sie gab Zeichen um Zeichen und antwortete immer im gleichen Tempo. Ach, wie tröstlich war dies schwache Geräusch, das in ihren furchtbaren Kerker drang. Wenn es nur um Gottes willen nicht wieder verstummte, wenn die lastende Stille nicht wieder eintrat.

Alle ihre Sinne waren wach. Sie lauschte atemlos. Und wieder und wieder beantwortete sie die Signale, die eine freundliche Hand in die Einsamkeit ihrer Zelle sandte und sie vor völliger Verzweiflung bewahrte.

Wieder hatte sie einen lauten Hilfeschrei ausgestoßen – da – Vater im Himmel – äfften sie ihre Sinne – da hörte sie eine laute Männerstimme – ganz dicht in ihrer Nähe? War das nicht Harros Stimme? Sie schrie auf, jubelte, jauchzte – den einen Namen, der in ihrer Seele lebte.

»Harro! Harro!«

Und da kam ihr Antwort – von oben – aus dem Zimmer der Gräfin:

»Griseldis!«

Sie lachte und weinte und jauchzte laut seinen Namen.

»Harro!«

Und sie hob sich empor auf die Zehen und klopfte mit der Taschenlampe an die untere Kante der Wandschranktür.

Es klopfte wieder, jetzt ganz dicht und laut. Und sie vernahm des Geliebten Stimme, die in heißer Angst ihren Namen rief.

»Griseldis! Griseldis! Wo bist du?«

»Ach, Harro, Harro! Hörst du mich?«

»Ja, ich höre dich. Aber wo bist du, mein armes, liebes Herz?« rief er, ganz dicht über ihr an der Wand.

Sie holte erst noch einmal tief Atem. Dann rief sie laut:

»Harro! Bist du im Sterbezimmer der Gräfin Alice?«

»Ja, mein Liebling!«

»So tritt ganz nahe an das Nachtschränkchen heran!«

»Da stehe ich schon!«

»Siehst du an der Wand über dem Nachtschränkchen drei runde Perlmutterblättchen?«

»Ja!«

»Drücke fest auf das unterste – ganz fest!«

Harro, der vor Angst und Erregung um Griseldis zitterte, tat, wie ihm geheißen. Und da öffnete sich zu seinem Staunen die Wandschranktür.

Griseldis jauchzte und ließ ihre Taschenlampe leuchten. Sie streckte dem Geliebten beide Arme entgegen. Er sah durch die Wandschranktür wie durch ein Fenster zu ihr hinab. Sie sah sein verstörtes, blasses Antlitz über sich. Zitternd faßte er ihre Hände.

»Liebling – Liebling – Herrgott im Himmel, was ist dir geschehen?«

Sie hob das blasse Gesicht zu ihm auf. Aber sie lächelte zu ihm empor. »Nun ist ja alles gut – ich bin gerettet.«

»Bist du unverletzt, Griseldis?«

»Ja, gottlob!«

»Aber wie kommst du in das enge, finstere Loch, von dem ich keine Ahnung hatte? Bist du gestürzt?«

»Nein – nicht gestürzt. Wie ich hier gefangen wurde, sollst du später hören. – Jetzt erlöse mich erst – ich möchte hinaus – ich –«

Sie sank plötzlich kraftlos zusammen.

»Griseldis! Griseldis? Wie kann ich dich erlösen? Bis ich hier die Mauern durchbrechen lasse, das dauert mir zu lange!«

»Geh in das Turmzimmer im ersten Stock. Da ist der Wandbehang in dem Delphinrahmen. Ungefähr ein Meter vom Fußboden ist auf der rechten Seite des Rahmens einer von den Delphinleibern mit einem schwarzen Kreuz gezeichnet. Diesen Delphin mußt du fest in die Wand drücken, wie du es oben mit dem Perlmutterknopf getan hast. Dann springt eine Tür auf, die ich von innen nicht öffnen kann. Aber bitte – eile dich – ich bin am Ende meiner Kraft. – Laß Beate nicht in meine Nähe – sie will mich töten.«

»Griseldis!« rief er außer sich.

»Ja! Liebster! Schütze mich vor ihr und befreie mich. Sie hat mich hier eingesperrt.«

»Mein armes Kind! Sei ruhig – ganz ruhig – ich schütze dich. Und gleich bist du frei, ich komme. Sollst auch nicht allein sein, bis ich dich erlöse.«

Er wandte sich um. »Grollmann!«

Dieser stand fassungslos im Zimmer.

»Grollmann, komm hierher. Das vergesse ich dir nie, daß du mich hierhergerufen hast. Bleibe hier als Wache stehen, mein guter Grollmann, und laß keinen Menschen hier heran. Ich schließe zur Vorsicht hinter mir die Tür, wenn ich hinausgehe. Und daß du es weißt, mein Alter, Fräulein von Ronach ist meine Braut. An ihr sollte ein ähnliches Verbrechen verübt werden wie an meiner verstorbenen Frau, wie mir scheinen will.

Fasse Mut, meine Griseldis! Grollmann bleibt hier, bis ich bei dir bin!«

Sie neigte das Haupt – und lächelte. Ihre Füße hatten den Dienst versagt. Zusammengesunken hockte sie auf dem Boden.

Harro eilte hinaus. Er rief unten die Diener zusammen. Die mußten mit allerhand Werkzeug kommen, denn die Tür zum Turm mußte aufgebrochen werden.

Er befahl ihnen, ihm zu folgen.

»Fräulein von Ronach ist im Turm eingeschlossen«, hatte er ihnen zugerufen.

Das Schloß des Turmes ließ sich nicht leicht öffnen. Es war eine gute alte Arbeit.

Endlich sprang die Tür auf. Der Graf stürmte die Treppe hinauf, riß die Zimmertür auf und trat an den Rahmen des Wandbehangs. Mit einer der Laternen beleuchtete er den Rahmen an der beschriebenen Stelle. Und er fand das kleine schwarze Kreuz auf dem Delphinleib bald.

Fest drückte er ihn in die Wand hinein. Da sprang die Tür auf. Er riß sie vollends weit auf und sah Griseldis zusammengesunken vor seinen Füßen liegen.

»Sie ist ohnmächtig geworden, Herr Graf!« rief ihm Grollmann von oben zu.

Harro hob Griseldis empor. Auf seinen Armen trug er sie hinaus ins Freie, an seinen bestürzten Leuten vorbei. Er fühlte, die beste Medizin war jetzt frische Luft und dann ein gutes Lager für sie.

Draußen im Freien kam sie auch schnell zu sich und schlug die Augen auf – ihre lieben, klaren Sonnenaugen, die seinem Leben Licht und Wärme gegeben hatten.

»Liebling – o du mein geliebtes Herz – hab' ich dich wieder? Gott sei gelobt!« stieß er hervor, sie fest an sein klopfendes Herz pressend.

Sie schmiegte sich selig lächelnd an ihn wie ein müdes Kind. »Ach – nun ist alles gut – alles gut – aber laß Beate nicht in meine Nähe – ich fürchte mich vor ihr.«

»Sie soll es büßen, was sie dir angetan hat.«

Ihre Sinne schwanden wieder. Er trug sie ins Schloß

in ein Zimmer neben der großen Halle und legte sie sorgsam auf einen Diwan. Grollmann, der nun auch zur Stelle war, trieb die Leute, die mit hineingedrungen waren, hinaus und ließ nur Berta im Zimmer, damit sie der jungen Braut seines Herrn behilflich war.

Harro ließ schnell starken Wein für Griseldis bringen und flößte ihr mit Bertas Hilfe davon ein. Das belebte sie. Sie vermochte sich aufzurichten. Sie sah die Angst und Sorge des Geliebten. Das gab ihr Mut und Kraft. Sie erhob sich mit seiner Hilfe und ließ sich in einen bequemen Lehnstuhl gleiten. Wohlig schmiegte sie sich hinein.

»Ach – wie schön. Und – nun habe ich Hunger«, sagte sie, sich seinetwegen zur Munterkeit zwingend.

Grollmann eilte davon und brachte in wenigen Minuten eine Platte mit appetitlichen, leckeren Schnittchen. Berta hatte Griseldis inzwischen, da sie über Kopfweh klagte, die Zöpfe losgesteckt. Nun aß Griseldis tapfer von den Schnittchen und lächelte dabei zu Graf Harro empor, der unverwandt in ihr blasses Antlitz schaute. Sie trank auf seine Bitte auch noch ein Glas Wein. Und als sie sich so gestärkt hatte, bat sie ihn um eine Unterredung unter vier Augen. Er schickte Grollmann und Berta hinaus.

Griseldis berichtete nun alles, was sie in Erfahrung gebracht hatte. Auch ihren Traum erzählte sie ihm ausführlich und beschrieb ihm genau, wie sie weiter und weiter gekommen war mit ihren Nachforschungen, wie sie Schritt für Schritt weitergegangen war auf dem Wege, der zu seiner völligen Befreiung von jedem Makel führen sollte.

»Ich hätte nun auch noch erforscht, wie Beate das Gift aus deinem Schreibtisch entwendete, denn es ist meine feste Überzeugung, daß sie die Mörderin deiner Frau ist, wie sie auch mich töten wollte. Aber nun wage ich mich allein nicht weiter. Nun mußt du selbst zu Ende führen, was ich begonnen habe.«

Er war tief erschüttert von allem, was er gehört. Von seinen Empfindungen überwältigt, kniete er vor ihr nieder und nahm sie in seine Arme.

»Das alles hast du für mich getan? Wenn ich je wieder stolz und aufrecht einherschreiten darf, ein freier, von drückendem Bann erlöster Mann – dann danke ich es dir, dir allein. Aber wenn ich daran denke, welchen Preis ich vielleicht dafür hätte zahlen müssen, daß du meine Unschuld an den Tag bringen wolltest... Was hast du leiden müsen, Griseldis. Wie sind dir die Minuten zur Ewigkeit geworden. Ich zittere noch nachträglich für dich und möchte dich nicht mehr aus meinen Augen lassen.«

Er sah ihr tief in die Augen und küßte ihre blassen Lippen. Sie schmiegte sich an ihn, und ihre blauen Augen leuchteten aus ihrem blassen Gesicht.

»Wie gern hätte ich meine Mission selbst zu Ende geführt. Aber meine Kraft reicht nun nicht mehr weiter. Ich habe so große Angst vor Beate, wie noch nie vor einem Menschen. Und auch du mußt vorsichtig sein, Harro, ich bitte dich darum. Aus ihren Augen glühte der Wahnsinn, als sie die Tür meines Gefängnisses zuschleuderte. Sie ist, glaube ich, zu allem fähig in dem wilden Haß ihrer Eifersucht.«

»Dieses unselige Geschöpf soll dir keine böse

Minute mehr schaffen. Noch heute nacht rechne ich mit ihr ab. Jetzt erst verstehe ich, weshalb sie mir auf all mein Klopfen und Rufen keine Antwort gab. Sie vermochte es doch wohl nicht, mir Auge in Auge gegenüberzustehen. Vieles ist mir nun verständlich, was ich früher nicht ergründen konnte. Jetzt begreife ich selbst nicht mehr, daß ich so gar keinen Verdacht schöpfte. Freilich – wie kann man einer Frau ein solches Verbrechen zutrauen. Griseldis, geh jetzt zur Ruhe – nein, nein – nicht hinauf in dein Zimmer, wo du Beate so nahe bist. Ich bringe dich zu meiner kleinen Gilda. Dort soll dir Henriette ein Lager aufschlagen, und Henriette bewacht euch beide. Grollmann aber steht Schildwache vor der Tür – bis Treuenfels von der verbrecherischen Frau befreit ist.«

Sie umschlang ihn ängstlich. »Und du? Was willst du tun?«

Er streichelte ihr Haar und drückte ihre Flechten an seine Lippen.

»Was ich muß, Griseldis. Der Name Treuenfels muß wohl noch einmal vor die Öffentlichkeit geschleift werden, damit meine Unschuld klar bewiesen werden kann. Aber damit sollst du dein armes Köpfchen jetzt nicht mehr quälen. Lege alles beruhigt und vertrauensvoll in meine Hand, mein kleiner, tapfrer Sherlock Holmes. Was jetzt noch zu tun ist – das ist kein Werk für eine Frau. Du sollst jetzt an nichts mehr denken als an unser Glück, das nun, gottlob, ein reines und leuchtendes sein wird. Nun komm, mein Liebling. Kannst du gehen? Hast du schon wieder so viel Kraft? Sonst trage ich dich gern hinauf.«

Sie erhob sich langsam und noch etwas unsicher. Noch zitterten ihre Knie ein wenig. Aber sie konnte sich doch schon aufrecht halten und, von ihm liebevoll umschlungen, vorwärtsgehen.

»Ich weiß nun auch, wie es kam, daß Baron Dalheim den Weg wieder nach Treuenfels fand«, sagte er.

»Ach – hat er geplaudert?«

Er erzählte ihr, daß er sie in Dalheim gesucht und mit dem Baron gesprochen hatte.

Draußen in der Halle standen die Leute noch aufgeregt beieinander. Grollmann hatte ihnen gesagt, daß Fräulein von Ronach die künftige Herrin des Hauses sein würde.

Das blasse Mädchen mit dem lieblichen Gesicht und den langen goldblonden Flechten war eine rührende Erscheinung. Berta mußte ihnen folgen. Sie sollte Griseldis beim Auskleiden behilflich sein.

»Gute Nacht, Griseldis – heute sprich du mir das Kranzgebet, für dich und mich.«

Und sie faßte seine Hand und führte ihn an Gildas Lager.

»Unser süßes Kleines, Harro! Wie wollen wir es lieben.«

Da mußte er sie doch umarmen und küssen, obgleich die Dienerinnen im Zimmer waren. Er konnte nicht anders.

»Nun wird wieder eine bessere Zeit für Schloß Treuenfels kommen«, flüsterte Henriette.

*

Harro entfernte sich. An der Tür wurde Grollmann aufgestellt. Aber in Schloß Treuenfels kam in dieser Nacht niemand zur Ruhe als Gilda und Griseldis. – Zunächst ging Graf Harro zu Beate hinauf.

Ein Diener und eine Dienerin begleiteten ihn auf seinen Befehl.

Wieder klopfte er an die Tür, diesmal sehr laut und energisch. Und als keine Antwort auf seinen Anruf kam, sagte er laut und herrisch:

»Wenn du jetzt nicht sofort öffnest, muß ich gewaltsam bei dir eindringen.«

Aber keine Antwort kam aus dem Zimmer.

Harro hatte es fast erwartet. Nun winkte er den Diener heran und gebot ihm, die Klinke von der Tür abzuschrauben.

So wurde die Tür geöffnet. Harro schaltete das elektrische Licht ein. Und da sah er Beate auf dem Teppich ausgetreckt liegen, die Hand noch immer fest um sein Bild geklammert, das sie an sich gedrückt hielt.

Er beugte sich erschrocken zu ihr hinab, sah die bläulichen Lippen und die seltsam geschlossenen Lider. Da wußte er, daß sie sich selbst gerichtet hatte.

Es ist besser so. Eine Gräfin Treuenfels darf nicht durch Henkershand sterben, dachte er.

»Sie ist tot«, sagte er heiser.

Es war, als habe ein unsichtbarer Bote diese Nachricht durch das ganze Schloß getragen. Die Leute kamen alle herauf und drängten sich an die Tür.

Graf Harro hatte ein Schreiben erfaßt, das auf dem Schreibtisch lag.

»An meinen Vetter, den Grafen Harro Treuenfels.«

Er nahm es an sich, dann ging er zur Tür und trieb die Leute fort.

»Hier muß alles bleiben, wie es ist«, sagte er und gebot dem Diener Heinrich, da die Tür nicht zu schließen war, Wache davor zu stehen, damit niemand hineinging.

Nun begab sich Harro nach seinem Arbeitszimmer. Dort telefonierte er, und ließ sich mit dem Polizeipräsidium verbinden.

Dort meldete er das Ableben der Komtesse und die näheren Umstände und bat um das Erscheinen einer Kommission. Er bat auch, einen Arzt mit nach Treuenfels zu bringen. Erst als das geschehen war, erbrach er den Brief, den Beate für ihn hinterlassen hatte. Dieser Brief lautete:

»Mein geliebter Harro! Einmal laß Dich so nennen von einer, die Dich glühend, verzehrend und sinnlos geliebt hat. Wenn Du diesen Brief liest, bin ich nicht mehr am Leben – und Toten kann man nichts verbieten.

Du hast mich heute aus Deinem Haus, aus Deiner Nähe gewiesen – weil Du fühltest, daß ich Dich liebe, und Dir meine Liebe lästig war. Da gibt es nur noch einen Weg für mich – den in den Tod.

Ich weiß, daß Du Dich in die schöne blonde Erzieherin verliebt hast. Ihr ist von selbst zugefallen, worum ich mich jahrelang mit verzehrender Sehnsucht bemüht habe. Und deshalb hasse ich sie mit derselben Inbrunst und Leidenschaft, wie ich Dich liebe – und – wie ich schon Deine Frau gehaßt habe.

Ja – ich habe Alice gehaßt, weil sie Dich quälte mit ihren Launen. Ich hätte vor Dir auf den Knien liegen mögen, und sie tyrannisierte Dich.

Ich weiß, Du willst die bonde Hexe zu Deiner Frau machen. Aber sie soll nicht das Glück genießen, um das ich vergeblich alles gewagt hatte. Sie muß mit mir sterben, ich gönne Dich keiner andern und am wenigsten ihr, weil ich weiß, wie sehr Du sie liebst. Und Du wirst nie erfahren, wie sie starb. Sie wird aus Deinem Leben verschwunden sein wie ein Schemen. Du siehst sie niemals wieder, nicht im Leben und nicht im Tod.

Sie hat mir nachspioniert, die blonde Hexe, um Deine Unschuld an den Tag zu bringen. Durch mich sollst Du Deinen ehrlichen Namen wiedererhalten, wie Du ihn durch mich verloren hast.

Zeige diesen Brief den Gerichten. – Ich bekenne hiermit der Wahrheit gemäß, daß ich die Gräfin Alice Treuenfels ermordert habe. Ich habe das Gift aus dem Fläschchen entwendet, das Graf Harro in einem Geheimfach seines Schreibtisches verborgen hielt. Nachts habe ich mich nach seinem Zimmer geschlichen und habe mir in ein kleines Fläschchen abgefüllt, was ich brauchte.

Durch einen nur mir bekannten, geheimen Wandschrank im Schlafzimmer der Gräfin gelang es mir, ungesehen das Gift in ihr Weinglas zu träufeln, während sie noch im Nebenzimmer saß. Ich las eines Abends, wie oft, in der Familienchronik. Ich fand das

Geheimnis des Wandschrankes aufgezeichnet und vernichtete es. Niemand sollte dies Geheimnis nach mir kennenlernen.

Am andern Morgen fand man sie tot. Ich rechnete damit, daß man an einen Selbstmord glaubte, weil doch das Gift erst dann in das Weinglas gekommen sein konnte, als die Gräfin allein war und niemand mehr bei ihr gewesen war. Leider kam es anders. Man klagte Graf Harro an und verhaftete ihn. Ich war außer mir vor Angst und Entsetzen – obwohl ich meine Tat nicht bereuen konnte. Dazu kam, daß mir bei jenem Gang in das Schlafzimmer der Gräfin ein Ring verlorenging, den ich in der Nähe des Tatortes vermutete und nach dem ich doch nicht zu suchen wagte, weil mich das Grauen von dem Ort fernhielt.

Hätte man meinen Vetter verurteilt, so hätte ich mich zu meiner Tat bekannt. Aber da er freigesprochen wurde, wenn auch nur aus Mangel an Beweisen, schwieg ich.

Ich merkte, daß mir Griseldis von Ronach mißtraute, daß sie mir nachspionierte.

Da rang ich verzweifelt mit all den Teufeln in meiner Brust, die mich zu einem neuen Verbrechen drängten. Aber als ich Gewißheit hatte, daß sie um meine Schuld wußte, als ich ebenso gewiß war, daß Graf Harro sie liebte, wollte ich sterben – aber auch sie sollte mit mir hinab ins dunkle Nichts.

Wie ich sie vernichtet habe, braucht niemand zu wissen. Ich ließ sie verschwinden in einem geheimen Gelaß im Schloß, von dem nur ich Kenntnis habe. Dort findet sie ihr Grab.

Das Gift, das ich für mich stahl, und wovon ich Gräfin Alice abgab – reicht noch gut für mich.

Wer unter Euch ist ohne Schuld – betet ein Vaterunser für meine arme Seele. Wer viel liebt – dem soll viel vergeben werden.

Geschrieben am 24. Juli 1913.

Beate Dorothea Klara
Komtesse Treuenfels.«

Erschüttert legte Harro dies Schreiben aus den Händen. Grauen erfaßte ihn, als er in den Abgrund dieser Frauenseele blickte. Er wagte sich kaum zu freuen, daß nun seine Unschuld klar und zweifellos bewiesen war. Schauer rann über ihn dahin, wenn er daran dachte, was sie Griseldis zugedacht hatte.

Und diese Gedanken töteten jedes Mitleid mit Beate in ihm. Es trieb ihn hinüber vor das Zimmer seiner Tochter, wo Grollmann noch Wache stand. Ob Griseldis schlief? Ob sie die schlimmen Stunden überwunden hatte, ohne Schaden an ihrer Gesundheit zu nehmen?

»Ist alles ruhig da drinnen geblieben, Grollmann?« fragte er.

»Herr Graf können ganz unbesorgt sein. Vor zehn Minuten war Henriette hier draußen und hat mir gesagt, das gnädige Fräulein sei endlich eingeschlafen. Henriette hat ihr dicht neben dem Komteßchen ein Lager bereitet. Sie liegen beide Hand in Hand und schlafen tief und fest.«

Da flog ein weiches, glückliches Lächeln um Harros Mund. Er legte seine Hand auf die Schulter des treuen Dieners.

»Grollmann – nun kommt meine Unschuld doch an den Tag. Fräulein von Ronach hat den wahren Mörder meiner Frau gefunden.«

»Ich kann mir nun schon alles denken, Herr Graf. Gelobt sei Gott, daß wir das gnädige Fräulein klopfen hörten.«

»Ja, Grollmann – und das vergesse ich euch nie, daß ihr das Klopfen nicht einfach überhörtet.«

»Das konnte man nicht. Herr Graf haben ja gehört, wie seltsam dringlich dies Klopfen klang.«

»Ja – gottlob! Aber du brauchst nun hier nicht mehr Wache zu stehen. Wir werden heute nacht nicht zur Ruhe kommen. Die Herren von der Polizei müssen bald hier sein.«

Herr und Diener gingen hinunter in die Halle. Harro trat vor das Portal. Tief atmete er die laue Sommernachtluft ein. Und seine Augen suchten den Himmel, der im Glanz von Millionen von Sternen funkelte.

Eine halbe Stunde später traf die Polizeikommission mit dem Gerichtsarzt ein.

Die Gerechtigkeit nahm ihren Lauf. Graf Harro legte den Brief vor, den die Komtesse zurückgelassen hatte. Die Herren – es waren dieselben, die Graf Harro damals verhaftet hatten – wünschten ihm Glück zur Aufklärung der mysteriösen Angelegenheit.

*

Als Griseldis am andern Morgen sehr spät erwachte, nach einem erfrischenden, stärkenden Schlummer, stand Henriette vor ihrem Lager und hielt ihr lächelnd einen großen Strauß taufrischer roter Rosen entgegen.

»Vom Herrn Grafen für das gnädige Fräulein Braut.«

Griseldis richtete sich auf und barg ihr erglühendes Antlitz in den kühlen Blumen.

Gilda sollte nichts von all den schrecklichen Dingen erfahren, damit nicht schlimme Eindrücke ihre weiche, junge Seele belasteten. Gilda stellte aber nach Kinderart ein sehr gründliches Verhör mit Griseldis an.

Es war nicht leicht, sie zufriedenzustellen. Schnell machten nun Griseldis und Gilda Toilette, und als sie fertig waren – beide in weißen Kleidern – gingen sie hinunter in das Frühstückszimmer.

Hier erwartete sie Harro schon eine ganze Weile. Mit zärtlich leuchtenden Augen trat er ihnen entgegen, küßte Griseldis inbrünstig die Hand und nahm Gilda auf seinen Arm. Er war ein wenig blaß von der unruhigen, durchwachten Nacht. Aber das Glück leuchtete aus seinen Augen.

Gilda auf dem Arm und Griseldis' Hand in der seinen stand er da.

»Herzkind – jetzt wollen wir beide klug sein und Griseldis festhalten, daß sie uns nicht wieder davonläuft wie gestern. Wollen wir?« frate er Gilda.

Sie nickte energisch.

»Und weißt du, was wir tun, damit sie ganz sicher

und immer bei uns bleibt? Wir bitten sie einfach, daß sie deine liebe Mama wird. Soll sie das?«

Gilda sah erstaunt auf die beiden Menschen.

»Wie kann denn das gemacht werden, Papa?« fragte sie kindlich.

»Nun – Griseldis wird eben meine Frau, dann ist sie deine Mama.«

Gilda klatschte in die Hände.

»Oh – dann soll sie es ganz schnell sein.«

Und Gilda umschlang Griseldis, und der Graf umfaßte beide zugleich mit seinen Armen.

Da fragte Gilda:

»Wo ist denn Tante Beate? Kommt sie nicht zum Frühstück?«

Griseldis wurde plötzlich sehr bleich und sah ängstlich, in sich zusammenschauernd, nach der Tür.

»Sei ruhig, Griseldis. Beate ist verreist.«

Griseldis sah ihn unruhig an.

»Sie ist fort?«

»Ja, Griseldis – weit fort – wir sprechen darüber.«

Später berichtete er schonend von dem tragischen Ende der Komtesse und gab ihr den Brief zu lesen, den sie ihm hinterlassen hatte.

»Ach, Harro – lieber Harro, daß es Menschen gibt, die so unglücklich sind, daß sie schlecht werden müssen! Verzeihe ihr, wie ich es auch tun werde. Sie hat sich selbst gerichtet und hat gesühnt, was sie getan hat.«

»Ich wußte, daß du so sprechen würdest. Da ich dich gesund und unversehrt im Arm halte, wird es mir möglich sein, ihr zu verzeihen.«

»Lieber – denke nicht mehr an das, was hinter uns liegt. Gott hat mich gnädig behütet und dich von einem Bann befreit – er sei ihrer armen Seele gnädig.«

Gilda kam herangesprungen und wollte auch von den Liebkosungen profitieren. Und ihr Vater und Griseldis führten sie nun an den Händen zwischen sich, und so schritten sie zu dreien, in inniger Liebe verbunden.

Als sie von diesem Spaziergang nach Hause kamen, hielt gerade ein Reiter vor der Freitreppe – Baron Dalheim sprang vom Pferd und kam ihnen entgegen.

»Gottlob – ich brauche nicht zu fragen, ob Sie sich wohlbehalten wiedergefunden haben, gnädiges Fräulein«, sagte er, sie begrüßend, zu Griseldis.

»Du darfst mir Glück wünschen, Fritz – Fräulein von Ronach ist meine Braut. Und ich habe dir viel zu erzählen«, erwiderte Harro.

Der Baron küßte Griseldis die Hand.

»Du begleitest mich in mein Zimmer, Fritz. Griseldis, du schreibst wohl inzwischen nach St. Marien?«

»Ja, Harro. Gilda behalte ich bei mir. Gelt, mein Herzkind, du hilfst mir Briefe schreiben?«

Die Herren gingen in Harros Arbeitszimmer.

Dort erzählte er ausführlich, was geschehen war, seit er gestern den Freund verlassen hatte.

Baron Dalheim war tief erschüttert und umarmte den Freund in großer Erregung.

Als dieses Thema erledigt war, sagte Graf Harro:

»Nun habe ich eine große Bitte. Glaubst du, daß deine liebe, verehrte Mutter die Güte haben würde, meiner Braut und Gilda in Dalheim Aufnahme zu gewähren und sie unter ihren Schutz zu nehmen, bis ich sie heimführen kann?«

»Natürlich wird meine Mutter das herzlich gern tun, zumal sie freudig die Gelegenheit begrüßen wird, ihr Verhalten gegen dich gutzumachen.«

»So will ich nachher gleich selbst mit dir nach Dalheim reiten, um deiner Mutter meine Bitte persönlich vorzutragen. Jetzt brauche ich ja gottlob nicht mehr ängstlich euer Haus zu meiden.«

Nun verabschiedeten sich die beiden Herren von Griseldis. Diese erfuhr, was Harro in Dalheim wollte.

»Werde ich Ihnen und Ihrer Frau Mutter nicht lästig fallen?« fragte sie den Baron.

»Ahnen Sie nicht, wie glücklich wir sein werden, Harro einen kleinen Dienst zu erweisen, der uns außerdem selbst das größte Vergnügen bereiten wird?«

»Ich komme so schnell wie möglich zurück, Griseldis«, sagte der Graf, sich von Griseldis verabschiedend.

Die Herren ritten davon, und Griseldis beendete ihre Briefe an Mutter Anna und Tante Agnes.

Mutter Anna berichtete sie ausführlich alles, was geschehen war, und bat sie, diesen Brief auch Tante Agnes zu zeigen und den Stiftsdamen daraus zu erzählen, was sie für gut hielt. Vor allen Dingen möge sie ihnen aber ihre Verlobung mitteilen.

Am 20. September wurden Griseldis von Ronach und Graf Harro Treuenfels in aller Stille angetraut. Als Gäste waren anwesend die Familie Sarnow, der Baron und seine Mutter, Tante Agnes und Mutter Anna.

Sehr viele herzliche Glückwünsche liefen ein. Von

allen Seiten suchten die abtrünnigen Freunde und Bekannte Graf Harro zu zeigen, wie sehr sie sich freuten, ihn schuldlos zu wissen. Sie hatten sich alle in diesen Wochen eingefunden und hatten nach Kräften gutzumachen versucht, daß sie sich ferngehalten hatten, als Graf Harros Unschuld noch nicht klar gewesen war.

Graf Harro und seine junge, schöne Frau lebten so glücklich miteinander, daß Griseldis zu ihrem Gatten sagte:

»Mir könnte bange werden vor der Größe meines Glückes, mein Harro!«

Da zog er sie fest an sich und sah ihr tief hinein in ihre Sonnenaugen.

Inhalt